CB080364

NA CALADA DA NOITE

NORA ROBERTS

Romances

A pousada do fim do rio
O testamento
Traições legítimas
Três destinos
Lua de sangue
Doce vingança
Segredos
O amuleto
Santuário
A villa
Tesouro secreto
Pecados sagrados
Virtude indecente
Bellissima
Mentiras genuínas
Riquezas ocultas
Escândalos privados
Ilusões honestas
A testemunha
A casa da praia
A mentira
O colecionador
A obsessão
Ao pôr do sol
O abrigo
Uma sombra do passado
O lado oculto
Refúgio
Legado
Um sinal dos céus
Aurora boreal

Saga da Gratidão

Arrebatado pelo mar
Movido pela maré
Protegido pelo porto
Resgatado pelo amor

Trilogia do Sonho

Um sonho de amor
Um sonho de vida
Um sonho de esperança

Trilogia do Coração

Diamantes do sol
Lágrimas da lua
Coração do mar

Trilogia da Magia

Dançando no ar
Entre o céu e a terra
Enfrentando o fogo

Trilogia da Fraternidade

Laços de fogo
Laços de gelo
Laços de pecado

Trilogia do Círculo

A cruz de morrigan
O baile dos deuses
O vale do silêncio

Trilogia das Flores

Dália azul
Rosa negra
Lírio vermelho

NORA ROBERTS

NA CALADA DA NOITE

Tradução
Julia Sobral Campos

1ª edição

BERTRAND BRASIL
Rio de Janeiro | 2023

CIP-BRASIL. CATALOGAÇÃO NA PUBLICAÇÃO
SINDICATO NACIONAL DOS EDITORES DE LIVROS, RJ

R549n Roberts, Nora, 1950-
Na calada da noite / Nora Roberts ; tradução Julia Sobral Campos. - 1. ed. - Rio de Janeiro : Bertrand Brasil, 2023.

Tradução de: Nightwork
ISBN 978-65-5838-183-9

1. Romance americano. I. Campos, Julia Sobral. II. Título.

CDD: 813
23-82474 CDU: 82-31(73)

Meri Gleice Rodrigues de Souza - Bibliotecária - CRB-7/6439

Copyright © 2022 by Nora Roberts

Título original: *Nightwork*

Texto revisado segundo o Acordo Ortográfico da Língua Portuguesa de 1990.

Todos os direitos reservados.
Não é permitida a reprodução total ou parcial desta obra, por quaisquer meios, sem a prévia autorização por escrito da Editora.

Direitos exclusivos de publicação em língua portuguesa somente para o Brasil adquiridos pela:
EDITORA BERTRAND BRASIL LTDA.
Rua Argentina, 171 — 3º andar — São Cristóvão
20921-380 — Rio de Janeiro — RJ
Tel.: (21) 2585-2000,
que se reserva a propriedade literária desta tradução.

Seja um leitor preferencial.
Cadastre-se no site www.record.com.br
e receba informações sobre nossos lançamentos e nossas promoções.

Atendimento e venda direta ao leitor:
sac@record.com.br

Para Jason e Kat
Meus jovens do teatro

PRIMEIRA PARTE

O MENINO

A vontade de um menino é a vontade do vento,
E os pensamentos da juventude são pensamentos muito longos.

— Henry Wadsworth Longfellow

Todos podem dominar um luto, menos aquele que o possui.

— William Shakespeare

Capítulo um

⌘ ⌘ ⌘

Quando tinha nove anos e sua mãe enfrentou a primeira dança fúnebre com o câncer, ele virou ladrão. Na época, não viu aquilo como uma escolha, uma aventura, uma emoção — embora, anos depois, fosse considerar sua carreira tudo isso. Para o jovem Harry Booth, roubar era o mesmo que sobreviver.

Eles tinham que comer, pagar a prestação do financiamento da casa, os médicos, e comprar os remédios, mesmo se sua mãe estivesse doente demais para trabalhar. Ela dava o seu melhor, sempre deu o seu melhor, se esforçando ao máximo enquanto seus cabelos caíam aos montes e os quilos se esvaíam de seu corpo já magro.

A pequena empresa que ela havia aberto com a irmã, a doidinha da tia Mags, não conseguia dar conta dos custos do câncer, a simples magnitude da quantia necessária para lidar com o que invadia o corpo de sua mãe. Sua mãe era o pilar da Serviço de Faxina Irmãs Caprichosas, e, mesmo com a ajuda dele nos fins de semana, elas perderam clientes.

Perder clientes era perder dinheiro. Perder dinheiro significava que era preciso arrumar outro jeito de pagar a prestação da aconchegante casa de dois quartos na zona oeste de Chicago.

A casa talvez não fosse grande coisa, mas era deles — e do banco. Antes de ficar doente, a mãe sempre pagara tudo certinho. Mas os bancos não ligavam muito para isso depois que o cliente começava a pagar atrasado.

Todos queriam o dinheiro deles, e cobravam ainda mais caro quando você não pagava no prazo. Com um cartão de crédito dava para comprar itens como remédios e sapatos — os pés dele não paravam de crescer —, mas isso significava mais dívidas e mais juros e multas e coisas assim, e, então, ele começou a ouvir a mãe chorando à noite quando achava que ele estava dormindo.

Ele sabia que Mags ajudava. Ela trabalhava muito para manter os clientes e pagava algumas contas ou multas com o próprio dinheiro. Mas simplesmente não era suficiente.

Com nove anos, ele aprendeu que a palavra *leilão* queria dizer que você podia ir parar na rua. E que as palavras *busca e apreensão* significavam que alguém podia levar seu carro embora.

Portanto, aos nove anos, ele aprendeu do jeito mais difícil que seguir as regras como a mãe dele havia feito não significava grande coisa para o pessoal de terno e gravata e maleta na mão.

Ele sabia bater carteira. Sua doidinha tia Mags passara dois anos no circo e aprendera alguns truques e os ensinara a ele de brincadeira.

Ele era bom naquilo, muito bom, e colocou seu talento em prática. O certo e o errado que sua mãe lhe ensinara com tanto cuidado não valiam de nada quando ela ficava vomitando no banheiro após uma sessão de quimioterapia, ou quando amarrava um lenço na cabeça careca e se arrastava para limpar a luxuosa casa no lago de alguém.

Ele não culpava as pessoas que tinham luxuosas casas no lago, ou coberturas modernas, ou escritórios em prédios chiques. Elas só haviam tido mais sorte do que a mãe dele.

Ele pegava trem, andava pelas ruas, escolhia suas vítimas. Tinha um olho bom para isso. Os turistas desavisados, o sujeito que bebera demais no happy hour, a mulher que estava muito ocupada digitando uma mensagem no celular para prestar atenção na bolsa.

Ele não parecia um ladrão. Era um menino magro, em um surto de crescimento, com cabelos castanhos e ondulados, olhos azuis e pálpebras caídas que irradiavam inocência.

Sabia estampar um sorriso charmoso ou abrir devagar um sorriso tímido. Às vezes, escondia a cabeleira com um boné virado para trás (seu visual nerd) ou a domava com o que ele chamava de “penteado de escola particular”.

Na época em que sua mãe estava doente demais para perceber o que acontecia ao redor, a prestação da casa continuou sendo paga — Mags não fez perguntas, ele não disse nada —, e as luzes continuaram acesas. E ele tinha dinheiro suficiente para garimpar brechós em busca de sua ideia de um guarda-roupa decente.

Um blazer clássico, uma calça social, um casaco de moletom do Bears com o símbolo desbotado. Ele costurou bolsos internos em um sobretudo de segunda — talvez de terceira — mão.

E comprou seu primeiro kit de abrir fechaduras.

Continuou tirando notas altas. Era inteligente e interessado, estudava, fazia o dever de casa e ficava longe de confusão. Pensou em abrir um negócio, cobrar para fazer trabalhos da escola para os outros, mas Harry sabia que a maioria das crianças era muito fofoqueira.

Em vez disso, treinou com seu kit de abrir fechaduras e usou o computador da biblioteca para pesquisar sistemas de segurança e alarmes.

Foi então que ela melhorou. Embora ainda estivesse pálida e magra, começou a ficar mais forte. Os médicos chamaram aquele estado de remissão.

Aquela se tornou sua palavra preferida.

Nos três anos seguintes, a vida voltou ao normal. Ele ainda batia carteira. Furtava lojas, mas com muito cuidado. Nada caro demais, nada facilmente rastreável. Fizera um bom acordo com uma loja de penhores na zona sul da cidade.

Tinham uma montanha de contas para pagar, e o dinheiro que ganhava dando aulas particulares para os colegas da escola não era o bastante.

Além disso, ele criara gosto pela coisa.

Sua mãe e Mags voltaram com a empresa, e nos verões desses três anos Harry limpou, esfregou e roubou casas e lojas.

Um jovem de olho no futuro.

Então, quando a montanha de contas diminuiu e virou um morro, quando a preocupação sumiu do olhar da mãe, o câncer voltou para mais uma dança.

Dois dias após seu aniversário de doze anos, Harry invadiu sua primeira casa. O pavor que sentira de ser pego, levado para a cadeia, e de que o trauma daquilo se unisse ao câncer e matasse sua mãe, evaporou no instante em que ele se viu sozinho na escuridão silenciosa.

Anos mais tarde, ao pensar naquele momento, entendeu que foi ali que descobrira seu propósito. Talvez não fosse um bom propósito, talvez não fosse aceitável na alta sociedade, mas era seu.

Estava parado, já era um rapaz alto, depois do tão esperado surto de crescimento, olhando fixamente, por meio das janelas amplas, para o luar que cobria o lago. Tudo cheirava a rosas, limão e liberdade.

Ninguém sabia que ele estava ali. Podia tocar no que quisesse, pegar o que quisesse.

Ele entendia do mercado de eletrônicos, de prata, de joias — embora as joias mais valiosas ficassem em cofres. Ainda não sabia abrir cofres, mas ia aprender, jurou a si mesmo.

Não tinha tempo nem habilidade agora para levar todas as coisas brilhantes. Queria só ficar ali, se deleitando com a sensação, mas se obrigou a trabalhar.

Ele aprendera que a maioria das pessoas não pensa duas vezes antes de fofocar na frente dos empregados. Sobretudo quando o empregado é um menino de doze anos esfregando o chão da cozinha enquanto você e a vizinha planejam um evento beneficente tomando um cafezinho na sala de jantar.

Então, com a cabeça baixa, os ouvidos atentos e as mãos ocupadas, Harry ficou sabendo sobre a coleção de selos do marido da vizinha da cliente.

Ela contara aquilo rindo.

— Virou uma obsessão desde que ele herdou a coleção do tio ano passado. Acredita que ele acabou de gastar cinco mil em uma coisinha dessas?

— Num selo?

— Isso sem contar o sistema de controle de temperatura e umidade que ele instalou lá em casa, no escritório onde guarda os selos. Ele costumava rir do hobby do tio, e agora está assim. Fica atrás de leilões e sites, criou os próprios álbuns. Agora virou um investimento, e tudo bem. Quer dizer, não muda nada na minha vida ele ter um monte de selos bobos na mesa dele. Mas está procurando leilões e vendedores em Roma para que eles possam dar uma olhada quando a gente estiver lá mês que vem.

— Deixa ele comprar os selos dele — aconselhou a cliente. — Você não compra seus sapatos?

Harry ficou com aquilo na cabeça e decidiu que o universo lhe tinha mandado um sinal bem claro quando a amiga falou sobre caixas que precisavam ser levadas até o carro para o evento.

Ele se aproximou da sala de jantar, todo inocente.

— Com licença, Sra. Kelper, já terminei a cozinha. Humm, a senhora precisa de ajuda para carregar alguma coisa?

— Na verdade... Alva, esse é o Harry. Harry, a Sra. Finkle precisa de uma ajuda braçal.

Ele abriu aquele sorriso dele, flexionou o muque.

— Posso ajudar antes de subir para terminar o andar de cima com a minha tia.

Então, ele acompanhou a Sra. Finkle até o lindo casarão ao lado, com uma linda vista para o lago.

E deu uma olhada em primeira mão no sistema de alarme quando entraram. Nenhum cachorro, notou. Sempre uma vantagem.

— Humm, está de mudança, Sra. Finkle?

— Oi?

Ela olhou para ele enquanto atravessavam o amplo hall de entrada.

— Ah, as caixas. Não, estamos organizando um evento beneficente, um leilão silencioso. Sou responsável pelos itens.

— É muito gentil da sua parte.

— A gente faz o que pode pelos menos afortunados.

Concordo, pensou Harry, observando a planta da casa, uma entrada para a esquerda e a porta dupla de vidro — fechada — de um escritório.

Ele carregou as caixas e as colocou na mala de um Mercedes preto lustroso.

E, por mais que quisesse aceitar a gorjeta de cinco dólares — e que precisasse dela —, recusou a oferta.

— É para a caridade — disse. — Mas obrigado.

Ele voltou ao trabalho. Passou o restante da manhã ensolarada de verão com as mãos na água morna com sabão.

Ele e Mags voltaram para casa de trem em silêncio porque era dia de quimioterapia. Mags passou o trajeto todo meditando e segurando uma de suas pedras mágicas para atrair energias de cura. Ou algo assim.

Então, com sua mãe usando o lenço rosa dela na cabeça, foram até o hospital ter um dia bom e ruim.

Bom porque a enfermeira — Harry gostava mais da enfermeira do que da médica — disse que sua mãe estava melhorando. Ruim porque o tratamento a faria vomitar.

Ele se sentou ao lado dela e leu em voz alta o que chamavam de "livro do C". Ela ficou de olhos fechados enquanto a máquina bombeava o remédio para dentro de seu corpo, mas ele conseguia fazê-la sorrir, até rir um pouquinho quando mudava a voz de acordo com os personagens.

— Você é demais, Harry — murmurou ela, enquanto Mags, sentada de pernas cruzadas no chão aos seus pés, imaginava, como dissera a eles, uma luz branca bem forte destruindo o câncer.

Como sempre, no dia bom/ruim, Mags fez um jantar que, segundo ela, tinha propriedades de cura e um cheiro quase pior que o gosto.

Ela acendia incensos, pendurava cristais, cantava mantras e falava sobre guias espirituais e coisas do tipo.

Porém, por mais doida que fosse, Mags sempre dormia na casa deles nos dias de quimioterapia, em um colchão inflável no chão, ao lado da cama da irmã.

Se ela sabia com que frequência Harry saía escondido de casa, nunca falava. Se ela se perguntava onde ele arranjava os cento e poucos dólares a mais, nunca questionava.

Agora, lá estava ele na casa no lago dos Finkle, no silêncio abafado. Ele se moveu sem fazer barulho, embora não houvesse ninguém ali para ouvir caso ele andasse batendo os pés até a porta de vidro.

No escritório, ele inalou o ar que tinha um leve aroma de fumaça e cereja. Charutos, Harry percebeu ao avistar a caixa na mesa ampla e cheia de detalhes.

Curioso, ele abriu a tampa e deu uma fungada. Pegou um charuto e deu algumas tragadas imaginárias, fingindo ser alguém importante. De brincadeira — afinal, ele tinha doze anos —, colocou o charuto na mochila.

Então, se sentou na poltrona de couro de encosto alto, cor de vinho do porto, balançando-a para a frente e para trás, franzindo o cenho como imaginava que um homem rico devia fazer durante uma reunião.

— Estão todos demitidos!

Ele abanou um dedo no ar, dando uma risada.

Então pôs-se ao trabalho.

Fora preparado para lidar com uma gaveta trancada, mas aparentemente Finkle achava sua casa segura o bastante para não se dar ao trabalho de trancar a gaveta.

Harry encontrou os álbuns, quatro ao todo, e, usando sua lanterna de bolso, começou a folheá-los.

Não pegaria todos. Não seria justo, e, além do mais, ele demoraria muito tempo para vendê-los. Mas, nas últimas três semanas, estudara tudo sobre selos.

Finkle colocara os seus em papel preto alcalino, protegidos por envelopes de papel vegetal. Ele tinha a pinça, mas Harry não ia arriscar usá-la. Sem prática e habilidade, poderia rasgar ou danificar um selo, diminuindo seu valor.

A maioria dos envelopes tinha seis fileiras de quatro selos cada uma. Ele escolheu um do primeiro álbum e transferiu-o cuidadosamente para a pasta que levara consigo.

Parecia correto levar um envelope de cada álbum, então ele guardou o primeiro e abriu o segundo. Manteve a calma, mas, como Finkle tinha uma planilha muito útil em cada álbum com a lista dos selos e seus valores, não precisou se esforçar muito.

Tinha acabado de escolher o envelope do quarto álbum quando uma luz se acendeu do outro lado do vidro.

Com o coração quase saindo pela boca, guardou o quarto álbum na gaveta da mesa e, com o último envelope na mão, deslizou para debaixo da mesa.

Alguém estava dentro da casa. Alguém além dele.

Outro ladrão. Um adulto. Três adultos. Com armas.

Eles tomaram conta de seus pensamentos, três homens vestidos de preto, armados. Talvez não quisessem os selos. Talvez nem soubessem que eles existiam.

Com certeza sabiam, e iam entrar ali. Eles o encontrariam e atirariam na cabeça dele, depois o enterrariam numa cova rasa.

Ele tentou se encolher, imaginou que estava invisível. E pensou em sua mãe ficando cada vez mais doente de preocupação.

Precisava sair dali, precisava passar por eles de alguma forma ou encontrar um lugar melhor para se esconder. Começou a contar até três. No três, ele sairia de baixo da mesa.

O estrondo da música o assustou, fazendo com que batesse a cabeça na parte inferior da mesa com tanta forca que chegou a ver estrelas.

Dentro de sua mente atordoada, ele disse todos os palavrões que conhecia. Duas vezes.

Na segunda vez, dirigiu as palavras a si mesmo por causa de sua burrice.

Ladrões não acendiam as luzes e não colocavam música no último volume.

Alguém estava na casa, ok, mas não era uma gangue de ladrões com revólveres que dariam um tiro na cabeça dele.

Com cuidado — muito cuidado, já que suas mãos tremiam um pouco —, ele colocou o envelope na pasta, fechou-a e a guardou na mochila.

Arrastou-se feito um soldado para longe da mesa e, com um olho nas portas de vidro, foi para longe da luz. No caminho, avistou um homem — mais velho que ele, mas não velho — com uma samba-canção.

Estava na cozinha, servindo algo que parecia ser vinho em duas taças. Harry estava quase chegando ao espaço sem luz quando a moça apareceu, dançando.

Sem roupa. Só com um sutiã de renda e uma calcinha fio dental — igual àquela no catálogo da Victoria's Secret que a mãe de seu amigo Will recebia pelo correio, e Will, ele e alguns dos garotos olhavam sempre que podiam.

A lingerie vermelho-vivo contrastando com sua pele e sua bunda bem ali. Bem ali, pertinho. E seus peitos estavam ali, empinados com o sutiã, balançando um pouco enquanto ela mexia os ombros e rebolava.

Eles o veriam se olhassem na direção da porta de vidro, mas ele não conseguia se mover. Tinha doze anos e era homem, e a ereção imediata o paralisou.

Ela tinha cabelos pretos, longos, longos cabelos pretos que juntou com as mãos e soltou de novo, pegando sua taça de vinho. Bebendo e dançando, ela se aproximou do sujeito. Ele também dançava, mas não passava de um borrão aos olhos de Harry.

Havia apenas a garota.

Ela levou uma das mãos às costas, abriu o fecho do sutiã. Quando a peça caiu, todo o sangue no corpo de Harry foi parar na região de sua virilha.

Ele nunca vira peitos ao vivo e a cores. E eles eram incríveis.

Balançavam e quicavam no ritmo da música.

Ele teve seu primeiro e fabuloso orgasmo ao som de "Dance, Dance", da banda Fall Out Boy.

Temeu que seus olhos saíssem da órbita. Temeu que seu coração parasse. Então, só queria ficar deitado ali no chão lustroso de madeira pelo resto da vida.

Mas agora o homem estava indo para cima da mulher, e a mulher estava indo para cima dele. Estavam fazendo coisas, muitas coisas, e ele estava tirando a calcinha dela.

E, meu Deus, ela estava totalmente nua. Ele podia ouvir os gemidos dela mesmo com a música rolando.

De repente, estavam no chão e estavam fazendo aquilo. Aquilo! Bem ali, com a garota por cima.

Ele queria assistir, mais do que qualquer coisa. Mas o ladrão dentro do menino sabia que aquela era a hora de meter o pé. Sair dali enquanto eles estavam ocupados demais para notar.

Ele abriu a porta com delicadeza, se arrastou com a barriga no chão e usou o pé para fechá-la.

A moça estava praticamente cantando agora: *Terry, ai, meu Deus, Terry!*

Harry foi da posição de bruços para uma posição de caranguejo, respirou fundo e correu até a outra porta. Ouviu-a gritar em êxtase ao sair.

Usou a caminhada até o trem para reviver cada instante.

Vendeu os selos por doze mil dólares. Sabia que teria conseguido mais se entendesse mais. E se não fosse uma criança.

Mas doze mil dólares eram uma fortuna. E era muito dinheiro para guardar em seu quarto.

Ele precisava falar com a doidinha da tia.

Esperou até ficarem a sós. Sua mãe insistia em ajudar, mas só conseguia fazer tarefas leves em uma casa por dia, e, às quintas-feiras, eles faxinavam duas.

Ajudou Mags a tirar a roupa de cama do apartamento estiloso de um solteirão que adorava uma festa. Uma chuva constante batia nas janelas enquanto trabalhavam. Mags usava as caixas de som do cliente para tocar alguma porcaria de estilo New Age.

Ela estava usando uma camiseta com uma estampa tie-dye, que ela mesma tinha feito, nas cores roxo e verde, e seu cabelo, recentemente pintado de acaju, estava preso debaixo de uma bandana verde. Tinha um brinco de pedras pendurado nas orelhas e um cristal de quartzo rosa — para amor e harmonia — no colar em seu pescoço.

— Quero abrir uma conta no banco.

Ele a olhou enquanto ela juntava os lençóis no cesto. Os olhos dela eram azuis como os seus e os de sua mãe, mas de um tom mais claro e mais misterioso.

— Por que, cara?

— Porque sim.

— Aham.

Ela desdobrou o lençol de elástico, e eles o esticaram juntos e começaram a forrar o colchão.

Harry sabia que ela era capaz de deixar por isso mesmo. Aquele "aham" que pairava para sempre no ar.

— Eu tenho quase treze anos e tenho um dinheiro guardado, então quero ter uma conta no banco.

— Se tudo isso não fosse uma meia-verdade, você estaria falando com a sua mãe, não comigo.

— Não quero incomodar minha mãe.

— Aham.

Eles repetiram o processo com o lençol sem elástico.

— Preciso de um adulto para ir comigo, deve ter que assinar umas coisas.

— Quanto dinheiro?

Se ela o acompanhasse, acabaria descobrindo de qualquer forma, então ele olhou para ela e disse:

— Quase quinze mil dólares.

Ela olhou fixamente para ele. A minúscula pedrinha azul na lateral do seu nariz cintilou.

— Vai me contar onde arranjou esse dinheiro todo?

— Estou dando aula particular e fazendo uns bicos, e faxina. Não é como se eu gastasse muito.

Ela se virou para pegar o edredom, preto como a noite, macio como uma nuvem. E disse:

— Aham...

— É meu dinheiro, e dá para pagar algumas contas, algumas prestações da casa. Estamos recebendo aquela bosta de aviso de novo, e apareceu um cara na nossa porta outro dia, um cara cobrando. Ela me mandou ir para o meu quarto, mas eu entendi.

Mags fez que sim enquanto ajeitavam o edredom na cama, depois começou a colocar a fronha no travesseiro.

— Você é um bom filho, Harry, e não foi falar com Dana sobre isso porque ela não ia aceitar. Tenho muitas perguntas, mas vou fazer só algumas antes de chegarmos a um acordo.

— Ok.

— Você machucou ou matou alguém para conseguir esse dinheiro?

— Não — respondeu ele, genuinamente chocado. — Nossa!

Ela arrumou os travesseiros com cuidado na cama.

— Está vendendo drogas? Nem que seja só maconha, Harry?

Ele sabia que Mags fumava maconha quando conseguia comprar, mas esse não era o ponto.

— Não.

Ela lhe lançou um olhar demorado com seus olhos misteriosos.

— Está vendendo seu corpo, querido? Sexo?

Sua boca não caiu no chão, mas a impressão que teve foi essa.

— Meu Deus! Não. Isso é... Não.

— Que bom. Fico aliviada. Você é um menino tão bonito, tem muita coroa por aí que gosta de menino novo, então estava meio preocupada com isso. Você acha que eu não sei que você sai de casa escondido à noite?

Ela pegou as outras fronhas.

— Eu estava torcendo para que você estivesse saindo com uma menina, ou se encontrando com uns amigos para se divertir.

Examinando-o, ela mexeu em seu cristal.

— O que quer que você esteja fazendo, está fazendo pela sua mãe. Eu a amo tanto quanto você.

— Eu sei.

— Não sei por que o universo colocou essa tristeza na vida dela e não gosto da ideia de dinheiro ser a luz. Mas, no caso dela, é, já que ela se preocupa tanto com as contas.

Dando um passo para trás, Mags observou a imagem do quarto e assentiu, em sinal de aprovação.

— Você não vai querer abrir uma conta normal. Tem que abrir uma conta investimento. Dinheiro faz mais dinheiro, essa é a triste realidade.

Mags tinha umas ideias estranhas, isso é fato, mas Harry também sabia que ela não era boba. Então ouviu, ponderando aquilo.

— Uma conta investimento?

— Está planejando... juntar mais dinheiro?

— Estou. Não são só as contas. Da última vez que o cara consertou o aquecedor, ele disse que não ia dar para consertar de novo, que a gente ia precisar comprar um novo para o inverno.

— Conta investimento. Eu namorei um cara que trabalha com isso. Ele era muito certinho para mim, mas pode ajudar a gente.

Ela andou até ele, levou as mãos ao seu rosto.

— Você é um bom filho e um menino inteligente — disse, dando tapinhas em suas bochechas. — Continue assim.

Eles ouviram falar no Roubo de Selos na casa dos Finkle quando a Sra. Kelper regava as plantas da varanda. Ele sentiu o olhar frio de Mags, de esguelha, enquanto ela lavava as portas de vidro da varanda e ele polia os eletrodomésticos de inox.

— Eu sinto muito — falou Mags. — Eram valiosos?

— Pelo visto, eram. Mas o pior é que o filho deles, Terry, devia estar na faculdade, fazendo cursos no verão, mas mudou os planos e fez festa a semana inteira, enquanto os pais estavam viajando. Na casa deles. Eu tive que contar para Alva que vi as luzes acesas, que ouvi a música, os carros. Então deve ter sido um dos amigos dele, ou o amigo de um amigo que roubou, sabe como são essas festas de jovens.

Era um sinal, Harry pensou enquanto deixava a geladeira um brinco.

Como diria Mags, o universo mandou uma luz.

E sua mãe melhorou.

QUANDO TINHA dezesseis anos, Harry se apaixonou por uma loira de olhos de corça chamada Nita. Ela eletrizava seus sonhos e o fazia flutuar pelos corredores da escola. Ele dava aulas particulares de espanhol para ela — de graça — e a ajudava com o dever de casa de álgebra.

Iam ao cinema e à pizzaria, às vezes sozinhos, às vezes com Will e sua namorada do dia. Ele a convidou para o baile de formatura; ela disse sim.

Ele diminuiu a carga horária no trabalho — a faxina e os roubos — para passar mais tempo com ela. Afinal, eles tinham comprado o aquecedor novo, arcado com as despesas médicas, e o restante estava em dia.

Ele não se afastou totalmente, claro, continuou fazendo faxina com sua mãe e Mags nas tardes de sábado. Fazia uma média de duas invasões por mês e acrescentava dinheiro à sua conta.

Eles ainda tinham contas para pagar. E a faculdade estava se aproximando.

Sua mãe gostava de Nita, adorava ter os amigos dele em casa, assistindo a DVDs ou jogando videogame. Seu segundo ano no ensino médio seria para sempre uma de suas lembranças mais queridas.

Ele fez uma vaquinha com Will, e alugaram uma limusine para a formatura. Comprou um buquê de pulso cor-de-rosa para Nita e alugou um smoking.

Quando saiu do quarto, Dana levou as mãos ao rosto.

— Ah, ah! Olha só para você. Mags, é o Booth, Harry Booth. Nada de martínis para você hoje, meu filho. Nem agitado nem mexido.

— Palavra de honra — disse ele, erguendo a mão ao lado do rosto, mas cruzando os dedos para fazê-la rir.

— Fotos!

Ela pegou o celular, mas Mags o tirou da sua mão.

— Vai lá posar do lado desse seu filho lindo. Meu Deus, Dana, ele é a sua cara.

— Amor da minha vida — murmurou Dana, apoiando a cabeça no ombro dele.

Ele a abraçou, puxando-a para perto.

— Melhor mãe de todos os tempos.

Ela se virou, passou a mão em seus cabelos.

— Você está tão alto! Meu bebê cresceu, Mags, e está indo para o baile de formatura do segundo ano. Vai lá, preciso de uma foto de vocês dois juntos.

Dana e Mags trocaram de lugar. Mags ficou na ponta dos pés, como se fosse dar um beijo na bochecha de Harry, e sussurrou:

— Coloquei umas camisinhas no bolso direito do seu paletó. É muito melhor prevenir do que remediar.

Naquela noite, após a magia do baile, no after na casa de Will, Harry tirou a virgindade de Nita, e ela a dele, no azulejo frio do banheiro de hóspedes.

Começou seu último verão no ensino médio mais feliz do que jamais fora.

Antes de o verão acabar, o câncer voltou para uma última dança.

Capítulo dois

⌘ ⌘ ⌘

Harry nunca duvidou do amor de sua tia pela irmã. O passado da mulher envolvia circos, comunas e grupos de bruxaria. Pegara carona pelo país inteiro, trabalhara — brevemente — como dançarina em Vegas, artista de performance, assistente de mágico e garçonete em um restaurante de beira de estrada, onde conhecera o homem a quem se referia como ex-marido.

Mas Mags deixara suas viagens de lado durante uma década para ficar com a irmã mais nova. Fazia faxina em casas, apartamentos e escritórios e, até nas épocas boas, raramente passava mais de quinze dias longe, vivendo a própria vida.

Nas épocas ruins, ela era forte como uma pedra. Uma pedra colorida, mas sólida. Nunca perdia uma consulta médica nem as sessões de quimioterapia. Quando Dana estava fraca demais para cuidar de si, Mags dava banho nela e a vestia, recusando-se a deixar Harry ajudar.

— Um filho não dá banho na mãe — decretara ela. — Não quando ela tem uma irmã.

Mas ele entendeu a intensidade e a vastidão daquele amor quando o câncer levou os cabelos de sua mãe pela terceira vez.

Dana e ele tinham feito o jantar juntos. Ela estava num dia bom, estava forte. Talvez ele estivesse preocupado com as olheiras dela, ou com a magreza que sentia — como se a pele estivesse solta dos ossos — quando a abraçava, mas estava com uma cor saudável, os olhos acima das olheiras estavam iluminados e felizes.

Ele tinha terminado o dever de casa, e Mags chegaria por volta das oito. Podia sair sem se preocupar, passar um tempo com Will. Depois tinha uma casa para inspecionar antes de voltar.

O dia bom ficou estranho e maravilhoso quando Mags apareceu duas horas antes do previsto.

A mulher que adorava pintar suas mechas volumosas e onduladas de cores loucas, que frequentemente inseria miçangas e penas nas tranças, estava careca, com o couro cabeludo coberto de glitter.

Dana deixou a colher que segurava cair, retinindo no chão.

— Ai, meu Deus, Mags! O que você fez?

— Maneiro, né? — Mags fez uma pose com uma das mãos na cintura e a outra atrás da orelha. — Acho que o glitter faz toda a diferença. Usei as cores do arco-íris em homenagem aos meus amigos gays e lésbicas, e aos meus inimigos e desconhecidos também. Matei dois coelhos com uma cajadada só.

— Seu cabelo, seu cabelo lindo.

— Eu doei... Três coelhos. — Ela levantou o dedo para Dana, que começara a chorar. — Para com isso. O que tem para jantar?

— Mags, Mags, você não precisava fazer...

— Eu não preciso fazer porcaria nenhuma. Sou um espírito livre, faço o que eu quero, quando eu quero. — Ela atravessou a cozinha enquanto falava e foi cheirar a frigideira. — Está com um cheiro bom.

— Tem... Tem frango aí. Você é vegetariana...

— Hoje não. Hoje sou uma carnívora careca, então acho bom ter para mim também.

— Tem, sim — disse Harry.

Como estava com medo de chorar também, ele tirou a frigideira do fogo antes que a comida queimasse e abraçou as duas ao mesmo tempo.

— Sempre vai ter — falou.

Depois do jantar, quando Mags arrastou a irmã para jogar sua versão peculiar de Scrabble — pontos extras para as melhores palavras inventadas —, Harry se olhou no espelho do banheiro.

Gostava do cabelo que tinha. Na verdade, adiava cortá-lo o máximo que conseguia porque sempre cortavam mais curto do que ele queria.

E gostava muito do jeito como Nita mexia nele.

Mas ele entendia que o que Mags fizera era um gesto de amor, apoio e... Bem, de empatia.

Então, pegou o barbeador elétrico — não se achava capaz de usar espuma e gilete no rosto — e respirou fundo várias vezes até ver mais determinação do que medo no reflexo de seus olhos no espelho.

Depois da primeira longa passada do barbeador — quase até o meio da cabeça —, mechas generosas caíram e ele teve que abaixar a cabeça, segurando a pia.

Suas pernas ficaram fracas, seu estômago embrulhou e sua respiração parou.

— Puta merda.

Ele se forçou a olhar novamente no espelho e viu seus olhos se arregalarem.

— Puta merda. Não dá para voltar atrás. Termina logo isso.

A segunda passada lhe causou a mesma reação, mas ele ficou menos abalado na seguinte, e na seguinte.

O barbeador não era dos melhores, e ele pensou que devia estar diminuindo sua vida útil.

Não passou a máquina zero, mas concluiu que o importante era a intenção.

Ele estava... muito estranho. Não se sentiu ele mesmo. Ocorreu-lhe que teria de usar um gorro para seu trabalho noturno, mas refletiu sobre as possibilidades de mudanças mais radicais em sua aparência e como poderiam ser úteis.

Ele limpou a sujeira e se examinou no espelho outra vez, dando-se conta de mais uma coisa: como sua mãe devia se sentir ao se olhar no espelho. Ela não tivera escolha. O câncer e o tratamento lhe haviam roubado aquela escolha.

Quando ela se olhava no espelho, via aquela perda, aquela falta de escolha, e alguém que não se parecia muito com ela.

— Mais um motivo para Mags ter feito isso — murmurou. — Para poder ver e sentir a mesma coisa que a minha mãe.

Ele entrou no quarto e trocou de camisa. Então, experimentou alguns óculos — sem grau — que usava de vez em quando para mudar o visual. Passou para os óculos escuros.

Cerrou os olhos e se imaginou com uma barbicha ou um cavanhaque. Talvez conseguisse fazer alguns de mentira com um pouco do próprio cabelo e com alguns materiais que usavam no departamento de teatro para as peças da escola.

Satisfeito com os potenciais benefícios de sua escolha, ele guardou a sacola com o cabelo e pegou um boné.

Quando saiu do quarto, elas estavam concentradas no jogo.

— Boigemeni? Calma aí, Mags.

— O choro lamentoso de um boi constipado — disse Mags sorrindo e piscando enquanto Dana revirava os olhos. — Bônus de nove letras, com pontuação dupla de palavra, mais o bônus-bônus. Estou ganhando de lavada de você, Dana.

— É, bem, eu posso te passar. Eu posso. Espera aí.

Harry ficou olhando de longe sua mãe rearrumar as letras e sentiu o amor pelas duas atravessá-lo feito um vento quentinho.

— Vou acrescentar um esse à sua palavra para um coletivo de bois constipados e subir com *l-o-k-a-s*. Lokas, duas carecas bebendo vinho barato e inventando palavras no Scrabble.

Dana pegou sua taça.

— Quem é que está ganhando de lavada agora?

— A noite é uma criança.

— Vou deixar as duas lokas em paz e ir para a casa do Will.

— Divirta-se, meu amor, e... — Dana parou de falar quando virou a cabeça. Cobriu a boca com as mãos, e seus olhos se encheram de lágrimas.

— Harry. Ah, Harry!

— O quê? — perguntou ele, baixando os olhos e sorrindo. — Ufa. Achei que tivesse deixado o zíper da calça aberto.

— Não acredito que você... Nem quando nasceu você era careca. Ele saiu com muito cabelo. Lembra, Mags?

— Sim, lembro. Quer um pouco de glitter, cara? Tenho um monte.

— Passo. Obrigado.

— Ai, meu Deus. Olha só para a gente.

Lágrimas escorriam pelo seu rosto quando Dana começou a rir.

— Olha só para a gente.

Ela pegou a mão de Mags e a do filho.

— Sou a mulher mais sortuda do mundo — disse.

Nita chorou, mas não de um jeito fofo ou empático.

— Como você pôde fazer isso? Nem falou comigo antes.

— O cabelo é meu. Ou era.

Ela tinha aquela expressão no rosto, a que avisava a ele que estavam prestes a ter uma briga feia.

— Como *você* se sentiria se eu cortasse meu cabelo, ou pintasse de azul que nem uma maluca?

— O cabelo é seu.

— Ah, é fácil falar porque você sabe que eu nunca faria uma coisa dessas.

— Eu não me importo com o seu cabelo. Eu me importo com você. E fiz isso pela minha mãe.

Ela respirou fundo e fazendo barulho, como fazia quando se achava muito sensata diante dos erros dele. Ele aprendera nos últimos meses que cometia muitos erros para os parâmetros de Nita.

— Eu sinto muito pela sua mãe, você sabe disso. É horrível isso pelo que ela está passando. Eu odeio muito isso. E entendo que você tem que ajudar no trabalho dela e estar com ela, e por isso a gente não consegue passar muito tempo juntos, nem sair tanto quanto os outros casais. Mas...

Harry sabia que sempre havia um "mas" quando ela entrava no modo Nita Sensata.

— Mas estamos no terceiro ano da escola, o jogo e o baile de boas-vindas são na semana que vem! Semana que vem, Harry. Seu cabelo nunca vai crescer a tempo. Como que a gente vai para o nosso último baile de boas-vindas com você assim, que nem uma aberração?

Aquilo foi a gota d'água. Ele não sabia que era possível deixar de amar alguém tão rápido.

— Minha mãe perdeu o cabelo todo. É a terceira vez que ela passa por isso. Acho que isso faz com que ela seja três vezes uma aberração.

— Você sabe que não foi isso que eu quis dizer, e é uma burrice você falar isso. Sua mãe... Ela é uma vítima. Você fez de propósito e nem me perguntou antes.

Ele não sabia que, ao deixar de amar alguém, a pessoa ficava tão indiferente.

— Minha mãe não é nenhuma vítima. Ela é uma guerreira da porra. E eu não tenho que perguntar para você, nem para ninguém, sobre o que eu faço por ela. E isso? — continuou ele, apontando para a cabeça. — Isso aqui não vai voltar até que o dela volte. Já que isso faz de mim uma aberração e você não quer ser vista com uma, acabou.

Nina arregalou os olhos, em choque, e logo depois eles se encherem de lágrimas.

— Você está terminando comigo? Raspa a cabeça e termina comigo antes do baile? Você não pode fazer isso.

— Raspar a minha cabeça não teve nada a ver com você, e você deixou bem claro que não quer ir comigo assim.

— Eu já tenho um vestido!

— Então usa, ou não usa. Não é problema meu.

— Você não pode simplesmente... A gente está transando.

— Não mais.

Ele foi embora, sentindo-se livre e indiferente ao mesmo tempo. Concluiu que passar na casa dela a caminho da de Will tinha sido um livramento.

Enquanto sua mãe estava em remissão, tudo estava ótimo entre eles. Mas as coisas começaram a ficar complicadas quando o câncer voltou, quando ele não podia mais levar Nita para sair com muita frequência ou lhe dar toda a atenção que ela queria.

Ela fora muito sutil, pensou ele, falara pouco, mas o suficiente para que ele se sentisse culpado e dividido.

Bem, agora chega.

Talvez ele sentisse falta de ter uma namorada, com certeza sentiria falta do sexo — quando faziam. Mas tinha muita coisa com que se ocupar. A escola — ele ainda tinha esperanças de conseguir uma bolsa para a Universidade Northwestern —, amigos, as faxinas, a mãe, seu trabalho noturno.

Com as mãos nos bolsos e a cabeça baixa, ele arrastou os pés até a casa de Will. Bateu à porta da casa branca de um andar só que era uma graça.

O pai de Will abriu a porta com seu casaco de moletom e inclinou a cabeça.

Tirou o boné de Harry e sorriu.

— Cara! — exclamou, passando a mão no pouco de cabelo que restou. — Posso ajeitar para você, se quiser.

— Pode?

O pai de Will passou a mão na própria careca lisa.

— Tenho a manha — falou, e então pôs a mão no ombro de Harry, e seus olhos ficaram marejados de lágrimas. — Você é um cara bacana, Harry Booth. Agora entre com essas suas pernas magrelas.

O OUTONO DE cores vibrantes cedeu abruptamente lugar ao cinza e branco do inverno. A estação chegou com sete pedras na mão, soprando seu hálito glacial sobre a cidade como se tivesse decidido conservá-la no gelo.

O novo aquecedor fazia o possível, mas a serpentina antiga que aquecia a água deu seu último suspiro em uma manhã de fevereiro que marcava oito graus negativos.

O dinheiro que Harry tinha guardado dava para uma serpentina nova, embora precisasse mentir para sua mãe, inventando desculpas sobre um preço promocional da peça e do serviço prestado. Não era a primeira mentira que ele contava para a mãe naquele inverno, e não seria a última.

Dizia a si mesmo que ela estava com um aspecto melhor e que, quando o inverno passasse, quando ela pudesse sair e caminhar ao ar livre outra vez, ficaria boa.

A carta de aceite da Northwestern e a bolsa melhoraram o ânimo de Dana. Ela lia os folhetos feliz da vida, visitava o site da universidade e passava noites inteiras fazendo listas do que achava que ele ia precisar no quarto do alojamento.

Mas ele fizera os cálculos.

— Vou morar aqui no primeiro ano. Sem aluguel e com lavanderia de graça.

— Eu quero que você tenha a experiência completa. Você é o primeiro da família a ir para a faculdade. E uma tão boa. Quero que...

— Vou ter muitas experiências e não vou precisar dividir um quarto com uma pessoa que não conheço. Depois que eu me familiarizar, que fizer alguns amigos e tal, aí eu penso em morar no campus no próximo ano.

— Mas você vai perder as atividades, as festas.

— Agora você quer que eu vá a chopadas cheias de bebida?

Ela sorriu.

— É, mais ou menos. Quero que você tenha uma vida

— Eu tenho uma vida.

— E gasta muito tempo dela comigo. Sei que é mais caro morar no campus e a bolsa não vai cobrir tudo, mas podemos fazer um empréstimo estudantil.

— Ano que vem.

Ela se recostou e disse:

— Estou pensando em fazer outro empréstimo.

— Não.

Ela cruzou os braços diante do peito magro.

— Harrison Silas Booth. Quem é que manda aqui?

— Bem, Dana Lee Booth, você disse que quer que eu tenha uma vida, e ter uma vida significa tomar minhas próprias decisões. Minha decisão é morar aqui em casa no primeiro ano.

— No primeiro semestre. Primeiro semestre, Harry, esse é um bom meio-termo. Assim, já vai conhecer o campus, fazer amigos.

— Você está com muita pressa de me mandar embora.

Ela estendeu o braço e cobriu a mão dele com a sua.

— Quero que o meu passarinho aprenda a voar. Quero te ver voando, Harry. Você aproveita o primeiro semestre para se situar e depois a gente resolve o resto.

— Primeiro semestre, ok. Mas esquece essa ideia de fazer outro empréstimo.

— Combinado. Vamos nos informar sobre os empréstimos estudantis. Você pode arranjar um trabalho no campus. É tão bonito lá.

Como aquilo fazia sua mãe feliz, ele a deixou falar.

Mas ele já tinha um emprego e, quando ela fosse dormir, ele ia trabalhar.

Um casal de jovens que trabalhava de terno e gravata estava passando o congelante mês de fevereiro na casa deles em Aruba e tinha uma bela coleção de relógios de marca — masculinos e femininos.

Bvlgari, Rolex, Chopin, Baume & Mercier, TAG Heuer. E, segundo suas pesquisas, alguns Graff também.

Harry duvidava que os tivessem levado na viagem.

Mas, mesmo que não os encontrasse na casa, colecionadores de relógios de dezenas de milhares de dólares costumavam ter diversos outros objetos de valor para ele escolher.

Ele queria os relógios, um de cada; não era um monstro. Se um deles fosse Graff, poderia vendê-los e pagar as despesas médicas, da casa e da faculdade por meses.

Estivera dentro da casa na primavera anterior, quando os donos entrevistaram as Irmãs Caprichosas para fazerem uma faxina completa e acabaram não as contratando, então ele conhecia a planta. Conhecia o sistema de segurança e podia passar por ele.

Sabia que os Jenkinson tinham dois cofres: um no escritório da casa e outro no closet da suíte principal.

Os relógios estariam neste.

Ele fizera um investimento e comprara um cofre da mesma marca. Alugara um pequeno depósito, um lugar para guardar os itens que estavam esperando para ser vendidos. E treinara lá dentro, durante semanas, a arte de abrir cofres.

Para sua sorte, o cofre do casal não era um top de linha, e Harry achava que levava jeito. Com aquela nova habilidade e um pouco de sorte — e os muitos centímetros de neve que estavam previstos e que ele viu como um sinal —, começaria a faculdade no outono sem dívidas. Ou quase sem.

Ficava preocupado em deixar a mãe sozinha, mesmo que só por duas — no máximo três — horas, que era o tempo necessário para aquele trabalho. E se a luz caísse com a tempestade? E se ela passasse mal e o chamasse?

E se, e se?

Mas, se ele conseguisse fazer esse trabalho — e ia conseguir —, poderia gastar o lucro lentamente, pagando as contas aos poucos, dizendo a ela que tinha conseguido dar mais aulas particulares.

Ele pensaria em algo.

Então, pegou o trem, apenas um adolescente agasalhado dos pés à cabeça, como todo mundo numa noite de neve e vento em Chicago.

Desceu em uma estação antes do seu destino e guardou no bolso os óculos de armação pesada que usara no trem. Trocou o gorro de futebol americano pelo de hóquei e andou por quase um quilômetro na tempestade.

Qualquer um com um pouco de juízo, ou sem roubos na mente, estava aninhado no quentinho da cama à uma da madrugada. Sua única preocupação ao longo da caminhada de quase um quilômetro era que uma viatura o parasse para saber o que ele estava fazendo na rua.

Fui ver uma garota, sabe como é. Estou indo pegar o trem para voltar para casa. Pode deixar, senhor.

Mas não viu nenhuma viatura e, quando chegou ao seu destino, continuou andando com determinação.

Sabia que, quando se agia de modo furtivo, era aí que as pessoas prestavam atenção.

Não hesitou, foi diretamente até a porta.

As fechaduras não eram particularmente desafiadoras, tinham optado pela estética, e não pela segurança, com um cilindro único e um ferrolho básico de bronze veneziano.

Eles cederam a suas habilidades em menos de um minuto.

Harry tirou as botas, pisou no chão com suas meias grossas e guardou o calçado em uma sacola plástica, contando os segundos mentalmente.

Fechar a porta, trancar, ir direto até a caixa de alarme.

Também tinham escolhido o básico ali. Ele abriu, cortou os fios, e então ficou parado e deixou o silêncio abraçá-lo.

Poderia admitir facilmente que essa era sua parte preferida. Depois da preparação, da prática e do estudo, chegava o momento em que ele podia simplesmente ficar em pé no silêncio, e seu coração acelerava com a empolgação.

O roubo, o dinheiro? Isso era só o trabalho.

Mas esse momento, o silêncio, isso era dele.

Ele o viveu e só depois se moveu.

Subiu as escadas, seguiu pelas portas à esquerda e foi até o closet na parede da direita.

Muitas roupas. Muitíssimos sapatos. Esses dois eram consumistas. Mas ele admirou os ternos do homem, o algodão de boa qualidade e as camisas com monograma no pulso. O couro macio dos sapatos de marca.

Ele também admirou a coleção de casacos da mulher. Cashmere, lã merino. Sentiu vontade de puxá-lo, queria pegar um, só um, para sua mãe. Tão quentes e macios.

Mas aquilo traria perguntas, e ele não queria mentir a respeito de um presente.

Então, iluminou o cofre com a lanterna. E sorriu.

— Olá. Venho trabalhando com o seu irmão há um tempo. Vamos nos conhecer melhor.

Ele balançou a cabeça enquanto pegava o estetoscópio.

— Combinação simples. Deviam ter se esforçado um pouquinho mais.

Seu primeiro passo era descobrir a extensão da combinação. Para ter certeza de que todos os discos estivessem desengatados, ele girou o disco da frente no sentido horário três vezes.

Levou a campânula do estetoscópio ao lado do disco e começou a girá-lo no sentido anti-horário. Quando ouviu os dois primeiros cliques, parou e anotou o número do disco.

Repetiu o processo duas vezes, para ter certeza.

— Comecei bem.

Girando o disco no sentido anti-horário, ele o parou no número de diâmetro oposto ao primeiro. Voltou, devagar, com cuidado, ao ponto onde parara os discos internos, tentando ouvir os cliques, anotando o número até não ouvir mais nada.

Uma combinação de quatro números, pensou.

E agora suas habilidades matemáticas entravam em jogo — quem disse que não usamos álgebra para nada?

Ele desenhou dois gráficos de linha, os classificou. Eixo X para o ponto de partida, eixo Y para o ponto de contato correto.

Reiniciou a fechadura, colocando o disco no zero.

Trabalhou em silêncio, exceto pelo som dos cliques, com paciência, anotando cada zona de contato, e então marcando no gráfico, valor de X, valor de Y.

Levou 33 minutos de trabalho meticuloso, escuta atenta e ciências exatas para identificar os quatro números.

8-9-14-2.

Agora ele precisava da sequência. Começou a tentar os números na ordem em que os havia anotado e, então, parou.

— É uma data. Meu Deus, é o Dia dos Namorados. Deve ter sido o primeiro encontro deles ou alguma coisa assim. Em 1998. Será que vai ser moleza assim?

Uma combinação de quatro dígitos podia ter quase duas mil variáveis. É claro que ele não acertaria de primeira.

Mesmo assim, tentou. 2-14-9-8.

E, quando puxou a alavanca, a porta se abriu, escorregou como uma seda.

— Cacete! De primeira.

A emoção o levou quase ao mesmo nível de prazer que aquele primeiro, estranho, absurdo orgasmo aos doze anos.

Ele pegou o cronômetro, apertou o botão.

— Trinta e cinco minutos e doze segundos. Nada mal, mas vou melhorar.

Harry pegou um estojo com tampa de vidro — sem tranca — no qual cabiam doze relógios femininos. No momento, havia sete lá dentro. E um deles era o Graff.

Ele o pegou e iluminou com a lanterna.

Nunca segurara algo tão caro. E havia beleza ali, ele conseguia enxergar. A forma como os diamantes faiscavam sob a luz e como as safiras se acoplavam a eles, brilhando.

Ele prometeu a si mesmo que aprenderia mais sobre joias. Elas tinham... Bem, elas tinham vida. Eram mais divertidas que selos ou moedas antigas.

Harry colocou o relógio na bolsa que levara e devolveu o estojo ao cofre. Pegou o segundo estojo e examinou a coleção masculina. Escolheu o Rolex — não era à toa que era um clássico — e guardou a caixa.

Pegou as outras caixas: abotoaduras, brincos, pulseiras, colares. Pequenas coleções, talvez, mas impressionantes.

E tentadoras.

Ele lembrou a si mesmo que precisava voltar para casa, e ainda tinha que passar no depósito, guardar as coisas.

No fim das contas, seus dedos escolheram um par de brincos de diamante quadrados. Pequenos, mas elegantes, e provavelmente difíceis de rastrear.

Ele fechou o cofre, girou o disco. Olhou ao redor para se assegurar de que não estava esquecendo nada.

Voltou pelo mesmo caminho por onde viera, andando pela neve que caía generosamente, menos de uma hora depois de ter entrado na casa.

E, calculava mentalmente, com cerca de 200 mil dólares na mochila.

Ele ia insistir para receber 20%. Aceitaria 10%, mas insistiria antes. Talvez assim conseguisse 15%.

E com 30 mil ele conseguiria pagar muitas despesas médicas.

Na primavera teriam aquele ar puro e as contas de luz ficariam mais baratas sem o aquecedor. Talvez, quem sabe, ele pudesse convencer sua mãe a tirar férias no verão. Tinham vendido o carro velho há muito tempo, mas poderiam alugar um. Ele já estava com sua carteira provisória. Praticara na escola, e o pai de Will o levara para treinar no carro dele. Eles podiam alugar um carro e ir até o mar.

Ela já tinha lhe contado quanto queria ver o mar. Além disso, dizem que a maresia faz bem para a saúde.

Podiam alugar um quartinho num hotel barato perto da praia por alguns dias. Ir e voltar de carro também faria parte da diversão das férias. Eles não tiravam férias desde...

Desde o câncer, lembrou, mas afastou logo o pensamento.

Harry tivera uma ótima noite, não queria estragá-la. Era hora de pensar na primavera, no verão, na faculdade no outono.

Mas o inverno se esticou, e março terminou com a mesma ferocidade com que começara.

Em meados de abril, ele decidiu que Chicago tinha se transformado no planeta gelado Hoth.

Então, aos poucos, a primavera escapuliu do punho fechado do inverno.

Eles abriram as janelas, deixaram o ar entrar. É claro que tinham de fechá-las à noite para não morrer de frio, mas já era um começo.

Harry sentiu a esperança florescer dentro dele como o açafrão que sua mãe plantara quando ele era menino.

Ele estava até saindo com outra menina. Alyson. Nerd, adorava ciência, mas era bonita. Nada sério; ele não queria nada sério antes de entrar na faculdade. Mas tinha alguém para levar ao baile de formatura, e isso era importante.

Ele voltou para casa a pé, a temperatura quase agradável, pensando nas tarefas da noite.

Dever de casa — tinha de manter as notas lá em cima —, mais um pouco de pesquisa sobre pedras preciosas. Jantar. Talvez conseguisse convencer sua mãe a pedir pizza.

E tinha um alvo potencialmente lucrativo que queria investigar melhor.

Entrou em casa animado.

— Oi, mãe! Vou pegar um lanche. Acho que acertei tudo na prova de química hoje. Tenho uma caralhada de dever para fazer, mas já vou começar.

Ele estava segurando um saco de Doritos em uma das mãos e uma latinha de Coca-Cola na outra quando ela saiu do quarto.

— Você costumava pedir um sanduíche de manteiga de amendoim com geleia depois da escola.

— O tempo passa. Preciso do carboidrato e da cafeína para o dever de matemática e para o trabalho que tenho que escrever para...

O jeito como ela olhava para ele cortou seu bom humor como uma navalha.

— O que houve?

— Vamos sentar, Harry.

— Mãe.

— Por favor. Vamos sentar. Por que você não pega uma Coca dessas para mim?

Ele tentou não pensar em nada; foi tudo que conseguiu fazer. Serviu o refrigerante em um copo com gelo, porque era assim que ela gostava. Então, se sentou à mesa da cozinha com a mãe.

— Fui fazer uma tomografia hoje.

— Quê? Você não disse que tinha marcado. Eu sempre vou com você.

— Você tem escola. Mags foi comigo. E eu não contei, filho, porque o médico pediu a tomografia. Ele pediu porque... Filho, a quimioterapia não está funcionando dessa vez.

— Não. Eles disseram que estava. Eles disseram.

— Estava, por um período, no outono, até o começo do inverno, mas agora não está mais, Harry, e já faz um tempo.

Ele sabia, não sabia? No fundo, ele já sabia. As olheiras, mais fundas a cada dia que passava, sua energia que se esvaía assim como seu peso.

— Eles vão tentar um tratamento diferente.

— Harry — disse ela, segurando as duas mãos dele. — O câncer se espalhou. Eles fizeram tudo que podiam.

As mãos que seguravam as suas pareciam penas feitas só de ossos. Tão leves, tão magras e finas.

— Eu não acredito nisso. Você também não pode acreditar.

— Eu preciso que você seja corajoso, por mim. Não é justo. Eu não devia ter que te pedir para ser corajoso. Nada tem sido justo. Meu câncer roubou sua infância, e eu odeio isso. Odeio. Não estou dizendo que não vou lutar, não é isso. Mas vamos parar a quimioterapia.

— Mãe, por favor...

— Ela só pode me dar mais uns dois meses, meses em que vou estar doente por causa do tratamento. Mas só isso. Eu quero que o tempo que ainda tenho com você seja um tempo em que eu possa ser sua mãe, pelo menos na maior parte dele.

Ela apertou a mão dele com força.

— Seis meses. Oito ou nove, talvez, com mais tratamentos. Eu faria cem vezes, Harry, se pudesse ver você crescer, virar um homem. Se formar na faculdade, se apaixonar, constituir uma família. Mas não posso. Meu coração quer, você é tudo para mim, mas meu corpo não deixa.

— Você já venceu o câncer uma vez.

— Mas não dessa vez. Me ajuda a viver esses seis meses da melhor forma.

— Você já venceu o câncer uma vez — repetiu ele.

Quando ela o abraçou, ele virou criança outra vez. E a criança levou o rosto ao peito da mãe e chorou.

Capítulo três

⌘ ⌘ ⌘

No ÚLTIMO dia de aula, que Harry via como a última página de um capítulo de doze anos de sua vida, ele ouviu as gargalhadas saindo pelas janelas abertas da casa onde flores desabrochavam nos vasos pintados ao lado da porta.

Sua mãe estava rindo mais agora, e parecia tão viva, tão feliz, que ele quase conseguia se convencer de que haviam derrotado o inimigo dentro dela.

Ela plantava flores. Faxinava, ouvia música, fazia compras. Comprou um vestido novo para usar na festa de formatura dele.

Ela dizia que cada dia era um presente, e ele tentava ver as coisas do jeito dela.

Mas, às vezes, de noite, no escuro, ele pensava que cada dia que passava era um a menos.

Agora ele ouvia sua risada, um risinho de menina, como se ela fosse um de seus colegas da escola, pensou.

Antigos colegas de escola.

Ele entrou e viu sua mãe e Mags à mesa da cozinha morrendo de rir.

O cabelo curto de Mags estava pintando de um azul-safira muito vibrante.

Aquilo não era nenhuma surpresa, mas os fios de cabelo curtos da mãe em um novo tom de rosa chiclete o fizeram recuar.

As duas o olharam, sorrindo.

— O que achou? — perguntou Dana.

— Acho... Acho que vocês estão parecendo dois ovos de Páscoa. Se tivesse ovo de Páscoa em Marte.

Elas riram ainda mais alto.

— Sobrou um pouco das duas cores para você. A gente pode misturar e fazer um roxo lindo. Seu cabelo está meio parecido com o do George Clooney em *Ave, César!* — observou Mags. — Um roxo ia cair bem.

— Passo.

Dana se levantou e pegou uma Coca-Cola na geladeira antes dele.

— Vou com um lenço na cabeça para a festa de formatura, não se preocupa.

Ele pegou uma Coca também e se abaixou para dar um beijo nela.

— Não vai, não. Aposto que ninguém mais vai ter uma mãe e uma tia com o cabelo rosa e azul.

Ela o abraçou.

Tão magra, tão magra. Ele afastou aquele pensamento e lembrou a si mesmo: aqui, ela está aqui. E feliz.

— Mags me emboscou quando acabamos a faxina na casa dos Gobble. E eu pensei: por que não? Com tudo isso acontecendo, eu esqueci! — exclamou ela, levando as mãos ao rosto dele. — É seu último dia de aula. Meu bebê, meu bebê de um metro e noventa acabou de ter seu último dia de aula na escola.

— Ô-ou... vou ter que botar uma música bem sentimental.

— Já está tocando na minha cabeça — disse Dana a Mags. — Ainda vejo você, meu homenzinho, com seu casaco vermelho e a lancheira do Scooby-Doo, quando te levei para o primeiro dia de aula. E, quando a gente chegou lá, você falou: "Tchau!" E saiu andando sozinho. Destemido. Você sempre foi destemido.

Ele se lembrava, porque se lembrava de tudo.

— Puxei minha mãe.

— Vou fazer um lanche para você. Deve sair hoje, né? Alyson vai? Ela é uma moça legal. Inteligente.

— Ela é legal e inteligente, mas eu tenho um encontro marcado com outra pessoa hoje. Com duas pessoas, na verdade.

Dana parou e deu meia-volta.

— Você não vai passar a primeira noite do resto da sua vida comigo e com a sua tia.

— Acho que posso decidir com quem quero passar a primeira noite do resto da minha vida, e eu tenho planos.

— Que planos?

— Meus planos. Temos umas duas horas, então dá tempo de lanchar... faz algo para nós três. Depois eu vou cortar a grama.

Aquilo levaria cerca de dez minutos, visto o tamanho do jardim.

— É surpresa — continuou, prevendo as perguntas. — Podem usar isso mesmo que estão vestindo. Talvez seja bom pegar um suéter, ou uma jaqueta, mas só isso.

— Um mistério — disse Mags. — Uma surpresa misteriosa. Já gostei.

Elas não tinham ideia de aonde estavam indo quando entraram no trem, e ele se recusou a dar qualquer pista. Mas, à medida que se aproximavam do destino e mais pessoas embarcavam com bonés e uniformes, Mags deu um soquinho no ombro dele.

— Estádio Wrigley Field. Jogo contra os Marlins.

— Talvez.

— Você não gosta muito de baseball — lamentou Dana. — Eu nunca entendi onde foi que eu errei, mas...

— Eu até gosto. Mas as minhas meninas amam.

— Que ótimo! Que maravilha! Cara, eu devia ter trazido minha pedra de jaspe-sanguíneo para emanar boas energias. Não, não, minha ônix preta — disse Mags, vasculhando a bolsa. — Devo ter alguma coisa aqui dentro. Meu boné da sorte dos Cubs está em casa, mas isso eu posso visualizar. Quem está arremessando? Não lembro quem está arremessando.

— O Mitre — respondeu Harry.

— Ok. Bem, vou visualizar o boné com força.

Ele adorou o jeito como elas falaram sobre o jogo ao lado dele, no trem, a caminho do estádio e debaixo do grande letreiro vermelho.

Adorou a energia delas e de todos em volta.

— Eu pago — afirmou Dana. — Pelo último dia de aula.

— Tarde demais — respondeu Harry, tirando os ingressos do bolso. — Já comprei, pelas mulheres que me fizeram chegar até o último dia de aula.

— Harry, esses ingressos... São no camarote. Você não pode fazer...

— Já fiz. E todo mundo vai ganhar um boné da sorte novo.

— Não estraga os planos do rapaz. A gente não conseguiu ver nenhum jogo ao vivo na última temporada e agora temos ingressos para o camarote? Ah, Mags, olha. Do lado da primeira base, bem atrás do banco de reservas!

Ele comprou bonés para elas e um para si.

Ouviu sua mãe soltar um suspiro respeitoso quando os jogadores entraram no estádio e quando a grama verde, o montinho marrom do arremessador e as linhas brancas preencheram a vista até o muro coberto de hera.

— Estamos praticamente dentro do campo. Dá para sentir o cheiro da grama! Mags, você lembra quando a gente via os jogos do telhado?

Ela fez um gesto indicando os edifícios em torno do estádio.

— Claro que lembro. O tio Silas nos levava lá em cima, enchia a gente de refrigerante e cachorro-quente. Eu já te falei do tio Silas, o irmão da sua avó.

— Eu tenho o nome dele no meio do meu.

— Isso aí. Ele se apaixonou por uma mulher, mas não era recíproco, e sofreu por ela até morrer. Nunca se casou. Teve um ataque cardíaco quando você era bebê.

Harry conhecia a história. O pai de Dana e de Mags fora embora quando Dana ainda usava fraldas. A mãe delas trabalhava no açougue do irmão e criara as duas.

Ela morreu com uma bala perdida em um tiroteio quando a mãe de Harry tinha dezessete anos.

Harry se deu conta de que era a mesma idade que ele tinha agora.

— Ele podia ter um coração perturbado, mas era um amor de pessoa. Bons tempos — lembrou Mags, dando um tapinha na perna de Dana. — Muito bons tempos.

— Foram mesmo — concordou Dana com um suspiro. — E agora é melhor ainda.

Comeram cachorro-quente, tomaram cerveja. Embora não gostasse muito de cerveja, ele deu uns goles no copo da mãe.

Solidariedade.

Eles torceram, vaiaram, discutiram as jogadas.

Sua mãe estava radiante, essa era a palavra que lhe vinha à mente. Ela pulava para assistir à bola voando, chiava quando o jogador a pegava logo antes de alcançar o muro e gemia no *strikeout*.

O sol se pôs, as luzes se acenderam.

Totalmente por acaso, ele pegou uma bola que saiu do campo e foi bem na sua direção. Isso fez sua mãe se levantar e dançar.

— Mãos rápidas — disse Mags, lançando um olhar cúmplice para ele. — Reflexo bom.

Depois de voltar a sentir a mão, ele deu a bola de presente para Dana.

— Uma lembrancinha para você, senhora.

Quer tenha sido os bonés da sorte, o jaspe-sanguíneo que Mags tirou da bolsa ou o desempenho dos Cubs naquela noite, a verdade é que Mitre arremessou sozinho o jogo inteiro e os rapazes saíram de campo com catorze corridas.

Harry não tinha a paixão da mãe pelo esporte, mas sabia que um purista não ficaria maravilhado com um placar de catorze a zero em nove entradas.

Ela apoiou a cabeça no ombro dele, e eles ficaram sentados enquanto as pessoas deixavam o estádio.

— Sabe o que é melhor que uma noite no Wrigley?

— O quê?

— Nada.

Desceram do trem uma estação antes da deles, compraram sorvete de casquinha e caminharam com Mags até o apartamento dela.

Enquanto andavam pelos poucos quarteirões que faltavam para chegar em casa, ele apoiou o braço nos ombros da mãe, exatamente como ela costumava fazer com ele.

— Você deve estar cansada.

— Um pouco — admitiu ela. — Mas é um cansaço bom. Foi uma surpresa ótima. Você sempre foi minha melhor surpresa. Nunca pergunta sobre seu pai.

— E eu vou perguntar o quê? — indagou ele, sincero. — Ele não faz diferença.

— Faz, sim, porque sem ele eu não teria você.

Ela se apoiou nele e suspirou.

— Tenho que te contar, porque acho importante você saber. A gente era jovem. Eu fiquei muito triste quando perdi minha mãe. Mags ficou com raiva, mas eu não conseguia sair do estágio da tristeza. O tio Silas tentou muito ajudar, mas ele também estava sofrendo. Enfim, apareceu um rapaz e ele me queria. Eu o queria. A gente não se amava. Não quero que você ache que ele partiu meu coração, porque não foi assim.

Eles se voltaram para a casa, e ela parou em frente à porta.

— Vamos sentar rapidinho.

Ela se sentou no degrau, com flores desabrochando em ambos os lados.

— Ficamos juntos só algumas semanas. A gente já tinha se afastado quando eu descobri que estava grávida. Ele tinha começado a faculdade, Mags tinha ido trabalhar em festivais itinerantes e eu estava trabalhando no açougue. Vai parecer estranho, mas eu não entrei em pânico nem me perguntei o que fazer. Fiquei muito feliz, desde o início. Jovem, boba, mas feliz. E toda a tristeza se esvaiu. Tive que contar para ele, mas não fiquei surpresa com a reação que ele teve. Não podia culpá-lo e nunca culpei.

Ela olhou para ele com olhos cansados, mas firmes.

— Você também não deve culpá-lo, é isso que eu quero dizer. Ele tinha acabado de fazer dezoito anos, estava começando a vida, que nem você agora. A gente não se amava nem se queria. Sei que eu poderia ter insistido para que ele contribuísse, e talvez devesse ter feito isso. Mas não quis. Você era meu e eu te queria para mim. Por que colocar alguém na sua vida que não te queria? Ele ia acabar ficando com raiva de você e de mim, assim como eu percebi que meu pai tinha raiva da minha mãe, da Mags e de mim. Não, eu não queria colocar você nessa situação. É um caminho difícil.

— Eu nunca quis nada diferente, se é isso que você está me perguntando.

— Que bom. Isso é bom. Enfim, Mags voltou algumas semanas antes de você nascer, estava lá quando você deu as caras. Ela voltou de novo quando o tio Silas morreu. Eu queria muito que você se lembrasse dele, Harry, mas você era um bebê. Ele era louco por você. Deixou uma quantia para eu dar entrada nesta casa. Depois a gente abriu a empresa, trabalhamos muito quando você foi para a escola. E agora aqui estamos.

Ela apoiou a cabeça nele.

— Meu melhor presente, meu maior amor, veio daquela tristeza toda. Só quero que você nunca se esqueça disso. E... — continuou ela, dando um beijo estalado na bochecha dele. — Nada de tristeza hoje.

— Sei que não tenho como me lembrar dele, do tio Silas, mas o conheço pelas histórias que você e Mags contam. Me lembro de todas as histórias que já me contaram.

Ela sorriu e deu um tapinha de leve com o dedo na têmpora dele, falando:

— Memória mágica.

— É.

E ele soube que nunca ia esquecer aquele momento, sentado com ela no degrau da entrada em uma noite de verão, com flores lindas em torno deles.

Ela usou o cabelo cor-de-rosa e o vestido novo para o baile de formatura e, com a ajuda de Mags, deu uma festa em casa para ele e os amigos.

Mas, à medida que junho cedia lugar a julho, as olheiras começaram a assombrar mais ainda os olhos dela. Muitas vezes, ele via dor ali. Quando ela mal conseguia atravessar um cômodo sem ficar sem ar, foi a vez dele de pedir que se sentasse para conversarem.

— Tomei uma decisão.

Ela deu um gole no chá estranho que, segundo Mags, tinha propriedades de cura.

— Sobre o quê?

— Vou tirar um ano sabático.

— Harry...

— Não. Me escuta.

Ele sabia que ela não conseguia discutir, e parte dele odiava aquilo, odiava saber que ela havia ficado fraca demais para brigar.

— Muita gente faz isso, e é o que eu vou fazer. Mags precisa da minha ajuda na empresa. Você precisa de mim. E eu preciso estar aqui. Eu preciso disso, mãe. A universidade não vai fugir.

— Sua bolsa. Você estudou tanto...

— Ela vai esperar.

— Sinto muito — disse ela, fechando os olhos. — Sinto muito por não poder brigar com você. Não poder te obrigar a ir. Eu queria te ver indo para a faculdade que nem vi você entrando na escola. Queria isso. Odeio essa situação. Odeio saber que você não vai poder contar comigo. Olha...

Ela teve de fazer uma pausa. Estava tendo um dia ruim, e os dois sabiam.

— Falei com a Anita da casa de repouso hoje de manhã. Ela tem sido ótima, e entende que eu não quero ir para o hospital. Quero ficar aqui. Você vai precisar de ajuda.

— Mags e eu podemos cuidar de você.

— Eu sei. Mas, se você precisar de ajuda, pode contar com eles. Já organizei tudo. Deixei tudo anotado. Sei que é difícil para você falar disso, mas é necessário.

— Ok — respondeu ele, enjoado e com medo, mas assentindo.

— Eu quero ser cremada. Não quero uma grande cerimônia, nada disso. Você e Mags podem decidir o que fazer com as minhas cinzas. O que quiserem, onde quiserem.

Parecia que Harry tinha levado um soco no estômago, e o calor se espalhou pelo seu corpo como uma segunda pele, mas ele assentiu outra vez.

— Ok. Pode deixar.

— Eu coloquei seu nome na escritura da casa, fiz isso há meses, então ela vai ser sua. Você devia vendê-la. Vai ganhar uma grana. Deve vender para ajudar a pagar a faculdade. O valor dos imóveis está subindo, e tem muitos compradores querendo uma casa dessas para gentrificar.

Dana pegou a mão de Harry, e ele sentiu o tremor na dela.

— Não desperdiça esse seu cérebro, meu filho. Você é tão inteligente. Vai para a faculdade, vai encontrar sua paixão. Explorar, viajar, conhecer lugares novos. Todo tipo de lugar. Você é forte, Harry. Inteligente e forte, e é gentil. Eu me saí muito bem.

— Saiu mesmo.

— Cuida da Mags. Ela pode ser sua tia doida, mas nunca deixou a gente na mão — lembrou Dana, afastando o chá. — Mesmo tentando me fazer tomar essa porcaria.

— Que tal uma Coca?

Ela sorriu.

— Sim, por favor.

À medida que o verão se esvaiu, a força dela fez o mesmo.

Mags se mudou do apartamento dela e passou a dormir no colchão inflável ao lado da cama da irmã.

Harry passava os dias fazendo faxina com Mags e usando o dinheiro do trabalho noturno para pagar uma cuidadora que ficasse com sua mãe quando eles não podiam.

No outono, a maior parte de seus amigos partiu para a faculdade. Ele sentia um aperto no peito nos momentos mais inusitados. Quando levava o lixo para fora ou amarrava os cadarços, ou ia até a biblioteca pegar mais uma pilha de livros para sua mãe.

Compraram uma cadeira de rodas para que pudessem levá-la para tomar sol e o ar puro do lado de fora. Mas, mesmo na temperatura agradável de um outono ameno, ela ficava com frio se passassem mais de uma hora ao ar livre.

Em novembro, o mundo de Dana havia se reduzido ao espaço de seu quarto. Ela comia pouco, dormia muito. Tinham alugado uma cama de hospital e colocaram a cômoda antiga na sala para que coubessem duas camas e duas cadeiras no quarto.

Amigos, vizinhos e clientes mandavam flores ou comida, ou ambas. Ele nunca se esqueceria de que a mãe de Will ia lá três ou quatro noites por semana depois do trabalho para ficar com ela, mesmo que Dana ficasse dormindo durante as visitas.

— Leva sua tia para tomar um café — dizia ela.

Então, eles escapuliam da casa que tinha um cheiro forte de flores e doença e iam caminhar no ar gelado de novembro.

Um dia, Mags segurou sua mão e disse:

— Querido, a gente tem que deixá-la ir.

Ele tentou puxar a mão de volta, mas Mags a segurou.

— É o amor que a está prendendo aqui agora, por você e por mim também. Ela está sofrendo. O remédio ajuda com a dor, mas não resolve. A maconha ajuda com a náusea, mas ela ainda existe. Sua mãe está num limbo, presa entre dois mundos, e se agarrando a esse por nós.

Ele quis xingá-la, empurrá-la para longe. Mas olhou para a frente, sem ver nada.

— Ela disse que cada dia é um presente — lembrou. — E estava perguntando do Will para a Sra. Forester quando a gente saiu. Escolheu um livro novo para começar hoje.

— Ela tem uma força de vontade tão grande, e um amor imenso por você. É uma coisa péssima para dizer a um rapaz que acabou de fazer dezoito anos, mas ela não vai seguir em frente até você falar para ela que vai ficar bem.

— Então você está pronta para deixá-la morrer.

Foi Mags quem largou sua mão.

— Não. Eu nunca vou estar pronta. Mas sei que ela está.

Eles não tocaram mais no assunto, nem em qualquer outro, enquanto davam a volta no quarteirão, e o ressentimento se acumulou dentro dele como nuvens de tempestade. Tinha muito a dizer e prometeu a si mesmo que diria tudo depois que a mãe de Will fosse embora, depois que sua mãe dormisse.

Ele não ia deixar que a idiota, louca, egoísta da sua tia lhe dissesse o que fazer, sentir, pensar. E, se ela estava cansada de cuidar da própria irmã, que fosse se catar.

Ele faria tudo sozinho.

Quando voltaram para casa, Mags foi direto para a cozinha, dizendo:

— Vou esquentar um pouco de sopa para a Dana. Você quer?

— Não.

A mãe de Will saiu do quarto.

— Tivemos uma conversa ótima — contou ela, se aproximando para abraçar Harry. — Não fica chateado se ela achar que você está aqui só de férias da faculdade. Ela está um pouco cansada e confusa.

— Tudo bem. Sra. Forester, eu sou muito grato pelas suas visitas.

— Sua mãe e eu somos amigas desde que você e Will estavam no jardim de infância — disse ela, abraçando-o outra vez. — Estou indo, Mags — gritou. — Me avisa se precisar de alguma coisa.

— Pode deixar. Obrigada, Keisha.

Ela deu um tapinha no braço de Harry.

— Cuidem um do outro, vocês dois.

Ele cuidaria de tudo, pensou. Inclusive, diria à tia onde ela podia enfiar seus conselhos.

Mas, primeiro, eles precisariam trabalhar juntos para conseguir alimentar sua mãe. Ele sabia focar em algo, desligar seus pensamentos e cumprir uma tarefa.

Tirou o casaco e foi pendurá-lo quando ouviu sua mãe falando. Não estava chamando por ele, apenas falando. E rindo.

Com o casaco ainda na mão, ele entrou no quarto.

A cama estava reclinada, ela, recostada e seus olhos, iluminados. Usava o suéter vermelho que Mags tricotara por cima da camisola azul-clara. Sorriu para ele.

— Oi, meu amor! Bem-vindo. Eu estava falando agora mesmo para o tio Silas que você estava vindo passar o fim de semana em casa. Ele comprou costeletas de porco na promoção e vai trazer para o jantar.

Ele não soube o que dizer, ficou parado ali. Mags entrou tranquilamente com uma bandeja na mão.

— Espero que tenha purê de batatas para acompanhar, e nada de espinafre — falou.

— Ervilhas. E minicroissant.

— Eu que vou bater a lata na bancada.

— Sempre é você.

— Eu sou a irmã mais velha.

— Não estou com muita fome agora — disse Dana quando Mags pegou uma colherada de sopa.

— Nem para comer a sopa da Sra. Cardini? Sua preferida.

Harry se sentiu envergonhado. Aquela sensação tomou conta dele enquanto observava sua tia colocar um pouco de sopa na boca da irmã.

— Ela faz a melhor sopa — disse Dana.

— Faz mesmo. E Harry vai começar a ler seu livro novo enquanto você come. Qual é esse?

— É a história da extraordinária jornada de um homem comum. Aventura! Redenção! Amor!

— Sexo?

— Eu não vou ler nada com sexo em voz alta para minha mãe e para minha tia.

— Seu filho é um santo, Dana. Mas ele sabe fazer uma leitura dramática.

— Ele está estudando livros nas aulas da faculdade e vai poder voltar a participar das peças de teatro. Não consigo comer mais, Mags — disse, virando a cabeça. — Peguei minha mala no armário, não peguei? Terminei de arrumar? Preciso terminar de arrumar minha mala.

Mags largou a colher, afastou a bandeja. Harry viu as lágrimas cobrirem o azul de seus olhos.

— Está tudo pronto — disse ela.

— Ah, que bom. Ah, claro. Estou vendo — disse Dana, e sorriu para algo que só ela conseguia ver do outro lado do quarto. — Está tudo pronto e arrumado. Você vai estar muito ocupado e não vai nem sentir minha falta, meu amor, com a faculdade e tudo mais.

Ainda sorrindo, seus olhos muito iluminados e fundos, ela pegou a mão dele.

— Vou te mandar cartões-postais. Você pode fazer um álbum de colagens. Eu sempre quis fazer um desses. Você vai ficar bem, não vai, Harry? Está grandinho. Vai ficar bem enquanto eu estiver viajando.

Ele pegou sua mão enquanto as lágrimas ardiam nos olhos.

— Vou, mãe. Eu vou ficar bem.

— Você e Mags têm que cuidar um do outro.

— Pode deixar. Não precisa se preocupar.

— Estou um pouco cansada. Vou terminar de fazer minha mala mais tarde.

Ela fechou os olhos e adormeceu. Mags se levantou e pegou a bandeja.

— Preciso de uma bebida — disse ela, saindo do quarto.

Quando ele saiu, ela já tinha servido duas taças.

— Vinho barato ainda é vinho, assim como pizza barata não deixa de ser pizza. Se não quiser, eu tomo o seu.

— Desculpa — disse ele.

Ela balançou a cabeça, mas ele continuou:

— Desculpa pela forma como eu agi, pelo que eu falei e pelas coisas piores que eu pensei.

— Ela é sua mãe.

— Ela é sua irmã mais nova.

Mags deu um gole no vinho enquanto as lágrimas corriam pelo seu rosto.

— Estou com tanta raiva, tanta raiva de quem quer que seja que está no comando... Qual é o sentido de fazer com que ela passe por tudo isso? Nenhum. E eu não estou nem aí para o que os outros dizem.

Ela desabou sobre a mesa da cozinha, usando a base das mãos para enxugar as lágrimas, borrando o rímel.

— Ela tem falado com o tio Silas ou com nossa mãe nas últimas noites. E... E fica feliz quando faz isso. Não ligo se você não acredita que ela consegue vê-los. Todo mundo pode acreditar no que quiser, contanto que não tente convencer o outro daquilo. Mas eu acredito. Acredito que eles estão esperando por ela.

Ele se sentou e provou o vinho. Ligeiramente melhor do que cerveja barata, concluiu.

— Eu não sei no que acredito. Mas sei que você estava certa, mais cedo. Ela está lutando por nós, e isso está fazendo mal a ela, está tirando tudo que ela tem, e você tinha razão. Ela precisava saber que eu vou ficar bem.

— Não quero deixá-la ir.

— Eu sei. Estamos fazendo isso por ela.

— Preciso pedir a você que não saia à noite até... Não vou conseguir falar com você se...

— Vou estar aqui.

Duas noites depois, ela se foi enquanto ele lia em voz alta e Mags tricotava um cachecol.

Ela não queria um funeral, por isso não fizeram nada. Ainda assim, várias pessoas foram até a casa levar flores ou comida, ou ambas. Ele ficou surpreso com o número de clientes que se locomoveram até lá ou enviaram cartões com seus pêsames.

Em uma noite fria de novembro, com muito vento, ele burlou o sistema de segurança do Wrigley Field e levou Mags até o lugar onde ficaria a quarta base durante a temporada de baseball.

— Imaginei que você estivesse fazendo algo assim, invadindo casas, mas não achei que fosse tão bom.

— É diferente aqui, quando está vazio, quase no inverno. Mas ela ia gostar disso, não acha?

— Ela ia amar. É o lugar certo. Torcedora do Chicago até o fim.

— Então tudo bem. Você quer fazer alguma coisa, ou tipo, dizer alguma coisa?

— O espírito dela já voou. Deixa o restante voar junto. Isso basta.

Ele abriu a caixa e a ergueu no ar. Deixou que o vento carregasse as cinzas.

— Olha ela indo, Harry. Parte dela sempre vai estar aqui, torcendo para os Cubs. Eles nunca vão saber a sorte que têm de ter a Dana. Mas a gente vai. A gente sabe.

— A gente sabe — concordou ele.

Observou o vento levar as cinzas, carregá-las, fazendo-as dançar.

No trem de volta para casa, Mags acariciava a perna dele.

— O que você vai fazer com a casa?

— Você pode morar lá pelo tempo que quiser.

— Não posso. Por enquanto, até você decidir, tudo bem. Mas não ia conseguir ficar morando lá sem ela. Não quero Chicago sem ela, não depois que você decidir. Você pode começar a faculdade, a Northwestern, quem sabe mês que vem.

Ele fez que não com a cabeça.

— Não posso. Sinto a mesma coisa. Não quero ficar aqui sem ela.

— Onde, então?

— Não sei. Talvez um lugar quente, para começar. Longe desse frio desgraçado. E você?

— Estou de olho numa van usada da Volkswagen.

Ele se virou para olhá-la. O cabelo dela estava da cor de uma berinjela madura agora.

— Você está de sacanagem — disse Harry.

— Não. Estou querendo ir em direção ao oeste. E posso voltar com meu negócio de vidente por telefone. Madame Magdelaine sabe de tudo, vê tudo.

— Vou comprar um carro decente para você.

— A van da Volkswagen é um clássico, e não é à toa, cara. Tenho ótimas lembranças de encontros em uma dessas.

— Então eu compro a droga da van para você, para garantir que está em bom estado. Não quero te imaginar na beira da estrada em um deserto com um carro enguiçado. Deixa eu fazer isso por você... por ela. Ela ia querer isso.

— Você não vai me fazer chorar nesse trem. Tem dinheiro para isso?

— Tenho o suficiente. E vou vender a casa, então vou ter mais.

— Ela queria que você fosse para a faculdade, Harry, queria muito.

— Eu vou chegar lá. Prometo.

Ele sabia que deveria esperar até a primavera — quando o mercado imobiliário dava uma melhorada —, mas pôs a casa à venda mesmo assim. Então, a vendeu em menos de duas semanas, por cinco mil a mais do que estava pedindo. Comprou um Volvo usado, com poucos quilômetros rodados, bem conservado.

Esvaziar a casa, tirar todos os pertences da mãe foi a parte mais difícil. Mas, quando acabaram, Mags e ele ficaram parados no pequeno jardim. Ela estava com o suéter vermelho e um par de brincos da irmã.

A van dela — vermelha e branca — estava na frente do Volvo de Harry.

— Que carro mais sem graça, garoto.

— Carro sem graça não chama atenção. Você vai estar cheia de multas antes mesmo de chegar em Iowa.

— O dia em que eu não puder me livrar de uma multa dando uma cantada num policial vai ser o dia da minha aposentadoria — disse ela e virou-se para ele. — Vamos fazer um trato.

— Vamos.

— Uma vez por ano, tudo bem se for mais, mas, pelo menos uma vez, a gente se encontra. Eu vou até você, você vem até mim, a gente se encontra no meio do caminho, não importa. E passamos alguns dias juntos. Você é tudo que me resta dela, Harry. Você é a minha família.

— Vamos escolher a primeira data agora. Depois a gente decide o lugar. Pode ser antes, mas vamos marcar no dia primeiro de abril.

— Primeiro de abril?

— Fácil de lembrar. A gente se encontra no dia primeiro de abril. Quer jurar com o dedo mindinho? — perguntou ele.

— Não. Prefiro fazer assim — respondeu Mags, e o abraçou.

Ele sentiu o cheiro da mãe nela, de seu xampu preferido, e aninhou o rosto no cabelo da tia.

— Assim também funciona. Combinado. Tenta não se meter em confusão.

— E qual é a graça nisso? — perguntou ela, afastando-se e segurando o rosto dele com as mãos. — Pode me ligar quando quiser. Se precisar de alguém para pagar sua fiança, pode me procurar.

— O mesmo vale para você. Está pronta?

— Para aventura? Sempre. Busca um pouco disso, Harry. Aventura. Primeiro de abril — disse ela, indo em direção à van. — Não vai me enganar no dia da mentira.

— Combinado. Te amo, Mags.

— Te amo.

Ela entrou na van, colocou os óculos escuros com armação de gatinho e lentes coloridas. Tinha alguns cristais e um símbolo da paz pendurados no retrovisor. Pegou um dos cristais e deu a ele pela janela aberta.

— Pedra da lua, para fazer uma boa viagem.

— Cadê a sua?

Ela puxou o colar de dentro da blusa.

— Até mais, cara.

Mags ligou o carro — em ótimas condições — e seguiu seu rumo. Ele esperou até não conseguir mais ver a van e entrou no Volvo.

Harry pensou: "Por que não?" E pendurou o cristal no retrovisor.

Olhou a casa uma última vez.

Então, saiu dirigindo sem olhar para trás.

Capítulo quatro

⌘ ⌘ ⌘

HARRY PEGOU a estrada interestadual 65 para atravessar Indiana. Como, além de Illinois, Indiana era o único estado onde ele já pusera os pés, queria se ver fora dali também.

Outro lugar, um lugar novo, quente.

Ele manteve o pé na estrada, deixou o volume do rádio no máximo e o aquecedor ligado. E sentiu um alívio, um alívio físico quando chegou a Kentucky. Escolheu uma saída aleatória. Faria uma parada, talvez percorresse o estado por um tempo.

— Estado da grama azul. O nome oficial é Commonwealth of Kentucky — corrigiu, tirando alguns dados da caixola. — A capital é Frankfort. Ah, cavalos, bourbon, frango frito, corridas de cavalo, blues, o Fort Knox.

O Fort Knox o fez pensar no que ele faria com barras de ouro se conseguisse entrar lá. Seria um motivo e tanto para se gabar, só que isso o faria parar na penitenciária de Leavenworth, no Kansas. Ou na versão equivalente dela no Kentucky.

Além do mais, não dava para guardar barras de ouro em uma mochila.

Ele parou para esvaziar a bexiga e abastecer o Volvo, comprou Doritos — ainda seu lanche preferido — e uma Coca-Cola.

Gostava da vista das colinas, uma paisagem que ele só vira em fotos ou filmes. Imaginou a grama verde no verão, subindo e descendo o vasto gramado repleto de cavalos pastando.

Talvez ele fosse gostar de uma vida no campo. Talvez.

Mas, embora o ar não fosse gelado, ainda era frio.

Ele continuou dirigindo, rumo ao sul, e, quando o Doritos não o satisfez mais, passou por um drive-through do McDonald's, onde pediu um Big Mac com batata frita grande.

A mulher, que devia ter a idade de sua mãe, entregou a sacola com um grande sorriso no rosto.

— Toma, meu filho. Aproveita, viu?

Ele achou o sotaque dela acolhedor e bonito.

— Sim, senhora — respondeu.

E Harry aproveitou, comendo enquanto cruzava a fronteira do Tennessee.

— Uísque, Elvis, Dolly Parton, fazendas de tabaco, churrasco e blues, e a cordilheira das Montanhas Great Smoky.

Para um rapaz que nunca tinha estado a mais de trezentos quilômetros de casa, aquilo era como explorar outro país. Outro mundo.

E, com o molho secreto, ele sentiu o gosto da liberdade.

Pensou em seguir na direção sudoeste até Memphis e visitar Graceland. Não se considerava um grande fã de Elvis, mas se interessava por lugares icônicos.

Decidiu que ficaria para a próxima e seguiu rumo ao sudeste.

Tinha um vago plano de dirigir até o mar. Ele nunca vira o mar com os próprios olhos. Por que não ticar logo esse item?

Quando avistou a cordilheira das Montanhas Great Smoky pela primeira vez, ficou boquiaberto como um turista na Times Square. Como o mar não ia fugir, decidiu ir até as montanhas primeiro.

Antes, "vasto" significava as planícies fora da cidade. As infinitas planícies por onde o vento corria e nas quais tornados dançavam. Agora, aquela palavra significava as deslumbrantes encostas com picos verdes e vales lá embaixo.

As montanhas eram entremeadas de nuvens. Sim, como fumaça, e um fio de luz do sol invernal refletia nelas. Ele teve sua primeira experiência em uma estrada em zigue-zague e foi devagar, sobretudo porque queria aproveitar cada segundo.

Subiu e subiu, parando nos mirantes e assimilando tudo aquilo. Tirou fotos com o celular. Ele as enviaria, pensou, para Will ou para Mags.

Parou novamente quando o dia se aproximava do crepúsculo e, dessa vez, pegou uma garrafinha na mochila.

Não contara para Mags que pegara um pouco das cinzas da mãe antes de irem até o Wrigley Field. Ele planejara lançá-las ao vento na beira do mar, mas quis espalhar um pouco ali.

Dividir aquele momento com ela.

— Estamos muito no alto, quase dois mil metros. Olha só o tamanho dessas montanhas, parecem que vão até a Carolina do Norte. Foi um primeiro dia muito bom. Quatro estados. Acho que vou atrás de um lugar para dormir. Mas primeiro...

Ele tirou a tampa da garrafa e jogou um pouco das cinzas. As montanhas levaram sua mãe para voar.

Ao anoitecer, ele voltou para o carro, diante do desafio de descer as montanhas no escuro.

Em dado momento, teve de parar de repente, boquiaberto e chocado, quando viu um urso, um urso de verdade, atravessar a estrada como se estivesse indo para casa após um dia difícil no trabalho.

Ele decidiu ir em direção à civilização mais próxima.

Encontrou um hotel bem escondidinho no que ele achava ser um sopé. A construção de um andar só tinha paredes vermelhas, um estacionamento com chão de cascalho e uma lanchonete com um letreiro neon onde se lia: COMIDA!

Aquilo o convenceu, já que estava morto de fome de novo.

Fez o check-in com um homem que tinha uma pança impressionante de cerveja sob uma camiseta branca e uma barba castanha com fios grisalhos.

Pagou por uma única noite, em dinheiro, pegou a chave e, ao perguntar, descobriu que a lanchonete fechava às dez.

Seu quarto, ele viu ao entrar com a mala e a mochila, tinha um carpete verde, paredes bege, uma cama de solteiro com uma colcha de estampa florida verde e azul e uma cômoda sobre a qual havia um trambolho de TV.

As duas mesas de cabeceira tinham abajures, e o banheiro era minúsculo, mas, ao seu olhar experiente, lhe pareceu mais limpo que a maioria.

Ele fechou a cortina e ligou a TV para ter companhia enquanto se despia.

Desembrulhou o sabonete fino de cortesia e tomou um banho demorado.

Ninguém sabia quem ele era nem onde estava, e Harry achou aquilo fascinante. Libertador. Contaria a Mags, mandaria as fotos, mas, fora isso, ele não era ninguém e era todo mundo ao mesmo tempo.

Colocou sua roupa e passou os dedos pelo cabelo, que já estava grande de novo, mas não o incomodava.

Harry teve a sensação de entrar em um set de filmagem quando saiu do quarto. A máquina de gelo com seu barulho constante, as duas máquinas de belisquetes, o cheiro de pinheiro no ar frio — não tão frio quanto o de Chicago, mas ainda assim frio demais para qualquer coisa além de uma saída rápida. O som das TVs murmurando atrás das portas fechadas.

Dentro da lanchonete, aquela sensação se intensificou ainda mais.

A forte luz branca colocava tudo em relevo. A longa bancada com bolos e tortas e a cozinha aberta logo atrás.

O lugar cheirava a fritura, café e carne na chapa. Duas garçonetes: uma mais ou menos da idade dele, e a outra velha o suficiente para ser sua avó. Ambas estavam com vestidos cor-de-rosa e aventais brancos.

Os assentos das mesas no canto eram compridos, cor de laranja e com um aspecto vinílico. Havia também cadeiras e banquetas. Nas mesas de fórmica branca, havia porta-guardanapos com espaço para ketchup e mostarda, e xícaras de café de cabeça para baixo.

Um casal ocupava uma mesa longa e parecia exausto, tentando controlar os dois filhos pequenos. Ele concluiu que estavam fazendo uma viagem de férias. Talvez atravessando o rio e o bosque até a casa da avó.

Dois homens discutiam sobre futebol enquanto comiam algo que devia ser bolo de carne. Chutou que eles moravam por ali.

Uma árvore de Natal de plástico brilhava no canto ao lado de uma jukebox que — ah, sim, perfeito — começou a tocar "Jolene" na voz de Dolly Parton.

— Pode sentar onde quiser, querido — disse a garçonete mais velha. — Já vamos te atender.

Ele escolheu uma mesa longe das outras e tirou o cardápio laminado de seu lugar no porta-guardanapo.

— Quer café, bonitão?

Ele olhou para a senhora com um crachá com espaço só para o nome, onde se lia Mervine. Ela usava batom vermelho e tinha o cabelo ainda mais vermelho.

Seu sotaque era diferente do da mulher do McDonald's. Mervine parecia alguém que cantaria como Dolly Parton.

— Não, senhora. Obrigado. Pode me trazer uma Coca?

— Claro. Veio de longe, né? — indagou ela, pegando as duas xícaras da mesa. — Lá de cima.

— Sim, senhora. De Chicago.

— É longe. Quer mais um tempo com esse cardápio?

— Acho que sim.

Segurando a xícara de café pela alça com o polegar, ela levou a mão à cintura. Inclinou a cabeça.

— Eu vou te dizer o que você quer.

— É mesmo?

— Tenho um dom para isso. Agora, me avisa se eu estiver enganada e você for vegetariano ou algum outro tipo de "ano", mas o que você quer é o frango com molho, purê de batata e vagem. Vem com um bolinho de milho, que a gente faz aqui mesmo. Vai trocar sua Coca por um chá gelado e vai ter uma refeição ótima, bonitão.

— Acho que... está ótimo.

— Garanto que vai estar.

Ela piscou para ele antes de se afastar.

— Darcia, traz um chá gelado para esse rapaz bonito. Herschal, me vê um frango quente no molho, uma montanha de batata e a vagem como acompanhamento.

Ele raspou o prato e tomou dois copos de chá gelado.

Dolly colocou um pedação de torta de maçã com sorvete de baunilha na frente dele.

— Senhora...

— A torta é por minha conta. Você precisa engordar um pouco. Se existe um homem que não gosta de torta de maçã com sorvete, eu ainda não conheci. E olha que eu já conheci a maioria deles.

— Ainda não conheceu esse aí — falou Harry, fazendo-a rir.

— Você tem um olhar triste, bonitão. Vê se essa torta coloca um sorriso nele.

Harry deixou uma gorjeta de vinte dólares e pensou com os seus botões que não devia ser o primeiro a se apaixonar um pouco por ela.

Pensou em dar uma caminhada para digerir melhor a torta, mas lembrou-se do urso e voltou direto para o quarto.

Fez algumas flexões. Ele não sabia se precisava engordar, mas sem dúvida queria ganhar um pouco de massa muscular.

Tirou a colcha da cama porque pensou em quantas bundas peladas já tinham se sentado ali e pegou um livro na mala. Ligou a TV novamente para preencher o silêncio que não lhe era familiar.

Enviou a mensagem e relaxou quando Mags respondeu dizendo que tinha parado em Nebraska para passar a noite.

Depois de juntar os dois travesseiros molengas, abriu o livro.

Ele acordou, ainda vestido, as luzes acesas, a TV ligada, com o gemido de uma criança dizendo que queria ver desenho animado.

Levou um instante para se lembrar de onde estava. Sonolento, perguntando-se o que uma criança estava fazendo na porta do quarto dele no meio da noite, Harry foi até a janela.

Quando abriu só um pedacinho da cortina, a claridade entrou, atingindo seus olhos. Cobrindo-os com a mão, ele fechou a cortina, piscando. Olhou para seu relógio de pulso.

Nove e meia? Ele tinha dormido quase doze horas. Não se lembrava da última vez em que dormira oito horas seguidas, que dirá doze.

Mas também nunca dirigira mais de uma hora seguida nem subira montanhas.

Ele arrumou o quarto, juntou suas coisas, comprou uma Coca-Cola e um saco de batatas — café da manhã dos campeões — nas máquinas de belisquetes e retomou seu trajeto rumo ao leste às dez.

Ele achava que ia se apaixonar pelo mar quando chegasse lá. Havia muito chão de Carolina do Norte entre a fronteira do Tennessee e o Atlântico. Calculou que a rota mais rápida o faria chegar em oito ou dez horas, dependendo de quantas vezes parasse e por quanto tempo. Mas concluiu logo depois que não precisava nem queria ser rápido.

Achava que ia se apaixonar pelo mar, mas não esperava se apaixonar pelas montanhas.

Se a cordilheira Smokies plantara uma paixão em seu peito, a Blue Ridge e os Apalaches a fizeram florescer. Em vez de pegar as rodovias ou a interestadual, ele seguiu pelas estradas secundárias. Gostava das subidas e descidas em que, a cada curva, o mundo revelava uma nova paisagem.

Parou por um tempo no Lago Norman. Não era nenhum Lago Michigan, mas era bonito. Admirou as árvores e o silêncio de dezembro enquanto comia um burrito que comprara em uma loja de conveniência.

Consultou seu mapa e decidiu passar por um lugar chamado Floresta Nacional de Uwharrie, para então fazer um desvio por Chapel Hill e dar uma olhada no campus da universidade.

Se parecesse promissor — ele, com certeza, queria fazer faculdade em algum momento —, talvez encontrasse um hotel na área e ficasse um tempo por lá sentindo o clima.

Seguiria para a costa no dia seguinte, ou no outro.

A floresta promoveu uma nova admiração. Como ele já estava arrependido de não ter tirado um tempo para caminhar pelas Smokies, estacionou o carro em uma das trilhas bem demarcadas.

Pegou o celular, suas chaves, a garrafa de Coca pela metade e um KitKat, e então o rapaz, nascido e criado na cidade grande, seguiu pela trilha com seus All Star.

Sentiu o aroma de pinheiro e da natureza, e, comparada com dezembro em Chicago, a temperatura acima de dez graus na sombra lhe deu a impressão de que era primavera. Não conseguia se acostumar com o silêncio. Pode-se dizer que crescera em um bairro silencioso, mas era um verdadeiro escarcéu comparado com o silêncio da floresta.

Ouviu alguns pássaros, viu um esquilo subir uma árvore e chegou a um riacho onde a água chiava por sobre as pedras.

Ele se perguntou se, um dia, moraria em um lugar como aquele. Não o ano todo, pensou enquanto seguia pela trilha. Mas talvez uma casa onde passar as férias. Um esconderijo.

Ele ia precisar de um segundo lugar, dentro ou perto de um centro urbano. Em alguma parte. Afinal, tinha que se sustentar.

Talvez em Atlanta, ou Miami. Houston ou Raleigh.

Ele provavelmente saberia quando encontrasse. E, um dia, com certeza um dia, iria para a Europa. Florença, Paris e Londres. Madri e Praga e tudo mais. Tudo.

Tinha muito a aprender e muito dinheiro a ganhar antes desse dia. Mas agora só queria caminhar pela floresta e fazer sua viagem até o mar.

Ele andou por mais de uma hora antes de ouvir algo além daquele silêncio, daqueles ruídos desconhecidos de floresta, antes de ouvir um som humano.

Um motor — uns dois.

O pouco que lera sobre a floresta no celular o fez saber que o que estava ouvindo eram jipes esportivos subindo a montanha. Outra coisa que ele nunca tinha feito e faria um dia.

Mas, naquele momento, o barulho lhe pareceu uma intrusão, então Harry começou a voltar para o carro.

Quando o cervo cruzou seu caminho, ele parou, fascinado. O animal o olhou altivamente. Não havia outra palavra para aquilo, pensou Harry, enquanto tirava o celular do bolso devagar, com cuidado.

No instante em que tirou a foto, ele voltou a ficar fascinado com as diversas pontas afiadas daqueles chifres. Se o Bambi — as pessoas esqueciam que Bambi era macho — decidisse atacar, Harry ficaria todo furado.

— Está tudo bem. Estamos bem, eu e você, né? Estou só fazendo essa trilha.

O cervo emitiu um ruído. Podia ter sido escárnio, indiferença ou nojo, mas o importante foi que ele saiu da trilha, entrando em meio às árvores.

— Que bom. Isso é bom. Está tudo bem.

Harry percorreu o restante do caminho até o carro correndo.

Ele quisera explorar, lembrou a si mesmo, ao ligar o veículo. Quisera aventura. Pois bem, missão cumprida.

Dirigiu até a universidade e encontrou outro amor.

O lugar era grande e aberto, e Harry precisaria de algo assim para seus planos de expandir sua educação. Era lindo, com prédios clássicos e elegantes, jardins verdes, e ele queria algo bonito também, se pudesse.

Como dizia Will, Harry tinha sede de aprender e podia se imaginar satisfazendo aquela sede ali. Por um ou dois semestres, pensou enquanto passeava pelo campus.

Era só mais um jovem universitário com All Star de cano médio, calça jeans surrada e jaqueta larga.

Milhares de pessoas estudavam ali, pensou, percorriam a área externa, assistiam às palestras nos auditórios, corriam pelos corredores até as aulas.

Harry poderia ser uma delas.

Talvez na primavera, ou no outono, se ele tirasse o ano sabático inteiro. Mas queria o que via ali.

Conhecimento.

Assim como na floresta, ele andou e examinou o entorno.

Camuflou-se em um grupo que ia de uma aula para outra e entrou em um prédio, depois em uma biblioteca.

Percorreu as estantes, cheirou os livros. Ninguém prestou atenção nele.

Depois da visita informal — que cobrira apenas uma fração do campus —, ele soube que passaria parte de sua vida estudantil bem ali. Para oficializar, foi até uma das lojinhas e comprou um casaco de moletom com as iniciais da universidade: UNC.

Harry notou que havia muitos restaurantes, lojas, clubes, espaços para estudantes. E, à medida que passeava de carro pela área, acrescentou à lista algumas casas de luxo. Casas de luxo onde pessoas tinham coisas luxuosas que um jovem empreendedor poderia vender.

Ele escolheu um hotel, depois comeu uma pizza decente com linguiça e azeitonas pretas. Então, começou a pesquisar no laptop.

Fez uma lista com os cursos que queria fazer. Após quatro anos no ensino médio, seu espanhol era bem bom, de forma que queria começar a aprender francês. Letras, para estudar literatura inglesa, claro, e história da arte porque, se — não, *quando* — ele expandisse seu negócio para obras de arte, precisaria saber o que escolher. Mais aulas de informática. Mais matemática. Ia querer estudar gemologia em algum momento. Podia arriscar um pouco de engenharia.

Não entraria nos clubes, nas fraternidades, não namoraria. Não moraria no alojamento. Teria que morar fora do campus.

Lembrou que quem fazia teatro sempre acabava se aproximando muito. Então não poderia se candidatar para as peças, embora sentisse muita falta disso. Mas talvez conseguisse fazer uma matéria — só uma — de técnica de luz e som, ou figurino, ou maquiagem.

Satisfeito com o plano que estava surgindo, fez suas flexões noturnas. Talvez comprasse uns pesos quando encontrasse um lugar onde morar e levasse a sério aquele projeto de ganhar massa muscular.

De manhã, vestiu seu moletom novo, fez o checkout e foi até um dos cafés do campus. Pediu um café com leite e um bagel, só porque achou que era algo que um estudante universitário pediria.

Comeu do lado de fora, vendo a vida estudantil passar, admitindo que a invejava. E ouvindo as vozes.

Os moradores tinham um sotaque levemente cantado, que ele treinou mentalmente enquanto percorria uma nova parte do campus. Partes de conversas iam do Professor Durão e festas no alojamento à dificuldade de aguentar até as férias.

Ele entrou e saiu de prédios e, embora se sentisse culpado, roubou a carteira de um sujeito com cara de atleta. Como ele usava um par de tênis de marca que custava quase duzentos dólares, não se sentiu tão culpado assim.

Não ia conseguir falsificar uma carteirinha de estudante sem um modelo.

Esperou até fazer uma parada depois de Raleigh para olhar a carteira.

Carson Edward Wyatt III. Não era certo, mas o nome e o sorriso torto do sujeito na carteirinha apagaram qualquer culpa que Harry pudesse sentir.

C. E. — Harry podia apostar que era assim que o chamavam — tinha uma carteira de motorista da Carolina do Norte, portanto era nativo dali. Tinha um cartão American Express Gold, um Visa Platinum, duas camisinhas e 182 dólares em dinheiro.

Harry pegou a tesoura na mochila e cortou a carteira de motorista e os cartões de crédito. Guardou o dinheiro e as camisinhas no bolso, dividiu os pedaços cortados da carteira e dos cartões em duas latas de lixo.

A carteira em si, da marca Fendi, de couro preto, ele decidiu substituir pela sua. Guardou a carteirinha na mochila com o dinheiro. Depois de passar o conteúdo da carteira velha para a nova, jogou-a na mochila.

Chegou a Nags Head com a baía de Pamlico atrás de si e o oceano Atlântico à frente. Sabia que precisava achar um lugar para ficar, mas caminhou pelas dunas, pela areia, então parou.

A água corria em direção à areia, em um tom escuro de verde com a espuma branca, enquanto o vento batia nela. Batia nele também, puxando seu casaco, bagunçando seu cabelo.

O verde virava azul, então o azul ficava mais denso à medida que a água se estendia para sempre e sem parar.

Ela rolava, batia, se desdobrava em si mesma, depois repetia todo o processo. De novo e de novo. Gaivotas voavam em círculos e piavam, alguns pássaros pequenos de pernas finas dançavam na areia molhada.

Outras pessoas caminhavam pela praia. Um casal jovem com um grande e lindo golden retriever em uma coleira vermelha. Um casal mais velho de mãos dadas como jovens namorados, um pai com uma criança sorridente nos ombros, uma mulher com pernas longas e roupa de corrida, os pés batendo na areia molhada enquanto ela cumpria seus quilômetros.

Ele viu os resquícios de uma fogueira, a madeira queimada parecendo ossos pretos. E um minúsculo caranguejo translúcido que se enfiou num buraco na areia.

Harry ficou sentado naquela areia gelada, olhando as ondas, sentindo o cheiro do ar, deixando o vento bater nele.

À medida que o sol afundava ao oeste, o céu do leste ia ficando mais escuro, assim como o mar.

Quando as primeiras estrelas surgiram, ele se levantou e foi até a água. Enfiou a mão no bolso, segurando a garrafa com o que restava da mãe.

Ele não achara que seria difícil abrir mão daquele resto. Não fora esse o motivo de ir até o mar? Mas o luto o atingiu com tanta força que ele só conseguiu ficar parado ali, sofrendo.

— Rapaz?

Preso no próprio sofrimento, ele não ouviu ninguém se aproximar. Quando se virou, viu um policial. Tentou fazer sua melhor expressão de "nada está acontecendo aqui", mas sua voz tremeu um pouco.

— Sim, senhor.

— Fiquei sabendo que você está sentado aqui há mais de duas horas.

— Sim, senhor. É a primeira vez que vejo o mar. Estava só sentado aqui, admirando.

— Aham.

Ele tinha uma aparência um pouco desgrenhada, tufos de cabelo grisalho, um rosto envelhecido e avermelhado, e um olhar de poucos amigos.

— Quantos anos você tem, rapaz?

— Dezoito. Estou com a minha identidade.

Tinha sido idiota, admitiu Harry para si mesmo, pegando a carteira nova. Chamara atenção.

— Harrison Booth, de Chicago, Illinois. — O policial olhou o documento e devolveu a carteira. — Está muito longe de casa, hein. Sua família veio com você?

— Não. Estou sozinho. Senhor...

— Delegado. Delegado Prince.

— Delegado Prince, eu não estava fazendo mal a ninguém. Só queria ficar sentado na praia.

— Aham. Tem drogas aí com você?

— Não, senhor.

— Bem, então deixa eu ver o que tem nesse bolso aí.

— Delegado...

— Já está escuro, mesmo com o luar. Está frio. Por que não me mostra o que tem no seu bolso e a gente sai desse escuro e desse frio?

Poderia recusar, pensou Harry, mas aí alguém com olhos como os do delegado Prince encontraria um motivo para levá-lo à delegacia.

Ele pegou a garrafa.

— O que tem aí dentro?

— É... É o resto das cinzas da minha mãe. Ela morreu. Morreu de câncer e ela sempre quis ver o mar.

Prince olhou no fundo de seus olhos. Harry sabia que os seus tinham se enchido de lágrimas, mas se recusava a chorar na frente de um policial.

— Você fez toda essa viagem para fazer isso por ela?

— Era a minha mãe.

— É difícil perder a mãe. Perdi a minha há dois anos e ainda sinto. Sinto muito por você, Harrison. Tem lugar para ficar?

— Ainda não. Acho que vou atrás de um hotel, talvez passar uns dois dias por aqui.

— Segue em direção sul por uns quatrocentos metros. Você vai ver o Gull's Nest à sua esquerda. Fala para eles que fui eu que te falei. É um lugar decente, limpo, e estão com preço de baixa temporada.

— Vou fazer isso. Obrigado.

— Não fica muito tempo aqui. Vai esfriar mais ainda.

O delegado atravessou a areia outra vez. Quando Harry ficou sozinho na praia novamente, encarou o mar e abriu a garrafa.

— Conseguimos, mãe. Estou com saudade, mas estou bem. Eu vou ficar bem — disse. — Tchau.

E despejou as cinzas.

Capítulo cinco

⌘ ⌘ ⌘

ELE PASSOU três dias lá, colocando o despertador para tocar todas as manhãs para ir até a praia e ver o sol nascer. Tirou fotos, que julgou muito boas, da elegante imponência da luminosidade que se disseminava em tons reluzentes de vermelho, dourado e cor-de-rosa sobre a extensão do mar.

Comeu um churrasco maravilhoso e descobriu a existência dos *hush puppies*.

Então, arrumou suas coisas e dirigiu rumo ao sul até Hatteras. Tirou fotos do farol, porque... Bem, era um farol. Viu as praias. Era muito mais vazio que Nags Head e Kitty Hawk. Se passasse novamente por ali, talvez alugasse um dos chalés ou até uma casa de frente para o mar por uma semana.

Mas, por ora, dirigiu até a ponta da ilha e pegou a balsa para Ocracoke. Mais uma primeira vez: subir em uma balsa de carro, sair e ficar no deque, sacolejando pela baía. Ele observou a água se agitando atrás do barco e as gaivotas voando.

Quando atracaram, Harry dirigiu até a outra extremidade da ilha e embarcou na grande balsa, no porto, rumo à Ilha Cedar. Ele poderia ter pegado as estradas e pontes saindo de Hatteras, mas pegar balsas permitia que ele ficasse parado admirando, sentindo e inalando seu entorno.

Era a primeira vez em anos que ele não tinha um plano nem precisava de um. Não tinha de estar em lugar algum, não havia nada de essencial que precisasse ser feito.

Ele sabia que aquilo teria de mudar, estava inclusive ansioso por isso. Mas, por ora, era um dia de cada vez, e ele apreciava aquilo.

Voltando da ilha, Harry seguiu pela costa sempre que possível, errante pelas estradas sinuosas, parando quando queria ou quando sentia fome. Outro hotel, outra lanchonete.

Nos poucos dias em que passou na Carolina do Norte, aprendeu que *hush puppies* eram uma delícia e que eles faziam o melhor churrasco do mundo.

Chegou à Carolina do Sul em uma tarde ensolarada de dezembro, quente o bastante para deixar as janelas abertas.

Capital: Columbia. Algodão, Fort Sumter, Clemson.

Praias. Muitas e muitas praias.

Ele passou um dia explorando-as, comeu frango frito — eles sabiam fazer um frango. Treinou seus sotaques regionais e inventou uma história para a garçonete que perguntou aonde ele estava indo.

— Estou indo passar as festas de fim de ano na casa dos meus pais, estudo na UF... Hmmm, Universidade da Florida.

— Quanto chão... Onde é a casa dos seus pais, querido?

— Em Kill Devil Hills. Sabe os irmãos Wright?

— Olha só! Bem, vai com Deus e um bom Natal com a sua família.

— Não vejo a hora de ver todo mundo.

Quando chegou à Geórgia — pêssegos, Atlanta, amendoim, Jimmy Carter —, decidiu passar alguns dias em um lugar só, e Savannah era exatamente o que procurava.

Ele adorou as árvores nodosas, as ruas de pedra, a orla, a arquitetura elegante e o ambiente estranhamente descontraído.

Reservou um quarto na pousada Thunderbird porque gostou do nome, do visual e da curta distância até o bairro histórico. Fez carinho em um cavalo que puxava uma carruagem — tantas primeiras vezes — e bateu algumas carteiras gordas em passeios sob as barbas-de-velho esbranquiçadas que pendiam das árvores.

Passou a véspera de Natal comendo carne de porco desfiada e nachos em seu quarto enquanto pesquisava uma casa — mansão — muito promissora a poucos minutos andando.

Valia a pena manter os olhos abertos e os ouvidos atentos para qualquer oportunidade. A família Carlyse ia dar uma festa de arromba hoje, seguida de um brunch natalino para os amigos mais íntimos. Depois iam viajar, no jatinho deles, como faziam todo ano para esquiar em Vermont, onde também tinham uma casa.

Harry imaginava que eles não só teriam tudo segurado como não os afetaria muito perder uma coisinha ou outra para pagar a viagem dele.

Ele leu todas as matérias sobre Jeb Carlyse: quarta geração em Savannah, um empresário rico. Aparentemente, alguns dos barcos que entravam e saíam do porto eram ao menos parcialmente dele. Sua esposa, Jaylene, também nasceu em berço de ouro. Tinham a mansão em Savannah, o chalé em Vermont, uma casa de praia nas Ilhas Cayman. E lá Harry podia apostar que deram algum jeitinho para não ter de pagar impostos. Tinham três filhos: J. B., de vinte e nove anos, noivo de uma herdeira, naturalmente; Josuah, de vinte e seis, que trabalhava no negócio da família; e uma filha, Juliet, de vinte anos, que frequentava a Universidade da Georgia, em Athens.

Enquanto comia seus nachos, Harry leu que eram grandes admiradores de arte. Tinham uma extensa coleção. A casa, que fazia parte do patrimônio histórico, era parcialmente aberta para visitas, um dia no ano, na primavera. Graças a isso, ele encontrou várias fotos.

E muitas outras dos Carlyse em festas de gala, e do bom gosto de Jaylene em matéria de joias.

Ele decidiu fazer uma caminhada naquela véspera de Natal, ver a casa. Se conseguisse chegar pertinho, talvez pudesse avaliar o alarme e o sistema de segurança.

Colocou uma camisa arrumada e sua calça jeans mais nova. Enquanto passeava, admirava as luzes de Natal, os sons de música e vozes. Havia mais de uma festa hoje, pensou, e lembranças de Natais passados lhes vieram à mente.

A árvore na janela da frente, sempre no mesmo lugar, com o Papai Noel ridículo que ele fez para a mãe no primário pendurado de forma bem visível. Meias penduradas em cabides, a música de Natal tocando.

"Jingle Bell Rock" significava dança. "Santa Claus Is Coming to Town", de Springsteen, significava cantar o refrão a plenos pulmões.

Ele não queria pensar naquilo agora, não queria ficar se lamentando por estar passando seu primeiro Natal sozinho. Valia mais a pena gastar seu tempo planejando a invasão da próxima casa.

Ele ouviu a festa a meio quarteirão de distância e avistou a luminosidade antes disso. A elegante casa de tijolos de três andares brilhava com luzes brancas, as árvores cheias de barbas-de-velho também iluminadas por elas. A música estava a todo vapor e parecia ser uma banda tocando ao vivo.

A casa transbordava de gente, no terraço, nas varandas e até na calçada, com suas taças de champanhe e seus copos altos.

E, nossa, elas também brilhavam. Diamantes, rubis, esmeraldas.

Aquele, sim, poderia ser o melhor Natal de todos os tempos. Em cinco minutos, ele conseguiria pegar joias o bastante para pagar os estudos em Harvard.

Ele parou, como suspeitava que muita gente havia feito e faria, para observar aquela cena.

As janelas estavam iluminadas, e pessoas se movimentavam lá dentro. Vestidos de festa, ternos elegantes. Contou três árvores, uma em cada andar, enfeitadas e cheias de luzes. Bicos-de-papagaio brancos ladeavam a entrada e os degraus, com pequenas luzes nos vasos. Plantas enfeitadas com imensos laços vermelhos, e mais luzinhas cobriam as colunas do terraço.

— O que achou?

Ele reconheceu Juliet Carlyse graças à pesquisa que havia feito, mas achou que ela era mais bonita pessoalmente. Tinha cortado o cabelo num pixie cut que lhe caía bem, aquela coroa loira-clara, o pescoço comprido, grandes olhos azuis.

— Está lindo.

— Não achou meio exagerado?

— Não existe exagero no Natal.

Ela sorriu, deu um gole no champanhe.

— Eu conheço você?

— Acho que não. Quer conhecer?

Aquilo a fez rir.

— Talvez. Bem, pode entrar.

— Ah, eu estava só dando uma volta. Não fui convidado.

— Eu moro aqui, então estou te convidando — afirmou ela, estendendo o braço. — Me chamo Juliet.

— Silas — decidiu ele na hora. — Silas Harrison.

— Pode entrar, Silas Harrison. Vamos despertar um pouco do espírito natalino em você. O que está fazendo, andando sozinho na véspera de Natal?

— Só conhecendo a cidade. É minha primeira vez aqui.

— É mesmo?

Ela entrou primeiro na casa com cheiro de pinheiros, perfume e cera de vela.

O hall de entrada tinha um pé-direito enorme; mais bicos-de-papagaio com luzinhas na subida pela escada curva. Sobre uma grande mesa redonda ele viu o maior arranjo de rosas vermelhas e brancas que já vira ou imaginara ver na vida. Havia gente por todo lado.

À direita, uma porta ampla dava em outra sala, com uma lareira acesa, a cornija repleta de plantas e velas, a imensa árvore de Natal brilhando em frente à janela grande.

Garçons com camisas brancas, calças pretas e gravatas-borboleta vermelhas carregavam bandejas com bebidas e petiscos.

Juliet pegou duas taças em uma das bandejas e deixou seu copo quase vazio.

— Feliz Natal — disse, tocando sua taça na dele.

— Feliz Natal.

— Está com fome?

— Acabei de comer, na verdade, mas obrigado. Todo mundo é simpático por aqui?

— Hospitalidade é uma religião em Savannah. De onde você é?

Já que ele estava usando seu sotaque da Carolina do Sul, decidiu manter a coerência.

— De Florence — respondeu, lembrando-se de ter visto o lugar na estrada 95. — Estou indo para Jacksonville, fazer uma surpresa para os meus avós. Achei que ia chegar lá hoje à noite, mas estava mais engarrafado do que pensei. Então vou ficar aqui até amanhã de manhã, porque não quero chegar lá tão tarde a ponto de dar um susto neles, em vez de fazer uma surpresa.

— Que fofo, você — comentou ela, com um olhar que só podia ser interpretado como um flerte. — Está viajando sozinho?

— Com meu irmão. Ele está se lamentando lá no hotel, reclamando com a namorada que eu o arrastei comigo — respondeu, a história saindo dele com naturalidade. — Perdemos nosso pai esse verão, e nossa mãe morreu quando Willy era criança, então somos só nós dois.

— Sinto muito — disse ela, cobrindo a mão dele com a sua. — É muito legal da sua parte visitar sua família, e aposto que seu irmão não vai ficar se lamentando por muito tempo. Vamos entrar no espírito natalino. Estão dançando lá em cima.

Ela o guiou pela escada.

— E o que você faz em Florence? — perguntou Juliet.

— No momento, trabalho com carpintaria. É o negócio do meu pai. Tranquei a faculdade por um ano depois de tudo que aconteceu, mas, se

Deus quiser, Willy também vai estudar no outono, e aí eu posso voltar para a Universidade da Carolina do Norte. E você?

— Estou de férias da faculdade. Universidade da Geórgia. Uma tradição da família.

Ela pegou a mão dele e o puxou escada acima.

— Essa casa é incrível — disse.

— A gente tem muito orgulho dela.

Seu plano original era, mais ou menos, entrar na casa, ir direto até a suíte principal e o cofre, que ele, sem dúvida, encontraria. Ele avaliara as fechaduras e o alarme quando Juliet o deixou entrar, sabia que conseguiria passar por eles.

Mas agora parecia mais simples, e talvez mais educado, só furtar uma joia de um pulso ou pescoço e pronto.

Não dela, pensou, porque seria uma baita falta de educação, mesmo que ela usasse um trio muito bonito de pulseiras de diamante no pulso direito e um relógio Chopard no esquerdo.

Juliet chamou um homem de terno escuro e gravata vermelha, e Harry reconheceu Jeb Carlyse.

— Pai! Encontrei esse moço perdido aqui andando na rua e o obriguei a entrar para dividir um pouco do nosso espírito natalino.

Carlyse levou a mão ao ombro da filha e olhou Harry de cima a baixo, com firmeza.

— É mesmo? E de onde você é?

— Florence, senhor, estou indo até Jacksonville visitar meus avós. Só paramos para passar a noite em Savannah e... eu invadi sua casa.

— Eu te convidei — lembrou Juliet.

— O que você faz em Florence?

— Sou carpinteiro. Não tenho a mesma habilidade que meu pai, mas com o que sei dá para ver que a decoração aqui é incrível.

— O pai dele morreu no verão, então ele está cuidando do irmão mais novo até ele começar a faculdade. Aí o Silas vai poder voltar para a Universidade da Carolina do Norte — completou Juliet.

— Você estuda lá? — perguntou o pai.

— Sim, senhor. Vou voltar no outono, quando Willy tiver começado a estudar.

— E o que você estuda?

— Pai, quanto tempo vai ficar interrogando o coitado do Silas só por ele ter entrado para beber um negocinho e dançar? — indagou Juliet.

— Talvez essa seja a última pergunta.

— Eu faço letras, e, como a maioria dos estudantes de literatura, meu plano é dar aula para ter o que comer, enquanto escrevo o Grande Romance Americano.

Aquilo provocou um sorrisinho e um aceno de cabeça.

— Um mistério sulista?

Harry deu uma risada.

— Ah, é, isso mesmo. Como adivinhou?

— É o que eu faço. Muito bem, já tem uma bebida, agora pode ir dançar. Aproveite a festa.

— Obrigado pela hospitalidade, senhor...? Desculpa, não sei nem onde eu estou.

— Carlyse. Prove a pasta de camarão. Está boa pra caramba.

— Vamos dançar primeiro — disse Juliet, puxando-o para dentro da sala que virou um salão de festas, todo decorado, com uma banda tocando ao vivo e as portas da varanda escancaradas.

Então, ele dançou. Era bom naquilo, porque sua mãe amava dançar e ele fora seu parceiro de dança. Não bebeu mais que meia taça, embora achasse o champanhe bem mais gostoso que a pasta de camarão.

Harry escolheu algumas vítimas, e então uma delas caiu no seu colo, quase literalmente.

Ela esbarrou nele na pista de dança, uma mulher de quarenta e poucos anos, ele avaliou, que certamente não parara de beber depois da primeira taça. Estava com um vestido prateado e justo, exibindo seios fartos. Seu cabelo castanho começava a escapar do penteado com que ela devia ter chegado à festa, e sorriu para ele com seus olhos também castanhos.

— Ops! — exclamou ela, e o abraçou. — Já que peguei ele, Juliet, vou roubar. Esse rapaz dança muito! Me mostra seus passos de dança, docinho de coco!

Ele segurou os braços dela, equilibrando-a, e lançou um olhar de leve pânico para Juliet. Ela só revirou os belos olhos azuis.

— Vai lá dançar com a Mazie. Depois eu te resgato dela.

— Se você conseguir...

Enquanto dançava com ela, Harry concluiu que não estava totalmente bêbada, mas estava quase lá. Enquanto ela ria, flertava, se pendurava nele, ele abriu o fecho de sua pulseira e deslizou o belo conjunto de diamantes e safiras para dentro do bolso.

Quando a música terminou, ela disse:

— Ufa! Você tem muito gingado. Juliet está desperdiçando seu talento na pista de dança, isso, sim.

— Mazie — interrompeu Juliet, puxando Harry. — Para de envergonhar meu convidado. Vou pegar ele de volta agora.

— Não o desperdice, menina.

E, então, Mazie se afastou para procurar outro parceiro de dança.

— Ela deveria ir tomar um ar.

— Ah, ela vai ficar bem. Todo ano é assim.

Ele dançou com Juliet mais um pouco, para disfarçar, e porque teve vontade.

— Eu tenho que ir embora. Não achei que fosse demorar tanto.

— Vamos fazer o seguinte: se Willy ainda estiver acordado, se lamentando, traz ele aqui. Vamos dar uma animada nele. E, vai por mim, a festa não vai acabar tão cedo.

— Acho que vou fazer isso mesmo. Seria legal.

Ela desceu com ele até o segundo andar, então se afastou da escada.

— Me dá só mais um minuto. — Ela pediu.

Juliet o guiou por um corredor largo até um quarto. O quarto dela, ele se deu conta quando ela o puxou para dentro, fechou a porta e encostou nela.

— Aposto que Willy pode esperar mais um pouquinho. Eu fico tão entediada nessas festas. Tem alguma ideia de como fazer esse tédio passar?

— Hmmm, talvez eu tenha.

— Aqui — disse ela, sorrindo, enquanto tirava o vestido, se exibindo de sutiã e calcinha pretos e minúsculos. — Agora. Me come contra essa porta, Silas. Gostoso, forte e rápido.

— Isso que é um feliz Natal.

Ele pensou na pulseira em seu bolso, tomou cuidado para que não caísse. E então acatou a ordem dela.

Voltou a pé para o hotel, em transe. Não fosse pelo peso da pulseira no bolso, ele acharia que tudo aquilo fora um sonho. Quando chegou ao quarto, sentou-se na beira da cama e recordou cada instante. Sobretudo a última parte.

A parte em que ela envolvera a cintura dele com as pernas, cravara as unhas em seus ombros. O gozo dele fora uma explosão de prazer.

Harry não sabia que podia ser tão rápido, tão intenso, tão ardente.

Se tivesse de escolher uma parte ruim, seria saber que ele não poderia voltar e fazer tudo de novo.

Mas pegou a pulseira e sua lupa, e examinou as pedras sob a luz.

— Ah sim, feliz Natal e feliz ano-novo.

Ele colocou o despertador para tocar — era melhor ir embora assim que amanhecesse — e se deitou na cama.

SEUS PLANOS de seguir rumo ao sul e visitar a Flórida, talvez passar uma ou duas semanas explorando as praias e quem sabe ir até as Keys, mudaram. Não era uma boa ideia ir até Jacksonville já que tinha comprometido o lugar. Melhor evitar. Vai que alguém ligue o sumiço de uma pulseira de diamante e safira ao sujeito que tinha dançado com sua dona embriagada e queira conversar.

Então, ele passou o dia de Natal sozinho, atravessando a fronteira da Geórgia para o Alabama. Como não queria conversa ("O que você está fazendo sozinho no Natal, garoto?"), ele comprou sacos de batata, biscoitos de manteiga de amendoim, Oreos e barras de chocolate Hershey's em uma máquina de belisquetes para comer enquanto percorria as colinas ondulantes de Piedmont.

Sob o efeito de carboidratos e açúcar, atravessou o rio Chattahoochee e seguiu por Montgomery até um hotel xexelento, onde dormiu por doze horas.

Pensou em Juliet com seu cabelo claro e suas pernas flexíveis voando rumo ao norte para esquiar. Tudo parecia um sonho até ele examinar a pulseira.

Embora já tivesse se afastado bastante de Savannah, Harry não queria se arriscar a vender a joia cedo demais.

Aprendeu a amar o Sul, a vibe, a comida, as vozes, o ritmo lento e tranquilo das estradas.

Passou a véspera do ano-novo em Mobile, assistindo à festa na Times Square pela televisão de seu quarto de hotel, comendo pizza fria. Depois de atravessar a fronteira até o Mississippi, passou o primeiro dia do ano aproveitando a praia no Golfo do México.

Pensou em ficar ali por um tempo, talvez arrumar um emprego, invadir umas casas. Mas, em vez disso, vendeu a pulseira em Biloxi e seguiu seu caminho.

Até que chegou a Nova Orleans e se apaixonou.

Tinham tudo ali: a água, as vozes, a comida, a música, a arquitetura. E turistas com carteiras cheias, sem falar no bairro histórico repleto de mansões.

Tinha a Universidade de Tulane, menor do que ele gostaria para se arriscar a invadir algumas aulas, mas achou que conseguiria dar um jeito.

Depois de dois dias explorando o Bairro Francês, Harry descobriu que podia entrar em qualquer restaurante modesto e comer como um rei. Uma volta pela rua Bourbon à noite significava música saindo de todas as portas e turistas bêbados de quem ele podia furtar relógios ou carteiras com um simples esbarrão.

Ele decidiu se arriscar e alugou um apartamento mobiliado na rua Burgundy, abriu uma conta no banco e, embora tenha sido cara, comprou uma ótima carteira de motorista falsa no nome de Silas Booth.

O sujeito empreendedor que lhe vendera a carteira, um tal de Jacques Xavier, tinha uma prima que lia tarô e trabalhava como bargirl à noite. Dauphine LeBlanc tinha olhos grandes e expressivos e cabelos pretos e volumosos.

Ela não se importava que ele ficasse no bar certas noites, ouvindo música, bebendo Coca-Cola ou chá gelado, procurando seus alvos.

Usava blusas coloridas e justas, além de colares com cristais. Os cristais fizeram Harry admitir, numa noite em meados de janeiro enquanto a banda tocava um blues triste e melancólico, que ela o lembrava da tia dele.

Dauphine comprimiu os lábios bonitos e carnudos, inclinando a cabeça.

— Você fica sentado aí, *doudou*, e diz que ver toda essa gostosura te lembra sua *tante*?

— Não, não desse jeito. Ela gosta de cristais e está trabalhando como vidente, faz as consultas pelo telefone. E ela é o máximo.

Além disso, Mags não aparecia em seus sonhos eróticos, enquanto Dauphine já fora a protagonista de um ou outro. Com vinte e dois anos, ela o tratava como um vira-lata que aparecia na porta. Era gentil, com um afeto raro e vago, sem criar nenhum laço.

Mas ele também não estava atrás de criar laços.

Harry estava tomando seu chá gelado, apreciando a música, enquanto ela trabalhava atrás do balcão, e então ela veio encher seu copo.

— Você devia passar lá na minha loja para eu ler as cartas para você.

Ela não faria aquilo de graça. O primo dela dissera a Harry que Dauphine era muito rigorosa em relação a isso. Se fizesse uma sessão gratuita para alguém, abriria precedente para um monte de amigos e conhecidos pedirem a mesma coisa.

— Quem sabe um dia.

— Eu já vejo algo. É de família, a gente sabe das coisas. Você também vê muita coisa — disse ela, se debruçando.

Ele tinha uma vista ótima do seu excelente decote, mas, como tinha sido bem-criado, manteve os olhos no rosto dela.

— Tipo aquela mesa ali, com o cara tão branco que chega a ser transparente, suando com a camisa chique, tomando uísque. Você vê, e eu vejo, o relógio de ouro enorme e feio, a mulher que está com ele, com as pernas que ele acaricia por baixo da mesa, que não é a esposa dele — continuou Dauphine.

— A mulher dele está em casa, em algum lugar tipo Toledo, enquanto ele traz a amante para a convenção, onde pode dar uma de importante com o cartão da empresa — completou ele.

Dauphine bateu o dedo indicador no dorso da mão de Harry.

— Você vê, eu vejo. Mas por que Toledo?

— Ou por ali. O sotaque dele.

— Ah, *bien sûr*. Pra mim, todos os ianques falam igual. Acho que você tem um ouvido bom.

Ele teve uma ideia.

— Quanto você cobraria para me ensinar francês?

Ela dispensou a pergunta dele com um abano de mão e foi até o outro lado do bar atender aos pedidos. Ele já aprendera, mesmo conhecendo-a há pouco tempo, que era só esperar.

A banda tocou algo mais animado, e as pessoas começaram a dançar. Um grupo de quatro garotas — universitárias, deduziu — entrou e foi até a bancada do bar.

Dauphine ia pedir a identidade de todas elas, e ocorreu a ele que, se alguma tivesse um documento falso, podia ser cortesia do primo dela.

Dauphine voltou e colocou um prato de bolinhos de siri com molho de mostarda na frente dele. Ela ia cobrar, mas ele não podia reclamar.

— Para que você quer aprender francês?

— Eu gosto de aprender.

Ela o olhou com atenção enquanto passava um pano na bancada.

— Que tipo de francês você quer aprender? Tem o francês de Paris, tem o crioulo da Luisiana, tem o francês cajun, e muitos outros.

— Todos, ou todos que você souber.

— Vamos fazer assim: eu te dou uma aula, uma hora, cinquenta dólares, e, se eu achar que você é um imbecil, *c'est tout*. Se eu achar que você não está desperdiçando meu tempo e o seu dinheiro, a gente continua. Vinte e cinco dólares por aula.

— Combinado. Você não vai achar que eu sou um imbecil.

Ela não pareceu convencida, mas assentiu.

— Amanhã à noite, oito horas. Você cuida do jantar e leva uma boa garrafa de vinho. Uma hora, nada de gracinhas.

Naquela noite, antes de dormir, ele colocou o relógio de ouro — um Gucci — e o dinheiro da carteira que ele guardara no espaço que havia aberto embaixo das tábuas do assoalho debaixo da cama. Ele ficaria com o relógio por algumas semanas, faria companhia a um belo par de brincos de rubi — cerca de dois quilates cada —, a uma abotoadura de safiras arco-íris e a um relógio TAG Heuer à prova d'água.

Depois que os vendesse — não tudo de uma vez, claro, nem tudo no mesmo lugar —, acrescentaria o valor a suas contas bancárias. Nunca teria de se preocupar em não ter onde morar, nem se Mags tinha dinheiro suficiente para viver.

Harry se deitou com um dos livros sobre história da arte que pegara emprestado da biblioteca com uma carteirinha. Refletiu que estava chegando o dia em que poderia expandir seu trabalho noturno ao campo das obras de arte.

Teve de pagar alguém para comprar o vinho para ele, já que era menor de idade até na identidade falsa. Decidiu cozinhar. Gostava de ter uma cozinha e volta e meia preparava uma refeição simples. Mas queria algo um pouco melhor, ou mais adulto, que *mac and cheese* ou hambúrguer. Como não achava que tinha desenvolvido suas habilidades o bastante para preparar um prato da culinária cajun ou crioula, recorreu a um prato que sua mãe sempre fazia para as visitas.

Na época em que recebiam convidados para o jantar.

Foi à feira comprar batata asterix e aspargo, comprou uma baguette, frango e um pequeno cheesecake com amêndoas.

Ele não ia flertar com ela, pensou, enquanto cortava as batatas. Ela poderia rir da cara dele — o que seria humilhante — ou se recusar a continuar com as aulas. E ele queria ter o francês entre suas habilidades.

Portanto, preparou a comida, e, embora a receita e os aromas tenham trazido sua mãe para dentro do apartamento, não foi tão doloroso quanto costumava ser. Ele se sentiu reconfortado.

Arrumou a mesa, exibiu as flores que comprara. Não acendeu velas e não colocou música, já que isso daria a impressão errada. Quando ela bateu à porta às oito em ponto, ele notou que a pontualidade faria parte das aulas.

Ela estava com um vestido preto mais ou menos justo e sapatos de salto vermelhos que a deixavam quase da mesma altura que ele. Quase um mês já se passara desde o sexo breve e intenso em Savannah, então ele achou que podia se perdoar por um momento de luxúria.

— *Bonsoir* — cumprimentou Harry. — *Bienvenue.*

Ela assentiu.

— *C'est bon.*

Dauphine entrou, olhando de relance o pequeno apartamento.

— Está limpo. Tenho três irmãos, todos porcos. O quarto deles sempre tem cheiro de meia suja e pão mofado. Aqui tem cheiro de comida boa. Você cozinhou ou só fingiu?

— Comprei o pão e o bolo. Mas fiz o restante.

Ela avançou alguns passos até a cozinha.

— Onde aprendeu a cozinhar?

— Com a minha mãe.

Os olhos expressivos dela miraram os seus.

— Ela nos deixou? Tenho ouvidos também — acrescentou ela. — Eu ouço o sofrimento.

— Sim, ano passado.

— *Je suis désolée* — disse ela, levando a mão ao peito. — Acho que ela ficaria orgulhosa dessa comida. Agora me serve um pouco de vinho. *Divin*, no francês da Luisiana. *Du vin*, no francês formal.

Ela deu tapinhas na própria orelha e continuou:

— Você tem que ouvir com atenção para perceber a diferença.

Ele serviu vinho para ambos.

— O segundo soa, como você disse, mais formal. Eu ouvi.

— Então você ouve bem — concluiu ela e foi até a janela, apontando. — O carro? *Un char*, no francês da Luisiana. *Une voiture*, na França. Mas acontece que aqui a gente pode misturar. Já na França, acho que não. Aqui você pode usar os dois ou um só. Mostra que você sabe mais de uma língua. Então a gente que sabe costuma passar do francês para o inglês, e para o crioulo, porque a gente pode.

— Primeiro a pessoa tem que ser fluente em todas.

— *Mais oui*. O vinho é bom. *Le vin est bon*.

Quando ele repetiu, ela comprimiu os lábios e assentiu.

— Você fala bem para um iniciante. Pode passar pra cá essa comida cheirosa. Acho que conversar jantando é um ótimo jeito de aprender.

Ele provou que não era um imbecil, e ela aceitou voltar na semana seguinte pela metade do preço, uma refeição e um bom vinho.

Na terceira semana, fizeram a aula enquanto comiam a primeira tentativa de *étouffée* de camarão de Harry.

— Você conseguiria fácil um emprego de cozinheiro. Conheço uns lugares.

— Não tem graça quando você cozinha por obrigação. E eu sou lento, só sei fazer meia dúzia de coisas. Além disso, não estou procurando um emprego formal ainda. Chamei minha tia para vir aqui no Mardi Gras e quero levar ela para passear, ter tempo para ficar com ela.

— *Tu as un bon cœur* — disse ela, jogando seu volumoso cabelo preto por cima do ombro enquanto olhava o apartamento. — Você mantém o apartamento limpo e tem um rosto bonito. Falo para você não flertar comigo e você obedece. É inteligente. Acho que você já deve saber o que isso significa, depois que começou as aulas, ou por causa da música. *Voulez-vous coucher avec moi*?

Ele pegou a taça de vinho e deu um gole lento.

— Sou um homem heterossexual. Você é linda, sexy, divertida, inteligente e tem esse corpo. Que corpo você tem. Então. *Absolument*.

— Não quero romance. Não tenho tempo para isso. Gosto de você... é um amigo, um amigo inteligente. Se você se apaixonar por mim, vou partir seu coraçãozinho. E vou me sentir mal por isso.

— Não quero romance. Ah... *Je ne suis pas prêt. Je vous aime.*

— *Je t'aime bien* — corrigiu ela.

— *Je t'aime bien* — repetiu ele. — Talvez você se apaixone por mim, e aí eu é que vou me sentir mal por partir seu coração.

— Não corro esse risco — afirmou, estendendo o braço. — *Amis.*

— *Amis* — concordou ele.

— Seu quarto é tão limpo quanto o resto da casa?

— É.

Ela se levantou e estendeu o braço para ele outra vez.

— *Montre-moi.*

Capítulo seis

⌘ ⌘ ⌘

A LONGA E animada festa que foi o Mardi Gras começou para ele com a chegada de Mags. Embora só tivessem se passado uns dois meses — parecia mais —, ele percebeu que estava ridiculamente feliz em vê-la.

Sua tia doida com o cabelo acaju e mechas cor-de-rosa o envolveu nos braços bronzeados pelo sol do deserto. A parte interna de seu antebraço direito agora tinha uma tatuagem de bússola com um coração vermelho no meio.

— O que é isso?

— Simboliza minha paixão por viajar. — Ela o abraçou de novo, bem apertado. — Com todos os quilômetros que já percorreu, daqui a pouco está na hora de você fazer uma também.

Ele não concordou.

— Vou fazer uma tatuagem do meu animal espiritual quando decidir qual ele é — acrescentou Mags.

— Achei que era o animal que escolhia a pessoa.

Ela riu e se afastou para olhar seu rosto.

— Você está com uma cara boa, cara. Nossa, está mais alto. Cresceu mais uns três centímetros.

— Talvez.

— Talvez é o caramba. Achei que você já tivesse parado de crescer. Agora deixa eu dar uma olhada nesse seu apartamento.

Depois de deixar suas malas — duas imensas bolsas floridas — ao lado da porta, ela entrou para avaliar o apartamento.

— Bem, muito bom para o primeiro apartamento do meu menino. Ótima localização, boa iluminação. Gostei da arte, pinturas do Bairro Francês.

— São minhas. Não estou dizendo que fui eu que pintei — explicou quando ela se virou e o encarou. — Aluguei o apartamento mobiliado, mas pendurei alguns quadros que achei. Comprei — esclareceu. — Tem muitos artistas no bairro.

— Mostra que você tem bom gosto e apoia artistas locais. Está um brinco também.

— Acho que isso está no DNA.

— Ah, é. Estou com tanta saudade dela...

— Eu sei. Eu também estou. Não te contei, mas peguei uma parte das cinzas para trazer comigo. Soltei um pouco no alto das montanhas Smokies e o restante numa praia das ilhas Outer Banks, foram parar no mar.

Mags deu um suspiro, então apontou para si mesma.

— Fiz a mesma coisa em Painted Desert e no Pacífico.

— Jura?

— Acho que somos mais parecidos do que imaginamos, Harry.

— Aqui eu me chamo Silas.

— Ok.

— Deixa eu levar suas malas para o quarto, aí a gente dá uma volta, vai almoçar.

— Eu durmo no sofá.

— Minha Mags não vai dormir no sofá na minha casa — afirmou ele.

Para confirmar aquilo, Harry levou as malas até o quarto.

— Ah, que gracinha. Adorei esse teto inclinado, e olha só para essas reproduções de Maxfield Parrish na parede.

— Achei numa feira de antiguidades, eram de um calendário ou algo assim.

— Mais bom gosto.

Não era um quarto em que fosse possível perambular, dado o tamanho, mas ela olhou em torno.

— E os narcisos na cômoda, para mim. Alguém te criou bem. Silas.

— Duas pessoas me criaram bem. Ou pelo menos me ensinaram o mínimo.

Ela fez um carinho na barba dele, já por fazer.

— É melhor você me levar logo para dar uma volta, antes que eu comece a chorar e estrague minha maquiagem.

— Você nunca veio aqui? — perguntou ele, enquanto a acompanhava até a rua.

— É a primeira vez. Acho que o universo decidiu que minha primeira experiência em Nova Orleans, e no Mardi Gras, tinha que ser com meu sobrinho.

— Como estão as coisas em Las Vegas?

— Quentes e agitadas. Mas vou dar uma chance a Santa Fé. Vou para lá depois daqui.

— E o negócio por telefone?

— Essa é a beleza da coisa, meu amigo — disse ela, respirando fundo o ar ameno e úmido lá fora. — Enquanto houver uma torre de telefonia, Madame Magdelaine terá trabalho — continuou, apontando para sua tatuagem. — Então ela vai aonde seu espírito a leva.

— Para ventos do deserto no caso.

— Pelo visto sim. E você, para calor, umidade e água.

— É, por enquanto. Mas acho que também tenho uma atração por colinas, montanhas. Mas, quanto a cidades, isso aqui é o auge. Quero conhecer Nova York, Washington, São Francisco, e talvez tenha uma desculpa para conhecer Santa Fé, mas isso aqui é outro patamar quando se fala em cidade. Porque não é uma cidade, pelo menos não essa parte. É uma experiência.

Turistas se amontoavam nas lojas, nas ruas, nos bares. Jogavam moedas nos chapéus e capas de instrumentos dos músicos enquanto o som de trompetes, acordeões e vozes à capela percorriam o ar.

Eles passearam pelas ruas de pedras, sob varandas ornadas repletas de flores e contas roxas e douradas. Harry apresentou Mags a seu cavalo de carruagem preferido e aguardou enquanto ela via coisas em uma loja que vendia cristais, velas e incensos para aumentar sua coleção, que ele já sabia que era imensa. Aguardou novamente enquanto ela escolhia uma camiseta do Mardi Gras.

Antes que ela pudesse arrastá-lo para dentro de mais uma loja, ele a guiou até um restaurante pequeno, com cheiro bom, que a maioria dos turistas nem olhava.

O Mama Lou's tinha umas dez mesas, além de serviço no balcão. No almoço, todas as cadeiras e banquetas ficavam ocupadas, mas ele tinha reservado uma mesa.

A Pequena Lou, filha da Mama, acenou para eles quando entraram.

— Aí está você, *cher*! *Assis-toi, assis-toi*. Mama! Silas está aqui, *avec sa tante*.

Ela se aproximou, uma mulher magra de quarenta e poucos anos com a pele marrom sedosa e o cabelo com tranças, enquanto ele levava Mags até a mesa perto da única janela pequena. O melhor lugar.

A Pequena Lou ficou na ponta dos pés para dar um beijo na bochecha de Harry.

— Mama quer conhecer a senhorita Mags. Ela tem uma quedinha por esse rapaz — disse.

— É mútuo. Mags, essa é a Pequena Lou, filha da Mama, e a segunda melhor cozinheira do bairro — disse Harry.

— Porque a Mama é a primeira — explicou ela, rindo. — Vou trazer as bebidas logo. Silas vai querer uma Coca, *c'est vrai*?

— *Merci. Vin blanc pour ma tante, et une bouteille d'eau pour la table, s'il te plaît.*

— *Bien, bien* — disse ela, se afastando.

Mags se debruçou sobre a mesinha de madeira e cutucou o ombro de Harry.

— Quando foi que você aprendeu a falar francês?

— Estou fazendo aula. Lá vem a Mama. Ela é muito especial.

Mama Lou, uma mulher de quadris largos que tinha menos de um metro e cinquenta, passou rebolando por entre as mesas pequenas como uma rainha, com o avental branco e o vestido florido. Aos sessenta anos, sua pele marrom ainda era um pêssego, e seus penetrantes olhos verdes ainda tinham visão de águia.

Silas se levantou e, como fizera depois de provar seu *jambalaya* pela primeira vez, beijou sua mão.

Continuou falando francês — francês formal, porque sabia que ela gostava e se divertia.

— Mama Lou, *permettez-moi de vous présenter ma tante,* Magdelaine Booth. *Et merci, merci beaucoup de l'accueillir. Elle m'est chère.*

Ela acenou com a cabeça para Harry, depois deu um tapinha na bochecha dele.

— *Bien, cher.*

Então, ela ofereceu a mão para Mags.

— Ele é um menino bom — disse Mama, com uma voz fluida. — Minhas filhas são muito velhas e minhas netas, muito novas, senão eu o roubaria para uma delas. Pegaria para mim também, mas *mon mari* daria um soco nesse rostinho bonito.

— Aí não. Obrigada por cuidar dele. Gosto de saber que ele está em boas mãos — agradeceu Mags.

— Ainda está muito magro.

— É, mas não tão magro como era.

— Você veio para o Mardi Gras, então *laissez les bon temps rouler* — disse Mama, afastando-se um pouco para que a filha pudesse servir as bebidas. — Bom, a tia Mags vai comer o *gumbo*, e Silas vai comer o *po'boy* de camarão. E os dois vão dividir, assim, provam um pouquinho de tudo. E vão comer pudim de sobremesa. Bon appétit.

Mags a observou se afastar, rebolando até a cozinha.

— Muito especial, você disse, e não estava errado. Ela sempre decide o que a pessoa vai comer?

— Só quando gosta de alguém.

— Então está bem — disse ela, pegando o vinho e dando um gole. — Nada mal. Agora me conta essa história de falar francês. Como a pessoa aprende a conversar assim em poucas semanas?

— Tenho uma professora muito boa.

— Imagino. Lembro que você sempre ia bem em espanhol e saía falando que nem um toureador. É prático ter uma memória mágica. Está fazendo aula na faculdade?

— Com uma professora particular. Uma amiga, que você vai conhecer hoje à noite.

— Ah... — disse Mags, esticando aquela única sílaba carregada de significado. — Uma amiga.

— É. Vai gostar dela. Ela lê tarô e mãos. E trabalha à noite num bar alguns dias na semana.

— Uma amizade colorida?

A resposta dele foi um dar de ombros.

— Não é nada sério, para nenhum dos dois.

— Que bom. Você pode até falar três línguas agora e ser dono do seu nariz, e, pelo que estou vendo, está fazendo isso muito bem, mas ainda é muito novo para ter algo sério. Tenho que perguntar, porque é meu dever: você está pensando em ir para a faculdade?

— Estou pensando em assistir a algumas aulas como ouvinte ou puxar umas matérias na Tulane. Depois do Mardi Gras e talvez no outono que vem, se eu ainda estiver aqui.

A Pequena Lou trouxe o almoço deles e uma cesta de *hush puppies*.

— Nossa senhora, é muita comida.

— Ninguém passa fome no Mama's.

Mags experimentou o *gumbo*.

— Meu Deus, que delícia! — exclamou, depois provou sua metade do *po'boy*. — Isso aqui também. Você já está pensando em ir embora?

— Não sei, só sei que não agora. Visitei o campus da Universidade da Carolina do Norte quando estava lá e fiquei com muita vontade de estudar lá um dia. Estou vendo outras. Não estou atrás de um diploma, Mags, só quero estudar o que me interessa.

— Sou a última pessoa que pode discordar disso. Você ainda não está feliz, eu também não. Leve o tempo que for. Mas acho que está num bom lugar aqui, e não só geograficamente falando. Eu também. Que bom para nós!

À noite, eles seguiram o desfile. Pegaram colares de contas, jogaram colares de contas. Mags, com o jeitinho dela, dançou na rua com desconhecidos. Comeram espetinhos de camarão e *beignets* quentes enquanto observavam os carros alegóricos.

Um homem usando só uma máscara de bobo da corte e um calção roxo dançou na varanda e recebeu aplausos.

— Como eu passei a vida toda sem conhecer isso? — gritou Mags em meio à barulheira.

Harry a guiou até o bar onde Dauphine e outro bartender misturavam, chacoalhavam e serviam bebidas, enquanto a banda da noite tocava zydeco.

Dauphine os avistou e gritou:

— Tito, você está esquentando esse banco há muito tempo. Levanta e deixa a moça sentar.

Um homem robusto com olhos sedutores ficou de pé e se virou, curvando-se para Mags.

— Ah, obrigada, senhor — agradeceu ela.

— Mags, essa é a Dauphine, minha amiga e professora de francês — apresentou Harry.

— Se você faz drinques tão bem quanto ensina francês, vai ter que preparar um para mim. Silas está falando fluentemente, como se tivesse nascido aqui — disse Mags.

— Ele tem um dom para línguas, eu acho, mas tem mais coisas para aprender. O que você quer beber? — indagou Dauphine.

— Você escolhe. É Mardi Gras em Nova Orleans, eu topo qualquer coisa — respondeu Mags.

— Adoro uma pessoa aventureira — comentou Dauphine.

As duas se entreolharam por um instante, então Dauphine acenou com a cabeça.

— Já sei do que você precisa — afirmou.

Ela avisou em francês ao outro bartender que estava tirando um intervalo com uns amigos e pegou a coqueteleira. Pegou fatias de limão e menta, serviu algo de uma garrafa e começou a misturar.

— Então, Mags, está gostando de Nova Orleans?

— Seria maluca se não gostasse. Você é daqui? — perguntou Mags.

— Sou. Minha vida toda está aqui.

— Essa semana então não deve ter tanta graça para você.

— Mas é lucrativa — contou Dauphine, acrescentando um pouco de gelo triturado, algo de outra garrafa, um pouco de água com gás e sacudindo a coqueteleira. — Você é vidente e atende por telefone, né?

— É. Também é lucrativo — respondeu Mags.

Dauphine sorriu para ela e perguntou:

— Você lê cartas?

— Faço um jogo enquanto estou falando com o cliente. Silas me contou que você lê cartas profissionalmente.

— Isso — confirmou ela, servindo o drinque em um copo baixo e acrescentando um ramo de tomilho. — Prova. Se não estiver bom, eu faço outra coisa.

Mags deu um gole e sorriu lentamente.

— Mágico! O que é?

— Um Creolo. Sofisticado e refrescante, como acho que você é.

— Ah, gostei da sua amiga, cara. Vamos jantar juntos amanhã. Leve a gente para sair, Silas.

— Hmm. Está bem.

Dauphine sorriu para Mags e colocou uma tigela de amendoins no balcão.

— Ele cozinha. Cozinha bem. — Ela lembrou a eles.

— Ele sempre foi melhor que eu nisso. Faz um jantar para a gente, bonitinho.

Elas tiveram uma conexão, rápida e intensa.

Nas três noites seguintes, Mags chegava em casa mais tarde que ele, finalizando a noite no bar provando novos coquetéis.

Na primeira noite da Quaresma, a última de Mags lá, ele fez uma *jambalaya* para os três e sua primeira tentativa de *hush puppies.*

Não tinha grandes coisas a acrescentar à conversa quando as duas se juntavam. Falavam sobre filmes, livros, arte, moda, e, apesar de sua presença, de homens. Se — e isso acontecia muito — elas começavam a falar de sexo, ele saía de perto.

Era esquisito demais.

— Vou levar o lixo lá para fora — avisou ele, enquanto as duas se debruçavam sobre a mesinha. — E dar uma volta talvez.

Ele saiu e deu duas voltas no quarteirão, no silêncio pós-festa do bairro.

Quando voltou, ficou surpreso ao ver Dauphine lendo as cartas para Mags.

— Quanto está cobrando?

— Estamos fazendo uma troca. Eu leio para ela, e ela lê para mim — explicou Dauphine, pegando a mão de Mags. — Ela cuida de você. Está vendo? Acho que vai fazer isso para sempre. Essa é a essência da força feminina, e as dores do passado, a mudança, os finais que ainda pesam. Mas ela está com você. E aqui está ele, o filho que vocês partilharam. Tenho um pedacinho dele comigo por enquanto, mas o seu é para sempre. Ele está sempre olhando para a frente, é ambicioso, inquieto. Você também, olha à frente, para o futuro, para o que está por vir. Os pés dele podem se enraizar um dia, mas os seus vagueiam, a menos que o amor os enraíze. E, mesmo assim, o amor tem que estar disposto a te seguir.

Ela sorriu, passando o dedo por uma carta.

— O amor não tem que ser uma meta, e sim uma escolha. Eu também acho isso. É um presente que você pode abrir ou deixar fechado, no pacote. Tem que ser uma escolha, ou então não te interessa. Viagens e descobertas, e você tem que estar no comando. Estabilidade? Para quê, sem aventura, sem o novo, o que está por vir?

Ele se aproximou para olhar, já que nunca a vira fazendo uma leitura. Só conhecia as cartas porque Mags, às vezes, mexia nelas.

— Você pode viajar o tempo todo e pode estar sozinha fisicamente, mas leva suas raízes com você. Sabe como transplantá-las, cresce onde quer até querer outro lugar. Isso é liberdade. Admiro isso. E sua virtude? Seu copo nunca fica vazio. O amor o preenche, de novo e de novo.

Dauphine se recostou.

— Você é uma mulher de sorte, Mags, que sabe levar os sortudos junto com ela.

— Minha irmã me deu um presente. Não que eu soubesse o que fazer com ele na época. Não porque eu não gostasse de bebês e crianças, mas Dana era mãe até o último fio de cabelo. Acho que eu nasci para ser tia. Fiquei surpresa quando vi um pouco de mim no Silas. A inteligência, só Deus sabe de onde ele tirou. A memória inacreditável também — falou Mags.

— Se eu te perguntasse sobre as estatísticas dos jogadores do Cubs, você sairia falando — disse Silas.

— Isso não é ter uma memória inacreditável, cara, isso é baseball. Vamos tomar outra taça de vinho, Dauphine, e eu leio as cartas para você — disse Mags.

Dauphine sorriu e falou:

— Vamos.

Depois que Mags foi embora em sua van Volskwagen, ele foi até Tulane. Tinha seus documentos — cuidadosa e até meticulosamente criados — e a história de Silas Booth bem implementada. Não foi muito difícil conseguir permissão — pagando as taxas — para assistir como ouvinte às poucas aulas que ele queria fazer.

Pelo restante de fevereiro e até o primeiro de abril, que ele passou com Mags em Santa Fé, Harry manteve a cabeça baixa e a boca fechada, estudando literatura inglesa, os impressionistas e programação.

Sentia-se quase como um estudante qualquer, caminhando pelo campus verdejante, passeando entre as azaleias que eram uma explosão de cor. Embora não fosse obrigado, ele fez os deveres, escreveu os trabalhos. E aprendeu.

Suas aulas de francês com Dauphine evoluíram para conversas ao anoitecer e sexo ocasional. Ele aprendeu a hackear computadores com Jacques, por meio da própria engenharia reversa, e esbarrou com uma aula on-line de italiano.

Parecia a coisa certa a acrescentar ao seu currículo.

Então, quando a primavera morna e úmida se transformou em um verão quente e gotejante, ele conheceu Sebastien Picot.

Sentou-se em um banco na beira do rio no Parque Audubon, longe da agitação nauseante da cidade, e observou a água vasta e os barcos a vapor que a moldavam.

Atrás dele, pessoas faziam piquenique, jogavam frisbee, ou dormiam na grama. Ele estava com uma camiseta do Green Wave, só mais um estudante em um fim de tarde quente no mês de maio.

Fora até ali para se encontrar com Jacques, a pedido de seu falsificador e, às vezes, vendedor de coisas roubadas. Desde que começara a se preparar para outro trabalho — a avó rica de uma aluna de sua turma de literatura que adorava se gabar das joias dela —, planejava conversar sobre a venda do colar de diamantes que sua colega tagarela estava surpreendentemente animada para herdar.

Jacques se sentou ao lado dele e estendeu o braço para que ele desse um tapinha em sua mão.

— Meu amigo.

Enquanto Silas era magro — tinha arranjado uns pesos e estava dando um jeito —, Jacques era um espantalho com shorts de basquete. Até parado, ele emanava energia. Silas pensou que Jacques devia queimar mais calorias tirando um cochilo do que a maioria das pessoas queimava correndo.

— Não costuma ficar aqui por essas bandas, né, irmão? — comentou Silas.

— Mas você, sim.

Ficava mesmo, Silas concordou. O rio largo e marrom seguia correndo, e ao pôr do sol tudo ficava meio mágico.

— Tem uma pessoa que quer te conhecer.

Quando Silas desviou os olhos do rio e voltou a olhar para Jacques, ele ergueu as duas mãos e sorriu. Estava sempre sorrindo, mostrando seus grandes dentes brancos, mas, quando era sincero, chegava quase a brilhar.

— Já te deixei na mão? Conheço o sujeito desde quando eu enganava os turistas no troco. Tenho uma proposta para você, é pegar ou largar, *ami*. Só estou aqui para te garantir que ele é de confiança, só isso.

— Quanto ele está te pagando?

Jacques emitiu uma espécie de uivo e balançou a cabeça, fazendo as trancinhas que envolviam sua cabeça como uma coroa balançarem também.

— Estou aqui falando de amigo para amigo, *ça va*? Se você aceitar a proposta e tudo der certo, eu ganho uma porcentagem. Se não quiser, tudo bem.

Silas volta e meia dormia com a prima de Jacques e sabia que aquilo era importante no código moral dele. Então deu de ombros e respondeu:

— Sou todo ouvidos.

— *Bien* — disse Jacques, erguendo a mão e virou-a para a frente e para trás.

Silas viu um homem se aproximar do banco, mancando. Usava uma daquelas botas ortopédicas no pé direito e se apoiava em uma bengala. Fora isso, parecia estar em forma e tinha cerca de cinquenta anos.

Puxava um cachorrinho magrelo com pernas arqueadas pela coleira.

Não devia ter mais que um metro e setenta, com um rosto envelhecido e um cavanhaque aparado. Tinha fios grisalhos na impressionante cabeleira loira.

Sentou-se do outro lado de Silas, expirando ruidosamente ao tirar o peso do pé com a bota.

O cachorro farejou os tênis de Silas, desconfiado.

— Ele não morde muito. *Assis*, Bluto, seu velho *couillon* — disse o sujeito com um sotaque Cajun que conseguia ser ágil e lento ao mesmo tempo. — Que marravilha esse lugar, está batendo até um ventinho.

— Eu vou indo nessa — falou Jacques, já se levantando. — Vou deixar vocês se conhecerem. *À bientôt.*

Sebastien recostou-se, como um homem que tinha todo o tempo do mundo.

— Esse garroto emana energia que nem um foguete. Você tem um jeito mais calmo. Meu nome é Sebastien Picot — continuou, sem estender o braço. — Eu sou um admirrador do seu trabalho.

— E que trabalho é esse?

Sebastien apenas sorriu e continuou olhando na direção do rio, enquanto Bluto ficou sentado, mas ainda farejando os tênis de Silas.

— Um homem na minha situação, com a minha experriência, tem que conhecer seus concorrentes, ou, sendo mais simpático, seus colegas. Temos alguns conhecidos em comum, eu e você, *mon ami*. Jacques, Burdette em Baton Rouge, Michelle em Lafayette. Eles são cautelosos, como você já sabe, com o que dizem e parra quem. Eu, eles conhecem há muito tempo, então, quando eu pergunto, eles respondem.

— Pergunta sobre o quê?

— *Mais*, algumas quinquilharrias bonitas sumindo de um lugar e indo parrar em outro. Sumindo de forma inteligente. Eu gosto de inteligência. Eu pensei: esse garroto é muito novo parra ser tão inteligente. Inteligente a ponto de não deixar pistas, inteligente de pegar um pouco, não tudo. Tem elegância aqui, eu pensei, estudando aquelas jornadas. Quinquilharrias, *c'est bon*. Já ajudei muitas quinquilharrias seguirrem sua jornada um tempo atrás. E arte *aussi*. Dinheiro, o que é isso senão papel? Nenhuma elegância. Você pega, *bien sûr*, se está dando sopa, mas as quinquilharrias, a arte. Isso é elegância.

Silas não achava que podia ser uma armadilha, não com Jacques envolvido, mas deixou o silêncio pesar entre eles quando Sebastien terminou.

Ficaram parados, um minuto, dois, enquanto o rio seguia seu curso e o sol começava a baixar.

— Eu tenho um cliente — continuou Sebastien. — Tem uma pinturra muito bonita que ele quer ter na coleção dele. Agora está na coleção de outra pessoa, entende? Uma coleção privada, que percorreu uma jornada, saindo de uma coleção pública em Londres, parra chegar até lá. Conhece Londres?

— Sei onde fica — respondeu Silas.

Sebastien riu, e o som da sua risada era como uma serra enferrujada cortando madeira.

— Eu não fui parte dessa jornada, mas fiquei sabendo. Muito elegante. Antes de você nascer, eu acho. *Mais* essa pinturra não está mais em Londres, está aqui, em Nova Orleans, numa coleção privada. O cliente quer, e eu aceitei cuidar disso. Aceitei, digamos, um depósito pelo trabalho. Cuidei de todos os preparrativos. É um desafio, mas sou bom no que faço.

— Ok. Bem, boa sorte.

— *Malchance*, foi isso que eu tive — disse Sebastien, debruçando-se para tocar a bota. — O trabalho precisa de agilidade, e eu vou ficar com essa merda mais cinco semanas. A pinturra tem que seguir sua jornada semana que vem. Esse cliente paga bem, mas é... exigente. Eu devolveria o depósito, mas isso não seria o bastante parra ele. Eu vou arrumar mais do que uma fraturra no tornozelo se ele não ficar satisfeito. Não querro meus ossos quebrados. Então preciso de um sócio.

Silas disse a si mesmo que não estava interessado, disse a si mesmo para ir embora. Mas, em vez disso, apontou para a bota e pediu:

— Tira para eu ver.

— *Alors* — disse Sebastien, chiando um pouco, mas abaixando-se para abrir a bota.

Ergueu o pé devagar, mostrando a nuvem de hematomas.

— Uma fissurra, eles disseram, e eu disse: vão se foder.

— Como aconteceu? — perguntou Silas.

— Eu poderria dizer que aconteceu quando pulei de uma janela para fugir de um marrido ciumento, mas tropecei na droga do cachorro. A pessoa se levanta para mijar no meio da noite porque bebeu muito vinho e tropeça no próprio cachorro. E agora preciso de alguém inteligente e hábil para ajudar essa pinturra na sua jornada, ou então vão quebrar minhas pernas, meus braços, talvez meu pescoço.

— Levanta a blusa.

Sebastien suspirou, mas obedeceu.

— Você está certo em ser cuidadoso. Não quero um burro.

Então, sem que Silas pedisse, Sebastien esvaziou os bolsos, dizendo:

— Jacques nunca trairria você. Seu coração sabe que isso é verdade, mas temos que obedecer ao nosso cérrebro, *oui*?

— Eu trabalho sozinho — afirmou Silas.

— Eu também, quase sempre. Se você comete um erro, é seu. Se fala demais, o problema é seu. E o dinheirro também é só seu. Mas esse trabalho, dessa vez, esse cliente... Eu não consigo sozinho.

— Quanto ele paga? Você está pensando em quanto menos vai falar para mim, em quanto precisa dizer para me fisgar. Não faça isso. Faço esse trabalho desde que eu nasci praticamente.

— *Non*! — exclamou Sebastien, tão surpreso quanto impressionando, olhando para ele com olhos arregalados. — Você serria um *bébé*!

— Nove anos. Foram as circunstâncias, não é da sua conta. Não tente me enganar.

Sebastien cutucou o peito de Silas com um dedo, falando:

— De você, eu gosto. Poderia dizer menos, mas tenho uma necessidade grrande. Recebi um depósito de 10 mil, e vou ficar com isso, já que o cliente veio até mim. Quando o quadro tiver cumprrido sua jornada, vai ser autenticado, e eu também vou cuidar disso. Ele vai transferir o dinheirro para minha conta. Um milhão de dólares americanos.

Por um instante, Silas não conseguiu respirar, não enquanto seu coração batia rápido em seu peito.

— Qual é a pintura? — perguntou.

— É conhecida como *Sol nascendo no Rio Tâmisa*. Turner pintou na sua fase madura, uma abstração. É um quadro pequeno, tem sessenta por sessenta. Já fez muitas jornadas e já pertenceu a uma coleção privada na Alemanha, antes de ser levado pelos nazistas. Depois de mais algumas jornadas, foi doado para o museu Tate, em Londres. Agorra está num cômodo protegido em uma coleção privada.

Ele sabia um pouco sobre Turner graças aos seus estudos e prometeu a si mesmo que aprenderia mais.

— Deve valer bem mais que um milhão — disse.

— *Mais oui*, mas esse é o pagamento, e não é nada mal parra um sujeito como eu. Vou ficar com 80%, mais o depósito, já que cuidei de todos os preparrativos e o cliente é meu. E acho que preciso te ensinar algumas coisas que você ainda não sabe. Vou pagar mil dólares parra Jacques, da minha parte, pela apresentação.

Silas não conseguia pensar em algo que chegaria perto de 200 mil. Não conseguia imaginar ganhar tanto dinheiro em um só trabalho. Mas isso não queria dizer que ia aceitar a primeira oferta.

— Eu é que vou fazer o trabalho, assumir o risco. A gente divide metade metade, e você fica com o depósito.

Sebastien bufou.

— Eu tenho trinta anos de experriência e já investi um mês nisso. Tenho o equipamento. Setenta e cinco, vinte e cinco.

— Tenho dois tornozelos bons, e você está com pressa. Sessenta, quarenta.

Ele estivera mais do que disposto a aceitar setenta, trinta, mas não hesitou quando Sebastien estendeu o braço.

— Fechado.

Silas apertou sua mão e deu início à próxima etapa de sua jornada.

Capítulo sete

⌘ ⌘ ⌘

QUANDO FOI jantar na casa de Sebastien na noite seguinte, Silas havia pesquisado tudo sobre Turner, e sobre o roubo de 1983 que tirara *Sol nascendo no rio Tâmisa* do museu Tate.

Também interrogara Jacques e Dauphine sobre Sebastien.

Jacques o via como um cara confiável e honesto para os parâmetros de ladrões e golpistas. Dauphine o definiu como um réprobo charmoso que não podia ser deixado a sós com mulheres ou portas trancadas.

Silas pensou no que poderia fazer com a quantia de tirar o fôlego de quase meio milhão.

Poderia ir para a faculdade, poderia viajar. Poderia comprar equipamentos melhores para seu trabalho noturno. E, quando o Volvo parasse de funcionar, poderia comprar um carro zero.

Não queria uma casa grande e chique, mas poderia mandar dinheiro para Mags, caso ela quisesse.

Mas primeiro, como dez anos de experiência haviam lhe ensinado a não contar com o pagamento antes de fazer o trabalho, ele tinha de se preparar e aprender.

Levou vinho, porque era de praxe, e pensou em como ficaria feliz quando não precisasse mais pagar alguém para comprar para ele.

Sebastien morava na baía, mas não, como Silas achava, em um barraco ou uma cabana. Ele tinha uma casinha de madeira muito aconchegante, com paredes brancas e cortinas vermelhas, cercada de flores, com vista para a água e os tocos de ciprestes que saíam dela. Uma piroga boiava perto de um pequeno deck.

A casa tinha um alpendre com duas cadeiras de balanço e uma mesa quadrada. Sinos de vento e o que ele conhecia como espanta-espíritos tocavam e soavam na brisa.

Uma picape vermelha estava parada nos cascalhos entre a construção principal e a casinha de ferramentas que ficava nos fundos da casa.

A música altíssima saía pelas janelas abertas da casa, e o cachorro latia loucamente.

Silas ficou parado por um instante, apreciando a água, as sombras e a luz.

Então, viu as costas nodosas de um jacaré passando.

— Cacete! Puta merda.

Deu alguns passos para trás antes de se virar para subir no alpendre e bater à porta.

— Pode entrar, e limpa os pés primeirro. *Ferme ta bouche*, Bluto!

O cachorro parou de latir quando Silas entrou, mas veio correndo para cheirar seus sapatos e olhar fixamente para ele, com ar de hostilidade.

Ele diria que a casa era *aconchegante*, e pensou que sua mãe provavelmente diria *bagunçada*. Mas de um jeito alegre.

Achou que as paredes talvez fossem de cipreste, e nelas estavam penduradas obras de arte feitas de restos de madeira, um relógio cuco e esboços de nus a lápis. A sala, com um sofá azul bem vivo e cadeiras vermelhas, levava até a cozinha, onde Sebastien usava um avental por cima da camiseta e da calça jeans larga.

— Você deu sorte, *cher*. Peguei dois belos bagres uma horra atrás. Vou grrelhar. Vai ficar bom com a minha salada de batata e o quiabo frito.

O cachorro foi correndo até uma cesta cheia de bolas, ossos de plástico e os restos esfarrapados de antigos bichos de pelúcia. Pegou um dos ossos e subiu em uma cadeira, então olhou para Silas como se o desafiasse a fazer algo a respeito daquilo.

— O que você trouxe aí?

— Vinho. Ah, um Shiraz, mas acho que com peixe tem que ser vinho branco.

— Os bagres não vão ligar. Traz aqui parra a gente abrir.

Ele foi até a cozinha onde havia panelas e utensílios pendurados na parede. Garrafas e jarras se amontoavam nas prateleiras. Pratos e copos se acumulavam em armários com portas de vidro. Um buquê de flores se erguia dentro de um jarro na mesa quadrada da cozinha.

Sebastien embebeu os filés com sabe-se lá o quê, mas o cheiro fez o nariz de Silas coçar.

— O saca-rolhas está ali na parede, as taças lá atrás.

Enquanto Silas abria o vinho, Sebastien lavou as mãos na pia funda e foi abaixar um pouco a música.

— Eu vi um jacaré lá fora. Na água, mas bem perto do deck.

— Deve ser o Pierre. Ele gosta de nadar no fim do dia.

Silas questionou-se quanto à decisão de trabalhar com alguém que dava nome a um jacaré.

— Ele pode engolir seu cachorro.

— Bluto é duro demais parra comer. E tem um amuleto na coleirra parra o *cocodril* ficar longe.

— Entendi.

O cachorro esquisito não é seu, pensou Silas. E, mesmo achando que conseguia chutar Bluto a mais de dez metros caso necessário, ele era assustador.

— Você já fez muitos trabalhos que nem esse? — perguntou Silas.

— Eles aparecem.

Sebastien deu um gole no vinho e pegou dois ovos na geladeira branquíssima, então começou a batê-los em uma tigela.

— Jacques disse que nunca te pegaram.

— *Mais...* — disse Sebastien, cortando quiabo. — Só uma vez. Acho que eu tinha mais ou menos a sua idade, e decidi trabalhar com meu primo de segundo grau por parte de mãe, Louie. A gente ia pegar umas quinquilharias, levar elas numa jornada, uma bela casa em Metairie. Louie não erra muito inteligente, mas erra da família. O menino saiu andando pela bela casa, acordou o dono da bela casa e o homem tinha uma espingarda.

Enquanto contava a história, Sebastien jogou o quiabo cortado dentro do ovo.

— Eu podia ter fugido. O homem estava com Louie, e ele não erra muito inteligente, mas não ia me dedurrar. *Mais*, eu não podia fugir e deixar Louie se ferrar sozinho, então fui lá, com as mãos parra cima. Eu e Louie ficamos seis meses na cadeia — contou ele, pegando o vinho. — E essa, *mon ami*, foi a última vez que trabalhei com um parceiro. Até agorra. Acho que você é mais inteligente que meu primo.

— O que aconteceu com Louie?

Sebastien sorriu, pegando duas frigideiras de ferro fundido na parede.

— Ele se casou e arrumou um emprego num barco de camarrão. Tem cinco filhos e três netos agorra.

— Se volta e meia você faz trabalhos que nem esse, por que mora aqui? É uma casa bonita, mas com esse dinheiro, você poderia morar em qualquer lugar.

— Quem sabe comprar uma bela casa que outra pessoa vai querrer assaltar?

— Ninguém entende mais de segurança residencial que um ladrão.

Sebastien deu uma espécie de assobio.

— Nisso você tem razão. Mas meu lar é aqui. Eu nasci na baía. Sabe como é.

— Não sabia, até chegar aqui.

— Meu sangue está aqui. Meu corração. Esse lugar chama por mim. Eu construí essa casa.

— Sério?

— Com essas mãos aqui. Minha família ajudou, como as famílias fazem, mas essa casa é minha de um jeito que nenhum outro lugar poderria ser.

— É uma construção muito boa. Tenho um amigo que tem um pai carpinteiro, sei um pouco do assunto. Se você sabe construir assim, por que rouba?

— *Cher*, eu me pergunto onde você está com a cabeça quando você faz uma pergunta boba dessas. Tenho a *envie*, como você.

— Não tem a ver com inveja para mim.

— *Non, non, envie*. O desejo. Desejo de bolar o plano, dar os passos, da sensação no corpo quando eu me movo no escurro. Se você não tem isso, o único motivo que sobra é a ganância, e a ganância acaba com você.

Silas tinha aquilo, tinha exatamente aquilo. *Envie*, pensou ele. Ele conhecia o desejo.

— E eu tenho três filhas. Minhas meninas lindas, e três ex-mulheres com quem fiz elas. Dou uma vida boa parra elas, uma boa educação.

— Três ex-mulheres.

Sebastien pegou uma tigela, jogou fubá nela, acrescentou sal, pimenta, algo de uma das jarras.

— Eu amo mulheres. Amo tudo nelas. Qualquer tamanho, qualquer peso, as ricas, as pobres, as sábias ou não sábias. — Ele trabalhava enquanto tagarelava, acrescentando óleo a uma frigideira, acendendo o fogo, arrastando o quiabo molhado no fubá. — Elas têm aquele arroma, o sabor, a sensação. Hummm-mmm-mmm. Não existe nada como uma mulher, e todas elas...

Elles sont belles. Falo parra mim mesmo: não vai casar com essa, hein, Sebastien, mas aí eu caso. Sou um bom amante, ajudo a fazer meninas lindas, e sou um bom pai, mas um *mari*?

Ele ergueu a mão com os dedos cobertos de fubá e a sacudiu.

— *Mais* ficamos amigos porque temos esses tesourros que fizemos.

Ele colocou as rodelas enfarinhadas de quiabo no óleo quente. A panela chiou, e a fumaça subiu.

— Pega os pratos ali. Não vai demorrar. Vou começar a grelhar os bagres.

Parecia um jeito estranho de fazer negócio, mas Silas pôs a mesa. A pedido de Sebastien, tirou a tigela de salada de batatas da geladeira. Quando o cachorro veio correndo e começou a pular, Sebastien encheu o pote vermelho dele com ração, depois cortou um pedaço do peixe grelhado e misturou lá dentro.

Os dois se sentaram na cozinha, com as janelas abertas para o barulho da baía, enquanto Silas tomava sua primeira taça de vinho e Sebastien já estava na segunda.

— Bebendo devagar, é?

— Estou dirigindo.

Sebastien deu batidinhas com o dedo na própria têmpora.

— Faz bem ser inteligente e cuidadoso. *Mange.*

Silas provou o peixe primeiro. Um pouco apimentado, mas muito saboroso.

— *C'est bon. Très bon.*

Silas descobriu que tudo estava um pouco apimentado, mas de um jeito muito saboroso.

— Um homem sem uma mulher que não cozinha passa fome — disse Sebastien. — Eu não gosto de passar fome. Jacques me disse que você está aprendendo francês bem, e que fala espanhol também.

— Espanhol de ensino médio, mas estou de boa com isso. Agora estou aprendendo italiano.

— Por que você estuda isso tudo?

— Acho que tenho *envie* pelas línguas. E são uma ferramenta. Como se você pudesse se vestir de outra pessoa.

— Vestir? Ah, *oui*, tipo um disfarce?

— É, tipo isso.

Sebastien bebeu, comeu, examinou seu potencial sócio.

— Como você começou a trabalhar com isso?

— Jacques não te contou?

— Ele me disse que a histórria é sua. Então você me conta se quiser. Fazemos um *veiller*.

— O que é isso?

— *Veiller* é... Hum, conversar com amigos, bater papo.

O cachorro terminou de comer e saiu pela porta de tela dos fundos. Silas imaginou que ele não viraria lanche de crocodilo.

— Minha mãe ficou doente, e as contas começaram a acumular. As despesas médicas eram as piores, mas também tinha a prestação da casa e tudo mais. Minha tia e eu continuamos trabalhando na empresa de faxina que elas tinham, mas não era suficiente, só nós dois trabalhando, e eu tinha a escola. Então...

— Um filho tem que cuidar da mãe, senão não é filho. Ela melhorou?

Silas fez que não.

— Melhorou, depois ficou doente de novo, melhorou de novo, adoeceu de novo. E morreu ano passado.

Sebastien se benzeu, levou uma mão ao peito.

— Vou acender uma vela parra ela na igreja.

— Você vai à igreja?

— Às vezes vou à igreja, às vezes a baía é minha igreja. Tem anjos por toda parte. Como você começou? Abrindo fechadurras?

— Batendo carteira.

Sebastien riu.

— Você é bom nisso?

— Sou.

— Eu não tenho nenhuma habilidade nisso aí. Comigo são as fechadurras — disse Sebastien, batendo no peito fino. — Posso persuadir qualquer fechadura a se abrir parra mim. Agorra tem aquelas digitais, mas elas não me detêm. O sujeito da pinturra mora numa mansão na fazenda, tem um monte de empregados, gente que vem cortar a grama etc. Não os trata bem, de forma justa. Trai a mulher. Eu fui casado três vezes e nunca pulei a cerca com nenhuma delas. Se você ama mulheres, tem que ter respeito. Homem que trai não é homem de verdade.

— Você se importa se o seu alvo é uma pessoa boa ou não?

Sebastien ergueu seus ombros magrelos.

— Trabalho é trabalho. Mas é *lagniappe* quando é um babaca infiel.

— Um brinde.

— *Mais oui.* Você dança, *garçon*?

— Danço, sim. Por quê?

— As mulheres, elas gostam de homens que dançam. Ô se gostam. Dança é graça, ritmo e equilíbrio. *Tu saisis*?

— *Oui.*

Sebastien tocou sua bota e falou:

— Com isso aqui, eu não danço, e um trabalho desses precisa de graça, ritmo e equilíbrio. Eu peso, não deslizo com isso. O sujeito que trai a mulher e trata mal quem trabalha parra ele tem uma casa com muitas portas e janelas. Muitas fechadurras, e todas com alarme, *tu vois*.

— Se eu souber qual é o sistema, consigo entrar.

— É um ótimo sistema, mas a gente sabe que nenhum deles é perfeito. *Mais*, lá dentro, tem um quarto onde ele guarda a pinturra e outras coisas preciosas, que também é protegido. Tipo um cofre dentro do escritório que ele tem lá, um quarto grande, que também fica trancado, só abrem parra limpar. E ele muda a senha desse cofre todo dia, foi o que me disseram.

— Então é por etapas. O alarme da casa... Câmeras?

— *Bien sûr.*

— Ok. O sistema da casa, depois o quarto, depois o cofre. E aí reaciono.

— Reaciona?

— Deixo tudo do jeito que estava. Reativo o sistema. Por que deixar que eles saibam que alguém entrou lá?

Sebastien se recostou.

— É inteligente. Demorra mais, sim, mas talvez ganhe tempo também. Tudo fica como antes, menos uma coisa. A pinturra segue sua jornada — disse ele, e então se levantou, acenando com a cabeça. — Vem, vou te mostrar o que eu tenho.

Sebastien o guiou por um corredor pequeno até um quarto. Como havia duas camas lá dentro — uma de gente, com cabeceira e pés de metal, e uma de cachorro —, Silas imaginou que fosse o quarto dele.

As paredes de cipreste ali expunham outros desenhos a lápis: paisagens da baía e corpos de mulheres. Havia uma cadeira de madeira no canto, com uma luminária ao lado. Nas prateleiras, livros e bugigangas.

Sebastien se aproximou de um desenho de uma mulher robusta de pé, debaixo de uma cortina de barba-de-velho. Enfiou o dedo atrás da moldura, e a parede afundou.

— Uma passagem secreta. Só dá parra ver se você souber onde procurrar.

Impressionado, Silas avançou para olhar o espaço, com cerca de sessenta centímetros de largura por dois metros de comprimento.

Na mesa estreita havia um computador de última geração. Atrás dele, um painel pendurado coberto com o que Silas concluiu serem esquemas do trabalho atual, uma planta da casa, cronogramas, nomes, datas, uma foto do quadro, outras da casa da fazenda e do terreno com as construções anexas. E, o mais intrigante de tudo, uma foto da porta do cofre.

— Como conseguiu uma foto do cofre?

— Não é o cofre da casa, mas é o mesmo modelo.

— Nunca trabalhei com um desses.

— Parra tudo tem uma primeirra vez.

Ele avançou mais um pouco e percebeu que as prateleiras na parede do quarto dentro do espaço secreto continham ferramentas de trabalho. Gazuas, furadeiras, estetoscópios, controles remotos e celulares que poderiam ser — ou já haviam sido — convertidos para uso em sistemas digitais.

Luvas, sapatilhas descartáveis para sapato, máscaras de esqui. Até um arpéu. Corda de nylon, cortadores de vidro.

— Pega essa cadeirra aí parra mim — pediu Sebastien, ligando o computador. — Já coloquei muito peso nessa porcarria de pé hoje.

Quando Silas foi pegar a cadeira de madeira, Bluto entrou e foi direto para sua caminha. Sentou-se nela e ficou olhando para Silas com seu olhar mortal.

— Cachorros costumam gostar de mim.

— Ele gosta de você, senão estarria rosnando. Só está mostrando quem é que manda. Todo lugar tem um ponto fraco — começou ele.

Para o espanto de Silas, Sebastien abriu a planta da casa e girou a imagem lentamente com o mouse.

— Isso é muito maneiro — comentou Silas.

— O mundo muda, a gente tem que mudar também. Isso aqui? — disse Sebastien, apontando para uma porta dupla de vidro que dava para a área externa da casa. — É por onde você vai entrar.

Passaram uma hora falando sobre o trabalho, até que Sebastien disse que era hora de tomar um café e assistir ao pôr do sol na varanda.

Embora não gostasse muito de café, Silas apreciou o lento derramar da luz vermelha e dourada sobre o rio, por meio dos ciprestes.

Corujas chirriavam, insetos cantavam, sapos coaxavam, algo se agitava na água.

— A baía faz música a noite inteira.

Uma música estranha mas também atraente para um menino da cidade grande, admitiu Silas.

— Você não tem muita segurança aqui — comentou ele.

— Tenho essa ferra selvagem — respondeu Sebastien, apontando para Bluto, que roncava a seus pés. — Tem o Pierre e a família dele ali. E a corcova que você talvez tenha visto no chão quando entrou é um alarme de pressão. Sei quando alguém está se aproximando da minha casa. Mas eu nasci e cresci aqui, minha família está aqui, as pessoas me conhecem. Ninguém da baía vai mexer comigo. E a polícia também não tem motivo para vir até aqui. E, se vier, não tem nada parra ver. Só um homem com seu cachorro, vivendo do que a terra dá, fazendo alguns trabalhos aqui e ali. Eu nunca invado uma casa na qual já tenha trabalhado.

— Eu também fazia isso quando faxinava.

Depois da pausa, eles trabalharam até meia-noite, revendo os passos, os sistemas, os hábitos da casa. Não tinham cachorro — sempre um bônus —, mas tinham um gato. Ou um *minou*, como Sebastien chamou.

Além do gato, do homem, da esposa, dos dois filhos — menino, doze anos; menina, oito anos —, havia a empregada que morava lá e o marido dela.

Quando Silas voltou dirigindo para casa, com os pensamentos a mil e os olhos arregalados devido à pequena xícara de café noir que Sebastien lhe servira, já sabia todos os nomes e todas as localizações dos moradores da casa, a distância do ponto de entrada até o escritório trancado, e a distância da porta até o cofre.

Conhecia o sistema de segurança da casa e, como já trabalhara com outro igual, sentia-se confiante. A porta trancada do escritório não o preocupava muito.

Mas o cofre? Aquilo era novo, desconhecido, complexo. E ele tinha poucos dias para aprender seus meandros e segredos.

Energizado pelo café, trabalhou mais duas horas em seu apartamento, fazendo as próprias anotações, um cronograma, treinando com o controle remoto adulterado que Sebastien lhe emprestara. E treinando com sua fechadura de combinação.

O cofre tinha uma combinação de, no máximo, nove números. Sebastien e ele concordaram que o sujeito devia usar todos os nove.

Levaria tempo.

Hoje em dia, Silas conseguia resolver uma combinação de três números em menos de quinze minutos, na maioria dos trabalhos. Mas sabia que uma de nove dígitos não só triplicaria o tempo. A complexidade acrescentaria pelo menos uma hora. A menos que ele tivesse muita, muita sorte.

Pelos seus cálculos, demoraria duas horas para abrir o cofre.

Para o todo, ele calculou cerca de três horas, três e meia para garantir.

Mais do que ele jamais arriscara, mas também seria o maior pagamento que já recebera.

Quando finalmente foi dormir, sonhou com combinações infinitas e com a satisfação do clique, o clique do cofre se abrindo.

PULOU SUA aula semanal de francês e a possibilidade de sexo com Dauphine e concentrou-se em reduzir seu tempo. Comeu pizza congelada em uma cidade onde comida era uma religião para reduzir ao máximo as distrações.

Com restos de metal que pegou em um ferro-velho, ele construiu uma imitação barata da porta do cofre, depois passou horas ativando e desativando a fechadura de combinação. Depois de duas noites, conseguiu reduzir seu tempo médio a sessenta e sete minutos e doze segundos.

Decidiu que faria melhor que isso.

Comeu Doritos e estudou os esquemas de segurança.

Malhou um pouco, tomou Gatorade e reviu cada passo, cada movimento, mentalmente.

À noite, disse a si mesmo que estava pronto. Lembrou a si mesmo que era só um trabalho, uma série de passos após uma preparação cuidadosa e atenta.

Deixou seu carro na casa de Sebastien e entrou na picape com o cachorro.

— Vou te deixar onde mostrei quando passamos de carro, e você vai a pé dali. Ninguém passa por aquela rua a essa horra da noite, mas se você vir um carro vindo...

— Eu saio da rua — completou Silas. — Quando eu terminar, ligo o celular, mando uma mensagem para você e você me busca onde me deixou.

— Está tranquilo, *mon ami*?

— Estou. Deixa comigo — acrescentou. — Se a gente repassar o plano muitas vezes, vou ficar pensando demais. Deixa comigo.

A noite quente e a lua escondida trabalhavam a seu favor. Haveria luzes de segurança na propriedade, mas seriam fáceis de desviar. As janelas fechadas por causa do calor e o barulho do ar-condicionado eram duas vantagens aos olhos dele.

A uma da manhã de uma noite quente de verão, todos na casa deviam estar dormindo pesado. Caso contrário, ele teria de evitar possíveis insones. Se conseguisse atingir seu melhor tempo, sairia de lá em duas horas. Mesmo que houvesse alguma complicação, ele estaria de volta na picape antes que alguém acordasse com as galinhas.

Não cruzaram com nenhum outro carro na rua ladeada por árvores.

Quando Sebastien parou o carro, lançou um olhar demorado para Silas.

— *Bonne chance*.

Com um aceno de cabeça, Silas saiu e olhou a hora. Então correu.

Alto, magro, vestido de preto, ele percorreu os quatrocentos metros rapidamente, então se escondeu em meio às árvores para examinar a casa.

As previsíveis luzes de segurança iluminavam o gramado exuberante e coloriam de prata os musgos pendurados. As lâmpadas que ladeavam a ampla porta da frente iluminavam o longo alpendre de colunas espessas.

Mas as muitas janelas estavam escuras, todas elas.

Usando as árvores e os arbustos, ele ficou de olho nas janelas, em busca de qualquer movimento, enquanto dava a volta na casa até o ponto fraco detectado por Sebastien.

Rosas, lírios e o aroma de grama do verão perfumavam o ar enquanto ele lidava com a fechadura simples da elegante maçaneta de ferro. Na sala cercada por luz natural, ele foi direto ao sistema de alarme.

Silas pensou que aquele era o primeiro teste para ver se Sebastien era bom mesmo com o leitor de alarme caseiro.

Os segundos passavam enquanto os números iam aparecendo no visor. No pior dos casos, ele correria.

Mas o código fez a luzinha piscar: verde.

Ele fechou a porta sem fazer barulho.

O ar ali também era perfumado. Flor e limão. E continuou assim enquanto ele fechava os olhos para apurar seus sentidos.

Com a planta da casa gravada na mente, ele saiu da saleta, deu uma corridinha para a direita e atravessou o imenso hall de entrada que contava com uma elegante escadaria central.

Depois de mais uma corridinha, dessa vez para a esquerda, movendo-se com agilidade e em silêncio, passando por outra sala de estar e pela sala de sinuca, ele chegou à porta trancada do escritório.

Enquanto pegava as gazuas, algo deslizou pelas suas pernas e quase o matou de susto.

O gato laranja disse:

— Miau.

Por mais que tivesse uma cara meiga, Silas não encostou nele. Tirou dez segundos para se acalmar, depois trabalhou na fechadura.

O gato entrou antes que pudesse segurá-lo e correu para pular no braço amplo de um sofá de couro da cor de vinho do porto. Se ele colocasse o gato para fora, era capaz de ele miar mais, arranhar a porta, ou fazer qualquer outra coisa que acordasse alguém.

Silas fechou a porta e ficou de frente para o cofre.

Era mais imponente ao vivo, com quase um metro de largura e dois e meio de altura, de um cinza metálico, azulado. Ele sabia que o cofre tinha quase trinta anos.

Silas se aproximou e pousou a mão com luva na superfície de metal fria.

Então, acionou seu cronômetro e começou.

Atrás dele, o gato olhava, ronronando. Ele calculara a distância até a janela: sua única rota de fuga caso alguém decidisse entrar.

E eliminou as distrações.

Trabalhou meticulosamente, assim como em seu primeiro — e, pensando bem agora, simplíssimo — trabalho com um cofre. A cada clique dos discos, ele sentia uma onda de prazer.

Treinara para fazer o gráfico mentalmente, então fez seus cálculos e continuou.

Parou quando ouviu um rangido. Esperou e esperou, mas não veio outro. Sabia que casas antigas tinham vozes noturnas.

Quando segurou a alavanca, Silas prendeu a respiração. A matemática nunca mentia, mas o cálculo humano frequentemente errava.

A alavanca se moveu com facilidade, e, com um puxão forte, a porta do cofre se abriu.

Ele apertou o botão do cronômetro. Cinquenta minutos certinho.

Silas prometeu a si mesmo que comemoraria seu recorde mais tarde.

Usando apenas sua pequena lanterna, ele olhou o cômodo. Notou que tinha duas vezes a largura da porta e continha uma poltrona de couro e um aparador que devia ser uma antiguidade. Acima dele havia um decantador e um copo, ambos de cristal.

Ele viu que o cômodo era decorado com estátuas de bronze, mármore, pedra, tudo sobre pedestais. Prateleiras largas continham outras menores, com pedras preciosas, e o que ele achou que fosse uma rocha lunar. Um ovo chique — possivelmente um Fabergé — e um par de pistolas de duelo.

As paredes estavam cobertas de quadros. Um retrato de uma jovem de perfil, uma paisagem com morros ondulantes e árvores pintadas na luz gloriosa do outono, uma aquarela e uma tela abstrata que não fez sentido para ele.

E o Turner, a pequena joia com dourados e vermelhos, salpicada de azul.

Não parecia nada com as fotos que ele vira. Era muito mais.

A pintura estava viva, se movia, respirava. Ele podia *sentir* o sol tomando vida acima da cidade, do rio, e prometeu a si mesmo que iria até lá um dia, veria aquilo ao vivo.

Silas teve a impressão de que o quadro brilhava ao tirá-lo da parede, com cuidado e reverência.

Teoricamente, deveria cortá-lo da moldura, enrolar a tela e sair.

Mas não teve coragem, não vendo aquelas pinceladas, sentindo seu esplendor. Como não sabia exatamente como tirá-lo da moldura e não tinha tempo para descobrir, decidiu levar o quadro consigo tal e qual.

Embora quisesse — tivesse a *envie* de — dar uma olhada de perto nos outros tesouros do cofre, resistiu. Saiu e começou a fechar a porta.

Então, viu que o gato não estava mais no sofá.

— Merda.

Começou a procurar e ouviu-o ronronando. O gato tinha se instalado na poltrona do dono, no museu particular.

Silas colocou o quadro debaixo de um braço e o gato debaixo do outro.

Fechou o cofre, girou a maçaneta e colocou o disco de volta no número em que o encontrara.

Deixou o gato do lado de fora do escritório e fechou a porta antes que ele pudesse entrar de novo. Trancou. O gato miou atrás dele, um pouco desamparado, enquanto ele refazia seus passos.

Silas acionou o alarme da casa outra vez, fechou e trancou a porta lateral e correu até a rua, embrenhando-se nas árvores. Parou para enviar a mensagem para Sebastien e voltou a correr até o local combinado.

Olhou a hora e deu um sorrisinho. Fizera tudo em setenta e dois minutos.

Capítulo oito

⌘ ⌘ ⌘

Ele conhecia o barulho da picape de Sebastien, mas ficou escondido no escuro até vê-la parar.

— Foi rápido — exclamou Sebastien quando Silas abriu a porta do carona. — O que você vez? Trouxe na moldurra?

— Eu não ia cortar essa tela de jeito nenhum. Cara, olha isso.

Sebastien revirou os olhos.

— Depois a gente olha. É bom torcer parra a polícia não resolver passar e querer conversar com a gente enquanto você estiver com isso no colo.

Ele olhou em torno ao retomar a estrada enquanto Silas olhava fixamente para o quadro.

— Não vai se apaixonar. Isso é do cliente agorra.

— Eu posso me apaixonar e fazer o trabalho mesmo assim.

— Teve algum problema lá dentro?

— Encontrei o gato. Quase tranquei ele no cofre sem querer. Um gato simpático. — Ele se mexeu um pouco no banco quando Bluto (obviamente sentindo o cheiro de gato nele) começou a farejá-lo. — Fora isso, nada. Você estava certo sobre a porta lateral. Eu provavelmente poderia ter entrado com uma fita de celuloide, e seu leitor de alarme funciona. Você precisa me ensinar a fazer um para mim.

— Preciso, é?

— É, precisa. Eu posso descobrir sozinho, agora que vou ter um pouco de tempo, mas você já sabe. Vou fazer mais algumas matérias que tenham a ver com eletrônicos, T.I., essas coisas. Sei o básico sobre *hacking*, mas preciso expandir isso.

— Demorrou quanto tempo parra abrir o cofre?

— Cinquenta minutos certinho. Vou melhorar. Sebastien, o cara tem um quarto cheio de obras de arte, pedras preciosas e antiguidades. Tem uma poltrona de couro grande lá para ele poder ficar sentado admirando tudo. Trancafiado, só para ele.

— São pessoas assim que trazem trabalho parra gente.

— Se um dia eu conseguir uma coisa dessas, algo tão importante assim, vou pendurar na parede, para todo mundo ver. Seu cliente também tem um quarto assim?

— Meu cliente tem um quarto que farria o que você viu parecer um armário de vassourras.

— Não entendo por que essas pessoas querem ter uma coisa tão bonita só para eles, sem que ninguém mais possa ver.

— Não precisa entender. Como eu disse, eles nos mantêm na ativa — lembrou Sebastien.

Mas, quando se aproximaram da baía, ele lançou outro olhar na direção de Silas e continuou:

— Eles não têm alma, *tu saisis*? Não veem o que você vê quando olha parra isso. Só querem, *c'est tout*. Como transar com uma mulher no escurro sem conhecer essa mulher, sem ver, sem sentir, sem dar a mínima. É só desejo, sem alma.

Ele estacionou perto da casa.

— Nem todo o dinheiro do mundo, e olha que eles têm a maior parte, pode comprar essa alma. *Mais*, eles só vão querer a próxima coisa, porque nunca vão ver o que você vê quando olha.

Os dois saíram do carro, e Silas deu uma última olhada no Turner antes de entregá-lo a Sebastien.

— Quer beber alguma coisa? Você merrece — ofereceu Sebastien.

— Não, está tarde. Tem um curso de verão que quero ver se posso assistir.

— Esse seu cérebro não parra. Vou ligar parra o cliente de manhã e devo levar a pinturra pelo restante da jornada sozinho. Então amanhã, ou daqui a um ou dois dias, se ele não estiver pronto, eu passo sua parte parra aquelas contas, como você queria.

— Ok.

— Não vou te dar uma volta.

— Nunca pensei que fosse. Além disso, sei onde você mora — disse Silas, olhando para Bluto. — E seu cachorrinho também.

Sebastien deu um tapa no ombro dele.

— Quem sabe a gente trabalha juntos de novo.

— Quem sabe.

— *Bonne nuit, mon cher ami* — despediu-se Sebastien, mancando em direção à casa.

— *Bonne nuit.*

Silas entrou no carro e voltou para casa. Dirigindo na noite quente e silenciosa, ele se deu conta de que a parte mais emocionante da noite não fora a quantia surreal que ia receber. Não fora nem o clique do cofre em cinquenta minutos cravados.

Fora segurar aquele milagre nas mãos e olhá-lo tão de perto.

O telefone o acordou às quinze para as dez, tirando-o de um sonho com sol nascente e sexo.

Ele pegou o aparelho, atordoado.

— Oi, quê?

— Bom dia, *garçon*. Você vai fazer a jornada comigo e o quadro.

Silas deu um bocejo enorme e tentou acordar seu cérebro.

— Por quê?

— Porque o cliente quer te conhecer. Põe uma roupa e vem aqui me buscar. Você vai dirrigir. É muito longe parra mim com esse pé inútil.

— Longe quanto? Aonde a gente...?

Mas Sebastien já havia desligado.

— Merda.

Ele tinha planejado dormir até o sono acabar, visto que já era quase de manhã quando se deitou. Então queria ver se conseguia entrar para uma aula de verão.

Não tinha muita vontade de conhecer o cliente, mas tinha muita vontade de receber seu pagamento. Pegou uma Coca e a bebeu enquanto tomava banho, tentando despertar.

Vestiu sua calça jeans mais nova — e limpa — e percebeu que não ia poder usar nenhuma das camisetas, já que não lavava roupa há mais de uma semana. Vestiu uma de suas três camisas sociais, usando-a com as mangas arregaçadas.

Pegou outra Coca, a carteira, as chaves, os óculos de sol e saiu pela porta comendo um biscoito.

Quando chegou à casa de Sebastien, Silas viu — e aceitou — que Bluto se juntaria a eles na jornada. Sebastien estava com a coleira amarrada no cinto. Levava a pintura envolta em um espesso papel marrom, um café para viagem e sua bengala.

O cachorro entrou correndo, olhou feio para Silas e subiu no banco traseiro. Silas prendeu a pintura lá atrás no cinto de segurança.

— Você já foi ao Lago Charles? — perguntou Sebastien.

— Não.

— Hoje você vai. Melhor pegar a rodovia 10. Não é tão bonita como as estradas secundárias, mas é mais rápida.

— Por que ele precisa me ver?

— Não se pergunta "por quê" a um homem desses. A gente vai, recebe a grana e fala *au revoir* até a próxima vez que ele quiser alguma coisa.

Silas deu meia-volta com o carro e seguiu.

— Você não gosta dele.

— Não preciso. Você gostava de todo mundo parra quem fazia faxina?

— Não.

— Então pronto. Tive que contar parra ele que arrumei um sócio jovem parra fazer o trabalho por causa do meu pé, porque ele não quis esperrar que eu ficasse bom e fizesse sozinho. Disse que não contei o nome dele parra o sócio jovem nem nada, e ele não tem motivo parra desconfiar. Não vale a pena mentir parra esse cara, *tu saisis*? Mas hoje ele disse: "Traz o garoto." Ele sabe como é esse trabalho, sabe que exige delicadeza e habilidade, então acho que ele decidiu que quer te ver.

— Entendi. Fazer o quê...

Sebastien olhou pela janela de cenho franzido por um tempo.

— Agora você vai saber o nome dele, e conhecer o rosto dele e uma de suas belas casas. Talvez seja uma coisa boa parra você. Ele tem aquelas vontades. Mas não é um bom homem.

— Você já falou.

— Se eu não levo o quadro parra ele quando disse que ia levar, ele acaba comigo. Paga alguém parra meter a porrada em mim. Se eu não levo porque cometi um erro e a polícia me pegou? Ele não liga porque sabe que eu não vou dar o nome dele. Não vale a minha vida.

— Ele mataria você?

— Minha intuição me diz que com certeza sim. E ouvi umas coisas que me dão razão. Não posso afirmar *absolument*, mas minha intuição e minha razão dizem isso, e eu tenho três filhas que ainda não são adultas. Estou te contando isso porque me importo com você agorra, então toma cuidado com esse sujeito.

— Vamos entregar o quadro, então não vai ter problema.

— Não dessa vez. Eu já levei objetos em jornadas parra esse carra muitas vezes, por muitos anos. Mas ele quer mais, maior, *oui*? Mais especial. Digo a verdade quando ele quer uma coisa e eu não posso pegar, e tudo bem. Um dia, pode não ficar tudo bem se eu disser que não posso. Mas por enquanto dá certo.

— Quem é ele?

— Carter LaPorte.

— Esse é o nome dele, não quem ele é.

— Rico, nasceu assim. Um homem que vive uma vida de privilégio e farturra. Mais do que farturra — corrigiu-se Sebastien. — Excesso, *oui*? Ele usa a máscara muito bem, *tu saisis*? Do civilizado, sofisticado e elegante. Mas por baixo da máscarra tem o impiedoso, e o cruel.

— Por que você faz negócio com ele?

— Ele usa a máscarra muito bem — repetiu Sebastien. — E sempre paga sem negociar depois do trabalho. Muitos fazem isso. E eu tenho três filhas.

Sebastien deu de ombros, como se aquilo respondesse à pergunta para ele.

— É um homem que tem rubis nas mãos, mas não são o suficiente. Nunca é suficiente. Se alguém tem esmerraldas, então ele tem que ter. Tem que ter mais que o outro, mais do que já tem, sempre mais. E o melhor, o maior, o mais precioso.

— Então ele é ganancioso. Uma das minhas regras é não ser ganancioso. É uma ótima forma de ser pego.

— Homens como LaPorte não se preocupam em ser pegos. Têm todo o poder. Ele vê o que quer e pega, de um jeito ou de outro. Ele tem uma mulher, a mais bonita, a mais desejável, mas se cansa dela, ou vê outra, ou vê... Acho que é mais isso... Um homem com uma mulher linda e desejável, então ele tem que ter ela. Porque ela está com outro. Propriedades, e uma mulher parra ele é só mais uma propriedade. Ele nunca se casa. Cuidado com homens que não ficam com uma mulher, ou com um homem se for o caso, por muito tempo. Um amor. Sem o amor, restam só as coisas.

Sebastien tamborilou sobre as coxas, dando a primeira pista para Silas. Ele temia LaPorte.

— Você tem medo dele.

— Eu tenho bom senso. *Mais*, tenho medo dele, sim. Tenha bom senso, *mon ami*. Sempre digo parra mim mesmo que vai ser o último trabalho que eu faço parra ele...

— Nunca é bom dizer que vai ser o último trabalho. Em nada. É a regra número um. É aí que dá merda e você é pego.

— Você tem regras?

— Tenho. Não ser ganancioso. Nunca dizer que é o último trabalho. Nem fingir ter uma arma. Não roubar de ninguém que precisa daquilo mais que você. Deixar uma mala pronta para fugir quando for preciso.

— Um homem de bom senso. Me pergunto o que LaPorte vai querrer com você.

— Ele pode querer o que for, contanto que pague.

Sebastien indicou uma saída para Silas seguir até o lago. Pararam para que ele pudesse levar Bluto para passear, já que, explicou, o cachorro não poderia sair do carro na mansão.

Silas passou aquele tempo contemplando o lago, perguntando-se como seria morar em uma casa com aquela vista. Que tipo de casa ele teria. Muitas janelas, decidiu, para poder ver o lago de todas elas. Talvez um pequeno veleiro no deck. Um quarto secreto, claro, maior que o de Sebastien.

Um dia, ele pensou. Não conseguia se imaginar morando em uma casa agora, muito menos comprando uma.

Mas um dia.

Logo percebeu que LaPorte não tinha uma casa. Não chamaria aquilo de mansão. O que ele viu foi uma baita propriedade.

De estilo mediterrâneo, o telhado de telhas terracota tinha vários níveis. Das paredes de pedra amareladas se projetavam varandas e amplos terraços, com o grande alpendre de frente para o lago.

Parecia um hotel de luxo, com gramados impecáveis, jardins exuberantes, árvores muito antigas.

Silas imaginou que o sistema de segurança fosse um desafio e tanto, e desejou — mas só por um segundo — tentar passar por ele.

Mas outra regra sua era: nunca roubar de um cliente.

Os portões de ferro se abriram para uma segunda casa menor com as mesmas paredes de pedra e o mesmo telhado terracota da casa principal.

— Segurrança, três homens. Armados — contou Sebastien. — Revezando vinte e quatro horras por dia.

— Bom saber.

— Tem seguranças dentro da casa também. O que poderria ser chamado de mordomo é um ex-militar. A governanta? Fazia parte do Mossad. O chefe dos caseirros? Domina várias artes marciais. E por aí vai.

— Inteligente. É mais fácil passar pela tecnologia que por pessoas.

Ele parou diante da casa menor quando um homem de terno se aproximou, erguendo a mão.

— A gente sai. Abre a mala. Eles fazem uma busca no carro e em nós dois.

— Para quê?

— Armas, dispositivos. E porque eles podem. Vão pegar nossos telefones. Na saída eles devolvem.

— Sério?

— LaPorte é um homem cuidadoso.

Silas decidiu não discutir com o homem armado que parecia capaz de quebrá-lo ao meio sem nem suar.

Entregou seu telefone e sentiu-se estranhamente nu. Estendeu os braços enquanto o homem passava aquela varinha por ele como faziam nos aeroportos. Ele se submeteu à revista.

Foi rápida e invasiva.

O segurança tinha outro dispositivo para o carro, dentro, fora, embaixo.

— Pode ir — disse ele a Sebastien.

— Ele faz isso com todo mundo? — indagou Silas, enquanto voltavam para o carro.

— Não sei. Nunca fui convidado parra uma festa. Você estaciona ali, na garragem. Na sombra.

— Isso é uma garagem?

— Ele tem muitos carros importantes.

Silas não podia duvidar, visto que a garagem era maior que a casa onde ele crescera.

— Deixa as janelas um pouco abertas, parra o Bluto. Você esperra — disse Sebastien, afagando entre as orelhas do cachorro e tirando um ossinho do bolso.

Ao saírem do carro, Sebastien pegou o quadro embrulhado.

— Vamos pela laterral, até os fundos, a entrada de serviço, já que somos serviçais dele.

Quando começaram a percorrer o amplo caminho pavimentado de pedras amareladas, uma mulher saiu de uma porta lateral. Estava toda vestida de preto. Seu cabelo escuro estava preso em um coque baixo, deixando seu rosto deslumbrante totalmente exposto. Seus olhos, castanhos e intensos, se voltaram para Silas.

Ela segurava uma bandeja com copos, um baldinho de gelo e uma jarra com o que parecia ser limonada.

— O Sr. LaPorte está no jardim. Vou levar vocês até lá.

— *Merci*. Posso levar isso parra você?

— Pode deixar.

Seu sotaque, bem discreto, fez Silas achar que talvez ela fosse a ex-agente do Mossad. Uma coisa era certa: ela era muito gata.

Sebastien ergueu as sobrancelhas para ele, indicando que concordava.

O caminho dava em uma área verde enorme. As extensas paredes amareladas da casa imponente a escondia, em um formato de U bem largo. Ao longe, uma piscina com água azul reluzente, outra casa pequena e outro jardim espetacular, um bosque repleto de árvores. Ele viu limões, limões-sicilianos e laranjas.

Silas supôs que LaPorte fosse o homem magro de cabelos loiros ondulados sentado à mesa debaixo do guarda-sol. Estava com um terno branco, sapatos brancos e óculos de lentes muito escuras.

Silas sabia que precisava causar uma boa impressão, se lembrar dos detalhes. Mas não era fácil, visto que a outra ocupante da mesa era uma ruiva deslumbrante com o menor biquíni já usado por um ser humano.

Era verde-esmeralda e exibia tudo, a não ser poucos centímetros de um corpo espetacular. Ela usava uma tornozeleira de diamantes no pé esquerdo e baixou seus óculos de lentes marrons para espiá-los, os olhos da mesma cor que o biquíni.

— Essa é nova — murmurou Sebastien. — A última erra morrena.

LaPorte acariciou o braço da ruiva e disse alguma coisa baixinho. Ela fez um biquinho, de um jeito que fez Silas se conter para não babar.

Então, ela se levantou e vestiu uma saída de praia transparente com uma estampa floral bem colorida. O tecido drapejava em torno de suas pernas intermináveis conforme ela andava em direção à casa.

Que pena, pensou Silas, mas sua partida permitiu que ele se concentrasse em LaPorte.

Apesar das lentes escuras dos óculos, ele sabia que LaPorte o estava examinando, avaliando. Assim como presumia que o homem já tivesse desenterrado tudo sobre seu passado.

Concluiu que a melhor estratégia seria falar menos e ouvir mais.

— Então, Sebastien, você trouxe seu jovem amigo.

Ele tinha um sotaque sulista, dos ricos do sul.

— *Mais oui*, conforme pediu.

LaPorte não se levantou, não ofereceu a mão para eles, só ficou sentado enquanto a governanta substituía os copos usados, o balde de gelo e a jarra de limonada pela metade por uma cheia.

Ela encheu três copos com gelo, que estalou quando ela serviu o líquido.

Sebastien aguardou que ela se afastasse com a bandeja.

— E o Turner.

Um homem segurou a porta para a governanta, depois se aproximou da mesa.

Silas se perguntou se era o mordomo. Parecia um militar: a postura, a forma como se mexia. Sem dizer nada, o homem pegou a pintura embrulhada e atravessou o jardim em direção à casa.

— Sentem — convidou LaPorte. — Vamos tomar uma limonada enquanto autenticam o quadro.

— *Merci.*

— Ainda não ouvi nada sobre roubo. Por mais que meu conhecido não fosse comunicar um roubo desses à polícia, eu com certeza ouviria falar.

— Meu jovem amigo trabalha de forma muito... organizada. Não deixou nenhuma pista. Acho que seu conhecido não deve ter visitado a galerria dele ainda. Vai ficar surpreso quando fizer isso.

— Você pegou alguma outra coisa? — perguntou LaPorte, olhando bem para Silas.

— Não. Fui contratado para pegar o Turner. Peguei o Turner.

— Vou saber se for mentira.

— Vai ver que não é — concordou Silas.

— Então me conte como você fez — disse LaPorte.

— Não.

Sebastien levou uma mão ao joelho de Silas por baixo da mesa. Apertou com força. LaPorte comprimiu os lábios, recostando-se na cadeira.

— Eu estou te pagando. Você trabalha para mim.

— Está me pagando pelo Turner, não pelos meus métodos. Eles não estão à venda.

— Tudo tem um preço.

Não, pensou Silas, acreditando fielmente naquilo. Mas ficou calado.

— Você é jovem. Vai aprender... se viver bastante. Eu poderia entrar em contato com a polícia, dizer que você veio aqui hoje com o Turner, que tentou vendê-lo para mim. Eles fariam muitas perguntas e nunca acreditariam que um homem como eu faria parte de algo assim, ou teria qualquer relação com pessoas da sua laia, ou com Picot.

— Poderia. E aí você não ficaria com o Turner.

LaPorte deu uma risada breve, por mais que não tivesse achado graça.

— Ah, existem meios e meios.

LaPorte pegou o celular, que apitara na mesa. Ele ouviu por um instante, então o abaixou sem dizer nada.

Deu um sorrisinho enquanto tomava um gole da limonada.

— E se eu disser que a pintura que você trouxe é falsa?

— *Monsieur* — manifestou-se Sebastien. — Não foi isso que foi dito no telefone. Está provocando meu jovem amigo.

Era uma armadilha, pensou Silas, mas ficou quieto.

— Responde. O que você faria? — perguntou LaPorte a Silas.

— Eu iria embora. Depois daria um jeito de roubar o quadro de volta. Pode levar anos, mas eu tentaria.

Dessa vez, LaPorte riu com sinceridade.

— Ele é corajoso. Vou fazer a transferência, como combinamos. Sebastien, pode me dar um minuto com o garoto?

— *Monsieur* — protestou Sebastien.

— Um minuto com o garoto — repetiu ele, seco como um deserto. — Vou devolver ele, intacto.

— Pode ir. Encontro você no carro daqui a pouco — garantiu Silas.

— Ele está sob os meus cuidados — lembrou Sebastien ao se levantar.

Com sua bengala, atravessou o jardim e pegou o caminho por onde viera.

— É um homem interessante, o Sebastien, e inteligente. Nossa parceria é benéfica para nós dois há um bom tempo.

LaPorte deu outro gole na limonada e olhou para a piscina e o jardim.

— Mas ele está mais velho agora, já não é tão ágil. Por isso que pediu sua ajuda. Acho que você deveria receber mais do que vocês dois combinaram. Qual é a sua porcentagem?

— Isso é entre mim e ele.

— Estou te oferecendo uma quantia maior. O dinheiro é meu. Acho que 80% para você e 20% para ele. Vou precisar dos seus dados bancários.

— Você dá o dinheiro para o Sebastien e ele me paga. Foi o que combinamos.

— Estou mudando os termos. Você nem o conhece, e acho que estou te oferecendo o dobro ou mais do que você aceitou.

— Eu agradeço, mas pode dar o dinheiro para o Sebastien e ele me paga. Foi o combinado.

LaPorte baixou os óculos e olhou por cima deles com seus frios olhos amendoados.

— A lealdade também pode ser comprada.

— Se puder, não é lealdade — retorquiu Silas, levantando-se. — Obrigado pela limonada. Aproveite o Turner. É muito bonito.

— Um dia você vai se arrepender de não ter aceitado mais dinheiro — disse LaPorte enquanto Silas se afastava.

— Acho que não.

Ele entendia o medo de Sebastien agora, sentindo aquele frio na barriga. Pensou que a governanta gata, o mordomo estoico ou o segurança sério — qualquer um deles — seria capaz de quebrar seu crânio e o de Sebastien, e jogar o corpo deles no lago.

Ninguém ficaria sabendo.

Ele entendeu que LaPorte também estava ciente disso.

Sebastien não falou nada quando Silas entrou no carro, nem quando foram até a casa menor pegar seus celulares. Aguardou Silas parar o carro para sair com Bluto.

— O que ele queria?

— Queria me dar a maior parte do pagamento e diminuir a sua para 20%.

Sebastien meneou a cabeça enquanto Bluto erguia sua perna feiosa e mijava loucamente.

— E o que você disse?

Ele pode sentir um resquício da raiva — raiva provinda do medo.

— O que você acha que eu sou? A gente tinha um combinado.

Sebastien deixou Bluto andar e farejar, farejar e andar, enquanto olhava o lago.

— Muitas pessoas que já tinham um combinado terriam aceitado esse novo trato.

— Então eu não sou uma delas.

— Não, *cher*, você não é. Ele não deve ter gostado.

— Eu entendi isso. Ninguém diz não para ele. Pensei em aceitar e depois dividir direito entre nós, mas ele que vá à merda, Sebastien. O único motivo pelo qual ele me queria aqui... Não, os dois motivos eram: um, para tentar me sacanear, e dois, para tentar sacanear você.

— Você é novo e interressante para ele. Um mistério. É possível que ele fale direto com você para fazer outro trabalho.

— Talvez eu aceite, talvez não. Ele vai pagar o que combinou, do jeito que combinou?

— Vai, porque vai ter outra coisa que ele vai querrer ter depois. Você está cheio do dinheiro, meu amigo. Mas, mesmo assim, quando a gente voltar, vou te pagar um jantar.

— Mas me diz uma coisa primeiro. Se fosse ao contrário e ele tivesse te oferecido o novo trato, você teria aceitado?

Sebastien olhou no fundo dos olhos de Silas.

— Não, não teria. Amigos são preciosos. E eu não sou que nem a maioria das pessoas. Agorra, vamos comer um banquete.

Eles voltaram andando com o cachorro até o carro, e Sebastien suspirou ao se sentar.

— A mulher? Aquela ruiva? Ulalá.

Capítulo nove

⌘ ⌘ ⌘

QUANDO COMPLETOU dezenove anos, Silas já falava quatro idiomas e sabia o básico de russo. Preocupado com o pacato campus de Tulane, ele passou a assistir às aulas on-line e, embora estudasse só o que lhe interessava, percebeu que não sentia muito prazer naquilo.

Aprendia mais com Sebastien sobre tecnologia e como contorná-la, mais com Jacques sobre computadores e hacking, do que em qualquer aula formal.

Ele espaçava seus trabalhos noturnos, sem pressa, expandindo-os entre Nova Orleans e Baton Rouge, até New Iberia e Lafayette. Concentrar seus trabalhos em uma única área deixava a po-po — como Sebastien chamava a polícia — desconfiada.

No Natal, ele comprou uma pequena árvore e a decorou. Pendurou pisca-piscas nas janelas e soube que estava na hora de ir embora.

Passou parte da véspera de Natal com Dauphine, na cama, para a felicidade de ambos.

Enquanto estavam deitados, nus, relaxando e olhando as luzes na janela do quarto, ouvindo os foliões ainda fazendo festa no bairro, ela segurou a mão dele.

— Quando você vai?

Ele nem fingiu que não tinha entendido.

— Acho que depois do Mardi Gras. Mags quer voltar para passar o feriado aqui, e eu também não estou com pressa.

Ela se sentou e afastou o cabelo do rosto. Ele gostava de ver aquela nuvem de madeixas pretas se mexendo e se ajeitando.

— Meu amigo generoso me dá isso de Natal — disse ela, apontando para os brincos de rubi nas orelhas —, mas não se apaixona por mim.

— Eu prometi que não ia. Amo você, e isso é diferente. Mas é real.

Debruçando-se para a frente, ela deu um beijo nele, de leve.

— Eu tenho amor por você, e sempre vou ter.

Quando ela saiu da cama, Silas se sentou.

— Você tem que ir agora?

— Não. Tenho mais um tempinho antes de ter que ir para o Mama's. Você pode vir, sabia? Ela também te ama.

— Vou lá no café da manhã. Depois tenho um jantar de Natal na casa da mãe do Sebastien, e me avisaram que dura metade do dia e a maior parte da noite.

Ele fez uma pausa, lamentando vê-la se vestir. Calmo.

— É bom passar o Natal com a família. E eu sinto que tenho uma aqui.

— E isso é para sempre também. Agora, bota uma roupa. Tenho outro presente para você — falou Dauphine.

— Outro? Eu ainda não acredito que você comprou um All Star novo para mim.

— Os outros que você tinha estavam se desfazendo. Você podia gastar parte do seu dinheiro com você mesmo, *cher.*

— É, estou pensando nisso.

— Aonde você vai, depois daqui?

— Eu ia para a Carolina do Norte, para a universidade, mas estou achando que vou para o oeste, para o Texas. Nunca estive lá. E a Universidade A&M do Texas é uma das maiores que existem.

— Você precisa ficar mais inteligente?

— Tem sempre alguma coisa para aprender.

— Como o que você aprende com Sebastien, com Jacques.

— É, isso. *Et de toi.*

Ela sorriu para ele enquanto Silas vestia a calça jeans.

— Não está mais tão magro quanto antes — comentou ela.

— Vou sentir muita falta da comida daqui.

— Você vai voltar. Sei disso sem precisar ler suas cartas. Mas vamos sair, sentar, e eu vou ler todas agora.

Ele parou enquanto vestia a camiseta.

— Vai? — perguntou.

— Você nunca pede.

— Porque você fica assustadora.

— Hoje eu vou ler. Não vou cobrar porque é Natal e é um presente — explicou e apontou para ele. — É falta de educação recusar presente.

Ele terminou de vestir sua camiseta pensando que, realmente, ela não precisava ler as cartas para saber o que passava em sua cabeça.

Silas já sabia o passo a passo, então se sentou para embaralhar as cartas que ela tirou da bolsa. Cortou o baralho algumas vezes e observou Dauphine distribuir o jogo.

— Não me surpreendo — disse ela, batendo o dedo na carta central que o representava. — O Mago. Inteligente, criativo. Aquele que busca novas oportunidades. Você tem uma conexão com o mundo espiritual e com o material. Tem os pés no chão. Há um poder em você, então você procura o conhecimento para usar esse poder. E aqui tem a Força por cima de você. Está vendo a mulher com o leão? Tem muitas mulheres no seu jogo.

— Elas não conseguem resistir.

— Muito da sua força, tanto a coragem quanto a compaixão, vem das mulheres que te criaram. Você tem sorte de tê-la, porque vai precisar da força, da energia e da bondade dela em sua caminhada. No fundo, já sabe disso. Acima de você, o Valete de Ouros. Juventude, ambição, uma sede de conhecimento e da jornada que leva a coisas finas. Ele está olhando para a frente, está vendo? Sempre à frente, ao que está por vir. Você não vai parar tão cedo. E aqui, abaixo de você, a Rainha de Copas, uma mulher bondosa e generosa. Sua mãe, *cher*, Mags também, que te deram sua base.

Dauphine olhou para ele com um sorriso nos olhos. Com amor também, do tipo que vinha de uma amizade verdadeira.

— As mulheres se sentem atraídas por você não só por causa do seu rostinho bonito. Eu posso ter transado com você por causa dele, mas não te amaria como *mon cher ami* se não fosse pelo restante.

— Você ajudou a mudar minha vida. Não só com as aulas de francês e com o sexo. Mas com sua amizade — declarou ele, segurando a mão dela. — Eu tinha amigos em Chicago, mas precisei ir embora e não sei se vou voltar a ter contato com eles. Com você, eu vou.

— Vai. Eu não aceitaria outra coisa. Aqui, na direita, está a Torre. Perda, trauma, luto. Sabemos o que isso significa, e, por mais que esteja no passado, vai sempre fazer parte de quem você é. É parte da força, da base, do seu âmago... E, na esquerda, a Imperatriz.

— Ela parece ser rica. Vou transar com ela ou roubar algo dela? É uma regra não fazer nenhum dos dois.

— Isso, sim, é respeito. Mas não, ela simboliza o controle aqui, uma necessidade de controlar suas ações, e seu coração mais ainda. Você ainda não está em busca de amor, verdadeiro e duradouro. Ela é poder, de novo, e artimanhas. Riqueza material, tanto a necessidade quanto a conquista.

— Gostei dessa parte.

— Mesmo assim, não é sobre coisas que você quer, nem que seja um tênis novo. É sobre saber que você pode ter, e a perda ao seu lado influencia o que você vê e do que você precisa. Por enquanto, pode ser que você precise proteger seus sentimentos. Porque, aqui, essa carta representa seus sentimentos no momento.

— É, eu nunca gostei dessa. A Morte.

— Quantas vezes vou ter que te dizer que não significa morte física? Nesse jogo, com essas cartas, significa seus pensamentos sobre a perda, as partidas, e a liberdade de ir embora. A mudança, o fim dessa fase, o começo da próxima. Não, você não vai parar quieto por um bom tempo, e o que está por vir não vai ser a única mudança. O único fim, nem o único começo. Você olha à frente.

Ela bateu com o dedo no Valete de Ouros de novo.

— E aqui você tem as influências e os espaços que te cercam. A Rainha de Espadas. Significa, mais uma vez, sua cautela, mas também uma mulher vindo aí. Uma que você vai magoar. Outro tipo de perda e uma separação. Vai ser difícil confiar depois disso, e nenhum dos dois vai esquecer.

Dauphine olhou para Silas, fazendo-o lembrar por que nunca pedira a ela que lesse as cartas para ele. Assustadora, pensou de novo. Ela tinha um ar sinistro naquele instante.

— Às vezes, a gente olha ao longe e não vê aquilo que espera e deseja bem na nossa frente. Sua jornada te leva embora, talvez para proteger ela ou a você mesmo, mas a espada perfura corações. Uma ferida pode fortalecer, como você foi fortalecido pelas suas. Mas também pode te tornar uma pessoa fria. Cuidado, *mon ami*, com a frieza.

— Eu não quero magoar ninguém. Pode parecer mentira vindo de um ladrão, mas...

— Não vindo de você. Aqui temos seus desejos e objetivos. Ouros de novo: uma espécie de moeda, *oui*? O Nove mostra uma mulher outra vez, e ela está satisfeita. Um desejo por essa satisfação, por conquistas, realizações, e a habilidade de fazer isso acontecer. Riqueza, sim, material e espiritual. Luxo, para você, é essa satisfação e segurança. E aí vem a última carta: o desfecho.

Ele viu Os Enamorados e lançou um olhar malicioso para Dauphine.

— Não significa sexo — afirmou ela, balançando o dedo. — Ou não apenas isso. Pode significar amor, amor verdadeiro, e união, com emoções intensas. Mas também simboliza lealdade e compreensão, uma escolha de ter ambas, de superar algo e aceitar o que é encontrado. Eu acho, *cher*, que a Rainha de Espadas talvez volte para você, ou você para ela, então a escolha vai ser para os dois. Você tem o que precisa, o que te foi dado por mulheres fortes e amorosas. Você busca o que precisa nas jornadas à medida que olha à frente, começo e fim, fim e começo. E, se usar tudo que tem, tudo que ganhar, tudo que é, vai ter aquilo que mais precisa no fim.

Ele examinou as cartas, depois Dauphine.

— Não foi tão assustador. Na verdade, foi um presente ótimo. Obrigado.

— Tem mais uma parte.

Ela juntou as cartas, embaralhou-as e espalhou sobre a mesa. Ele já a vira fazer aquilo também. Sabia que tinha de escolher uma carta e ela a acrescentaria ao jogo. Tipo um bônus.

Então Silas escolheu uma, mostrando-a para Dauphine.

Seu ar sinistro voltou.

— Eita, qual é? — perguntou ele, virando a carta para si. — Ok, o Diabo. Coisa boa não pode ser.

— Esse é um inimigo. Você escolhe seus amigos, suas amantes. Mas um inimigo te escolhe. Ele é impiedoso e cruel. Cheio de ganância. Se ele tentar seduzir você, não aceita. Não deixe que ele te escolha, senão vai te ferir. Vai pegar tudo que você é e tudo que pode ter, então não aceita.

— Pode deixar.

— Promete para mim. — Ela pediu, segurando a mão dele com força. — Promete.

— Prometo. Juro. Nenhum pacto com o diabo.

Ela pegou a carta com determinação e misturou-a ao baralho.

— Algumas pessoas não reconhecem o diabo, e aí é tarde demais. Fique de olhos abertos, *mon ami*.

Quando Mags chegou para passar o Mardi Gras com ele, Silas já tinha guardado quase todos os seus pertences.

Não que ele tivesse muitos. Ocorreu-lhe que não tinha comprado muitas coisas porque, naquele momento de sua vida, seria só mais tralha para levar consigo quando quisesse mudar de ares.

O cabelo de Mags estava com um tom de roxo bem vibrante, alisado e de franja. Era para ter ficado estranho, mas ela estava magnífica.

E aquele abraço dela que esmagava seus ossos foi, para ele, como chegar em casa.

— Acho que você finalmente parou de crescer. Um metro e noventa?

— Por aí. É, acho que parei.

— E olha só isso aqui — continuou ela, apertando o bíceps direito dele, brincalhona. — Está ficando fortão, cara. E o melhor de tudo é que estou vendo um pouco mais de felicidade aqui — concluiu ela, levando o dedo à bochecha dele.

— Ver você me deixa feliz — respondeu ele.

Aquilo lhe garantiu outro abraço. Então, ela acenou com a cabeça em direção à mala no canto.

— Você está indo embora mesmo?

— Vou me aventurar na Universidade A&M do Texas daqui a duas semanas. Lee Harrington, transferido da Flórida para ficar mais perto dos meus pais, já que meu pai está doente. Posso pagar a mensalidade, então por que não?

— Já pensou em tudo.

— É, está tudo pronto. Nova Orleans foi ótima para mim, mas estou animado para viver a próxima etapa.

— Já arranjou lugar para ficar? — perguntou ela, levando suas malas até o quarto.

— Vi alguns apartamentos na internet. Não quero ficar no campus da universidade, mas posso arrumar um lugar por perto. O campus é imenso.

— Passei por lá vindo para cá, para dar uma olhada. Você vai sumir lá dentro.

— Esse é o plano. Quando você faz as coisas direito, não atrai atenção. O que acha de a gente dar uma volta antes de encontrar Dauphine e Sebastien para jantar?

— Eu topo. Estou doida para conhecer esse Sebastien.

Ele achou que Mags e Sebastien se dariam bem. Mas não achou que se dariam *tão* bem. Não sabia o que achar de sua tia e o homem que se tornara uma figura paterna para ele estarem flertando abertamente na frente dele.

E o cachorro — porque é claro que Sebastien levara Bluto — estava sentado, olhando para Mags com veneração.

Silas chegou a perder o apetite na hora do *gumbo.*

Ele tentou ignorar a situação enquanto mais pessoas iam chegando, o ambiente ficava mais agitado, a música mais dançante. Pegou colares assim como já pegara uma bola de baseball no Wrigley Field. Deu um gole no daiquiri de Dauphine — o drinque realmente não era para ele — e voltou para a Coca-Cola.

Achou que era uma experiência e tanto estar totalmente sóbrio em uma multidão levemente embriagada ou totalmente bêbada. Aquele era seu segundo Mardi Gras em Nova Orleans e provavelmente o último enquanto morador da cidade, portanto ele queria aproveitar.

Não se incomodou quando Mags e Sebastien começaram a dançar. Muitas pessoas estavam dançando, sozinhas, em grupos, de todos os jeitos. Muitos pés batendo, ombros e quadris chacoalhando.

Então, a dança alegre e regada a vinho transformou-se em uma inconfundível Dança Sexy. Os corpos se esfregando, rebolando, mãos, Jesus! Mãos, mãos! E pior, eles faziam aquilo muito bem. Era uma dança rítmica, sensual, fluida como água.

— Meus olhos. Meus olhos estão queimando.

— É melhor fechá-los, então, *doudou* — sugeriu Dauphine. — Porque pelo visto eles estão só começando.

Ela estava certa. Ele sabia que ambos dançavam bem. Tinha crescido com Mags e já fora a uma festa *fais-dodo* na casa da mãe de Sebastien.

Mas ver os dois unirem suas habilidades mudava as coisas. Pior, eles atraíram uma pequena multidão, que emitia sons sensuais de aprovação e batia palmas ou os pés no ritmo da música.

Constrangedor.

E então eles se superaram, terminando a dança enrolados um no outro feito duas trepadeiras, com um beijo na boca que arrancou uivos e gritos da plateia. Quando Dauphine se juntou a eles, Silas ficou em choque e se sentiu sozinho, como se estivesse ilhado.

Os colares de contas caíam como chuva, e os docinhos, como granizo embrulhado em papel de presente dourado.

E, quando Sebastien sussurrou algo no ouvido de Mags, ela deu aquela típica gargalhada alta e exagerada e beliscou a bunda dele.

As coisas pioraram quando ele perdeu os dois de vista. Silas admitiu que era culpa dele, porque tinha desviado o olhar para que não sangrassem durante os beijos incessantes.

— Aonde eles foram?

Realmente em pânico, tentou procurá-los, varrendo a multidão ondulante com os olhos.

— Aonde eles foram? — repetiu.

Dauphine deu de ombros.

— Aonde bem entenderam. Você não precisa se preocupar, *cher*. Ela está com Sebastien.

— É por isso que estou preocupado.

Ela riu e o abraçou pela cintura.

— Você acha que uma mulher tão feliz e apaixonada pela vida quanto a Mags não transa?

— Eu não penso nisso. Não preciso pensar, porque ela mora longe e não faz essas coisas na minha cara. Mas, com Sebastien, é bem debaixo do meu nariz.

— Você ia preferir que ela se juntasse com um desconhecido ou com alguém que você conhece?

— Essa é uma pergunta difícil.

Sua altura lhe dava uma vantagem enquanto ele procurava em meio às ondas de pessoas no mar humano.

— Já não era pra eu ter achado aquele cabelo? Está roxo.

— Vamos, vou comprar um vinho para você e um para mim. Para de pensar nisso, *cher*. Sebastien vai levar ela para casa direitinho.

Pelo visto, "direitinho" queria dizer às 3h17 da madrugada. Silas soube a hora exata porque ouviu Mags dando risadinhas — meu Deus, risadinhas — em frente à porta do lado de fora e o riso rouco de Sebastien em resposta.

Não ouviu mais nada nos minutos seguintes e fez um esforço para não imaginar o que estava acontecendo durante o silêncio.

Silas levara Dauphine até a casa dela por volta das duas da manhã, depois fizera uma busca sozinho em meio aos foliões, antes de desistir e voltar para casa.

Em casa, ficou sentado ou deitado de short no sofá. Esperando.

Mags finalmente entrou e fechou a porta. Sacudiu o cabelo roxo bagunçado. E o viu.

Ela sorriu, então arregalou os olhos.

— Ô-ou, perdi a hora?

— Muito engraçado. Eu estava preocupado. Você não atendeu o telefone.

— Provavelmente porque deixei carregando no quarto.

Ela foi até a cozinha e se serviu de um copão de água. Pegou-o e se sentou na cadeira em frente a ele. Tomou um gole generoso.

— Onde você estava?

— Ah, por aí. Saímos da multidão um pouco, fomos para um bar, ouvimos música. Dançamos um pouco. Comemos torta de limão.

— Você sabe que Sebastien tem três, conta bem, três ex-mulheres.

Ela examinou Silas por cima dos óculos e bebeu mais água.

— E cada uma delas deu uma filha linda para ele. Você está preocupado que ele queira me fazer a número quatro ou que eu queira fazer dele meu segundo ex-marido?

— Eu só... Enfim, queria que você soubesse como as coisas são.

— Cara, eu sei como as coisas são desde antes de você nascer. Isso faz você achar que eu sou velha demais para transar com um homem muito interessante?

— Não.

Não exatamente.

— Que bom. Vou dormir. Que noite! Sebastien vai me buscar lá para o meio-dia amanhã. Vai fazer um almoço para mim na casa dele e me levar para passear na piroga.

— Tem jacarés, jacarés de verdade.

— Estou doida para ver um. Boa noite — disse ela, entrando no quarto e fechando a porta.

SILAS ACHOU seus últimos dias em Nova Orleans bem estranhos. Estava claro que sua tia e seu amigo estavam — usando as palavras de sua mãe — encantados um com o outro.

Parecia um jeito mais inofensivo de dizer que estavam *loucos de tesão um pelo outro.*

Não podia alegar que Mags não ficava com ele. Tomaram café juntos todas as manhãs. Passearam, ficaram de bobeira. E, como ele ia para a faculdade em breve, ela insistiu que ele precisava comprar roupas novas. Ou seja, foram fazer compras.

Enquanto focava principalmente em calças jeans e camisetas, por insistência dela cedeu a algumas blusas de sair, aos olhos dele, porque tinham gola e mangas compridas. Ele ficou relutante quando ela lhe estendeu uma jaqueta de couro.

— Eu não preciso...

— Não tem a ver com precisar. Veste.

Em vez de desperdiçar seu tempo discutindo com ela, deu de ombros e obedeceu. Ok, era muito confortável. Mesmo assim, ele não precisava daquilo.

— Agora, sim — disse Mags, segurando seus ombros e colocando-o em frente a um espelho. — Elegante e sexy.

Talvez. Sim.

A jaqueta era preta, com uma gola pontuda e o zíper dos bolsos inclinado, e ia até seu quadril. As mangas, que costumavam ser um problema, porque ele tinha braços longos, caíram bem.

— Você ficou um gato, cara, e sabe disso.

— É, ficou bom.

Ele não esperava aquilo nem a sensação boa que a jaqueta lhe deu.

Então, olhou o preço na etiqueta.

— Cacete!

— Roupa boa custa caro, e esse couro é do bom. Bonito e macio. Vai durar anos. Eu vou comprar para você.

— Não — disse ele, virando-se de frente para ela. — Nem pensar. Eu tenho dinheiro.

— Eu sei que tem, mas esse não é o ponto. Vou comprar sua primeira jaqueta de couro — afirmou ela, segurando o rosto dele com as mãos. — Não deixa essa ser a última que você pendura no armário.

Ela deu um passo para trás.

— Tenho muito orgulho de você — declarou.

— Ah, Mags.

— Tenho muito orgulho de você — repetiu ela. — E isso é bom para mim, porque você é tudo que eu tenho. Agora vai comprar dois cintos decentes, um preto e um marrom.

— Não tem nada de errado com esse aqui.

Ela não aceitou "não" como resposta.

Também não aceitou um não quando o empurrou para o lado e escolheu alguns casacos leves e um par de botas de couro pretas.

Nem quando abriu a mala dele, tirou várias roupas que jogou na pilha que chamou de Isso Não e guardou as novas.

— Pronto — declarou, limpando as mãos uma na outra. — Missão cumprida. Agora vamos sair e nos divertir na sua última noite em Nova Orleans do jeito certo.

— Eu não disse que ia embora amanhã.

— Ah, vai entender como você pensa. Sua mente já foi, mas seu coração precisa dessa última noite.

Ele já se despedira das pessoas importantes. De Dauphine, durante uma hora lenta e fofa no apartamento dela em uma tarde que Mags passou com Sebastien. De Jacques, de Mama e Pequena Lou, e de todos com quem criara um laço.

Ia se despedir de Sebastien naquela noite.

— Eu estava pensando em ir com você amanhã. Seguir você rumo ao oeste por um tempo.

Ela pegou um batom e, com uma habilidade que ele nunca conseguira compreender, passou nos lábios perfeitamente, sem espelho.

— Eu não vou embora amanhã. Vou ficar mais uns dias.

— Ah. Eu achei que... Posso falar com a proprietária. Eu...

— Não preciso do apartamento, bonitinho.

— Mas... Ah. Ah. Sério? Vai ficar na casa do Sebastien?

— Por uns dias. Vou poder dizer que morei na baía.

Ela se aproximou de Silas e passou o braço no dele.

— Vamos nos divertir. Já estou com saudade, então vamos aproveitar muito.

Depois, quando ele pensava naquela última noite, tudo era um borrão de movimento, cor e som. Mags com seu cabelo roxo e sua risada louca, Sebastien dançando zydeco, Bluto latindo com os *muris*. E Dauphine de vestido vermelho.

Nova Orleans lhe ensinou muita coisa. E o acolhera quando precisara, abrira novas portas para ele, lhe presenteara com amizades.

Ele sentiria falta daquele lugar, do calor com chuva, das vozes baixas, da batida constante da música e das pessoas que o haviam recebido tão bem.

Voltaria para lá, tinha certeza daquilo.

Mas, naquele instante, começando sua jornada rumo ao oeste, não olhou para trás.

Olhou à frente.

O Texas não mexeu com ele como Nova Orleans, mas a universidade, sim. Ele ficou invisível lá dentro, exatamente como queria. E aprendeu. Manteve a cabeça baixa, fez meia dúzia de amizades superficiais. Saiu com algumas mulheres que também não queriam nada sério.

Expandiu seu trabalho noturno, depositou dinheiro em suas contas e comprou mais uma jaqueta de couro.

Não voltou para Nova Orleans no Mardi Gras. Seu coração não estava pronto. Mas se encontrou com Mags no *Spring Break*. Reservou uma suíte de hotel para eles na praia, em San Diego.

No segundo semestre, ele trocou seu pequeno apartamento por um de dois quartos e fez o segundo de escritório.

Aprendeu o básico sobre contabilidade porque precisava administrar seu dinheiro e fez um curso de dramaturgia, porque pensou que seria interessante.

Foi, mas ele também descobriu — apesar de ser um sonho de sua mãe — que não escrevia bem. Ou não conseguia ficar sentado tempo o bastante para escrever.

Quando soube que chegara a hora de seguir viagem, falsificou seu histórico escolar usando o nome Booth Harrison.

Não olhou para trás ao deixar o Texas nem estava com pressa de chegar ao seu destino. Teria um verão inteiro para se instalar, sentir o lugar, talvez até alugar uma casinha. Tinha dinheiro para isso e já estava cansado da vida de apartamento.

Ele queria um quintal, grama para ele mesmo cortar, e espaço.

Tinha tempo e decidiu que estava pronto para descobrir o que a Carolina tinha a lhe oferecer.

Capítulo dez

⌘ ⌘ ⌘

Ele foi atingido como da outra vez pelas paisagens, pelos sons e pela sensação de estar em Chapel Hill. Sentia uma afinidade pelo lugar, assim como sentia por Nova Orleans. E, embora não pudesse alugar uma casa na beira do lago com o orçamento que elaborara — tempo ou dinheiro —, encontrou o que procurava.

Lembrava um pouco a casa onde ele crescera. Teria de mobiliar aquela, mas era para isso que serviam as feiras de antiguidade. Ele não estava em busca de nada muito chique ou duradouro, só de algo aceitável.

A casa tinha quintal, árvores e arbustos.

Comprou um cortador de grama antes da cama.

Podia ir a pé até o campus, se não se incomodasse com uma caminhada de quatro quilômetros — e não se incomodava. Mas comprou uma bicicleta.

Os vizinhos da direita eram um casal de trinta e poucos anos, com um filho de cerca de quatro e outro a caminho. À esquerda, havia um casal de mais de sessenta anos com dois filhos adultos, alguns netos e um golden retriever chamado Mac.

Ele fazia questão de ser simpático com todos, de manter a grama aparada e a música baixa.

Ali ele era Booth Harrison, de Chicago, porque achava que já era seguro dizer isso. Estava no último ano da faculdade na Carolina do Norte e fazia letras com habilitação em teatro e línguas românicas.

Ele pôs a dose perfeita de verdade na história para que parecesse normal. Perdera a mãe, tinha uma tia na região oeste do país e queria uma casa em um bairro tranquilo para poder focar nos estudos.

Como gostava de cozinhar, fez amizade com Miz Opal, a avó que era sua vizinha, com quem trocava receitas.

Ajudou Jackson, o vizinho do outro lado, a colocar uma rede de segurança na varanda dos fundos. Jackson acabara de passar na prova para ser advogado, mas não sabia a diferença entre um martelo e uma chave de fenda.

Quando as aulas começaram, ele já estava se sentindo totalmente imerso em sua nova identidade. Instalou um cofre de armas com as próprias ferramentas no porão. Ali, diante do aquecedor envelhecido, ele guardava suas ferramentas e conquistas do trabalho noturno atrás de uma porta segura, com um bom cadeado digital.

Ele fora atrás de trabalhos noturnos no verão — fora do próprio bairro, claro — para que a mensalidade da universidade não doesse tanto.

Foi pedalando no primeiro dia, na brisa morna da manhã, e se sentiu em casa quando prendeu a bicicleta e se juntou aos grupos de estudantes.

Pensou que, se não tivesse virado ladrão, poderia arranjar um emprego de terno e gravata. Quem sabe como professor, embora ensinar parecesse muito mais trabalhoso que estudar.

Adorou a primeira aula de teatro e se parabenizou pela escolha. Complementaria o que já tinha aprendido no Texas e em Nova Orleans sobre maquiagem e figurino, e a exigência de aprender um monólogo ou atuar em cenas só agregaria às suas habilidades de se tornar quem precisava ser.

Aprendeu rápido que a professora de francês, com ar sério, era rígida e desafiadora. Não permitia que falassem em inglês na aula. Todas as leituras (*en français*) e todos os trabalhos escritos. Ela mandou logo de cara que fizessem a leitura de "Le Savon", um poema sobre sabão do falecido poeta francês Ponge, e fizessem um trabalho analisando-o, verso por verso.

Ele não podia dizer que estava animado para analisar um poema sobre sabão, mas era o francês que importava.

Teve tempo entre as aulas para comer um pedaço de pizza e tomar uma Coca e passou seu primeiro almoço sozinho em um banco, observando a vida estudantil.

Não estava atrás de fazer amigos e procurava, como sempre, ir a pouquíssimas festas. Algumas festas, alguns namoros, porque senão chamaria atenção.

E a ideia era ser discreto.

Ele se inscreveu impulsivamente no clube do livro de Shakespeare, porque parecia interessante e era administrado pelo seu próximo professor. Duas horas, uma noite por semana, pensou.

Dessa forma, assim como as aulas de teatro, ele teria alguns círculos de amizade. Pessoas com quem almoçar ou tomar uma cerveja.

Entrou na sala, que parecia mais um auditório, comparada à sua pequena sala de francês. Escolheu um lugar, nem na frente nem no fundo nem exatamente no meio, mas quase.

Enquanto os outros alunos chegavam, ele pegou o tablet, o minigravador e o caderno. Sempre usava todos os recursos.

Gostava do zumbido dos estudantes conversando e se instalando, do cheiro do café com leite de alguém, do chiclete de outro (com certeza de cereja).

Um sujeito com cabelos castanhos cobrindo sua testa e um pouco de sua armação tartaruga de óculos sentou-se ao lado dele.

— Vi você na aula do Jones hoje de manhã, não foi? Meu nome é R.J. Doyle.

— Foi, sim. Beleza? O meu é Booth Harrison.

— Beleza, cara.

Pelo jeito como ele disse "cara" deu para notar que era um nerd. Booth gostava de nerds. E o sotaque era nativo dali, mas provavelmente perto da costa da Carolina do Norte.

— Você faz letras? — perguntou Booth a ele.

— Não. Teatro, mas para quem quer estudar Shakespeare, como eu, tem que ser com o professor Emerson. Você deve saber disso se faz letras.

— Fiz transferência. Estava na A&M, no Texas. É meu primeiro dia aqui.

R.J. balançou a cabeça para ajeitar o cabelo e empurrou os óculos.

— Mentira? Baita mudança no último ano de faculdade, hein?

— É... mas eu estava pronto para mudar. Terminei um namoro ano passado e queria novidade. Por enquanto, estou gostando muito daqui.

— Você veio para o lugar certo — afirmou R.J., erguendo a mão e acenando para alguém. — Yo! — gritou ele, obrigando Booth a conter um sorriso.

Nerd total.

O sujeito que se aproximou tinha a pele da cor do café com leite daquele outro, os olhos da cor de castanha torrada e longos dreads no cabelo.

Com as maçãs do rosto desenhadas, os lábios carnudos e as sobrancelhas arqueadas, Booth pensou que aquele rosto tinha sido feito para capas de revista. Notara o sujeito na primeira aula devido ao rosto bonito.

— Zed Warron, esse é Booth Harrison, fez transferência, está fazendo letras.

— Bem-vindo. Você veio de onde?

— Da A&M, no Texas.

— Seu sotaque não parece do Texas.

— Chicago.

E Zed, pensou ele, devia ser do nordeste dos Estados Unidos. Maryland talvez, ou do norte da Virginia, DC.

— Eu tenho primos em Chicago. Lá faz frio pra cacete no inverno. Você torce pelos Cubs ou Socks?

— Cubs.

— Fica longe dos meus primos quando você for lá. Eles vão acabar com você. São fanáticos pelos Socks.

— Eu sou de boa.

— Mas pode ter certeza que, com baseball, eles não são.

Zed pegou e ligou seu MacBook.

— Estão prontos pra aula? — perguntou.

— Eu já nasci pronto — respondeu R.J., e sua nerdice era irresistível.

O professor entrou, ocupou seu lugar no tablado e mexeu em seus papéis.

Booth decidiu naquele momento que, se virasse professor universitário um dia, se inspiraria em Bennet Emerson.

O cabelo espesso, castanho como os olhos de Zed, mas com fios grisalhos generosos nas têmporas. Um cavanhaque impecável, curto, bem delineado, também levemente grisalho. Olhos verde-claros por trás das lentes da armação de ferro.

Usava uma jaqueta marrom por cima de uma camiseta branca e uma calça jeans.

Booth guardou os detalhes na memória, depois passou o olho pela sala quase cheia, enquanto uma meia dúzia de gatos-pingados chegava atrasada.

E então ele a viu.

Pensaria naquele momento inúmeras vezes ao longo da vida. O instante em que ela entrou na sala, entrou na mente dele, e o deixou levemente sem ar.

Era linda, mas não deslumbrante e sensual como Dauphine nem com a perfeição de capa de revista como uma garota com quem saíra por um tempo no Texas. Alta, mas não muito, cerca de um metro e setenta, ele calculou, e esguia como um graveto com uma legging preta e uma blusa soltinha azul e branca.

O cabelo estava preso numa trança e era da cor que Ticiano tornara célebre, aquele vermelho com dourado que só um mestre poderia criar. Sua pele era branca e rosada como leite e pétalas de rosa. Não conseguiu enxergar a cor de seus olhos quando ela se sentou lá do outro lado e se inclinou para murmurar algo para a outra garota que claramente guardara seu lugar.

Mas, quando ela sorriu para a amiga, ele viu que tinha uma boca larga e perfeitamente desenhada.

— Boa tarde — disse o professor. — E bem-vindos ao Mundo de Shakespeare.

Booth ouviu a voz — grave e imponente, e com um sotaque local —, mas teve de fazer um esforço para tirar os olhos dela, porque estava atordoado.

Ligou o gravador e fez o possível para se concentrar enquanto o professor Emerson passava uma visão geral do curso.

Ele desejou ter trazido uma Coca ou uma água, qualquer coisa, porque sua boca e sua garganta estavam secas como um deserto. Seu coração estava disparado.

Que loucura, pensou. Nunca reagiu daquela maneira a uma mulher. Interesse, atração, um belo pico de desejo, claro, mas nada — nunca — que fizesse seu corpo inteiro tremer.

Disse a si mesmo que teria de ficar longe da ruiva. Evitá-la a todo custo, porque aquilo não podia ser coisa boa.

R.J. se inclinou na direção dele e sussurrou:

— Vi você olhando, cara. Miranda Emerson, filha do professor.

Booth emitiu um som, fez anotações que jamais conseguiria decifrar depois.

Prometeu a si mesmo que ficaria bem longe dela. Envolver-se com a filha do professor não era um bom jeito de passar despercebido.

Ele visualizou a moça sendo colocada dentro de uma caixa e fechou a tampa. Aquilo o ajudou a se concentrar e até fazer anotações legíveis.

Depois da aula, a última do dia, foi comer nachos e tomar uma cerveja com R.J. e Zed. Pensou que o barulho, os cheiros e a companhia poderiam ajudar a apagar a imagem da ruiva de seu cérebro.

Além disso, os nachos caíram muito bem.

— Algum de vocês dois sabe alguma coisa sobre o clube de Shakespeare?

R.J. apontou o polegar para o próprio peito, depois para Zed.

— Somos veteranos. Fazemos uma análise profunda de uma peça, e aí o professor deixa a conversa rolar, sabe? E uma vez por mês tem uma aula na casa dele, com pizza e um monte de coisa. É a melhor parte.

— Você vai? — perguntou Zed a Booth.

— Eu me inscrevi. Mas não sei se vou ter tempo por causa da minha carga horária.

— Arruma tempo — sugeriu Zed, pegando mais queijo e guacamole. — É parecido com o restante do curso, mas é mais descontraído, mais livre. O que você vai fazer com sua especialização em teatro?

— Isso é mais por hobby mesmo. Eu gosto, e minhas outras matérias são bem difíceis. Falando nisso, tenho que ir.

— A gente mora com uma galera numa casa do campus. Vai lá visitar qualquer dia — convidou R.J., erguendo sua cerveja para um brinde.

— Vou, sim. Até mais.

Ao sair, concluiu que fora um ótimo primeiro dia. Gostara das aulas até então — não queria julgar a aula de literatura francesa —, fizera uns contatos e achou que ia gostar de sair com eles de vez em quando.

O campus era perfeito, o tempo, incrível, e ele foi pegando tranquilamente o ritmo, conforme esperara.

Então, ele a viu outra vez. Qual era a probabilidade de vê-la duas vezes em um campus daquele tamanho? Mas lá estava ela, ao lado de um dos chafarizes, com um grupo de três outras mulheres e dois caras.

Ela estava com um óculos de sol agora, de forma que ele não conseguiu ver seus olhos de novo. Mas sabia, simplesmente sabia, que seriam incríveis.

Ele se xingou por não ter passado longe do grupo. Passou ao lado, perto o suficiente para ouvir sua voz.

Acalorada e fluida, como uma chuva de verão, e com uma risada meio rouca no final. Ela disse:

— Não acredito que alguém faria isso.

Agora a voz dela estava gravada em sua mente, assim como o rosto. E logo quando ele começara a afastá-la de seus pensamentos.

Continuou andando e andando. Ficou tão desnorteado que teve de voltar para pegar a bicicleta.

Usou o caminho até em casa para tentar apagá-la novamente. Chegou a pensar em pedir a Sebastien que lhe enviasse um amuleto *gris-gris* para quebrar o feitiço. Porque era isso que parecia, um feitiço.

Ele sequer a conhecia. Podia ser uma chata insuportável, uma vaca esnobe. Decidiu imaginá-la assim, esperando romper o feitiço.

Miranda Emerson. Seu pai deve ter escolhido o nome por causa de *A tempestade*. Faria sentido. Mas, em vez de inocente, doce e ingênua, ela se tornara fria, cruel e metida.

Ele quase se convencera daquilo quando chegou em casa. Miz Opal e Papa Pete, como queriam que os chamasse, estavam sentados na varanda pequena tomando um chá gelado.

Achou que pareciam estar em uma cena de filme. Um filme bom e comovente, sem muita baboseira.

Mac veio correndo em sua direção quando o viu. Quando ele se agachou para brincar com o cachorro, pensou em Bluto.

— Você é um cachorro de verdade — murmurou ele. — Não um cachorrinho mutante esquisito.

— Como foi seu primeiro dia? — perguntou Miz Opal de longe.

— Bom. Foi um dia ótimo.

— Vem aqui contar pra gente e beber uma coisa gelada.

— Obrigado, mas tenho muita coisa para fazer hoje — respondeu ele, e, como sabia que eles gostariam de saber, continuou. — Tenho que ler e analisar um poema em francês sobre sabão.

— Sobre sabão? — questionou Papa Pete, com um assobio. — Você só pode estar inventando isso, menino.

— Juro por Deus. Vou começar por ele, para me livrar logo.

— Eu gosto de sabão. Ele escorrega e desliza. Quando você está sujo, ele limpa seu traseiro.

Rindo, Booth fez um último carinho em Mac e disse:

— Miz Opal, a senhora dá de mil a zero no poeta francês.

Ele deu tchau e entrou em casa.

O poema era mais interessante e inteligente que ele pensava, e gostou do desafio de escrever sua análise em francês. Começou o trabalho para a aula sobre Shakespeare, o que o fez pensar na ruiva, então fez uma pausa para comer algo e espairecer.

Ele gostou de como se organizou. Fazer os trabalhos, cozinhar, lavar os pratos, mais estudo. Relaxar um pouco vendo TV ou ouvindo música enquanto pesquisava áreas para o trabalho noturno.

Por volta da uma hora, ele trocou de roupa e conferiu duas vezes as ferramentas selecionadas para o trabalho. Adorava seu bairro silencioso, mas o lado negativo do silêncio era que alguém poderia ouvir o motor do carro.

Ele tinha uma história para justificar aquilo: quando não conseguia relaxar e dormir, ia dar uma volta de carro. Mas não gostava da ideia de precisar usar a história, então desceu pelo quarteirão em ponto morto antes de ligar o carro.

A casa alvo, a dezoito quilômetros dali, estaria vazia. Ele sabia disso, já que os moradores, Jack e Elaine Springer, postavam fotos — sobretudo de comida — da viagem à Itália diariamente.

Ele amava as redes sociais.

Enquanto a manhã cobria a escadaria da Praça da Espanha em Roma — o quarto de Jack e Elaine tinha uma vista linda para ela —, Booth estacionava o carro a meio quilômetro da mansão deles.

Era uma grande e tradicional casa colonial, com um bom sistema de segurança, mas fácil de passar. Como o objetivo era encontrar selos, sobre os quais Jack já postara — e que comentara em vários fóruns dedicados a colecionadores —, Booth via aquele trabalho como uma volta às suas origens.

Com quase dez anos de experiência, ele entrou e saiu da casa muito mais depressa do que quando era mais novo; porém, uma vez lá dentro, teve aquela mesma sensação de fascínio, a empolgação que se expandia aos poucos dentro dele.

Ele nunca estivera lá dentro, claro, mas tinha a planta da casa em sua mente. Foi direto até o escritório de Jack no primeiro andar, onde o filatelista guardava sua coleção em pastas de couro, dentro de um armário com portas de vidro. Em um deles havia um Penny Black de 1840: o primeiro selo postal do mundo. Não estava em perfeitas condições, segundo as longas postagens de Jack, mas tinha as quatro bordas em bom estado.

Decidiria aquilo por conta própria quando desse uma olhada nele. Se Jack, como tantas pessoas nas redes sociais, estivesse exagerando, poderia fazer outras escolhas.

Encontrou-o com facilidade, pois Jack se mostrou um colecionador organizado. Definitivamente não estava em perfeito estado, concluiu Booth ao examinar o selo com sua lupa. E, embora três das bordas estivessem intactas, a quarta era questionável.

Aquilo diminuía consideravelmente o valor — e seu pagamento.

Mesmo assim, não era de se jogar fora, pensou. Foi pegar outra pasta para procurar sua segunda opção, quando parou para olhar de perto o quadro acima da pequena lareira a gás.

Ele não gostou da pintura — cores e formas pesadas —, mas, quando iluminou a moldura, avistou as dobradiças.

— Clássico.

Afastou o quadro e sorriu para o pequeno cofre com fechadura digital de quatro números.

— Bem, já estou aqui. Seria errado não dar uma olhada.

Enfiou a mão na bolsa de ferramentas. Ele nunca fora escoteiro, mas gostava do lema. Viera preparado. Tirou o ímã guardado em uma boa meia de ginástica. Tinha outros métodos, mas aquele não deixava rastros e, quando funcionava, costumava levar menos de um minuto.

Ou, neste caso, dezoito segundos passando o ímã coberto pela porta do cofre.

Havia muitos papéis lá dentro, mas os que o interessavam eram todos verdes. Dez pilhas organizadas de notas de cinquenta amarradas com elásticos. Mil dólares por pilha.

Considerou a possibilidade de ganhar o dobro pelo selo — ou selos — e colocou na balança com o que tinha nas mãos.

Podia levar as duas coisas, o dinheiro e os selos, mas ia contra sua regra de ganância. Elaborou uma nova regra naquele instante:

— Sempre levar o dinheiro.

Colocou as notas dentro da bolsa, fechou o cofre, devolveu o quadro feio ao lugar dele. Despediu-se do Penny Black e pôs a pasta intacta de volta no lugar.

Menos de uma hora depois de ter descido seu quarteirão em silêncio, ele trancou 10 mil dólares no cofre do porão.

Quando foi se deitar, pensou na melhor forma de gastar sua conquista. Então, pensou no trabalho sobre *Henrique V* que começara a escrever e nas comparações políticas com o mundo atual.

Pensou que já tinha uma ideia das perspectivas que queria explorar e deixou que elas vagassem pela sua mente enquanto adormecia.

E acabou sonhando com a ruiva.

Deveria ter adivinhado que ela estaria em outra aula sua de literatura. Ele escolhera essa universidade não só porque gostava dela, mas devido ao tamanho.

E lá estava ela, na aula de literatura contemporânea, com aquele cabelo em uma trança elaborada, e, dessa vez, perto o bastante para que ele visse seus olhos: verde-água com um entorno escuro das íris que os tornava impossíveis de ignorar.

Ou quase, visto que ele se obrigou a fazer exatamente isso. Ele viera até ali para aprender, debater sobre livros, mergulhar de cabeça neles. Não para ficar obcecado com outra aluna.

Então, ela se virou e olhou para ele. Booth achava que seu esforço de ignorá-la tinha adiantado de alguma coisa, mas ela se virou e olhou diretamente para ele por dez dolorosos segundos.

Sorriu, bem de leve, o bastante para sentir um aperto no peito, e desviou o olhar outra vez.

O restante da aula foi um borrão para ele. Teria de usar seu gravador, ouvir tudo de novo. Por mais que a tivesse evitado a todo custo no fim da aula, só voltou a relaxar quando entrou na aula de maquiagem para o palco — também útil para cinema, televisão... e seu trabalho noturno.

Encerrou o dia com uma aula de dança. Também era útil para seu trabalho noturno. Lidar com sensores de movimento exigia delicadeza e agilidade nos pés. E ele os enfrentaria, sem dúvida, se começasse a fazer trabalhos maiores.

Com exceção da ruiva, que ele superaria, Booth concluiu que sua primeira semana na UNC fora a melhor que já tivera.

Deu uma folga a si mesmo na sexta à noite, saiu com R.J., Zed e algumas pessoas do curso de teatro.

No sábado, ele cortou a grama e limpou a casa — um hábito antigo. Ficou jogando Frisbee para Mac por um tempo e salvou seu outro vizinho da tentativa de instalar um balanço na varanda, que comprara de aniversário de casamento para sua esposa.

Sinceramente, o sujeito não era só patético, era um perigo manuseando ferramentas.

Booth encontrou uma rotina durante aquelas primeiras semanas, equilibrando as demandas do ensino superior com amizades simples e a diversão fácil que ofereciam; e com os desafios e horários do que ele considerava ser seu verdadeiro trabalho.

Ele espaçava as idas àquele emprego, alternando entre os trabalhos que escrevia, as leituras e pesquisas que fazia, e os preparativos necessários para uma carreira de ladrão de sucesso.

Decidiu não fazer mais que um trabalho por mês, dois, se aparecesse algo muito fácil.

E, olhando à frente, conforme as cartas disseram, começou a pensar em planos para o *Spring Break*.

Não iria à praia com um bando de estudantes, e sim à Itália, com Mags. Talvez Jack e Elaine o tivessem inspirado — ou os 10 mil dólares —, mas ele queria ver Florença e queria que Mags visse também.

Como não lera nem ouvira nada nos noticiários da região sobre o dinheiro roubado, ele se perguntou se Jack obtivera aquela quantia por meios ilegais.

De qualquer forma, a maior parte estava agora cuidadosamente investida e seria usada para pagar parte das duas passagens de primeira classe e uma suíte de dois quartos em um hotel cinco estrelas.

Ele queria ver como se sairia com o italiano na terra nativa, ver toda aquela arte, comer as comidas maravilhosas. E não seria divertido tentar fazer um trabalho noturno em um lugar onde não se falava inglês?

Era algo para se pensar.

Porém, faltavam meses para a viagem e ele tinha de se concentrar no presente.

Tinha decidido sair do clube do livro de Shakespeare, sobretudo quando descobriu que o primeiro encontro seria na casa do professor Emerson.

Ela provavelmente estaria lá, e não seria fácil evitá-la como conseguira fazer até então.

Mas R.J. e Zed insistiram.

— Não, cara, você tem que ir — disse R.J., balançando a segunda metade de seu sanduíche enquanto seu cabelo caía no rosto. — Tem de tudo: conhecimento, camaradagem e comida boa. O professor sempre serve comida boa.

— E se você se inscreveu, porque você já fez isso — lembrou Zed —, e depois não for? Ele vai querer saber o motivo.

— Por que ele se importaria com isso?

— Ele se importa — garantiu Zed.

— Eu estou com muitas matérias e tenho que terminar um trabalho sobre *A dança da morte*, de Stephen King. Além disso, preciso fazer outro trabalho sobre outro poeta francês morto. Por que eu puxei essa matéria?

— Você não disse que tirou dez no último trabalho? O do sabão?

— É, mas...

— Tudo na vida é um equilíbrio. Zed diz que você tem que relaxar.

Ele mergulhou uma batata frita em uma poça de mostarda, um crime na visão de Booth, e perguntou:

— Está com medo da filha do prof.?

— Quem? O quê? Por que eu estaria?

— Cara. Você se esforça tanto para não olhar para ela que daria no mesmo se fosse lá e desse uma mordida no pescoço dela no meio da aula.

— Que isso, cara. Nada a ver.

— Verdade — concordou R.J., terminando o sanduíche. — Você pode buscar a gente em casa, já que tem o melhor carro. A gente vai junto e protege você da Pernas Emerson.

— Pernas?

— Você *não* tem olhado o bastante para ver que ela tem pernas que não acabam nunca — disse Zed. — Passa lá umas seis, e isso te faz o motorista da rodada.

Não beber não era um problema, mas não olhar para ela a ponto de isso ser percebido era. Hora de consertar aquilo.

— Ok. Mas, se eu for mal no trabalho de francês, já sei de quem vai ser a culpa.

SEGUNDA PARTE

O LADRÃO

Todos os homens adoram se apropriar dos pertences dos outros.
É o desejo universal;
apenas a maneira de fazê-lo é que difere

— Alain René Lesage

Devo tomar de empréstimo a noite.
Por uma hora escura, ou duas.

— William Shakespeare

Capítulo onze

⌘ ⌘ ⌘

A RUIVA — ele tentava ao máximo não pensar no nome dela — não estava apenas lá. Ela abriu a porta. Estava com um vestidinho florido, do tipo que a maioria dos homens não reparava muito, só no fato de que era curto e fino e mostrava muita perna e muito braço.

Ela não estava de trança naquela noite, de forma que seu cabelo da cor do pôr do sol caía solto e ondulado abaixo dos ombros. Dos ombros quase nus.

Os olhos verde-água sorriram; os lábios largos e sem batom se curvaram.

— Oi. R.J. e Zed, lembro de vocês do ano passado.

Jesus, ela tinha uma voz. Ele já a ouvira falar algumas vezes na aula e uma vez no campus, mas era diferente. Dessa vez, era algo íntimo e estava bem diante dele.

Então, como fizeram uma vez na aula, os olhos dela se voltaram para os dele.

— E quem é o amigo de vocês?

— Esse é o Booth Harrison. Fez prova de transferência para cá. Faz letras, com habilitação em teatro — respondeu R.J., dando um tapinha amigável no ombro de Booth.

— Bem-vindo, Booth. Eu sou a Miranda.

Quando ela estendeu o braço, ele pensou: "Ai, meu Deus, agora tenho que encostar nela."

Ele foi rápido, mas conseguiu dar um aperto de mão firme mesmo assim.

— Prazer.

— Acho que temos outras aulas juntos. Enfim, podem entrar. A maioria do pessoal já chegou.

Ele tentou se concentrar na casa, e não na forma como Miranda se movia por ela. Fluida, como sua voz.

Booth já avaliara que a casa era elegante e artística ao mesmo tempo e, pelo bairro — com vista para o lago —, o tamanho e a manutenção cuidadosa, concluiu que o professor devia ter herdado um dinheiro da família.

Não era como a casa de Jack e Elaine — uma mansão —, mas uma construção vitoriana antiga, linda e peculiar.

Ele a tirou da lista de possíveis trabalhos noturnos. Era exatamente o tipo de lugar onde um sujeito em seu ramo poderia encontrar um belo tesouro, mas ele não roubava de seus professores.

Falta de educação.

Booth olhou os quadros — sofisticados, interessantes — e viu que os móveis do hall de entrada e da sala eram antiguidades. Relíquias de família.

Umas dez pessoas, no mínimo, já se encontravam na sala. Era um espaço amplo que o fez pensar que alguns cômodos deviam ter sido abertos em dado momento para formar aquela sala grande.

Mas tinham preservado a excelente carpintaria e os medalhões do teto. A velha lareira fora caiada e estava rodeada de prateleiras repletas de livros, fotos e quinquilharias, que iam do chão até o teto.

— Você gosta de casas antigas? — perguntou ela.

— Quê? Ah, sim, gosto.

— Eu também. Sou a quarta geração dos Emerson a morar aqui. Vocês lembram onde fica a cozinha? As bebidas e comidas estão lá. Tem mais gente vindo, então fiquem à vontade.

No mesmo instante, a campainha tocou outra vez. Ela se virou e foi abrir a porta.

Ele se apaixonou pela casa. Não era tudo em conceito aberto, pois havia aquele labirinto vitoriano de quartos, mas só até chegar à cozinha, onde o cômodo se abria novamente, com paredes em um tom escuro de bege e portas de vidro amplas que davam para a área externa, o gramado e os jardins, além do lago lá atrás.

Havia uma imensa bacia de metal na mesa com bebidas — cerveja, vinho, água, refrigerante — sobre uma camada de gelo.

Pizzas e vários tipos de petiscos estavam dispostos em uma grande bancada central.

R.J. pegou um prato e disse:

— Comida boa. Menti?

Booth se contentou com uma Coca. Ele não estava gostando do frio na barriga que estava sentindo, nunca tinha aquilo. Mas, já que estava tendo, não queria colocar muita coisa para dentro.

Ele conhecia algumas pessoas das aulas e reconheceu um bocado delas de vista. Lembrou a si mesmo qual era o propósito de estar ali.

Aprender, se divertir um pouco. E se relacionar casualmente.

Lobos solitários não se enturmam.

A ruiva estava sentada no chão conversando com o sujeito atlético com quem ele já a vira no campus e com a garota que guardara um lugar para ela no primeiro dia. Concluiu que formavam um trio. Quando a ruiva sorriu e deu uma leve cotovelada no rapaz, ele se perguntou se havia algo entre eles.

Aquela possibilidade devia tê-lo deixado aliviado, mas sentiu um rápido desconforto que só podia ser ciúme.

Outro sentimento de que ele não gostava.

Booth avistou o professor, sentado no braço de um sofá. Até com camiseta e calça jeans — sem paletó — e gesticulando com uma garrafa de Amstel Light na mão, ele parecia um professor universitário.

Booth viu um punhado de cadeiras no outro lado da sala e foi até lá. Assim, ele faria parte do grupo, mas estaria ligeiramente afastado. Caía bem.

A conversa não parou quando o professor se levantou, mas o volume diminuiu.

— Sejam bem-vindos ao nosso primeiro encontro do ano. Alguns de vocês estão aqui porque são fãs de Shakespeare; outros têm esperanças de melhorar a nota e há até aqueles que vieram porque ficaram sabendo que teria comida de graça. Todos são motivos válidos. Vejo rostos conhecidos e uns novos. Não sei o nome de todo mundo ainda, mas vou aprender. As regras são poucas. Limpem o que sujar, reciclem todas as garrafas e latas e, se quebrarem alguma coisa, têm que pagar. Fora isso, todas as opiniões e interpretações são, mais uma vez, válidas. Podem ser contestadas. Essas contestações também são válidas. E discussões acaloradas não precisam virar grosseria.

Ele voltou a se sentar e continuou gesticulando.

— Os debates neste semestre serão em torno do romance no trabalho de Shakespeare. O humor e o conflito das relações, a sagacidade e as palavras, e como essas relações retratam a época em que foram escritas, como ecoam ou vão de encontro às sensibilidades atuais. Para começar, hoje vamos falar de Beatriz e Benedito, possivelmente contrastando os dois com Hero e Cláudio. — Ele fez uma pausa. — E, se vocês não reconheceram esses nomes, não leram *Muito barulho* e precisam enriquecer o repertório de Shakespeare de vocês.

R.J. cantou um pedacinho de "Brush Up Your Shakespeare" com uma voz surpreendentemente potente.

Ben riu e fez um gesto com a mão.

— E, se não reconheceram essa música, vejam o filme *Dá-me um beijo*. Se bem que, quando formos falar de Petrúquio e Catarina, vamos ter que abrir as janelas para deixar sair a fumaça que Miranda vai soltar pelo nariz. Se o Bardo fosse vivo, ouviria poucas e boas, ou *muitas* e boas, sobre a *Megera*.

— Um bully sexista que tortura psicológica e violentamente uma mulher forte até transformá-la em um saco de pancadas submisso.

— E outras palavras como essas — completou Ben com um sorriso para a filha. — Mas isso fica para depois. Vamos começar com Beatriz, outra mulher forte: inteligente, astuta, mordaz, com um olhar ferrenho sobre os homens, algo que podemos ler em suas falas.

— "Eu prefiro ouvir meu cachorro latindo para um corvo do que um homem jurando que me ama."

— E como que isso não é sexista? — protestou o jovem atleta.

Então, Booth percebeu que o debate tinha engatado.

Muitas interrupções, argumentos e contra-argumentos. O grupo jogava citações para o ar como confete em grandes punhados coloridos.

Ele não tinha a intenção de dizer grande coisa, ou qualquer coisa, naquela primeira rodada. Em sua opinião, valia a pena se situar antes de entrar na conversa. Achava que se aprendia mais ouvindo, observando.

A ruiva tinha muitas opiniões e nenhuma vergonha de expressá-las. Ele também percebeu, em cerca de dois minutos, que era extremamente inteligente, pelo menos naquela área.

Zed se acomodara em uma cadeira com uma garota chamada Jen, que usava óculos de armação preta, tinha cabelo preto, curto, liso e prático. O tal atleta, Phil, debatia com todos, mas com certa discrição. A terceira integrante do trio, Hayley, devia fazer parte do clube de debate, porque pegava qualquer lado de um argumento e o defendia só por defender.

O professor não interferia muito, deixava a conversa rolar. Booth calculou que era o indício de um bom professor e de um líder confiante.

R.J. saiu e voltou com outra tigela de batata frita, passando mais uma Coca para Booth.

— Valeu — disse Booth.

E, como estava concentrado no debate enquanto abria a garrafa, falou sem pensar:

— Cláudio não a amava de verdade.

Ben olhou para ele, inclinou a cabeça.

— Porque...?

— Hã? Ah, desculpa. Eu estava só pensando em voz alta.

— Termine o pensamento.

Sem saída, ele se remexeu no assento.

— Quer dizer, onde aquilo é amor? Ele é enganado por Dom João, e todo mundo sabe que Dom João é um babaca, que o convence de que Hero está transando com outro cara. Por que ele não vai lá e resolve isso? Espera até o casamento, condena ela, não diz: "Ei, pera aí." E tudo bem por ele se ela morrer. Tudo bem pelo pai dela também. Mas ninguém fala nada do cara que está transando com ela. Ninguém diz: "Pega lá uma corda pra enforcar esse aqui." Como que isso é amor? Ela é só uma mulher, ok, agradável de olhar, e ele pode arranjar outra. Benedito e Beatriz estão em pé de igualdade. Hero e Cláudio não.

Ele desejou não ter visto o sorriso que a ruiva lhe dirigiu quando terminou.

— Ele achou que ela tinha traído ele um dia antes do casamento — disse Hayley, do clube de debate.

— Achou mesmo, porque ele não pergunta, não exige uma explicação e não acredita quando ela nega. Ele é passivo, a Hero também. Não têm nada a ver com Benedito e Beatriz.

— Hero devia ter mandado Cláudio à merda. Obrigada por nada, seu otário — continuou Jen.

— Né? E ela devia ter se casado com Dogberry. Pelo menos ele sabe que é um babaca — disse Booth.

Aquilo provocou uma risada que o deixou surpreendentemente satisfeito.

Então, alguns estudantes de teatro começaram a interpretar trechos de Dogberry com as sentinelas.

— Deixa eu perguntar uma coisa para você antes de a gente encerrar. Desculpa, não lembro seu nome. Você está nas minhas aulas de segunda e quinta.

— Booth. Booth Harrison.

— Isso. Ótimo trabalho sobre *Henrique V*. Esses dois casais, esses quatro jovens doidos, vão dar certo?

— Sim, acho que sim. Benedito e Beatriz são loucos um pelo outro, são inteligentes e nunca vão ficar entediados. Cláudio e Hero vão viver passivamente, seguindo tradições, sem romper normas, e ficarão de boa com isso.

— Sou obrigado a concordar. Agora, catem o lixo de vocês e saiam da minha casa. Semana que vem, no campus, mesmo horário. Vamos conversar sobre os relacionamentos em *Sonho de uma noite de verão*. Inserindo algumas travessuras fantásticas enquanto outro casamento se aproxima.

As pessoas se levantaram, cataram o lixo, e o som do falatório aumentou. Por hábito, Booth começou a recolher o que os outros haviam deixado para trás.

— Espero que a gente não tenha te assustado — disse o professor.

— Ah, não, senhor. Começou até com a minha comédia preferida.

— Eu gosto muito dessa peça. Você está se saindo muito bem na minha aula. Seria legal se participasse mais.

Merda... Ele tinha se destacado.

— Acho que estou só absorvendo no momento.

— Não demora. Gosto de ouvir a voz dos meus alunos.

Booth jogou fora o lixo que recolhera e levou o resto de sua Coca para ir tomando no caminho. Como a ruiva ficou perto do atleta — com certeza tinha algo ali —, ele conseguiu ir embora sem cruzar com ela de novo.

Uns ficaram um tempo lá fora, conversando no gramado e na calçada. Outros entraram em carros, subiram em bicicletas ou, pensou ele, voltaram andando os dois quilômetros e meio até o campus.

— Ei, Booth, você se incomoda de dar uma carona para Jen? — perguntou Zed, com o braço nos ombros da menina.

Booth achou o gesto mais amigável que romântico. Mas enfim.

— Claro que não, entra aí.

— Valeu. Foi sua primeira vez aqui, né?

— Foi. Eu gostei.

— A gente tem um clube de Teatro que se encontra em toda primeira terça-feira do mês. Você devia entrar. Como vocês não o convenceram a entrar no clube? — perguntou Jen.

— Ele se recusou — explicou R.J.

— Uma coisa de cada vez. Tenho muitas matérias esse semestre — explicou Booth.

— Você precisa ter uma válvula de escape — afirmou Jen.

Jen falou durante todo o percurso, de um jeito que fez Booth entender que os três se conheciam bem.

— Posso te deixar no alojamento — disse ele. — Sem problema.

— Não moro no alojamento, mas valeu. Moro com esses dois. Nada de orgia, só cinco pessoas morando num caos platônico. Você tem namorada?

— Hmm, não.

— Término difícil no Texas — completou R.J.

— Sei como é. Eu até te chamaria para sair, porque você é um gato, mas não faz meu tipo.

Isso fez com que Booth olhasse pelo retrovisor, já que R.J. tinha ocupado o assento ao seu lado.

— E por que não?

— Sou uma garota asiática toda mignon de um metro e cinquenta e cinco. E você é uma máquina alta e esguia. Tem o quê, um metro e noventa?

— Noventa e dois.

— Viu? A gente ficaria ridículo com quase quarenta centímetros de diferença. Melhor que seja platônico.

— Você pode usar salto alto.

Ela riu e deu um tapa na perna de Zed.

— Gostei dele. Bem que você falou.

Booth também gostou dela, do seu jeito descontraído. Foi para casa depois de deixá-los, satisfeito com a noite. Agora que ele vira a ruiva com o atleta, podia tirá-la da cabeça de uma vez por todas.

Ela o emboscou no dia seguinte. Foi pego de surpresa e caiu na armadilha.

Esperou do lado de fora da sala e simplesmente o interceptou.

— Ah, oi — disse ele.

— Oi. E aí. Vamos tomar um café.

Ele ficou perplexo e demorou para responder.

— Na verdade, eu tenho que...

— Falta uma hora e meia para sua próxima aula. Para a minha também. Vamos tomar um café. Eu pago.

Recusar seria a definição de grosseria no dicionário da mãe dele.

— Ok. Você precisa de alguma coisa? — Booth perguntou, enquanto ela pegava seu braço, puxando-o.

— Preciso. De café. Eu perdi a hora hoje, odeio quando isso acontece, e mal tive tempo de tomar um café.

— Não, eu quis dizer: precisa de alguma coisa de mim?

— Preciso. Tenho uma pergunta urgente.

Ela também não tivera tempo de fazer sua trança, pensou ele, mas prendera o cabelo em um rabo de cavalo longo e liso. O rabo balançou quando ela olhou para ele.

— Ok.

— Você acredita em reencarnação? Sabe, que a gente vive muitas vidas até entender tudo?

Aquilo não chegava nem perto de nenhuma pergunta que ele tinha imaginado. Mas, já que ela o estava puxando pelo braço — claramente sabia onde queria tomar seu café —, ele pensou na resposta.

E pensou na mãe, em como sua vida fora curta, como boa parte dela fora difícil.

— Acredito. Deve ter mais que só uma rodada — respondeu Booth.

— Também acho. Então, estava querendo saber, essa é a segunda pergunta urgente, se eu fiz algo errado em uma vida passada para você não gostar de mim. Geralmente as pessoas me acham bem simpática, mas talvez eu tenha estrangulado seu cachorro em outra vida.

— Não acho que você tenha estrangulado meu cachorro nem o de ninguém.

Ela lançou um olhar demorado e cúmplice para ele com aqueles olhos incríveis.

— Vidas passadas são complexas.

— Além disso, não é que eu não goste de você. Eu só não te conheço.

— Essa é a sua chance.

Ela seguiu direto até o café, passando por todas as lojas rapidamente com suas pernas compridas.

— Eu gostei do que você falou sobre Cláudio e Hero, então vai ter essa chance — disse Miranda.

O lugar estava lotado de estudantes em busca de café, muffin e biscoito do tamanho de pratos de sobremesa.

— Eu não sou de tomar café.

Ela o mirou com seus olhos verdes.

— E, mesmo assim, você respira e existe — comentou, aproximando-se do balcão. — Os dois no nome de Miranda. Um americano duplo.

Booth imaginou que aquilo era expresso suficiente para abastecer um carro.

— Seus olhos ficam esbugalhados que nem um desenho animado quando você toma isso? — perguntou ele.

— Vamos descobrir.

— Café com leite e baunilha para mim.

— Ah, um fracote da cafeína.

— Aceito esse título.

Ela pagou, e os dois se afastaram do balcão para esperar.

O lugar inteiro cheirava a café, um cheiro cuja tradução para o gosto sempre lhe parecera insatisfatória. Mesmo assim, ele sentiu o cheiro dela.

Leve, fresco.

Booth lembrou a si mesmo que ela e o atleta eram namorados na cabeça dele. Phil. Phil, o atleta.

— É... Cadê o Phil?

Miranda ergueu a sobrancelha esquerda. Ele já percebera aquela habilidade dela, ou peculiaridade, enfim... Ela pegou o celular no bolso e olhou as horas.

— Acho que ele deve estar na aula de cinema agora. Por quê?

— Por nada. É só que eu achei que, como vocês são... alguma coisa...

Ela abriu aquele sorriso dela e se virou para pegar as bebidas quando chamaram seu nome.

— Vamos lá para fora, longe do barulho. Alguma coisa — repetiu ela, enquanto ele abria a porta. — A gente tem uma coisa mesmo. Uma coisa chamada amizade. Ficamos amigos no segundo ano. Segundo porque eu fiz muitas matérias avançadas no ensino médio e no verão, então entrei na faculdade já no segundo ano. Ele é muito inteligente, engraçado e atlético: é o quarterback principal do time esse ano. E está com um *crush* sério num aluno da pós agora, o Chad.

— Ah.

— Ele não é meu amigo só porque é gay, tipo meu chaveirinho, é só meu amigo. Algum problema com isso?

— Não. Claro que não.

Só que aquilo voltou a deixá-lo desconcertado.

— Que bom. Eu não tenho nenhuma tolerância com preconceito de nenhum tipo. Então — continuou ela enquanto andavam —, você fez transferência no último ano. Por quê?

— Se você ficou dois minutos perto do R.J., você já sabe por quê.

Ela riu e apontou para um banco vazio.

— Um término difícil. Quase todo mundo já teve um desses, mas geralmente a gente não se muda para outro estado.

Ele misturou as histórias, improvisando.

— Eu queria uma mudança de ares. Já tinha visitado o campus antes e gostei muito, mas... Minha mãe morreu.

— Ah, Booth, eu sinto muito.

Ela estava sendo sincera, ele sentiu isso quando ela cobriu a mão dele com a sua.

— Foi tudo muito difícil, e depois minha tia, irmã da minha mãe, que esteve com a gente o tempo todo, também quis ir embora de Chicago. Ela estava pensando no Novo México, então, como o Texas estava na minha lista, aceitei. É uma faculdade ótima, mas, quando tive uma desculpa para mudar, aproveitei. E eu me sinto bem aqui.

— Sei como é, já que eu basicamente cresci aqui. E seu pai?

— Nunca o conheci. O seu é ótimo.

— É o melhor pai de todos.

Ele precisava saber mais. Não queria, mas precisava.

— E sua mãe? — Booth perguntou.

— Hmm... É uma longa história. A versão resumida é que ela parou de amar a gente, quis outra pessoa e outro lugar, então foi embora.

— Eu é que sinto muito agora.

— Não. Na verdade, foi melhor assim. Para todo mundo. Ela está vivendo a vida que sempre sonhou no Havaí, na ilha grande, com Biff. — Ela tinha colocado os óculos escuros ao se sentar e os baixou para espiar por cima deles. — Esse é realmente o nome dele.

Merda, merda, merda! Ele estava gostando dela.

— Bem, é ele que tem que conviver com isso.

— É mesmo. Eles dois. Meu pai e eu, segundo ela, estamos presos para sempre na academia. Acho que a gente gosta dessa prisão.

Ela deu um grande e lento gole no café, inclinando a cabeça para trás.

— Então, Booth Harrison de Chicago via Texas, o que você quer fazer da vida?

— Agora? Aprender. Eu gosto de aprender.

— Eu também. Qual é o nosso problema? E o que você faz para se divertir, sem ser aprender?

Invado casas, pensou, abro cofres, negocio com revendedores.

Só porque era seu trabalho, não significava que não era divertido.

— Eu gosto de música e de brincar com o cachorro dos vizinhos. Mac, um golden retriever. Ele é ótimo. Gosto de cozinhar.

Ela baixou os óculos outra vez.

— Você cozinha?

— Aham. Aprendi quando minha mãe ficou doente e tenho uns amigos em Nova Orleans, já passei uma temporada lá. Fui aprimorando.

— Meu pai e eu somos uma negação na cozinha. Chegamos a contratar uma cozinheira, a Suzanna, duas vezes por semana, para a gente não morrer de fome. Bem, agora que já esclarecemos que eu não estrangulei seu cachorro em outra vida, você pode me mostrar suas habilidades culinárias qualquer dia desses. Enquanto isso, tenho que me preparar para a próxima aula.

Dessa vez ela ergueu os óculos e levou o dedo indicador ao olho.

— Ficaram esbugalhados?

— Não. Estão lindos — respondeu ele.

Ela devolveu os óculos ao lugar de origem.

— Ganhei na loteria do DNA. Gostei da conversa — disse ela, se levantando. — Te vejo por aí?

— Sim, claro. Valeu pelo café.

— Isso mal pode ser chamado de café, mas de nada.

Ela o deixou ali, sentado no banco, olhando para aquilo que mal podia ser chamado de café.

E ele sabia que estava perdido.

Já que evitá-la agora parecia burrice, Booth fez o possível para manter os inevitáveis encontros breves e descontraídos. Fora até a UNC para estudar e ter a melhor experiência possível em seu último ano na universidade.

Se bem que ele já começara a pesquisar algumas aulas de pós-graduação. Afinal, quando finalmente largasse a faculdade, teria de encontrar um emprego de fachada.

Podia abrir uma empresa de faxina. Experiência ele já tinha, e muita. Além disso, fizera algumas aulas de contabilidade e negócios na A&M, então também tinha um conhecimento básico sobre isso.

Mas aquele ano estava reservado para o simples prazer de aprender o que lhe interessava.

Dois meses depois de começar o semestre, ele já tinha tirado dez em tudo, tinha um pequeno círculo de amigos e uma rotina que o satisfazia.

Certa vez, R.J. e Zed o levaram à força a um jogo de futebol americano. Ele não desgostava de futebol americano; era completamente neutro em relação ao esporte. Por mais que sua mãe e Mags torcessem pelos Bears, não era com o mesmo fervor que dedicavam aos Cubs.

Esporte simplesmente não era um de seus interesses, mas ele havia aprendido — sobretudo no Texas — que, para não chamar atenção, tinha de aquecer o assento de alguns jogos de futebol americano de vez em quando e torcer pelo time da casa.

Então, quando os Tar Heels jogavam contra os Cavaliers no campo da universidade, ele aparecia no estádio Kenan usando as cores da instituição.

Booth fez sua parte, usando um moletom da faculdade e gritando para a mascote: um carneiro chamado Rameses. Comeu um sanduíche de porco desfiado muito gostoso, gritou, vaiou e xingou nos momentos certos, com cerca de 50 mil pessoas.

Pensou, com certo pesar, em todas as casas vazias que estavam dando sopa naquela noite fria e sem nuvens de outubro.

Entendia o suficiente de futebol americano para ver que Phil, o atleta, estava jogando bem, mas a defesa estava péssima. Como resultado, os Tar Heels terminaram o primeiro quarto do jogo na frente.

Estava dez a sete antes do intervalo, o que animou os torcedores da casa.

Como Zed estava ocupado flertando com a moça que o acompanhara e R.J. discutia com Jen com surpreendente fervor a respeito de uma falta marcada na ofensiva dos Tar Heel nos últimos minutos daquele quarto, Booth decidiu esticar as pernas.

E lá estava ela.

Em um estádio com 50 mil pessoas, ele deu de cara com ela.

Estava com uma calça jeans, um moletom da faculdade e o cabelo solto. Pessoas passavam para lá e para cá, e ela estava encostada na parede, digitando algo no celular.

Ela guardou o aparelho no bolso do casaco.

— Fã de futebol?

Ele ia responder que sim, mas a verdade saiu mais rápido.

— Não, nem um pouco. Fui obrigado a vir.

Ela levou a mão ao peito.

— Amigos. Bem, e família. Se meu pai por algum acaso perdesse o braço direito antes de um jogo da casa contra o time de Virgínia, ele diria para a ambulância passar aqui primeiro.

Ela ergueu um dedo e pegou o celular.

— É ele, me pedindo para comprar batata frita antes de voltar. Ele come de nervoso nesses jogos. Tem um amigo que estudou na Universidade da Virginia, e eles apostam sério em todos os jogos.

— Jura? — perguntou ele, já que o professor não lhe parecera do tipo que gostava de apostar. — Quanto?

— Uma moeda brilhante. A mesma moeda, uma moeda da sorte. Um prêmio muito disputado por mais de dezessete anos.

Ela fez um gesto em direção a um dos estandes de comida.

— Me faz companhia enquanto faço meu trabalho como filha. Ouvi dizer que você está dando aula particular para Ken Fisher. Ele joga no time, na esquerda, ou direita, não sei. Phil me disse que você estava dando uma força para ele em francês.

Pessoas passavam por eles sem parar. Booth não as via.

— É, ele precisa cumprir créditos em língua estrangeira e está com dificuldade. A professora Relve me pediu para ajudar. Ele faz francês para iniciantes com ela.

— Phil disse que está dando certo. Ken tem que manter as notas dele altas para não perder a bolsa e não ir para o banco. Está aceitando mais alunos?

O coração de Booth acelerou um pouco.

— Você precisa de ajuda?

— Eu, não. *Je parle français très bien. Mais j'écris très mal.* Conversar não é um problema, mas eu não sou tão boa lendo e escrevendo para ajudar Hayley, e ela está com dificuldade — explicou Miranda, pedindo uma porção de batata frita e voltando-se para ele. — Você tem tempo? E quanto cobra?

— Posso dar um jeito. Ken está pagando vinte por aula.

— Ok. Me avisa, pode ser? Ela foi bem mal no último trabalho e está desesperada.

Talvez ele tivesse encontrado seu emprego de fachada com antecedência.

— Tenho tempo entre uma aula e outra às segundas das 9h30 às 10h30, e às quartas das 13h às 14h. Às quintas, no mesmo horário que segunda, se alguma dessas opções funcionar.

— Estou marcando por ela.

— Ok. Se ela mudar de ideia...

— Ela não vai. Está desesperada. Hayley nunca vai mal nos trabalhos. Me dá seu telefone.

Ela empurrou a caixa de batata frita em sua direção, pegando o celular dele.

— Estou salvando meu número nos seus contatos. Me manda uma mensagem qualquer coisa.

— Pode deixar.

Ele não tinha a intenção de perguntar, sabia que era um erro, uma péssima ideia, mas perguntou mesmo assim:

— Quer comer uma pizza qualquer dia desses?

Ela sorriu, ergueu a sobrancelha daquele jeito dela.

— Quero. Mas eu queria era jantar na sua casa para ver se você sabe cozinhar mesmo.

Um erro maior. Muito maior. Mas...

— Claro. Hummm...

— Que tal amanhã à noite? Pode ser às sete?

— Pode.

— Ótimo — disse ela, pegando o celular outra vez. — Preciso do seu endereço.

Meio desorientado, ele lhe deu o endereço.

— Bem... você tem alguma alergia, ou alguma coisa de que não gosta, não come?

— Não tenho nenhuma alergia, e eu como o que você fizer.

Ela pegou a batata de volta e sacudiu a caixa.

— Tenho que ir antes que esfrie. Vou avisar Hayley sobre segunda. E amanhã a gente se vê.

— Ok. Amanhã a gente se vê. Estou torcendo para que seu pai ganhe a moeda.

Ela olhou para trás e sorriu com os olhos.

— Não tanto quanto ele.

No mesmo estado de desorientação, Booth voltou para a arquibancada.

O que foi que ele fez?

E o que ele ia cozinhar?

Capítulo doze

⌘ ⌘ ⌘

AQUILO o distraiu e atrapalhou sua rotina de sábado, o que fez com que ele percebesse que talvez já estivesse muito apegado a uma rotina.

Não era como se ele nunca tivesse cozinhado para uma garota, ou melhor, uma mulher. Dauphine fora a primeira de fora da família, mas não a última. Se bem que ele guardava aquele gesto específico para quando os dois sabiam — ou pelo menos imaginavam — que a noite terminaria na cama.

Ele já decidira que isso não aconteceria hoje. Além do mais, era um primeiro encontro romântico. Se é que era romântico: ele tinha de admitir que Miranda sempre o deixava na dúvida.

Talvez eles fossem apenas amigos. Platônicos. Seria melhor para todo mundo. Pelo amor de Deus, o pai dela era um de seus professores. Muito complicado.

Mesmo assim, queria impressioná-la com a comida. Nada muito sofisticado, pensou, já rejeitando dez opções. Se fizesse algo muito chique, estaria se gabando.

Mas algo gostoso.

Finalmente decidiu fazer macarrão ao pesto com frango grelhado. Usaria farfalle, para que ninguém tivesse de chupar ou enrolar o macarrão. E farfalle era um prato pra cima, casual. Macarrão era casual.

Tudo era casual.

Ele ainda tinha a faxina do sábado para fazer, por isso começou cedo e a todo vapor, enquanto a massa do pão italiano descansava.

Terminou todas as tarefas costumeiras de sábado, assou o pão e foi fazer as compras para o jantar.

Então, se obrigou a fazer parte do próprio trabalho para a aula de francês. Depois disso, desceu a escada, ligou o cronômetro e treinou para melhorar seu tempo desativando fechaduras de combinação.

Aquilo ajudava, ver suas mãos ocupadas, sua mente focada. Mesmo assim, quando foi tomar banho e começou a preparar o jantar — e uma chuva leve começou a cair —, ele admitiu que estava nervoso.

Deveria ter feito yoga. Mags adorava, e, sempre que ele tentava praticar, ficava mais relaxado. Além do mais, a yoga mantinha o corpo flexível, e alguém com a carreira dele precisava se manter flexível.

Tarde demais agora, pensou, perguntando-se se devia acender algumas velas, colocar uma música. Ou se isso seria exagero.

Decidiu que as velas eram uma boa ideia, porque a chuva deixara tudo meio sombrio. Era só para alegrar o ambiente, como o farfalle.

Às 19h02 — não que estivesse vigiando o relógio —, ele ouviu a batida na porta. Sentiu uma dor na barriga. Não como se tivesse levado um soco, mas como se dois punhos tivessem torcido um pano molhado.

Ela estava usando um daqueles vestidos, com uma jaqueta jeans curta por cima. Pequenas gotículas de chuva brilhavam em seu cabelo.

Ele nunca desejara tanto algo ou alguém em toda sua vida.

Ela estendeu um pequeno buquê de flores para ele.

— Pensei em trazer vinho, mas, como eu não sabia o que você ia fazer de comida, não sabia qual vinho roubar do meu pai.

Ao pegar as flores, ele voltou àquela confusão mental que ela provocava nele. Era a primeira vez que alguém lhe dava flores de presente.

— Obrigado. Pode entrar.

— Que casa legal! E nossa... — acrescentou ela, entrando. — Está um brinco!

Ele riu, fazendo com que ela erguesse a sobrancelha.

— É de família, eu acho. Minha mãe e minha tia tinham uma empresa de faxina chamada Irmãs Caprichosas.

— Ótimo nome.

Ela andou pela sala.

Bem vazia, ele notou, quando a viu lá dentro. Mas totalmente limpa.

— Eu cresci fazendo faxina, então... É um hábito.

— Ele cozinha, faz faxina... Deve gostar de morar sozinho, fora do campus.

Ele deu de ombros e recorreu à fala que usara durante todo o verão:

— Eu gosto de ter espaço, um jardim, e do silêncio para trabalhar. Estudar.

— Isso você tem. Por que não me mostra de onde está vindo esse cheiro bom?

Ele a levou até a cozinha, observou-a andar outra vez. Nada de mais para ver, pensou Booth, além da velha bancada de fórmica e dos armários feiosos. Ele levara em conta o tamanho da cozinha e usara a ideia de Sebastien, pendurando os utensílios.

— Dá para ver que você passa mais tempo aqui do que na sala.

— É, acho que passo.

— Comida italiana — concluiu ela, apontando para o prato de antepasto na bancada. — Uma das minhas preferidas.

— Tenho um pouco de vinho, se quiser.

— Só posso beber legalmente em abril, mas quero.

Ele não tinha um vaso, mas tinha um copo de chá gelado que também servia. Colocou as flores lá dentro e serviu o vinho.

— Ah, você não é perfeito.

— Não?

— Não sabe arrumar flores.

Ela pegou o vinho e o largou na bancada para ajeitar as flores.

— Hayley está superanimada, aliás. Falou com o Ken. Ele disse que você é um professor porreta, o que é um elogio e tanto vindo do Ken.

— Estudei francês um tempo no ensino médio e estudava de vez em quando. Ken é esforçado, mas tem muita dificuldade com gramática. Estamos trabalhando nisso.

— Que pena que você não faz matemática. Conheço algumas pessoas que estão precisando de ajuda.

— Na verdade, eu já dei aula particular de matemática.

Ela ergueu os olhos e pegou uma pimenta *peperoncino*, mordiscando a ponta.

— É tipo cálculo e álgebra avançada.

Ele deu de ombros, então ela fez aquilo com a sobrancelha.

— Jura? — perguntou Miranda.

— Matemática é só números, fórmulas e lógica.

— Não posso dizer que foi fácil para mim. Mas eu nunca mais vou ter que assistir a uma aula de matemática na vida — disse ela, experimentando uma azeitona. — Isso aqui está muito bom. Enfim, se quiser mais alunos, conheço algumas pessoas.

— Acho que vou querer.

Ela se apoiou na bancada enquanto tomava o vinho.

— Está pensando em virar professor?

— Não, acho que não. Por enquanto, quero aprender. E você?

— Talvez. Gosto de escrever, mas tem toda a questão do ganha-pão aí no meio.

— Escrever o quê?

— Longos romances complexos — respondeu ela, lançando aquele sorriso para ele. — O que exige tempo, talento e provavelmente sorte, então é capaz de eu acabar ensinando longos romances complexos que outras pessoas escreveram.

Talvez, ele pensou, mas ela lhe parecia mais que motivada. Parecia determinada.

— Mas você vai escrever mesmo assim.

— É o que mais gosto de fazer. Você deve ler outra coisa além de Shakespeare.

— Leio de tudo. Um dia vou ler *Longo romance complexo*, de Miranda Emerson.

Ela balançou os cabelos, rindo.

— Todos os estudantes de literatura têm vontade de escrever, não? Nem que seja lá no fundo? Você não?

— Minha mãe queria que eu virasse escritor. Eu sou bem mais ou menos escrevendo, e não é o que me atrai, sabe?

— Sei. O que te atrai então?

Casas escuras e silenciosas, pensou. Fechaduras a desvendar, cofres a abrir.

— Muitas coisas, acho que até demais, então não consigo escolher uma só. Gosto de entender as coisas, como elas funcionam. Pessoas também. Como elas pensam? Gosto de aprender línguas. É sobre descobrir como as coisas funcionam. Teatro. Como a gente pega uma história, um cenário e pessoas e faz tudo funcionar em conjunto?

— Peraí — interrompeu ela, erguendo a mão. — Línguas? Além do francês?

— É, bem, espanhol e italiano. Tenho uma boa noção de russo e português agora. Estou pensando em aprender persa.

Ele percebeu que estava falando muito. Porque era tão fácil.

— Está com fome?

— Estou devorando o antepasto, então devo estar.

— Vou fazer o macarrão.

Ele já colocara a água para esquentar, então aumentou o fogo para que fervesse.

Miranda deu um gole no vinho, se aproximando e apoiando-se no balcão perto do fogão.

— Como se diz isso em italiano? Ferver o macarrão?

— *Buttare la pasta.*

— Bem, você pode estar inventando, mas parece estar certo.

Ele cobrira o pão com um pano e o pegou para colocá-lo na tábua.

— Onde comprou isso? — perguntou ela, esbarrando o quadril no dele quando se aproximou para cheirar o pão. — Não vai me dizer que você *fez* o pão.

Ele não sabia se estava se sentindo orgulhoso ou um pateta.

— Fazer pão é uma coisa que me relaxa.

— Mentira!

Quando Booth começou a fatiar o pão, ela pegou um pedaço e provou.

— Nossa! Está uma delícia. Você devia abrir uma padaria.

— Está brincando? Sabe a que horas um padeiro tem que acordar? Praticamente de madrugada. E fazer pão como ganha-pão não me relaxaria nem um pouco.

— É verdade. Mas você poderia, esse é o ponto. Eu faço biscoitos com meu pai todo Natal. Mas pode ter certeza que a gente não poderia viver disso.

Ela o observou enquanto Booth colocava o macarrão na água fervente e pegava um escorredor e duas tigelas largas.

— Você é o primeiro homem que cozinha, ou tenta cozinhar, para mim além do meu pai.

— Jura?

— Juro. Eu ofereceria ajuda, mas acho melhor só sair do caminho.

E foi o que ela fez, enquanto ele pegava os tomates-cereja que já cortara ao meio, o pote de pesto que preparara, mais manjericão e um pedaço de parmesão fresco.

Ela comeu mais do antepasto enquanto ele cortava o frango grelhado que mantivera aquecido no forno. Depois, Booth misturou o macarrão, o frango, o pesto e os tomates em uma tigela.

— Você fez o pesto do zero com esse manjericão?

— É assim que se faz.

Ele cortou pedaços de folhas de manjericão para decorar os pratos e ralou queijo por cima.

Serviu um pouco de vinagre balsâmico com azeite em pratinhos para o pão. Colocou tudo na mesa.

Concluiu que estava com uma cara boa. Muito boa. E ela estava perfeita.

— Muito bem, *buon appetito*.

— Isso eu já ouvi — disse ela, sentando-se e pegando imediatamente uma garfada de macarrão. — Caramba! Nossa, uau! Sabe, quando eu me convidei para jantar, achei que você ia improvisar alguma coisa, cozinhar umas batatas talvez, o que já seria ótimo. Mas isso aqui está incrível, uma delícia.

— Você é a primeira pessoa que eu recebo aqui para sentar e jantar.

— Existe outra forma de jantar?

— Existe levar salada de batata Cajun para o churrasco de um vizinho, ou dividir um resto de espaguete com um amigo.

— Agora eu tenho que perguntar o que é salada de batata Cajun.

— É incrível. Um amigo meu de Nova Orleans me deu a receita secreta dele de tempero Cajun.

— Eu nunca fui a Nova Orleans. É tão maravilhoso quanto parece ser nos filmes e nos livros?

— É diferente de qualquer outro lugar. Eu me sinto tão bem lá, calmo, mesmo quando tinha um dia ruim. Você devia ir um dia. Não é só um lugar. É uma experiência.

— Vou colocar na minha lista. Aonde mais você já foi?

— Eu nunca tinha viajado para nenhum lugar, então fiz uma viagem de carro até Nova Orleans e depois até o Texas. Passei pela cordilheira das Montanhas Smoky. Chicago é, você sabe... — Ele fez uma linha reta com a mão. — Então eu nunca tinha visto nada assim, e nunca tinha visto o mar, então fui até a costa, até Outer Banks. A água me chama. Água e montanha.

— A gente passou uma semana numa casa em Hatteras há alguns anos, no verão. É lindo.

— Aonde mais você já foi?

— Inglaterra — respondeu ela, pegando um pedaço de pão e mergulhando no azeite. — Meu pai, né? Shakespeare. Irlanda, por causa de Yeats, Joyce e tal. É lindo e verde lá. Maine. E, já que gosta do mar, precisa ver aquelas praias pedregosas do Maine.

— Vou colocar na minha lista. Aonde você gostaria de ir e ainda não foi?

— Primeiro da lista? Florença. Arte, arquitetura, comida, sol. Compras.

Ele não se sentia mais nervoso e constrangido. Parou de se preocupar com o que dizer e o que não dizer. Sentia-se mais à vontade ali, sentado naquela mesinha com ela com o barulho da chuva lá fora, do que já se sentira em qualquer outro lugar na vida.

— É aonde eu mais gostaria de ir também. Inclusive, vou para lá com Mags no *Spring Break*.

— Mags?

— Minha tia.

— Que sorte! Vocês devem ser muito próximos. O que ela faz agora? Ainda tem a empresa, já que ela se mudou para o Novo México?

— Não, na verdade...

Ele poderia ter dito qualquer coisa, mas escolheu a verdade.

— Ela é vidente e atende por telefone.

Booth aguardou a reação, uma risada, uma piada talvez. Mas, em vez disso, ela arregalou os olhos e deu um soquinho no ombro dele.

— Mentira! Sério? Ela lê mãos? Não dá para fazer isso por telefone, dá? Cartas de tarô?

— É, isso e energia, ou algo assim.

— Que legal! Espera — disse ela, apontando o dedo para ele. — Você não acredita nessas coisas.

— Você tem que conhecer Mags para... Você acredita? Em videntes?

— "Há mais coisas no céu e na terra, Horácio." A gente foi até Stonehenge quando estava na Inglaterra e viu esse outro círculo de pedras, muito menor, mas incrível também, na Irlanda. Se você não sente um negócio a mais lá, não vai sentir em lugar algum.

Eles conversaram sem parar, e era tudo tão fácil. Ele não saberia dizer o momento exato em que o nervosismo foi embora. As coisas simplesmente fluíam.

Livros que haviam lido, filmes que haviam visto, músicas de que gostavam e muito mais, enquanto comiam macarrão e pão, e depois tomavam sorvete. Conversaram enquanto ela ajudava com a louça, pois fez questão, e conversaram mais um pouco sentados, ela com uma água com gás e ele com uma Coca.

Pouco depois da meia-noite, ela suspirou e disse:

— Preciso ir. Foi uma noite perfeita. Gostaria de poder retribuir me oferecendo para cozinhar para você, mas, como gosto de você, não vou te sujeitar a esse horror.

— Podemos comer uma pizza um dia. Ou você pode simplesmente voltar aqui.

— Gosto das duas ideias. Vamos fazer o seguinte: escolhe um filme. Posso te levar ao cinema sem a preocupação de te causar uma intoxicação alimentar. Assim, eu me convido para jantar aqui de novo sem peso na consciência.

— Está bem. Que tal amanhã?

Ela se levantou para vestir a jaqueta.

— Segunda é melhor para mim. Tenho que entregar um trabalho na segunda de manhã e ainda não terminei.

— Pode ser segunda.

Qualquer segunda, ele pensou enquanto a acompanhava até a porta. Qualquer dia, qualquer hora. Sempre.

— Escolhe o filme e me manda uma mensagem — sugeriu ela, jogando o cabelo para trás e olhando bem nos olhos dele. — Obrigada pelo jantar. Foi maravilhoso.

Quando ela abriu a porta, ele viu que a chuva se tornara uma neblina, pairando no ar, fina, fresca e linda. Ela estava parada na soleira da porta, de costas para a névoa, e o deixou sem ar.

— Preciso te perguntar uma coisa — disse Miranda.

— Ok.

— Acho que sei ler bem as pessoas e acho que você está a fim de mim.

— Quem não ficaria?

— Muita gente. Mas acho que você está. Já te dei várias aberturas, e você não aproveita, então me convidei para sua casa. Passamos, hummm... Umas cinco horas sozinhos aqui. Comida boa, companhia boa... De novo, na minha opinião. Mas você não tomou nenhuma iniciativa.

Mais uma vez, ela o deixava desconcertado.

— Eu não sabia se você...

— Eu poderia ter feito algo, sou super a favor disso. Direitos iguais e tal... Mas fiquei me perguntando se você não tinha superado o tal namoro que terminou mal.

— O tal o quê? Ah. Não, não. Não — repetiu ele. — Isso já passou.

— Bom saber. Talvez você não saiba tomar a iniciativa.

Desconcertado e surpreso, ele respondeu, orgulhoso:

— Eu sei, sim. Tenho várias táticas.

— Por que não me mostra uma delas? Só uma — pediu ela, erguendo o dedo. — Não precisa ser a melhor. Vou pegar leve na nota, porque você pode estar enferrujado.

Irritado, certamente como ela queria que estivesse, ele avançou, segurou seu quadril, olhou nos olhos dela e deslizou as mãos pela sua cintura. Lentamente. Até juntar o corpo dela no seu. Bem perto.

Só então ele aproximou a boca da dela.

Era difícil se segurar e não se fartar de algo que desejara tanto. Poderia levitar ali mesmo, como a neblina que pairava lá fora. Levitar no gosto dela, na sensação, no cheiro, em tudo dela.

Não ir longe demais, seguir a regra da não ganância, aproveitar o momento. Ter os braços dela ao seu redor, seus lábios respondendo aos dele, ouvir seu gemido baixo.

As mãos dela deslizaram até o cabelo de Booth sem interromper o beijo. E, como as mãos dele queriam tocar, pegar, muito, ele as manteve no rosto dela, mudando o ângulo do beijo, que se prolongou mais.

Quando se afastou, ele olhou no fundo de seus olhos de feiticeira do mar.

— É uma boa tática — murmurou ela.

— Pensei em começar com essa aqui — disse ele.

Booth a girou, encostando-a no batente da porta e, com ela presa entre os dois, tirou mais uma casquinha. Agora conseguia sentir o coração dela batendo rápido, seu pulso a mil e o breve arrepio que percorreu seu corpo.

— Também é uma boa opção — comentou ela.

Ele gostou de saber que a voz dela estava trêmula, assim como a mão que ela levou ao peito dele para colocar um pouco de distância entre os dois.

— Nota dez, nem precisei pegar leve. Agora eu tenho mesmo que ir.

— Ou você pode ficar.

Ele tocou o cabelo dela, aquele lindo cabelo cor de fogo.

— Eu quero ficar, mais do que achei que ia querer, então preciso ir. Eu tenho uma regra sobre primeiros encontros e quero muito quebrá-la, então não posso.

— A gente já tomou um café naquela dia.

Ela riu, fazendo que não com a cabeça.

— Isso não conta. Regras são regras — disse ela, dando um passo para trás. — Vamos tentar ver aquele filme, talvez a pizza, qualquer coisa.

— Eu entendo regras. Também tenho as minhas.

E uma delas, que ele nunca quebrava, era respeitar a escolha de uma mulher, pensou ele.

— Segunda à noite — completou Booth.

— Segunda à noite.

Ele a observou caminhar na neblina até o carro, observou-a se afastar.

E pensou: é disso que todo mundo fala. Em todos os livros, é isso que querem dizer. É assim que é se apaixonar.

Quando Miranda chegou em casa, pendurou a jaqueta com todo o cuidado e subiu os degraus em silêncio.

Sabia que a luz do quarto do pai estava acesa porque a avistara ao estacionar. Mas ele pegava no sono lendo na cama frequentemente, com os óculos escorregando pelo nariz e o livro aberto no colo.

Mas não hoje.

Ele se ergueu na cama com sua blusa dos Tar Heels e fechou o livro que tinha nas mãos quando ela espiou pela porta.

— Sabia que eu estou velha demais para você ficar me esperando acordado?

— Você nunca vai ser velha demais para isso. E eu não estava te esperando. Estava lendo um livro ótimo nesta noite chuvosa de sábado. Como foi o jantar?

Ela atravessou o quarto para se sentar na cama antiga que já pertencera à avó dele.

— Ele fez pão.

Ben franziu o cenho.

— Tipo, com fermento e farinha?

— É, disse que isso o relaxa. E fez um macarrão delicioso, com pesto que ele também fez do zero.

— Dá para fazer pesto?

— Ele fez. A casa dele é uma graça e estava tão limpa que eu acho que devia lavar meu quarto com uma mangueira amanhã. A mãe e a tia dele tinham uma empresa de faxina, e ele ajudava no serviço. Ah, ah, a tia dele, que ele chama de Mags, é vidente e atende os clientes por telefone! Não consigo superar isso. Dá para ver que ele a ama, não só tipo "ah, eu amo minha tia", e sim do tipo que realmente ama.

Ela se levantou e foi até a janela para olhar a noite enevoada.

— E ele já deu aula particular de matemática também, então vou dizer para Nate falar com ele. E não fala só francês, fala italiano, espanhol, russo e português.

Ben se remexeu na cama.

— Tem certeza de que ele não está exagerando um pouco, querida?

— Não. Ele é até meio fechado. Não é tímido, mas é cauteloso. Tive que provocá-lo para que me beijasse.

— Ah, Miranda. Quantos cabelos brancos você quer que eu tenha?

Ela se aproximou e deu um beijo na bochecha dele.

— Como meu pai, você vai gostar de saber que ele poderia ter se aproveitado... E, desculpa, aí vai outro cabelo branco, mas ele poderia... E não fez. Ele não me pressionou, não insistiu, não fez cara feia. Tem o que você sempre diz ser tão importante.

— Um bom coração.

— Exatamente. Ele é especial, pai. Tem alguma coisa diferente nele, e eu quero conhecê-lo mais. Vou no cinema com ele segunda à noite.

Ele pegou a mão dela e a acariciou entre as suas.

— Toma cuidado.

— Pode deixar. Me educaram direitinho.

— Eu gosto dele. É superinteligente, educado sem ser formal ou exibido. Vamos chamá-lo para jantar um dia desses. Suzanna pode cozinhar, e aí eu o bombardeio de perguntas.

— Justo — concordou ela, dando outro beijo na bochecha dele. — Não fica lendo até tarde. Você sabe que vai dormir e acordar com dor no pescoço.

— Tem razão. Boa noite, meu amor.

Ele a esperou fechar a porta e colocou o livro de lado.

Não tinha esperado por ela, não exatamente. Estava lendo. Mas, agora que seu mundo tinha voltado para casa sã e salva, ele podia dormir.

Talvez fosse se preocupar um pouco com o olhar apaixonado de sua menininha falando do garoto, mas podia dormir.

— Seis línguas? — resmungou Ben, apagando a luz. — Na idade dele? Essa eu quero ver.

Capítulo treze

⌘ ⌘ ⌘

NAQUELA SEGUNDA-FEIRA, Booth já tinha três novos alunos. Precisaria administrar seu tempo, mas sempre fora bom nisso. Ele se instalou em uma das áreas de estudo com a amiga de Miranda, Hayley. Entendeu rapidamente que o francês dela era melhor que o do jogador de futebol americano.

Mais que isso, descobriu que ela levava suas notas muito a sério e, com isso, além dos seus erros frequentes na compreensão do francês escrito, ele conheceu sua palavra preferida.

Merde.

— Bem, nosso tempo acabou. Olha, você fala bem. Só precisa estudar mais tradução e compreensão. Então, fica como dever de casa.

— *Merde.*

— É, vamos lá. Faz tipo um diário. Escolhe um dia, ou inventa, tanto faz. Escrever vai te ajudar a ler trechos de textos. E vai na seção de língua estrangeira da biblioteca. Escolhe a tradução para o francês de um romance ou de um mistério para ler.

Ela semicerrou os olhos para ele.

— Romance porque eu sou uma garota?

— Ia preferir que eu dissesse para ler Cervantes ou Dumas?

— Já li. Péssimo.

— Sei como é. O que eu quero é que você leia um texto traduzido do inglês para o francês.

— Entendi. E até que a aula não foi ruim. Além disso, agora eu entendo perfeitamente por que Miranda está a fim de você.

O coração dele deu uma acelerada.

— Ela está?

— Ah, por favor — disse Hayley, revirando os olhos. — Eu não diria isso se você já não soubesse. Divirtam-se no cinema hoje.

— Valeu. Até a próxima.

Ele pegou a mochila, pensando em comprar uma Coca para aguentar a próxima aula. Encontrou Ben no caminho.

— Booth, tem um minutinho? Miranda me disse que você fala italiano.

Ele fez que sim, mas só conseguia pensar no fato de que Miranda tinha falado com o pai sobre ele. Isso era bom? Ou assustador?

Ele decidiu que os dois.

— Você consegue ler em italiano?

— Sim, eu...

— Ótimo. Eu, não — disse Ben, tirando um pedaço de papel da bolsa. — Pode traduzir isso para mim?

Booth pegou o papel, examinando o conteúdo.

— É Dante, *Inferno*. Você vai reconhecer a citação na nossa língua porque é muito usada. "Não tenha medo; nosso destino não pode ser tomado de nós; é um presente."

— Ah, claro — disse Ben. — Se bem que às vezes dá vontade de devolver o presente.

— Se devolvermos, tudo muda.

— Verdade. Ouvi dizer que você está dando aula particular. Francês, cálculo, autores internacionais... Jane Austen.

— Sim, senhor. Acabou acontecendo.

— Cálculo e Austen, dupla interessante. Deixa eu te perguntar uma coisa, Booth.

Ele não congelou, mas se preparou para o impacto. Não tinha se escondido em meio aos outros estudantes, como sabia que deveria ter feito. Quando você se destaca, as pessoas prestam atenção e começam a fazer perguntas.

— É memória eidética ou só tem interesses muito variados?

Não tinha nada a ver com a pergunta que ele estava esperando.

— Pode ser as duas coisas.

— Pode. Achei que tivesse detectado a memória.

— Outra coisa que meio que acabou acontecendo.

— É raro, valioso. Com certeza um presente que ninguém ia querer devolver.

— Às vezes lembrar de todos os detalhes não é exatamente uma vantagem.

Estudando-o, Ben assentiu.

— Tem razão. Vai jantar lá em casa amanhã.

— Oi?

— Jantar, Booth. Amanhã. Às 19h. Obrigado pela tradução.

Ben se afastou, e Booth continuou plantado onde estava.

Deveria cancelar o cinema naquela noite. Na verdade, deveria ir para casa, fazer as malas e ir embora. Havia outros lugares, outras universidades. Sempre podia se inserir em outra realidade.

Mas ele realmente se lembrava de tudo. Lembrava como era conversar com Miranda, ouvir sua risada, do que sentiu quando a beijou.

Sabia como era ambientar-se de novo, voltar a ter amigos, algo que evitava desde Nova Orleans.

Não queria renunciar àquilo. Não queria renunciar a ela. Ele baixara muito a guarda. Mas lidaria com isso, se adequaria.

Dante disse que o destino era um presente? Pois bem. Ele ia descobrir como usá-lo.

CINEMA, PIPOCA compartilhada e um beijo de boa-noite numa mulher podiam ser coisas banais para a maioria dos homens, mas para Booth eram o auge. Tudo a respeito dela era o auge nos parâmetros dele.

Ele sabia química, biologia, endorfinas, assim como entendia que o que o atraía nela não era tão básico ou elementar quanto a ciência.

Se o fato de tê-la em sua vida, de criar uma vida com ela presente se revelasse um erro, ele encararia as consequências.

Booth considerava o jantar com o pai dela a primeira dessas consequências. Preparou-se para a ocasião como se prepararia para um roubo difícil. Pesquisou artigos sobre conhecer os pais. É claro que ele já conhecia o professor Emerson, mas o contexto era o mesmo.

Leu a biografia de Ben e os trabalhos que ele havia publicado. Ao mesmo tempo em que se preparava para um trabalho que reservara para a noite de quinta-feira, Booth pensava no que vestir para o jantar, em tópicos adequados para a conversa e na própria história.

Chegou pontualmente às 19h, já desejando que a noite acabasse logo.

Então, ela abriu a porta, e ele se lembrou por que tinha se preparado para a tortura. Miranda estava com uma calça jeans escura e um casaco que o fez pensar nos pinheiros das montanhas Smoky.

Quando ela sorriu, ele se iluminou por dentro.

— Você trouxe presentes. Imagino que as flores sejam para mim e o Bourbon para meu pai.

Ela pegou as flores. Booth escolhera rosas vermelhas, um clássico.

— Entra, vou colocar isso aqui na água — disse Miranda, apertando a mão dele. — Não vai ser tão ruim assim. Juro.

Ele não acreditou nem por um segundo, mas ficou encantado com a casa, como da outra vez, e imaginou como seria ter aquele espaço como lar durante gerações.

Ben estava na cozinha, amolando uma faca.

— Relaxa. Não é para você — disse ele, erguendo a sobrancelha, igualzinho à filha. — Por enquanto. Vamos comer frango assado.

— Está com um cheiro ótimo. Obrigado por me convidar. Fiquei sabendo que você gosta de Bourbon.

— Gosto — respondeu Ben, deixando a faca de lado para pegar a garrafa. — Woodford Reserve. Ótima escolha. Quer tomar um copinho comigo?

— Na verdade, estou dirigindo, então...

— Resposta correta. Espero que esteja com fome. Suzanna se superou. Ouvi dizer que você cozinha muito bem.

— Eu gosto de cozinhar.

— Meu maior talento na cozinha é cortar carne. Sou ótimo. E Miranda sabe mexer a panela muito bem.

— E cortar — acrescentou ela, arrumando as flores. — Sou excelente em cortar coisas e descasco melhor que a média.

— Não dá para preparar muita coisa sem mexer, cortar e descascar.

— Com certeza foi Suzanna que fez tudo isso que você disse. Por que não avaliamos o resultado?

O frango estava em uma travessa de porcelana antiga. Ben o havia cortado com expertise, de fato, e, com uma mesa elegante já posta, os três se sentaram na sala de jantar.

Booth tinha um copo para água — com ou sem gás — e uma taça para vinho. Aceitou meia taça de vinho, quantidade que julgou aceitável.

Ben fez um brinde.

— Fim do período de provas. Como está indo, Booth? Sei que tirou dez na minha matéria. Fez um trabalho excelente sobre os papéis de gênero em *Macbeth*.

— Obrigado. Sei que posso parecer puxa-saco, mas gosto muito da sua aula.

— Eu não me oponho a um pouco de puxa-saquismo, mas dá para ver que você gosta. O que fez você se interessar por Shakespeare?

— A gente assistiu a *Henrique V* na TV, o filme com Laurence Olivier, quando eu era criança. Tinha aquelas batalhas todas, o conflito interno, a redenção. Sobretudo as batalhas, na verdade. Então eu peguei as obras completas dele na biblioteca.

— Quantos anos você tinha?

— Onze.

— Eu ouvi muito Shakespeare na hora de dormir — comentou Miranda.

Ben sorriu para a filha.

— Nunca é cedo demais — retorquiu ele.

— A linguagem, o ritmo... Deve mesmo ter um efeito relaxante.

Ben sacodiu o garfo na direção de Booth.

— Exato. E o mesmo não pode ser dito sobre minha voz cantando músicas de ninar. O que te atrai nas línguas, Booth?

— Língua não é só comunicação. Quer dizer, isso é fundamental, claro, mas é cultura também, e é pessoal, íntimo até. Como ela é usada, como soa e como aparenta.

— Aparenta?

— Na página ou em sinais.

— Você sabe língua de sinais?

— Um pouco.

— Meu pai sempre quis aprender. Mas nunca tem tempo.

— De repente você pode me ensinar. O técnico me contou que Ken tirou 8,5 na última prova de francês, sendo que a última nota foi 5. Você deve ter um dom. O dom do ensino.

— Acho que é só encontrar os pontos fracos e ir trabalhando neles. E Ken é muito esforçado. Quer virar jogador profissional.

— Você gosta de futebol americano?

— "Gostar" talvez seja um exagero.

Ben comeu um pouco do frango, fazendo que não com a cabeça.

— Que tristeza... Miranda tolera.

— "Tolera" talvez seja um exagero — disse ela, erguendo a sobrancelha para o pai.

— Mais tristeza. Quando tinha doze anos, ela resmungou, implorou, suplicou para furar as orelhas.

— Ele tinha dito que só com treze, o que é totalmente arbitrário.

— Queria esperar a adolescência. Eu apelei para o suborno. Se assistisse ao jogo de domingo comigo, eu a levaria para furar as orelhas.

— Eu fiz a minha parte e não chorei na hora de furar, como ele avisou que eu faria.

— Eu chorei um pouco.

Ela riu e se moveu para fazer um carinho na mão do pai.

— Chorou mesmo — disse Miranda.

Eles eram perfeitos juntos, pensou Booth. Sentiu uma pequena pontada no peito pensando em sua mãe, porque aquilo o fez pensar em como eles dois também eram perfeitos juntos.

— Então, me conta, Booth, quais são seus planos? O que você quer fazer com todas essas línguas? Ensinar, seguir carreira de intérprete, virar ladrão de joias internacional?

Ele disfarçou sua reação comendo um pedaço de cenoura.

— Ainda não decidi, mas posso unir as três coisas. Uso o ensino como fachada, ajudo as autoridades com minhas habilidades linguísticas e viajo pelo mundo roubando diamantes.

— Só diamantes? — indagou Miranda.

— Posso me especializar. Tem de todas as cores, cortes e quilates. Mas, por enquanto, estou pensando em fazer uma pós.

— Em que área?

Como a parte sobre a pós-graduação era verdade, ele decidiu continuar com a verdade.

— Aí é que tá. Ter que escolher só uma área. Gosto da faculdade. Gosto da estrutura e do propósito, mas são muitas opções, e é difícil para mim escolher só uma ou duas coisas.

— Se você decidir fazer uma pós aqui na Carolina do Norte, eu estou sempre precisando de um professor assistente. Assim você pode ter uma ideia de como é o trabalho e ver se esse dom aflora dentro de você.

Professor assistente. Para o pai da mulher com quem ele queria muito transar?

— Não sei se eu seria bom. Só dei aula particular. Acho mais fácil focar em uma pessoa só.

— Vai pensando. Muitos estudantes de literatura querem ser escritores.

— Eu não escrevo muito bem. Criar algo é diferente de analisar uma coisa que outra pessoa criou. Minha mãe... — Ele se interrompeu, depois voltou a falar. — Ela queria que eu fosse escritor. Amava ler. Eu fiz algumas aulas, mas...

— Mas? — perguntou Ben.

— São muitas regras, e, dependendo do professor, ele pode ser bem inflexível em relação a elas. Mas aí você lê uma coisa e me parece que os livros bons, os que sugam a gente de verdade, não seguem essas regras todas. Aí comecei a ler com todas essas regras na cabeça e estragou tudo para mim.

— Mas você claramente não deixou de gostar de ler.

— Não, só tirei as regras da cabeça. Acho que a pessoa só tem que saber contar uma história do jeito dela. Não tenho esse... Como você disse, esse dom.

Ben olhou para a filha.

— Ele dá boas respostas.

— Já terminou o interrogatório?

— Meu amor, mal comecei. Durante a sobremesa eu entro nos assuntos sérios.

Booth sentiu o interrogatório se intensificar enquanto comia a torta de maçã. Ben queria saber sobre sua vida em Chicago, a temporada que passou em Nova Orleans, no Texas, viajando.

Como tinha se preparado, Booth já havia pensado no que dizer e como dizer.

Quando chegaram ao assunto Mags, durante o café — uma Coca para Booth —, Ben ficou fascinado.

— Ela viajou com um circo?

— Por um tempo, sim.

Estavam sentados na sala agora, com a lareira acesa.

— Quando perderam o pai, o tio delas tomou as rédeas. Depois Mags foi embora com o circo e minha mãe ficou trabalhando no açougue do tio. Aí eu cheguei e Mags voltou para ajudar. O tio delas morreu, e elas abriram a empresa de faxina.

— Irmãs Caprichosas — completou Miranda.

— Isso. Às vezes, Mags dizia que a casa de algum cliente tinha energia negativa, então levava cristais e sálvia, entoava mantras. Ela faz essas coisas.

— E agora ela é uma vidente que atende por telefone.

Como Ben disse aquilo com um tom de admiração, Booth abriu um sorriso.

— Ela é sem igual — respondeu.

— Se ela vier visitar você um dia, espero que me apresente. Sei que é muito pessoal, mas você não falou sobre seu pai.

— Ele escolheu não se envolver. Antes mesmo de eu nascer.

— Ah. Bem, posso dizer com sinceridade que o azar foi dele — declarou Ben, depois olhou para Miranda. — Está aprovado. Agora eu vou pegar dois dedinhos de um Bourbon excelente e subir. Você é bem-vindo aqui, Booth, sempre que quiser.

Booth se levantou ao mesmo tempo que Ben.

— Obrigado, professor, pelo jantar e por tudo.

— Ben. Aqui você pode me chamar de Ben. E pensa na proposta de ser meu assistente. Acho que você leva jeito para a coisa.

Ele se abaixou e deu um beijo na cabeça de Miranda.

— Boa noite, querida — disse.

— Boa noite, pai.

Quando Ben saiu e Booth se sentou de novo, Miranda pegou o rosto dele entre as mãos e o beijou até deixá-lo fora do ar.

— Me convida para jantar sexta-feira.

— Vem jantar lá em casa sexta-feira.

— Com todo prazer.

Ela o beijou outra vez.

— Vou falar para o meu pai não me esperar acordado — acrescentou Miranda.

Foi a semana mais longa da vida dele. Tinha muitas matérias e uma quantidade desafiadora de aulas particulares, além das tarefas domésticas básicas que ele não conseguia ignorar.

Além disso, havia os preparativos finais e a execução de um trabalho em uma bela casa colonial reformada, envolvendo um colar de diamantes e esmeraldas. Era cafona, mas, como o que lhe interessava eram as joias, o mau-gosto não era relevante.

Tinha três horas, um tempo bom, para entrar, abrir o cofre, pegar o colar e sair. Como o casal, que estava no jantar da véspera do casamento da filha, se esqueceu de ativar o alarme, tudo que ele passara semanas planejando levou menos de 45 minutos.

Foi tempo suficiente para pegar as joias e colocá-las dentro de um pote de hidratante Nivea para enviar por FedEx. Ele as mandaria para Sebastien, que, por uma pequena taxa, conseguiria encaminhá-las para um contato.

Essa logística funcionava.

E o dinheiro pagaria a mensalidade da pós-graduação.

Finalmente, a sexta-feira chegou com um vento que balançava as árvores. Booth desejou ter uma lareira, só porque deixava o lugar mais bonito. Decidiu que, se um dia tivesse uma casa própria, ela teria de ter uma lareira.

Como ele queria apresentar um pouco de Nova Orleans à Miranda, tinha deixado *jambalaya* na panela e broa de milho no forno. Dessa vez, ele não se sentiria um bobo ao acender as velas. Seu iPod já estava tocando um blues baixinho.

Ele fez uma pausa e percebeu que estava mais animado que nervoso quando ela finalmente bateu à porta.

Miranda estava com calça jeans e botas, além de um casaco cor de mirtilo. Em vez de vinho ou flores, ela trazia uma bolsa para passar a noite.

— Se não der certo, eu levo de volta para o carro — disse ela, colocando-a ao lado da porta. — Que cheiro bom é esse?

— *Jambalaya*.

— Jura? Nunca comi. Eu diria que quero muito provar, mas... Pode esperar um pouco?

— Claro.

Ele queria beijá-la, mas ela começou a andar pela sala.

— Ótimo, porque eu quero muito saber se vai dar certo — explicou ela, voltando-se para ele. — Estou um pouco ansiosa... Acho que essa é a palavra. Não sei se vou conseguir jantar antes de saber.

Dessa vez, ele percebeu que era ela quem estava nervosa. Portanto, se aproximou, puxou-a para perto de si e a beijou. Ele derreteu-se no beijo, deixou que os teletransportasse para outro lugar.

Ela levou a mão à bochecha dele e olhou bem no fundo de seus olhos.

— Acho que vai dar certo.

— Se mudar de ideia...

— Não vou mudar de ideia.

— Eu ia falar que... — continuou Booth, puxando sua mão para guiá-la até o quarto. — Se você mudar de ideia, eu nunca mais vou conseguir comer *jambalaya* nem broa de milho.

— Eu não posso ser responsável por isso.

Ele a beijou novamente.

— Luz acesa ou apagada?

— Ah. Bem...

— Vamos de velas.

Ele já espalhara algumas pelo quarto, com ansiedade e esperança. Ao acendê-las, um pensamento lhe ocorreu de repente e ele se virou para olhá-la, em pânico.

— Não é, tipo, sua primeira vez, é?

— Não. Já tive dois namorados meio sérios, então não é minha primeira vez.

O jeito como ela ergueu a sobrancelha e sorriu o fez saber que ela estava ficando menos nervosa.

— E você? — perguntou ela.

— Não.

— Percebi que você não disse um número.

— Não — disse ele, categoricamente.

— Vou concluir que isso quer dizer que estarei em boas mãos.

— Dessa vez é diferente.

— É.

É a coisa certa, pensou ele, puxando-a para perto outra vez. Certa em todos os sentidos.

Ele não apressaria as coisas, não quando cada momento era um pequeno milagre. O jeito como ela movia a boca junto da sua, o deslizar das línguas, o misturar das respirações.

Ele se lembraria de todos aqueles milagres. O cheiro do cabelo dela, a maciez da pele, o balançar dos galhos ao vento, lá fora.

Ela puxou o casaco dele, ele puxou o dela.

Então ela riu e deu um passo para trás.

— Preciso tirar minhas botas.

— A gente vai chegar lá.

Ele a puxou para si e tirou o casaco dela por cima da cabeça. Incrivelmente, perfeitamente, seu sutiã minúsculo era exatamente da mesma cor que o casaco.

— Você é muito linda. Meu Deus, muito linda.

Ele a pegou no colo e a deitou na cama. Deixou que o beijo se aprofundasse, que suas mãos começassem a explorar.

Devagar, por mais que a lentidão fosse difícil. Com delicadeza, embora a delicadeza fosse uma luta.

A música "Teasin' You", de Snooks Eaglin, tocava ao fundo, uma batida rítmica e grave, enquanto ele pressionava os lábios no coração dela.

A sensação percorreu o corpo todo de Miranda, deixando-a louca e fraca ao mesmo tempo. Ela estava esperando por algo rápido — e estava mais do que pronta para esse ritmo —, mas a exploração lenta e meticulosa despertava cada nervo do seu corpo.

Boas mãos, pensou ela. Ela estava em ótimas mãos.

Podia flutuar debaixo delas, contorcer-se como um rio enquanto aceitava o presente e fazia o possível para retribuir.

Ele tinha um torso longo, esbelto, forte. A pele macia, com músculos surpreendentes que se contraíam e relaxavam sob suas mãos. Ela o desejava, mais do que achava que seria possível, e finalmente arrancou o casaco de Booth.

Ele abriu o fecho de seu sutiã com uma mão só, fazendo-a estremecer.

— Bom truque — disse ela, então arqueou as costas, gemendo quando a boca dele cobriu seu seio.

Com a língua, os dentes e os lábios, ele a estava fazendo delirar.

Então, sua mão desceu, seus dedos abriram a calça com a mesma habilidade sutil. Quando ele a tocou, usando seus dedos, ela foi à loucura de vez.

— Vou tirar sua bota.

Seus lábios, então, desceram, provocando inúmeros incêndios.

— Eu não ligo, não ligo, só não para.

— Eu ligo. Preciso de você nua.

Ele tirava a bota dela com a língua ainda em seu corpo, ligeiramente dentro dela. Ela sentiu a sensação do orgasmo no corpo inteiro, como um tiro quente e molhado que a deixou fora de si.

Ele a tomou com as mãos, a boca, e ela percebeu que ele não tirou só suas roupas, e sim sua consciência.

E ela não se importava.

Quando Booth começou a abrir a própria calça, ela esticou o braço.

— Deixa que eu abro.

Miranda se atrapalhou um pouco, deu uma risada ofegante.

— Minhas mãos estão tremendo, que loucura — disse ela.

Não, pensou ele, é perfeito. Ter as mãos dela nele, o jeito como seu cabelo brilhava à luz de velas, um fogo lento, a forma como ela tremia porque o desejava, da mesma forma que ele a desejava.

Então ele se deitou sobre ela, e as bocas se encontraram outra vez, sedentas agora, gananciosas. Ela se abriu para ele, passou as pernas compridas em sua cintura, o coração acelerado.

Ele se lembraria do cabelo dela espalhado pelos seus lençóis brancos e da magia dos olhos dela encontrando os seus. Ele se lembraria de que ela prendera a respiração por um segundo quando ele deslizara para dentro dela.

E ele se lembraria de que, quando se moveram juntos, o que percorreu seu corpo foi mais do que prazer, mais do que necessidade, mais do que uma conquista.

Foi como encontrar um tesouro, algo precioso, que nenhum dinheiro pode comprar. Algo com que ele só conhecia em seus sonhos.

Capítulo catorze

⌘ ⌘ ⌘

Ele queria saber escrever poesia ou música, ou pintar. Certamente escreveria um poema épico, de abalar a alma, criaria uma obra-prima com o que havia dentro dele agora.

Ela estava deitada com a cabeça no peito dele, e Booth soube que, mesmo se vivesse até os cem anos, nunca viveria um momento mais bonito que esse.

— Deu muito certo — disse ela.

Ela o fez rir, e, com a risada, tudo dentro dele se sentiu livre.

— Sei lá, acho que é bom a gente tentar de novo, algumas vezes, só para ter certeza de que não foi sorte.

— Muito sensato — concordou ela, fazendo carinho no torso dele. — Sabe, você esconde isso tudo muito bem.

— Meus impressionantes talentos sexuais?

— Também. Mas estou falando dos músculos. Você é bem sarado para um cara magro. Quando peguei você me olhando no primeiro dia, na aula do meu pai, eu pensei: esse cara tem um rosto muito bonito. E, quando eu via você pelo campus, pensava: alto, clássico corpo esbelto. Achava que você era dançarino.

— Quê? Por quê?

— Seu jeito de andar, meio felino, atlético, mas não do tipo esportivo. Como um dançarino.

— É só minha graciosidade natural e, mais uma vez, impressionante. Eu não queria gostar de você.

— Agora é minha vez — disse ela, erguendo a cabeça para examiná-lo. — Quê? Por que não?

— Porque, no instante em que eu te vi, o mundo parou, sumiu. Tudo na minha vida virou de cabeça para baixo. Fiquei muito irritado.

Sorrindo, ela afastou os fios de cabelo do rosto.

— Esse é o maior elogio da história dos elogios.

— Eu decidi que você tinha que ser uma chata arrogante, para poder parar de pensar em você. Descobri que você não era, então o plano foi por água abaixo.

— Desculpa?

Ele fez que não.

— Desculpa, nada.

— Eu também pensei muito em você. Um cara misterioso com olhos azul-escuros andando pelo campus como uma sombra.

— Eu não sou misterioso.

— É um pouco, sim. Mas eu gosto de quebra-cabeças. Meu pai diria que você tem muitas camadas. Muitas camadas interessantes. Superinteligente, e isso vindo de alguém que também é muito inteligente. Se dá bem com os nerds, bem mesmo, apesar de você não ser exatamente um nerd. Mas gosta de morar sozinho, fora do campus, longe do movimento. Mais velho, mais ou menos, que a maioria — concluiu ela, tocando seu coração e sua têmpora.

— Tem certeza de que você não faz psicologia?

— Sou apenas uma aspirante a escritora que gosta de entender as pessoas. Afinal, eu vou escrever sobre pessoas. E, como estamos pelados na cama, juntos, entender você é importante.

— Tenho quase certeza de que estou apaixonado por você, se é que não entendeu isso ainda.

Ela voltou a deitar a cabeça em seu peito.

— Tenho quase certeza de que estamos juntos nessa. Dá medo.

— É, dá. Mas é... muito bom também, porque eu nunca senti isso por ninguém. E nunca perguntei se alguém queria parar de sair com outras pessoas, ficar só comigo.

Ele sentiu os lábios dela se curvarem quando virou a cabeça para pressioná-los em seu peito.

— Isso já está claro para mim.

— Você me deixa muito feliz. Faz tempo que a felicidade não atinge todas as minhas camadas.

Feliz, satisfeito, esperançoso, ele acariciou as costas dela.

— Está com fome? — perguntou.

— Morrendo de fome.

— Vamos comer, depois a gente pode dar uma volta. Aí a gente volta para cá e tenta tudo de novo, sabe, para eliminar o fator sorte.

— Eu topo tudo isso.

— Só mais uma coisa — acrescentou ele, sentando-se na cama ao mesmo tempo que ela. — Se você não gostar de *jambalaya*, está tudo acabado entre nós.

— Que rigoroso.

— Alguém me disse recentemente que regras são regras.

No fim das contas, ela gostou bastante de *jambalaya*.

Aos OITO anos, antes de seu mundo desabar, Booth escreveu uma história — uma redação para a escola — sobre um menino cujo desejo de ter uma semana inteira só de sábados era realizado. A história, que recebeu nota dez, convenceu a mãe dele de que seu filho um dia se tornaria escritor.

Embora aquela doce esperança maternal nunca fosse se materializar, na visão mais realista de Booth, a história e a alegria do menino tornaram-se a definição de felicidade para ele.

Seu curto fim de semana com Miranda superou aquilo. Caminharam pelo bairro tranquilo sob a lua de outono, trocaram beijos demorados sob o luar delicado. E, embora já estivesse de tarde quando finalmente saíram da cama naquele sábado mágico, ele fez café da manhã para ela. Aceitou comprar uma cafeteira se ela passasse o dia com ele.

Com a aprovação dela, ele comprou uma prensa francesa. Pensaram em ir ao cinema, mas acabaram escolhendo um filme na TV, ao qual assistiram abraçadinhos no sofá da sala. E fizeram amor enquanto os créditos rolavam na tela.

E ela ficou, demonstrou sua habilidade em cortar legumes quando ele fez *fajitas* para o jantar.

Deitado ao lado dela no domingo de manhã, pensou no menino da antiga história e na felicidade perfeita de acordar em mais um sábado.

— A gente pode fingir que hoje é sábado de novo.

Ela estava com a cabeça no peito dele. Booth não sabia se conseguiria, dali em diante, ficar deitado na cama de manhã, feliz, sem aquela sensação.

— Podemos fingir que a gente não tem trabalhos para entregar amanhã, sobre *O mercador de Veneza*? Aquele professor Emerson é muito rigoroso. E eu preciso voltar para minha história sobre vingança para a aula de escrita. Depois... — Ela se interrompeu, ergueu a cabeça e o fitou com os olhos semicerrados. — Você já fez seu trabalho sobre Shakespeare, né? Seu canalha.

— Ainda preciso revisar.

— Dá vontade de odiar você nesse momento. Fiz só um rascunho. E... Nossa, já é quase meio-dia. Tenho que ir mesmo.

— Você pode estudar aqui.

Ela ergueu o corpo o suficiente para beijá-lo.

— Estou gostando dessa barba por fazer — murmurou. — E não acho que a gente vai conseguir estudar muito se eu ficar aqui. Além disso, todas as minhas coisas estão em casa — acrescentou ela, enrolando lentamente uma mecha do cabelo dele no dedo. — Você acha que isso, isso que a gente tem, vai passar?

— Espero que não.

— Eu também. Tenho mesmo que ir. Vou tomar um banho primeiro.

Como ele também entrou no banho com ela, Miranda só foi embora lá pelas duas da tarde.

E Booth, um homem que prezava sua solidão, ficou se sentindo totalmente sozinho.

Tinha muitas coisas com que ocupar sua mente até vê-la de novo, no dia seguinte. Aquele trabalho precisava mesmo de uma revisão, e ele tinha de preparar as aulas particulares. Tarefas domésticas, pesquisa para seu trabalho noturno.

Ele colocou uma música para tocar e começou. Em cada afazer, pensava nela. Ela preenchera espaços que ele achava que queria manter vazios.

Miranda o fazia pensar quase tanto quanto o fazia desejar.

Booth se perguntou se ela aceitaria morar com ele. Ok que isso era apressar as coisas, mas quem sabe dali a algumas semanas... Então, ele pensou em sua carreira de verdade, nas ferramentas, no espaço de trabalho do porão.

Como ela poderia morar com ele quando Booth tinha esses lugares secretos?

Eles dariam um jeito. É isso que pessoas apaixonadas fazem, pensou. Elas dão um jeito.

Ele poderia largar seu trabalho noturno... Talvez. Achava que podia. Ou pelo menos fazer uma pausa. Como um teste. Nunca pensara em deixar isso de lado, o trabalho que fazia há mais da metade de sua existência.

Mas podia tentar. Por Miranda, podia tentar qualquer coisa.

Ela mandou uma mensagem, deixando seu dia muito melhor.

> Fazendo uma pausa entre Pórcia e Vingança. Decidi que te odeio mesmo.

Ele respondeu:

> Não esquece de falar da libra de carne na sua história sobre vingança. Estou com saudade.

> Tarde demais para incluir a libra de carne. É mais como um balde de sangue. Estou com saudade também. Música no Clube Caro amanhã à noite. Quer?

> Boa ideia.

> Vejo você de manhã.

> Estou vendo você em toda parte. É estranho. Eu gosto.

Ela enviou um coração e um beijinho. E ficou off-line.

Ele podia fazer aquela pausa, pensou Booth. Podia deixar seu trabalho de lado. Talvez até experimentar um trabalho normal.

Quando terminou os afazeres da faculdade, a preparação das aulas e deixou a casa em ordem, pensou em seu trabalho do porão, na pesquisa que iniciara sobre uma coleção de moedas.

Se ele ia deixar tudo aquilo de lado, por que não começar logo? Daria um passeio, leria um livro. Podia mandar uma mensagem para R.J. e ver o que ele e Zed estavam fazendo.

Achou que a batida na porta fosse de um dos vizinhos.

Nada o preparou para dar de cara com Carter LaPorte e o sujeito imenso atrás dele.

— Olá, Silas. Ah, não, agora é Booth, né?

— O que você está fazendo aqui?

— Como você é educado, vai me convidar para entrar. E a gente conversa sobre isso.

— Eu estava de saída.

LaPorte sorriu, mas seu olhar estava sério.

— Mudança de planos — afirmou ele.

Booth avistou o Mercedes preto na calçada. Teria que inventar uma história para explicar aquilo quando os vizinhos perguntassem. E eles perguntariam.

Mas não podia arriscar uma discussão na porta de casa. Sobretudo considerando que o guarda-costas poderia facilmente quebrá-lo ao meio.

— Seja rápido — avisou ele, dando um passo para trás. — Tenho amigos me esperando.

— Amigos. Pois é, você fez vários amigos por aqui, não foi?

Com o terno cor de aço e um meticuloso nó de gravata, LaPorte examinou a sala.

— Eu esperava mais de um jovem com seus talentos. É bem... normal, né?

— Eu sou um estudante universitário.

LaPorte lançou um olhar demorado para Booth.

— Nós dois sabemos que você é bem mais que isso. Teve um caminho bem-sucedido desde que nos conhecemos.

LaPorte andou até uma cadeira e se sentou. Abriu as mãos.

— Tenho contatos. E meus contatos têm contatos. Eu adoraria um café.

Booth pensou na prensa francesa que comprara com Miranda. Para Miranda. Recusava-se a usá-la com LaPorte.

— Eu não tomo café. O que você quer?

A fúria gelada estourou. Booth pensou que ela era capaz de causar mais danos do que fogo e chamas.

— Pode começar respeitando os mais velhos. O David aqui é ótimo em convencer as pessoas a respeitar as outras. Quer que eu peça a ele para te mostrar?

Como não queria um olho roxo, dedos quebrados ou algo pior, Booth se sentou no sofá.

— Está aqui porque quer alguma coisa. Tem gente me esperando e seu tempo é valioso demais para ser desperdiçado.

— Melhor. Tenho uma proposta para você.

— Sebastien...

— Não é equipado para isso. Não me interrompa. Tem uma pequena estátua de bronze primorosa, uma escultura feminina que se chama simplesmente *Bella Donna*. Foi vendida em leilão pela Christie's em Nova York recentemente e agora faz parte de uma coleção privada. Ela vai ser exibida, com outras peças da mesma coleção, no Museu Hobart, em Baltimore. O colecionador é de lá. A exposição vai do dia primeiro de novembro ao fim de janeiro. Preciso que você consiga essa obra para mim, e vai receber um milhão e meio de dólares por esse serviço.

Booth disse a si mesmo que tomasse cuidado.

— Agradeço a proposta, Sr. LaPorte, mas sou estudante em tempo integral aqui, na Carolina do Norte. Além disso, eu nunca roubei de um museu. Só de casa. Não sou a pessoa certa para o trabalho.

— Eu discordo. O Hobart é um museu privado. É quase uma casa. Você vai ter várias semanas para se preparar.

— Eu moro aqui, faço faculdade aqui.

— As coisas mudam, como você bem sabe.

Muito à vontade, LaPorte fez um gesto com a mão, depois se recostou com seu terno de homem rico na cadeira comprada na feira de antiguidades.

— Por mais admirável que seja seu investimento numa educação superior, é claro que nós dois sabemos que não vai dar em nada. E eu posso acabar com isso muito depressa. É só repassar informações interessantes para os ouvidos certos. Quem é Booth Harrison mesmo? Como está pagando a faculdade? Por que foi embora da Universidade do Texas? Ah, peraí, ele nunca foi, os documentos são falsos. O que seu pequeno círculo de amizades e aquela ruiva muito bonita iam achar quando descobrissem quem e o que você realmente é? Um nômade, um ladrão, um mentiroso, que está usando todos eles de fachada.

— Não estou usando ninguém. E me ameaçar não muda em nada o fato de eu não ser a pessoa certa para essa missão. E a verdade é que eu não posso mais fazer esse tipo de trabalho. Tenho aula a semana toda, estou dando aula particular. Estamos ensaiando uma peça. Não posso roubar uma estatueta de bronze em Baltimore, não importa o quanto você me ofereça.

LaPorte inclinou o corpo para a frente.

— Acha que pode entrar e sair dessa quando quiser? — perguntou ele, estalando os dedos. — Você é o que você é. Vai para Baltimore e vai se tornar quem precisa ser, como já fez antes. E vai pegar a estatueta.

— Não posso. Olha, ninguém recusa essa quantidade de dinheiro quando tem escolha, mas...

— Como está sua tia? — perguntou LaPorte, recostando-se na cadeira. — É seu único parente vivo, né?

Ele conhecia o gosto do medo e o sentiu se espalhar pela sua boca. Conhecia o calor da indignação e seu corpo estava em chamas quando se levantou.

— Ela não tem nada a ver com isso. Você precisa ir embora.

O guarda-costas segurou seu ombro. Booth tentou se desvencilhar, mas ele apertou com força e o empurrou para baixo outra vez.

— Talvez seja bom você dar uma ligada para ela... Mags, né? Um charme em pessoa. Invadiram a casa dela, destruíram tudo. Felizmente, ela não estava em casa quando aconteceu. Desta vez — completou ele. — Bastaria uma palavra minha. Uma única palavra para ela ir parar no hospital. Ou no caixão.

A indignação não pôde competir com o medo.

— Por que você faria isso? Pode arranjar outra pessoa.

— Se eu quisesse outra pessoa, a gente não estaria tendo esta conversa. Você é um ótimo estudante, Booth, então aprenda isso: eu sou o poder, você é a ferramenta. Você tem uma função. Se cumprir sua função, recebe a recompensa. Senão, sofre as consequências.

— Por que agora?

— Você me impressionou. Não estava precisando dos seus serviços. *Bella Donna*, Museu Hobart. Quero que me entregue a estatueta até o dia primeiro de fevereiro no máximo.

LaPorte fez um aceno com a cabeça para o guarda-costas, que jogou algumas notas de dinheiro embrulhadas na mesa.

— Dez mil, mais que suficiente, creio eu, para a viagem e os gastos do dia a dia. É claro que vou descontar o valor do pagamento final, devido ao seu comportamento.

Ele se levantou.

— Vou deixar você trabalhar. Imagino que vai estar a caminho de Maryland em breve.

— Se você machucar Mags, eu te mato.

LaPorte apenas lançou um olhar de esguelha para o guarda-costas.

O tapa veio rápido. Depois, Booth pensaria que teve sorte por não ter sido um soco, mas, quando caiu no chão com metade do rosto queimando, não se sentiu nada sortudo.

— Tenha modos — disse LaPorte.

Eles o deixaram ali, e Booth ficou no chão até conseguir recuperar o fôlego, até aquele frio na barriga passar.

Pegou o telefone e ligou para Mags.

— Oi, cara.

A voz dela, um pouco rouca, um pouco ofegante, fez com que ele fechasse os olhos com força.

— Oi, Mags, como você está?

— Estou na merda, é assim que estou. Cheguei em casa faz uma hora. Alguém entrou aqui, em plena luz do dia, e destruiu minha casinha.

— Você está bem?

— Estou, sim. Parece que nem levaram nada. Só quebraram um monte de coisa. A polícia acha que pode ter sido alguém atrás de drogas, só que eu não tenho drogas. Só um pouco de maconha escondida, coisa que não falei para o policial bonitão. Ou talvez tenha sido alguém que está com raiva de mim, mas eu juro por Nossa Senhora que não me estressei com ninguém ultimamente. Estou fazendo algumas consultas presenciais, então talvez alguém não tenha gostado do que eu falei. Não sei. Quebraram o vaso. Sabe, o vaso azul bonito da sua mãe, com os beija-flores?

Ela começou a chorar.

— Sinto muito. Está tudo bem. Vai ficar tudo bem. Quer que eu vá até aí?

— Não, não. São só coisas, só isso. Desculpa a choradeira. Tenho as peças do vaso. Vou fazer alguma coisa com elas. Eu devia ter feito o que você me disse e instalado um sistema de segurança. Mas não tem nada que... Enfim, agora vou cuidar disso. Me conta uma coisa boa para me deixar feliz.

Ele tentou pensar em algo bom, quando tudo parecia errado. Contou sobre Miranda e sentiu seu coração se partir enquanto falava. Seu coração simplesmente saiu do corpo, porque, naquela hora, Booth soube que aquele fim de semana perfeito seria tudo que teriam.

Nunca aconteceria outra vez. Ele nunca a teria outra vez. Nunca teria nada outra vez.

Quando largou o telefone, Booth ficou sentado onde estava, no chão.

Sabia o que tinha de fazer. Se fizesse o que tinha de fazer, Mags ficaria a salvo.

Ele se levantou e fez. Guardou suas roupas, suas ferramentas, tirou tudo do porão.

Tinha um hematoma crescente no maxilar e na maçã do rosto, que escondeu cuidadosamente com maquiagem.

Não podia simplesmente sumir... Procurariam por ele. E procurariam saber sobre ele.

Mandou uma mensagem para R.J. depois de colocar os pertences no carro.

> Tive uma emergência familiar. Tenho que ir embora agora. Não sei quando vou voltar, talvez não volte. O aluguel está pago até maio. Usa a casa se quiser. Vou deixar as chaves com a Miz Opal. Se eu não voltar, fica com os móveis. Não é nada de mais, mas pode servir de alguma coisa.

A resposta chegou enquanto ele ia até a casa dos vizinhos.

> Que porra é essa, cara? O que aconteceu? Está indo embora?

> É, tenho que ir. Minha tia precisa de mim, e é urgente. Tenho que ir e parece que vai demorar, então usa as coisas. Devo ficar lá pelo menos por alguns meses. Tenho que ir mesmo. Não posso ficar no celular, estou dirigindo.

Depois de enviar a mensagem, ele desligou o celular e foi bater à porta dos vizinhos.

Inventou toda uma história, falou de um acidente, disse que sua tia precisava de uma cirurgia e fisioterapia, e tudo o mais que lhe ocorreu na hora. Miz Opal ficou com os olhos marejados de lágrimas, mas pegou as chaves.

Ela o abraçou e colocou alguns biscoitos de manteiga de amendoim numa sacola para ele.

Booth entrou no carro, acenou para Miz Opal, Papa Pete e Mac e começou a dirigir.

Não pensou em Miranda. Não podia se permitir pensar nela.

Só dirigiu, mantendo a mente vazia e indo em direção à Virginia, e da Virginia até Maryland.

Não tinha nada da empolgação nem do fascínio que sentira indo rumo ao sul e ao leste ao sair de Chicago. Nada daquela ansiedade.

A vida que ele brincara de construir era uma fantasia. Podia enxergar isso agora.

LaPorte era um homem mentiroso e arrogante, mas dissera uma verdade.

Qualquer que fosse o nome que usasse, Harry, Silas, Lee, Booth, ele era o que era.

Fez check-in em um hotel como Harry Williams — em referência à sua infância e seu amigo de longa data — e permitiu que a exaustão o tomasse até a manhã seguinte.

De manhã, no fim da manhã, quando acordou e voltou a ligar o celular, viu diversas mensagens e recados no correio de voz.

O primeiro recado de Miranda viera às 8h28. Ele não escutou, não conseguiu. Podia imaginar perfeitamente como ela o procurou na aula e como R.J. lhe contou que ele foi embora e por quê.

Em seguida, ela mandara uma mensagem de texto:

> Booth, sinto muito pela sua tia! Espero que ela esteja bem. Manda uma mensagem ou liga assim que puder. Muito preocupada. Mandando boas energias.

Havia inúmeras mensagens depois dessa, mas ele não leu todas. Sabia o que tinha de fazer. Respondeu:

> Só vi agora, desculpa. Mags está sendo forte, mas parece que a recuperação vai demorar.

Ele parou por aí e, sabendo o que viria depois, foi tomar banho para não ouvir o telefone tocar.

Colocou uma roupa: um casaco bom, uma jaqueta de couro, uma bela calça jeans. Colocou a barba falsa com cuidado. Era um cavanhaque estiloso e loiro escuro para combinar com a peruca. Prendeu o novo cabelo em um rabinho curto e experimentou diversos óculos até escolher os de armação metálica.

Trocou a mochila pela bolsa a tiracolo.

Desligou o celular de novo — melhor não se distrair — e saiu para ver o Hobart pela primeira vez.

Depois encontraria um bom apartamento mobiliado por perto, ou, se achasse que o trabalho demoraria mais que quatro ou cinco semanas, uma casinha.

Harry Williams era um escritor independente, herdeiro de uma família rica de Baton Rouge que estava pesquisando sobre Baltimore para escrever uma matéria. Era um homem solitário e sério de vinte e três anos.

Rico, privilegiado e levemente babaca.

Foi até o Inner Harbor, prestando atenção nas regras do trânsito péssimo e na região bem turística. Usou o estacionamento público e caminhou vários quarteirões no vento frio de novembro. Devido ao vento, parou em uma loja e comprou um cachecol azul-escuro, com o qual já saiu da loja vestido.

Dava um toque artístico ao personagem, pensou, e funcionava bem.

O Museu Hobart estava aninhado em meio a lojas e restaurantes sofisticados, e era, como dissera LaPorte, quase como uma casa.

Tijolos vermelhos com acabamento branco, dois andares e, provavelmente, um porão. As portas duplas na entrada, janelas limpíssimas e a placa de cobre davam um ar digno ao museu.

Ele avistou as câmeras de segurança, as luzes e a plaquinha discreta que informava que o local era protegido pela empresa Guardian Security.

Obrigado pela dica, ele pensou, entrando.

Piso de madeira com tacos largos, câmeras de segurança, detector de movimento: inteligente. Tudo aberto para expor a arte nas paredes, em redomas, pedestais.

Ele pagou pelo ingresso — caro — e começou a percorrer o espaço com cerca de cinco outras pessoas.

Havia um guarda visível. Imaginava que devia haver outro monitorando as câmeras. Provavelmente, haveria pelo menos um guarda noturno, algo para levar em consideração.

Fez anotações, como se fosse um escritor, sobre várias pinturas, esculturas e cerâmicas.

Viu a escultura feminina em questão, e ela era linda. Sinuosa, pensou, e sensual, com o corpo esguio, os cabelos ondulantes e a cabeça inclinada, olhando por cima do ombro esquerdo.

Ela estendia o braço, com o cotovelo dobrado e a palma da mão para cima. Como se dissesse: me pegue, me pegue. Se você tem coragem.

Ele tinha de ter coragem.

Depois de fazer algumas anotações, continuou andando.

Passou 75 minutos examinando cada centímetro do espaço, depois saiu para inspecionar os prédios vizinhos, as ruas, as rotas de fuga.

No meio da tarde, foi a um café para procurar lugares para alugar e conseguiu uma casa geminada decente a menos de quatro quilômetros do alvo. Fechou um contrato de três meses e pagou o depósito e os três meses de uma só vez — fazia parte da garantia.

Comprou alguns mantimentos e logo se mudou.

Reparou que o espaço precisava de alguns reparos, mas não ligou. Estava limpo o suficiente, e ele se permitiu encontrar certo prazer na lareira, que funcionava.

Guardou tudo, arrumando suas ferramentas e seus materiais de trabalho no segundo quarto.

Colocou uma pizza congelada no forno, pegou uma Coca e ligou o celular.

Ele tocou quase que imediatamente.

— Desculpa, desculpa — disse Miranda, assim que ele atendeu. — Sei que estou te enchendo de mensagens, mas estou muito preocupada.

— Humm.

— Como está sua tia, como você está? O que eu posso fazer?

— Ela está estável — respondeu ele, mantendo o tom de voz impassível, um pouco frio. — Eu estou bem. Não fui eu que fui atropelado por um babaca que estava mexendo no celular enquanto dirigia. Não tem nada que você possa fazer.

— Foi isso que aconteceu? Ah, Booth. Em que hospital ela está? Podemos mandar flores.

— Ela não conhece você — retorquiu ele, deixando o tom bem frio e se odiando por isso. — Olha, eu tenho que voltar lá para dentro.

— Pode me ligar mais tarde, para me contar um pouco mais? Está todo mundo pensando nela e em você. Se...

— Eu agradeço, ok? Estou muito ocupado e não tenho tempo de contar tudo para você. Ela vai precisar de meses de fisioterapia depois que sair daqui.

A voz de Miranda também mudou, e ele pôde ouvir sua mágoa. Sentiu-a percorrer todo seu corpo.

— A gente só quer ajudar, Booth, do jeito que der. Mesmo que seja só para conversar. Posso ir praí alguns dias e...

Cobrindo o rosto com a mão, ele resistiu à emoção que tentava sufocá-lo, à necessidade, à imagem dela em sua mente.

Sua voz saiu impaciente, fria e ríspida.

— Nossa, relaxa. Foi legal, ok? Tivemos um fim de semana ótimo e tal. Mas foi só isso. Tenho coisas sérias para resolver aqui, e isso não inclui lidar com você que está transformando alguns encontros e um sexo bom em um romance de livro.

— Que... Que coisa horrível de se dizer, e não parece algo que você diria.

— Pelo visto você não me conhece. Tenho que ir.

Ele desligou, então enfiou a cabeça entre os joelhos.

Ela o odiaria agora. Depois o esqueceria. Ele seria apenas um babaca por quem ela se apaixonara brevemente na faculdade. Um erro. Uma lição.

Um erro para todos os envolvidos, disse a si mesmo. Uma lição para ambos. Nunca mais se permitiria ficar tão próximo de alguém. Era hora de se concentrar, de fazer o que precisava ser feito. Como sempre.

Quando o timer apitou, ele tirou a pizza do forno.

Levou a pizza e a Coca para o andar de cima e ligou o computador.

Começou a trabalhar.

Ele pegou a estatueta na véspera de Natal.

Tinha voltado ao museu uma única vez, com outro visual: cabelos longos, lisos e castanhos, uma barba volumosa, óculos de sol e uma tatuagem temporária de um símbolo da paz no dorso da mão direita. Percorrera o espaço com as costas levemente curvadas, enquanto aprendia os detalhes do lugar.

O que o enfurecia, enquanto percorria o bairro em variadas horas do dia e da noite, era quão óbvio LaPorte não precisava dele para aquele trabalho.

Outra lição aprendida.

Às duas da madrugada de Natal, enquanto crianças sonhavam com o Papai Noel, Booth deslizou em meio às sombras e luzes, fora do alcance das câmeras. Desativou o sistema por 32 segundos. Alguém que estivesse monitorando acharia que era um bug, e, se saísse para verificar, ele manteria distância.

Booth examinou os finos feixes vermelhos dos detectores de movimento e aguardou para ver se ouvia alguém ou alguma coisa.

Achou ter ouvido vozes, preparou-se para fugir rapidamente, então reconheceu a voz de George Bailey na ponte com Clarence. *A felicidade não se compra*. O guarda estava se distraindo com um filme de Natal, e quem poderia culpá-lo?

Booth passou por cima das luzes vermelhas como se estivesse seguindo uma coreografia e borrifou a lente das câmeras com tinta preta a caminho da estatueta. Ela era pesada, mas como ele já lera sua descrição detalhada, estava preparado para isso.

Chegou a ouvir o segurança dar uma risadinha e gritar:

— Corre, George, corre!

Balançando a cabeça, Booth colocou a estatueta na mochila antes de voltar pelo mesmo caminho. Outro bug nas câmeras, e ele já estava na calçada, caminhando a passos rápidos em direção ao carro.

Já tinha feito a mala: era só mais um sujeito qualquer voltando para sua cidade no Natal.

Capítulo quinze

⌘ ⌘ ⌘

À TARDE, NO Natal, com o sol entrando pelas janelas, ele se viu dentro do impressionante escritório de LaPorte, dentro de sua impressionante casa no Lago Charles.

Alimentado pela raiva e pelo ressentimento, ele dirigira sem parar. Estava há 36 horas sem dormir. Em vez de cansado, sentia-se ligado.

— Você sempre me surpreende. Não achei que fosse te ver tão cedo, muito menos no Natal. Se tivesse chegado uma hora mais tarde, poderia não me achar em casa.

Sem dizer nada, Booth colocou a mochila na grande mesa de mogno ao lado de um tinteiro antigo.

Ele se lembraria daquele cômodo, pensou, e de tudo ali dentro. Do quadro de Georgia O'Keeffe acima da lareira, da estante atrás da mesa repleta de tesouros em vez de livros. O cavalo de jade, o vaso da dinastia Ming, o pavão de cristal Daum.

Todos os tesouros.

Porque um dia... Talvez um dia...

Mas, naquele instante, ele só tirou a estatueta da mochila.

— Ah, aí está ela!

Booth viu a ganância, a satisfação em possuir, no rosto de LaPorte enquanto ele corria o dedo pelo rosto de bronze, pelo corpo.

— Ela é linda, né? Forte, sexy, quase feroz. Acho que é uma mulher que conhece as necessidades dos homens e as satisfaz quando quer.

Ele foi até o armário de vidro — uma cristaleira vitoriana; Booth sabia disso porque estudara antiguidades — e pegou um decantador.

— Que tal uma bebida para comemorar?

— Não — respondeu Booth, pegando um papel e colocando-o ao lado da estatueta. — Pode transferir o dinheiro para essa conta.

— Você continua mal-educado.

— São negócios. Você conseguiu o que queria. E não precisava de mim para esse trabalho. Não precisava virar minha vida de cabeça para baixo por isso.

— Discordo — replicou LaPorte, servindo o Bourbon em uma pequena taça de cristal. — No fim das contas, acho que te fiz um grande favor. Suas habilidades continuam impressionantes, e eu estou satisfeito de ter uma ferramenta tão útil na minha caixa de ferramentas tão seleta.

Ele ergueu a taça na direção de Booth e deu um gole.

— É claro que vou ter que conferir a autenticidade da obra antes de te pagar. Como estou ocupado hoje e não estava esperando você, vou ver isso amanhã.

— Ok — disse Booth, virando-se para sair.

— Quanta confiança... Talvez eu fique com a estátua e com o dinheiro.

— Não vai fazer isso. Eu sei onde você mora.

— Posso dizer o mesmo de você. Mas não se preocupe, vai receber seu dinheiro. Sempre pago minhas dívidas — afirmou LaPorte, brindando outra vez. — Até a próxima. E feliz Natal.

— Só transfira o dinheiro.

QUANDO SEBASTIEN voltou para casa depois da meia-noite, após uma ceia demorada e barulhenta na casa da mãe, encontrou o carro de Booth estacionado na frente.

E Booth dormindo em seu sofá.

— Você invadiu minha casa, *mon ami*?

Booth acordou e viu o cachorro olhando fixamente para ele, enquanto Sebastien estava parado com um sorriso largo e duas sacolas de papel cheias nas mãos.

— Foi mal. Eu precisava dormir.

— Por que não me disse que estava vindo?

— Eu não sabia que vinha.

Quando Booth se sentou, esfregando os olhos com as mãos e continuando com elas no rosto, o sorriso de Sebastien se esvaiu.

— *Cher*, dá parra ver que está com algum problema. Fez um trabalho que deu errado?

— Não, não tem nada a ver com isso.

— Aposto que está com fome. Trouxe bastante comida da ceia da minha família, dá parra alimentar a baía inteira. Entra e senta. Vou te alimentar.

— Valeu.

Sebastien começou a abrir as sacolas, e o cheiro da comida atingiu o estômago vazio de Booth como um soco. Ele pegou o prato que Sebastien encheu de presunto, frango frito e cookies de Natal.

— Vou esquentar o arroz, o feijão e a batata. E você me conta por que está comendo na minha cozinha em vez de estar agarrado com aquela moça que você me falou. A ruiva.

Booth apenas balançou a cabeça, mas Sebastien não precisava de palavras para entender.

— Ah. Às vezes, o amor vira as costas parra a gente.

— Fui eu que virei. Tive que fazer isso. Tive que fazer com que ela me odiasse.

— Por quê?

— LaPorte — respondeu Booth, e contou tudo para Sebastien.

— *Picon!* Que filho da puta. Faz tempo que não faço um trabalho lá no norte. Mas ele tem outras pessoas. Parra ele, você é que nem a estátua. Ele quer possuir você.

— É, eu saquei isso também.

— Vamos dar um jeito nisso, *tu saisis*? Você volta parra sua faculdade e parra sua mulher, faz as pazes com ela.

— Não posso. Ele vai usar ela, Mags e qualquer pessoa que seja importante para mim, para me atingir. E da próxima vez talvez ele não se contente em destruir só os móveis.

— O que você quer fazer? Estou com você parra o que der e vier.

— Comprei uns celulares pré-pagos. Vou mandar um para Mags e deixar um com você. Vou te dar o número do meu. Já me livrei do outro celular. Talvez seja exagero, mas ele tem um alcance muito grande. Não pode me usar se não conseguir me encontrar. Não adianta machucar as pessoas que eu amo se ele não puder me achar.

— Aonde você vai?

— Vou até Atlanta, vender meu carro. Já está na hora. Vou mudar meu nome de novo e usar um pouco da merda do dinheiro dele para alugar um avião particular. Assim, minha mala não passa pelo raio X. Tenho que comprar malas boas. Algumas roupas simples de marca, esse tipo de coisa. Parecer uma pessoa que pode bancar um jatinho para ir de Atlanta até Paris. Vou começar em Paris, depois eu vejo.

— Um jovem francês rico, de família rica. Você vai ser francês parrisiense, então tem que ser bem esnobe. Mala da Louis Vuitton, sapato e óculos de sol italianos.

— Pode deixar.

— Me avisa quando chegar lá. Vou ficar preocupado com você.

— Não precisa. Vou ficar bem. Avisa a Mags? Diz para ela que vou ligar para o telefone novo daqui a alguns dias. Vou ficar bem — repetiu ele. — Eu sempre quis ir para a Europa. Por que não agora?

Ele se levantou e foi buscar o celular na mochila.

— Meu número está aí dentro, o número do telefone que vou dar para Mags também. Vou indo nessa. Obrigado pela comida.

— Não me agradece por isso. Você é família — disse Sebastien, segurando os ombros de Booth. — Pode vir aqui quando quiser, ouviu? E, quando achar que está segurro, eu vou te encontrar. Mags e eu vamos visitar você.

Sebastien o abraçou e deu um tapinha em suas costas.

— Tenho três meninas lindas. E um menino lindo. Por que não fica aqui hoje, dorme mais um pouco?

— É melhor dirigir à noite. Ele deve saber que eu viria aqui, então é melhor eu ir logo. Avisa a Dauphine... Diz para ela que eu sinto muito não ter podido dar um oi.

No dia 30 de dezembro, Henri Metarie embarcou em um jatinho particular em Atlanta. Estava com o cabelo loiro escuro, clareado pelo sol, com mechas onduladas e rebeldes. Usava uma jaqueta cor de cobre por cima de um casaco de cashmere com gola rolê, óculos escuros, embora o sol já estivesse se pondo, e uma calça jeans preta e justa.

Seu relógio Piaget — uma réplica, mas enganava bem — tinha uma pulseira de couro preto.

Ele falou pouco, um inglês perfeito com um leve sotaque parisiense. O comissário de bordo encarregado de atendê-lo disse ao piloto que Henri parecia entediado e pretensioso.

Combinava com seu personagem.

Pousou em Paris em uma manhã nublada de inverno e passou rápido pela alfândega, como fazem os ricos e privilegiados. Seu passaporte tinha os inúmeros carimbos dos viajantes internacionais frequentes.

Ali, ele recebeu o primeiro carimbo legal.

— *Bienvenue*, Monsieur Metarie.

Ele fez um breve aceno de cabeça para o agente da alfândega.

— *Merci.*

E, deixando para trás tudo que havia de importante em sua vida, ele atravessou o aeroporto rumo ao seu novo eu.

PASSOU A maior parte de seus vinte e poucos anos na Europa, explorando, trabalhando, e até fazendo trilhas e andando de bicicleta. Na França, concentrou-se no que Sebastien chamava de quinquilharias, e foi de um apartamento em Paris para um chalé na Provença, e dali para um hotel em um castelo no Vale do Loire.

Fez aulas de gastronomia com uma aluna da Cordon Bleu e partilhou uma cama com ela depois de aprender a preparar o perfeito *macaroon*.

Na Itália, tinha a arte, para admirar e roubar, enquanto se deleitava sob a luz de Florença, na magia dos canais de Veneza, nas antiguidades de Roma.

Viajou para a Grécia e aprendeu o idioma. Foi à Inglaterra e à Irlanda, à Sicília e à Toscana. Foi tão fácil aprender a viajar pela Europa quanto aprendera a andar de bicicleta por seu antigo bairro em Chicago.

Uma vez por ano, conforme havia prometido, passava alguns dias com Mags.

Escolhia um lugar, uma vila na Toscana, uma casa em Bar Harbor, o que quer que parecesse interessante. Ela viajava frequentemente com Sebastien, e ele tinha aqueles dias para descobrir como estava a vida da tia.

Aos vinte e sete anos, ele era rico, viajado e falava dez línguas, oito delas fluentemente. Tinha visto o mundo, ou boa parte dele.

À exceção daqueles poucos dias por ano, ele ficava sozinho.

Estava sentado na varanda de um belo casarão na costa da Itália, tomando um vinho, vendo o mar Mediterrâneo e os barcos que deslizavam sobre ele.

Mags estava sentada ao seu lado. Ela fora sozinha, porque Bluto tinha batido as botas no inverno anterior. Sebastien estava com um cachorrinho novo, que acabara de ser desmamado, e não queria deixá-lo sozinho.

— Ele está louco pelo filhote — disse Mags. — Sei que o Coiote o ajudou a superar o luto.

— Que nem no desenho animado, né? Coiote? É claro que ele escolheu o nome do cachorro baseado em um desenho e, ainda por cima, no vilão. Meio que um vilão.

Ela estendeu o braço e pegou a mão dele, segurando-a enquanto estavam ali, sentados.

Ele dissera a ela que estava um escândalo e não precisara exagerar. Mags ainda usava o cabelo longo e solto, agora vermelho vivo com generosas mechas douradas.

— Tenho novidades — começou ela.

— Boas ou ruins?

— Acho que ótimas, para mim. Vou me mudar.

— De novo?

Ela deixara Santa Fé quando ele fora embora dos Estados Unidos e se mudara para Sedona.

— De novo. Vou me mudar para Nova Orleans.

Aquilo chamou sua atenção, e ele se voltou para ela.

— Você não vai morar na casa de Sebastien. Sei que vocês dois... Sei sobre vocês, e eu amo o cara, sério mesmo, mas é a baía, e é...

— Sebastien e eu queremos ter um lugar só nosso. Com meu trabalho e o fato de você ficar me mandando dinheiro sem parar...

— Você é minha família.

— E você a minha, cara. Enfim, vou comprar uma casa. Não vou alugar dessa vez. Está na hora de ter a minha. Dauphine e o namorado me ajudaram a encontrar um imóvel. E, como Luc é bom de obra, vai me ajudar a reformar. Do meu jeito. É uma casa bacana, e vou ter uma lojinha mágica na rua. É grande o bastante para isso. Grande o bastante para você ir me visitar, ficar lá. Sei que não vai a Nova Orleans há anos, então talvez já esteja na hora, ou então a hora está chegando.

— Talvez.

— E tenho mais notícias. Dauphine está esperando...

— Esperando o quê?

Mags deu uma gargalhada que virou um uivo, depois alguns soluços, enquanto ela segurava as costelas.

— Um bebê, seu besta.

— Um o quê? Jura? Cacete! Ela está feliz? Isso é bom? Ela está bem?

— Está nas nuvens, ótima. Tanto que Luc finalmente a convenceu a se casar com ele. Mês que vem. Ela espera que você vá, mas entende se não puder.

Barcos deslizavam pela superfície do mar vasto e azul.

— Eu queria poder, muito. Mas acho que é o tipo de coisa que ele estaria esperando.

— Ah, querido, aquele merda não deve estar mais procurando por você. Juro por Deus que ninguém mexeu mais comigo. Eu te avisaria.

— Eu sei que avisaria, mas ele é do tipo que não sabe ouvir um "não". Ou, quando ouve, faz você pagar por isso. E ele soube que eu estive em Praga no outono. Me avisaram, então ele ainda está me procurando.

— Você não me contou isso.

— Foi rápido, ele já me perdeu de novo.

Ele beijou a mão que estava sobre a sua.

— Diz para Dauphine que desejo tudo de melhor para ela. Com o bebê, com Luc. E eu vou voltar, eu vou. Em breve. A coisa está esquentando por aqui mesmo.

— E você não está falando do clima.

— Deram um nome para mim. Pessoas que procuram gente como eu. O Camaleão. Eu gostei — admitiu ele. — Mas, quando sacam seu estilo a ponto de te dar um apelido, é porque estão chegando perto.

— Você podia parar.

Ele soltou um grunhido hesitante.

— Estava pensando em conhecer o Rio, ver como é a América do Sul, a Amazônia. Talvez passar um ano ou dois lá, ou nos Estados Unidos. Estou pensando. Ou na Austrália, Nova Zelândia. Quem sabe tiro umas férias.

— Acho que você puxou esse fogo no rabo de mim.

Ele olhou para ela, sua doidinha tia Mags, sua família, sua certeza. Ninguém o conhecia como ela. Ninguém mais se lembrava do menino que ele fora, de sua mãe, da vida deles.

— Vamos ao centro com nosso rabo foguento. Você não conseguiu fazer compras ainda.

— Você me conhece — disse ela, e apertou a mão dele mais uma vez. — Quem diria que um dia a gente ia estar aqui, sentados em uma mansão em Sorrento, com o imenso mar Mediterrâneo só para nós.

— O mundo é uma ostra, Mags. A gente só tem que conseguir abri-la e tirar a pérola.

ALGUMAS SEMANAS no Rio lhe valeram alguns rubis. Em seguida, ele foi ao Peru atrás de esmeraldas e fez um cruzeiro pelo Rio Amazonas.

Conseguiu um acerto de contas no Peru dando um jeito de fazer com que uma ferramenta menos refinada e mais violenta de LaPorte fosse parar atrás das grades.

Foi uma sensação agradável de... justiça.

Aquilo o obrigou a ir embora da América do Sul, em direção ao Pacífico Sul.

Três meses na Austrália lhe trouxeram opalas e um interessante desenho monocromático de Seurat. Ele mergulhou na Grande Barreira de Coral.

A Nova Zelândia serviu para fazer trilhas e passear de caiaque, além dos infalíveis selos.

Passou uma semana com Mags e Sebastien em Fiji.

Nove anos depois de pousar em Paris pela primeira vez, ele voltou. Willem Dauphine, um corretor de arte que morava em Londres. Dessa vez, ficou hospedado no Peninsula, um esplendor com decoração *art nouveau* no coração da cidade.

Willem era um homem conservador que usava ternos impecáveis feitos sob medida, geralmente com uma gravata e um lenço de bolso Hermès. Usava o cabelo loiro escuro curto e penteado para trás, preferia óculos de armação tartaruga e estava sempre com a barba feita.

Tinha uma pequena cicatriz do lado direito do maxilar e uma mandíbula pronunciada.

Também tinha um pequeno apartamento mobiliado em outra parte da cidade, que usava como escritório. Visitava museus e galerias, mas seu alvo era o Musée National d'Art Moderne e uma deslumbrante pintura de natureza morta de Matisse.

Marcou uma reunião lá mesmo com a diretora-assistente, uma mulher elegante de meia-idade com um terninho preto austero, que lhe ofereceu café

Embora ele tivesse achado o café tão forte que seria capaz de destruir o esmalte dos seus dentes, tomou-o sem açúcar.

Conversaram em um francês fluido e formal.

— Obrigado, Madame Drussault, por aceitar se encontrar comigo. Sei que seu tempo é precioso.

— Todo tempo é.

— Com certeza. Eu represento uma cliente que herdou uma coleção de arte, uma coleção particular, sabe? Eu persuadi, ou pelo menos comecei a persuadir essa cliente, a partilhar sua coleção com o mundo.

— E quem é sua cliente?

— Não tenho autorização para revelar ainda, só posso dizer que, apesar de pequena, a coleção contém peças do Fauvismo que eu considero importantes. São seis obras no total, e elas estão nessa coleção privada há duas gerações.

— Não tenho conhecimento de tal coleção.

— Não deve ter mesmo, madame. A coleção é mantida em uma sala privada em uma casa. E eu não acredito que este seja o propósito da arte, por isso insisto com minha cliente que exponha o que tem escondido. Fui encarregado, digamos assim, de fazer uma reunião aqui, outra em Londres, uma em Roma e uma em Nova York, e de levar mais detalhes para minha cliente, detalhes que talvez consigam persuadi-la a emprestar a coleção de forma permanente.

— Quer que o museu exponha a coleção, mas não pode me dizer nada sobre ela ou sobre sua cliente.

— Quero convencer minha cliente. Este é o primeiro obstáculo. Vou ser franco.

Ela fez um gesto com a mão e disse:

— Por favor.

— Minha cliente não tem um interesse genuíno por arte. Quero dissuadi-la de vender as obras, de colocá-las em leilão, onde é bem possível que elas voltem para coleções privadas. Minha cliente não precisa do lucro que elas trariam. Não converso com ela sobre o propósito da arte, e sim sobre o prestígio que uma placa com o nome dela em um grande museu pode trazer. A publicidade gerada por uma doação desse porte e tudo mais. Só assim minha cliente me deixou... sondar o terreno.

— Entendi.

— Eu vivo e trabalho em Londres, madame, mas sou francês. Se eu pudesse escolher, a coleção viria para cá. No entanto, minha prioridade é garantir que essas obras sejam doadas para o mundo. A prioridade de outros indivíduos é vendê-las, ou mantê-las onde estão agora. Quero dar alguma garantia para minha cliente dos benefícios que essa doação trará para ela.

— Quer colocar condições em um presente.

— Estou ciente das diretrizes, mas busco algumas garantias de que, se essa coleção for considerada valiosa, será exposta com uma placa — disse ele, fechando os olhos brevemente. — Precisa haver uma placa e uma pompa em torno do presente.

Ele esfregou a nuca, como se estivesse muito nervoso.

— Não tenho autorização para dar mais detalhes, mas tenho certeza de que a madame conhece a exposição no Salon d'Automne de 1905, suas polêmicas. Van Dongen participou, certo?

O interesse fez os olhos da mulher brilharem.

— Sim.

— Com Matisse, Marquet e outros. Foram esses artistas, com seu uso ousado da cor, que foram chamados de Fauves. As feras da arte. Van Dogen, como sabemos, se mudou para Montmartre, andava com Picasso. E se tornou um favorito da alta sociedade francesa com seus retratos. Pode ser de seu interesse saber que a avó da minha cliente também vivia em Montmartre. Uma mulher lindíssima na juventude — acrescentou, fazendo uma pausa dramática. — Já vi o retrato dela.

— Ah.

— Se eu puder garantir que a coleção tem obras dessa importância, gostaria de saber se podem assegurar à minha cliente sobre como elas serão recebidas. Tudo é hipotético, por enquanto.

Aquilo lhe descolou um tour VIP do museu e, devido ao roubo de maio de 2010, algumas "garantias" sobre a segurança do espaço.

Ele foi direto para seu apartamento trabalhar. Depois de fazer checkout no hotel no dia seguinte, pegou um avião para Roma, onde repetiu o processo na Galleria Nazionale d'Arte Moderna e Contemporanea. Ali, ele alegou que fora chamado de volta a Londres por sua cliente.

Foi a Londres, onde apagou Dauphine e se tornou Jacques Picot. Em seguida, pegou seu carro Mini zero quilômetro e voltou ao apartamento em Paris.

Ali, com uma barba grande, cabelos escuros e compridos, óculos estilo John Lennon, um brinco prata na orelha esquerda e um nariz proeminente, ele trabalhou por duas semanas sem parar, elaborando planos para o roubo.

Então, soube que LaPorte o havia encontrado.

Mais tarde, se perguntaria o que teria acontecido se ele não tivesse decidido dar uma volta numa bela tarde de outono em Paris, se não tivesse ido comprar um *pain au chocolat* e passado em frente ao George V com ele.

Se não tivesse visto LaPorte saindo da limusine e, ladeado por seu guarda-costas, ser recebido pelo gerente do hotel, entrando no saguão suntuoso.

O hotel que ficava a poucos metros do museu. De seu apartamento. Fazendo check-in dias antes da data que ele escolhera para roubar o Matisse.

O mundo podia até ser pequeno, mas não era tão pequeno assim.

Ele não saiu correndo, continuou passeando e xingando a si mesmo por ter voltado a Paris, à Europa. Deveria ter tirado a cidade da lista, mas agora faria isso.

Quando chegou ao apartamento, desmontou todo seu equipamento, fez as malas e limpou todas as superfícies. Para não deixar suspeitas, entrou em contato com o proprietário e disse, chorando, que sua avó de Nice havia falecido, de forma repentina e inesperada.

Quando foi embora de Paris, pensou nas semanas de trabalho, no planejamento, nas viagens, no Matisse, tudo perdido por nada, porque um homem decidira que seria seu dono.

Deveria ter deixado rastros em algum lugar, pensou. Apenas o bastante, em alguma parte, para que quem quer que LaPorte tivesse contratado para persegui-lo seguisse a pista errada.

E, não fosse pelo *pain au chocolat*, ele provavelmente teria se metido numa enrascada outra vez. Não queria voltar para Londres nem dirigir até Nice, então foi para Calais, onde vendeu o Mini por uma mixaria e subiu em um trem — com outro visual, outro nome — rumo à Bélgica.

Foi da Bélgica até a Alemanha, mudando de identidade como quem troca de pele, até ter certeza de que não sentia mais ninguém em sua cola.

Pisou em Nova York poucos dias antes do Natal e se perdeu na cidade durante a maior parte de um inverno frio e solitário.

NA TERÇA-FEIRA Gorda, Mags dançava na rua com Sebastien. Afinal, tradições mereciam respeito. A noite era uma criança, mas Dauphine e Luc tinham outra criança esperando por eles em casa, e o Mardi Gras não tinha hora para acabar. Podiam ter dançado na varanda da bela casa de Mags e visto a maior parte da festa, jogando colares para os foliões lá embaixo.

Mas não na Terça-feira Gorda.

Ela e Dauphine haviam trabalhado sem parar naquela semana na Bola de Cristal, a loja de lembrancinhas e sala de leituras psíquicas que tinham abaixo da varanda.

Enquanto a música tocava aos berros e os colares voavam, Mags pensou que a vida estava quase perfeita. Alcançaria a perfeição se tivesse notícias de Harry, Booth, Silas, sabe-se lá o nome que ele estava usando.

Mas ele lhe avisara que ficaria mais um tempo sem ligar.

Ela sempre andava com o telefone, por via das dúvidas, mas ele não tocava nem vibrava há mais de seis semanas. Portanto, sua preocupação não lhe dava trégua.

De repente, ele vibrou enquanto os trompetes soavam.

Ela o arrancou do bolso e teve de lembrar a si mesma que não devia usar nenhum nome logo de cara, só por via das dúvidas. Disse apenas:

— Alô.

— Oi, Mags. Feliz Mardi Gras.

— Ah, cara, que bom ouvir sua voz — disse ela, agarrando a mão de Sebastien enquanto falava.

O olhar marejado de lágrimas que lançou para Dauphine disse tudo.

— É muito bom ouvir a sua também.

— Pode me dizer onde está?

— Estou na varanda da sua casa. Vocês estão muito bonitos.

— Ai, meu Deus, você está aqui! Ele está aqui! — gritou ela, erguendo os olhos para avistá-lo. — Estamos indo aí. Estamos indo agora.

Mags pegou Coiote no colo e continuou agarrando a mão de Sebastien.

— Ele não vai fugir, *chère* — Sebastien disse a ela. — Estamos só voltando parra casa agorra — completou ele, beijando a mão dela. — Só passeando de volta parra casa.

Ela desacelerou o passo, embora soubesse que ele não teria ido até lá se não tivesse certeza de que era seguro.

Dauphine abriu a porta da loja. Então Mags correu. Enfiou o cachorro nas mãos de Sebastien e se lançou em direção à porta da casa, já aberta, onde ele esperava por ela.

Ele a encontrou no meio do caminho.

— Você está aqui! — exclamou ela, abraçando-o. — Finalmente, você está aqui.

— Fiquei com saudade — murmurou ele com a boca em sua maravilhosa cabeleira rebelde. — E você — acrescentou, olhando para Sebastien por cima da cabeça de Mags —, você só escolhe cachorro feio.

— Esse aqui tem personalidade.

— Deve ter mesmo, para compensar essa cara.

Olhou para Dauphine e demorou-se um instante ali antes de olhar para Luc. Tinha alguns centímetros a menos que ele, mas seus ombros eram mais largos. Tinha trancinhas curtas no cabelo e, na opinião de Booth, uma paciência infinita no olhar.

— Luc, é um prazer conhecer você, finalmente. Por favor, não bate em mim.

Ele soltou Mags e abraçou Dauphine, beijando-a. Olhou para sua barriga de grávida, pequena, mas já despontando.

— Peço desculpas a vocês dois por não ter conseguido ir ao casamento nem ter conhecido Giselle.

Dauphine passou a mão em sua barba por fazer e em seu cabelo espesso que alcançava a gola da camisa.

— Vai conhecer agora.

— Vi fotos e vídeos. Ela tem seus olhos e sua personalidade.

— A personalidade, com certeza — confirmou Luc.

Dauphine deu um passo para trás e balançou a cabeça, falando:

— Ainda tem esse rostinho bonito. Fico feliz de vê-lo pessoalmente de novo.

— Vamos subir. Vamos subir, sentar, tomar alguma coisa, conversar — sugeriu Mags, enxugando as lágrimas. — Quando você chegou? — perguntou ela, enquanto subiam a escada.

— Faz uns dois dias.

— Dois dias!

— Eu queria ter certeza de que era seguro. Gostei da sua casa, da loja também. A segurança é boa.

— Não tão boa assim...

Booth sorriu para Sebastien.

— Para a maioria das pessoas, é — disse ele.

— Você vai ficar hospedado aqui.

Ele fez que sim para Mags.

— Sim, eu quero ficar por um tempo. Você deu um belo jeito nessa casa — disse ele a Luc. — Fez um ótimo trabalho.

— É o único tipo de trabalho que vale a pena fazer.

Entraram na sala multicolorida de Mags, com a floresta de almofadas e a chuva de cristais. Do lado de fora das portas duplas, o Mardi Gras retumbava.

Solto da coleira, Coiote correu para se deitar na caminha de cachorro que mais parecia um trono. Ele sorriu para Booth.

— Esse aí gosta de mim. Não parece que ele quer explodir meu cérebro com o poder do pensamento.

— Vou abrir aquele champanhe que você estava guardando, *cher*. Vou dar um pouquinho assim parra você — disse Sebastien a Dauphine, espaçando uns dois centímetros os dedos. — O resto vai ser suco de larranja.

Dauphine deu um tapinha na barriga.

— Ele aguenta esse pouquinho.

— Um menino! — exclamou Booth.

— É o que as cartas dizem — respondeu ela, sorrindo para ele.

Dauphine se acomodou em uma imensa poltrona vermelha com Luc de um jeito que fez Booth pensar que aquele era o lugar dos dois na casa de Mags.

Formavam um belo casal, pensou. Eles combinavam. Ele também pensara isso ao ver as fotos do casamento e da família, mas vê-los ao vivo consolidou sua opinião.

Ouviu o estouro característico na cozinha e o "uou!" de Sebastien.

— Você pode ficar aqui? — perguntou Mags. — Simplesmente se mudar e ficar? Nova Orleans combina com você.

— Sempre combinou. Mas ele está muito perto e tem um alcance muito grande.

— Como eu me arrependo... — confessou Sebastien, trazendo a garrafa, as taças e o suco em uma bandeja. — Me arrependo todos os dias de ter chamado você parra aquele trabalho.

— Destino é destino. Se não fosse isso, seria outra coisa. A culpa é dele, não sua. Tudo é culpa dele.

— O que você vai fazer? — indagou Mags, pegando a mão de Booth outra vez. — Aonde vai? Se for voltar para a Europa...

— Lá não, pelo menos não por alguns anos.

Se é que um dia voltaria.

— Tenho algumas ideias, alguns planos, uns lugares em mente — contou ele, lançando um sorriso tranquilizador para Mags. — Está na hora de tirar aquele tempo sabático.

— Um brinde a isso! — disse ela, passando uma taça para ele depois que Sebastien serviu o champanhe e esperando que todos estivessem com a sua. — A um bom, longo e feliz período sabático.

Por mais que ele não visse a felicidade como algo possível naquele momento, Booth brindou.

Bom e longo já não seria nada mal.

Capítulo dezesseis

⌘ ⌘ ⌘

Ele dirigira de Nova York até Nova Orleans em um Volvo novo, comprado tanto por motivos sentimentais quanto pela eficiência. Também por motivos sentimentais, visitara novamente as montanhas Great Smoky e as ilhas Outer Banks, deslumbrando-se como na primeira vez.

Embora não fizesse exatamente a mesma rota que fez aos dezoito anos, usou as ruas secundárias mais que as rodovias, parando em hotéis e lanchonetes onde pagar em dinheiro não chamava atenção.

Por mais que a cidade ainda lhe desse um quentinho no coração e o recebesse muito bem, ele entendeu que Nova Orleans não era mais seu lugar. Era e sempre seria um refúgio, um lugar onde poderia se conectar com amigos e família, e quem sabe com uma versão mais jovem e inocente de si mesmo.

Ele experimentou a sensação de fazer parte e ser um estranho ao mesmo tempo, quando viu a conexão e o afeto evidentes entre Mags e Sebastien. Tinham quase uma década de história entre eles da qual Booth só conhecia pedaços. Ver Dauphine com sua menininha irreverente e mais um filho na barriga lhe trouxe a mesma sensação.

Ele não fazia parte do dia a dia deles tempo demais para poder entrar nele facilmente. Talvez aquilo pudesse mudar... Se ele tivesse tempo. Mas a sede de LaPorte no Lago Charles era próxima demais para que se sentisse minimamente à vontade ali.

Para proteger as pessoas de quem gostava, ele teria de criar mais distância.

Criar distância significava se reinventar, de novo. Seu passado, seu presente, e, por um tempo, seu futuro.

— Professor? — indagou Mags, enquanto estavam sentados na varanda sob a luz fria do sol de fevereiro.

— Já usei essa identidade uma vez. Dou conta de dar aula de inglês no ensino médio e aulas de teatro.

— Não duvido. Vai ser o suficiente para você?

— Não sei, mas tenho duas oportunidades: uma escola particular nos arredores de Atlanta e uma escola pública na Virgínia, a menos de duas horas de Washington.

— A Geórgia é mais perto da Louisiana.

— É, tem isso.

Talvez fosse perto demais, e precisava levar isso em consideração.

— De qualquer forma, me candidatei para a vaga, fiz umas entrevistas on-line e por telefone. Agora vai ser pessoalmente. Meu personagem é Sebastian, escrito do jeito americano, Sebastian Xavier Booth, nascido em Chicago. Formado em licenciatura em letras, com habilitação em teatro pela Northwestern. Eu me saí muito bem.

— Aposto que sim.

Ele esticou as pernas compridas.

— Tenho um mestrado em ambas as áreas, que fiz aqui em Tulane, onde minha tia mora. Continuei estudando, para ter um em teatro também. Viajei pela Europa entre uma atividade e outra, e também depois que terminei. Berço de ouro, sabe como é.

— Ah, claro. — Ela riu. — Nós, os Booth, somos muito ricos. Você já deu aula de verdade?

— Já, em Nova York. Achei que seria uma boa segunda opção enquanto tentava fazer sucesso como ator na Broadway, depois descobri que era meu destino. Mas Nova York não era o meu lugar. Estou atrás de uma vida mais pacata, onde eu possa me conectar mais com os alunos e ter mais impacto na vida deles.

Ela acariciou seu braço.

— Está mesmo, cara?

— Estou. Essa vida mais pacata me parece bom agora. Vou descobrir se a parte de ser professor é verdade ou não. Eu gostava de dar aula particular, mas isso vai ser muito diferente. O mais importante é desaparecer. Não imagino LaPorte nem ninguém que esteja atrás do Camaleão desconfiando de um professor de ensino médio em uma cidade pequena ou média.

— E seu trabalho noturno?

— Vamos ver. Sei tomar cuidado, e onde se ganha o pão não se come a carne. Além disso, vai ter o período sabático, a vida pacata, o planejamento das aulas e a montagem das peças. E tudo isso depende de eu conseguir a vaga.

— Eu te conheço, cara. Você vai conseguir se quiser. Mas como vai passar no processo seletivo? Eles vão conferir tudo isso.

— Computadores. Tecnologia — respondeu, agitando os dedos. — Mágica. Vou deixar outro celular com você e vou fazer um pouco dessa mágica com seu computador. As duas escolas devem entrar em contato. Você vai ser a Dra. Sylvia Fine, diretora da Robinwood Academy em Nova York. Vamos falar sobre isso tudo, mas você conhece o esquema. Sebastien vai cuidar das perguntas para Tulane, e eu mesmo vou lidar com a Northwestern. Não acho que eles vão investigar muito. Vão ter meus históricos, cartas de recomendação e tal, mas depois falamos mais sobre isso.

— Você se arrepende de não ter esse currículo de verdade?

— Não — disse ele, balançando a cabeça, dando de ombros e esticando as pernas compridas. — Arrependimentos não servem para nada. Eu fiz o que tinha que fazer e comecei a gostar. Na verdade, Mags, eu sempre gostei.

Ela se recostou na cadeira meneando a cabeça e olhou para o bairro silencioso pós-Mardi Gras.

— Tem lido algum livro interessante ultimamente? Tipo, sei lá, um suspense literário sulista que se passa no mundo acadêmico?

Aquilo doeu mais do que ele gostaria.

— *Publique ou pereça*, de Miranda Emerson. Sim, li. É bom, muito bom. Nenhuma surpresa. E claro que me reconheci no babaca oportunista, a segunda vítima. Mereci minha morte precoce e brutal.

— Não mereceu, não.

O tom de voz atipicamente ríspido de Mags fez com que ele se sentisse com doze anos outra vez.

— Você fez o que tinha que fazer — completou ela.

— Pode ser as duas coisas. Eu me arrependo do episódio com Miranda — admitiu ele. — Fico entre o arrependimento por ter me envolvido com ela, para começo de conversa, e por tê-la magoado. Acho que pode ser as duas coisas também.

— Você também saiu magoado.

— Eu superei.

Eram águas passadas, ele dizia a si mesmo, e sempre tentava acreditar nisso.

— A gente era criança — concluiu.

— Ah, meu menino, você teve que deixar de ser criança antes dos dez anos — lembrou Mags, olhando para ele. — Quando vai embora?

— Tenho a entrevista na Geórgia terça à tarde.

— Ok. Então vamos aproveitar o tempo que temos.

Houve música e comida. Ele ficou próximo de Luc ao conversar sobre consertos domésticos e sentiu-se desesperadamente encantado pela efervescente Giselle.

Booth sentou-se com Sebastien na varanda da casa de madeira na baía em seu último dia lá, enquanto Coiote dormia esparramado sobre seu sapato esquerdo.

— Esse cachorro é feio, mas tem muito bom gosto.

— O velho Bluto nunca tentou morder você, o que significa que não te odiava. Esse jovem Coiote aí gosta de todo mundo. Tem que ser mais seletivo. Você devia ter um cachorro, *mon ami.*

— Não dá para colocar um cachorro na mochila quando eu precisar fugir.

— Sei que você não quer ouvir isso, mas eu penso muito naquela droga de trabalho, na porcarria do meu tornozelo e no merda do LaPorte — comentou Sebastien, balançando a cabeça e suspirando enquanto a água do rio corria. — Foi tão habilidoso naquele trabalho. Era só um menino, essa é a verdade, e tão habilidoso... Nasceu com esse dom, e como não usar aquilo que é inerrente à gente?

— O trabalho não foi o problema. Fazer bem demais foi.

— Aquele merda do LaPorte. Aquela merda de quadro.

— Uma obra linda. Ainda consigo visualizar na minha mente, sentir aquele fascínio e aquela admiração. Um dia eu vou roubar esse quadro e a estátua de volta.

— Você tem que ficar longe daquele monstro.

— Ah, eu vou. Mas um dia ele vai voltar para aquele palácio dele e as coisas vão ter sumido. E vai saber que eu ganhei. Ele roubou meu futuro. Vou pegar o que ele mais ama. Bens materiais.

Sebastien ficou em silêncio, observando o rio. Então, assentiu outra vez.

— *Maintenant, mon ami*, se precisar de ajuda com isso, ou com outra coisa, você chama o Sebastien aqui. Pode contar comigo.

— Sei que posso. Você está cuidando da Mags, o que já é de grande ajuda.

— Eu amo aquela mulher. Amo tanto que, às vezes, parrece que meu corração vai transbordar de amor. Por isso não vou me casar com ela. Assim ela nunca vai ser minha quarta ex-mulher.

Booth concluiu que era uma forma válida de ver o mundo. Uma forma que claramente funcionava bem para Sebastien e Mags. E isso era tudo que importava.

Quando foi embora de Nova Orleans na segunda-feira de manhã, Booth sabia que as pessoas que ele amava cuidariam umas das outras.

Como tinha a intenção de passar pelo menos um ano — dois, se desse sorte — na escola que o contratasse, ele não usou nenhum disfarce. Foi à entrevista vestido de acordo com a identidade que tinha agora. Sebastian Booth usava um bom terno cinza — Hugo Boss — e carregava uma pasta de couro. Afinal, ele vinha de uma família rica, assim como a maioria dos alunos da academia.

Os alunos usavam uniforme também cinza e blazers com o símbolo vermelho da escola no bolso. Nenhuma cor de cabelo que não fosse natural era permitida, e os meninos tinham de ter o cabelo cortado acima da gola da camisa. Só podiam usar base nas unhas, nada de tatuagens ou piercings visíveis, a não ser brincos. Apenas dois brincos, sem pingentes, eram aceitos.

Ele não achara que as rígidas regras de vestimenta o incomodariam. Gostava de estrutura, de organização, e entendia a escola de pensamento que via tais desvios da "norma" como distrações em relação ao estudo.

Mas aquilo, na verdade, acabou o incomodando quase tanto quanto o ar de arrogância que percorria os corredores.

Mesmo com os uniformes, ele conseguia ver quem eram os atletas, os nerds, os bullies e suas vítimas.

Talvez pudesse fazer a diferença ali, algo que tinha vontade de fazer onde quer que trabalhasse. Mas, embora achasse o campus adorável e a arquitetura da escola muito interessante, soube depois de dez minutos de entrevista que não queria trabalhar ali.

É claro que aceitaria o emprego e se adaptaria, caso a vaga na Virgínia não desse certo. Mas aceitaria com planos de sair dali quanto antes.

Havia feito planos de passar a noite por ali, passear de carro e a pé, sentir o clima da comunidade. Mas mudou de ideia e dirigiu rumo ao norte, chegando dois dias mais cedo à interessante cidadezinha de Westbend, conforme leu nas placas, pois situava-se em uma curva a oeste da parte mais ao norte do rio Rappahannock.

O lugar era charmoso, tinha uma rua principal bem cuidada e um centro histórico, um pequeno porto com vistas para o rio, de florestas e montanhas.

Era charmoso a ponto de atrair alguns turistas, andarilhos, pessoas de caiaque e marinheiros que iam passar o dia lá. Só não era uma atração maior por uma questão de tamanho. Tappahannock, ao sul, ocupava essa função, assim como as cidadezinhas ao longo da baía de Chesapeake, e as mais ricas, à beira do rio Potomac.

Mas ele gostou do clima. A cidade era grande o bastante para conseguir camuflar-se, mas não tão grande a ponto de se sentir engolido.

E, se tivesse de ir embora abruptamente, podia pegar a rodovia 95.

Passou de carro em frente à escola; Westbend só tinha uma escola com ensino médio, o que poderia ser um pequeno problema, mas não insuperável. Não tinha a graça nem a dignidade da escola particular na Geórgia, mas ele gostou da solidez dos tijolos e de seu tamanho generoso, do belo bosque arborizado, da grama macia.

Notou a pista de corrida e o estádio de futebol americano. Era a casa do time campeão da região, os Westbend Catfish.

Ele observou o estacionamento para alunos e professores e deu a volta no campus, para passar pelos prédios menores do ensino fundamental.

Tudo lhe pareceu... normal.

Voltou à rua principal e estacionou. Queria passear a pé, ver como era. Comer um hambúrguer talvez.

Uma loja de lembrancinhas, uma livraria, e é claro que eles tinham o livro de Miranda na vitrine. Não sozinho, mas estava lá. Ele não conseguia ver a foto, mas já estudara cada centímetro dela. Aquele cabelo lindo e solto, na foto que ia até os ombros, os olhos de feiticeira do mar olhando para a frente, a boca ampla curvada em um discreto esboço de sorriso.

Ele entrou porque não conseguia resistir a uma livraria e gostou de saber que havia uma bem na rua principal, caso ele ficasse por ali.

Comprou outro suspense, pois já lera o dela, planejando começar a lê-lo no quarto de hotel naquela noite.

A vendedora, muito simpática, sugeriu que ele fosse até o restaurante Main Street Grill para comer um hambúrguer, a apenas um quarteirão dali.

Ele estava se dirigindo até lá, mas parou na imobiliária de Westbend.

Tinha planejado — mais uma vez, caso conseguisse a vaga — alugar por pelo menos um ou dois meses, depois pensaria em comprar algo caso sentisse que ficaria ali por dois anos.

Mas não contara com a casa na foto da vitrine.

Um tamanho bom. Não era imensa, mas certamente maior do que ele precisava. Não era no centro da cidade, portanto não daria para ir até a escola a pé, e isso estava na lista dele. Com mais de um acre de terra, era bem mais do que ele previra.

Listas e planos foram por água abaixo, e ele entrou.

A mulher, a única pessoa ali dentro, chegou para o lado, saindo de trás da tela de seu computador, e deu um sorriso radiante para ele.

— Boa tarde. Posso ajudar?

Ele achou que ela devia ter mais ou menos a mesma idade que ele, era curvilínea, estava com um casaco vermelho e seu cabelo tinha um tom de mel escuro e um franjão emoldurando seu rosto bonito.

— Fiquei interessado na casa na rua Waterside, que está na vitrine.

— É uma propriedade incrível e acabou de entrar no mercado. Quatro quartos, um no primeiro andar que pode servir de escritório. Uma suíte principal recentemente reformada. Outro banheiro no segundo andar, um lavabo espaçoso no primeiro. Um chuveiro de bônus do lado de fora. O chão é de madeira, madeira mesmo, na casa toda e está em bom estado. A cozinha é o melhor cômodo da casa, na minha opinião.

Ela lançou aquele sorriso para ele novamente e perguntou:

— Você ou alguém na sua família cozinha?

— Sou só eu mesmo. E, sim, cozinho.

Mas era grande demais para ele, pensou. Não precisava de todo aquele espaço.

— Você vai adorar. Fogão com dois fornos, micro-ondas dentro do armário e máquina de gelo. Tem uma pequena despensa com pia e uma adega climatizada. Bem, é melhor você ir ver em vez de ficar aqui me ouvindo falar sobre a casa. Que tal agora?

— Eu... Ok... Se você puder.

— Só tem eu aqui hoje. Meu sócio está na rua. Vou só colocar a placa na porta e levo você até lá para ver.

— Eu gostaria de dar uma olhada, mas não quero desperdiçar seu tempo. Estou aqui para uma entrevista de emprego, e se eu não conseguir...

— Ah, seja bem-vindo a Westbend — disse ela, levantando-se e vestindo uma jaqueta. — Meu nome é Tracey Newman — completou, estendendo o braço.

— Sebastian Booth.

— Bem-vindo, Sebastian. E boa sorte na entrevista. Mostrar uma casa nunca é perda de tempo para mim. Meu carro está bem aqui atrás. — Ela apontou na direção e o guiou. — Qual é a vaga?

— Professor. Ensino Médio.

— O novo professor de inglês?

— E teatro.

Talvez a cidade fosse mesmo pequena demais no fim das contas, pensou.

— Isso. Meu tio é o vice-diretor de lá, então fiquei sabendo que eles estavam procurando alguém.

Ela o guiou pelos fundos até um estacionamento de quatro carros, com seu carro compacto.

— O preço que estão pedindo é negociável, sempre é, mas é alto para um salário de professor.

— Eu tenho outras fontes de renda. Dinheiro de família — acrescentou ele depois de uma calculada pausa de hesitação levemente constrangida.

— Sorte a sua, porque é uma propriedade ótima. Por coincidência, a Sra. Hubbard... A casa é de Gayle e Robert Hubbard. É quem você vai substituir quando, e não "se", conseguir a vaga. Acredito que pensamento positivo funciona.

Ela saiu do estacionamento e pegou uma rua lateral.

— Ela decidiu se aposentar, e os dois vão se mudar para o Kentucky para ficarem mais perto da filha e dos netos. A filha deles se casou com um treinador de cavalos por lá. Enfim, a escola está usando substitutos desde as férias de fim de ano.

Ela olhou para ele.

— Vou te dar uma dica. Se puder começar tipo agora, eles vão querer te contratar.

— Achei que era só para agosto.

— Estou te dando uma dica. Imagino que você não se importe em ficar um pouco afastado do centro.

— Nem um pouco. E a casa fica pertinho da água.

— Tem vistas lindas para o rio, as montanhas e a floresta. E tem um pequeno deck nos fundos. A frente da casa dá para a rua e os fundos, para o rio. O Sr. Hubbard era um ótimo jardineiro, então o jardim já chama atenção. Você tem interesse em comprar um barco?

— Talvez um caiaque. Gosto de andar de caiaque.

— Esportes Aquáticos do Rick, a loja fica subindo a rua principal até o fim. Aqui a gente apoia os lojistas locais.

— Ok.

— Então, de onde você é, Sebastian?

— De Chicago, mas estava dando aulas numa escola particular em Nova York. Queria uma mudança de ares.

— De uma escola particular em Nova York para Westbend High? — Ela riu. — É uma mudança e tanto.

Ela virou em uma rua de cascalho que atravessava o bosque e dava na casa.

Dois andares, uma fundação de pedra com cedro acinzentado por cima. Não era um bloco único, graças à sobressalência na parte de trás, provavelmente acrescentada posteriormente. Havia um alpendre na entrada e, conforme ele vira na foto, uma varanda nos fundos, no segundo andar. Muitas janelas, ele notou, ou seja, muita luz.

Parecia uma casa sólida e simples, aconchegante e ajeitadinha, com um gramado que ele poderia aparar e alguns arbustos e árvores ornamentais de que precisaria aprender a cuidar.

Pensou: Merda. Merda. É perfeita.

Talvez Tracey tenha percebido, porque ela lhe lançou outro sorriso radiante.

— Deixa eu ser a primeira a te dar as boas-vindas ao seu novo lar, Sebastian.

Ela saiu do carro e fez um gesto em direção à casa.

— Como pode ver, a propriedade foi muito bem cuidada. O interior precisa de uns retoques aqui e ali, e você logo vai ver como a Sra. Hubbard gostava de cores vibrantes. Talvez queira aliviar alguns tons.

Eles subiram os três degraus até o alpendre.

— O telhado tem só cinco anos. Este alpendre precisa de um balanço. Levaram o deles. O Sr. Hubbard tinha construído com o filho mais velho, muito sentimental.

Ela digitou uma senha — que ele viu e memorizou por hábito — na caixa de segurança da entrada para pegar as chaves.

— Não tem sistema de alarme?

— Não, e eles moraram aqui por trinta e seis anos sem nenhum incidente. Mas, se você se interessar, posso te recomendar alguns.

Ela virou a chave, uma fechadura normal, tipo Mission em preto fosco, sem ferrolho. A porta se abriu para uma sala de estar/sala principal com lareira e uma cozinha americana, o que indicava que eles provavelmente haviam derrubado umas paredes na última década.

Ele estava certo quanto à luz, que se espalhava lá dentro, e ela não havia mentido sobre as cores vibrantes.

A Sra. Hubbard escolhera um tom terracota, o que contrastava fortemente com o azul-turquesa dos armários embutidos em torno da lareira.

— Escolha ousada — comentou Tracey.

— Corajosa. Me lembra minha tia.

— No bom ou no mau sentido?

— Não tem mau sentido com relação a minha tia.

— Que fofo. Então, dá para ver que o piso está em ótimo estado, e é assim na casa toda. O Sr. Hubbard era empreiteiro, e eles foram reformando ao longo dos anos. Fizeram um bom trabalho.

— Estou vendo.

Ele a deixou tagarelar: lavabo, quarto ou escritório no andar principal, uma cozinha totalmente modernizada, onde a ousada Sra. Hubbard optara por um azul mais claro nos armários e muitas portas de vidro, uma bancada de granito branco, uma pia funda com azulejos combinando tons de azul e terracota, uma estampa que o lembrou da Itália.

Mas ele só teve olhos para a vista através das portas de vidro, para o quintal de ardósia e além. Ele viu o rio e seu curso lento.

— Tem uma lavanderia-barra-hall de entrada aqui e uma sala de jantar lá. Tentei convencê-los a decorar o espaço para atrair mais locatários, mas não quiseram.

Ela abriu as portas de vidro e o acompanhou até o lado de fora, falando sobre o terreno, o jardim, o pequeno deck. Ele ouviu as informações sobre a calefação, o aquecedor de água e tudo mais. Mas sabia que já tinha sido convencido no minuto em que avistara a foto na vitrine.

O trabalho ainda era o divisor de águas.

Ele fez as perguntas certas, perguntas que um homem que ainda não se imaginava olhando para aquelas vistas pelos próximos dois anos da sua vida faria, e visitou o segundo andar.

Gostou da suíte principal, com portas de vidro que levavam à varanda, e o closet generosíssimo com potencial para servir como espaço de trabalho privado. Teria de viver com a escolha de paredes cor de lavanda por um tempo, mas... Caramba! Tinha uma lareira no quarto. Pequena, a gás, com uma prateleira de madeira espessa acima servindo de cornija.

Quando e se ele deixasse Mags fazer uma visita, teria um quarto de hóspedes para ela e Sebastien. Além de mais um quarto com closet. Não era tão espaçoso quanto a suíte principal, mas o bastante para alterar seus planos vagos. O espaço como um todo poderia funcionar para ele.

Não havia porão, e a garagem era mais um toldo do que qualquer outra coisa, mas tinha um sótão. Outra possibilidade.

— Quer fazer uma oferta? — perguntou Tracey.

— Tenho que conseguir o emprego primeiro. Se eu conseguir, sim, é isso que estou procurando.

— Está pronto para a entrevista?

— Estou. É depois de amanhã.

— E se for agora?

— Como assim?

— Meu tio Joe é o vice-diretor. E eu faço parte de um clube de leitura com a Lorna, a diretora, Lorna Downey. Posso dar um telefonema e te levar até lá, o que acha?

— Eu... Não estou vestido para uma entrevista de trabalho.

— Para os parâmetros daqui, está, sim. Me dá só um segundo.

Ela pegou o celular e foi para o lado de fora. Ele a ouviu dizer:

— Oi, Lorna, é a Tracey. Adivinha quem está visitando a casa dos Hubbard?

O plano dele era comer um hambúrguer, andar de carro pela cidade. Tentava evitar coisas impulsivas porque aquilo costumava levar a erros, e erros costumavam acabar em cinco a dez anos em uma penitenciária estadual.

Mas...

Tracey voltou, fechando e trancando as portas atrás de si.

— A diretora Downey adoraria te entrevistar agora.

— Nossa... Uau. Obrigado. Eu acho.

— Vamos fazer o seguinte: se você conseguir o emprego, me leva para jantar. Se conseguir o emprego e comprar a casa, eu te levo para jantar.

Ele olhou para ela, aquele rosto bonito, a atitude de comando.

— Por mim está ótimo.

Ele sentia que a cidade seria boa para sua necessidade de um descanso temporário. A casa era perfeita nos quesitos privacidade e charme.

Quando entrou na escola, viu que ela se encaixava em seu último pré-requisito.

Os jovens ali pareciam jovens. Calças jeans rasgadas, colunas curvadas, uniformes esportivos, uma saia curta aqui e ali.

Muitos cabelos com cores nada naturais.

Como ele chegou no intervalo entre uma aula e outra, os corredores se encheram de barulho. Vozes, armários se fechando, notificações nos celulares.

Ele avistou uma estante com troféus e prêmios. Futebol americano, futebol, beisebol, corrida, lacrosse, cross-country, basquete.

Esportes, esportes e mais esportes. Avistou um prêmio de coral — melhor do município — e outro para o grupo de debate — campeão regional. Mas os esportes dominavam e, dentre eles, o futebol americano.

Seguiu as instruções que Tracey lhe dera e virou à direita, depois à esquerda, até a administração.

A mulher com ar de preocupação atrás do balcão lançou um olhar para Booth, então para o menino emburrado do outro lado da sala.

— Volte para a aula agora, Kevin.

O menino saiu, ainda emburrado, e Booth sentiu um leve cheiro de maconha no casaco dele.

— Boa tarde — disse ele, se aproximando. — Vim ver a diretora Downey. Meu nome é Sebastian Booth.

— Eu sei. Ela encaixou você. Atrapalhou a agenda do dia — respondeu ela, apertando um botão. — Diretora Downey, o moço *sem* horário marcado está aqui.

— Certo, Marva. Manda ele entrar.

Marva apontou para a porta com a palavra DIRETORA no vidro fosco.

— Imagino que você saiba ler se quer a vaga de professor.

— Sim, senhora. Obrigado. Peço desculpas pela agenda — acrescentou ele, indo até a porta.

Marva resmungou:

— Humpf.

Antes de bater à porta, ela se abriu.

Ele havia pesquisado Lorna Downey e sabia que ela se formara pela mesma escola que dirigia agora e continuou os estudos na Universidade de Maryland. Sabia que tinha três filhos e dois netos. Sabia que fora casada com Jacob Po por vinte e nove anos.

Ele sabia que ela tinha a mesma idade que a diretora da escola na Geórgia — cinquenta e dois anos. Mas, pelo que podia ver, a semelhança entre elas terminava aí.

Ela era baixa e magra, com o cabelo castanho e com luzes dentro de um boné. Seus olhos castanhos o examinaram enquanto ela estendia o braço para cumprimentá-lo.

Usava uma camisa de basquete com as cores da escola: vermelho e branco. Tinha uma tatuagem em seu forte bíceps esquerdo, em mandarim.

— Sr. Booth, obrigada por ter vindo! Peço desculpas pelos meus trajes e pela bagunça. Estamos apoiando o time de basquete.

— Agradeço por ter me encaixado.

— Sem problema, sem problema. — Ela apontou para uma cadeira e se dirigiu até a mesa, com a bagunça mencionada. — Aceita um cafezinho?

— Não, obrigado. — Ele sempre se sentia obrigado a justificar. — Eu não sou muito de café.

Ela assentiu, servindo uma xícara para si.

— E de que planeta você é mesmo?

— Do planeta Coca-Cola.

Ela ergueu o dedo e abriu a porta de uma pequena geladeira. Tinha um relógio vermelho vivo no pulso.

— Só tenho Pepsi — disse ela, oferecendo uma a ele.

— Vou me submeter a esse sofrimento.

Ela se sentou e recostou na cadeira, examinando-o por cima da xícara enquanto bebia seu café preto.

— Seu currículo é impressionante. Ficou meio pequeno perto de todas as viagens que fez.

— Ver o mundo, visitar países onde o inglês não é a primeira língua é outra forma de educação — disse e fez um movimento com a cabeça na direção da tatuagem dela. — "Professores abrem a porta, mas é você quem deve atravessar a soleira." Eu quis passar por muitas portas.

— Você sabe mandarim?

— Um pouco.

— Não vi isso no seu currículo.

— Sei pouco, então não posso incluir, como se fosse fluente.

— Mas você fala várias línguas fluentemente. E, no entanto, escolheu se concentrar no inglês e no teatro como educador.

— Dei aulas particulares no ensino médio e na faculdade, então eu sabia no que queria focar. Não sabia que queria dar aula, na verdade. Considerava um plano B, até que deixou de ser.

— Um homem com sua condição financeira não precisa de plano B.

— Viajar é educativo. É empolgante, prazeroso, mas não é um propósito. Levei um tempo, mas entendi que eu queria abrir portas.

— É uma boa resposta — afirmou ela e deu outro gole no café. — Acabei de sair do telefone com a diretora da sua escola em Nova York.

— Como ela está?

— Parece bem e sente muito por ter perdido você. Tinha muitos elogios a fazer sobre seu intelecto, mas isso eu já sabia pelos seus históricos escolares. Ela me disse que você tem um jeito especial de se conectar com os alunos, uma habilidade excepcional de captar o ambiente. Um amor verdadeiro pela educação e pelas artes.

Bom trabalho, Mags, pensou ele.

— É muito gentil da parte dela. Minha mãe e minha tia me deram o presente dos livros, o amor das histórias. Livros e teatro contam histórias e podem atrair os alunos, abrir essas portas, estimular perguntas, participação, construir confiança.

— Concordo. Ainda assim, Westbend é muito longe de Nova York, tanto geográfica quanto culturalmente, e no estilo de vida. E Westbend High está muito longe de uma escola particular.

A diretora Downey não era nada fácil, pensou ele, dando-se conta de que queria a vaga, *aquela* droga de vaga, assim como queria a droga da casa.

Ele não ia conseguir o emprego com seu charme, não com aquela mulher, e entendeu que ela era inteligente.

Portanto, a verdade.

— É por isso que estou aqui. Tive uma entrevista em uma escola particular há uns dias e percebi imediatamente que não me encaixaria lá. Se eles me oferecerem a vaga e vocês não, eu vou aceitar porque quero dar aula, mas não seria minha primeira escolha. Quero ensinar numa estrutura menos rígida e privilegiada, onde os alunos vêm da mesma realidade. Moram no mesmo lugar onde aprendem. Quero essa sensação de comunidade e conexão. Vocês não têm um clube do livro de Shakespeare.

Ela ergueu as sobrancelhas.

— Não, não temos.

— Têm um clube de teatro, o que é importante para os alunos que têm essa paixão. Imagino que estejam abaixo, na cadeia alimentar, do time de futebol americano, de basquete e tal, o que eu entendo. Mas Shakespeare tem o que dizer a muitas mentes jovens, se você abrir a porta do jeito certo. E, depois que eles entram, mundos se abrem. Eu gostaria de criar um, se entrar para o corpo docente daqui.

— Aviso logo que levaria tempo e seria um grupo muito pequeno.

— Tenho tempo, e começar com um grupo pequeno não é um problema.

Ela se recostou novamente e balançou a cadeira para a esquerda e para a direita.

— Vamos conversar um pouco sobre suas metodologias de ensino e as regras gerais aqui da escola.

Conversaram por mais trinta minutos, durante os quais ele se deu conta de que gostava dela e queria trabalhar com ela quase tanto quanto queria o emprego e a casa.

— Você é jovem — acrescentou ela. — E muito bonito. Por favor, não me processe por causa desse comentário. Eles vão te comer vivo.

Ele sorriu.

— E vão descobrir que sou difícil de engolir.

Ela se balançou na cadeira novamente.

— Quando pode começar?

— Jura?

— Estão acabando com os pobres dos professores substitutos nas aulas da Hubbard porque podem fazer isso. E, como podem, não estão aprendendo no nível em que deveriam estar. O musical da primavera é tão importante quanto popular, e eles ainda não escolheram nenhuma peça nem os atores.

— *Grease*. Faz sentido para eles porque é sobre o ensino médio. As fantasias e a maquiagem são fáceis de fazer. Dá para adaptar a coreografia ao nível de habilidade dos alunos. Vou precisar dar uma olhada no espaço, ver os aparelhos, mas acho que é a escolha mais simples, sobretudo se vocês estão com pressa.

Ela colocou a xícara de lado e esfregou os olhos de leve.

— A gente fez *Grease*... acho que há uns dez ou doze anos. Eu ainda dava aula, não tinha passado para a administração. Foi um sucesso. Então, repito: quando você pode começar?

Ele decidiu repetir a frase de Tracey:

— Que tal agora?

Capítulo dezessete

⌘ ⌘ ⌘

Não foi tão simples assim, mas quase.

Em duas semanas, ele comprou a casa e se mudou, aceitando alugá-la até fecharem negócio.

Conheceu os outros professores e foi ao seu primeiro jogo de basquete, familiarizando-se com aqueles que seriam seus alunos.

O Instagram e o TikTok eram excelentes para esse propósito, e o Facebook completava a pesquisa com o lado dos pais e avós.

Ele cuidou da papelada e pagou as taxas para obter a autorização para a apresentação de *Grease*, então afixou uma chamada para testes de atuação. E outra para um clube do livro de Shakespeare.

Teve de mobiliar a casa e equipar a cozinha, comprando tudo ali mesmo. Aos poucos e com cautela, começou a se inserir na comunidade. Fazer parte do todo significava misturar-se a ele.

Esquisitões chamavam muita atenção.

Ele se sentia confiante no comando de uma sala de aula e levemente aterrorizado de ter que produzir e dirigir um musical.

Alguns tentaram comê-lo vivo, mas ele se preparara para isso.

Começou no primeiro dia, na primeira aula.

O menino com um sorriso sacana nos fundos de sua aula de literatura tinha o rosto coberto de acne e um comportamento péssimo.

Como a professora substituta os mandara ler *O sol é para todos* na semana anterior, ele abriu a aula com um debate. E o menino do sorriso maroto gritou:

— Para que ler coisas escritas por homens brancos que já morreram? Não tem nada a ver com o agora.

— Na verdade, Harper Lee é uma mulher branca que já morreu, e eu desconfio... Seu nome é Kirby, não é?

Ele notou a reação de surpresa do jovem quando disse seu nome.

— É, e daí?

— Desconfio que ainda não tenha aberto o livro, senão saberia que essa história, na verdade, tem muito a ver com os dias atuais. Como não leu, pode ouvir o debate, que vai ser sobre a narração de Scout, uma menina branca, e os estereótipos de raça, o racismo e a injustiça racial, coisas que existem até hoje e que ela narra ao longo da história.

Kirby deu de ombros e cruzou os braços diante do peito, fechando os olhos como se fosse tirar um cochilo, provocando alguns risinhos.

— E, Kirby, depois que ler o livro, você vai escrever um trabalho de quinhentas palavras para embasar seu ponto de vista, ou o meu. Você escolhe.

Aquilo fez com que ele arregalasse os olhos.

— Nem você nem ninguém vai me obrigar a escrever essa porcaria.

— Pode escrever ou não. Se não escrever, vai ter que encontrar outra aula, porque quem manda nesta aqui sou eu. Você afirmou algo e agora tem que provar sua opinião ou retirar o que disse em um trabalho de quinhentas palavras. Você é um único aluno em uma turma de vinte e quatro, Kirby, e já desperdiçou muito tempo reclamando. Vou dizer só mais uma coisa — continuou, fazendo uma pausa, esperando que os resmungos, as risadinhas e a agitação passassem: — Muitas das leituras obrigatórias podem parecer ultrapassadas, pelo menos de primeira. E nem todas vão despertar o interesse da maioria. Então, com isso em mente, a cada quatro semanas, vamos fazer uma leitura livre. Vocês leem o que quiserem e me entregam um trabalho.

— Deadpool! — gritou alguém.

— Aceito histórias em quadrinhos.

O jovem — Ethan, lembrou-se Booth — olhou para ele, chocado.

— Sério?

— Nessa aula nós respeitamos a palavra escrita. Podemos não concordar com o escritor ou a escritora, podemos não gostar da história ou dos personagens, mas respeitamos a palavra escrita e somos livres para expressar nossas opiniões sobre um livro, sejam elas positivas ou negativas. Agora, de volta a Scout.

Ele sobreviveu ao primeiro dia, depois ao segundo. Fez os testes de atuação com a ajuda dos professores de música e coral, e sobreviveu a eles, com algumas surpresas muito positivas.

Encontrou algumas vozes com que pudesse trabalhar. Do ponto de vista da atuação, uns eram realmente talentosos e outros tinham potencial.

E muita energia.

Ele ficou nervoso com a escolha dos atores, porque se lembrava da sensação — quando ainda era possível para ele — de fazer um teste para uma peça escolar e esperar os resultados, a seleção dos atores, da equipe, dos substitutos.

Uma semana virou duas, e duas semanas logo viraram um mês repleto de planejamento de aulas, ensaios, encontros do clube — ele conseguiu um total de cinco alunos para o clube de Shakespeare —, reuniões de equipe, correção de trabalhos.

Ele já sabia, é claro, que ensinar era muito mais trabalhoso que só ensinar, mas agora estava vivendo aquilo.

Instalou um sistema de segurança na casa com calma e um secundário no quarto do andar de cima, que usava para guardar suas ferramentas, roupas e o restante das coisas do seu trabalho noturno.

Embora sentisse uma pontada no peito de vez em quando e um desejo genuíno, mais de uma vez, de estar parado em uma casa escura que pertencia a outra pessoa, ele respeitou as regras de seu período sabático até o fim do ano letivo.

Foi à formatura, onde alguns de seus alunos usaram beca e capelo, e concluiu que aquilo também era uma espécie de formatura para ele.

Abrira algumas portas, enfrentara diversos problemas e dirigira uma peça muito boa. Mais que isso, fizera tudo com prazer.

Agora, com as férias de fim de ano e um tempo livre no horizonte, ele poderia andar de caiaque no rio com mais frequência, ficar o dia todo de preguiça de vez em quando, sentado na varanda ou no quintal. Leria por prazer, talvez fizesse um churrasco para os outros professores e funcionários.

E se viajasse para algum lugar em Washington afastado da cidade, com suas lindas casas antigas repletas de coisas lindas, no verão? Ele não podia perder a prática.

ELE PLANEJARA passar um ano, talvez dois, como Sebastian Booth, professor de ensino médio, louco por caiaque, fã de teatro e estudioso de Shakespeare.

Gostava de se ver naquele papel e gostava, mais do que poderia imaginar, de acender a chama de um aluno.

Foi à sua segunda formatura, depois à terceira. Na terceira, viu Kirby — o antagonista transformado em bom aluno — atravessar o palco de beca e capelo.

Aquilo o deixou orgulhoso, tanto do rapaz quanto de si mesmo por ter encontrado a chave do cadeado particular dele.

No terceiro verão, ele pesou os prós e os contras de ficar ou partir.

Os prós eram fáceis. Ele gostava da casa, do bairro, das pessoas, do trabalho. E tudo isso aninhado em um lugar remoto o bastante para que LaPorte não o procurasse. Na verdade, parecia quase impossível que LaPorte continuasse a gastar tempo e recursos em busca de um único ladrão.

Mas "quase" impossível não era suficiente.

Ele se sentia confortável na pele de Sebastian Booth, e aquilo era um ponto importante. O fato de ele conseguir se imaginar naquela pele a longo prazo ficava em cima do muro, entre um pró e um contra.

No topo da lista dos contras? Por mais que a pele fosse confortável, ela não lhe permitia criar relações pessoais mais sérias. Tinha motivos demais para evitar aquela necessidade humana básica.

Amizades? Tudo certo. Sexo ocasional, em que ambas as partes concordavam que não era nada sério, sem problemas. Mas não podia arriscar qualquer intimidade verdadeira ou conexão duradoura.

Ao mesmo tempo, ele não via como isso poderia mudar, caso fosse embora e recomeçasse a vida em outro lugar, como outra pessoa.

Ali, ele tinha a mudança das estações, e já vira todas elas. O banquete florescente da primavera, o verão quente e suarento, as cores melancólicas do outono e o cobertor silencioso do inverno.

Quando quer que partisse, aonde quer que fosse, precisaria encontrar um lugar que lhe desse a mesma sensação de paz e propósito.

Enquanto o verão arrastava seus pés suados rumo à linha de chegada, ele se viu de volta à sala de aula. Olhou os rostos novos, os olhares entediados e os ávidos.

— Bom dia. Meu nome é Sebastian Booth, e essa é a matéria de Artes da Linguagem. Vamos explorar vários gêneros literários, o pensamento crítico e as habilidades de escrita de vocês. Começaremos com debates sobre a primeira leitura, *O senhor das moscas*, de William Golding, na semana que vem. Podem encontrar o livro na biblioteca da escola, na biblioteca pública, na livraria da rua principal e talvez até na estante da casa de vocês.

Ele prestou atenção naqueles que anotavam tudo e nos que olhavam pela janela ou para o teto. E na dupla sentada frente a frente, enviando mensagens.

— Posso fazer vocês lerem essas mensagens em voz alta para a turma inteira antes de pegar os celulares — disse ele, descontraído —, ou vocês podem guardá-los agora.

Os celulares desapareceram dentro dos bolsos.

— Boa escolha.

Concluiu que ficar, talvez só por mais um ano, também era uma boa escolha.

Sua rotina o levou sem percalços às férias de inverno. Preparação de aulas, correção de trabalhos, reuniões do clube. Testes de atuação, então ensaios de *Quatro casamentos e um funeral*, a peça da turma do terceiro ano, além dos vários esquetes e monólogos dos alunos de teatro. E, para finalizar, as discussões e os debates acalorados sobre *As You Like It* em seu clube de Shakespeare, agora com doze membros.

Construindo cenários, construindo mentes.

Havia uma árvore perto de sua janela, luzes piscando nos beirais do alpendre e duas fornadas de biscoitos decorados dentro de uma vasilha para levar para a festa de fim de ano de Lorna, a diretora Downey.

Ele saiu de casa com um humor festivo que foi elevado ainda mais pelo ar frio pela lua cheia incrível. Tinha vontade de socializar com os professores, amigos e outros convidados que formavam o amplo círculo social de Lorna.

Costumava passar a maioria das noites em casa, mas nunca deixava de ir à festa de fim de ano de Lorna, e ele próprio sempre fazia um churrasco no verão.

Geralmente, ele comia uma pizza na cidade, e já havia se tornado um cliente fiel da livraria na rua principal, embora resistisse ao impulso de criar um clube do livro, ou de entrar em um. Até nas profundezas do inverno, ele podia ser visto em seu caiaque no rio durante a maioria dos fins de semana.

Pensara seriamente em ter um cachorro, mas conseguiu se conter graças ao que chamou de bom senso, deixando a ideia de lado.

A calçada diante da casa de Lorna e de seu marido, Jacob, já estava repleta de carros.

Eles não economizavam na decoração. Os dois andares e a garagem estavam todos iluminados, assim como o grande bordo que sombreava o jardim. Duendes se escondiam em torno dele, e o Papai Noel guiava seu trenó atrás de uma rena no telhado.

Pouco importava que o Natal já tivesse passado e o mundo se precipitasse rumo a um novo ano: ali, o Natal estava mais vivo do que nunca.

Ele não precisou bater à porta nem tocar a campainha. Um convite à casa de Lorna significava: entre.

Foi o que ele fez, mergulhando nas luzes e nas músicas de Natal. As pessoas se amontoavam na sala e na cozinha, com sua longa bancada em L repleta de comida.

Conhecendo o protocolo, ele cumprimentou e foi cumprimentado à medida que avançava rumo ao quartinho para deixar seu casaco, em seguida entrou na cozinha para colocar os biscoitos na mesa de sobremesas já cheia.

Vestida de vermelho natalino, Tracey se aproximou para dar um beijo em sua bochecha.

Eles haviam saído juntos algumas vezes, transado duas, mas ambos concordavam que funcionavam melhor como amigos.

Ele comparecera ao casamento dela na primavera anterior.

— Feliz Natal. Você trouxe aquela droga de biscoito, né?

— Culpado.

— Meu quadril aumenta só de pensar neles.

Ela pegou um mesmo assim.

— Você está linda, como sempre.

— Estou me sentindo ótima. Fechei um aluguel a menos de dois quilômetros da sua casa. Seis meses, no meio do inverno. E para uma celebridade.

— Uau. Me diz que é a Jennifer Lawrence. Sou louco por ela.

Ela o cutucou com o cotovelo e riu.

— Quem dera. Mas é o seu tipo de celebridade. Você tem que conhecê-la. Vem. — Ela passou os olhos pela sala. — A madrinha dela se mudou para cá uns anos atrás, depois de um divórcio, para não bater as botas, digamos assim. É uma amiga de longa data de Lorna. E nossa celebridade veio passar um tempo com a madrinha enquanto pesquisa a área. E aqui está ela! Como vai? Sebastian, você tem que conhecer essa moça.

Ele se virou, e o mundo desabou.

Ela penteara o cabelo para trás com duas trancinhas acima das orelhas, para que o restante caísse como folhas ensolaradas no outono pelas costas.

Aqueles olhos verdes de feiticeira do mar olharam no fundo dos seus. Ele distinguiu a expressão de choque no rosto dela.

— Miranda Emerson, escritora best-seller, esse é Sebastian Booth. Sebastian anda ocupado semeando amor pelos livros e pelo teatro em Westbend High.

— Sebastian — disse Miranda, de um jeito lento e deliberado.

Ela podia acabar com tudo com uma única palavra, e ele não poderia culpá-la por isso. Uma palavra, e ele iria embora, pegaria sua bolsa de fuga e sumiria.

Não parecia importar. Nada importava. Mas ele estendeu o braço e apertou a mão dela.

— É um prazer. Gosto muito do seu trabalho.

— Gosta?

Booth se perguntou se só ele ouvia o tom raivoso na voz dela.

— Gosto. Estou na metade de *Contraponto*.

— Sebastian sustenta praticamente sozinho a livraria da cidade. E vocês são vizinhos, ou vão ser, quando você se mudar.

— Vizinhos.

Não era raiva desta vez, pensou ele, e sim uma risada chocada.

— A casa do Sebastian fica a menos de dois quilômetros da sua, no rio. Ah, estou vendo que Marcy Babcock encurralou meu Nick de novo. Ela está sempre querendo processar alguém. Vou lá salvar ele.

Ele aguardou um instante, então disse o nome dela, apenas o nome:

— Miranda.

— Não. Eu não vou dar um show aqui e envergonhar minha madrinha, nem Lorna. Não aqui, não agora.

Ela se afastou e seu perfume permaneceu.

Ele não podia simplesmente ir embora, não sem gerar muitas perguntas. Então, serviu meia taça de vinho para si. Conseguiria ficar longe dela por uma hora. Não achava que fosse capaz de aguentar mais de uma hora.

Ele se aproximou de um grupo e se enturmou. Puxou assunto enquanto tudo dentro dele se retorcia e agitava.

Teria de partir, sem dúvida. A forma como partiria ia depender de Miranda. Se ela lhe desse tempo, ele criaria uma emergência, colocaria a casa à venda com Tracey, daria um tempo a Lorna para que contratasse alguém ou encontrasse substitutos.

Se ela não lhe desse tempo, ele faria as malas com o necessário e se despediria de Sebastian Booth, para então desaparecer.

Talvez fosse para o oeste desta vez. Talvez o Alaska fosse longe o bastante para que o destino não a colocasse diante dele de novo.

Não podia colocá-la onde ela fazia aqueles sentimentos do passado se reacenderem, os sentimentos que ele tentara trancafiar. Agora ela abria o cadeado só por existir. Aqueles sentimentos eram a única coisa que não havia mudado nos últimos doze anos.

Ele ainda era apaixonado por ela.

Booth conversou e até riu. Abraçou Lorna e deu uma versão masculina do mesmo abraço em Jacob. Fez sua meia taça de vinho durar uma hora. Avistou-a algumas vezes, o cabelo espalhado pelas costas sobre um vestido verde-floresta.

Seus olhares se cruzaram uma vez, enquanto ela estava sentada com Andy e Carolyn Stipper, os donos da livraria. E aquele olhar quase o fez cair de joelhos.

Ele pegou seu casaco e saiu pelos fundos como um... Bem, como um ladrão.

Seguiu dirigindo até sua casa no automático, com seu humor festivo estraçalhado, e ficou sentado no carro parado. Jogou a cabeça para trás e fechou os olhos enquanto assimilava os acontecimentos da noite.

Sua vida, a vida que ele admitia agora que quisera manter, construir, à qual queria pertencer, aquela vida acabara. E ele aceitou isso.

Mas como aceitar que nunca teria uma vida de verdade, em lugar algum, sob nome algum, já que não podia ter Miranda?

Que tipo de mundo era esse que exigia que ele sentisse aquilo, tudo aquilo, pela única mulher que estava fora de seu alcance?

— A realidade — murmurou, enquanto batia a porta do carro com força. — É a merda da realidade.

Ele estava perto da porta de casa quando avistou os faróis. Seu mundo estremeceu mais uma vez quando o carro parou atrás do dele.

Ela não perdera tempo.

Ele aguardou enquanto ela andava, os saltos das botas batendo no chão de ardósia. Booth começou a falar sem ter ideia do que dizer. Então, o punho dela se chocou com força considerável contra seu estômago.

Ele ficou sem ar. Teve de sugá-lo de volta para dentro dos pulmões, exalar.

— Eu merecia.

— Você merece é um soco na cara, seu babaca de merda, mas as pessoas fariam muitas perguntas se te vissem com um olho roxo.

— Tem razão, nas duas coisas. Está frio. Quer entrar?

— Não, mas vou.

Ele destrancou a porta e reativou o alarme depois de entrar.

— Deixa eu tirar seu casaco.

— Não encosta em mim.

Ela tirou o casaco sozinha enquanto atravessava a sala para jogá-lo em uma poltrona.

— Ok. Quer beber alguma coisa, ou...?

— Ah, faça-me o favor!

Ela tinha um ar de guerreira, pronta para uma batalha que ganharia na certa. Ele enxergou fragmentos da jovem que conhecera e amara, mas essa mulher tinha uma dureza que a outra não tinha. Havia uma confiança radiante e muita fúria justificada dentro dela.

— Sebastian Booth? Que merda é essa? E você está dando aula? Tem um diploma pelo menos? Qual *é* seu nome de verdade?

— Aqui e agora é Sebastian Booth. Não me obrigue a citar Shakespeare sobre a questão dos nomes. Não vou te contar porque é melhor para nós dois.

— Você é um mentiroso, e não fica achando que vou acreditar nas suas mentiras como acreditei quando tinha vinte anos. Responde às minhas perguntas ou eu vou falar com Lorna agora e dar um fim ao seu joguinho aqui.

— Não é um jogo, ou pelo menos não do jeito que você acha. Mas eu vou. Vou embora. Se puder me dar alguns dias, eu...

A fúria deixou as maçãs de seu rosto vermelhas.

— Vai embora que nem antes? Deixar Lorna na merda, desertar os jovens que ela diz que você ensina com tanta criatividade? Típico. — Ela virou a cabeça, depois se virou de volta. — Sua tia imaginária vai ter outro acidente de carro?

— Ela não é imaginária. Não sofreu um acidente, mas ela não é imaginária.

— Uma pessoa que é capaz de mentir sobre a mãe ter morrido de câncer é capaz de mentir sobre qualquer coisa.

— Pare. — A voz dele saiu feito um chicote e ele sentiu o próprio sangue ferver. — Eu tinha nove anos na primeira vez que minha mãe teve câncer, a primeira vez que ela fez os exames, os tratamentos e vomitou até as tripas por causa deles. Pode pensar o que quiser de mim, você tem esse direito. Mas não diminui o que ela passou. Ela não tinha nem trinta anos na primeira vez e morreu antes dos quarenta.

— Então por que todas as mentiras, Booth? Você partiu meu coração e me fez ter vergonha do que eu senti por você, do que eu fiz com você. Você jogou tudo no lixo. Me jogou no lixo.

— Foi essa a intenção. Não tinha outro jeito. Uma pessoa queria que eu fizesse uma coisa e ela não me deu escolha. Para fazer aquilo e me safar, eu tive que ir embora. E eu pensei... Eu acreditei que fazer você me odiar seria melhor para você.

— Não é suficiente, não chega nem perto. Eu morri de chorar por sua causa. Você me magoou, Booth, de um jeito que ninguém nunca tinha feito e fez desde então. "Uma pessoa"? "Uma coisa"? Não é suficiente. Você está aqui, numa casa que um professor de ensino médio nunca poderia comprar, usando outro nome e, segundo Lorna, formado pela Northwestern, o que é mais uma mentira e uma fraude. Você estava na Carolina do Norte. Então me diga quem, o quê e por quê.

Ela apoiou o corpo no braço de uma poltrona. Não se sentou, pensou ele, porque isso seria descontraído demais, amigável demais. Ela se apoiou ali e fez um gesto para ele.

— Ou você me conta alguma verdade ou juro por Deus que vou dar um soco na sua cara e depois vou ter uma conversa séria com Lorna.

Ele viu algo que não quisera ver. Debaixo da fúria daqueles olhos morava a dor.

Booth lembrou a si mesmo que sua vida ali acabara. Podia lhe dar uma parte da verdade primeiro.

— O nome dele é LaPorte, e ele queria que eu roubasse uma escultura de bronze. *Bella Donna*. Valia milhões de dólares na época. Deve estar valendo o dobro depois do roubo.

Ela inclinou a cabeça e ergueu a sobrancelha.

— Por que alguém ia querer ou esperar que você roubasse uma estátua?

— Porque é isso que eu faço. Eu roubo coisas.

Então, ele se sentou. Em parte porque o mero fato de dizer aquilo tirou um peso de suas costas.

Capítulo dezoito

⌘ ⌘ ⌘

Ela claramente não acreditou nele. Em vez de ficar chocada com sua revelação, Miranda caçoou:

— Então aos vinte anos você foi forçado por esse LaPorte a roubar uma obra de arte valiosa. E deixa eu adivinhar: foi um sucesso?

— Sou bom no que faço.

— Entendi — disse ela, se levantando. — Acho que nossa conversa acabou.

— Pesquisa. Pega seu celular e busca no Google: *Bella Donna*, bronze, artista Julietta Castletti, roubado do Hobart, um museu privado em Baltimore. Algumas semanas depois que eu fui embora.

Ela pegou o celular e, enquanto digitava os detalhes, ele prosseguiu:

— Levei a estátua para a casa dele no Lago Charles, na Luisiana, no Natal. Depois, mudei de nome e de visual outra vez. É outra coisa que eu faço bem. E fretei um jatinho para Paris. Eu precisava ficar longe porque ele ia fazer a mesma coisa de novo e de novo. É um jogo de poder para ele.

Ela tirou os olhos do celular.

— Só porque você sabe alguns detalhes sobre um roubo de uma obra não significa que foi você quem roubou nem que tudo que está me dizendo é verdade.

— Pelo amor de Deus. — Ele se levantou e avançou em direção à lareira, esbarrando nela no caminho. — Vou acender a lareira. Que horas são?

Ela olhou imediatamente para seu relógio de pulso, um belo Baume & Mercier, mas o relógio não estava mais lá.

Ele o ergueu.

— Isso é seu?

Então, ele viu sua surpresa, senão seu choque.

— Eu furto coisas desde que era criança, uma criança em Chicago com uma mãe doente e uma montanha de dívidas.

Ele devolveu o relógio a ela, então acendeu a pastilha de fogo debaixo da lenha.

— Fui embora e fiz o trabalho para LaPorte, porque ele ameaçou Mags. Minha tia. Mandou alguém quebrar a casa dela toda quando ela não estava, para mostrar do que era capaz. Ele teria machucado ela, poderia ter machucado você, meus amigos, todas as pessoas que são importantes para mim. É isso que ele faz, e faz bem.

A luz do fogo iluminou o rosto de Booth quando ele ergueu os olhos na direção dela.

— Então eu fui embora e magoei você.

— Você é um ladrão.

— Isso — confirmou ele, se levantando. — Principalmente de joias e arte. Selos e moedas, mas não é tão prazeroso.

— Prazeroso? — Ela ficou de pé, encarando-o. — Você rouba pessoas. É um criminoso e ainda diz que é *prazeroso*.

— Estou tentando não mentir para você.

— Você... arromba portas e...

— Não, eu não faço isso. Lido com fechaduras e sistemas de segurança. Não quebro nada. Nenhuma violência contra pessoas ou propriedades. É uma regra importante.

— Você tem regras?

— Tenho. É uma lista longa, aliás. Vou pegar um vinho. Você pode beber ou não.

Ele foi até a cozinha e escolheu um bom Chianti na garrafeira.

— Você invade a privacidade das pessoas e pega coisas que não te pertencem. Por dinheiro.

Ele tirou a rolha e pegou duas taças. Olhou para ela enquanto servia. Calmo.

— Nunca na sua vida, nem uma vez sequer, você precisou se preocupar com o teto daquela linda e enorme casa de quatro gerações que estava por cima da sua cabeça. Você nunca teve que se perguntar se tinha dinheiro para comprar comida. Nunca ouviu sua mãe chorando à noite quando achava que você estava dormindo, porque as contas não paravam de chegar. Despesas médicas, prestações da casa, o seguro que acabava não cobrindo porra nenhuma. Você cresceu privilegiada, então não vem me dar sermão sobre o que eu fiz por dinheiro.

— A maneira como eu cresci não tem nada a ver com isso.

— A maneira como eu cresci tem tudo a ver com isso — replicou ele. — Ela fez tudo certo. A gente vivia sem luxos, pagava as contas. Ela abriu um negócio e trabalhou loucamente. Juntou o que deu, um pé-de-meia, como ela dizia. Queria ter o bastante para que a gente pudesse tirar férias, passar uma semana perto da praia. Ela queria ver o mar. De repente, tudo isso não fazia mais diferença. Fazer tudo certo não significava nada. Ela melhorou por um tempo: remissão. Oba. Depois o câncer voltou, e um pouco pior. Contas, contas e mais contas, e o cabelo dela caindo sem parar mais uma vez. E aí remissão de novo. Câncer de novo. A terceira e última vez. Já viu alguém que você ama morrer de câncer?

Miranda fez que não com a cabeça e pegou o vinho. Bebeu.

— Não vem me dar sermão por causa das escolhas que eu fiz.

— Por que você está aqui? Por que está dando aula numa escola em Westbend, na Virgínia?

— LaPorte chegou muito perto quando eu ainda estava morando e trabalhando na Europa. Talvez eu tenha ficado descuidado ou confortável demais, não sei, mas ele chegou muito perto. Então, fechei as portas por lá, digamos assim, viajei mais um pouco e voltei para os Estados Unidos. Ensinar é um bom disfarce.

— Um disfarce.

— Você desenvolveu uma mania irritante de ficar repetindo o que eu digo.

— Desculpa, mas estou aqui parada enquanto você me conta que é um ladrão de arte internacional. Ladrão de joias, de selos e moedas. Batedor de carteira.

— Você queria ouvir a verdade e está ouvindo. Eu vim até aqui, até essa escola, porque fez sentido para mim. Essa casa fez sentido para mim. Fiquei mais tempo aqui do que tinha planejado porque eu gosto. Gosto daqui, gosto de ensinar, de montar peças estudantis, de ver o rosto das crianças se iluminando. E sou bom nisso. Então, estendi meu período sabático.

— Sabático.

— Lá vai você de novo.

Os olhos dela brilharam de raiva, mas ela deu um gole demorado no vinho.

— Então você parou de roubar coisas por um tempo.

Ele deu um gole também e exalou.

— Tipo isso.

— O que isso quer dizer?

— Nas férias escolares, às vezes, faço uma viagem. Trabalho nas férias, digamos assim.

— Nossa, Booth...

— Não faço nenhum trabalho noturno aqui. Não roubo das pessoas daqui. Não que elas estejam mergulhadas em joias e obras de arte preciosas, de qualquer forma, mas não faço isso.

— É outra regra?

— Uma das primeiras. Nunca planejei passar mais de dois anos aqui, mas vai ser triste ir embora. Estou tentando lamentar ter te reencontrado, mas não consigo. Nunca consegui te deixar totalmente no passado.

Nenhuma irritação dessa vez, apenas frieza:

— Você não quer remexer nele. Ou vai ficar com aquele olho roxo.

— Ok. Mas digamos que eu esteja com o Laço da Verdade da Mulher--Maravilha em mim, então tenho que falar a verdade.

— Qual é seu nome verdadeiro?

— Não contar não é mentir.

— Não é assim que funciona o Laço da Verdade.

— Você me pegou. Vou acrescentar esse detalhe: ainda tenho pessoas para proteger.

Ela foi em direção à lareira e ficou parada examinando o fogo.

— Estou me perguntando se sou uma idiota por acreditar na maior parte do que você me contou.

— Não tenho por que mentir depois que comecei a falar a verdade.

— Sinto muito pela sua mãe, Booth. Sinto muito que as coisas tenham sido tão difíceis e tristes na sua infância. Você tem razão, eu nunca vivi nada perto desse tipo de medo e dor. Mas, para mim, isso não justifica passar a vida inteira roubando.

— Não achei que fosse justificar. É a minha escolha. O que você vai fazer?

— Não sei — respondeu ela, virando-se para ele. — Você tem uma arma?

— Arma? Não. Por que eu teria?

— Para quando você rouba.

— Nossa, não. Não tenho arma. Nunca nem segurei um revólver. Não quero. Eu roubo coisas, Miranda. São coisas, bonitas, com certeza, brilhantes e até importantes. Mas não são seres humanos. Não são de carne e osso.

— O que você faz se está roubando algo e é pego?

— Nunca aconteceu.

— Nunca?

— Não, sou bom no que faço. Olha, entendo o que você está perguntando. Não, eu nunca espanquei, esfaqueei, enforquei ninguém, nem atirei em ninguém, nunca machuquei alguém fisicamente. Coisas, Miranda. Pessoas são muito mais importantes que coisas.

Ele deu alguns passos a esmo.

— Eu não coloco uma máscara e arrombo a casa das pessoas ou uma joalheria. Não quebro tudo e levo embora, não é assim que eu trabalho.

Era incômodo e um pouco constrangedor, mas ele continuou:

— Começaram a me chamar de Camaleão na Europa. Mais um motivo para eu ter ido embora. Quando alguém passa a entender seu estilo e seu método, é porque está perto demais. Você pode pesquisar isso também, são só especulações, mas dá para pesquisar.

— Vou pesquisar. Não vou falar com Lorna hoje, mas...

— Se e quando você falar, se puder me dar 24 horas... Só um dia.

— Se eu aceitar, você ainda vai estar aqui amanhã de manhã?

— Sim. O Laço ainda está em mim. Minha vida está nas suas mãos. Acho que você merece também. Vai passar seis meses aqui. Não vou embora até você me dizer que está na hora. Posso terminar o ano letivo. Você pode não acreditar, mas é importante para mim. Tem jovens aqui que eu... Gostaria de acompanhar até o fim do ano.

— Se você ainda estiver aqui amanhã de manhã, eu aceito te dar 24 horas de aviso. Se não estiver, ligo para a polícia e conto tudo que você me disse.

— Rude, mas justo. Vou estar aqui.

Ela pegou o casaco.

— Vou pensar em tudo que você me contou. Eu te aviso qual for minha decisão. Se você ainda estiver aqui.

Vestindo o casaco, avançou até a porta.

— Eu gosto muito mesmo do seu trabalho — disse ele. — Mesmo você tendo me matado de um jeito brutal em *Publique ou pereça*.

Ela olhou para Booth.

— Foi uma sensação ótima. Libertadora.

— Deve ter sido mesmo — murmurou ele quando ela fechou a porta.

Ele ficou sentado junto ao fogo e levou a cabeça às mãos.

Podia fugir. Pegar o necessário, limpar a casa. Ir até a escola, fazer o mesmo com a sala de aula. Era a coisa sensata a fazer. Ir embora, sumir outra vez.

Mas, dessa vez, ele não faria a coisa sensata.

Colocara sua vida nas mãos dela e a deixaria lá.

Miranda estava sentada com uma cara de sono e com os olhos inchados, segurando sua primeira xícara de café, na pequena e linda cozinha de sua pequena e linda casa alugada.

Ela não dormira bem, com a cabeça a mil e uma ansiedade difusa sobre a possibilidade de alguém invadir a casa.

Obviamente, conhecia alguém que era capaz disso.

Acreditava nele. Não queria acreditar, porque estava acostumada a pensar em Booth como um babaca mentiroso. E ele era de fato, lembrou a si mesma, portanto ela podia manter o hábito.

Mas acreditava no fato de ele ser um ladrão e viajar o mundo por isso. Paralelamente, ela tinha de admitir que queria muito saber como ele conseguira tirar seu relógio sem que ela sentisse absolutamente nada.

Também acreditava na história da mãe dele e podia ver como aquele longo trauma na infância o formou como pessoa.

Mas, se Miranda se permitisse acreditar plenamente nele, inclusive a respeito do tal LaPorte, as coisas mudariam, ficariam muito incômodas.

Ela desceu da banqueta da cozinha e foi até a sala, um trajeto curto, para acender a lareira a gás.

A aconchegante casa de dois quartos com vista para o rio atendia às suas necessidades a curto prazo, mas era muito diferente da casa imensa onde ela passara a maior parte da vida.

Miranda prometera uma visita à sua madrinha, e, já que seu pai estava vivendo seu sonho de palestrante convidado em Oxford pelos próximos meses, parecera o momento certo.

Além disso, havia a ideia de sair de sua zona de conforto para escrever uma história que se passasse longe de seu lugar de origem, de forma que tudo fazia sentido.

Cesca, sua madrinha, também tinha uma casinha adorável, bem no centro da cidade. Como ela queria mais espaço e privacidade, pois precisava disso para trabalhar, Miranda recusara carinhosa, porém firmemente, o convite de Cesca de se hospedar na casa dela.

Dera certo. Tudo parecia ter dado perfeitamente certo. Até que, dias depois de comemorar o Natal com o pai na casa dele, de levá-lo até o aeroporto em uma bela manhã, menos de 24 horas depois de fechar o aluguel e se mudar, Miranda fora à festa na casa de Lorna.

E lá estava ele, o homem que destroçara seu coração.

— O que você vai fazer, Miranda? O que é que você vai fazer?

Ela não sabia e passara boa parte da noite acordada pensando exatamente nesta pergunta.

O que ela sabia? Que ele dava aulas sem qualificação. Que o fazia sob um nome que não era o seu. Ou que provavelmente não era. Como ela poderia saber?

Talvez, como Fagin, ele treinasse jovens ingênuos para sua gangue de ladrões.

Era exagero, ok, mas como ela poderia saber?

Miranda fez o que sempre fazia quando precisava resolver um problema. Sentou-se com uma segunda xícara de café e um caderno. Fez uma lista.

Ver se o filho da puta não foi embora.

LaPorte — Lago Charles, Luisiana — pesquisa.

"Camaleão" (Europa) — pesquisa.

Mencionar — sutilmente — Sebastian Booth com Cesca/Lorna/Tracey.

Visitar a escola. Observar.

Visitar a livraria, fazer perguntas — com cuidado.

Ela acrescentaria mais itens à lista, sem dúvida, mas achou um bom começo. E decidiu começar a riscar os itens imediatamente.

Vestiu-se, fez uma trança no cabelo e se maquiou com capricho para disfarçar a noite maldormida. A escola teria de esperar até depois das férias de fim de ano, mas ela podia começar por outros lugares.

Embora ficasse na direção oposta ao centro da cidade, ela passou de carro pela casa de Booth primeiro.

O carro dele estava debaixo do toldo e havia fumaça saindo da chaminé. Não era uma prova irrefutável, pensou, mas era prova o suficiente de que ele não fora embora.

Deu meia-volta e se dirigiu à cidade.

Gostava das paisagens, do jeito como a estrada acompanhava o rio, os vislumbres das montanhas, as espessas extensões de floresta. Podia criar uma boa história sobre aquele fundo, pensou. Sair de sua zona de conforto e ver o que acontecia.

A cidade era boa também. Não tão pequena a ponto de esbarrar em um conhecido a cada esquina, mas pequena o bastante para encontrar com frequência rostos amigáveis e conhecidos.

O pequeno porto dava ainda mais aquela sensação de cidade à beira da água e o local era ótimo, com uma rua principal movimentada e todas as outras ruazinhas.

Ela gostava de ver as luzes e decorações na maioria das lojas e casas e se perguntou como ficava aquilo tudo quando nevava. Quando nevava muito.

Achou uma vaga e passeou na brisa fresca que vinha do rio. Ela conseguira escapar dos pedidos para fazer uma sessão de autógrafos de seu livro durante a festa. Por mais que não conseguisse imaginar que um dia deixaria de se sentir grata e um pouco chocada com o fato de pessoas quererem que ela assinasse seu trabalho, queria se instalar ali primeiro.

E queria muito se aprofundar na história que mal havia começado a escrever.

Não havia dúvida de que aquela visita à livraria a prenderia ali, mas ela estava disposta a pagar o preço.

Ver seu livro na vitrine lhe deu uma sensação de alegria que ela também não conseguia imaginar que deixaria de sentir. Miranda admirou a maneira como a pessoa responsável arrumara os livros, com velas e sacos de pano em torno, e já sabia que sairia de lá com uma das camisetas com os dizeres:

GOSTO DE PASSEIOS ROMÂNTICOS
PELA LIVRARIA

Ela entrou e, como acontecia frequentemente em passeios românticos, acabou se apaixonando um pouco.

Avistou uma poltrona confortável com uma pilha de livros na mesinha ao lado. Prateleiras repletas de livros, claro, e uma com os mais vendidos. O livro dela estava entre eles — ficou mais deslumbrada ainda.

Seu segundo romance alcançara o fim da lista, e o terceiro chegara ao meio dela, e permanecera ali por algumas semanas. Agora ele estagnara no fim da lista, mas ali estava, na posição de número treze, há sete semanas.

Ela teve segundos, literalmente, para avaliar a livraria: livros de receita e velas em uma antiga mesa de cozinha, além de livros natalinos ao lado de uma árvore com decorações na promoção — 10% de desconto.

O ar cheirava a livros e café, o perfume perfeito.

Atrás do balcão feito de uma velha estante reutilizada, Carolyn Stipper bateu palma.

— Miranda! Bem-vinda, bem-vinda! Que bom que você entrou aqui.

— Que livraria maravilhosa.

— Ah, você ainda não viu nada. Deixa eu te mostrar.

Ela fez o tour enquanto Carolyn falava sem parar e achou o espaço aconchegante, uma livraria independente de porte médio e muito convidativa em uma cidade charmosa também de porte médio.

Parou ao lado de uma parede de livros com uma faixa onde se lia:

OS ESTUDANTES DE WESTBEND RECOMENDAM

— Estudantes?

— Isso. Do ensino fundamental I e II e do ensino médio. Os professores fazem uma pesquisa todo mês e nos mandam uma lista com os dez livros mais votados pelos alunos. Quando é um livro que não temos, a gente encomenda.

— Que ideia ótima! Deve atrair jovens à livraria e aos livros.

— Sim. Queria me gabar da ideia, mas foi uma sugestão do Sebastian.

Miranda virou a cabeça e tentou manter um tom de voz neutro.

— Sebastian?

— Sebastian Booth, ele dá aula de inglês e teatro no ensino médio. Achei que você o tivesse conhecido ontem na casa da Lorna.

— Ah, sim. Conheci. Então ele é um professor criativo com boas ideias?

— Para mim, ele é dez. Nosso neto mais velho está no primeiro ano do ensino médio na escola Westbend e, apesar de ter um avô e uma avó donos de uma livraria, não é um leitor voraz, nem um pouco. Quer dizer, até pouco tempo atrás. Robbie ainda não é voraz, mas está lendo. E, agora que está na turma do Sebastian, não reclama tanto das leituras obrigatórias. Todos os meses os alunos ficam livres para escolher um livro, qualquer um que quiserem, e é isso que você vê aqui, na maioria dos casos.

Ela deu um tapinha em um dos livros, com os olhos cheios de orgulho:

— Esse aqui foi a escolha do Robbie, ele rasgou elogios. É sobre adolescentes e zumbis em Londres. Eu li para que a gente pudesse conversar sobre o livro. Tive uma conversa com meu neto adolescente sobre um livro. Isso é quase o suficiente para eu dar um pé na bunda do Andy e fugir para Aruba com Sebastian.

Carolyn lançou um grande sorriso para Miranda.

— E por falar em livros...

Miranda aceitou fazer a sessão de autógrafos, comprou a camiseta, três livros e meia dúzia de velas.

Foi até a imobiliária e encontrou Tracey tirando o casaco.

— Oi! Acabei de chegar e Derrick acabou de ir embora, foi encontrar um cliente. Como estão as coisas na casa nova?

— Estou adorando — respondeu Miranda, estendendo uma sacola de presente para ela. — Obrigada.

— Eu que agradeço! — exclamou Tracey, espiando lá dentro. — Ah, eu adoro velas e estou obcecada com esse cheiro de jasmim.

— Foi o que Carolyn falou.

— Pode sentar. Aceita um café?

— Já tomei três xícaras de café hoje, mas obrigada. Só queria te agradecer de novo por ter encontrado a casa perfeita para mim e por ter feito com que todos os detalhes fluíssem tão tranquilamente e tão rápido.

— Cesca está muito feliz de ter você aqui por um tempo. Além do mais, autoras de sucesso não se mudam para cá todos os dias, nem por alguns meses. Carolyn conseguiu convencer você a participar de algum evento?

— Conseguiu. No fim do dia: sessão de autógrafos, socializar, conversar. Vai ser em meados de março.

— Que máximo! E já entendi a tática dela. Vai ser uma ótima propaganda para a livraria, para a rua principal e para a cidade logo antes do musical da primavera. A escola vai colocar panfletos em toda parte. Ouvi dizer que vão fazer *Adeus, amor* esse ano.

— É... Ah, o professor que você me apresentou ontem à noite. Booth?

— Sebastian Booth. Cuida dos alunos de teatro. O musical da primavera é um evento grande da cidade, e ele sempre arrasa. Tentou entrar para a Broadway, em Nova York, mas não conseguiu. Sinceramente, acho que foi a Broadway que saiu perdendo.

— Então ele era ator?

— Segundo ele, foi e sempre será um aspirante. Mas não há dúvidas de que ajuda os alunos a brilhar. Ele é solteiro, sabia? Caso esteja se perguntando.

— Não — disse Miranda, forçando uma risada. — Não estou aqui para isso, mais um motivo pelo qual a casa funcionou tão bem para mim. Muito silêncio para escrever. Mas, com certeza, vou ver o musical da primavera. Vou passar na casa da minha madrinha agora, antes de mergulhar naquele silêncio.

Ela dirigiu por alguns quarteirões até a casa de Cesca e estacionou atrás do robusto sedã da madrinha.

Talvez se sentisse um pouco culpada pela intenção de descolar informações secretamente da mulher que ocupara o lugar de mãe dela por quase toda sua vida, mas aquilo tinha de ser feito.

Com o cabelo loiro claro preso, uma calça de moletom e o cheiro de casca de laranja que indicava que ela acabara de fazer uma faxina, Cesca levou a mão à cintura.

— Eu não te dei uma chave e disse que você não precisava bater?

— Sim, mas eu não sabia se você ia estar acordada.

— São onze da manhã! Já estamos no meio do dia. Só trabalho à tarde na biblioteca, mas isso não quer dizer que passo a manhã toda na cama.

Ela puxou Miranda, a abraçou e balançou o corpo durante o abraço.

— Você não sabe como é importante para mim ter você aqui por um tempo, saber que pode aparecer na porta a qualquer hora, como fazia antigamente, lá em casa.

Miranda retribuiu o abraço.

— Ainda considera sua casa?

Cesca deu um suspiro.

— Estou trabalhando nisso. Eu gosto dessa casinha, e está começando a virar minha casinha. E Lorna tem sido um anjo na minha vida.

— Fico feliz de ter tido a oportunidade de conhecer Lorna. Gostei muito da festa de ontem. Ainda bem que você me convenceu a ir.

— Você fez o maior sucesso. Agora vem, vamos sentar, tomar um café, comer o bolo de café que eu fiz na esperança de atrair você e fofocar.

— Seu bolo de café poderia me arrastar de Tombuctu até aqui.

Elas se sentaram na cozinha, como faziam desde que Miranda era criança. A cozinha antiga era grande e sofisticada, com tons neutros e o brilho do aço inoxidável. A atual, embora fosse pequena comparada à outra, tinha paredes amarelo-claras, armários verde-musgo e uma mesa que comportava bem duas pessoas.

Miranda sabia que o divórcio mexera profundamente com Cesca e não conseguia compreender como um homem casado há mais de trinta anos podia decidir de repente que não queria mais ser casado.

Eles não tinham filhos, de forma que o fim do casamento deixara Cesca à deriva. Miranda pensou, enquanto Cesca cortava o bolo, que a mudança lhe devolvera sua estabilidade.

— Você está feliz aqui. Eu queria ver para ter certeza, mas agora eu vi e tenho.

— Estou. Sabe, eu me casei logo depois da faculdade. Nunca morei sozinha. Estou gostando da independência, mais do que imaginei. É claro que sinto falta de você, do seu pai, dos amigos de sempre, de Chapel Hill. Mas Lorna está me ajudando muito a fazer amigos aqui. O que seu pai está achando de Oxford?

— Está como uma criança acordando todo dia no Natal.

— E o que você está achando de Deborah ter ido com ele?

Miranda apoiou o queixo no punho.

— Eu gosto dela. Gosto mesmo. Acho que nem eu nem meu pai achávamos que ele teria outro relacionamento sério. Mas ela trouxe uma leveza para a vida dele nos últimos dois anos, um sentimento de aventura. Ele ia querer aceitar a oferta de Oxford, mas não sei se teria aceitado caso ela não o tivesse encorajado a tirar um ano sabático.

Lá estava aquela palavra outra vez, pensou ela.

— E deixar você. Ela foi muito gentil comigo depois que Marty foi embora, nunca vou me esquecer. Você abriu as asas, Miranda, e estamos todos muito orgulhosos, mas acho que você não teria ido tão longe a ponto de chegar aqui se seu pai não tivesse ido.

— Acho que você tem razão.

Zonas de conforto, pensou ela novamente. Ela havia se aninhado na sua.

— Os Emerson têm tendência a criar raízes. Dei uma volta rápida mas interessante pela rua principal hoje de manhã. Passei na biblioteca.

— Fez o dia de Carolyn e Andy.

— Vou fazer uma sessão de autógrafos lá em março. Acho que eles teriam marcado para amanhã se eu tivesse aceitado — disse Miranda, balançando a cabeça.

— Agora você fez o ano deles. Não vejo a hora!

— Gostei muito da livraria, do espaço. Fiquei muito impressionada com a ideia de colocar as recomendações dos alunos em destaque. Carolyn me disse que foi ideia do professor de literatura da escola. Sebastian Booth?

— É, parece que ele fez a mesma coisa na biblioteca. Foi uma ideia bacana. Não o conheço muito bem, não nos cruzamos muito desde que me mudei para cá, mas Lorna fala maravilhas dele.

— É mesmo?

— É, e olha que ela não é fácil. Conheci ele pessoalmente ontem — disse Cesca, erguendo as sobrancelhas. — Bonitão, e está solteiro, pelo que eu ouvi falar.

— Para.

— Só estou falando. Claudette, minha supervisora na biblioteca, disse que os alunos alugaram mais livros de Shakespeare desde que ele apareceu por aqui do que na década anterior inteira. Achei que você ia gostar de saber.

— Obrigada.

— Ele criou um clube do livro de Shakespeare.

— É mesmo? — murmurou ela.

— Duvido que seja... Bem, tão rico quanto o do seu pai, mas para uma escola pequena? É uma conquista. Vou te avisar logo: Lorna vai querer você lá, para falar com os alunos sobre escrever.

— Ah, bem...

Cesca deu um tapinha na mão de Miranda.

— É só um aviso, e já aviso logo também que Lorna costuma conseguir o que quer.

Miranda culpou a quarta xícara de café antes do meio-dia pelo pico de energia que sentiu.

Depois de se despedir de Cesca com um abraço, ela dirigiu pela cidade, indo até a outra ponta e voltando pela margem do rio, parando para tirar fotos com o celular.

Para pintar algo naquela tela, primeiro ela tinha de conhecer o quadro.

Como cozinhar não estava no topo de sua lista de habilidades — nem no fim —, ela parou para comprar uma sopa que comeria mais tarde.

Conferiu mais uma vez, indo até a casa de Booth, que ele ainda estava lá, e foi para sua casa.

Ela se perguntou o que ele fazia lá dentro durante as férias da escola. Planejava seu próximo roubo, se comunicava com outros criminosos? Ele lidava com outros tipos de criminosos?

Ainda cozinhava? Porque aquilo não era mentira. O homem sabia cozinhar. Ou o jovem sabia, pelo menos.

Talvez ele fizesse pães e sopas enquanto planejava o próximo roubo.

Ela estacionou o carro diante da casa, então ficou parada, com um pensamento súbito.

— A ideia não era essa. — Ela lembrou a si mesma, enquanto pegava a sacola de compras e caminhava em direção à casa. — É uma história sobre os segredos de uma cidade e o assassino que se esconde entre eles.

Mas ser um ladrão era um segredo e tanto, não? Um ladrão que cozinha... Talvez para um restaurante. Não podia fazer dele um professor de inglês, seria próximo demais da realidade.

Ela colocou a sopa na geladeira para comer na janta e fez um sanduíche com o presunto que Lorna lhe dera na noite anterior.

Levou o sanduíche e uma garrafa de água até o segundo quarto, que ela mal arrumara, que dirá usara como escritório.

Encarou seu laptop, seu caderno com as anotações obsessivamente cuidadosas e organizadas. Pensou nas páginas do primeiro rascunho que já escrevera, uma que começava com o assassinato de uma esposa infiel.

Ela podia mudar isso. Podia ajustar.

E se a esposa infiel sobrevivesse, por enquanto, mas percebesse que o diamante... Não, o colar de rubi e diamante, uma herança da família, havia sumido?

Não, não, um colar, não, pensou ela, sentando-se e ligando o computador. Uma obra de arte, algo valiosíssimo, uma relíquia familiar. Um pássaro de cristal, pousado no galho de uma árvore de ouro, ao lado de seu ninho. Um ninho que continha um ovo de diamante.

A esposa infiel, facilmente seduzida pelo belo ladrão/chef de cozinha. A mulher que deixara o roubo do pássaro tão fácil para ele. E aquela perda lhe custaria a vida.

— Ok, ok, isso pode funcionar. Vamos descobrir.

Capítulo dezenove

⌘ ⌘ ⌘

Ela passou o restante do dia escrevendo e editando tudo que fosse necessário no rascunho. A personagem da esposa podia continuar como estava, exceto pelo fato de que não morreria no fim do primeiro capítulo.

Mas o homem que ela escolhera para ser o assassino era agora um ladrão, e *não* o assassino. De certa forma, a seu ver, ele também se tornara uma vítima.

Não porque ela basearia o personagem vagamente em Booth, pensou, mas porque ter um indivíduo como causa e efeito, no caso do assassinato, não funcionava para ela.

No fim da manhã seguinte, já tinha seus dois primeiros capítulos reescritos.

Deixou-os descansando enquanto ticava mais um item de sua lista.

O primeiro artigo que encontrou sobre o Camaleão vinha da imprensa francesa, de um site de fofoca.

Ela conseguia ler em francês, mas com muito esforço e tempo. Portanto, tentou novamente e encontrou outro artigo, de um site de fofoca de Londres.

Leu o texto sobre o roubo de um pingente de esmeralda e diamante — no valor estimado de mais de 800 mil libras — do cofre de uma casa de campo de uma tal Lady Stanwyke, em Lake District.

Acreditava-se que o roubo ocorrera durante uma festa na propriedade, pouco antes de Lady Stanwyke abrir o cofre, ela mesma, com a intenção de usar o pingente no baile que organizara para aquela noite.

As autoridades foram contactadas, blá-blá-blá, todos os convidados e funcionários foram interrogados, uma busca meticulosa foi realizada. Não havia sinal de invasão, nenhum dano ao cofre, nem sequer outro item roubado, embora a mulher fosse conhecida por sua coleção impressionante e valiosa de joias e — ah! — obras de arte. Miranda leu em voz alta:

— "Alguns especulam que o roubo, sagaz e proveitoso, tenha sido obra do Camaleão, homem chamado assim por fontes que dizem que ele usa fantasias para esconder a identidade. Ou mulher! O *modus operandi* do Camaleão, segundo essas mesmas fontes, é não deixar rastros e levar apenas um ou dois itens valiosos."

Ela continuou lendo, embora a maior parte do artigo fosse muito sensacionalista.

Miranda voltou àquele pequeno parágrafo.

— Alguns itens, exatamente como disse.

Ela imprimiu o que queria e passou para LaPorte.

Não tinha seu primeiro nome, mas ele apareceu quando ela pesquisou o sobrenome e "Lago Charles" no Google.

Leu umas dez matérias, todas comprovando o pouco que Booth lhe contara.

Um homem rico e poderoso. Talvez a história contada por ele acabasse aí, mas ela enxergou crueldade naqueles olhos.

Um colecionador de arte ávido e um generoso doador no campo das artes. Um homem que nunca se casara, mas era frequentemente visto com uma mulher deslumbrante em seus braços.

Ela imprimiu várias matérias e decidiu que ele seria a inspiração para seu assassino. Pelo menos, a aparência dele, pensou ela, e algumas características, já que todas as matérias haviam usado palavras como "charmoso", "carismático", "poderoso".

— Você me custou caro, seu babaca. Então vai pagar por isso do meu jeito.

Ela passou aquela noite do Ano-Novo com Cesca e dormiu na casa dela, visto que a pequena comemoração foi feita com muito champanhe.

Mas bem cedo na manhã seguinte ela bateu à porta de Booth.

Ele abriu, depois que suas batidas viraram pancadas. Estava com um velho moletom da Universidade de Tulane, calça de flanela e descalço. O comprimento da barba indicava que ele não se barbeava há dias, e o cabelo e os olhos eram de um homem que acabara de levantar da cama.

— Meu Deus, Miranda. Não são nem, o quê? Oito da manhã?

— Quase oito e meia — afirmou ela, deixando a voz bem doce. — Apagou, é?

— Eram meus planos. Teve uma festa. De Réveillon. Nossa.

Ele se virou e fez um gesto para que ela entrasse e foi andando na frente.

— Tem gente que quer começar o ano trabalhando.

— Eu só trabalho depois de amanhã.

Ela o seguiu até a cozinha — impecável, claro — e a vista incrível atrás dela.

Ele pegou uma Coca na geladeira e fez outro gesto vago em direção à cafeteira.

— Eu não vou fazer café. Pode fazer se quiser.

— Que gentil da sua parte. Vou tomar uma dessas — respondeu ela, abrindo a geladeira (também impecável e munida de mantimentos que informavam que sim, ele ainda cozinhava) e pegando uma Coca.

Ele tirou o remédio para dor de cabeça do armário e ingeriu três comprimidos com a Coca.

— Ressaca? — perguntou ela, ainda com o tom de voz doce.

Ele se contentou em olhá-la friamente enquanto bebia mais refrigerante.

— Eu não estaria de ressaca se tivesse dormido mais. Se você está aqui para me dizer que tenho 24 horas, leva sua Coca para viagem porque tenho que me adiantar.

Ela se sentou em uma das banquetas e tirou o casaco, depois o cachecol.

Talvez fosse mesquinho da parte dela, mas ficou contente de ter arrumado o cabelo, passado uma maquiagem e pensado na roupa.

Ela estava ótima, e ele não.

— Estou aqui para fazer um acordo.

Ele mexeu no cabelo e, em vez de se sentar, apoiou-se na bancada, seus olhos azuis escuros sombreados e fundos.

— Que acordo?

— Primeiro: eu fiz algumas perguntas discretas sobre Sebastian Booth por Westbend. *Adeus, amor*?

— Sim. Não decidi ainda se vou atualizar o enredo ou se deixo totalmente retrô.

— Retrô. Fica mais charmoso. Enfim, eu não deveria ficar surpresa em saber que gostam de você por aqui. Gostavam de você na Carolina no Norte também. Mas admito que pelo visto você leva a sério seu trabalho e seu dever perante os alunos. Se bem que você também levava os estudos a sério.

— Era minha vida na época. E essa é minha vida agora. Qual é o acordo?

— Eu também li sobre Carter LaPorte. Não gosto dele.

— Entra na fila.

— E o Camaleão. Os sites de fofoca europeus adoram ele. . ou ela. O que você fez com o pingente de Lady Stanwyke?

— Desmontei para vender as joias e a platina. Ganhei... umas 315 mil libras esterlinas.

— A matéria dizia que o pingente valia mais que o dobro disso.

Ele massageou a têmpora e, imaginou ela, a dor que sentia lá dentro.

— E se eu tentasse vender o pingente inteiro teria recebido metade do que consegui. Pedras soltas? Cerca de metade é um bom negócio.

Fascinante, pensou ela. E que mercado estranho...

— É assim que funciona? Cerca de metade?

— Geralmente um pouco menos que isso, dependendo de como e onde você vende. Por quê?

— O que você faz com o dinheiro? — perguntou ela, pegando um caderno e começando a escrever.

— Coloco no banco, aqui ou no exterior, invisto. Depende. Por quê? — repetiu ele. — Está escrevendo um livro?

Quando ela sorriu e continuou a escrever, ele se afastou da bancada.

— Não. Pode parar.

Miranda largou o caderno e pegou sua Coca. Sim, por mais mesquinho que fosse, ela estava gostando de cada segundo daquilo.

— O acordo é o seguinte, Booth... Nunca vou te chamar de Sebastian, então tem sorte de ter escolhido esse sobrenome. O acordo. Você quer minha cooperação para poder ficar aqui, pelo menos por enquanto. Vou cooperar com as seguintes condições: primeiro, você não pode ser nada além de professor enquanto eu estiver cooperando. Nada de roubar casas.

— Como você ia saber se eu roubasse?

— Eu saberia porque você vai fazer esse acordo comigo e, se não cumprir e eu descobrir, não vou te dar 24 horas — respondeu ela, e fez uma breve pausa. — E eu não gostei do LaPorte, o que é bom para você. Segundo: você me conta tudo que eu preciso e quero saber a respeito dessa sua... profissão, porque estou escrevendo um livro. — Ela ergueu o dedo antes que ele pudesse protestar. — O personagem que eu estou criando pode ser vagamente baseado em você, mas não vai se parecer com você fisicamente. É um chef de cozinha, tem um restaurante em uma cidade parecida com Westbend. Já vi que você ainda cozinha, então preciso que me ajude com isso também, porque eu continuo não sabendo cozinhar.

— É só cortar e mexer — murmurou ele.

— Tá. Se vou escrever sobre um ladrão, quero que seja um ladrão bem-sucedido. As motivações dele não são as mesmas que as suas, e eu posso mudar o... estilo, digamos assim. Você também pode me ajudar com isso. — Ela ergueu sua Coca para fazer um brinde. — Você é meu novo assistente de pesquisa, Booth, e isso te dá pelo menos seis meses. Vamos negociar de novo quando eu for embora.

— Não usa minha mãe.

O sorriso alegre de Miranda se apagou. Como podia odiá-lo quando sua primeira exigência era proteger a mãe? E quão cínica ele achava que ela era para pensar que usaria a mãe dele e sua morte para vender um livro?

— Não vou. Juro. Vou te dizer uma coisa, mesmo que você não mereça. Você tinha razão sobre o que disse naquela noite. Eu nunca sofri esse tipo de perda, nunca tive que me preocupar com onde ou como viveria. Tirando minha mãe ter ido embora, e eu sei que foi melhor para nós dois assim, minha infância foi praticamente perfeita. Tirando você, o resto da minha vida também foi bem tranquilo. Não vou usar sua perda.

Ele andou até as portas de vidro e ficou parado ali, olhando a vista.

Ela se perguntou por que ele não aceitou a oferta na mesma hora. Sem dúvida, sua situação era mais vantajosa ali, mas não via nenhuma desvantagem para ele.

— Tem que respeitar meus horários. Fico muito ocupado quando estou dando aula.

— Sou filha de um professor universitário. — Ela lhe lembrou. — Sei como é a vida no ensino. Vamos fazer um cronograma que funcione para nós dois. Pode ser por e-mail ou...

— Quê? Você acha que eu vou contar isso tudo por escrito? Sem gravar nada também. Pode fazer anotações, mas não pode gravar, mandar e-mail, mensagens, nem conversar pelo telefone sobre isso.

— Ok. Entendo. Só pessoalmente então.

Ele continuou olhando pelo vidro, observando o curso vagaroso do rio, porque esse era o problema para ele. O imenso problema.

Mas, para ganhar seis meses, ele daria um jeito.

Foi até ela e disse:

— Combinado.

— Ótimo. Você deve saber abrir cadeados. Pode me mostrar?

— Só pode estar de brincadeira. Preciso de um banho. Nem escovei os dentes ainda. E agora estou com fome.

— Está bem. Vai fazer tudo isso. Eu volto daqui a duas horas.

Ela pegou o casaco e desceu da banqueta.

— Esqueci como você é insistente.

— Duvido. Você não esquece nada.

Miranda levou a Coca consigo. Ele olhou para a própria latinha quando ela saiu.

Não, ele não esquecia as coisas. E agora teria semanas ou meses de memórias com ela presas em sua mente.

A vantagem era certamente dela naquele acordo.

ELA VOLTOU com uma montanha de perguntas. Ele decidiu se distrair enquanto respondia, então começou a preparar uma sopa de tortilla. Além do mais, assim ele teria uma sobra guardada para quando seus dias voltassem a ficar cheios.

Aparentemente, o fato de ele estar cozinhando distraía Miranda.

— Você não está vendo nenhuma receita.

— Eu sei a receita.

— Não está medindo nada.

— Meu olho mede.

Ele achou engraçado quando ela anotou aquilo.

— Como você vai escrever sobre um chef de cozinha se não sabe cozinhar?

— Você sabe. As pessoas, geralmente as que não escrevem, acham que a gente tem que escrever sobre o que sabe. Estranho, porque eu não sei como matar alguém, já que nunca fiz isso, mas... — Ela sorriu. — No papel, já matei... Deixa eu ver... Umas sete pessoas de formas diversas. Nunca fui mãe solo nem veterinária, mas já escrevi sobre elas.

Ela o observou pegar saquinhos na geladeira e tirar cubos verdes de dentro deles para jogar na panela.

— O que é isso?

— Tempero. Eu planto ervas, pico e congelo em formas de gelo para usar no outono e no inverno. Quer aprender a cozinhar ou a roubar?

— O protagonista faz as duas coisas, então quero saber sobre ambas.

Booth guardou os saquinhos e mexeu a panela.

— Cozinhar e comandar um restaurante não é um trabalho de meio período.

— Dar aula também não. — Lembrou ela. — E você dá um jeito. Quero saber como.

— Durante o ano letivo, as aulas são prioridade.

— Então você não rouba nada do fim de agosto até meados de junho?

— É para isso que servem as férias.

— Ok. Você acabou de ter férias no inverno. O que roubou?

— Nada.

— Preguiçoso.

Ele pegou uma frigideira sem dizer nada.

Parecia tão irritado, tão incomodado... Miranda não podia dizer que achava aquilo ruim.

— Você parece ter perdido seu senso de humor ao longo da última década.

Ele pegou o frango que já estava de molho e começou a cortá-lo.

— Você está me colocando numa situação difícil, Miranda.

— Engraçado, porque na minha cabeça eu estou até te ajudando. Então, por que não aproveitou as férias na semana passada?

— Tem um excelente diamante rosa de oito quilates que está descansando confortavelmente em um cofre numa mansão em Potomac, Maryland, e que não veio parar nas minhas mãos ontem à noite porque alguém decidiu vir visitar a madrinha.

— Sei — disse ela, anotando "diamante rosa" porque aquilo soava ao mesmo tempo romântico, sexy e valioso. — Mas você foi a uma festa ontem à noite. Como ia escapar dessa?

— Não ia precisar. Iria embora da festa pouco depois da meia-noite, dirigiria até Potomac, faria o trabalho, voltaria para casa e dormiria.

Ele disse aquilo, pensou ela, como alguém que falava em passar no mercado para comprar leite depois do trabalho.

— Só isso?

— Sem contar as horas pesquisando e planejando o trabalho, é, só isso.

— Como ficou sabendo do diamante? Conhece as pessoas?

— Não pessoalmente. Ela posta muita coisa nas redes sociais — respondeu Booth, acrescentando um pouco de óleo à frigideira e ligando o fogo. — O marido deu o pingente de presente para ela no verão passado, de aniversário de casamento.

Enquanto o óleo esquentava, ele espremeu meio limão em um pratinho com uma pequena protuberância no meio.

— É da Tiffany's de Nova York. Depois, é só conferir a autenticidade da aquisição e identificar o sistema de segurança. A internet facilita muito essa parte.

— É mesmo?

— Eles compraram uma casa colonial de mil metros quadrados quatro anos atrás, têm um filho, um menino de três anos, e não têm bichos de estimação. Ela é alérgica. O latido de cachorro é mais confiável que um alarme.

Ela anotou coisas enquanto ele refogava o frango acrescentando uma quantidade generosa de uma mistura de temperos claramente preparada por ele.

— Ele é cirurgião plástico, e ela é advogada imobiliária, cuida de propriedades imensas. Eles têm uma casa nos Hamptons e no inverno tiram férias em Vail. Gostam de esquiar. Ele está fazendo aulas de voo, e os dois são ávidos jogadores de tênis.

Ele acrescentou o limão e um pouco de tequila à frigideira.

— Estão no meu radar há alguns meses.

— Descobriu tudo isso pelas redes sociais?

Ela fez uma anotação à margem para dar uma boa olhada nos próprios posts e censurá-los conforme necessário.

— Nesse caso, foi o ponto de partida. Ela diz o nome da empresa em que trabalha, e isso é mais uma pista para eu pesquisar.

Nada daquele processo, pensou ela, tinha a ver com o que imaginara.

— Então você nem foi lá pessoalmente para, tipo, sondar o lugar?

Ele teria revirado os olhos, mas parecia muito esforço.

— É claro que fui lá. Duas vezes. Para ver o bairro. Mas dá para achar uma imagem aérea de qualquer endereço, até da rua.

— Como você sabe que eles têm um cofre com joias?

— Porque ele comprou um depois que o filho nasceu e deu uma pulseira de safira e diamante para ela, joias azuis porque eles tiveram um menino. Safiras birmanesas, classificação A dupla, e diamantes brancos, G na escala IGA.

Ela franziu o cenho enquanto escrevia no caderno.

— G não parece muito bom. E o que é IGA?

— Instituto Gemológico da América — respondeu ele enquanto cozinhava. — E um G na escala significa que as pedras são praticamente sem cor, e IF, de *internally flawless*, internamente impecável.

— Elas deviam ganhar uma classificação melhor, tipo A ou B.

— A escala começa no D, então seu problema é com o IGA. Sabe que pode pesquisar essas coisas, né?

— Tá — disse ela, e realmente faria isso. — Você descobriu isso tudo nas redes sociais?

— A pulseira, sim, porque ela postou uma foto com ela, segurando o bebê no colo. O restante eu descobri hackeando a conta dele.

— Entendi. Vamos ter que conversar sobre como é isso.

Ela anotou HACKEANDO e circulou a palavra.

— Uma dúvida. A pulseira parece ser uma dessas coisas que você poderia desmontar como fez com o pingente Stanwyke. Mas não era seu plano levar a pulseira?

— Ele deu de presente para ela depois que ela gerou um ser humano e passou por quinze horas de parto.

Chocada e intrigada, ela examinou Booth enquanto ele colocava o frango e o molho na panela grande.

— Você é um mistério, Booth. Fico tentada a criar um personagem tão sentimental quanto você, mas...

— Não é sentimento, é alvo. Meu alvo é o diamante rosa.

— Você disse essa frase no presente.

— Porque ainda vou arrumar um tempo para fazer isso.

Ela bateu com a ponta da caneta no caderno enquanto ele mexia a sopa.

— Acho que isso faz de mim sua cúmplice.

Ele deu de ombros, como quem diz: "Isso é problema seu."

— É você que está fazendo as perguntas.

— Vamos passar para a vida pública do protagonista enquanto eu penso nisso. Que sopa é essa?

— Vai ser uma sopa de tortilla quando eu terminar.

— E você faz assim, do zero, de cabeça?

— Se seu personagem tem um restaurante, ele vai ter uma cozinha profissional, com sous-chef, chef de partie, garçons e tudo mais. Não vai ficar cozinhando em casa.

— E é por isso que vou visitar cozinhas profissionais e fazer mais perguntas. Mas você está aqui agora. Que tipo de restaurante teria?

— Nenhum — respondeu ele, sem hesitar. — Muito trabalho. Eu gosto de cozinhar, não é uma obrigação. E você vai querer colocar um belo de um bar nesse restaurante, porque a margem de lucro da cozinha é muito apertada. No bar, menos. Drinques dão dinheiro.

— Como sabe disso?

— Eu tinha amigos em Nova Orleans que tinham um restaurante e namorei uma chef de cozinha na França que queria abrir um também.

— Ela conseguiu?

— Não sei. Eu fui embora.

Com um aceno de cabeça, Miranda fechou o caderno.

— Agora preciso fazer o mesmo e começar a escrever. Qual é a melhor noite essa semana para mais uma rodada disso?

— A semana de volta às aulas nunca é boa. As provas finais desse semestre são no fim da semana.

— Ok, então vamos manter no domingo por enquanto. Que tal à tarde, tipo às duas?

Ela se levantou para vestir o casaco.

— Ah, e talvez eu fale com alguns alunos seus. Me avisaram que Lorna vai querer que eu responda às perguntas dos alunos sobre o processo de escrita.

— Ótimo. Maravilha.

O azedume em cada palavra dele a animou.

— Domingo a gente se vê, aí você pode me mostrar como se abre um cadeado — disse ela, enrolando o cachecol no pescoço. — Ah, outra coisa: como se abre um cofre, essas coisas que não precisam de chave?

— Basicamente, fazendo conta.

— Jura? Depois a gente conversa sobre isso.

Quando ela se afastou para sair, ele franziu o cenho para a sopa. Não achava que ela romperia o acordo. É claro que podia, e então ele estaria verdadeiramente ferrado. Mas ele não achava que ela o faria.

Ainda assim, a ideia de que tinham um acordo o deixava perplexo.

ELA VOLTOU no domingo seguinte, e no outro.

Ele tentou colocar esses... interlúdios em uma caixa imaginária, deixá-los de lado até as tardes de domingo.

Fez os testes de atuação, planejou aulas, corrigiu trabalhos. E, por enquanto, deixou seu trabalho noturno totalmente de lado. Não podia arriscar.

Mesmo que não conseguisse tirar aquele diamante rosa da cabeça.

Ela foi até a escola falar com os alunos, mas pelo menos ele não teve de vê-la falar diretamente com nenhuma de suas turmas. Ainda assim, o entusiasmo pela visita dela se disseminava entre professores e alunos.

Como é simpática! Humilde! E engraçada!

Seus alunos estavam construindo cenários, pintando paredes, criando figurinos. Ele tinha de lidar com a coreografia e a adaptação.

Um dos jovens estava tirando notas baixas porque os pais estavam passando por um divórcio complicado, e outra aluna decidira que sua vida havia basicamente acabado depois que o namorado terminou com ela.

Ele puxou o garoto para conversar após a última aula do dia e deu de cara com uma parede de infelicidade adolescente em forma de indiferença.

— Sei que deve estar sendo difícil para você se concentrar no momento.

— Você não sabe de nada. Seus pais, por acaso, já decidiram se odiar? Seu pai já chamou sua mãe de vaca dos infernos?

— Não, porque nunca foram casados. Meu pai foi embora antes de eu nascer.

O rapaz deu de ombros, emburrado.

— Provavelmente foi melhor assim. Pelo menos, não teve que ouvir ele mentindo para você como se tudo não tivesse nada a ver com você.

— Tem tudo a ver com você.

A tristeza insolente se transformou em culpa indignada.

— Não é culpa minha!

— Não foi isso que eu disse, Barry.

Booth não usava a mesa para esse tipo de conversa, e sim duas cadeiras frente a frente.

— Sua família, a família em que você cresceu, está mudando, e isso tem tudo a ver com você. Você tem todo o direito de ficar magoado, com raiva e infeliz. Mas a verdade é que eles estão magoados, com raiva e infelizes um com o outro.

— Você vai me dizer que eu não posso mudar isso, só posso mudar como *reajo* a isso?

Em sala de aula, Booth não toleraria aquele tom de voz nem por um segundo. Mas ali ele deixou.

— Não sei como você pode mudar a forma como reage quando a coisa ainda está acontecendo e você está preso no meio da guerra.

Lágrimas arderam os olhos de Barry. Quentes, furiosas e desoladas.

— Ele saiu de casa, mas os dois ainda se atacam sempre que podem. Minha irmã está pirando, mas eles não param. Minha mãe diz coisas tipo: "Você é o homem da casa agora, Barry." Ou fica falando para minha irmã que ela tem que ser corajosa e ajudar mais.

Booth se perguntou como adultos podiam ser tão incompetentes durante uma crise.

— Aí vai a pergunta padrão: já tentou conversar com eles?

— Eles não me ouvem! Agora eu estou de castigo por causa das minhas notas e minha mãe fica falando que não aguenta mais problema, e meu pai diz que sou preguiçoso.

Booth pensou que Barry estava, na verdade, perto de uma crise de choro, desesperado para que seus pais parassem de se maltratar um pouco e *agissem* como pais, em vez de inimigos mortais.

— Quero que você tente uma coisa.

— Nem vem me falar em terapia de família — disse ele logo, com rispidez. — Eles fizeram terapia de casal duas vezes. Nunca melhorou.

— Se fizeram terapia, pelo menos tentaram — ponderou Booth, erguendo a mão antes que Barry pudesse falar. — Espera. Eu não sei nem posso saber nada sobre o casamento dos seus pais. Mas conheço você. É um bom aluno. Vou repetir: você tem o direito de sentir tudo que está sentindo. Quero que escreva tudo isso.

— Ah, peraí, Sr. Booth.

— Escreve, do seu jeito. Escreve o que eles não querem ouvir. Pode escrever o tanto, ou pouco, que quiser. Vou dar uma nota para o que você escrever em vez de considerar a nota baixa da sua prova.

— Se eu escrever do meu jeito vou ser suspenso pelas palavras que vou usar.

— Não vai, não. Pode me entregar na quinta-feira, antes da aula.

Pelo menos, o menino colocaria sua verdade no papel, pensou Booth enquanto se dirigia até a sala de teatro para o ensaio. Depois, eles veriam.

Miranda voltou no domingo, e ele se odiou um pouco por estar começando a ficar ansioso pelas visitas dela.

Como sempre, fizeram a "reunião" na cozinha. Ele ainda não a deixara entrar no seu espaço de trabalho, mas tirara algumas ferramentas de lá.

E, como sempre, ele tinha algo no fogão, mas ainda não a convidara a partilhar sua comida.

Ele mostrara a ela como se abria uma fechadura simples e demonstrara como se resolvia uma combinação simples.

Miranda, é claro, queria mais.

— Tá, mas as pessoas não vão ter um sistema básico em um cofre com coisas valiosas dentro.

— Mas a mesma fórmula pode ser usada.

Ele colocara um pequeno cofre de combinação em cima da mesa ao lado de um caderno e um estetoscópio.

— Mas, em um cofre de verdade, seria mais complicado.

A mesma paciência e intratabilidade que ele usava com seus alunos de inglês e teatro usava também para ensinar Miranda sobre roubo.

— Mesma fórmula, mais etapas. Como eu já disse, as etapas dependem do número da combinação. Configurei esse cofre com uma combinação simples de três dígitos.

— Se você já sabe qual é a combinação, de que adianta? — retorquiu ela.

— Não sou eu que vai abrir, é você.

— Eu?

Fascinada, ela olhou o disco, então fez uma trança no cabelo que estava solto.

— Você se lembra das etapas?

— Acho que sim, mas eu anotei, de qualquer forma — respondeu ela, passando as páginas do caderno. — Tenho quase certeza... Não, tenho certeza que vou errar a parte matemática dessa missão.

— Eu te ajudo dessa vez.

Visivelmente radiante, ela pegou o estetoscópio e, na cozinha com o aroma de ensopado de carne que estava na panela, começou a usá-lo.

A campainha tocou.

— Merda.

Ele pegou o cofre e o colocou, assim como todo o resto, no armário do hall de entrada.

— Estamos conversando sobre a possibilidade de você ir falar com minha turma na escola — disse ele, voltando de mãos vazias.

— Está bem.

Ele ligou o laptop que estava na bancada da cozinha e selecionou a vista do alpendre.

— Você tem uma câmera lá...

— É Barry Kolber, um dos meus alunos. Peraí só um minuto.

Ele fechou o laptop antes de abrir a porta.

— Oi, Barry.

— Humm, Sr. Booth, eu... — Ele avistou Miranda e mexeu os pés. — Desculpa, você está ocupado. Nos vemos amanhã na aula.

— Não tem problema. Pode entrar.

Miranda se levantou.

— Vou ao banheiro.

Com a saída discreta dela, Booth fez um gesto para que Barry entrasse.

— Está frio aí fora. Está tudo bem?

— Não exatamente bem, mas melhor. Eu sei que você pediu para os meus pais que fossem até a escola na sexta e leu o que eu escrevi para eles. Enfim, meu pai foi lá em casa ontem e eles conversaram comigo e com Becs, minha irmã. Eles realmente não se gostam no momento, Sr. Booth, mas pediram desculpas.

Sua voz falhou um pouco, então Barry fez uma pausa, respirando algumas vezes.

— Eles pediram desculpas para mim e para Becs, e foi estranho. Foi ótimo e estranho. Disseram que vão tentar melhorar, só falar um com o outro quando o assunto for Becs e eu. Disseram que amam a gente e tudo mais. Enfim, todo mundo disse muita coisa e sem gritar. E eu queria te agradecer.

Não queria fazer isso na escola, sabe? Eu queria te agradecer por ter me feito escrever aquilo tudo. Você me deu 10.

— Você mereceu.

— Tenho que ir. Estou em liberdade condicional do meu castigo porque os dois estavam se sentindo culpados — explicou-se ele, sorrindo. — Enfim, obrigado.

— De nada.

— Humm, foi difícil? Nunca ter tido um pai?

— Acho que foi mais difícil para minha mãe do que para mim. Então talvez você deva pegar leve com eles se as notas deles piorarem um pouco.

Ele deu uma risada.

— É mesmo. Obrigado.

Quando Booth fechou a porta, ele disse à Miranda que estava tudo certo e foi buscar o cofre.

— Posso perguntar sobre o que era ou é confidencial?

Ele deu de ombros e pegou duas Cocas para eles.

— Um aluno meu. Os pais estão passando por um divórcio feio e estão usando ele e a irmã como munição. Pedi a ele que escrevesse o que estava sentindo a respeito da coisa toda, chamei os pais e li para eles. Eles começaram a brigar na mesma hora.

Repassando a cena mentalmente, palavra por palavra, Booth esfregou a nuca.

— Ele disse tal coisa, ela o contrário, até que eu falei, não muito diplomaticamente, que eles estavam comprovando cada palavra que o menino tinha escrito. E talvez tivessem que ouvir tudo de novo. Aí eu reli.

Ele emitiu um ruído de impaciência e nojo e voltou a se sentar.

— Eu fiquei preocupado, porque achei que eu podia ter piorado a situação para os filhos, mas a segunda leitura fez efeito, a ponto de pararem de brigar um pouco. Barry disse que todos se sentaram para conversar ontem, e conversaram mesmo, então já é alguma coisa.

— É alguma coisa — repetiu Miranda, baixinho.

Por mais que Booth já tivesse visto aquilo muitas vezes, essas situações sempre lhe davam uma queimação no estômago.

— Eu entendo as pessoas passarem a se odiar, ou pelo menos querer magoar uma à outra porque estão putas da vida. Só não entendo como pais e mães podem ficar tão cegos a ponto de se desrespeitarem tanto assim ou não se importarem com o sofrimento dos filhos.

Ele pensou na longa tarde de verão após o jogo de baseball, sentado no degrau na frente da casa com a mãe. Podia vê-la, tão magra, com o boné por cima do cabelo curto e cor-de-rosa.

— Minha mãe nunca disse nenhuma palavra negativa sobre meu pai biológico. Nenhuma. Pelo contrário. Ela poderia ter feito dele um vilão, mas nunca fez isso.

Miranda ficou calada por um longo instante.

— Ela te amava muito para fazer uma coisa dessas. Temos sorte de termos tido um cuidador que nos amou e não sentiu necessidade de difamar a figura ausente.

— É. A maioria das pessoas não tem essa sorte.

— Não, mas você validou os sentimentos de Barry — disse ela a Booth. — E isso foi um apoio e um escudo para ele. Além disso, ele sabe que você fez os pais dele ouvirem, escutarem a voz dele, quando provavelmente não queriam ou não conseguiam. Ele nunca vai esquecer você.

— Não é sobre mim.

— Não, mas ele nunca vai esquecer que alguém o escutou quando ele estava precisando. E talvez um dia ele seja a pessoa que escute, porque vai sempre se lembrar.

Ela pegou o estetoscópio e brincou com ele por um instante.

— É difícil para mim, Booth, acessar esses lugares onde gosto de você de novo. Lembrar por que já tive sentimentos por você. Então... se eu abrir esse cofre, posso provar um pouco disso que está cheirando tão bem no fogão?

— É ensopado de carne... Tipo um *boeuf bourguignon* não tão chique.

Também era difícil para ele tê-la de volta em sua vida. Tê-la bem ali.

— Se você conseguir abrir o cofre, eu te dou um pouco.

Capítulo vinte

⌘ ⌘ ⌘

SABIA QUE aquilo fazia dele um tolo, mas Booth esperava ansiosamente pelas tardes de domingo.

Ele concluiu, após duas aulas sobre cofres e fechaduras, que ela nunca pegaria o jeito, mas não por falta de esforço.

Quando, a pedido dela, ele incluiu orientações de culinária nos encontros, chegou à conclusão de que ela também tinha poucas habilidades como cozinheira.

Com os cofres, era a matemática que pegava para ela. Na cozinha, era a dependência de medidas exatas. Ela simplesmente não levava jeito para nenhuma das duas coisas.

Neste domingo de fevereiro, enquanto uma neve digna de filme ou cartão de Natal caía lá fora e o fogo estalava na lareira, ela estava sentada na cozinha dele, determinada, tentando abrir uma fechadura padrão que ele instalara em um painel para que ela treinasse.

Ele a deixou trabalhar — ia demorar um bocado — e foi ver a massa de pão que estava crescendo. Colocou-a de lado para descansar por alguns minutos e foi conferindo o progresso.

— Não é força, é jeito.

— Tá, tá, tá.

A cozinha dele tinha o cheiro de uma casa de fazenda na Provença devido ao frango *en cocotte* que estava no fogão. Ele precisava admitir, inclinando-se por cima do ombro dela, que o cheiro de Miranda era ainda melhor.

— Quantos pinos já levantou?

— Um. Sem comentários sarcásticos.

Como ela já estava tentando abrir a fechadura havia dez minutos e ainda restavam quatro pinos, ela levaria quase uma hora naquele ritmo.

Ele forrou um tabuleiro com papel-manteiga, colocou a massa de pão em uma tábua e a cortou em dois pedaços. Formou duas bolas com as mãos, cobriu-as e colocou-as de volta no forno apagado, com a luz acesa, para crescerem mais.

— Dois! Levantei dois! Entendi, agora eu entendi. Só estou distraída por causa desse cheiro incrível.

Ele pedira que ela chegasse mais cedo, já que iam unir ambas as profissões do personagem: culinária e roubo. Ele a fizera descascar, lavar e cortar os legumes.

Ela era meticulosa, pensou. Metódica. Incrivelmente lenta. Ao dourar o frango, ele a impedira, por pouco, de queimá-lo.

Booth lavou a tigela que usara para a massa de pão e pensou que ela tinha feito um trabalho decente sovando-a depois que pegou o ritmo. Mas era algo mais prático.

Como mexer ou cortar.

Apesar de sua falta de habilidade, que ele concluíra vir de uma surpreendente insegurança, ele gostava de que ela viesse passar aqueles domingos com ele. E sabia que isso era burrice da parte dele.

A longa trança em seu cabelo o fascinava. Ele percebeu que estava um pouco mais elegante hoje, uma trança espinha de peixe. Ela devia precisar de dedos hábeis para conseguir fazer aquilo. Booth não entendia como aqueles mesmos dedos podiam ter tanta dificuldade com fechaduras simples.

— Consegui! Consegui! Qual foi meu tempo?

— Quarenta e um minutos e doze segundos.

— Caramba! — exclamou ela, jogando as costas na cadeira e flexionando os dedos doloridos. — Quanto tempo você demora?

— Eu demorava mais quando estava aprendendo — respondeu ele, pegando um belo Pouilly-Fuissé no armário.

— Quanto tempo?

Ele deu de ombros enquanto abria a garrafa, mas sabia que ela queria uma resposta.

— Oito e vinte e quatro.

— Quantos anos você tinha?

— Dez. Quase dez. Você não me disse quando seu protagonista começou.

— Jovem. O pai dele era ladrão, o avô também.

— Um negócio de família.

Ela pegou o vinho que ele serviu.

— Exato. É como ele enxerga, como se tivesse crescido em uma família de encanadores ou advogados. Estou colocando alguns flashbacks para mostrar bem isso. Ele não é uma pessoa ruim, na verdade. É moralmente escorregadio, mas...

— Escorregadio.

— "Não roubarás", Booth.

Ele respondeu àquilo com naturalidade:

— Tem muita coisa que não deveria ser feita e as pessoas fazem regularmente.

— Escorregadio — repetiu ela, dando um gole no vinho. — Ele não teve problemas em seduzir Allison Reed para conseguir acesso à casa e bolar um plano para roubar o Pássaro Covington, a valiosíssima herança da família.

— Esse nome parece famoso, é fácil de reconhecer.

— Exatamente, é uma peça única. Foi uma encomenda do bisavô do marido assassino para sua noiva. É um pássaro de cristal Waterford com olhos de safira, pousado no ninho em um galho de árvore de ouro cravejada de pedras preciosas. Um diamante lapidado russo, branco, de 28 quilates no lugar do ovo: D na escala. E, ah, é IF, *internally flawless*, ou internamente impecável.

— Aham.

Ele calculou que o diamante valeria alguns milhões. Sem contar o restante, e a história.

— E o que ele vai fazer com isso depois que roubar?

— Vender. Mesmo ganhando a metade do que vale, como você falou, ele vai ficar com uns cinco milhões. É o maior roubo da vida dele, e o último, e assim ele vai poder viver... Por que está sorrindo?

— Nunca se deve dizer isso, "último roubo". É pedir para ser pego.

— Isso me parece supersticioso.

— Se você passa embaixo de uma escada na qual um sujeito está pintando uma casa, pode levar um pote de tinta na cabeça. Então é melhor não passar embaixo da escada.

Ele foi até a cozinha para tirar a massa de pão do forno e o acendeu para preaquecer.

Mas ela gostava da ideia de seu protagonista planejar um último trabalho, o maior de todos, e de como as coisas sairiam dos trilhos para ele com o assassinato de sua vítima.

— O restaurante ocupa a maior parte do tempo dele, e ele gosta que seja assim. Quer fazer só isso. Enfim, ele vai roubar o pássaro.

— Quem vai comprar?

— Estou pensando em um leilão na *dark web*.

Booth assentiu enquanto olhava o ensopado.

— Pode ser, já que é para ele ser pego mesmo.

Ela fez uma breve expressão de irritação. Quem estava escrevendo a porcaria do livro?

— Ele não vai ser pego. A graça é essa.

— Então ele precisa de um comprador. Ele é a terceira geração de ladrões da família, então tem que saber que não se rouba uma coisa dessas sem promessa de compra. Precisa de alguém com muito dinheiro e que esteja querendo a obra, por qualquer motivo que funcione para você. Alguém que possa colocar o pássaro em um belo espaço privado para admirar sozinho. É uma arte muito famosa e separar as peças destruiria o todo.

A irritação se transformou em interesse e novas perspectivas.

— Você conhece gente assim? Que pagaria milhões só para entocar algo lindo?

— Conheço. O primeiro trabalho que fiz para LaPorte, que eu achei que também seria o último, foi roubar um Turner de um sujeito que já tinha roubado o quadro só para ele poder ficar no quarto trancado, repleto de outras coisas lindas e roubadas, fumar seu charuto e admirar sua coleção.

— Então você roubou uma coisa roubada para LaPorte poder ficar sentado no quarto trancado com ela?

— Tipo isso.

Sentando-se novamente com o vinho, Miranda começou a enxergar outra trama se formando em sua mente.

— É uma abordagem interessante. Vou brincar um pouco com isso.

— Ótimo. Agora pode brincar com os ovos e fazer uma mistura para a gente pincelar o pão.

— Mistura com ovo? Nem sei o que é isso.

Ele fez um gesto para que ela se levantasse e pegou três pires pequenos.

— É só clara de ovo com um pouco de água. Você tem que separar a clara da gema, depois bater a clara com água e passar nas bolas de pão.

Ele pegou a caixa de ovos na geladeira.

— Assim.

Quebrou um ovo e passou a gema de uma metade da casca para a outra, deixando a clara escorrer para dentro do pires. Jogou a gema no segundo pires.

— Parece factível. Para que é o terceiro pires?

— Para quando você errar.

Um desafio!

— Aposto vinte dólares que não vou errar.

Ele sorriu para ela.

— Que tal uma moeda brilhante?

Ela não retribuiu o sorriso. Ele desejou muito que ela tivesse retribuído.

— Você realmente se lembra de tudo. Está bem, uma moeda brilhante.

Ela quebrou o ovo e rompeu a gema na mesma hora.

— Droga.

Ele lhe entregou outro ovo.

— Tenta de novo.

Miranda não quebrou a gema desta vez, mas balançou a casca, derramando tudo no pires.

— Tudo bem. Eu faço uma omelete para mim no café da manhã. Tenta de novo.

— Deve existir uma ferramenta para isso.

— Com certeza. Para os fracos.

Ela precisou de quatro tentativas, mas finalmente acertou.

Depois que ela bateu as claras e passou a mistura no pão, ele entregou um potinho com sementes de papoula para ela.

— Quanto? — perguntou ela.

— Até achar que está bom.

Tudo nela exigia precisão e exatidão.

— Por que não pode ter uma resposta?

— Essa é a resposta.

Ela começou a jogar as sementes.

— Sabe, eu entendo por que Nathan gosta de roubar, mas não entendo por que ama cozinhar. Ele ama, é a verdadeira vocação dele. Fica tão feliz, mais feliz ainda a longo prazo, em uma cozinha de restaurante quente, caótica e barulhenta, cozinhando, quanto em uma casa escura e silenciosa, roubando diamantes de um cofre. Está bom assim?

— Você é que tem que saber. — Booth lembrou a ela.

— Acho que está bom.

— Então está.

Ele colocou o tabuleiro no forno e ligou o timer.

Quando se virou novamente, ela estava de pé na porta da cozinha, olhando a neve lá fora. Ele só aceitou o aperto no peito que sentiu. O que mais poderia fazer?

— Fiquei me perguntando como tudo isso ficaria com neve, e é mais bonito do que imaginei. Parece que está parando de nevar, mas é capaz de você ter folga amanhã. Ou pelo menos começar mais tarde.

— Aposto que o teste surpresa que preparei para a primeira aula vai ter que esperar até terça.

Ela riu, virando-se para ele, e seus olhares se encontraram.

Foi como um soco no estômago para Booth, mas também um abraço caloroso, uma promessa, uma recusa, tudo de uma vez.

— Miranda...

— Eu quero ver seu espaço de trabalho — disse ela rapidamente.

Ele fez um gesto em direção à porta de vidro, à mesa e ao computador, com as prateleiras de livros atrás.

— Não estou falando de onde você planeja suas aulas. A menos que não tenha um espaço para isso.

Ela deu uma batidinha na fechadura em cima da mesa.

— Lá em cima, no segundo quarto de hóspedes.

— Faz um mês que estou vindo aqui, Booth. Quero ver. Coloquei o do Nathan no porão da casa. Só quero ver se entendi bem como seria o espaço.

— Eu usava o porão na casa de Chapel Hill. Não tem porão aqui.

Ele criou um alarme no celular com o tempo que faltava no fogão antes de guiá-la escada acima.

Ela ficou parada na porta, olhando para o quarto de hóspedes bonito e aconchegante. Um edredom branco na cama de casal, travesseiros macios, uma poltrona de leitura com abajur ao lado, uma cômoda antiga polida com um espelho. Algumas fotos emolduradas de ruas parisienses nas paredes.

— Você não tranca a porta?

— Portas trancadas intrigam as pessoas. Não recebo muita gente aqui, mas faço um churrasco no verão e uma coisinha para os alunos do clube antes das férias de inverno. Com a porta aberta, é um quarto. Com a porta trancada, é uma dúvida.

Sim, claro. Ela manteria a porta do porão de Nathan destrancada.

— Ninguém nunca dorme aqui?

— Minha tia e Sebastian já dormiram algumas vezes — respondeu ele, mas entendeu o que ela quis dizer. — Mulheres, não. Muito arriscado.

Ele avançou para abrir a porta do closet.

— Estou vendo um closet. Cheio de fantasias, roupas, perucas, coisas de diretor de teatro, organizadas do seu jeito minucioso. E sem uma única poeirinha. Sei que você ainda limpa sua casa, porque perguntei à Patti, que faz faxina na minha toda semana.

— As pessoas que limpam nossa casa sabem mais sobre nós do que muita gente. Vai por mim. Enfim, é isso que as pessoas veem quando sobem aqui. O resto está no meu quarto.

Ele saiu e desceu até o quarto principal.

Limpo, pensou ela, organizado, atraente, com um tom claro de cinza nas paredes e uma arte urbana interessante, além, é claro, da vista deslumbrante pelas portas de vidro que davam para a varanda coberta de neve.

Não era espartano nem simples demais, e sim muito acolhedor com o edredom cinza-escuro, os detalhes azuis em uma poltrona de leitura aconchegante, uma manta certamente tricotada à mão. Ela percebeu que a mesa e a cômoda eram móveis antigos que haviam sido amorosamente restaurados.

Talvez fosse um pouco minimalista demais para o gosto dela, e Miranda imaginou algumas almofadas bonitas na cama, velas ou garrafas interessantes na mesa, uma grande planta verde dentro de um vaso colorido perto das portas, e então se deteve.

Para compensar aquele deslize mental, ela acenou com a cabeça em direção à porta.

— Deve ser maravilhoso acordar com essa vista todo dia.

— Eu nunca me canso — concordou ele, abrindo a porta de outro closet.

Aquele era tão bem equipado que ela sentiu uma onda de inveja.

Um espaço só para sapatos, que ele não chegava a preencher com seus três pares de All Star, alguns sapatos sociais e botas. Dois gaveteiros onde provavelmente guardava as roupas mais leves, conhecendo Booth. E cabides nos quais as roupas, meticulosamente organizadas por tipo (camisas, calças, ternos, jaquetas), ficavam penduradas de acordo com as cores. Mais um insulto à organização de Miranda.

— Você não merece esse closet. Eu mereço esse closet. Você é obsessivo, tão obsessivo, inclusive, que se viraria muito bem com metade desse espaço.

Ele queria tocá-la... Só passar a mão na trança, correr os dedos pelo seu braço. Em vez disso, enfiou as mãos nos bolsos.

— Usar o espaço de um jeito organizado, não obsessivo, faz com que você não perca tempo tentando achar uma camisa social branca ou uma calça preta.

— Você só tem três camisas sociais mesmo. É fácil de contar, já que estão obsessivamente penduradas uma do lado da outra.

— Ninguém precisa de mais que isso — retorquiu ele, vendo seu breve olhar de desprezo. — Quantas você tem?

— Não faço ideia. E é por isso que eu mereço esse armário e você, não.

— Em compensação...

Ele pegou o celular e digitou um código. Ela ouviu um apito baixinho.

— Trava eletrônica — explicou ele.

Então, Booth espalmou a mão na parede lateral do closet e a empurrou.

Ela se abriu como uma porta... Era uma porta, Miranda se corrigiu, instalada com tanta discrição que se tornava uma parede.

Lá dentro havia uma mesa e uma cadeira, um laptop, três monitores, um cofre de revólver, prateleiras repletas de livros, eletrônicos que ela não compreendia com uma variedade de controles remotos, vários celulares e mais ferramentas de abrir fechaduras. Uma longa bancada estreita que ela imaginou ser uma mesa de trabalho se estendia abaixo das prateleiras.

— Por que tantos celulares?

— Nem todos são apenas celulares, alguns nem são telefones. Eu remonto eles, basicamente, para ler códigos de alarmes digitais e eletrônicos, abrir travas elétricas, essas coisas.

— Essas coisas — murmurou ela. — Como aprendeu a fazer isso?

— Fiz umas aulas e tenho um amigo muito talentoso com quem aprendi mais do que nas aulas.

No espaço compacto, ela se virou para ele e seus corpos se esbarraram.

— Nenhum lugar é realmente seguro, né?

— Não se você passa tempo o bastante tentando descobrir como entrar. Um roubo de um museu importante, tipo o Louvre ou a Smithsonian, vai precisar de muito planejamento, e é mais fácil com uma equipe ou alguém que trabalhe lá dentro.

— Você já fez isso?

— Não gosto de roubar de museus e não trabalho em equipe.

— Isso não é um sim nem um não.

Ele enfiou as mãos nos bolsos outra vez.

— Eu entrei no Louvre. Não roubei nada. Só queria ver se conseguia.

Ela o encarou, aquele homem com o cabelo precisando de um corte, a barba por fazer em seu rosto lindo, os olhos azul-escuros distantes ao pensar na lembrança.

E esse homem, outrora um rapaz que ela amara, invadira um dos museus mais prestigiosos do mundo.

Só para ver se conseguia.

— Se tivessem pegado você...

— Não pegaram. É mágico lá dentro sem a multidão, os guardas, os detectores de movimento, as câmeras. É totalmente diferente, e é mágico.

Era isso que ela via nos olhos dele. A lembrança de uma magia.

— Diferente como?

Se ele tentasse, ainda conseguia ver e sentir aquilo tudo.

— A arte respira. As telas e as pinturas que há nelas, o mármore, o granito, o bronze e a porcelana. Todas aquelas figuras, paisagens, vidas e naturezas mortas, tudo isso e o que foi necessário para a criação delas.

— E o fato de sentir e ver isso faz o risco valer a pena?

— Ah, faz. Você acha que conhece, sei lá, a *Mona Lisa*. A imagem dela está em toda parte, o rosto icônico, o sorriso, tudo dela. Pode vê-la ali, com a multidão, sob a luz, no barulho e movimento em volta, e vai ser muito mais do que você imaginou. Você se apaixona. Mas ficar ali sozinho, no silêncio, com ela, isso te deixa sem ar e faz seu coração parar. Ela está viva. Tudo está vivo no silêncio. É que nem ouvir as pedras de Stonehenge murmurarem à luz das estrelas.

— Você é um romântico, Booth.

— Talvez.

Ele ordenou a si mesmo para não fazer aquilo, mas cedeu e passou a mão pela trança que caía sobre o ombro de Miranda.

— Eu não sei pintar, não sei pegar um pedaço de pedra e enxergar vida nela, esculpi-la, mas consigo admirar os resultados e o gênio que criou aquilo. Já ficar parado na loja da Cartier no escuro...

— Já fez isso?

Ele deu de ombros.

— As joias são lindas, até podem te deixar sem ar. Criar aquelas peças a partir de pedras e metais também é arte, mas não é a mesma coisa. Pra mim — completou ele.

— Por que não?

— Porque você pode arrancar aquelas pedras e criar outra coisa, algo deslumbrante. Não dá para criar outra coisa magnífica a partir da Mona Lisa.

De repente, ela entendeu algo fundamental a respeito daquela parte da personalidade de Booth.

— Você rouba mais joias que arte. É por isso, porque joias são só pedras e metais bonitos. Nathan não tem a sensibilidade que você tem.

— Só minha moral escorregadia.

Ela manteve o rosto inclinado para cima e seus olhos o enfeitiçaram. O cheiro de seu cabelo, de sua pele, simplesmente invadiram o cômodo. E ele.

Se ele pegasse o que queria — só mais um leve toque, só um pouquinho —, ela poderia ir embora e não voltar mais. Talvez fosse a salvação.

Ele começou a pegar na trança outra vez, aquele pôr do sol entrelaçado, e seu celular apitou.

— É o pão — disse ele, dando um passo para trás, sentindo como se estivesse diante de um precipício altíssimo. — Vou lá tirar do forno.

Ela notou que ele se moveu rápido, quase sem fazer barulho.

Ela soltou o ar que estava preso em seus pulmões e apoiou a testa na parede até tudo parar de girar.

Ela não podia reviver essa parte de sua vida, revivê-lo, o que quer que fosse que acontecia com ela quando Booth estava por perto.

Ela lembrou a si mesma que não havia futuro naquilo nem um presente concreto. Só o passado doloroso.

Ela já tinha tudo que precisava dele, pelo menos por enquanto, pensou, saindo do quartinho secreto. Correu os dedos pelos ternos, os casacos, as calças jeans surradas, as calças cáqui bem passadas.

Não era obrigada a passar os domingos na cozinha dele. Se surgisse uma pergunta durante a escrita, ela podia entrar em contato, pedir a ele que se encontrassem.

Miranda desejou não acreditar ter visto o Booth de verdade quando ele falara sobre arte, sobre o que o fascinava diante dela. Ou então quando ele lhe ensinara pacientemente a separar a clara da gema.

Ela desejou que aquela moralidade escorregadia não importasse cada vez menos à medida que passava mais tempo com ele.

E desejou não ter estado pronta para cair nos braços dele quando vira a necessidade e o desejo em seus olhos no minuto anterior.

Ela pararia de ir lá. Pegaria tudo que ele havia contado e mostrado a ela, tudo que havia lhe dado para ponderar, e teceria aquilo no livro.

E, quando voltasse para casa, voltaria com o coração e o orgulho intactos.

Quando desceu, o cheiro do pão quentinho acrescentava mais um aroma à casa. Ele pusera a mesa, sem requinte, apenas uma mesa para dois... amigos, partilhando uma refeição em um domingo de neve.

Culpa dela, pensou Miranda. Ela havia começado aquilo. A comida, o vinho, a conversa para além do acordo que haviam feito.

Ele mantivera seu lado do acordo, assim como ela. E nada mais, de nenhuma das partes.

— Parou de nevar — comentou ele tranquilamente, como se aquele momento no andar de cima, e ela sabia que tinha sido algo a mais para ambos, não tivesse acontecido. — Deu para ouvi-los tirando a neve da rua, então acho que vai dar para você voltar de carro quando quiser ir embora.

Ela deveria ir embora agora, mas ele havia posto a mesa. Servira o vinho.

Agora estava apontando para o pão que esfriava sobre a bancada.

— Fez um bom trabalho.

— Meus famosos ovos batidos.

— Você me ajudou a fazer a massa e sovou quase sozinha.

Ele pegou a travessa e começou a preenchê-la com o conteúdo da panela sobre o fogão.

— Nossa! — exclamou ela, atraída pelo cheiro. — Está com uma cara ótima.

— Você também participou.

— Onde aprendeu a fazer isso? Com a chef francesa?

— Não. Na verdade, foi com uma mulher na Provença. Passei algumas semanas lá, uma época. Era uma senhora. Eu a convenci a me ensinar a técnica dela.

Ele levou a travessa até a mesa e voltou para colocar um dos pães em uma tábua, com uma faca de pão ao lado.

Ela se juntou a ele.

— Acho que eu devia tirar uma foto, postar nas minhas redes sociais — disse ela, rindo, e se sentou enquanto ele lhe lançava um olhar hostil. — Mas não vou.

Ela pegou um pouco do frango com cenoura, batata, aipo e cebola, o conjunto com um aroma glorioso, e serviu seu prato.

Disse a si mesma que havia desligado totalmente a corrente de energia que fora acionada em ambos lá em cima.

— Como estão indo os ensaios?

— Nada mal. Não está ótimo ainda, mas nada mal. Temos algumas vozes boas, e Kim, que está fazendo o papel da Alicia Rohan, dança muito. Hugo, que está com o papel do Jonah Wyatt, não dança nada, mas estou usando isso na construção do personagem. Jonah está fazendo essa tática funcionar.

Ela gostou de ouvi-lo falar sobre "seus jovens", seus pontos fortes, suas fraquezas, sobre como os atores e a equipe já haviam formado laços.

— Ninguém decorou todas as falas ainda, mas estamos chegando lá. E, nossa, Matt, que vai ser o Conrad Birdie, é um exibicionista de mão cheia. Está arrasando. O cenário está ficando pronto, a parte técnica ainda está complicada, mas... Você vai ter que me interromper.

— Não. Eu participei do musical de primavera no ensino médio... Duas vezes. Sei como é intenso e maravilhoso. Mas deixa eu interromper rapidinho: você disse que foi uma senhora francesa que te ensinou a fazer esse prato. Tem certeza que ela era humana? E como você não está pesando trezentos quilos comendo tudo isso que faz?

— O nome dela é Marie-Terese.

Ele podia visualizá-la em uma cozinha grande e colorida, o cabelo grisalho bem cacheado, os olhos azuis brilhando quando seu marido entrava com o chapéu de jardinagem de abas enormes e um punhado de flores na mão.

— Ela tem quatro filhos e doze netos... Provavelmente mais agora. E um marido que ainda é apaixonado por ela, mesmo depois de trinta e oito anos de casamento.

— Que lindo, né? Uma família unida por décadas. A gente não teve isso.

— Você tem seu pai. Eu tenho minha tia. Como está seu pai, em Oxford?

— Está amando. Ele e Deborah tentam tirar um tempinho no fim de semana para conhecer a região.

— Quem? Quem é Deborah?

— Ah. Ela é a... "Amizade colorida" soa patético, e "namorada" soa ridículo. Eles estão juntos, envolvidos, há uns dois anos. Ela foi com ele para a Inglaterra.

— Caramba! Que acontecimento. Bom?

— É — respondeu ela, comendo mais pão, ainda perplexa por ter tido algo a ver com o processo. — Ela é ótima, e eles estão muito bem juntos. Ela é viúva, tem dois filhos adultos, e é muito fofa. É artista, pintora. Meu pai foi em uma das exposições dela por acaso e... — Miranda abriu os braços.

— Ele a chamou para sair.

— Ela o chamou para tomar um café, e acho que ele ficou encantado demais para dar uma desculpa, como faz geralmente. Eu gosto muito dela, ainda mais porque ela o faz muito feliz. Antes de eles viajarem, meu pai me perguntou o que eu acharia de ela ir morar com ele.

— E o que você acharia?

— Acharia ótimo. E Mags, como está?

Eles não conversavam sobre suas famílias desde que haviam feito o acordo.

— Ela ainda trabalha como vidente e faz as consultas por telefone?

— Em parte. Ela e outra amiga minha têm uma loja mística de lembrancinhas no Bairro Francês. Leem tarô e tal.

— Uma loja mística de lembrancinhas. Eu preciso conhecer sua tia um dia.

— Ela se juntou com um sujeito cajun, tipo seu pai com a artista.

— Você gosta dele?

— Do Sebastien? Gosto. Ele é uma figura única, que nem Mags. Foi ele que... me subcontratou, digamos, para o trabalho com LaPorte, porque ele tinha tropeçado no cachorro feioso dele e machucado o tornozelo. O cachorro, Bluto, devia pesar uns dois quilos, mas tinha um olhar tão ameaçador que conseguia espantar os *cocodrils*.

— Sebastien é um ladrão?

Ao pegar sua taça de vinho, Booth se deu conta de que ficara à vontade demais com ela, mais uma vez.

— Isso.

— E trabalha para esse LaPorte?

— Não, não funciona assim. É... como se fosse um projeto. Ele aceitou o trabalho, mas aí tropeçou no cachorro e não pôde fazer o trabalho. LaPorte não é o tipo de pessoa que leva lesões em consideração, então Sebastien me contratou.

— Como ele te conheceu?

Booth voltou a ficar cauteloso, mesmo que fosse tarde demais.

— Por um amigo em comum.

— Outro ladrão? Vocês todos se conhecem?

— Não e não.

— Você não tem rancor de Sebastien por ter te envolvido nisso?

— Eu sabia no que estava me metendo. Ou achei que sabia... um trabalho. Se Sebastien soubesse, ou eu, que LaPorte ia decidir me acrescentar à sua lista de bens, a gente teria dado outro jeito.

O tom de voz dele mudou, tornando-se frio e categórico.

— Olha, Sebastien é a coisa mais próxima que eu já tive de uma figura paterna, ok? Não é culpa dele. Esse não é seu mundo, Miranda.

— No que diz respeito ao livro, é. Então não existe uma salinha de ladrões onde vocês se juntam para se gabar de grandes roubos?

— De jeito nenhum. Quem se gaba é pego. A gente tem que ser discreto, não ficar muito ganancioso, nunca levar uma arma nem roubar de amigos ou sócios. Roube de forma inteligente e tenha sua liberdade.

— Por que você acha que LaPorte teve tanta determinação em possuir você?

— Tá aí uma pergunta que já me fiz milhares de vezes. Primeiro, porque eu disse não. Ele quis que eu traísse Sebastien, e eu disse não. Ninguém pode dizer não a ele.

— É, eu fiquei com essa impressão lendo as entrelinhas das matérias e perfis que encontrei sobre ele. E?

Ela podia não levar jeito para abrir cofres, mas era mestre em pressionar para obter informações. Não fazia mal ceder, pensou ele. Ela já sabia tanta coisa...

— E, segundo, talvez porque eu fiz o trabalho muito bem. Era um cofre bom, e eu tenho um dom para isso. Pensando bem, hoje, acho que deveria ter mentido, dito que sim, que tinha pegado outras coisas. Porque ele ficou intrigado de eu não ter levado mais nada.

— E por que não levou?

— Porque o trabalho não era esse — respondeu Booth, simples assim. — LaPorte é um sujeito com muitos contatos e descobriu muita coisa sobre mim para saber como eu trabalhava. Eu era novo, tipo dezoito anos, e era bom no que fazia, com o potencial de ficar melhor ainda. Ele quer possuir o melhor, o mais valioso, o mais desejável, o mais qualquer coisa. Decidiu que eu me encaixava nisso, ou me encaixaria. E eu disse não.

Pensando no passado, no futuro, Booth finalmente pegou sua taça.

— Um dia, eu vou pegar aquele quadro e aquela escultura de volta.

E ali ela viu algo que ainda não tinha visto. A raiva acesa em fogo lento em seu olhar.

— Por que você faria isso?

— A pintura foi o começo, depois a escultura me custou tudo que importava para mim. Eu queria vestir a beca e o capelo e até tentar fazer uma pós. Queria sair com os amigos que tinha feito, sentar na varanda dos meus vizinhos e tomar chá gelado.

O olhar de Booth pousou no dela.

— Eu queria você — disse ele, depois deu de ombros. — Ele ganhou, eu perdi. Mas o jogo não acabou.

Beca, pós-graduação. Ela pensava — ou podia admitir que se convencera — que ele havia usado tudo aquilo como um disfarce. Mas sentiu a verdade em seu tom de voz e viu-a no brilho de seus olhos.

Ouvir e ver aquilo provocou nela um breve pico de ansiedade por ele.

— Você devia deixar isso quieto, Booth. Deixa esse cara quieto. Conquistou seu espaço aqui, tem um bom lar. Ir atrás dessa vingança não é quebrar a regra da discrição?

— Toda regra tem sua exceção, né?

Era bom, mesmo depois de todos aqueles anos, dizer o que ele queria.

— Eu ia sugerir que você morasse comigo. Depois da formatura, se eu conseguisse esperar até lá. Ia parar com esse trabalho noturno e ser Booth Harrison, tentar dar aula, ou encontrar outra coisa. Quem sabe comprar uma casa com um estúdio para você escrever. Estava tão claro na minha cabeça... Aí ele apareceu na minha porta, e tudo foi por água abaixo. Ele é um homem paciente, mas eu também sou. Não tenho mais vinte anos e não tenho mais medo.

— Eu teria ido morar com você — confessou ela após um instante. — Mas a gente tinha vinte anos, Booth, e não dá para saber se ia ter dado certo. Se o que a gente sentia um pelo outro ia durar.

— Nunca tivemos a chance de descobrir.

O olhar dela se enterneceu e, embora ela não tenha movido o braço, ele teve a sensação de que ela pusera a mão sobre a dele.

— Acho que Sebastian Booth teve um enorme impacto na vida de vários jovens e criou um espaço importante nessa comunidade. Isso não teria acontecido se as coisas tivessem sido diferentes. Como não é possível mudar o passado, é melhor usar o que a gente tem no presente. Agora, eu tenho mais uma pergunta.

— Qual?

— O que é um *cocodril*?

Ele ficou surpreso ao rir.

— É jacaré em cajun.

— Achei que cajun era francês, ou tipo francês.

— E é, mas tem as próprias expressões, gírias e entonações. Me faz um favor: não usa isso, pelo menos não nesse livro.

— Não ia funcionar, de qualquer forma.

Ela se levantou e começou a arrumar as coisas, pois havia criado esse hábito nos domingos que passava lá.

— Você fala cajun? — perguntou ela.

— *Mais, cher,* passa aqui domingo que vem, que eu tenho que fazer uma lista de compras. Quem sabe traz uns *bons amis* e fazemos um *fais-dodo*, e a gente tem um dia legal.

Rindo, ela fez que não com a cabeça.

— Esse é mais um dom seu. Não só as línguas, mas o sotaque. Parece que você nasceu em Nova Orleans.

— Partes de mim nasceram lá mesmo. Sebastien tem uma casinha de madeira na baía. Ele me ensinou muita coisa.

Ela encheu a máquina de lavar louça enquanto ele dividia o que sobrou da comida. Um pouco para ele, um pouco para ela.

— Sua tia vidente mora na baía de Nova Orleans?

— Não, ela mora em cima da loja no Bairro Francês. Eles gostam de ter o próprio espaço, eu acho, e funciona bem assim. No começo, eu achava, e ficava horrorizado, que era só sexo com uma dose saudável de afeto. Mas eles se amam.

— Se um dia eu decidir escrever um livro que se passa em Nova Orleans, acha que eles me mostrariam a cidade?

— Claro. Eles gostam dos seus livros.

Ela sempre ficava surpresa ao ouvir aquilo. Constrangida e, ao mesmo tempo, orgulhosa.

— Ah, é?

— Os dois leem muito, é mais uma coisa que têm em comum. Eu nunca vi Mags sair de casa sem um livro na bolsa. Além dos cristais, cinco batons, um baralho de tarô e, desde Sebastien, uma sacola de biscoitos para cachorro.

— Eu realmente preciso conhecer Mags.

Ela se virou e esbarrou nele de leve. Em vez de dar um passo para trás, Booth levou as mãos aos seus ombros.

— Não posso — disse ela, e se afastou, começando a recolher suas coisas. — Obrigada, como sempre, pela refeição maravilhosa. Refeições, na verdade, já que você vai me deixar levar a janta de amanhã.

— De nada. Eu gosto de cozinhar para as pessoas. Você faz a maior parte das perguntas, e esse é o combinado, mas eu tenho uma para você.

Ela vestiu o casaco e o cachecol.

— Tudo bem.

— Ainda tem algo aqui?

— Tem.

Mantendo a distância, ela olhou nos olhos de Booth e disse a verdade:

— Sempre teve algo entre a gente, e é por isso que eu não posso. Vejo você semana que vem.

TERCEIRA PARTE

A DEUSA VERMELHA

Olhe com as orelhas: veja como aquele juiz invectiva contra um simples ladrão. Escute aqui, só uma palavrinha ao ouvido: troque os lugares e pronto, qual é o juiz, qual é o ladrão?

— William Shakespeare

Ainda que a beleza fosse guardada por vinte cadeados,
O amor acabaria por abri-los todos no final.

— William Shakespeare

Capítulo vinte e um

⌘ ⌘ ⌘

Ela não tinha a intenção de entrar no teatro. Queria passear pela escola depois do expediente, para ajudar com uma cena do livro e com a autorização de Lorna.

Mas ouviu a música e as vozes e entrou discretamente pelas portas pesadas.

Havia uns dez adolescentes no palco, e Booth estava do lado esquerdo.

Ele tinha dito que havia boas vozes no grupo, e ela concordou ao se sentar na última fileira.

Identificou a protagonista e concordou que ela dançava bem também. Não parecia nada contida, o que funcionava bem no papel de uma adolescente raivosa que fugia de casa para uma noite de rebelião.

Algumas pessoas cantavam fora do ritmo e uma rodopiou na direção errada.

— Para a música.

— Desculpa, Sr. B!

— Não se preocupa, Carlene, é para isso que servem os ensaios. Não se esqueçam, você todos, de onde estão. Aqui é a Ice House, onde vocês vão para se soltar, e, caramba, vocês têm muito o que viver. Mark quero ver as mãos de jazz, e Alicia, o *pas de bourrée* tem que ser mais ágil. Não quero nada lento aqui. Agilidade.

Quando ele demonstrou, a sobrancelha de Miranda se ergueu.

— Do começo. Lugares. Música.

Miranda percebeu alguns errinhos, que Booth certamente captara e corrigiria. Mas, no geral, viu muita diversão.

Tanta diversão que ela teve de se conter para não aplaudir no fim da dança.

Ela assistiu a mais dez minutos enquanto Booth trabalhava com dois dançarinos e os outros descansavam.

Miranda pensou que já passava das cinco e ele já trabalhara mais de oito horas. E, quando finalmente chegasse em casa, ainda teria trabalhos para ler e corrigir, ou aulas para preparar.

Ela concluiu que fora ótimo não seguir os passos do pai. Para ser bom professor, eram necessários não só educação e preparo, mas também paixão.

Seu pai tinha isso, e, pelo visto, Booth também.

Ela saiu pela mesma porta por onde entrara.

Kim e as amigas tinham muito o que viver, mas ela se deu conta de que tinha muito no que pensar.

Apesar de sua resistência, Miranda fora persuadida a participar de um encontro do clube de leitura. Achava quase impossível dizer não a sua madrinha, e Cesca achava igualmente impossível resistir à pressão de Carolyn Stipper.

Ela lembrou a si mesma que seria só um encontro, enquanto estacionava diante da casa de Cesca, para responder a perguntas sobre seu primeiro livro — escolhido a dedo para aquele mês — e atrair mais atenção para sua futura sessão de autógrafos.

O vento do início de março era doído, e cada centímetro de seu corpo com frio desejou poder se aninhar em casa, de pijama, com o livro de outra pessoa e uma taça de vinho, e ouvir o ruído do vento chacoalhando as janelas.

Em vez disso, colocara uma roupa que considerava profissional, mas descontraída. Um casaco de cashmere preto com um pouco da camisa branca aparecendo nos punhos e na cintura, calça cinza e botas pretas de salto baixo. Fizera uma trança embutida no cabelo e colocara um brinquinho, com um colar prata de pingente de pedra da lua que encontrara na loja Baú de Tesouros, na rua principal.

Ela começara a bater à porta, mas ouviu vozes e risadas altas apesar do vento, então entrou.

— Aí está ela!

Cesca se levantou de uma das cadeiras da sala, onde várias outras cadeiras dobráveis se juntavam às de sempre, e correu para abraçá-la.

— Desculpa pelo atraso — lamentou Miranda.

— Imagina. Pode me dar aqui seu casaco. Você chegou bem na hora. Não conheceu todo mundo ainda, então, todo mundo: essa é a Miranda.

Um coro de vozes femininas respondeu:

— Oi, Miranda!

Algumas tomavam vinho, outras café ou chá. A idade delas ia de vinte e poucos a oitenta, possivelmente. E todas a olhavam com expressões curiosas e interessadas.

Ela ansiou mais uma vez por seu pijama.

— Senta aqui. Guardamos seu lugar. Tracey, querida, traz uma taça de vinho para Miranda.

— Não, eu posso...

— Deixa comigo — disse Tracey, se levantando.

— Gostamos de conversar um pouco antes de entrar no debate. Você conhece Lorna e Tracey... Obrigada, Tracey — acrescentou Cesca quando a agente imobiliária trouxe o vinho. — E Margo.

— O pingente ficou ótimo em você — comentou Margo, dona da Baú de Tesouros, radiante.

— E, claro, Carolyn e Layla... Você falou com alguns alunos dela mês passado.

Ela começou a apresentar as outras, e os nomes se perderam na mente de Miranda.

Ela era péssima nisso, pensou. Péssima nessa parte de ser escritora.

Mas colocou sua melhor expressão de autora simpática no rosto.

Estranhamente, ficou mais fácil quando as mulheres começaram a lhe fazer perguntas. Percebeu que foi até prazeroso recostar-se na cadeira enquanto elas debatiam entre si.

E quem não se divertiria ouvindo mulheres conversando, um tanto acaloradamente, sobre um de seus personagens?

O personagem que ela baseara vagamente em Booth.

— Ele era um babaca — insistiu Margo. — Um babaca gato.

Miranda conteve um sorriso, pois foi exatamente essa imagem dele que quis passar.

— Era tão novo — retorquiu Lorna. — Um adolescente praticamente.

— Ele usou Fiona — opinou uma delas. — Usou aquele charme, a pose de garoto tímido, para conquistar ela. Só pelo sexo.

— Todo homem dessa idade pensa com o pinto.

— Quando isso acaba? — perguntou Cesca, recebendo um tapinha discreto de Lorna, ao seu lado.

A mulher mais velha ali, Ester, uma bibliotecária aposentada, gargalhou.

— Eu conto para vocês se e quando acontecer.

— Ele realmente a usou — disse Layla. — E depois a descartou friamente. Mas pagou um preço terrível por isso.

— O que você acha, Miranda? Babaca ou vítima?

Ela sorriu para Lorna.

— Pode ser as duas coisas. E vocês todas têm razão. Ele era um babaca e a usou... E o jeito como a descartou afetou a vida emocional e as escolhas dela por muito tempo. Mas ele nunca teve uma chance de se redimir, de escolher se redimir ou não.

Miranda podia admitir para si mesma que isso se devia ao fato de que ela não quisera que ele encontrasse redenção, ou tivesse essa escolha. Ela quis acabar com ele e, escrevendo aquele final, pôr um fim aos seus sentimentos.

Aquilo funcionou, por muito tempo.

Ela se divertiu mais do que havia imaginado e se deu conta de que seu círculo de amizade com outras mulheres se espalhara e dispersara tanto desde a época da faculdade que só falava com elas de vez em quando, geralmente por mensagem e e-mail, muito raramente em jantares.

Ela sentia falta da intimidade descontraída que só as mulheres sabiam fazer.

Ao fim da noite, Cesca foi conversar na porta com quem estava indo para casa, enquanto Miranda recolhia os copos e pratos de sobremesa, levando-os até a cozinha com Tracey.

— Fiquei muito feliz que você veio. É muito enriquecedor ter a pessoa que escreveu o livro bem aqui.

— É enriquecedor para quem escreveu o livro também. E eu adorei ver que Cesca tem amigas tão legais. Foi um passo muito grande para ela se mudar para cá.

— Foi mesmo. Muito corajoso da parte dela. A gente ama Cesca.

— Deu para ver. Fico feliz de ter a oportunidade de ver isso de perto.

— Por falar em mudança, mesmo que temporária, está gostando da sua vida na beira do rio?

— Muito. A casa é exatamente o que eu preciso agora. Tem o silêncio, a vista, a comodidade.

— E um vizinho sexy — acrescentou Tracey. — Eu mostrei uma casa no domingo passado perto da sua e percebi que seu carro estava estacionado na casa do Sebastian Booth.

Miranda pensou: "Ops!" Mas manteve o tom de voz descontraído.

— Ah, ele está me ajudando com uma pesquisa para o livro. Estou criando um personagem que é chef de cozinha.

— E o sujeito cozinha que é uma beleza. A gente saiu algumas vezes, há um tempinho, mas tirei uma casquinha — contou ela, sorrindo. — É um cara legal.

— Parece ser mesmo — concordou Miranda com naturalidade. — Eu fiquei sentada em um canto da cozinha do Renalo's por duas horas, então entendi bem como funciona a cozinha de um restaurante. Booth está me ajudando com... Acho que é a arte de cozinhar. Para mim, isso é abrir uma lata e pedir uma comida chinesa.

— Sei como é. Eu e Nick estamos tentando aprender juntos a cozinhar bem, em vez de ficar comprando comida. É gostoso cozinhar com alguém. É sexy também. Só um comentário.

Miranda não queria sexy, pensou, durante o curto percurso de carro até a casa de Booth no domingo seguinte. Não para aquela parte do livro, que dirá para sua vida.

O que ela queria para o livro, em compensação, era a sensualidade da cozinha. Todos os sentidos engajados, os aromas, as texturas, os ruídos chiados e borbulhantes, o ato de fatiar, mexer, misturar. E provar.

Ela estacionou ao lado do carro de Booth e se deu conta de que mais alguém poderia passar por ali e reconhecer seu carro. E especular.

Que se dane, decidiu. Voltaria para casa dali a poucos meses. Quanto a Booth? Ele ficaria, ou partiria.

Sincelos pingavam nos beirais da casa e o gotejar silencioso a fez lembrar da primavera que se aproximava. De alguma forma, março já chegara e a sessão de autógrafos estava à espreita.

Em vez de pensar nisso, ela admirou a neve.

Ele havia tirado a neve da entrada com a ajuda da pá, do arado e do soprador, mas o restante permanecia intocado, um manto branco com um fino brilho de gelo por ter derretido e congelado tantas vezes.

Saía fumaça da chaminé, e Miranda soube que a lareira acesa a aguardava lá dentro.

E ele também.

Era arriscado, pensou ela, ir até ali, toda semana, para passar horas com ele e com todos os aromas, sabores e texturas.

Era para seu trabalho, lembrou a si mesma. E admitia que também era para provar a si mesma que ela sabia separar as coisas.

Se ainda tivesse sentimentos por ele, lidaria com isso sozinha.

Ela tocou a campainha, limpando as botas no capacho e se preparando para lidar com eles.

Booth abriu a porta. Usava uma calça jeans com um rasgo no joelho, um casaco de moletom e um All Star velho, seu uniforme aos domingos.

— Eu te disse que não precisava bater.

— Eu toquei a campainha, mas, de qualquer forma, pode pôr a culpa na minha criação.

A casa cheirava a laranja e baunilha. O fogo estalava, e o chão brilhava.

— Você poliu o piso?

— Ontem.

Ela tirou o casaco e o cachecol, e, porque ele faria isso caso ela não fizesse, levou-os até o quartinho deprimentemente bem organizado e o pendurou ao lado de uma jaqueta marrom grossa e pesada.

Para lidar com pás, arados e sopradores de neve.

— Meu piso é de madeira. Eu deveria fazer isso? — indagou ela.

— A madeira precisa de limpeza. Ela fica seca. Além disso, fica mais bonita. Você tinha um piso maravilhoso na sua casa. Quem faxinava não limpava e polia?

— É verdade. Polia, sim.

Ela acrescentou aquilo à sua lista de afazeres na casa alugada. Em vez de perguntar a ele como se fazia, ela pesquisaria.

Menos humilhante.

— Então. Estou planejando um roubo.

— Ok — disse ele, pegando uma Coca para cada um. — O que você quer roubar?

— Eu quero que ele entre num desses cômodos privados que você me falou que existem e pegue um quadro... Ainda vou escolher o artista... Um netsuquê antigo de mármore, eu acho, e um vaso de porcelana francês entalhado do período barroco.

— É um roubo e tanto. Mais arte?

— É disso que ele gosta. Então, como ele faz?

— É você que tem que me dizer.

Ele se sentou, e ela ocupou o banquinho ao lado.

— É uma propriedade grande em um terreno de família — começou ela

Miranda descreveu a casa e o terreno para que ele tivesse uma ideia. Booth se imaginou procurando os pontos fracos e cegos, pulando o muro, e lhe contou isso.

Durante a primeira hora, ele a guiou pelas etapas, as armadilhas e as ferramentas, enquanto ela tomava notas.

Miranda acrescentaria o drama, pensou, a tensão, os riscos e as recompensas, mas ele lhe dava a parte prática.

— Digamos que tenha um cofre no cômodo. Ele tentaria abrir isso também?

— Depende do tempo e da ganância que ele tem. Deve ter dinheiro lá dentro, talvez uns títulos ao portador, joias ou pedras soltas. Se ele é, antes de mais nada, um ladrão de arte, por que não pegar mais do que está bem ali ao alcance?

Ela franziu o cenho para aquela pergunta.

— Você não abriria o cofre?

— Não, a não ser que meu alvo estivesse lá dentro. Mas ele não sou eu.

— Não, não é. Eu acho que ele tentaria, porque roubar é um vício para ele. Seria como um alcoolista descontrolado dizendo não para mais uma rodada.

— É um milagre ele nunca ter sido pego.

Talvez, ela pensou, mas...

— Ele teve sorte, pode acontecer, e isso alimenta o vício. O assassinato da mulher que ele usou é que muda tudo. Ele gostava dela, mas transou com ela propositalmente para conseguir o pássaro. Ele consegue, e a mulher é assassinada. Parece que quem roubou o pássaro a matou. Mas foi ele quem roubou, e ele não a matou. Agora é como *O coração delator*. O pássaro o assombra, e descobrir quem matou a mulher se torna mais importante que o vício.

— Então esse roubo acontece antes do pássaro e do assassinato.

— Vou começar o livro com o roubo.

Mais edições, mais reescrita, pensou ela, mas valeria a pena.

— Eu não ia, mas percebi que preciso preparar a história e o leitor desde o início. Quero esse impacto, essa tensão, logo de cara, para mostrar quem ele é. Assim, as mudanças, a redenção, o desfecho terão mais impacto. Espero. E vai intercalar com as cenas dele cozinhando, o restaurante, a outra vida dele.

— Teve um Renoir que foi roubado de uma casa em Houston há mais ou menos uma década. Valia tipo um milhão na época. Pode ser uma boa escolha. A maioria das pessoas sabe quem é Renoir, mesmo que não conheça o quadro. *Madeleine apoiada no cotovelo com flores no cabelo*. Pode pesquisar.

— Vou ver. Foi você que roubou?

— Não. Foi um assalto armado no meio da noite. Eu não uso armas nem aterrorizo as pessoas.

— Como quero que ele desperte empatia, e tenho isso muito bem definido na cabeça, vou dar essa característica ao meu protagonista também. Ele não machuca pessoas, e isso piora ainda mais a culpa que ele sente pela mulher, porque o roubo causou a morte dela.

Booth se levantou enquanto ela falava e tirou um saco grande da geladeira, depois pegou a tigela, a panela e o jornal. Jogou o camarão do saco em cima do papel.

— Você me fez pensar em Nova Orleans da última vez, então vamos fazer *étouffée* de camarão.

Ela colocou o caderno de lado, mas perto suficiente para poder anotar uma coisinha ou outra.

— Eu não só nunca fiz como nunca comi.

— Isso muda hoje — afirmou ele, estudando-a com os olhos. — Esse casaco parece ter sido caro, então acho bom arregaçar as mangas. Vamos começar descascando os camarões. Eles vão na tigela, e as cascas vão na panela para fazer o caldo.

— Vamos fazer caldo com casca de camarão?

— É assim que se faz.

Quando ele descascou dez camarões no tempo que ela levou para descascar um, ela reclamou.

— Eu nunca tinha descascado camarão cru, só cozido, tipo camarão temperado.

— Vai chegar lá.

Ela chegou lá, depois lavou as mãos. Muito.

Booth pegou cebola, aipo e pimentão verde.

— Eis a Santíssima Trindade da culinária de Nova Orleans.

— A gente reza para ela? Por ela?

— Não. Vamos cortar metade da cebola, um aipo inteiro e usar as extremidades do pimentão verde para o caldo.

Ela teve de se afastar para anotar aquilo tudo.

— Como é que isso vira um caldo?

— Com água, um pouco de alho, algumas folhas de louro e fogo por uns quarenta e cinco minutos.

Ele cortou a cebola e começou a picá-la, então ela pegou o aipo.

— Como que seus olhos não ardem quando você corta cebola?

— São os meus nervos de aço.

Ele a instruiu sobre o restante e então levou a panela ao fogo.

Fez com que Miranda sovasse massa de pão outra vez.

Fazendo seu melhor, ela lançou um olhar para Booth.

— Você já pensou em, sei lá, só comprar o pão?

— Sabe qual é a diferença entre um pão comprado no mercado e um pão feito em casa? Toda. Você é boa de sovar a massa. Faz a bola, aí a gente deixa crescer enquanto prepara o *roux*.

— Já ouvi falar, mas o que é isso mesmo?

— Farinha e gordura.

— Delícia.

Ele sorriu.

— Pode crer, *cher*. *Roux* marrom para o *étouffée*.

Booth despejou óleo — sem medir — em outra panela, pegou um *fouet* e começou a jogar a farinha.

— Você tem que mexer sem parar com o fogo aceso. Para não empelotar.

— Ninguém quer um *roux* empelotado.

— E não deixa queimar.

Pedir de um restaurante, pensou ela, ou fazer um sanduíche também funcionava.

— Por quanto tempo tenho que fazer isso?

— Uns dez, quinze minutos. Vai ficar lisinho.

Ela concluiu que cozinhar com Booth era equivalente a um dia de musculação. Exercitava os bíceps, tríceps e ombros à beça aos domingos.

— E depois que meu braço cair?

— Vai ter um *roux* delicioso. Prova.

— Meu ladrão tem um restaurante eclético — disse ela, tentando mexer com habilidade. — Posso imaginá-lo fazendo esse prato — continuou, olhando a outra panela. — Está começando a ficar com cara de caldo.

— Porque é isso que ela é. Continua mexendo.

— Ok, ok. Vou ficar com o muque definido sovando, mexendo, batendo. Ah, eu vi uma parte do seu ensaio semana passada.

Ele se agachara para escolher uma garrafa de vinho e parou, então, para olhá-la.

— Viu?

— Tenho uma cena que vai acontecer na escola, de noite, então pensei: por que não dar uma olhada? Aí ouvi a cantoria. Vocês estavam fazendo a música “A Lot of Livin’ to Do”. Os alunos são ótimos, Booth.

— Estão chegando lá.

— Fiquei sentada lá atrás por uns... Bem, pelo mesmo tempo que vou ter que mexer esse *roux*, e gostei muito. Não sabia que você fazia a coreografia.

— A gente não tem dinheiro para pagar alguém para fazer, e eu tenho a sorte de ter alguns alunos e atores que sabem um pouco de dança. Eles ajudaram bastante.

— Pareceu muito divertido. Eles estavam se divertindo.

— Tem que ser assim. Eles se dedicam muito, então a diversão é importante.

Ele abriu o vinho e pegou as taças.

— Vamos trocar de lugar, assim você descansa um pouco antes de partirmos para os legumes.

— Mais coisa para cortar?

— O resto da cebola, o pimentão verde, algumas pimentas jalapeño, mais aipo, mais alho.

Ela pegou o vinho e se apoiou na bancada enquanto ele continuava a mexer o *roux*.

— Eu participei do encontro do clube de leitura de Cesca há uns dois dias. Foi mais divertido do que achei que seria. Não gosto de ficar analisando livros, sobretudo um livro meu. Mas elas são um grupo de mulheres legais e interessantes.

— Lorna tentou me convencer a entrar. "Precisamos de um homem, Booth. Seja homem" — disse ele, imitando Lorna de forma bastante convincente. — Gosto de conversar sobre livros, mas esse negócio de leitura obrigatória... Já tenho a escola para isso.

— Tracey faz parte do grupo. Ela mencionou que viu meu carro aqui no domingo passado.

Booth olhou para Miranda.

— Isso é um problema?

— Não, eu disse a ela que você estava me ajudando com a pesquisa — respondeu Miranda, fazendo um gesto em direção às panelas. — Esse tipo de pesquisa. Não sabia que vocês já tinham namorado.

— A gente não namorou, namorou. Gostamos um do outro de cara e nos gostamos até hoje. Só saímos algumas vezes. É um problema?

— Claro que não.

— Que bom. Pode começar a cortar.

Ela obedeceu.

— Sabe, isso é estranhamente relaxante. Não digo zen, mas relaxante. É muito mais trabalho do que eu toparia fazer para cozinhar algo só para mim, mas talvez eu tente fazer uma coisa simples e convide meu pai e Deborah para jantar.

— Convide? Achei que você morava com seu pai.

Ela riu enquanto cortava os legumes.

— Caramba, Booth, eu tenho mais de trinta anos! Tenho minha própria casinha. Meu espaço. Vejo meu pai direto, mas saí da casa dele há anos. Eu cheguei a pensar, por uns cinco minutos, em fazer igual a R.J. e Zed e ir morar em Nova York. Você sabia que eles se mudaram para Nova York no verão depois da formatura?

— Eu vi Zed na Broadway há uns anos.

— Jura? Falou com ele?

Booth fez que não com a cabeça.

— Achei melhor evitar perguntas difíceis. Mas ele é muito bom, estava no papel de Billy Flynn numa versão de *Chicago*. Vocês ainda se falam?

— De vez em quando. Sei que R.J. está noivo. Ele não estourou que nem Zed, mas fez algumas peças em Nova York e por ali.

— E Hayley?

— Está em Los Angeles. É roteirista. Está amando morar lá. Ela se casou ano passado.

— Será que já vi alguma coisa dela?

— Está fazendo uma série num streaming. Chama *Cold play.* Segunda temporada.

Parecia normal, descomplicado, falar sobre a vida das pessoas que os dois conheciam. Ou tinham conhecido, no caso dele.

— Vou dar uma olhada. Preciso dos legumes, isso está pronto. Não o alho, mas todo o resto.

Ele trocou o *fouet* por uma colher de pau e misturou os legumes que ela despejou na panela, os dois bem próximos um do outro no calor que subia do fogão.

— Vai ficar cozinhando por mais uns minutos, aí a gente acrescenta o alho e deixa mais um pouco.

— Como cabe tanta informação nesse cérebro?

— Tem muito espaço e muitas caixas aqui dentro. Pode moldar o pão. Lembra como faz?

— É minha parte preferida, fora comer.

— Molda, usa a ferramenta para dividir, cobre, depois deixa descansar na tábua.

Aquilo era... interessante, considerou ela, e prazeroso. Pelo menos prazeroso o bastante para que ela pudesse transferir aquela sensação ao seu personagem.

— Eu nunca vou amar cozinhar, mas entendo agora por que algumas pessoas amam. Os cheiros, as cores, a sensação da massa do pão entre os dedos.

Ele mostrou a ela como acrescentar o caldo à panela, depois terminou de moldar o pão para a fermentação final.

Ela se sentou com o vinho.

— Esse prato é trabalhoso.

— Vale a pena. Então quer dizer que sua sessão de autógrafos está chegando.

— Muito rápido.

Ele fez uma pausa para se sentar ao seu lado.

— Você não gosta de fazer isso?

— Não é que eu não goste. Eu sempre me sinto um pouco esquisita, pelo menos no começo. É ótimo, na verdade, conhecer os leitores. Pessoas que, de fato, sentaram para ler o que você escreveu. Eu acabo ficando energizada e exaurida ao mesmo tempo... Eu gosto de silêncio. O que é mais estranho, mas no fim das contas foi por isso que não fui para Nova York, nem para Los Angeles, nem para nenhum lugar assim. Viajar é maravilhoso. Ver, experimentar, tudo ótimo. Mas eu gosto de saber que vou voltar para a calmaria depois. Por que não Nova York para você, por exemplo? Parece um lugar onde você poderia desaparecer, se esse é o objetivo do seu período sabático.

— Eu gosto da calmaria — disse ele, voltando-se para a vista da cozinha. — Gosto de ver isso aqui em vez de trânsito ou de uma rua com pessoas correndo de um lado para o outro.

Ela também, estranhamente.

— Quando ficamos tão chatos? Se bem que o que você faz não é nada chato.

— É um trabalho, um emprego, uma carreira — respondeu ele, dando de ombros. — E requer muito silêncio. Que nem escrever.

— Acho que é a única semelhança que dá para achar entre as duas coisas.

— Não sei, não. — Ele ajustou sua cadeira e esticou as pernas. — Você planeja, organiza, tem um objetivo, faz ajustes conforme o necessário e trabalha sozinha. E agora vai fazer aquela mistura de ovo outra vez.

— Ai, caramba.

— Vamos colocar o camarão, fazer o arroz, assar o pão. E aí vamos ter uma ótima refeição.

Capítulo vinte e dois

⌘ ⌘ ⌘

ELE NÃO mentiu.

Miranda provou um pouco, ergueu o dedo e provou mais.

— Está ótimo. Tem um apimentado muito bom. E está bonito.

Ela provou o pão e suspirou.

— Ok, talvez você tenha razão sobre pão feito em casa ser diferente.

— Foi você que fez. — Ele lembrou a ela.

— Eu ajudei a fazer.

— Não, eu ajudei — corrigiu Booth. — Você participou de todas as etapas da refeição. Agora pode demonstrar seu personagem chef montando uma refeição dessas.

Enquanto comia, Miranda pensava em seu personagem, em seus defeitos e suas virtudes vacilantes.

— Ele se sente atraído, sugado pela sensualidade da cozinha. Até no caos de uma cozinha de restaurante, é isso que ele sente. Fumaça, vapor, chiados, aromas. Roubar é um negócio para ele, o negócio da família, e um vício. Mas a gastronomia é a paixão dele. Talvez eu decida que ele vai se aposentar, ou tentar pelo menos, no fim. Não sei ainda.

Então, ela refletiu sobre Booth.

— Você pensa nisso? Não é um negócio de família para você, mas podemos dizer que você cresceu nesse meio.

— Pensava na faculdade. Agora estou fazendo uma pausa mais longa que planejei e vivendo essa vida.

Ela queria saber para o livro, mas não podia negar que também queria saber por saber.

— Não é difícil, até confuso, ficar mudando de vida?

— Não sei.

Booth não podia dizer que havia passado muito tempo pensando naquilo, mas...

— É que nem atuar basicamente, e, para fazer um papel, para realmente entrar no personagem, você acaba virando ele. Às vezes, é libertador. É como o conceito de tábula rasa, e aí dá para ver o que você quer escrever na próxima lousa.

— Interessante — comentou ela, gesticulando com o garfo. — Imagino que todo mundo, em dado momento, tenha vontade de apagar o passado, recomeçar, fazer, ser, ter outra coisa. — Pensativa, ela pegou mais uma garfada de *étouffée*. — Acho que foi isso que minha mãe fez.

— Isso ainda te atormenta?

— Não, não muito. Posso ficar futucando essa ferida até ela voltar a ficar dolorida, e eu faço isso quando estou irritada — admitiu ela. — Mas, na verdade, é só uma parte da minha história.

— Ela ainda está no Havaí?

— Sim, mas não com o cara que a levou para lá.

— Biff. — Ele lembrou a ela, fazendo-a rir.

— Não tem mais Biff. Acabou tem uns cinco, seis, sete anos, não sei direito. Parece que ele fez com ela o que ela fez com meu pai, só que levou a maior parte do dinheiro dos dois com ele.

— Um cara legal.

— Bem, digamos que a gente colhe o que planta. Sei disso tudo porque ela entrou em contato com meu pai, implorou por um empréstimo. Eu fui contra, mas ele me ignorou.

— Ele tem você graças a ela.

Miranda fez que sim enquanto mastigava um pedaço de pão.

— Foi exatamente o que ele disse antes de ignorar minha opinião. Enfim, ele mandou dinheiro para ela, não um empréstimo, simplesmente deu de presente, para que ela pudesse se reerguer. Agora ela tem um estúdio de tatuagem, os braços cobertos de tatuagens, colocou silicone e está com um namoradinho novo que parece ter minha idade.

Ela deu um gole no vinho e sorriu por cima da taça.

— Redes sociais. Não resisti.

— Então ela está escrevendo em uma nova lousa.

— Deve ser difícil ficar tão insatisfeito com a própria vida tantas vezes ao longo dos anos e nunca encontrar um equilíbrio. Eu sentiria pena dela, mas não tenho esse tipo de generosidade em mim.

— Ela não ligaria — apontou Booth. — Para que desperdiçar sua generosidade?

— Tem razão. Não é assim no seu caso. É uma parte do que você faz. Claramente, você está feliz com a vida que tem agora.

— Estou. Em parte, graças ao lugar onde vim parar, por ter dado de cara com essa casa antes de me oferecerem o trabalho. Tem dia que é só labuta, ou tem um menino que decide estragar a própria vida, ou a minha. Aí eu penso: "Nossa, eu poderia estar numa cobertura em Corfu, olhando para o mar Jônico e tomando ouzo."

Estranhamente, apesar do moletom e do jeans gasto, ela pôde imaginá-lo lá.

— Mas você volta no dia seguinte.

— Porque no dia seguinte uma luz se acende e você vê, vê mesmo, alguma coisa se iluminar na cabeça de um menino, vê uma porta se abrindo. Ou vê um monte de jovens no palco, buscando alguma coisa. E sabe que alguns vão conseguir alcançar.

Ele deu de ombros.

— Além do mais, o mar Jônico não vai fugir.

— Eu nunca fui à Grécia. Acha que eu ia gostar?

— Eu gostei. A cultura, a arte, as antiguidades, a comida, tudo.

— Aposto que aprendeu o idioma.

— Só o suficiente para me virar.

— Diz alguma coisa em grego.

Ele olhou nos seus olhos de feiticeira do mar.

— *Écheis ta mátia mias thalássias mágissas.*

— Parece mais que o suficiente para se virar. O que você falou?

— Eu disse — mentiu ele — que é bom ter alguém com quem compartilhar essa refeição tão boa.

— É mesmo. Em casa, num dia como esse, eu provavelmente abriria uma lata de sopa e tiraria uma porção de salada do saco.

Ele estremeceu.

— Eu realmente senti uma pontada no peito agora.

Ela ergueu a sobrancelha.

— Talvez eu me rebelasse e passasse Cheez Whiz em uns biscoitos.

— Para.

— Rápido, fácil e gostoso. Enfim, me conta sobre um dos seus trabalhos. Não, qualquer um, não. O primeiro. A primeira vez que você invadiu uma propriedade.

Ele sabia que ela conectaria aquilo ao livro e disse a si mesmo para só aceitar.

— É uma boa lembrança, na verdade. A vizinha de uma cliente estava na casa dela durante uma faxina, as duas sentadas na sala, tomando café e conversando. Eu estava limpando o chão da cozinha enquanto a vizinha reclamava e zombava da coleção de selos do marido. Ela dizia que ele estava obcecado com a coleção e mencionava os valores altíssimos que ele pagava por um único selo.

Ele pegou o vinho.

— Eu nunca tinha parado para pensar em selos, mas aquilo chamou minha atenção.

— Quantos anos você tinha?

— Uns doze. Estava pensando naquilo enquanto elas conversavam sobre um evento beneficente que estavam organizando, então me ofereci para ajudar a vizinha a levar algumas caixas para o leilão, da casa até o carro.

— Então foi assim que entrou na casa.

— Ajudei com as caixas, dei uma boa olhada no sistema de alarme. Esperei até saber que a casa ia ficar vazia. Era uma casa grande, bonita, num bairro bem tranquilo. Não foi difícil abrir as fechaduras e contornar o alarme.

Ele fez uma pausa momentânea enquanto as lembranças surgiam, com todos os detalhes.

— Foi incrível. Não adianta fingir que não foi. Ficar ali parado, no silêncio, com a casa escura, onde não era para eu estar. Eu sabia que podia olhar tudo, pegar o que quisesse, e ninguém saberia.

— Foi isso que você fez?

— Quê? Não.

— Por que não? Você tinha doze anos e estava tudo ali, dando sopa.

— Porque não é assim que funciona, não para mim. Saber que eu podia levar qualquer coisa é que era mágico. Mas o trabalho eram os selos. Enfim, eu entrei no escritório e comecei a vasculhar os álbuns. Os selos estavam bem catalogados. Escolhi o que eu tinha pesquisado até que... As luzes se acenderam, uma música aos berros.

Miranda deu um pulo, então riu de si mesma.

— Eles não estavam de férias e tinham viajado?

— Não, eles tinham. Mas o que eu não sabia era que o filho deles tinha ido para a casa fazer a festa. Então fiquei preso embaixo da mesa no escritório do sujeito, com um estudante universitário na cozinha, bem depois da porta de vidro, só de cueca. E ele estava com uma garota de calcinha e sutiã. Eles estavam tomando vinho e dançando de um jeito bem sexy.

Rindo a ponto de ter que levar a mão à barriga, Miranda levou a outra ao rosto.

— Meu Deus. O que você fez?

— Bem, eu fiquei olhando, tentando ver como ia sair com os selos, mas basicamente me escondi no escuro e fiquei observando. Aí ela começou a tirar o sutiã enquanto dançava de um jeito sexy e... Digamos que eu tive uma reação intensa.

Ela riu até roncar, sem conseguir se conter.

— Imagino.

— Eu nunca tinha visto uma garota pelada. Uma garota pelada ao vivo, e ele começou a tirar a cueca, e de repente os dois estavam se agarrando, bem ali na cozinha. Eu sabia como era na teoria, mas nunca tinha visto com meus próprios olhos, acontecendo de verdade.

Fascinada, ela apoiou o cotovelo na mesa e o queixo no punho.

— Selos ou pornô ao vivo. O que um jovem entrando na puberdade faria?

— Foi uma escolha difícil, mas eu precisava sair dali enquanto eles estavam distraídos, então peguei os selos, saí rastejando dali, reativei o alarme e fui embora.

Ele se levantou para tirar a mesa.

— Eles nunca pensaram que pudesse ter sido uma invasão, acharam que alguém tinha furtado os selos durante uma das festas do filho. E eu paguei muitas contas com aqueles selos, além de ter investido na minha educação.

Com doze anos, ela pensou enquanto o ajudava a tirar a mesa.

— E foi aí que você parou de bater carteira?

— Não diria isso, só diversifiquei.

Ela começou a colocar a louça na máquina, sinal de que a sessão de domingo dos dois estava terminando. Ela se arrependia um pouco de ficar tão relaxada e à vontade na presença dele, mas entendia que era compreensível.

— Pode me mostrar como fez aquilo com meu relógio? Como conseguiu tirar sem eu sentir?

— Basta um toque leve e rápido.

Ele roçou o pulso dela com a mão.

— Assim.

Ela ergueu o braço.

— Ainda estou de relógio.

— Mas não está mais com isso — disse ele, erguendo seu colar. — É uma bela pedra da lua. Distração e um toque leve e rápido — explicou ele.

Ela abriu a boca, chocada, então deu uma risada.

— Não acredito, e eu nem estava tão distraída.

— Só o bastante. Deve querer isso de volta.

Ele colocou o colar no pescoço dela e o fechou por trás. Os dedos dele roçaram sua nuca de leve.

Se ela fechasse os olhos, por um instante, com aquela sensação, parecia até um gesto natural.

— Quero, sim. É meu novo colar favorito.

— E isso?

Ela se virou e viu seu relógio pendurado nos dedos dele.

— Booth! Tá, isso já está ficando surreal — disse ela, pegando seu relógio de volta e o colocando no pulso. — Você podia ser mágico.

— Não tenho nada na manga. A não ser... — Ele tirou o colar de Miranda da manga. — Isso.

Ela riu com os olhos, demonstrando certo fascínio também.

— Já vi que, sempre que estiver andando na rua agora, vou ter que ficar a três metros de qualquer pessoa. E foi sua tia que te ensinou?

— O básico, sim.

Ele desenhou um círculo no ar com o dedo para que ela se virasse de costas outra vez e sorriu quando ela cobriu o relógio com a mão.

— Para não ser injusto com ela, era para me entreter, não para me guiar. Pronto. Pedra da lua e o belo Baume e Mercier. Vou só ficar com isso aqui, como pagamento pela aula.

Ele mostrou seus brincos na mão e sorriu quando ela levou as mãos aos lóbulos das orelhas.

— Como assim?

— Fecho de gancho. Alvo fácil.

— Vou anotar isso.

Ela estendeu o braço, mas, em vez de lhe entregar os brincos, Booth se aproximou para enfiar o primeiro, depois o segundo, em suas orelhas.

— Ficam bonitos em você.

— Obrigada.

Ela sentiu seu coração acelerar e o desejo aflorar.

— Você está na minha frente, Booth.

— Desculpa — disse ele, dando um passo para trás e levando aquelas mãos hábeis aos bolsos. — Pode deixar que eu termino aqui. Vou separar um pouco da comida para você levar para casa, para não ter que recorrer ao Cheez Whiz.

Ele foi até a bancada e pegou um pote.

Miranda ficou parada onde estava.

— Tá aí outra coisa em você. Você ouve um "não" e não insiste. Mesmo sabendo tão bem quanto eu que uma pequena insistência agora teria jogado a seu favor.

— Não quero insistir para ganhar vantagem — retorquiu ele, olhando bem para ela, para seu interior. — Não com você.

— Eu não posso cometer o mesmo erro duas vezes.

Como uma chama, os olhos dele se acenderam.

— Não foi um erro, e não vou deixar você dizer que foi. Pode dizer que a forma como eu lidei com as coisas foi errada, mesmo que eu não saiba o que poderia ter feito de diferente. Mas aquela vez, com você, aqueles últimos dias... Foi o melhor fim de semana da minha vida, até então e desde então. Foi perfeito. Não foi uma merda de um erro.

Sua fúria acendeu a dela.

— Você poderia ter me dito a verdade, poderia ter feito isso diferente.

— É mesmo? Então na sua versão eu diria: "Ei, Miranda, mulher que passou um fim de semana maravilhoso comigo, cujo pai não é só um dos meus professores, mas me recebeu na casa dele, eis um fato interessante sobre a minha pessoa. Sou ladrão. E tem mais, aqueles documentos que me permitiram entrar na faculdade eram falsos. E agora tem um cara rico e louco para quem eu fiz um trabalho uns anos atrás que quer que eu faça outro, e vai machucar minha tia, talvez você também, talvez os poucos amigos que eu fiz. E agora?" — Ele empurrou o pote e se afastou da bancada. — "Chamar a polícia? A porra do FBI? E dizer o quê? Esse cara quer que eu roube essa estátua? Ah, por que eu? Porque é isso que eu faço. Meu nome? Ah, qual deles?"

— Talvez você tenha razão. Não sei. Talvez eu pudesse ter ajudado. Você não sabe.

— Você não sabe, eu não sei. Mas o que sei é que, se eu tivesse contado para você, ele teria mais motivos para te machucar. Só contei para Mags depois de ter feito o serviço pela mesma razão.

Aquilo interrompeu seu ressentimento na mesma hora.

— Você não contou para sua tia?

— Só depois de tudo, quando eu já estava indo para a França. Ela também não ficou muito contente comigo, mas ficou a salvo.

Miranda não sabia por que aquilo mudava as coisas, mesmo que só um pouco. Mas mudava. Mudava, pensou ela, porque ele amava a tia, e ela fora uma constante na sua vida.

— Como você contou para ela que foi embora?

— Celulares pré-pagos. Comprei um para ela e um para Sebastien. Nada de e-mail, carta, nenhum outro tipo de comunicação. Só fui vê-la de novo no ano seguinte. Ela sempre vai ao Mardi Gras, então pegou o jatinho que eu fretei e foi me encontrar. A gente prometeu um para o outro que passaria alguns dias juntos todo ano, sem exceção. No primeiro de abril ou logo antes.

Ela era sua única família, pensou ele. A única conexão com seu lar.

— E os dois deram um jeito de manter essa promessa — disse Miranda.

— É, a gente se vira. Enfim...

Booth voltou para a bancada e terminou de encher o pote. Seu tom de voz estava calmo agora, como se a irritação e a emoção fortes não tivessem acontecido.

Ela notou que ele estava se controlando. Controlando seu verdadeiro "eu". Miranda não estava fazendo exatamente a mesma coisa?

— Você já deve ter o suficiente para seu livro.

— É, devo.

— Seria mais fácil para nós dois acabar com esses domingos.

— É, seria.

Ele estendeu o pote com comida para ela. Miranda pegou, depois o largou. Chega, pensou. Chega de fingir, de colocar filtros, de negar, dos dois lados.

— Por que você não pergunta o que eu quero?

— O que você quer?

— Talvez eu quisesse que você insistisse um pouquinho, para eu não ter que assumir a responsabilidade, mas o momento já passou.

Ela foi até ele, levou as mãos ao seu rosto e encostou levemente nos lábios de Booth com os seus.

O coração dela bateu em câmera lenta quando ele a olhou de um jeito que lembrou muito aquele primeiro dia de aula, um milhão de anos atrás.

Intenso, cauteloso, meio irritado.

— Talvez eu queira de volta, mesmo que só por um dia, o que ele roubou da gente. Eu te amei o máximo que eu poderia amar aos vinte anos. Sem rótulos, de um jeito avassalador, com um futuro brilhante à nossa frente. Talvez eu queira um pouco disso de volta, mesmo que seja só por hoje.

— Eu não... — começou Booth.

— Acho que você me deve. Acho que você quer me recompensar por ter estragado esse futuro — continuou ela, beijando-o outra vez, sentindo Booth se conter, se afastar. — Me recompensa, Booth — murmurou ela.

Miranda passou os braços ao redor do pescoço dele e deu um impulso para envolver sua cintura com as pernas.

— Me leva lá para cima — disse ela, sua cabeça girando, seus beijos agora urgentes. — Me leva para a cama, senão vai ser aqui na bancada da cozinha.

— Você não tem o direito de se arrepender. Não tem o direito de falar que foi um erro.

— Somos adultos agora. — Ela lembrou a ele, se deliciando com o pescoço dele enquanto ele a levava para fora da cozinha. — É só sexo.

Ele parou, afastou a cabeça para poder olhá-la nos olhos.

— Somos, e não, não é.

Entregue, ela levou a testa à dele. Não era um erro admitir isso, e sim um risco. E ela arriscou.

— Não, não é — concordou, e fez o que desejava fazer há semanas, correndo os dedos pelo cabelo dele. — Só vou te pedir uma coisa.

— Acho que vou te dar.

— Não vai embora do nada outra vez. Eu também não vou fazer isso. Se e quando chegar a hora de um de nós partir, vamos avisar um ao outro.

— Combinado.

No quarto, ele a pousou no chão e começou a desfazer sua trança.

— Se você mudar de ideia... Vão encontrar meu corpo quebrado no chão embaixo da janela.

— Não posso ser responsável por isso — disse ela, tirando a blusa dele e correndo as mãos pelo seu torso. — Você continuou malhando todos esses anos.

— Um ladrão com pancinha é um ladrão lento. Meu Deus, seu cabelo — disse ele, afundando o rosto no cabelo solto de Miranda. — Senti falta de olhar para ele, de tocar nele. — Olhando-a nos olhos, ele tirou o suéter dela. — De te ver, de te tocar.

Ele a pegou no colo, colando seus corpos, e finalmente levou sua boca à dela e se permitiu pegar o que queria, tudo que queria. Um sonho realizado, um sonho que o percorria por inteiro até saturá-lo.

Com beijos lentos e suntuosos, as bocas fundidas, o passado e o presente como um borrão, unidos em algo distinto e só deles.

Uma flor há muito adormecida finalmente desabrochava.

Ele a deitou na cama, entrelaçou os dedos nos dela. Para prolongar o momento, beijou as sobrancelhas, as pálpebras e as bochechas dela. Então, com os lábios nos dela, ele se entregou.

Tudo nela despertou, se expandiu e desejou. Ela não dormira no ponto, pensou. Tivera uma vida, namorados, trabalho. Mas aquele beijo foi como se algo nela, algo elementar, tivesse despertado outra vez.

Ele manteve as mãos entrelaçadas com as dela enquanto seus lábios vagavam, e a sensação de impotência no corpo dela a dominava, seduzia e a convidava a se render.

— Eu sonhava com você — confessou ele, deslizando a língua por dentro do sutiã para encontrá-la, atiçá-la. — Com você, com isso, e aí acordava com o cheiro do seu cabelo em volta de mim. — Seus lábios, seus dentes e sua língua seguiram pelo pescoço dela. — Agora você está aqui. Ficou me torturando, sentada ou em pé na minha cozinha, com todas aquelas perguntas.

— Eu sei — disse ela, ofegante, deliciosamente ofegante. — Foi a minha intenção.

— Conseguiu — afirmou ele, pegando uma de suas mãos e mordiscando seus dedos. — Agora você vai me pagar.

Miranda arqueou o quadril, a pulsação acelerada.

— Sirva-se.

— Pode deixar.

Ele soltou as mãos e, em um movimento quase imperceptível, abriu seu sutiã. Ela estendeu os braços para tocá-lo enquanto ele tirava seu sutiã, mas ele agarrou suas mãos outra vez. Então ergueu os braços dela acima da sua cabeça.

— Estou me servindo.

O coração dela batia acelerado sob as demandas lentas da boca dele. Será que ela se esquecera de que ele era capaz de tomar e tomar, e entregar tanto prazer torturante?

O prazer cresceu, cresceu e cresceu, até que ela começou a tremer, e então a se contorcer. Só com a boca, ele a levara ao clímax.

Booth sentiu-a subir e depois descer antes de soltar suas mãos para poder tocá-lo. E aquela pele linda, tão macia, levemente úmida agora com o calor que eles provocavam um no outro.

Todas aquelas curvas doces e delicadas, os membros compridos que ele podia finalmente tocar, explorar e possuir outra vez.

As mãos dela se moviam pelo corpo de Booth com urgência, enquanto seu corpo se movia sob o dele e lhe dava tudo que ele desejava.

Então, eles se ajoelharam na cama, despindo-se com pressa.

A risada de Miranda se fez ouvir.

— Tira logo esses sapatos. E termina o que você começou.

— Ainda estou olhando para você.

— Olha depois, termina agora. Booth. Booth — repetiu ela, passando as pernas intermináveis ao redor de seu corpo para recebê-lo.

Tudo que ele queria ao seu redor. Um sonho inalcançável por tanto tempo agora quente e vibrante sob seus braços. Qualquer que fosse o preço, ele se entregou ao momento, a ela.

Sem arrependimentos.

Ela não se aninhou no peito dele como antigamente. Não era mais uma jovem ingênua e, sem dúvida, não era mais uma mulher que acreditava no potencial do amor duradouro, de construir laços indestrutíveis.

E ele não era o rapaz meigo e tímido por quem ela se apaixonara perdidamente, e sim um homem bem mais complexo e complicado.

Na cama, ao seu lado, ela podia admitir que era encantada por ele.

Uma avaliação honesta — e ela queria honestidade — acrescentaria ainda empolgação e atração. Mas todas aquelas reações não equivaliam a amor. Mesmo que o amor abrisse caminhos, ainda tinha armadilhas, obstáculos e lhe dava um tranco.

Então, ela concluiu que estava tudo bem.

Ele estendeu o braço e entrelaçou os dedos nos dela. Ela fechou os olhos e tentou acionar defesas que costumava deixar sempre a postos.

— Não é só sexo — disse ele. — E está tudo bem entre a gente.

— Eu não estou atrás de romance, namoro nem de um "felizes para sempre", Booth.

— Essas coisas não são uma opção para alguém como eu. E, mesmo assim, está tudo bem. Existe algo entre a gente, Miranda, e sempre existiu. Estou disposto a aceitar isso e, por enquanto, só aproveitar.

Ele se sentou e olhou para ela.

— Eu não fugi na hora quando te reencontrei por causa dos alunos. Mas não foi o único motivo. Você não foi direto falar com Lorna nem com a polícia, porque queria respostas e precisava delas. Mas também não foi o único motivo.

Ela se sentou também e, no breu, examinou a sombra dele.

— Não, não foi. Eu só vou ficar aqui até julho.

— Está vendo? Você está olhando o copo meio vazio. No meu ponto de vista, eu tenho três meses com você. Então vamos aproveitar.

— Eu sempre penso: se o copo está meio vazio, levanta a bunda daí e enche mais. — Ceder não era desistir, pensou ela, e acariciou o cabelo de Booth. — Tudo bem, Booth, a gente enche mais o copo.

Ele se debruçou para alcançar os lábios dela com os seus.

— Fica.

— Talvez isso já seja fazer o copo transbordar e molhar o chão todo.

— Vamos devagar dessa vez. Fica para tomar um café e comer uma sobremesa.

— Você não toma café.

— Posso tomar um café com leite.

— Se é que isso pode ser chamado de café... — Ela brincou, inclinando a cabeça. — Que sobremesa?

— Vamos tomar sundae com calda de chocolate.

— Você não tem sundae com calda de chocolate no congelador.

— Não, mas tenho sorvete, uma calda de chocolate na despensa e chantili na geladeira. É só juntar tudo que temos um sundae.

— Chantili? Aquele de spray?

— Claro que não.

Antes que ela pudesse se vestir, ele lhe entregou um roupão e vestiu a calça de moletom. Após uma breve reflexão, Miranda decidiu que, se sabia que estava sendo influenciada, então não estava sendo influenciada.

Ela cuidou do café enquanto Booth transformava o creme em chantili. Então, ela se sentou na bancada da cozinha, de roupão, e tomou sundae com calda de chocolate.

— Acho que vou à sua sessão de autógrafos semana que vem.

— Você não é obrigado.

— Eu dou aula de literatura. — Booth lembrou a ela. — Temos uma autora best-seller na cidade. Que exemplo eu daria se não fosse? E você pode devolver o favor indo assistir a uma apresentação de *Adeus, amor.*

— Eu já estava planejando ir. Na verdade, ninguém vai perceber nem dar a mínima se você for à sessão de autógrafos.

Rindo, ele fez um gesto com a colher na mão.

— É aí que você se engana, depois de três meses em Westbend. Você não gosta disso. De autografar livros.

— Não foi isso que eu disse.

— Sua linguagem corporal disse. Por que não gosta?

Ela suspirou, brincou com a colher no sorvete.

— Sempre fico me sentindo alguém que eu não sou. Escrever é um processo solitário, só você e a história. E aí, depois de tudo, as pessoas querem que você saia e... Tipo, performe para eles.

— Medo de palco?

— Eu nunca tive medo de subir num palco. Gostava de participar das peças na escola. Mas, em uma peça, é para você ser outra pessoa, a graça é essa.

— Cada ator põe algo de si em seu personagem. A livraria, nesse caso, é seu palco.

— Eu gosto de conhecer os leitores. Fico grata que as pessoas passem o tempo delas lendo algo que eu escrevi. É só que me tira da minha zona de conforto.

— Onde tem só você e sua história.

— É. Ao mesmo tempo, um dos motivos pelos quais vim para Westbend foi justamente para ampliar essa zona de conforto. Às vezes, a gente fica confortável demais e a rotina fica maçante. E olha que eu adoro rotina.

Ela lambeu o chantili da colher e gesticulou.

— Isso não é um problema para você, porque você muda de rotina, de lugar e de tudo na hora que quer.

— Nem sempre é na hora que eu quero. Às vezes, é só necessário.

— Meu personagem é muito apegado ao restaurante para mudar tudo. Humm... Você rouba das mulheres com quem transa?

— Não. Nossa... — respondeu ele, horrorizado, passando as mãos pelo cabelo. — Que pergunta para fazer sentada aí, nua, só com um roupão por cima.

— Ele rouba. É um ponto importante da história. Ele transa com a vítima, e ela não é a primeira mulher de quem rouba depois de terem ido para a cama. Só é a primeira que acaba sendo assassinada. Por que você não faz isso? Intimidade é acesso.

— Em primeiro lugar, porque seria uma baita falta de educação.

Ela riu, então largou a colher e riu mais um pouco. Então, mais uma vez, segurou o rosto de Booth em suas mãos.

— É claro que você acha e sente isso. É uma das coisas que te torna tão irresistível. Seu código moral também.

— Escorregadio.

— Estranho, escorregadio, mas genuíno. E em segundo lugar? Geralmente, quando tem um primeiro, tem um segundo.

— Em segundo lugar, é uma conexão direta. Se ainda não é suspeito, a polícia provavelmente vai ter algumas perguntinhas para você por causa disso.

— É, vou usar isso — comentou ela, pegando a colher e sorrindo para ele. — Você faz um ótimo sundae com calda de chocolate.

— Também faço uma ótima omelete. Vai poder provar se ficar aqui. Na verdade, já está envolvida, porque vou usar os ovos que você desperdiçou fazendo a mistura para o pão.

Em vez de erguer a sobrancelha, ela franziu o cenho.

— Eu não desperdicei tantos assim.

— Tenho mais ovos.

Ela examinou a colher de sorvete com calda antes de comê-la.

— Vem com bacon?

— E com pão francês torrado.

— Bem... Acho que podemos secar tudo que transbordar do copo.

— Eu tenho um pano — disse ele.

Ela ficou.

Capítulo vinte e três

⌘ ⌘ ⌘

Ela dormiu lá outra vez, no meio da semana, depois do ensaio, e achou estranhamente relaxante ficar lendo diante da lareira enquanto ele corrigia trabalhos escolares.

Ela assegurou a si mesma que não era uma rotina nem uma expectativa. Apenas um convite sem compromisso para ir até a casa dele após o ensaio e comer uma pizza feita em casa. E ficar.

Na noite da sessão de autógrafos, ela escolheu um simples vestido cinza--claro e uma jaqueta de couro azul-marinho. Deixou o cabelo solto e calçou sapatos de salto que combinavam com a jaqueta.

Elegante e profissional, avaliou, sem parecer esnobe.

Quando saiu do quarto, Miranda deu de cara com um buquê de tulipas multicoloridas em um vaso quadrado e transparente na bancada da cozinha dela.

Ela pegou o bilhetinho que estava apoiado no vaso.

Boa sorte.

Booth, claro. Pelo visto, o ladrão entrara ali para deixar algo, em vez de levar algo.

Ela não quis achar aquilo encantador.

— Eu não deveria estar encantada — resmungou, ao mesmo tempo que colocava o bilhete dentro da carteira, como um talismã.

Quando chegou ao centro da cidade, entrou pela parte detrás da livraria, conforme fora instruída a fazer. Encontrou Carolyn superempolgada e um balcão cheio de livros dela.

— Eu devia ter te pedido para chegar uma hora antes em vez de trinta minutos! Recebemos pedidos on-line e antes da hora o dia todo! As pessoas já estão na fila, e você não vai acreditar: tem uma emissora de Washington lá fora. Dei uma entrevista rápida, e eles estão conversando com alguns clientes. É claro que querem falar com você.

Apesar do sorriso de entusiasmo que forçou, Miranda sentiu um frio na barriga.

— Que legal!

— Não precisa se preocupar com nada. Temos um sistema muito bom para esses eventos, e eu vou te ajudar com esses livros. Mas, antes de tudo, o que você quer beber?

Uma boa dose de uísque, pensou Miranda.

— Só uma água, por favor.

— Deixa comigo! — cantarolou Carolyn. — Não acredito que nossa livraria vai aparecer no *Jornal das onze*, e talvez de novo amanhã de manhã.

Miranda manteve o sorriso no rosto enquanto Carolyn lhe trazia uma água.

— Uhul! — comemorou Miranda.

Andy anunciara Miranda como "praticamente uma moradora do bairro", devido à sua conexão com Cesca, e aquilo funcionou, assim como seu marketing extenso nas redes sociais.

Quando saiu para a área do evento, viu um mar impressionante de rostos, incluindo o de Booth, que estava ao lado de Cesca e Lorna.

A parte das perguntas nos eventos nunca a incomodava. Ela sabia responder a perguntas e fez seu melhor para manter aquela postura durante a — felizmente — curta entrevista com o repórter de Washington.

Viu que Booth estava evitando a lente das câmeras, ao contrário dos outros. Ele foi tão hábil nisso quanto Stippers na organização do evento.

Ela se sentou à mesa, assinou livros, tirou fotos com leitores, conversou, e, em dado momento, o zumbido em seu ouvido diminuiu, até que ela se sentiu quase normal.

Quando Cesca se aproximou da mesa, Miranda fez que não com a cabeça.

— Você já tem o livro, assinado.

— Esse aqui não é para mim, é para uma amiga. Ronda está sempre se gabando da filha médica e do filho advogado. Quero ver ela fazer melhor que isso aqui! Ah, estou tão orgulhosa de você!

Então, ela fez um gesto para Booth.

— Tira uma foto minha, por favor, com minha afilhada famosa.

Depois que ele tirou a foto, Booth passou outro livro para Miranda.

— Achei que você já tivesse lido — disse ela.

— Eu li. Esse pode entrar para minha coleção de livros autografados. Você respondeu muito bem às perguntas.

— É sempre a parte mais fácil para mim.

— Fico feliz de ter podido ver. Tenho que ir. Tenho que dar uma olhada na iluminação da peça. Só devo chegar em casa lá pelas nove.

Ela entendeu a pergunta implícita naquela afirmação.

— Tenho uma reunião pós-evento com o clube de leitura. Acho que vou chegar em casa no mesmo horário.

— Divirta-se.

Para sua surpresa, ela se divertiu. Ainda assim, o normal para ela seria ir direto para casa, colocar um moletom ou um pijama, se deitar e encarar o teto em silêncio por pelo menos uma hora.

Em vez disso, foi até a casa de Booth.

— Que timing! — disse ele quando Miranda bateu à porta. — Cheguei há cinco minutos.

Booth a puxou para seus braços. O beijo foi mais útil que ficar encarando o teto.

— Tenho champanhe.

— Cesca também tinha, mas só tomei uma taça.

— Agora pode tomar duas — sugeriu ele, afastando-se um pouco. — Você estava, e está, linda de morrer.

— O objetivo era não parecer esnobe.

— Acertou em cheio. Acho que você fez o ano de Carolyn.

Ele pegou sua mão e puxou-a até a cozinha, até a garrafa que acabara de tirar da geladeira para colocar em um balde de gelo.

— Sabe, com Cesca na palma da mão, Carolyn vai dar um jeito de fazer você voltar.

— Ela já está tentando.

Miranda tirou os sapatos e emitiu um ruído de prazer que só uma mulher que passara horas de salto conseguia entender.

— Senta. Vou abrir isso aqui.

— Passei horas sentada. Você invadiu minha casa.

— Não quebrei nada.

Ao passar por ele, Miranda cutucou seu braço.

— Podia ter batido.

— Não teria o efeito da surpresa — disse ele, tirando a rolha.

— É verdade. As flores são lindas. Obrigada.

— De nada.

Ele lhe passou uma taça e pegou uma para si.

— Parabéns pelo sucesso da "Noite com Miranda Emerson".

Ela deu um gole na champanhe, girou os ombros, suspirou.

— Até que enfim acabou.

— Eu gostei de te ver no centro das atenções, vivendo o momento. Me deixou feliz.

— Está falando sério? — perguntou ela.

— Por que não estaria?

— Não sei. Não sei. Acho que... não deveria ser uma coisa tão impressionante para você, uma sessão de autógrafos em uma livraria de um lugar como Westbend.

— Mas é. Eu moro aqui. E é você. Quem sabe você consegue superar o que eu faço por uma única noite.

— Acho que eu me saí bem no quesito superar. E não falei isso de implicância ou como um insulto.

Ela se sentou e deu mais um gole.

— Eu fiquei observando você. Não é tudo um personagem. Não finge se relacionar com as pessoas, você se relaciona com elas. Não está usando o musical da primavera como parte do disfarce. Você quer que os alunos brilhem.

— De novo: por que eu não ia querer isso?

Ela se perguntou como explicar que o que era simples para ele era uma montanha-russa de emoções para ela.

— Tudo isso é normal para você. Mas para outras pessoas, como eu, por exemplo, é mais difícil entender esse normal. Assim que te conheci, pensei: ah, ele é um pouco tímido. E é claro que isso me deixou determinada a vencer sua timidez. Eu sou assim. Mas o que eu achei que era timidez era mais cautela. Necessário para você. Então, pensando agora, eu sei que tudo que você falou para mim foi sincero, mas foi pelo seu filtro de normalidade.

Ele não podia discordar de nada daquilo. Lembrava-se de tudo.

— Não posso voltar atrás e consertar o que aconteceu.

— Não, não é isso que eu quero dizer. Nada disso. É só... Você é uma pessoa incrivelmente honesta para alguém que ganha a vida de forma desonesta. E lembra aquilo que me disse antes, sobre o ator doar um pouco de si a cada papel? Estou vendo que você pode até trocar de nome, de visual, de função, tudo, mas ainda é você. Estou aprendendo a aceitar isso.

— Me avisa quando chegar lá.

— Ok. Enquanto isso, por que não senta e me conta como foi com a iluminação hoje?

— Quer saber mesmo?

— Quero. Principalmente porque vai me dar uma desculpa para tomar uma segunda taça e relaxar antes de te levar lá para cima e te seduzir.

Ele pegou a garrafa.

— Vou ser rápido.

No INTERVALO do almoço, Booth aproveitou para passar no teatro. Marteladas soavam, e ele ouviu o ruído de uma furadeira. Sentiu cheiro de tinta ao se aproximar do corredor central e viu alguns alunos trabalhando no pano de fundo da estação de trem, onde cantariam a música "We Love You, Conrad".

Jill Bester, a mãe do aluno que cuidava da iluminação e era cenógrafa voluntária, observava enquanto outro aluno aparafusava um dos cubículos para a cena de abertura.

— Bom trabalho, Chuck. Está pronto.

Então, ela chamou Booth e deu um tapinha na aba do próprio boné.

— O que acha?

Ele avaliou os cubículos de comprimentos e larguras diferentes e pôde imaginar os atores de pé, deitados e sentados lá dentro com telefones de mentira.

— Está perfeito.

— Vai ficar, depois que a gente pintar.

Ela se aproximou de uma mesa dobrável na qual estava seu tablet e mostrou o modelo.

— Está bom, não está?

Ele olhou para a tela com as cores vivas e variadas, pensando na iluminação que as valorizaria.

— Mais uma perfeição. Não sei o que eu faria sem você, Jill.

— Eu amo o que eu faço, ainda mais no musical da primavera.

— Você não vai me abandonar quando Tod se formar, vai?

— Nem tente se livrar de mim. Vou ficar com essa equipe por mais uns vinte minutos, mas Missy selecionou uns alunos de arte para ajudar com a pintura no próximo horário. Você vai poder usar os cubos e o cenário da cozinha no ensaio de hoje à noite.

— Já está quase terminando as montagens. Bem na hora.

— É assim que eu gosto. Você também se dedicou muito.

Ela levou as mãos à cintura e estudou o que outros veriam como um caos.

— Os cenários devem ficar prontos até o fim da semana. Obrigada por não ajudar com isso.

— Mais uma provocação envolvendo meus talentos artísticos.

— Em matéria de desenho e pintura, você não tem nenhum.

— Cruel, mas é verdade. Vai almoçar, Jill. Eu apareço mais tarde.

Ele pegou uma Coca e uma maçã na sala dos professores, deu uma olhada nos figurinos e se preparou para a aula seguinte. As próximas semanas teriam os mesmos horários frenéticos. E aquilo não o incomodava.

Pensou no dia em que seus horários fossem ficar mais flexíveis, perguntando-se se Miranda gostava de andar de caiaque, de fazer trilha. Ainda não tivera tempo de descobrir.

Eles deveriam estar saindo juntos? Indo jantar, ver um filme, pegando o carro até Washington para ir a um show? Como ele podia estar tão apaixonado por ela e não ter pensado nas coisas mais simples?

Eles conversariam sobre isso, decidiu Booth quando o último sinal tocou e os jovens correram ruidosamente porta afora.

Tirando Louis, que sempre parecia ter uma pergunta depois do último sinal.

— Oi, Sr. Booth.

— E aí, Louis?

Precisou de apenas dez minutos para lidar com a ansiedade de Louis a respeito da prova sobre *Júlio César.* Louis fora transferido da Pensilvânia, estava no primeiro ano e ainda precisava encontrar seu grupo, sua zona de conforto, seu equilíbrio.

— Sabe, Louis, estou precisando de mais um contrarregra.

— Ah, eu não entendo nada disso.

— Podemos te ensinar.

Na opinião de Booth, nada ajudava mais um jovem tímido e ansioso a se abrir do que o teatro. Dentro ou fora do palco.

— Por que você não vê com seus pais se pode ficar para ver o ensaio?

A cautela e ansiedade de Louis transbordavam como água pela rachadura de um copo.

— Só para ver?

— Pode ser. Começamos às quatro. Estou indo para lá agora.

Booth se levantou e pegou sua pasta.

— Pode vir comigo. Você não pega ônibus, né? Vem para a escola a pé?

E os dois pais trabalhavam, lembrou-se Booth. Não tinha irmãos.

— É, são só dois quarteirões.

Booth começou a caminhar para que o menino o seguisse.

— Ainda estamos montando os cenários, mas a maioria dos objetos já foi construída, e temos todos os adereços.

— Todos os contrarregras são alunos?

— Isso. Os contrarregras, os técnicos, o cenógrafo, o gerente de palco, os atores. Os alunos também constroem e pintam os cenários.

— Como eles conseguem fazer isso?

A preocupação escorrendo, a conta-gotas.

— A gente ensina. Alguns aprenderam com os pais, mas a gente ensina e supervisiona.

Alguns alunos se demoravam nos corredores, flertando ao lado dos armários ou enviando mensagens a pessoas que haviam acabado de ver, mas a escola já estava com aquela sensação de que não havia mais vivalma ali, de um prédio que já fizera o grosso de seu trabalho naquele dia.

Ele entrou no teatro, que já estava deserto, antes que a equipe e os atores começassem a entrar. Booth viu que Jill havia terminado os cubos e deixado-os no centro do palco, com as cores vivas e brilhantes.

Booth acendeu as luzes.

— Os alunos construíram isso com a Sra. Bester, a mãe de um deles. Ela ensinou a eles como fazer.

— Para que serve?

— Se você ficar, vai ver. Liga para sua mãe.

— Posso só mandar uma mensagem.

— Então manda.

— Ok. Mas o que um contrarregra faz?

— Alguns objetos cênicos como esse têm rodinhas. Elas travam para não saírem rodando. Os contrarregras sobem no palco entre as cenas. Rolam os objetos para fora e colocam o próximo cenário no lugar, de acordo com as marcas.

— Que marcas?

Booth fez um gesto e avançou em direção ao corredor central.

— Manda uma mensagem para sua mãe.

Pronto, pensou Booth, enquanto Louis o enchia de perguntas, enviando a mensagem e caminhando ao mesmo tempo.

Às 16h15, Booth juntara os atores da cena dentro dos cubículos.

— Joley, apoia as costas na parede, do lado direito do palco. Estica a perna e encosta o outro pé na parede. Isso, assim. O telefone fica na outra mão, não esconde seu rosto.

Ele deu instruções aos outros alunos, depois se afastou.

— O que acha, Louis? — perguntou ao rapaz na fileira da frente.

— Está ótimo.

— Também acho. A cortina sobe. Eles não se mexem durante os aplausos. Ficam assim até a música começar e ouvirem o primeiro toque.

Ele ligou a música e assistiu ao número de dança. Ficou animado.

Deu mais algumas instruções em meio às vozes, fez que sim com a cabeça vendo os jovens ocuparem bem seus espaços.

Quando a dança terminou, Louis aplaudiu espontaneamente.

— Desculpa, cara.

— Ninguém em cima de um palco jamais vai reclamar de aplausos, cara.

Às 17h, Louis já estava no palco, movendo os objetos e acessórios.

Às 18h30, o menino parecia ter recebido a chave do reino.

— Posso ser contrarregra mesmo, Sr. Booth?

— Contanto que seus pais estejam de acordo. Você aprende rápido.

— É divertido.

— É mesmo.

— Ei, Lou! Você mora perto da minha casa, né?

Louis piscou para o menino que chamou seu nome.

— É, acho que moro.

— Então vamos.

Quando todos saíram e Booth apagou as luzes, ele pensou em como os jovens do teatro eram especiais.

Seus passos ecoaram na saída, completando aquela sensação oca.

Lá fora, soprava uma leve brisa de março, mas ele avistou o verde brotando nas árvores e alguns narcisos esperançosos começando a aparecer. A primavera se aproximava, pensou ele, enquanto os alunos saíam do estacionamento em seus carros. Alguns buzinaram para ele, então Booth acenou enquanto andava.

Continuou andando quando avistou o sedã ao lado de seu carro, e o homem que saiu de dentro para esperar por ele.

Não era o mesmo sujeito que vira uns anos antes, mas era o mesmo tipo. Ombros largos, rosto sério, olhos frios.

Um segundo homem saiu de dentro do carro, um pouco mais velho e um pouco mais alto.

Percebeu que não sentia nada. Nem pânico nem tristeza, nada. Afinal, sabia que aquele dia chegaria, mais cedo ou mais tarde.

— Entra no carro.

— Eu tenho um carro.

— Passa a chave. Ele vai dirigir.

Assuma uma postura firme, pensou Booth com seus botões, senão vão passar por cima de você.

— Vou ficar com minha chave e com meu carro.

— Você não quer arrumar confusão aqui.

— Confusão nenhuma. Seu amigo aí pode vir no carro comigo. Mas eu dirijo. Diz ao LaPorte que vocês podem me seguir até a minha casa. Aonde mais eu iria?

Após uma breve disputa de olhares, o guarda-costas fez que sim para o parceiro.

Booth entrou no carro, ligou o motor. Desligou o rádio, visto que não parecia certo ouvir música com um brutamontes ao seu lado, que tinha uma arma na cintura.

Ele dirigiu em silêncio e pensou em suas opções. Tinha um plano B, como sempre. Talvez Miranda os tivesse mudado mais uma vez, mas ele ainda os tinha.

Primeiramente, precisava manter LaPorte longe dela, longe de Mags, Sebastien, Dauphine e sua família. E longe dos moradores de Westbend.

Segundo? Evitar ossos quebrados e tiros.

Depois disso? Ele tinha diversos cenários.

LaPorte queria algo. Queria a alma de Booth, mas também queria que Booth roubasse algo para ele.

Booth poderia usar isso a seu favor, o que quer e aonde quer que fosse.

Não olhou para a casa de Miranda ao passar na frente, mas avistou as luzes acesas nas janelas enquanto o crepúsculo escorregava rumo à noite.

Ele havia dito que mandaria uma mensagem para ela quando chegasse em casa.

Aquilo teria de esperar.

Parou o carro diante da própria casa e saiu sem dizer uma palavra.

Em vez de entrar pela porta lateral, que os amigos usavam, foi até a porta principal da casa, seguido por seu passageiro.

Ouviu o segundo guarda-costas sair do carro enquanto destrancava a porta. Ignorando os dois, Booth entrou e digitou o código do alarme. Usou seu plano A ao ativar os gravadores e câmeras pelo alarme.

— Dá uma geral na casa, Angelo — disse o primeiro homem ao passageiro de Booth.

— Não tem ninguém aqui.

— Dá uma geral na casa. Tem alguma arma, Sr. Booth?

— Seu chefe deve ter avisado que eu não uso arma. Tenho um jogo maneiro de facas na cozinha. Gosto de cozinhar.

Ele apontou para uma cadeira.

— Sente-se.

— Vou tirar minha jaqueta e pendurar ali dentro.

Quando Booth apontou para o armário, o guarda-costas foi até lá, abriu a porta e olhou lá dentro, conferindo os bolsos dos casacos em busca de armas inexistentes.

Booth esperou, então pendurou a jaqueta. Ele se sentou e pousou a pasta ao lado da cadeira.

O guarda-costas pegou a maleta, olhou o conteúdo e a largou novamente.

O segundo guarda-costas desceu a escada.

— Tudo certo.

— Avise ao Sr. LaPorte, depois pode esperar lá fora.

Booth se distraiu especulando sobre como LaPorte o teria encontrado e achou que tinha uma ideia da resposta. Perguntou-se o que LaPorte queria que ele roubasse, mas não fazia a menor ideia da resposta nesse caso.

LaPorte entrou. Tinha um andar lânguido e imponente. Usava um terno risca-de-giz cinza, com uma camisa cinza mais claro e uma gravata listrada azul e cinza.

Versão negócios, é claro.

Seu cabelo ainda era volumoso, uma juba loira sem nenhum fio branco. Como LaPorte já estava com mais de cinquenta anos, Booth concluiu que ele devia pintar o cabelo. Assim como sabia que LaPorte fazia plásticas aqui e ali para manter o rosto esticado e liso.

Vaidade, claro. Tudo parecia partir da vaidade.

— Faz um tempo que não conversamos.

Antes de se sentar, LaPorte passou os olhos pelo cômodo.

— Um pouco rústico, né, para um homem com uma experiência tão vasta quanto a sua?

— É o que dá certo para mim no momento.

— Sim, "no momento" é o mais importante, né? Você leva uma vida de nômade, mas aqui está, brincando de professor em uma cidadezinha minúscula. Deve estar absurdamente entediado.

— Ainda não. Estou gostando da pausa. O que você quer que eu roube?

— Ah, vamos chegar nessa parte. Deixei você se aventurando pela Europa e durante sua estranha escolha de vir até aqui, de viver essa vida nos últimos anos. Eu poderia, é claro, ter visitado você a qualquer momento, mas sou um homem paciente.

Mentiras, entendeu Booth. Ele não mencionara a América do Sul, a Austrália, a Nova Zelândia, Nova York e outros. Não sabia onde ele estava até agora. E as mentiras, ou vaidade, pesavam o lado de Booth da balança.

— E — continuou LaPorte — entendi que você seria melhor para mim se estivesse mais experiente. Agora que já tirou esse tempinho, podemos falar sobre a próxima etapa.

— Não tenho nenhum interesse em trabalhar para você.

Supremamente confiante, LaPorte abanou a mão.

— Seu interesse não me diz respeito. Mas imagino que sua tia ainda o interessa. E talvez Sebastien, embora você escolha não vê-los muito. Eu sou responsável por isso?

Ele jogava iscas na água, mas Booth não as mordia.

— Ando ocupado.

— Isso acontece muito entre as famílias e os amigos. Soube que você está muito envolvido com seus alunos, educando mentes jovens. Todos tão novos, tão cheios de vida, com tanta vida pela frente.

— Jura? — disse Booth, deixando escapar uma risadinha de puro nojo. — Está ameaçando crianças agora?

— Acidentes acontecem, até em cidades pequenas, não é mesmo?

— Eu diria que você é melhor que isso, mas vejo que não é.

— Eu poderia partir direto para a mulher. Que maravilha deve ser ter seu amor de tanto tempo atrás de volta na sua vida!

Booth havia se preparado para aquilo e olhou no fundo dos olhos cintilantes de LaPorte.

— Na verdade, não. O que a gente quer aos vinte anos muda. Mas ela me reconheceu. Eu não sabia sobre a porcaria da madrinha. — Booth deu de ombros. — Mas sei como acender uma chama quando preciso e fazer com que ela me favoreça. Ela é sensível a uma história triste e é boa de cama.

Booth avistou o lampejo de interesse e de desconfiança.

— Ela não sabe o que você é?

— Está achando que eu sou o quê? Ela nunca ficaria de boca fechada se soubesse. Veja bem, minha tia teve um problema com drogas que levou a um problema com a polícia. Eu tive que ajudar, tive que tentar. As coisas não correram bem, e foi isso. Acabei mudando de nome, me formei e fiquei envergonhado demais para ousar entrar em contato com Miranda outra vez.

— E sua tia?

— Bem, ela morreu. Uma overdose trágica. É a história que eu contei. Agora minha namoradinha da faculdade volta para minha vida e os sentimentos voltam a florescer. Para uma mulher inteligente, e até que ela é, ela é bem fácil de enganar. — Com uma discreta expressão de escárnio, Booth deu de ombros. — A maioria das mulheres é assim quando você encontra o ponto fraco delas. Eu não gostaria que ela se machucasse, não gosto de violência. É complicado. Mas ela é só mais uma mulher, mais uma vítima.

Você pode ter tido influência no fato de eu ter aprendido a não criar laços, mas eu aprendi.

LaPorte uniu a ponta dos dedos. O interesse que Booth via em seu rosto não lhe pareceu mais totalmente agradável. Era a expressão de alguém observando uma mancha estranha em um microscópio.

— Mas você não se formou. Não tem diploma nem certificado. Tudo mentira, falsidade. Acho que seus superiores na escola, a comunidade, os pais de alunos e as autoridades ficariam muito interessados nisso, se eu lhes desse essa informação.

— Sem dúvida, mas você não vai fazer isso.

— Não?

— Quer alguma coisa, e meu disfarce é tão conveniente para mim quanto para você. Se estragar minha história, a polícia vai aparecer para investigar.

Relaxado, o ladrão esticou as pernas.

— Você me quer, LaPorte, porque eu garanto que eles não investiguem nada. Venho garantindo isso desde que eu tinha nove anos. Você tem outras pessoas para contratar, como já fez, para conseguir o que quer. Mas nenhuma delas pode fazer o que eu faço. — Tranquilo, levemente risonho, Booth recostou-se na cadeira. — Você pode mandar a polícia para cima de mim e eles podem me prender, se conseguirem me pegar. Mas assim não vai conseguir o que te fez vir até aqui. Então vamos parar com a baboseira. Me diz o que quer que eu roube.

— Você continua mal-educado — afirmou LaPorte, lançando um olhar para o seu guarda-costas.

— Cuidado — avisou Booth baixinho, fazendo com que LaPorte erguesse o dedo na direção do guarda-costas. — Você tem um novo cão de guarda e pode mandar ele me bater como fez com o outro, mas isso não vai me motivar a roubar o que você quer. Você precisa me motivar. Não tem nada com que me pressionar dessa vez. — Booth se debruçou para a frente, o olhar firme e frio. — Eu garanto.

— Quer uma motivação? Três milhões de dólares. É o que vou pagar.

Booth se recostou e cruzou os tornozelos.

— Essa quantia não me impressiona mais quanto antigamente, quando eu tinha vinte anos. Eu dou meu preço e só vou dizer quando souber o que está em jogo.

— Quero um conhaque.

— Quero duas loiras gostosas esperando por mim lá em cima. Me diga que merda eu tenho que roubar e vai ter mais chances do que eu de conseguir o que quer essa noite.

— A Deusa Vermelha.

Ao ouvir aquilo, Booth perdeu sua máscara de escárnio e tédio. Percebendo sua reação perplexa, LaPorte sorriu.

— Quero aquele conhaque agora.

— A maioria das pessoas acha que a Deusa Vermelha é um mito.

— A maioria das pessoas é imbecil. A maioria não sabe exatamente onde ela está. E eu não sou um imbecil e eu sei. Se também quer saber, me sirva um conhaque.

Capítulo vinte e quatro

⌘ ⌘ ⌘

COMO PRECISAVA de um minuto — talvez de vários — para esfriar a cabeça, Booth se levantou e foi até o armário de bebidas. Por mais que preferisse uma Coca, não combinaria com a persona que criara.

Não apenas um ladrão, mas cínico, duro, aproveitador. Confiante, sem coração, dono de si.

Depois de servir o conhaque, serviu-se de três dedos de uísque puro.

A Deusa Vermelha. Tema de lendas envolvendo sangue, morte e traição.

Não havia ninguém no ramo que já não tivesse sonhado com ela vez ou outra, inclusive ele próprio.

Ao mesmo tempo, lembrou a si mesmo que as pessoas também sonhavam com dragões e moedas mágicas. Aquilo não os tornava reais.

Levou o conhaque até LaPorte e voltou a se sentar.

— O que te faz crer que não só a Deusa Vermelha é real, mas que também sabe onde ela está?

— O fato de ela ter ido a leilão ano passado para um grupo seleto de pessoas.

Booth admitiu para si mesmo que estava por fora mesmo, porque não ouvira nem um sussurro sequer a respeito disso.

— Você viu se era verdadeiro mesmo?

— Teria dado um lance se não tivesse visto?

— Você a viu.

— Em uma circunstância muito restrita. Segurei com minhas próprias mãos.

Enquanto mexia o copo de conhaque com a mão, LaPorte encarava a outra, como se estivesse vendo o diamante.

— O nome combina. Não existe outra igual. Nada que chegue perto. É a única no mundo inteiro.

— Por que não comprou no leilão?

Brevemente irritado, LaPorte deu um gole no conhaque.

— O lance final foi de três milhões por quilate, e ela é o maior diamante bruto vermelho já encontrado, mais pesada que o diamante Moussaieff. Dezenove vírgula oito quilates, vermelho puro. Totalmente puro, sem resquício de marrom, azul nem verde.

Ele tomou mais conhaque.

— Por que eu pagaria sessenta milhões se posso te pagar três para roubá-lo?

— Não vai ser por três. — Booth recusou a oferta com um movimento lento dos ombros. — Talvez cinco, depende. Quem comprou? Onde está?

— Você pode estar pensando em ficar com o diamante. Em sumir com ele. Eu pensaria com cuidado. Vou te matar do jeito mais doloroso que existe se você não entregar a Deusa Vermelha nas minhas mãos.

Booth o encarou friamente.

— Se eu aceitar, eu vou entregar. Já é irritante o bastante você aparecer na minha porta quando bem entende e me ameaçar. Não vou querer que essa joia seja outro peso. Nunca ia conseguir vender, é muito arriscado. Se eu aceitar o trabalho, você é o cliente. Comigo é assim, e você sabe. Eu não teria durado esse tempo todo se não fosse assim. Mas não vou aceitar nenhum trabalho sem os detalhes.

Booth tomou o uísque em silêncio e aguardou. Sentiu um leve deslocamento de poder quando LaPorte cedeu primeiro.

— Está em Georgetown. Em Washington. Acho que é o destino, já que fica tão conveniente para você. Foi Alan C. Mountjoy quem comprou.

— O leilão deve ter sido às cegas — comentou Booth. — Ninguém sabia a identidade dos outros participantes nem de quem deu o maior lance.

— Claro. Mas há meios de descobrir.

Com o mesmo tom de indiferença, Booth perguntou:

— Quem você matou?

— Eu não mato. O homem que possuía a Deusa assassinou o próprio pai por ela. Provocar um acidente parece até uma espécie de justiça. E a morte dele ajudou a pessoa que organizou o leilão a compreender que seria mais razoável cooperar com meu simples pedido.

— O que aconteceu com ele?

— Parece que desapareceu. — Mais um gole de conhaque. — Isso acontece o tempo todo. Se recusar o trabalho agora que tem essa informação, você não vai desaparecer. Mas o Edward aqui vai te espancar até a morte, e Angelo vai fazer parecer que foi um assalto. Uma tragédia à margem do rio.

— Não vou recusar. Por que eu recusaria a oportunidade de roubar uma joia lendária? Mas o preço é cinco milhões. Não tente barganhar comigo, LaPorte. Talvez eu precise contratar alguém para me ajudar com isso. Quero metade adiantado.

— Um milhão adiantado.

— Não.

Ele tinha de ditar as regras e o tom.

— Metade. Sou o melhor que existe, o melhor de todos os tempos, senão você não estaria aqui. Metade adiantado, metade na entrega.

— Quero o diamante em seis semanas.

— Não — discordou Booth mais uma vez e gostou de ver a raiva petrificando a expressão de LaPorte. — Você está me contratando e eu defino as condições. Estou organizando um musical.

Booth ergueu a mão antes que LaPorte pudesse se levantar da cadeira.

— Se eu sumir antes disso, antes do fim do semestre, vão estranhar. Se eu desaparecer, vão procurar por mim. Estou aqui há três anos e sou parte da comunidade. Não é que nem na faculdade, depois de alguns meses. Eu sou amigo do chefe de polícia, da prefeita. Vão querer saber mais.

Ele girou o pulso que tinha erguido para lá e para cá, como que ponderando.

— Posso fazer boa parte da pesquisa de forma remota e fazer uma ou duas viagens no fim de semana depois do espetáculo. Ninguém vai estranhar. Posso tirar férias depois que o semestre acabar. Assim não vai haver perguntas e eu consigo bolar um plano para pegar o diamante. Eu diria que lá por agosto. E vai ser melhor também se eu voltar para cá, para trabalhar mais um ano. Mais um ano escondido aqui depois do maior trabalho da minha vida. E aí — murmurou Booth, o prazer aumentando —, só aí, posso ir embora daqui. A poeira já vai ter baixado na Europa. Ou em qualquer outro lugar que eu escolha.

Dando uma luz de empolgação a seu olhar, ele ergueu o copo.

— Essas são as minhas condições. Cinco milhões, metade adiantado, metade na entrega. E não me atrapalhe enquanto eu estiver trabalhando. Não quero você na minha cola. O trabalho dos trabalhos.

Ele balançou a cabeça, deu um gole grande.

— Em agosto. O diamante vai estar na sua mão gananciosa em agosto. Isso não é o começo de uma bela amizade, LaPorte, mas é um contrato muito lucrativo para nós dois. Agora termine seu conhaque e vá embora. Tenho muito trabalho a fazer.

— Por acaso acha sua arrogância e grosseria charmosas?

— Acho que está confundindo confiança com arrogância. E, como me pegou de surpresa no meu local de trabalho e ameaçou me machucar e/ou me matar, estou pouco me fodendo se você me acha grosseiro.

Booth esperou para ver se tinha ido longe demais, se Edward e sua cara fechada iam arrancar sua arrogância a pauladas, mas LaPorte apenas largou o copo na mesa.

— Vou deixar uma forma de você entrar em contato comigo.

— Sério? — disse Booth, gesticulando com seu copo e pressionando um pouco mais. — Você espera que eu roube a Deusa Vermelha, mas acha que não sou capaz de conseguir o número do seu celular pessoal? Aviso a conta para a qual quero que transfira o adiantamento. Não volte aqui. Se alguém vir você ou fizer perguntas, se alguém te reconhecer, nosso acordo acabou. Me deixe trabalhar.

Enquanto LaPorte avançava em direção à porta, o guarda-costas a abriu.

— Se você falhar e fugir, eu vou te achar. E não vou ser tão paciente e compreensivo.

Booth aguardou até ouvir o carro se afastar, acompanhou o brilho dos faróis antes de subir até o segundo andar e trocar de roupa, e vestiu uma blusa preta de manga comprida, calça jeans preta e tênis preto.

Só por via das dúvidas.

Se LaPorte tivesse colocado alguém para vigiar a casa e observar sua reação inicial, seus primeiros movimentos, não veria nada.

Ele acendeu a luz do escritório e fechou a persiana. Estaria iluminado vendo de fora, mas sem ver o que acontecia lá dentro. Conferiu a gravação no laptop, então fez uma busca e confirmou sua suspeita.

Saiu pela porta dos fundos como uma sombra, chegando às árvores em instantes.

Ele conhecia o caminho, já andara por aquele bosque inúmeras vezes ao longo dos últimos três anos. O luar fraco não ajudava muito, mas ele não precisava de ajuda.

Tinha rotas de fuga mapeadas na mente. Talvez tivesse relaxado o bastante — demais, ele admitia — para acreditar que nunca precisaria usá-las, mas conseguiu visualizar com clareza a rota que queria agora.

O luar fraco prateava as sombras próximas, enquanto as mais distantes permaneciam escuras como a noite. Uma coruja chirriou com seu canto de duas notas, e algo se moveu no rio à esquerda de Booth.

Ele pulou por cima de um galho grosso e comprido provavelmente derrubado pelos ventos fortes de março e manteve os ouvidos atentos a algum carro na estrada, a qualquer ruído que fosse mais humano que animal.

As luzes da casa dela estavam acesas, focos de luz na escuridão.

No limite do bosque, ele parou, olhou a estrada e tudo em volta.

Podia vê-la nitidamente pela janela da cozinha. Seu cabelo trançado para trás, em um moletom largo e cinzento.

Ele esperou dois minutos, mas nenhum carro passou. Ainda assim, Booth percorreu o perímetro da casa, atrás de sinais de que alguém a estivesse vigiando, antes de entrar pela porta dos fundos.

Ela estava ouvindo música — nas alturas —, e ele a viu tirar um saco de pipoca do micro-ondas. Em vez de bater, ele tentou abrir a porta. Viu que estava destrancada, balançou a cabeça e entrou.

— Miranda.

Ela não gritou, só emitiu um barulho ao dar meia-volta. O saco de pipoca voou.

Ele o pegou e colocou na bancada. Fechou e trancou a porta.

— Booth! O que é isso? Você quase me matou do coração.

— Precisamos conversar. Agora.

Ele fechou a cortina da cozinha.

— Fecha a da sala.

— Quê?

— A cortina, Miranda. Só fecha. Não acho que ele tenha mandado alguém vigiar sua casa, mas fecha mesmo assim.

— Quem? Quê?

— LaPorte. Se você fechar a porcaria da cortina, eu explico. Só fecha, casualmente, como se estivesse indo deitar.

Ela nunca o vira assim: frio, perigoso, impaciente. E seu coração estava a mil.

— Se sua intenção era me assustar, está conseguindo.

— Que bom. E vê se a porta da frente está trancada.

Ela atravessou a sala e baixou a persiana de madeira. Quando foi até a porta e ele ouviu o clique da tranca, Booth se aproximou.

— Depois eu te dou um sermão sobre a falta de segurança da sua casa. É bom você se sentar.

— Não vou me sentar até você me dizer o que está acontecendo. O que tem o LaPorte?

— Ele me achou. Estava me esperando com dois capangas em frente à escola quando saí do ensaio.

— Booth — disse Miranda, cuja irritação rapidamente virou preocupação. — Eles te machucaram?

— Não. Ele nunca faz isso logo de cara. Começa com intimidação, ameaças, exigências. Quer que você ache que ele tem todo o poder, que está no controle. Mas cometeu um erro.

Booth andava de um lado para o outro agora, agora que a encontrara a salvo e sua ansiedade diminuíra. Lidaria com a raiva depois. Agora era hora de olhar para o todo, pensar nos próximos passos, bolar um plano.

— Ele mentiu. Começou mentindo, dizendo que sempre soube que eu estava aqui. Foi ego, vaidade, um jogo de poder e um erro.

— Como você sabe que é mentira?

— Se ele soubesse, não teria esperado. A emissora na livraria. Eles mostraram a parede com as recomendações dos alunos de Westbend e Carolyn falou meu nome. Ele devia estar ligado ou talvez tenha alguém para isso. Sebastian Booth, esses nomes. E você. Juntando as duas coisas, ele quis fuçar. Então acho que ele mentiu dizendo que já sabia, porque acabou de me encontrar.

— Porque eu fiz aquela porcaria de sessão de autógrafos. Porque eu...

— Não, Miranda — interrompeu ele. — Não foi porque você fez nada. Foi porque ele é que nem um gato na frente de um buraco de rato e acha que eu sou o rato. Está redondamente enganado.

— O que ele quer? O que você vai fazer? O que...?

— Respira. Senta. Por favor.

Ela se sentou, entrelaçou os dedos, respirou. Sentiu, literalmente, a ferida cicatrizada no peito se abrir.

— Você tem que ir embora, sumir de novo, e queria me avisar dessa vez.

— Eu não vou a lugar algum. Tenho um musical para organizar e um ano letivo para fechar.

— Não estou entendendo.

— Eu fugi da outra vez porque não sabia o que mais eu poderia fazer. Ele tinha todo o poder, e eu tinha medo dele. Por Mags, por você e por mim mesmo. Ele está seguindo o mesmo *script*, praticamente a mesma coisa, mas não está lidando com a mesma pessoa dessa vez. E ele mentiu.

Booth deu um sorrisinho, porque entendeu que o medo com que convivera todo esse tempo havia se esvaído como fumaça.

— Ele mentiu porque queria que eu sentisse o peso de achar que ele pode solicitar meus serviços a qualquer hora. Mas não pode, e eu minto melhor.

Então, Booth se sentou de frente para ela, na mesa de centro.

— E dessa vez eu vou te contar tudo. Ele não sabe que Mags e eu ainda somos próximos. Até onde sabe, faz anos que eu não a vejo, e eu não desmenti. Ela não é nada para mim. Nem você. Foi um azar para mim você ter vindo parar aqui, pior ainda ter me visto, me reconhecido. Mas eu me aproveitei dos seus sentimentos, inventei uma história triste para você. Tenho tudo gravado, então pode ouvir por conta própria.

— Gravado.

— Tenho um botão remoto no meu sistema de alarme. Está tudo no meu laptop. Mas o importante é o seguinte: eu te disse que Mags, minha única família, se meteu em confusão. Ficou viciada em drogas, acabou se envolvendo com a polícia, desespero. Tive que ir embora para lidar com isso. Vergonha, complicações e tal. Ela morreu.

— Meu Deus, Booth.

— Você ficou com pena de mim e acreditou que eu tinha mudado de nome. Enfim, depois de contar tudo isso, levei você para a cama.

Uma coisa se destacou em meio ao turbilhão na mente dela.

— Você me fez parecer uma idiota frouxa.

— Isso mesmo, e uma que não tem a menor importância para mim. Só é útil no momento, é prática. Pode ficar com raiva — acrescentou ele ao ver o corpo dela enrijecer, seu olhar endurecer.

— Ah, obrigada.

— Enfim, deixa eu terminar. Ele acreditou que eu preciso encerrar o ano letivo para ninguém ficar me procurando, começar a investigar. Ele mesmo devia ter pensado nisso. Estou aqui há três anos, criei relações. Não são alguns meses na faculdade. Então, em vez de ter um prazo de poucas semanas, vou ter meses.

— Prazo para quê?

— Ele quer que eu roube a Deusa Vermelha.

Booth olhou para o nada, como um homem observando algo sagrado.

— O que é a Deusa Vermelha? Uma estátua? Uma pintura?

Seu olhar se voltou para ela.

— Não. É um diamante vermelho, bruto, puro e de quase vinte quilates. É como se fosse o Cálice Sagrado no ramo. E a maioria das pessoas que sabe da sua existência acha, assim como o Cálice Sagrado, que não passa de um mito ou uma lenda. Mas ele viu, conferiu, até tocou no diamante.

— Se ele tem o diamante, por que precisa de você?

— Ele não tem. Deram um lance mais alto que o dele em um leilão secreto. Está tudo na gravação. A Deusa tem uma história sangrenta. É o maior diamante vermelho que já existiu. Pessoas já mataram por ela. Eu imagino que ele esteja considerando me matar quando eu conseguir o diamante para ele. Com certeza, tem a intenção de me matar se eu não conseguir.

O modo como ele falava sobre assassinato deixou a boca de Miranda seca.

— Você tem que ir à polícia, ao FBI ou a qualquer autoridade que cuida desse tipo de coisa.

— Essa é a última coisa que eu vou ou que devo fazer. Eu ia parar atrás das grades, depois seria morto... Ele daria um jeito de isso acontecer.

— Então você tem que fugir, tem que ir. O que mais pode fazer?

— Mole. Vou roubar a Deusa Vermelha.

— Vai roubar para ele? Vai deixar que ele te use outra vez?

Booth lançou um olhar tão infinitamente paciente para Miranda que ela teve vontade de bater nele.

— Não vou roubar *para* ele, Miranda. Vou roubar o diamante, depois vou usá-lo para fazer LaPorte pagar caro. Consegui negociar o tempo que eu precisava para pensar em como fazer isso. E vou fazer. Ele não é meu cliente dessa vez. Ele é a vítima.

Booth esticou o braço e segurou as mãos dela.

— Você podia ir passar um tempo com seu pai em Oxford. Ele acha que sou igual a ele, Miranda. Que não me importo com ninguém. Não vai se dar ao trabalho de mexer com você se você estiver na Inglaterra.

— Eu não vou para a Inglaterra.

— Só me ouve.

— Não — disse ela, se levantando. — Não. Não vou deixar alguém que eu nunca vi mandar na minha vida, me obrigar a fazer algo que eu não quero. Ele já acabou com a minha vida uma vez. Não vai fazer isso de novo. E agora eu quero uma bebida.

Ela foi até a cozinha.

— Você não é mais a mesma pessoa — continuou Miranda, tirando a rolha de uma garrafa de Sauvignon Blanc. — E eu também não. Quer uma taça disso?

— Agora eu quero. Seria só até agosto, talvez setembro. Talvez antes, tenho que decidir.

— Não. Eu nem sabia que diamantes podiam ser vermelhos, e agora esse babaca ganancioso e uma pedra vermelha grande vão ditar minha vida? Não.

— Diamantes podem ser de várias cores e vermelho é a mais rara, portanto a mais valiosa por quilate. A maioria é pequena. Enfim, o que importa é que ele está obcecado. Posso usar isso. Não quero que você sofra nenhuma retaliação.

— Por que eu sofreria? — perguntou ela, jogando a trança para trás e tomando um pouco do vinho. — Você disse que o convenceu de que não se importa comigo. Só está me usando para se esconder. Como usou Mags na história que fingiu ter me contado. Você só se importa com você mesmo, né? Ele acreditou nisso ou não?

— Sim, sim, acreditou. Por que não acreditaria?

Booth tomou um pouco de vinho e largou o copo. Então, começou a andar de um lado para o outro de novo.

— Ele não entende o amor. Não ama ninguém. Não tem sentimentos por ninguém. Possuir coisas é o que o motiva a seguir em frente, não os sentimentos. Ele não ama nem o que possui. Usou o que eu sentia por você antes, algo que ele via como uma fraqueza. Achou que podia usar isso de novo, mas não vai fazer isso. Não vai usar você ou o que sinto por você como uma arma, nunca mais.

Ele se virou e viu Miranda de pé na cozinha iluminada, olhando fixamente para ele.

— Caramba, Miranda, você tem que saber. Eu nunca senti por ninguém o que sinto por você. Nem antes, nem depois. Sempre foi você. Só você.

— Como você acha que pode me dizer isso, que eu posso ouvir você me dizer isso e depois fazer as malas e pegar um avião para Oxford?

— Eu não posso te dar nada além do que eu sinto. Nós dois sabemos disso. Agora, nesse instante, eu preciso descobrir como resolver esse problema, porque, até eu resolver, você não vai ficar totalmente fora do radar de LaPorte. Nem Mags. Vocês são as pessoas mais importantes do mundo para mim, então eu vou resolver o problema.

O coração dela ficou menos agitado de repente. Ainda batia com força, mas de maneira regular.

— A prioridade é o problema?

— Tem que ser.

Ela olhou para o vinho, então assentiu.

— Ok. Como eu posso ajudar a resolver o problema?

— Eu não...

— Você não pode me dizer que não quer que eu ajude, que não precisa da minha ajuda, que quer que eu vá às pressas para um lugar a milhares de quilômetros daqui como uma donzela frouxa, inútil e covarde em uma torre.

Ela se aproximou dele enquanto falava e enfatizou as palavras batendo no peito dele com o dedo.

— Eu não te acho frouxa, inútil nem covarde, nunca achei. É decidida, determinada, direta. Sempre foi. Então eu não te vejo como uma donzela na torre.

— Você também não pode dizer: "Mas, Miranda, vou ficar preocupado e distraído se não souber que você está a salvo."

Ele não conseguiu se conter. Esticou o braço para passar a mão em sua trança.

— Isso eu queria dizer.

— Meus sentimentos também importam. Além disso, eu tenho um cérebro. Então você tem mais uma chance. Como eu posso ajudar?

— Só deixa eu... — começou Booth, baixando a cabeça para encostar a testa na dela. — Pensar.

— Pensa rápido.

A risada diminuiu a tensão nos ombros dele.

— Vamos começar com o seguinte. Deixa tudo que precisa arrumado por enquanto. Sua casa não é segura. Posso dar um jeito se quiser. Mas, se juntar suas coisas e ficar na minha casa por um tempo, isso pode ajudar a eliminar a preocupação e a distração, permitir que eu me concentre. E — acrescentou ele, antes que ela pudesse se opor — pode ser bom ter sua opinião sobre as ideias que eu tiver. Você é inteligente.

— Muito melhor. Isso eu posso aceitar. Vou precisar de um lugar para trabalhar.

— Pode usar o quarto de hóspedes, ou, se não funcionar, eu posso levar meus materiais da escola lá para cima e você fica com meu escritório.

— O quarto de hóspedes está ótimo. Me dá quinze minutos.

Ela começou a se afastar, então parou, deu meia-volta e olhou para ele com seus olhos de feiticeira do mar.

— Vai precisar se adaptar a outras mudanças também, Booth. Essa produção aqui não é um monólogo.

Dessa vez, não poderia ser, ele admitiu enquanto andava de um lado para o outro na cozinha de Miranda. Havia muitos fatores, muitos riscos, muita coisa dependia daquilo. Então, enquanto Miranda arrumava a mala, ele pegou o celular e ligou para Sebastien.

Quando ela terminou e ele já tinha os primeiros passos em mente, Booth colocou os pertences dela — um volume maior do que imaginara — no carro.

— Vamos trazer seu carro de volta amanhã de manhã — disse ele. — Até a gente saber quem ele mandou para ficar de olho em mim, é melhor dar a impressão de que você continua indo e vindo.

— Tipo amigos coloridos?

— Por enquanto.

— Por mim, tudo bem. Como você vai descobrir quem veio te espionar, se é que ele vai mandar alguém?

— Ele vai mandar alguém. Não esperava que eu insistisse em ficar aqui, por isso não tem ninguém aqui ainda. Mas amanhã ou depois, no mais tardar. Não deve ser difícil descobrir. Quem quer que ele mande para cá vai precisar de um lugar para morar. Ou perto da minha casa ou perto da escola. Quem conhece todo mundo que está atrás de uma casa em Westbend e nas redondezas?

— Tracey. Claro — respondeu ela, estacionando ao lado do carro dele. — Eu cuido dessa parte. A gente estava querendo almoçar juntas, então vou marcar. Posso perguntar sobre isso discretamente.

A hesitação dele foi um reflexo, e ele soube, portanto deixou-a de lado.

— Provavelmente vão querer alugar, mas LaPorte talvez autorize uma compra.

— Deixa que eu cuido disso, Booth.

— Ok.

Ele pegou a mala, a bolsa com o laptop, a bolsa a tiracolo e esticou o braço para pegar a última sacola, mas ela a alcançou primeiro.

— Vou precisar das chaves e do código do alarme — anunciou Miranda enquanto levavam seus pertences para a casa e até o segundo andar.

Adaptar-se, adaptar-se, lembrou a si mesmo.

— Posso arrumar meu espaço de trabalho amanhã de manhã. O laptop e a bolsa a tiracolo vão aí dentro. Vou precisar da senha do Wi-Fi.

Ela se movimentava com agilidade, ocupando o quarto dele, abrindo sua mala.

— E de uma gaveta só para mim, além de um espaço no closet. Pelo menos uma gaveta da penteadeira e um espaço nas prateleiras do banheiro. — Ela se virou e sorriu. — Está se adaptando a essa mudança também?

— Estou.

— Está doendo?

— Um pouco. Você já morou com alguém?

— Fora meu pai, não. Mas acho que está claro que sou a mais flexível de nós dois. Preciso do meu espaço: pessoal e de trabalho. Não sou bagunceira, mas nunca vou ser tão obsessivamente organizada quanto você.

— Eu não diria "obsessivamente".

— Porque o obsessivo é você — lembrou a ele. — É uma boa característica, mas não vou alcançar seus parâmetros absurdamente altos. Você vai se adaptar, e eu vou fazer o meu melhor para ser respeitosa. Depois que cuidarmos desses aspectos práticos, podemos nos concentrar em resolver o problema.

Ele abriu uma gaveta e tirou algumas camisetas — impecavelmente dobradas —, transferindo-as para outra gaveta.

— Está bom?

Não, pensou ela, mas fez que sim com a cabeça.

— Por enquanto, sim.

Ele foi até o closet e mudou algumas coisas de lugar. Hesitou, então mudou mais algumas.

— Já tem muito espaço aqui dentro. Cabideiros, cabides e prateleiras. E só estou usando duas gavetas na penteadeira do banheiro. Tem seis.

— Ótimo, eu uso as outras quatro.

Ele se perguntou por que ela precisaria de quatro, mas não falou nada.

— Quer ajuda?

— Não.

— Bem, ótimo. Vou fazer uma comida. Eu não jantei. Quer alguma coisa?

— Também não jantei.

— Você estava fazendo pipoca.

— Para o jantar.

Em vez de ficar boquiaberto, ele fechou os olhos por um instante.

— Não acredito. Vou fingir que não ouvi isso. Vou estar lá embaixo.

Sozinha, Miranda encheu a gaveta, usou os cabides do closet e o espaço nas estantes. Enquanto tirava sua maquiagem da bolsa, seus cremes, seus produtos de cabelo e de banho, ela riu sozinha.

Era, sem dúvida, uma situação terrível, verdadeiramente tensa e perigosa. No entanto, ela não podia negar que ia gostar, que já estava gostando, em muitos aspectos.

Ah, a cara dele, pensou Miranda ao se olhar no espelho do banheiro. A expressão de choque e perplexidade quando ela listara os espaços de que necessitaria no espaço *dele*.

Estava tão acostumado a ter todo o espaço para si, a estar sozinho, a montar o próprio horário... Agora teria de abrir espaço, partilhar seus planos, seus pertences e, pelo menos por enquanto, sua vida.

— As coisas mudam, Booth — murmurou ela. — E não vai ser só o seu nome dessa vez.

Ela saiu do quarto de Booth e deu uma olhada no quarto de hóspedes, seu escritório temporário, ao descer. Aquilo a fez sorrir, imaginando como ele se *adaptaria* ao fato de que o espaço de trabalho dela transformaria o quarto num caos — para os parâmetros dele — em 24 horas.

Ela pensou, então, que bastava fechar a porta. Ele tinha coisas mais importantes com que se preocupar. E, agora, ela também.

Quer ele gostasse disso ou não, ela ficaria ali pelo tempo que fosse necessário.

LaPorte havia acabado com suas esperanças, seus lindos sonhos da juventude, outrora. Ela... Eles não deixariam que ele fizesse isso outra vez.

Ao se aproximar da cozinha, Miranda avistou Booth atarefado diante do fogão, com um pano de prato no ombro.

Ela prometeu a si mesma que controlaria seus sentimentos e quaisquer esperanças e sonhos que emanassem deles.

Depois que tivessem resolvido o problema.

Ela entrou.

— Então, o que tem para a janta?

Capítulo vinte e cinco

⌘ ⌘ ⌘

ELE FEZ um milagre com macarrão, tomates-cereja, feijão-branco, algumas azeitonas e um pouco de espinafre. Depois de servir os pratos, Booth ralou queijo parmesão por cima.

Quando se sentaram, ela provou a primeira garfada.

— Não sei como conseguiu fazer isso com o mesmo tempo que eu tive para desfazer as malas.

— Sou muito habilidoso.

— Você está zoando, mas é mesmo. Então, de que habilidades vai precisar para resolver esse problema? É só um brainstorming — lembrou a ele ao ver sua hesitação. — Não estou aqui só pela comida e pelo sexo.

— É um problema com várias camadas, então você lida com as camadas. Quando eu souber quem é a pessoa que LaPorte vai mandar, ou as pessoas... Imagino que vão ser duas, provavelmente um casal, ou duas pessoas posando de casal... Aí eu decido como passar a impressão que eu quero que elas relatem para LaPorte.

— E ele vai achar que ganhou a primeira batalha?

— Vai. Talvez eu tenha que ir de carro até Georgetown qualquer noite dessas, ou numa manhã de sábado, deixar que eles me sigam se quiserem.

Mais relaxado, agora que Miranda estava onde ele precisava que estivesse, mais concentrado nos passos e nas etapas, Booth tomou um pouco de vinho.

— Isso também vai permitir que eu veja de perto meu alvo e o ambiente. Vou precisar fazer isso duas ou três vezes, mesmo tendo a planta da casa.

— Você consegue ter acesso à planta da casa das pessoas?

Ele enrolou um pouco de macarrão no garfo.

— Também sou um hacker habilidoso e, se minhas habilidades não bastarem, conheço um cara. A sala do tesouro deve ficar perto do espaço privado de Mountjoy, o cara que está com a Deusa agora.

— O nome dele é Mountjoy mesmo?

— Sim, Alan C. Uma curiosidade é que eu já tinha a casa dele na minha lista de possíveis alvos.

Booth viu a expressão de Miranda e completou:

— Que eu aposentei desde que fizemos nosso acordo. Enfim, a sala do tesouro deve ficar perto do escritório que ele tem em casa, ou da suíte principal. Vai ser altamente protegida, então vou precisar conhecer o esquema de segurança. O que ele tem? Alarmes, câmeras, talvez detectores de movimento, luzes de seguranças, possivelmente reforços humanos. Seguranças fazendo uma ronda no terreno. Será que ele tem cachorro? Ano passado, quando coloquei a casa na lista, ele não tinha, mas as coisas mudam. Tenho que saber se ele tem um cachorro. Um bicho de estimação, um cão de guarda. Eu costumo desistir quando tem um cachorro envolvido, mas, se ele tiver, vamos dar um jeito.

Ela o olhou bem nos olhos.

— Você não vai machucar o cachorro.

— Por enquanto, é um cachorro imaginário, Miranda. E, se vir a ser um cachorro real, não, não vou machucá-lo. Carne vermelha. Cachorro é cachorro, eles não resistem a um belo bife. Se eu não conseguir passar por ele desse jeito, vou encontrar outro. Um de nós vai atrair ele para longe.

— Um de nós?

Ele a olhou com igual intensidade.

— Não você nesse caso. Entrei em contato com Sebastien. Ele vai começar a lidar com outra camada do problema. LaPorte tem uma equipe — continuou Booth. — Pessoas da minha área, pesquisadores, colecionadores de informações, capangas. Tem os próprios guarda-costas e seguranças, além daqueles que podem viajar caso ele precise intimidar, ameaçar ou pressionar alguém. Ou coisa pior.

Por fora, Miranda comia tranquilamente, mas por dentro ela tremia.

— Está falando de assassinos? Matadores de aluguel?

— Estou. Digamos que ele quer uma propriedade em Lyon e os proprietários não querem vender, sobretudo pelo preço que ele está oferecendo. Ele envia alguém para persuadir os proprietários. De um jeito ou de outro.

Ele contara algumas coisas sobre LaPorte para ela, mas Miranda simplesmente não entendia o grau de poder e a natureza pervertida do sujeito.

E ela precisava entender.

— Ele cobiça coisas, Miranda, ainda mais quando elas pertencem a outra pessoa. Coisas importantes, únicas, inestimáveis. E, quando ele cobiça algo, nada o impede de tomar posse daquilo. Matar, mandar matar... É só tirar um obstáculo do caminho.

— Ele é mau.

Booth deu de ombros.

— Vejo LaPorte mais como deturpado, mas pode-se dizer "mau" também. Ele não sabe que eu passei vários anos estudando os padrões de comportamento dele, os métodos dele. Conheço algumas pessoas dessa equipe, e Sebastien vai cuidar dessa parte.

— Que parte é essa?

— Preciso de um bode expiatório. Tenho alguém em mente, mas temos que pensar na logística.

— Um bode expiatório? Tá aí algo que não se ouve todo dia — comentou ela, espetando o tomate. — Para que precisa de um bode expiatório?

— Para levar a culpa e conectar LaPorte ao caso para que ele também vá preso.

— Peraí — interviu Miranda, que pegou sua taça de vinho e a pousou na mesa. — Booth, você vai incriminar alguém? Um dos seus próprios... parceiros?

— Não é um parceiro. Alguém do meu ramo que não tenha o que você chama de meu "senso moral escorregadio". Alguém que invade casas e gosta de aterrorizar as pessoas dentro dessas casas. E que pensa: "Bem, se o único jeito de conseguir a combinação do cofre for batendo nessa mulher, ou coisa pior, melhor ainda." Esses babacas mancham a nossa reputação. Então, é... — Ele deu de ombros, enrolando mais macarrão no garfo. — Vou incriminá-lo. LaPorte vai contratar o cara para roubar a Deusa, dizendo que tem que ser um trabalho discreto. Ou seja, nada de violência, nada de rastros. Mas ele vai deixar rastros, e muitos.

— Não entendi. Por que LaPorte o contrataria se tem você?

— O bode expiatório vai achar que é LaPorte, mas quem vai contratar ele sou eu — explicou Booth, sorrindo para ela.

Então, ele deixou sua voz macia, arrogante, e imitou um sotaque do sul:

— Um milhão em dinheiro está bom, na entrega te dou mais dois.

— Uau. É assim que ele fala?

— Você vai ouvir na gravação — disse Booth, pensando enquanto comia, começando a bolar seu plano. — Vou precisar de uma casa no Lago Charles, um imóvel parecido com o LaPorte. Precisamos definir a hora e o lugar, e dar um jeito de garantir que LaPorte não tenha um álibi muito firme nesse momento. Eu atraio o bode expiatório para esse lugar nessa hora.

Ele olhou ao longe, visualizando tudo.

— Vamos precisar de tempo para organizar, e a casa vai ter que ficar vazia por umas cinco ou dez horas para a gente fazer direito. Fazemos com que ele vá até lá de noite, nos encontramos no que vai parecer o escritório de LaPorte, fechamos o acordo, então desmontamos tudo e saímos.

— Você faz parecer que vai ser fácil. Não vai.

— Fácil, não. Camadas, passos, exatidão. Detalhes. — Ele franziu o cenho com os detalhes que já percorriam sua mente. — Vai ser trabalhoso detalhar tudo.

— Mas esse bode expiatório nunca viu LaPorte nem esteve na casa dele?

— Não sei ainda se ele já esteve no Lago Charles, mas já falou com LaPorte pessoalmente. Isso não é um problema. Não é à toa que me chamam de Camaleão. Preciso ficar atrás de uma mesa. Tenho uns dez centímetros a mais que LaPorte, mas vou dar um jeito. Preciso do lugar e dessas cinco a dez horas. Vou cuidar disso.

Ele serviu mais vinho para ela.

— Você já viu *Golpe de mestre*, né?

— Com Paul Newman e Robert Redford? Um clássico. Claro.

— Não vai ser tão elaborado ou complexo nem vai envolver tantas pessoas, mas a lógica é a mesma. Pegamos dois vilões no fim. Vai dar certo. Eu vou fazer com que dê certo.

Confiança total, pensou ela. Ela admirava isso, mesmo não sentindo o mesmo.

— Parece até que você está animado agora.

— Estou mesmo. Se tem um coisa que sempre quis fazer desde que fui embora de Chapel Hill, é me vingar dele, acabar com ele. Tenho a oportunidade perfeita agora. Eu vou dar a cartada final. Agora só preciso descobrir como vou fazer isso.

— E se o bode expiatório entrar em contato com LaPorte?

— Vou garantir que ele não entre. Conheço o esquema. LaPorte não gosta de ser incomodado nem de deixar qualquer rastro. A pessoa aceita o trabalho, faz o trabalho e não entra em contato a não ser que ele dê um número para isso. Talvez a pessoa seja pega, e algumas são. Talvez fale o nome dele para tentar fazer um acordo. Um detetive pode ir conversar com LaPorte, mas nunca passa disso porque não existe conexão ou prova que leve a ele de fato.

— Mas dessa vez vai existir?

— Ah, vai. — Ele sorriu, não demonstrando apenas confiança, mas achando graça. — Pode confiar — completou.

— Pelo visto, eu confio. Sou boa de pesquisa. Vou usar um pouco dessa minha habilidade para descobrir mais sobre esse diamante. E quero ouvir a gravação.

— Ok. Preciso que você lembre que eu o estava manipulando. As coisas que eu falei...

— Eu não estava errada a seu respeito doze anos atrás e não estou errada agora. Só mais uma pergunta: o que você pretende fazer com a Deusa Vermelha depois de roubá-la?

— Tenho algumas ideias... Estou pensando. Mas nenhuma delas tem a ver com vender ou ficar com o diamante.

— Isso basta por enquanto. Vou marcar algo com Tracey, descobrir o que ela sabe sobre aluguéis ou compras e dizer que quero estender meu contrato até agosto.

— Miranda...

— Estou nessa até o fim, lembra? Estou dentro, Booth. Não à margem, não a distância, estou dentro.

— Se der alguma coisa errado, se eu for pego...

— Não vai ser. Você mesmo não disse que daria um jeito? Se está tão confiante, passe um pouco dessa confiança para mim também. Dessa vez você tem ajuda. Tem uma equipe. Pode ir se acostumando — aconselhou ela, se levantando. — Você cozinha, eu lavo a louça. Acho que vai ser melhor para nós dois assim.

Ela levou os pratos até a pia.

— Ah, não esquece. Preciso da chave e do código.

ELE VIVIA daquele jeito há muito tempo: seu espaço, seus horários, seu ritmo. Booth não se via como um homem que teria dificuldades para abrir espaço, dividir, se juntar. Além do mais, ele a queria ali, para a segurança dela, e para ele.

Ele a queria e ponto.

No entanto, sentia pontadas inesperadas no peito quando avistava as roupas dela no armário dele — *deles* — e sua escova de dentes na penteadeira do banheiro.

Ela arrumara rápido o lugar onde trabalharia. E, em 24 horas, transformara o charme descontraído do quarto de hóspedes em um caos criativo.

Ele sentia uma vontade louca de arrumar o quarto e se perguntou se realmente tinha algum problema.

Disse a si mesmo que ignorasse a bagunça e, sobretudo, que tinha outras coisas com que se preocupar além de papéis e xícaras de café espalhadas.

Como sempre, teve de separar uma coisa da outra: o único jeito que tinha de lidar com a vida que escolhera.

Deu suas aulas, corrigiu trabalhos, lidou com um ou outro aluno rebelde, ou pior, com um pai reclamão.

Foi aos ensaios, e a primeira apresentação com figurino se aproximava.

Falou com Sebastien e reuniu os dados acumulados.

Planejou as diversas etapas do trabalho.

Ele queria, acima de tudo, separar Miranda dos planos. Talvez tivesse mesmo vontade de guardá-la no alto de uma torre. O que havia de errado nisso?

Ele não pudera proteger sua mãe do câncer e a perdera.

Não ia perder Miranda.

Mas ela permaneceu decidida.

Ele deu sua aula sobre *A tempestade*: novo mundo, feitiçaria, traição, romance. E pensou no almoço de Miranda com Tracey.

Ela vai se sair bem, disse a si mesmo, e concentrou-se em Próspero e Caliban.

VOU ME sair bem, pensou Miranda ao entrar no restaurante Water's Edge com dez minutos de antecedência. Queria estar à bela mesa ao ar livre, na brisa agradável, com sua taça de Pinot Grigio antes que Tracey chegasse.

Era uma tarefa fácil, pensou ela, e prazerosa, já que gostava de Tracey. Raramente, almoçava com uma amiga na sua cidade, pois tinha um cronograma rígido de escrita. Então aquilo era uma pausa bem-vinda, a cereja do bolo.

Um almoço mais ou menos chique na fresca brisa primaveril, à beira da água. E, com sorte, com informações confiáveis que ajudariam Booth.

Ela queria ajudá-lo e, mais uma cereja no bolo, queria a empolgação de fazer parte de um roubo.

Não sentia nenhuma culpa, o que a surpreendera bastante. O que Booth planejava roubar já fora roubado e envolvia um assassinato a sangue-frio.

Não se tratava de roubar com fins lucrativos nesse caso, já que ela não considerava seu código moral tão escorregadio. Era apenas uma forma de corrigir uma injustiça.

Como vingança era um termo problemático para ela, Miranda chamou aquilo de justiça.

Ela acreditava fortemente na justiça.

Pediu sua bebida e se acomodou. Vestira-se para sair com uma amiga. Jaqueta de camurça roxo vivo, calça e blusa de linho, botas e um cachecol divertido.

Ela avistou Tracey, de vermelho vivo e creme, entrando dez minutos atrasada, exatamente como Miranda havia imaginado.

— Desculpa, mil desculpas!

— Ah, para! — disse Miranda, rindo e pegando seu vinho. — Eu estava admirando a vista e o vinho. Espero que você beba comigo para eu não me achar tão rebelde assim num almoço.

— Já que faz questão... Vou querer o mesmo que ela — disse Tracey ao garçom. — Obrigada, Rod. Que legal, isso! Não achei que conseguiria te convencer a almoçar comigo.

— Eu estava precisando muito de uma pausa e queria te agradecer por ter negociado a extensão do meu contrato.

— Foi um prazer. Não vejo a hora de ler o livro. É tão divertido! Espero que você esteja tendo tempo de aproveitar a casa, o rio, o jardim. A primavera chegou com tudo.

— Pois é, está lindo. Eu fiquei com medo de que outra pessoa tivesse reservado a casa e eu precisasse me mudar. Você deve receber ofertas o tempo todo, ainda mais naquelas casas à beira do rio.

— As coisas estão indo bem. Obrigada, Rod — disse Tracey novamente quando o garçom trouxe seu vinho.

Ele listou os pratos do dia e disse que elas não precisavam ter pressa.

— Você precisa experimentar a entrada de lula. Que tal a gente dividir?

— Ok.

— Vamos começar com ela, Rod, depois vemos o resto.

Então, Tracey se recostou na cadeira, deu um gole no vinho e disse:

— Ahhh.

Miranda deu uma encorajadinha:

— Muito trabalho?

— Sim, e não posso reclamar.

Outra:

— Algum chegando agora?

— Na verdade, acabei de fechar um contrato de aluguel de três meses em uma casa perto da sua. Costuma ser alugada por semana nessa temporada, mas o casal quis um contrato de três meses. Eles parecem gente fina, se você esbarrar com eles. Ele trabalha em Washington e, quando não puder trabalhar à distância, vai ficar indo e vindo. Ela é fotógrafa e está trabalhando numa série de fotos de natureza, por isso queria esse lugar.

— É mesmo? Que interessante. É uma fotógrafa conhecida?

— Bem, eu não conhecia. Eles moram em Washington, e parece que ela está explorando agora esse lado. Acho que é mais um hobby, ou tem sido, e ele está fazendo as vontades dela. A casa aluga mais em alta temporada e não vê uma reforma há mais de uma década. Então os donos deram sorte, nós também.

— Deram mesmo.

Miranda partiu uma fatia generosa do grissini macio e ofereceu um pedaço a Tracey.

— Ele trabalha com o quê? — perguntou.

— Acho que é um trabalho supersecreto no governo, porque ele não quis falar.

Miranda sacodiu os ombros.

— Adoro um mistério. Você analisou a ficha deles?

— Claro. Ele trabalha para uma empresa chamada Legacy Consultants, nada suspeito. Ela é freelancer, e a fotografia parece ser um hobby mesmo.

De qualquer forma, eles têm o nome limpo, eles pagaram o primeiro mês e o depósito e não reclamaram da cozinha e do banheiro velhos. Essa casa costuma ser alugada por uma semana e olhe lá. Achei que ia passar a maior parte da temporada vazia, e aí pá. Entraram em contato há poucos dias e se mudam amanhã.

— Parabéns — disse Miranda, brindando com Tracey.

— Obrigada. Agora chega de falar de trabalho. Como estão as coisas com você?

Elas dividiram a entrada, comeram saladas e dividiram um enorme brownie com calda de chocolate e sorvete de baunilha.

Uma tarefa fácil, pensou Miranda outra vez enquanto dirigia até a casa de Booth. E extremamente agradável.

Na próxima, ela marcaria um almoço com Tracey só pelo fator amizade mesmo.

Mas, por enquanto, Miranda pensou que não custava nada passar de carro pela casa na frente do rio.

Quando Booth chegou, após um longo ensaio, encontrou Miranda sentada diante da bancada da cozinha com seu tablet e uma taça de vinho. O fato de ela parecer totalmente à vontade lhe provocou sentimentos contraditórios. De um lado, a estranheza de ter alguém tão à vontade em seu espaço e, do outro, o prazer de aquele alguém ser Miranda.

Ele sentiu um cheiro agridoce quando ela afastou o tablet e sorriu para ele.

— Oi. Como foi lá? — perguntou Miranda.

— Poderia ter sido pior.

Booth passou pelo seu escritório para deixar sua pasta na mesa.

Ela se levantou e se aproximou para beijá-lo. Um normal muito estranho, pensou Miranda.

— Eu providenciei o jantar — contou ela.

— Você cozinhou?

— Você parece chocado e preocupado. Eu providenciei, e meu jeito de fazer isso é pedir comida chinesa. Espero que você esteja com fome, porque, como eu não sabia o que você ia querer, então pedi um pouco de tudo. Pega um vinho e senta. Eu arrumo a mesa.

— Só uma Coca. Ainda tenho que trabalhar mais. Miranda... Obrigado por isso.

— Chama-se trabalho em equipe, lembra?

Totalmente à vontade, ela pegou as caixas e recipientes no forno, então começou a encher tigelas e servir pratos.

— Você pode estar acostumado a cozinhar toda noite, mas não precisa fazer isso quando estiver trabalhando de dez a doze horas por dia na escola, depois lidando com o tal problema quando chega em casa.

Com um movimento rápido da cabeça, Miranda jogou sua trança para trás enquanto levava os pratos até a mesa.

— Eu pensei, a menos que você tenha um problema com isso, que eu posso pedir uma comida a cada três dias, pelo menos até o dia do musical.

— Seria ótimo.

— Combinado. Vou variar.

Ele desligou o forno, que ela havia esquecido ligado. Pegou uma Coca e se juntou a ela na mesa. Segurou sua mão.

— Obrigado.

— Foi só uma ligação para o restaurante chinês, Booth.

— É um jantar com o qual eu não tive que me preocupar. Faz tempo que ninguém cuida do jantar para mim.

Ela não soube dizer por que aquilo fez com que ela sentisse um aperto no peito, mas apertou a mão dele de leve.

— As vantagens de dividir uma casa. Ah, e eu percebi uma coisa hoje. Não sei como não vi isso antes.

— Percebeu o quê?

— Você tem um caiaque pendurado no teto da garagem.

— É, normalmente ele já está na água nessa época do ano, mas as coisas andam agitadas. Você pode alugar um, se quiser, e eu te ensino a usar.

— Você esqueceu que eu cresci à beira de um lago?

Ela se serviu primeiro de frango com molho de gengibre e continuou:

— Ando de caiaque desde que eu era criança. Quem sabe a gente não vai ao rio juntos quando as coisas se acalmarem.

Mais normalidade, pensou ele. Fácil, agradável e normal.

— Parece que vai fazer sol no fim de semana.

— Se o livro cooperar amanhã, talvez eu vá até a cidade alugar um caiaque. Tive um almoço muito agradável com Tracey hoje, caso queira saber.

— Nossa. Você foi rápida. Achei que tinha marcado no fim da semana.

— Ela estava com tempo na hora do almoço hoje, então adiantei. Tenho mais uma coisa para colocar na sua cabeça, que já deve estar cheia. Primeiro, nem precisei usar minhas habilidades para descobrir que você estava coberto de razão sobre o fato de LaPorte enviar pessoas para te vigiar.

Ela emitiu um suspiro de surpresa, olhando pela porta de vidro. Booth ficou de pé em um instante.

— Desculpa, não é nada. Vi um beija-flor. Parecia uma safira se mexendo no seu bebedor lá fora. É meu animal favorito, e é a primeira vez que vejo um nessa primavera.

— Tudo bem. Eu não precisava dos últimos cinco anos da minha vida mesmo. De quem você está falando, e como sabe que foi LaPorte que mandou eles?

— Ela não me disse o nome deles, eu devia ter usado minhas habilidades para descobrir, mas nem pensei nisso. É um casal, e ele trabalha remotamente, na maior parte do tempo, para uma empresa de consultoria em Washington. Legacy Consultants. Ela alega ser fotógrafa freelancer e quer trabalhar mais com natureza. Sabe a casa que fica a menos de um quilômetro daqui? A pequena, meio velha? Tracey disse que está precisando ser reformada e geralmente só alugam por uma semana, e ainda assim é raro, nessa época do ano. Eles alugaram por três meses e estão se mudando hoje para lá.

— Conheço a casa — disse Booth, visualizando-a com facilidade. — Às vezes, o dono traz os amigos nos fins de semana para pescar. Precisa de uma reforma e tanto. Não tem vista nenhuma, mas é isolada. Tem privacidade.

— Tem um Mercedes G-Wagon preto e lustroso parado na frente, ao lado de um BMW conversível de dois lugares. E, sim, eu tive que pesquisar isso porque não entendo nada de carro. Ou seja, eles poderiam alugar algo muito melhor para passar uma temporada, então meu instinto de detetive me diz que o fator decisivo foi a localização. Isolado, a menos de um quilômetro. Sem contar que uma pessoa interessada por natureza, com uma câmera na mão e no meio do mato, não é suspeita. O rio passa aqui, né?

— Passa. Como sabe dos carros?

— Eu pesquisei.

— Não. Como soube que carros pesquisar?

— Eu vi, deu para ver a marca quando passei lá na frente. É uma rua pública, Booth — continuou ela, antes que ele pudesse dizer qualquer coisa. — E uma rua onde eu moro no momento. Passar ali de carro é normal, natural e esperado. Eu vi os carros e percebi que as cortinas estavam fechadas. Meu instinto de detetive me diz que eles devem estar fazendo alguma coisa lá dentro, durante a mudança, que não querem que ninguém veja.

— Devem estar instalando um sistema de segurança, uma área de trabalho. A coisa mais inteligente seria instalar algumas dessas câmeras para filmar animais do lado de fora, no bosque, apontando para minha casa. Vou pensar no que posso fazer, alguma coisa que eles possam mandar para LaPorte para que ele fique satisfeito.

— Posso fazer uns biscoitos, ou melhor, usar o truque dos biscoitos, colocando os da padaria num prato caseiro. Levo até lá e dou as boas-vindas a eles.

— Primeiro: não — disse Booth, comendo um rolinho primavera e tomando um pouco de Coca. — Segundo: truque dos biscoitos?

— Se eu quisesse dar as boas-vindas a alguém, não submeteria a pessoa aos meus biscoitos. Isso é comum, muito comum na minha cidade. Digo, levar bolos e coisas assim, não necessariamente o truque em si. É só para dizer: "Oi, gente. Sejam bem-vindos." E torcer para que eles te convidem para entrar por educação e você possa xeretar um pouco.

— De novo, não. Vou descobrir o nome deles e ver o que mais consigo saber.

— Como vai descobrir o nome deles sem perguntar? É para isso que precisa dos biscoitos.

— Não, é só ver os contratos de aluguel de Tracey. Eu poderia perguntar se esbarrasse com ela, mas vai ser mais fácil hackear.

— Ah.

Ele pôde vê-la analisar a própria ética em relação àquilo.

— Se Tracey soubesse, ela ajudaria, mas não podemos contar para ela, então vai ser mais prático assim. Mas eles não usariam nomes falsos? — indagou Miranda.

— Provavelmente, e ela deve ter uma cópia das carteiras de motorista falsas dos dois. Posso fazer reconhecimento facial.

Chocada e ao mesmo tempo intrigada, ela se recostou.

— Você sabe fazer isso?

— Nunca precisei tanto, mas, sim, sei. Jacques também, um cara que eu conheço. Ou Sebastien.

Ele falava distraidamente, olhando para o além.

— Está quase de noite. Tarde demais para dar uma volta no bosque como quem não quer nada — ponderou —, e eles só devem colocar as câmeras amanhã, quando eu estiver na escola. Quero dar uma olhada no equipamento, mas vamos ver o que conseguimos descobrir sobre eles antes.

— Você vai invadir a casa, não vai?

— Em algum momento, vou, mas não chamaria de invasão.

— Chamaria de quê então?

— Trabalho. Vamos tirar um tempo esse fim de semana para andar de caiaque. Essa parte do rio é muito bonita. Muito bem, eu lavo a louça.

— Não. Está na cara que você está com a cabeça cheia e seus pensamentos estão a cem quilômetros daqui. Deixa que eu lavo. Vai lá hackear o negócio.

Ele admitiu a si mesmo que não estava nada acostumado com aquilo.

— Obrigado. Não devo demorar.

Ela pensou naquela frase enquanto ele subia. O fato de não demorar seria algo ruim, porque provava que ele era especialista em hackear informações pessoais e profissionais? Ou seria uma coisa boa, porque ele não demoraria muito tempo para saber mais sobre as pessoas que LaPorte havia contratado para espioná-lo, ou coisa pior caso não gostassem do que vissem?

Ela guardou o que sobrou da comida, pois pedira muita, e colocou a louça na máquina. Como já conhecia os parâmetros altíssimos de seu companheiro de casa, limpou minuciosamente todas as superfícies.

E, como queria vê-lo hackear, Miranda subiu a escada.

Capítulo vinte e seis

⌘ ⌘ ⌘

ELA OUVIU a voz dele e a risada contida ao se aproximar do quarto. Ele estava sentado ao computador em seu cômodo secreto, falando com um homem na tela.

Um homem mais velho e atraente, o rosto rugoso, o cabelo grisalho, uma barba curta e olhos vivazes. Pelo sotaque, concluiu que devia ser Sebastien.

Então, um estranho cãozinho de olhos esbugalhados pulou e passou na frente da câmera.

— *Mais*, ele só tem amor por você, esse meu Coiote.

— Por que você humilhou o cachorro com essa coleira de strass?

— Foi um presente de Mags. Ele gosta. Então, você tem certeza que é Cannery?

— Absoluta. Reconheci por causa daquela vez que ele quase me achou em Calais. Já faz uns anos. Ele está com a barba grande agora e o cabelo pintado de castanho, mas eu não esqueço rostos.

— Você não esquece nada. Estou achando que LaPorte não mandou só espiões. Cannery é um capanga que faz o trabalho sujo.

— Não vou dar nenhum motivo para isso. Preciso ver qual é a da mulher. Está usando o nome Lori Slade, mas é falso. Sabendo que ele mandou alguém como Cannery, quero você atento. Fica de olho na Mags, Sebastien, só por via das dúvidas.

— *Cher*, eu estou sempre de olho na Mags, e de corpo todo nela também, sempre que possível.

— Credo, Sebastien, ela ainda é a minha tia.

Booth esfregou o rosto com as mãos. O cachorro pulou outra vez segurando um ratinho de pelúcia entre os dentes, como um presente.

— Coiote quer emprestar a Coquette parra você.

— Fica para a próxima. Vou passar na casa mais tarde, só para ver se consigo dar uma olhada na instalação deles. Vou olhar do rio no fim de semana. Assim que acabar o musical, vou achar um lugar para você em Georgetown.

— Não, eu vou fazer isso. Essa parte é comigo. LaPorte está caçando você porque eu apresentei seu cheirro parra ele.

— Sebastien...

— Essa parte é comigo. *C'est tout!*

— Então tá — disse Booth, erguendo a mão em um gesto apaziguador. — Me avisa quando tiver achado alguma coisa.

— Me manda as fotos dos vizinhos. Vou achar a mulher. Tenho um programa novo.

Sebastien desviou o olhar e sorriu, com uma expressão sedutora agora.

— Essa é a tal Mirranda. É um prazer finalmente te conhecer — disse ele.

— Desculpa atrapalhar.

— Mulheres lindas nunca atrapalham, só acrescentam — afirmou Sebastien, e sorriu para Booth. — *Ta rousse est glorieuse, mon ami.*

— *Merci beaucoup* — respondeu Miranda. — *Je parle assez bien français.*

— Então vem aqui parra minha baía que vamos conversar muito. Pode trazer meu *bon ami* se quiser.

— Você está vindo para o norte?

— *Bien sûr*, quando for a horra certa. Não se preocupe, *ma belle*. Esse daí é meu também, e eu não deixo nada acontecer com os meus. Me manda as fotos. Vou conseguir o nome verdadeirro dela parra você antes do amanhecer.

— Vou mandar agora. Fica de olho aberto, Sebastien.

— Como sempre, *cher. À bientôt.*

Ele jogou um beijo para Miranda e desligou.

— Eu ouvi a conversa escondida e não vou pedir desculpas.

— Não é escondida se eu sabia que você estava aqui. E eu sabia.

— Me conta sobre esse Cannery em Calais.

— Só um segundo.

Ele fez algo — mandou a foto, imaginou Miranda —, depois abriu uma tela dividida entre uma foto de mulher e outra de um homem. O sujeito parecia ter trinta e tantos anos, talvez quarenta e poucos, o cabelo castanho e curto, uma barba bem aparada, olhos castanhos e frios. A mulher, linda, parecia ter dez anos a menos, os traços fortes, com grandes olhos cor de amêndoa, o cabelo muito preto cortado bem curto e uma franja.

— Os vizinhos — disse Booth.

— E John Madison é esse tal de Cannery.

— Lucius Cannery. LaPorte o mandou atrás de mim na França. Ele chegou perto demais, foi por isso que eu vi. Pouco depois, eu estava planejando um trabalho em Paris e vi LaPorte. Então decidi ir embora da Europa.

— Ele faz o trabalho sujo, segundo Sebastien. Isso quer dizer que ele machuca pessoas e até coisa pior.

— Pelo preço certo, com certeza. Mas LaPorte me quer vivo, pelo menos por enquanto. Cannery é só uma garantia. É a mulher que vai prestar contas. Você só precisa manter distância.

Como Miranda o olhou fixamente, ele acrescentou:

— A gente precisa manter distância. Se cruzarmos com eles, temos que ser amigáveis e descontraídos.

— Cannery não vai saber que você sabe?

— Ele não sabe que eu o vi na França. LaPorte nunca mandaria alguém achando que eu pudesse reconhecer. — Ele pegou a mão dela. — Não vou esconder nada de você. Conhecimento é poder. É uma arma. Quero que você tenha as duas coisas.

— Então você ia me contar que tem a intenção de passar na casa deles?

— Talvez — respondeu ele, após um instante. — Não sei. Mas teria contado se encontrasse algo.

— E se eu acordasse e você não estivesse aqui? Eu ia ficar preocupada, nervosa.

— Tem razão. Não estou acostumado a ter alguém que se preocupe ou fique nervosa por minha causa. Você podia pegar leve comigo por enquanto.

— Por enquanto — disse ela, e pegou o rosto dele com as duas mãos. — Mas minha paciência não vai durar para sempre.

— Tudo bem — concordou Booth, abraçando-a. — Eu aprendo rápido.

— Que bom, porque tenho a intenção de te ensinar. Mas, por enquanto, imagino que você tenha trabalho a fazer.

— Algumas coisinhas, sim.

— Pode ver isso também, se for útil — disse ela, tirando um pen drive do bolso. — É tudo que eu encontrei sobre a Deusa Vermelha. Imagino que já saiba de tudo. Que foi minada no Oeste da Austrália há 84 anos, o peso, o valor da época e de agora e tudo mais. A morte precoce de Carl Santis, o dono da mina, antes que ele completasse a venda do diamante para uma tal Lady Jane Dubois, uma rica aristocrata britânica.

Ele conhecia todas as variações da história, mas a deixou falar.

— O sócio do dono infeliz colocou o diamante em um leilão — continuou ela —, e Lady Jane, aparentemente determinada, acabou pagando quase oitocentas libras por quilate, ou seja, umas 4 milhões de libras a mais que o preço original.

— Santis precisava do dinheiro e cobrou muito pouco de primeira.

— E provavelmente foi assassinado pelo sócio, mas nunca provaram. Suspeito que houve um suborno para manter o cara fora da cadeia.

Booth sorriu.

— É mesmo?

— Claramente. De qualquer forma, o sócio assassino desapareceu com o dinheiro, deixando a mina e a família Santis em grandes dificuldades financeiras. O filho mais velho cometeu suicídio, a filha morreu no parto, o mais novo fugiu para os Estados Unidos e nunca mais apareceu.

— São vítimas da Maldição da Deusa Vermelha, se você acredita nesse tipo de coisa.

— Muitas tragédias na família em um ano. E o sócio acabou boiando no Rio East em Nova York pouco depois.

— Alguns dizem que foi o filho mais novo, outros dizem que foi a Deusa.

— De qualquer forma, ele morreu — terminou Miranda. — Então, veio a festa de uma semana na propriedade de Lady Jane, que deveria terminar com a lapidação do diamante pelos especialistas que ela tinha contratado.

— Ela armou um circo — completou Booth. — Chamou a imprensa, outros aristocratas, serviçais, segurança. Uma demonstração estúpida e desnecessária de riqueza e privilégio.

— Ela pagou por isso, né? E o diamante desapareceu, nunca mais foi visto outra vez, pelo menos não oficialmente. Claro que houve uma enorme investigação, mas nenhum rastro. Eu suspeitaria de você — disse Miranda, batendo no peito dele —, mas ainda não tinha nascido.

— Reencarnação?

— Sempre é uma possibilidade. Enfim, coloquei também as inúmeras teorias da conspiração, a mitologia, as maldições, os supostos poderes sobrenaturais do diamante, incluindo a vingança da Deusa. E os muitos relatos de quem diz ter avistado o diamante nos últimos 75 anos. E tenho uma pergunta.

— Não posso prometer que vou saber responder, mas diga.

— Claro que LaPorte viu o diamante, conferiu a autenticidade dele e tal. Por que, nesses oitenta anos desde que ele foi tirado da mina, ninguém pegou esse treco grande e feio e teve o bom senso de lapidar em lindos diamantes?

Ele levou um instante para conseguir falar.

— Treco feio?

— Bem, é. É só um... — Ela ergueu a palma das mãos, como se segurasse o diamante. — Um pedaço de pedra grande e sem graça.

Ele teve de recuperar o fôlego que ela lhe tirara antes de conseguir responder.

— Não existe nada igual no mundo. É único.

— Só existe um Escudo Vermelho, né? O diamante vermelho de cinco vírgula onze quilates que foi tirado do Vermelho Moussaieff. E é deslumbrante. Eu posso até não gostar do estilo, mas é uma questão de gosto. No entanto, as pessoas já cometeram assassinatos em nome desse pedaço de carbono e nunca foi revelado o que ele contém. É como se Michelangelo deixasse *David* dentro do mármore.

Ele decidiu que precisava se sentar.

— É um modo de pensar.

— Está claro que não é o seu. Qual é o seu?

— É puro, Miranda. É uma lenda. Se você leu sobre a lenda, sabe o que dizem: que qualquer um que quis ou tentou lapidar o diamante teve uma morte precoce.

— Eu daria uma risada e diria que não é possível que você realmente acredita nisso, mas estou vendo que acredita. Logo você, que zomba de videntes.

— Eu não zombo e nunca disse que não acredito. Lady Jane morreu de influenza três meses depois que a Deusa foi roubada dela. Josh Stein, o especialista que ela contratou para lapidar o diamante, morreu em um acidente de carro envolvendo um único carro, nos arredores de Londres, semanas depois. Os dois assistentes que estavam com ele na casa da Lady Jane morreram no mesmo ano. É uma séria sequência de azar, isso sem contar os outros, suspeitos de terem sido contratados depois do roubo, que também morreram.

— Então você acredita *mesmo*.

— Um padrão é um padrão. Eu respeito isso.

— Mas não está preocupado em roubar o diamante?

— Não vou lapidá-lo nem contratar ninguém para fazer isso. Se LaPorte quiser, e eu duvido que queira, não importa, porque não vai ficar com o diamante de qualquer forma.

— Quem vai? Você não chegou a me dizer.

— Acho que vai ser uma longa e arrastada disputa entre as autoridades e qualquer um que alegue ser herdeiro de Lady Jane. Foi ela que comprou. Ao mesmo tempo, os herdeiros de Santis poderiam reivindicar o diamante. A essa altura não vai ser mais problema meu.

— O diamante merece ficar em um museu.

— Eu não discordo disso. Não vai ser eu quem vai tomar essa decisão.

— E se fosse?

— Eu escolheria um museu. Pode segurar sua risadinha, mas eu acho que a Deusa quer ser vista, admirada, respeitada.

— Não estou rindo e talvez eu tenha uma ideia de como a gente pode fazer isso acontecer. Você conhece algum falsificador?

Ele franziu a testa, confuso.

— Talvez.

— E se Lady Jane tivesse enxergado seu erro no leito de morte e deixado instruções do que fazer com a Deusa Vermelha? Instruções explícitas, testemunhadas e certificadas pelo seu advogado. Como um codicilo. E se esse codicilo de repente viesse à tona?

Aquilo talvez soasse como algo tirado de um romance gótico, mas... ele gostava de romances góticos.

— Seria uma coincidência e tanto.

— Verdade, mas... não vai ser problema nosso.

Ele girou a cadeira para a direita e para a esquerda. Detalhes, ponderou. Mais detalhes.

— Deixa eu pensar.

— Faça isso — falou Miranda, deixando o pen drive na mesa dele.

Ele decidiu que consideraria aquela opção. Se conseguisse dar um jeito, seria algo que poderia fazer tanto por ela quanto pela Deusa.

Qualquer documento do tipo passaria por um processo meticuloso de exame e autenticação. O papel, a tinta, o lacre e, acima de tudo, a letra. Aquilo custaria muito tempo e dinheiro. Mas, se ele conseguisse, valeria a pena.

Uma espécie de justiça, pensou. Corrigir o passado.

Mas, primeiro, ele teria de pegar o diamante e ele queria mais que só a planta da casa. Queria olhar bem lá dentro.

Tinha algumas ideias sobre como fazer isso e, aproximando-se de sua mesa, começou a regar as sementes que já havia plantado.

O MUSICAL VIRIA primeiro, e, como ele não queria decepcionar seus alunos, deixou tudo que poderia deixar para depois durante a semana anterior à estreia.

Isso não queria dizer que ele não podia dar uma volta no bosque em uma manhã de sábado. Com Miranda, já que ela se recusou a deixar que ele a descartasse.

— Vamos conversar casualmente. Estamos só fazendo um passeio matinal.

— Pode deixar, Booth — disse ela, segurando sua mão e respirando o ar puro de abril. — Você devia ter um cachorro.

— Eu trabalho o dia inteiro.

— Mas uma caminhada no bosque merece um cachorro alegre andando com a gente. Um cachorro grande e bobalhão, esse é seu tipo.

— Grande e bobalhão é meu tipo?

Ela acertara em cheio, e aquilo o deixou perplexo.

— Tratando-se de cachorro, sim. Que saiba nadar para poder brincar no rio. As folhas estão ficando verdes, né?

Ela respirou fundo o ar primaveril ao pegarem a trilha em meio às árvores.

— Os lilases estão lindos. Os pássaros estão cantando. Gosto que você tem uma fonte para pássaros no jardim. Eu devia fazer isso na casa que estou alugando.

— Eles têm umas fontes bonitas na cidade — disse ele. Booth já avistara duas câmeras e sabia que veria outras. — Mas você vai ficar pouco tempo aqui — acrescentou.

— Ah, nunca se sabe — disse Miranda, lançando um olhar tímido para ele.

Era a primeira vez que via timidez em seu rosto. Ela se saiu muito bem na atuação.

— Afinal, eu posso escrever em qualquer lugar e estou gostando muito daqui. Principalmente dos meus vizinhos.

Ele deu um beijo na testa dela e revirou os olhos de propósito para a câmera.

— Nós... Digo, você deveria mesmo pensar em ter um cachorro. Não consegue imaginar um labrador feliz correndo nesse verde, brincando no rio?

— Enchendo a casa de lama, latindo para os esquilos.

Ela riu e o cutucou com o cotovelo.

— Ah, para!

Ele podia sentir alguém os observando, e não só pelas câmeras. Então, ouviu um pequeno farfalhar, alguns passos silenciosos. Não reagiu, apenas apoiou o braço nos ombros de Miranda.

— Eu não tenho muito tempo hoje. Vamos montar o palco à tarde.

— A estreia já é sexta-feira. Não vejo a hora de ver o que você fez.

— Os alunos fizeram tudo.

— Claro, mas você os orienta. Adoro ver sua dedicação... Ouviu alguma coisa?

— Deve ser um... — Ele se interrompeu quando a mulher apareceu na trilha.

Estava com uma câmera pendurada no pescoço e uma bolsinha de câmera no ombro, na qual ele suspeitava ter não só lentes. Magérrima e ágil, ela estava usando botas de caminhada, calça jeans, um casaco de moletom com estampa militar e um boné preto no cabelo preto e curto.

— Mil desculpas — disse ela, erguendo as mãos. — Passei da linha?

Ele ouviu um resquício de sotaque em sua voz. Ela não se livrara totalmente das suas raízes no Arkansas.

Booth lhe dirigiu um sorrisinho, mas garantiu que ela visse um pouco de desconfiança em seus olhos.

— Que linha? — perguntou.

— A linha da propriedade. Eu não estava prestando atenção. Desculpa — repetiu ela. — Meu nome é Lori Slade. Alugamos a casa de um andar só — explicou ela com um gesto vago. — Sou fotógrafa. Estava tirando umas fotos. Não quis invadir sua propriedade.

— Sem problemas, contanto que não esteja caçando. Não ligamos muito para as fronteiras entre as propriedades. Meu nome é Sebastian Booth.

— Prazer.

— Eu sou Miranda Emerson. Acho que passei na frente dessa casa no dia que vocês chegaram. Sejam bem-vindos a Rappahannock.

— Obrigada. Aqui é lindo. Exatamente o que eu queria para meu projeto. Acho que ouvi um pica-pau mais cedo. Peguei meu equipamento, mas ainda não o achei.

— Você deveria comprar um comedouro tipo *suet* — sugeriu Booth, sendo um vizinho simpático. — Eles vão aparecer.

— É mesmo? Vou procurar saber. Obrigada. É melhor eu voltar. Nem falei para meu marido que estava saindo.

— Um bom fim de semana para vocês — disse Miranda quando a mulher se afastou. — Ela me deu um susto.

Booth deu de ombros.

— Não sei por que alguém que tem dinheiro para comprar uma Nikon dessas alugaria aquela casa acabada. Mas enfim... É melhor a gente voltar também. Tenho que fazer umas coisas antes de ir para a escola.

— Você e suas tarefas domésticas de sábado — disse ela, passando um braço pela cintura dele enquanto eles davam meia-volta. — Sabe que pode contratar alguém para limpar sua casa.

— É bom para espairecer.

— Mas vamos andar de caiaque amanhã, né? Eu vou até a cidade arrumar um para mim hoje.

— Claro. Também é bom para espairecer.

— Essa nova vizinha é linda. Acho que estava sem maquiagem. Está tão em forma e parecia tão talentosa, né?

— Não reparei — disse Booth, beijando sua cabeça outra vez e revirando os olhos outra vez. — Gosto de ruivas.

Ela riu e se aninhou nele enquanto voltavam para casa.

Quando ele fechou a porta, Miranda se voltou para Booth.

— Era ela. Era a...

— Selene Warwick.

Ele pendurou a jaqueta no hall de entrada e fez um gesto para que Miranda lhe entregasse a dela.

— Nascida em Ozarks. Começou no tráfico de drogas, transportando e distribuindo, não usando. Virou assassina de aluguel antes de ter idade para beber. É muito boa no que faz.

— Eu estava falando sério quando disse que ela era linda. É mesmo. Mas é uma beleza rústica.

Miranda percebeu que estava esfregando os braços para se aquecer e parou.

— Tudo nela exala dureza. É um pouco assustador.

— Você mesma foi um pouco assustadora — falou Booth, entrando na cozinha e pegando duas Cocas para eles. — Toda tímida, carente e melosa.

— Já que as três coisas vão contra minha natureza, acho que me saí bem.

— É, saiu mesmo.

— Você acha que ela vai ficar perambulando por ali, esperando encontrar você?

— Ela não precisa fazer isso, não com as câmeras avisando quando eu estiver lá.

— Você viu câmeras?

— Vi quatro antes de ela aparecer.

— Eu sou muito observadora e não vi nenhuma — disse Miranda, franzindo o cenho e dando um gole na Coca. — Que droga...

— Não quero que você vá lá sozinha. Eles estão encarregados só de observar, mas não é bom arriscar. Eu realmente tenho a montagem do palco hoje e a faxina.

— Posso ajudar com as coisas da casa. É isso que uma mulher tímida, carente e melosa que está decidida a te enlaçar faria.

— Ótimo. Vamos trocar os lençóis. Você coloca os lençóis novos enquanto eu boto a roupa para lavar. Enquanto estamos arrumando, eu te conto sobre a reunião que marquei daqui a duas semanas com a Sra. Mountjoy.

— Você... Você marcou uma reunião com as pessoas de quem vai roubar?

— Vou te contar — repetiu ele.

Quando andaram de caiaque no dia seguinte, Booth fez questão de passar na frente da casa deles. Avistou Cannery no jardim e acenou para ele, num gesto descontraído, de vizinho amigável. Cannery acenou também, no mesmo tom, acrescentando um sorrisinho.

Então, Booth deixou aquilo tudo de lado para aproveitar algumas horas no rio com Miranda.

Ela usava um chapéu de abas largas — a proteção de uma ruiva contra o sol — e movia o remo com gestos firmes e delicados. Ele relaxou enquanto o rio os levava em meio ao sol e à sombra. Uma tarde tranquila, pensou Booth, com cervos pastando silenciosamente no bosque, alguns jovens sentados nas pedras com seus anzóis na água, um falcão circulando tranquilamente acima deles.

— Aqui é lindo mesmo — comentou Miranda. — Eu ando muito ocupada, ou só não prestei atenção direito. Faz um ano que não ando de caiaque.

— Até que não ficou enferrujada. Quando tivermos mais tempo, podemos fazer um passeio longo, ir até a baía. Posso arrumar alguém para nos buscar e levar de volta de carro.

Ela lançou um olhar para Booth.

— Por quê? Acha que eu não dou conta de voltar de caiaque?

— É um passeio longo — repetiu ele. — Quem sabe... a gente reserva um quarto, planeja um fim de semana.

— Aí, sim.

— Quando tudo estiver resolvido. Lá para o fim de agosto.

Ela baixou os óculos de sol.

— Vou anotar na minha agenda. É interessante que a gente esteja tendo esse interlúdio maravilhoso, como se não tivesse mais nada para fazer ou pensar.

— Hoje a gente não tem — afirmou ele, estendendo o braço sobre a água para pegar a mão dela. — Vamos aproveitar o hoje.

O CAOS REINAVA nos bastidores na noite da estreia. Nervosismo, a histeria inconstante, a empolgação que os deixava sem ar — às vezes, literalmente — se uniam em um espetáculo enlouquecido, enquanto adolescentes vestiam figurinos, se maquiavam e se penteavam como nos anos 1960.

Dançarinos se alongavam, cantores vocalizavam.

Booth fez de tudo para estar no maior número de lugares. Acalmou nervosismos, secou lágrimas de ansiedade, reviu as deixas com a equipe e o gerente de palco.

Espiando pela lateral da coxia, ele observou o teatro se encher com uma quantidade generosa de gente. Dentre os rostos conhecidos, Booth avistou Miranda com a agenda na mão, conversando com Lorna e Cesca.

Ouviu o aviso: "Quinze minutos para a cortina. Quinze minutos."

Percorreu os bastidores para dar mais uma olhada e avistou Louis, agora conhecido como Lou, com os outros contrarregras vestidos de preto. Fazia parte do time agora, pensou Booth. Conferiu os figurinos, a maquiagem, a mesa de som, a mesa de luz, os objetos cênicos.

Conferiu tudo.

Então, reuniu o elenco, um círculo de empolgação e nervosismo.

— Muito bem, pessoal. Chegou a agora. Vocês já fizeram o trabalho, e estou orgulhoso de todos vocês. Agora é hora da recompensa. Não vão só dominar o palco, vão dominar a noite. Estão prontos?

Recebeu um coro de: "Sim! Estamos prontos! Pode crer!" E estendeu o braço no meio do círculo. As mãos se juntaram à dele, se sobrepondo.

— Estão prontos?

Mais alto dessa vez, as mãos unidas.

— Então vamos lá! Três, dois, um.

As mãos se ergueram ao som de gritos.

— Em seus lugares — disse ele, ocupando o lugar dele também na coxia.

Booth aguardou, observou os alunos ocuparem suas posições no palco.

— Baixem as luzes do teatro. Pode começar, Marlie.

— Boa noite, e sejam bem-vindos à produção da Escola Westbend de *Adeus, amor*, um musical de Michael Stewart com trilha sonora de Charles Strouse e composições de Lee Adams. Por favor, desliguem seus celulares e não tirem fotos com flash, ou a diretora Downey vai brigar pessoalmente com vocês. Ninguém quer isso. Agora, relaxem e aproveitem o espetáculo.

— Cortina — disse Booth, sabendo que todos os membros do elenco e da equipe sentiam a emoção dos aplausos.

Ele deu o sinal para que as luzes focassem em Kim e na amiga, em lados opostos do palco, com seus telefones antigos na mão para o diálogo de abertura.

Então, o telefone tocou, as luzes varrendo o centro do palco com seus cubículos. Mais aplausos, e as vozes mais altas que as palmas: *What's the story, morning Glory? What's the tale, nightingale?*

Booth pensou: "Arrasem."

O caos estava controlado nos bastidores agora, os jovens passando para lá e para cá, os contrarregras apressados para as trocas de cena. Ele ouviu o público rir nas horas certas. Muitos aplausos ao fim de cada número musical.

Alguns errinhos técnicos e equívocos nas falas, mas nada que a plateia fosse perceber.

Ele só relaxou quando sua Kim, com todo seu brilho, encerrou o número final, *Bye Bye Birdie*, e a plateia ficou de pé.

Então, viu os rostos iluminados saírem outra vez para a reverência, um a um ou em pares, se enfileirando enquanto os aplausos preenchiam o espaço.

Uniram as mãos e se curvaram. Diversas vezes.

Ele subiu no palco quando o elenco o chamou e fez a própria reverência.

Uma já foi, pensou ele, enquanto ajudava a rearrumar os figurinos. Faltavam duas apresentações. Ele se assegurou de que todos os objetos estivessem guardados e apagou as luzes ao sair pela porta da esquerda.

Encontrou Miranda sentada no muro baixo de pedra ao lado do estacionamento.

— Não sabia que você estava esperando. Achei que estava de carro.

— Lorna me trouxe, e eu não me incomodo de esperar. Não só está uma noite linda, como estou hipnotizada pelo espetáculo.

Ele se encheu de orgulho.

— Eles foram ótimos, né? Muito bons.

— Foram incríveis. Já vi muitos musicais de ensino médio, Booth. Já participei de muitos. Esse foi muito superior.

— Eles se dedicaram à beça.

Ela levou a mão ao braço dele enquanto Booth abria a porta do carro.

— Isso também é mérito seu.

— Ah, sim. Eu também me dediquei à beça. Valeu a pena — acrescentou ele, enquanto os dois entravam no carro. — Valeu mais do que a pena. Mas ainda temos duas apresentações.

— A menina que fez o papel da Kim.

— Alicia.

— Ela já tem uma ideia do que quer fazer?

— Os pais dela querem que ela seja professora.

— É isso que ela quer?

— Não. Eles a apoiam com as aulas de dança, a peça da escola. Ela fez teatro comunitário no verão, e eles não tiveram problema com isso. Gosto de pensar que o que viram hoje vai fazer com que eles deem uma chance a ela de ir atrás do que quer de verdade, porque ela arrasou.

— Espero que ela consiga. Eles te amam. Os alunos do teatro. Amam você, e dá para ver.

— É mútuo.

Ele estacionou em sua garagem aberta e olhou para a porta. Abriu a fechadura, reativou o alarme.

— Não sei você, mas eu estou pronto para uma taça de vinho. Só preciso conferir uma coisa no escritório.

— Então eu pego o vinho.

Quando ela entrou no escritório, levou um susto com o que viu na tela do computador dele.

— É a sua casa, do lado de fora. E as pessoas que LaPorte mandou invadindo a casa.

— Tentando — corrigiu ele. — Não são do tipo que arrombariam a porta. Poderiam fazer isso ou quebrar uma janela, mas envolveria a polícia e eu saberia que alguém tentou entrar aqui. Enfim, aposto que ela está pensando nisso também.

Ele deu um tapinha na tela.

— A mulher está entediada. Não tem ninguém para torturar, ninguém para matar, os dias vão passando. Isso pode ser desgastante.

Seu coração quase saiu pela boca.

— Meu deus, Booth.

— Recebi uma notificação no celular quando eles tentaram abrir a porta, mas tinha que me concentrar no musical. Mesmo que tivessem entrado, coisa que não poderiam fazer sem a tal força bruta, não teriam encontrado nada que eu não quisesse que eles vissem.

— Você estava contando com isso.

Assentindo, ele pegou o vinho e viu os vídeos novamente enquanto bebia.

— Se eu soubesse que meu alvo ficaria três horas fora de casa, eu também ia querer fazer um tour pela casa, sentir o clima, ver o que poderia encontrar.

— Você pode mostrar isso para a polícia. Estragaria os planos deles e deixaria LaPorte puto da vida.

— Eu poderia, e não acharia ruim estragar os planos deles nem deixar LaPorte puto da vida. Mas Warwick é boa no que faz, e é boa porque gosta de matar e torturar. Ela é inteligente e habilidosa, mas também é doente e instável. Poderia decidir matar qualquer um que aparecesse lá para interrogar os dois sobre essa pequena visita.

Booth se virou na cadeira e puxou Miranda para seu colo.

— Você está contente com isso? — perguntou ela.

— Vou ficar contente quando mandar esse vídeo para LaPorte e dizer a ele que tire esses merdas de vigias daqui, senão não tem mais acordo. Vou passar muita indignação na mensagem.

Ele beijou o lado do pescoço dela.

— Vai ser bom — murmurou. — Isso aqui também é bom.

— Imagino que torturadores e assassinos tentando invadir sua casa te deixem contente e cheio de tesão.

— O musical me deixou contente. A tentativa de invasão foi só satisfatória. E você me deixa com tesão. Gostei de te ver na plateia — disse ele, correndo a mão pela lateral do corpo de Miranda, roçando seu seio. — Queria te ver lá de novo amanhã.

— Porque não quer que eu esteja aqui caso eles tentem entrar na casa de novo.

— Isso seria um bônus, mas gostei de te ver na plateia.

— Posso assistir da coxia? — perguntou ela.

Ele conseguia acalmá-la e excitá-la ao mesmo tempo.

— Faz muitos anos que eu não sinto aquela empolgação de estar nos bastidores.

— Claro. Só vou largar meu vinho um pouco porque vou precisar das minhas duas mãos para o que eu quero fazer.

— Ah, é? — disse ela, jogando o cabelo para trás e erguendo a sobrancelha. — E o que você quer fazer?

— Vou te mostrar.

Desabotoou a camisa e abriu o sutiã dela em menos de cinco segundos. Então, usou seus polegares, só os polegares.

E os dentes.

Ela teve de segurar os ombros dele com a mão enquanto se derretia.

— Eu acho... Nossa! Acho que vou largar meu vinho também.

— Boa ideia — opinou ele, abrindo a calça dela. — Porque estou só começando.

Não tirou a roupa de Miranda toda. Achava erótico, excitante transar com ela ali, ambos ainda seminus. A camisa dela, tão branca e bem passada, caía pelos ombros, presa nos pulsos, expondo boa parte de sua pele macia.

Os sons que ela emitia com os lábios nos dele faziam seu corpo, sua barriga, seu interior, pegarem fogo. Eram sons urgentes e desesperados enquanto ela abria o cinto de Booth.

A cadeira balançava e sacodia embaixo deles enquanto ele baixava as calças dela além do quadril. Com o braço firme em torno dela, ele deslizou a mão para baixo, provocou, acariciou, a torturou, até que seus dedos penetraram o molhado e quente.

Ela gemeu uma, duas vezes, tremendo e tremendo antes de apoiar a cabeça, fraca, no ombro dele.

— Não posso. Não posso.

Ela estava toda molhada, pensou ele, como cera ao sol. Ainda quente, muito quente e fluida.

— Claro que pode. Só mais um pouquinho.

Carícias leves agora, até que a respiração de Miranda se intensificou e seu quadril começou a se mover contra a mão dele.

— Me dá só mais um pouquinho — pediu ele.

Ele a desorientava, destruía e reconstruía. O prazer torturante e glorioso cresceu outra vez, de forma que só lhe restou ceder, deixar que ele tomasse dela o que quisesse, como quisesse, quanto quisesse.

Quando finalmente, finalmente, ele a penetrou, Miranda só teve forças para apoiar o rosto em seu pescoço e deixar que ele a guiasse.

Quando Booth subiu no palco ao fim da última apresentação, o elenco e a equipe o presentearam com um queijo-canastra como um trocadilho. Ele riu, apesar da estranha tristeza das apresentações terem terminado.

Então, Kim tomou a dianteira.

— Tem mais. Alguns de nós vão voltar no ano que vem e te procurar para que você transforme outro grupo de canastrões em uma trupe. E alguns vão se formar no mês que vem e seguir adiante. Mas nenhum de nós vai esquecer você. Então...

Ela começou a cantar, à capela. Depois, a música entrou e o restante do grupo se uniu a ela.

— *We love you, Mr. B, oh, yes, we do. We love you, Mr. B, and we'll be true.*

Aquilo acabou com ele, deixando-o sem palavras. Todas aquelas vozes encheram seu coração de alegria de tal maneira que ele teve de se esforçar para manter a compostura quando acabaram, quando os aplausos se calaram.

Ao olhar para aqueles rostos, ele via o amor.

— Obrigado. Obrigado pelo presente, e não estou falando do queijo. Vocês são meu tesouro, todos vocês. Façam uma última reverência. E cortina.

Após a cortina, a comemoração, a festa do elenco, ele se deitou na cama ao lado de Miranda. Deitado no escuro, ele se perguntou se seria um dos que voltariam no ano seguinte, ou um dos que seguiriam adiante.

Capítulo vinte e sete

⌘ ⌘ ⌘

Ele precisava preparar as provas de fim de ano, mas, como já sabia como aquilo funcionava, tinha muito mais tempo para dedicar à Deusa e a como roubá-la.

Dispunha do restante da semana antes de ter de executar seu primeiro passo, que tivera toda a intenção de dar sozinho. Mas Miranda tinha outros planos.

Ele pensava em maneiras de dissuadi-la — já sabia que seriam todas em vão — enquanto se deleitava com a tarefa que mais gostava de fazer depois da escola durante a primavera.

Cortar a grama.

Planejava preparar um frango com arroz selvagem e aspargos para o jantar.

As folhas se abriam lindamente no bosque, e as azaleias haviam aparecido. As pessoas aproveitavam os fins de tarde mais quentes com seus barcos no rio.

A grama que ele cortava tinha cheiro de verão, um de seus aromas preferidos.

Booth avistou Selene saindo do bosque, sem câmera dessa vez, com passadas decididas. Desligou o cortador de grama e devolveu seu olhar duro com frieza.

— Parece que teve notícias do seu chefe.

— Você se acha muito inteligente.

— Não, não acho. Eu sei que sou. Sou inteligente o bastante para saber que você pode me matar aqui e agora, no meu gramado metade aparado, com essa arma embaixo do casaco. E acho que nós dois somos inteligentes o bastante para saber que, se você fizer isso, LaPorte vai te procurar até que alguém meta uma faca ou uma bala em você. E isso diminuiria muito a projeção da sua carreira.

— Você me custou 50 mil dólares.

— Pode enxergar dessa forma — concedeu Booth, apoiando-se descontraidamente no cortador de grama. — Ou de outro jeito. Agora você não está presa naquela porcaria de casa pelos próximos dois meses, mais ou menos, com um babaca como Cannery.

— Cinquenta mil — repetiu ela.

— Bem, não coloca a culpa em mim. Você foi pega. Acontece. Aguenta o tranco, Selene.

Ela avançou na direção dele.

— Eu posso esperar até você fazer seja lá o que LaPorte quer que faça e te matar depois. Ou posso eliminar a inútil daquela vadia ruiva.

O olhar dela mudou para uma leve surpresa quando o dele mudou. Ela não recuou diante da ameaça contida no dele. Mas ele também não.

— Você conhece a minha reputação tão bem quanto eu conheço a sua? Se não, acho bom pesquisar. Se você machucá-la, se arrancar uma cutícula que seja, vou atrás de você. Não vou parar nunca, e você nunca vai me achar. Não vou te matar, isso seria rápido demais. Mas vou fazer você passar o resto da vida na cadeia. E não numa cadeia bacana e regulamentada dos Estados Unidos. Sei os lugares onde você já trabalhou, Selene, e algumas prisões lá fazem o sistema carcerário daqui parecer a Disney.

— Você não me assusta.

— Não?

Quando ele deu um passo para trás com a arma dela nas mãos, Selene arregalou os olhos.

— Pois devia. Posso te matar aqui e agora, enterrar seu corpo no mato e dar um jeito de colocar a culpa em Cannery. Ou você pode ir embora, aceitar que perdeu os 50 mil e seguir em frente. Vai por mim: eu vou saber onde você está e o que está fazendo de agora em diante. Você fez disso uma missão para mim. Pesquise sobre Frank Javier e veja o que aconteceu com ele quando se meteu no meu caminho. Deve te ajudar a decidir o que fazer.

— Está achando que isso acaba aqui?

— Estou achando que estou com sua arma apontada para sua barriga e posso acabar com isso aqui e agora. Sai do meu gramado.

Ela deu meia-volta e avançou em direção ao bosque.

— Frank Javier, Lima, Peru — disse Booth às costas dela. — Dá uma olhada.

Ele ouviu a porta se abrir atrás dele enquanto Selene desaparecia nas árvores.

— Fica dentro de casa — ordenou ele sem se virar.

— Ela foi embora. Você está com uma arma na mão. Teria atirado nela?

— Não, mas isso é uma falha minha. LaPorte não tem a mesma sensibilidade e vai ouvir um tanto sobre isso.

Por segurança, Booth tirou o pente do revólver e removeu as balas. O fato de ele odiar armas não queria dizer que não sabia como elas funcionavam.

Ele se virou e viu Miranda na varanda com seu cutelo de cozinha na mão.

— Meu Deus, Miranda. Guarda isso.

— O que você vai fazer com essa arma?

— Vou colocar na casa deles depois que forem embora. Mas agora vou avisar ao LaPorte que a atiradora dele vai custar mais um milhão para ele. Adiantado.

— Você... — Ela se interrompeu, depois recomeçou: — Booth, você matou esse tal de Javier?

— Eu nunca matei ninguém nem pretendo matar — respondeu ele, indo até a casinha dos fundos para guardar a arma e o pente, separados. — Ele está numa prisão de merda no Peru.

— O que ele fez para você causar isso?

Ele se virou e a olhou com firmeza.

— Tentou algo parecido com o que ela acabou de fazer. Se meteu no meu caminho. Vai guardar isso — disse ele com mais delicadeza. — Tenho que dar um telefonema.

Ela guardou o cutelo e viu, como se olhasse para as mãos de outra pessoa, que as suas estavam firmes. Mas não conseguia acalmar seu coração.

Ela fora até a cozinha pegar uma garrafa de água depois de encerrar seu trabalho. Olhara pela janela porque ouvira vozes pela tela. Apenas olhara de relance enquanto abria a tampa da garrafa de água.

E lá estava Booth confrontando uma assassina de aluguel.

Ela pegara o cutelo. Não tinha ideia do que pretendia fazer com aquilo, mas segundos depois, Booth tinha uma arma na mão.

A arma dela. Ele pegara a arma de uma assassina profissional com a facilidade de quem colhe flores em um campo.

Como ela se sentia a respeito daquilo? Talvez descobrisse quando seu coração parasse de bater tão rápido em seu peito.

Ela tomou um grande gole de água, depois outro, enquanto observava Booth de pé no deck estreito, falando ao celular.

Miranda pegou outra garrafa de água e saiu.

Ele olhou para trás enquanto ela se aproximava do deck, parecendo levemente irritado. O olhar não se encaixava com o tom brusco e frio de sua voz.

— Eu te avisei para não mexer comigo, LaPorte. Mandar sua assassina desvairada até minha casa é mexer comigo. Estou pouco me lixando se você mandou ou não — disse ele, após uma breve pausa. — Você mexeu comigo, descumpriu as regras, e isso vai te custar mais um milhão. Pode pagar agora ou achar outra pessoa para roubar o diamante. Você sabe para onde mandar o dinheiro. Vou conferir em vinte minutos. Se não estiver lá, nosso acordo já era. Ah, e, se ela voltar aqui, vão encontrar o corpo dela na porta da merda da sua casa. Vai por mim.

Ele desligou, guardou o celular e pegou a água que ela lhe entregou.

— Você não podia ficar dentro de casa por dez minutos?

— Se ela voltar para te matar, não acho que ficar escondida dentro de casa vai impedir essa mulher de vir atrás de mim.

— Ela não vai encostar em você.

— Só em você?

— Não vai voltar. Ela não tem mais nada para fazer aqui.

Atrás dele, um pássaro tocou no rio, depois alçou voo rumo ao céu novamente. Havia uma fina linha de suor no meio de sua camiseta. Não de medo, pensou ela, nem mesmo de fúria, e sim causada pela tarefa simples e doméstica de cortar a grama em uma tarde ensolarada.

— Como sabe que não tem?

— Porque a satisfação de me matar não compensa fazer LaPorte contratar alguém para matar ela. E, quando o trabalho estiver feito, ela vai estar na cadeia.

— Como sabe disso?

— A menos que LaPorte a mate antes, vou dar um jeito de acontecer.

— Como fez com Javier?

— É, assim mesmo. Tenho que terminar de cortar a grama.

Miranda levou a mão ao torso dele.

— Me conta sobre Javier. Eu também estou envolvida nessa história, Booth. Se você não tivesse tirado a arma dela, talvez ela a tivesse usado. Você disse que ele se meteu no seu caminho. Como?

— Era um ladrão de quinta categoria que tentou colocar a culpa de um dos roubos dele em mim. Um trabalho malfeito, como a maioria dos trabalhos dele, e ele fez o cara que não devia estar em casa naquela noite ir parar no hospital. Disse ao coitado que estava espancando sem piedade que ele era o Camaleão, e ainda ligou para a polícia dando uma pista anônima.

Ele fez uma pausa, inclinou a garrafa e bebeu.

— Foi fraco, porque eu não trabalho com violência nem execução malfeita, mas me trouxe dor de cabeça. Então eu o contratei.

— Você o contratou.

— Um peruano rico chamado... Que nome eu usei mesmo? Ah, Lejandro Vega. E comprei o diamante de doze quilates que ele tinha roubado do homem que espancou. Coloquei o diamante e outros itens no apartamento dele e liguei para a polícia para reportar uma invasão em andamento. Ele foi pego, e resolveram dois casos de uma vez. E ele está cumprindo uma pena longa numa prisão peruana nada acolhedora. Eu entrei escondido lá uma vez só para que ele soubesse quem tinha feito com que ele fosse parar lá e por quê.

Ela estava com a boca seca, mas já havia tomado a água toda.

— Você "entrou escondido" numa prisão peruana.

— Não foi tão difícil e foi necessário a meu ver. Queria que a notícia corresse.

Com o olhar calmo e tranquilo, ele observou a água e o bosque por onde Selene se retirara.

— Eu pago minhas dívidas.

Ele terminou de beber a água e lhe entregou a garrafa vazia.

— Preciso terminar de cortar a grama. Vou arrumar o jardim da frente amanhã. Vamos comer frango na janta, e quero marinar por uma hora.

Ela o interrompeu novamente, dessa vez com a mão em sua bochecha.

— Você está com tanta raiva...

— Claro que estou. Ela veio até aqui, armada. Você estava na casa.

— Eu tinha um cutelo.

Ele deixou escapar uma risadinha, então virou sua mão para beijar a palma dela.

— Ela não vai voltar. LaPorte não vai deixar que ela volte. Além disso, no fim das contas, isso vai ser uma vantagem para nós.

— Como assim?

— Ele ficou nervoso. Deu para perceber. Não conseguiu controlar Selene. Eu consegui. E agora o estou controlando. Vai custar mais um milhão para ele.

— Ele vai pagar?

Booth pegou o celular e conferiu.

— Já pagou.

Ela entendeu que, de seu ponto de vista, Booth era capaz de fazer tudo, de lidar com tudo. Então assentiu.

— Que bom. Vai fazer seu milagre com o frango. Eu termino de cortar a grama. Tenho um jardinzinho lindo na minha casa — disse ela, ao ver a hesitação dele. — Eu mesma cuido dele. Gosto de cuidar dele.

— Tudo bem. Sinto muito por isso tudo.

Ela devolveu a garrafa de água para ele.

— Não é meio idiota pedir desculpas por ter a coragem e a habilidade de espantar uma assassina profissional?

— Eu tinha uma ruiva com um cutelo me cobrindo.

Ele entrou na casa e lavou as mãos.

Pensou que o telefonema raivoso para LaPorte e a exigência de mais um milhão não apenas tirariam Warwick da área e acabariam com a ameaça a Miranda, como também provavelmente garantiriam uma pena de morte para Warwick.

Ele fizera o que precisava ser feito, pensou, observando Miranda cortar a grama. E podia viver com isso.

DEPOIS DO jantar, Miranda foi com ele até a casa dos vizinhos. Ele pegou a trilha do bosque porque queria se assegurar de que as câmeras haviam sido removidas.

Haviam.

Miranda cutucou a bolsa que ele levava ao ombro.

— Não sabia que você precisava de tantas ferramentas para entrar na casa.

— Não preciso. As luzes estão apagadas — disse ele. — Vamos pelos fundos.

— O que tem na bolsa, Booth?

— Umas coisinhas que peguei numa visita anterior.

— Uma visita anterior quando?

— Depois que eles tentaram entrar na minha casa. Deixei um bilhete caso você acordasse, para não se preocupar.

— Que atencioso...

Booth ignorou o tom de sarcasmo porque achou que ela estava na razão dela.

— Também acho. Olha, eu nunca pensei que teria a arma dela para incriminar os dois depois que eles fossem embora. Queria uma garantia.

Ele notou que nenhum dos dois carros estava lá. Ao conferir os lixos, viu que estavam vazios. Foi inteligente da parte deles esvaziar as lixeiras.

Ele pegou um par de luvas cirúrgicas na bolsa.

— Coloca isso.

— Jura? Por que alguém procuraria impressões digitais?

— Porque vou dar motivos para procurarem — respondeu ele, vestindo outro par e mexendo na maçaneta da porta dos fundos. — Não se deram ao trabalho de trancar.

— Ah — disse ela. A decepção era perceptível naquela única sílaba. — Sempre quis ver como você invade as casas.

— Nesse caso, só vou abrir a porta.

Depois de fazer isso, ele acendeu a luz da cozinha.

Ela deu um pulo para trás.

— Você acendeu a luz!

— Deixar uma luz acesa é muito menos suspeito que duas lanternas se movendo para lá e para cá dentro de uma casa escura.

Ele atravessou a cozinha e fechou as cortinas da janela da frente, então olhou em volta.

— Realmente deviam reformar esse lugar. Acho que a arma tem que ficar na gaveta da cozinha.

— Está com suas impressões digitais.

— Eu limpei, da mesma forma que eles devem ter limpado a casa antes de saírem. Mas as impressões digitais dela estão no pente, tomei cuidado com isso.

Booth abriu gavetas e encontrou em uma delas uma coleção miserável de utensílios de cozinha de plástico. Colocou a arma no fundo, atrás de uma colher arranhada.

Pousou a bolsa na mesa da cozinha.

— Então, o que duas pessoas saindo às pressas deixariam para trás sem querer? Peguei algumas coisas no lixo deles depois que os colocaram na rua um dia antes do caminhão de lixo passar.

A garrafa de cerveja foi debaixo da pia, ao lado, e não dentro da lixeira, uma revista encontrou um lar ao lado das almofadas moles da sala. Ele enfiou uma garrafa de tequila vazia em um canto empoeirado de um armário.

Pegou uma meia preta e se dirigiu a um dos quartos.

— Achou isso no lixo?

— Em um cesto de roupa suja na lavanderia quando entrei aqui.

Ele jogou a meia debaixo da cama.

Pegou um top esportivo vermelho, chutou-o para debaixo da cômoda do segundo quarto, depois embolou uma fronha que tirou da bolsa para enfiar entre a máquina de lavar e a de secar.

— Eles estavam aqui, dormindo, quando você entrou.

— É o que eu faço, Miranda. Chega para trás.

Ele pegou uma segunda garrafa de cerveja e a quebrou na beirada da mesa. Então, pegou uma das cadeiras da cozinha e a chocou contra a bancada. Fez um aceno de cabeça satisfeito quando viu a marca que aquilo deixou na fórmica velha.

— Não quero quebrar minha mão — explicou enquanto a enrolava em uma toalha grossa antes de dar um soco em uma porta oca.

— Você está fazendo parecer que eles tiveram uma briga... física.

— Com danos suficientes para que fiquem desconfiados. Estou fazendo um favor para os donos, na verdade. O seguro vai cobrir isso, e eles vão poder alugar a casa por um valor mais alto depois que fizerem algumas melhorias básicas.

— Não é por isso que está fazendo isso tudo.

Ele quase inventou uma desculpa, mas se deteve. Ela merecia a verdade.

— Isso deve ser o suficiente para acionar a polícia. Com sorte, eles vão conseguir o nome de verdade dos dois, o histórico. Talvez a polícia a pegue antes de LaPorte. Ela custou um milhão de dólares para ele. Ele também paga suas dívidas.

— Você prefere que ela seja presa a vê-la morta.

Ele ficou parado, alto e esbelto com sua calça jeans desbotada e seu tênis velho.

— Prefiro, mas ela escolheu o caminho dela assim como eu escolhi o meu.

— Ela teria matado você e eu. E... não teria pensado duas vezes. O que acontece com ela agora não é responsabilidade sua.

— Não. Mas, de qualquer forma, estou deixando rastros de uma briga, causando problemas para ela e para Cannery.

— Ok.

Estou dentro, pensou Miranda enquanto olhava em volta.

— O que mais? — indagou ela.

— Vamos tirar um pouco de vidro e de madeira, como se eles tivessem tentado esconder. Mas vamos deixar rastros. Imagino que tenham limpado a casa, mas é provável que tenham esquecido alguns lugares. Eles pagaram pelos três meses, então quem vai ligar que tenham ido embora antes? Por isso não precisa se preocupar demais.

— Mas Tracey, os proprietários e a polícia vão ligar quando virem tudo quebrado, uma suposta briga e uma arma carregada.

— Isso. Tenho mais umas coisinhas para plantar, aí a gente vai para casa. Como somos vizinhos, vão querer nos interrogar. Vamos falar a verdade... até certo ponto. Esbarramos com ela outro dia, andando no bosque entre minha casa e a deles. Ela estava com uma câmera, conversamos sobre isso. Passou lá em casa hoje enquanto eu cortava a grama, sem câmera, parecia chateada, mas só disse que estava dando uma volta.

— Praticamente verdade.

As PERGUNTAS chegaram no fim da semana, quando ela ouviu alguém bater à porta. Fora até sua casa arrumar a mala para passar um fim de semana em Georgetown, uma viagem que Booth não queria que ela fizesse.

A batida interrompeu suas considerações sobre o que usar quando conhecesse a tia e a figura paterna de Booth. E depois iria com ele, quer ele quisesse ou não, para... Bem, sondar o terreno.

Embora Miranda não o conhecesse pessoalmente, reconheceu o chefe de polícia ao abrir a porta.

— Desculpe incomodar, senhorita Emerson. Sou Greg Capton, o chefe de polícia.

— Ah, claro — disse ela, estendendo o braço e torcendo para que sua mão não estivesse suada.

— Tem um minutinho?

— Claro. Pode entrar. Aconteceu alguma coisa?

— Talvez. É sobre seus vizinhos da rua.

— Vizinhos? Ah, desculpe, pode sentar. Quer um café?

— Agradeço, mas não vou demorar.

Ele se sentou e abriu um sorriso um tanto encantador.

— Pode me dizer quando foi a última vez que viu o casal que estava alugando a casa de um andar só, depois da residência de Sebastian Booth? Conhece Booth, né?

— Sim, conheço Booth — respondeu ela, rindo. — Imagino que, como é o chefe de polícia, deve saber que eu e Booth estamos namorando. Já esses vizinhos não lembro direito. Não cheguei a conhecer o cara. Booth e eu conhecemos a mulher. A gente estava passeando pelo bosque um dia, não lembro bem quando, acho que há umas duas ou três semanas... Ela estava lá tirando fotos. Aconteceu alguma coisa?

— Não sei ao certo. Tracey... Conhece Tracey, né? Ela ficou preocupada quando soube que não tiraram o lixo essa semana. Parece que abandonaram a casa.

— Ah, é? Que estranho, né? Ela pareceu tão animada por estar tendo a chance de tirar fotos da natureza, foi o que ela disse. Mas, sabe, eu estava na casa de Booth outro dia. Acho que segunda à noite... Aliás, no fim da tarde — corrigiu ela. — A mulher se aproximou enquanto ele cortava a grama nos fundos. Vi pela janela e me perguntei se eu devia oferecer uma bebida, mas ela foi embora. Booth disse que ela parecia chateada. Eles não avisaram a Tracey que estavam indo embora?

— Parece que não. E você não falou com ela nessa tarde de segunda-feira?

— Não. Eu estava terminando de trabalhar e fui até a cozinha pegar água, quando a vi falando com Booth. Ela deu meia-volta e saiu andando na direção da casa dela, pelo bosque. Quando saí, Booth falou que ela se aproximou do nada e disse que queria andar, tomar um ar... Não lembro direito agora. Desculpe. E ele disse que ela parecia chateada. Talvez estivesse mesmo, por estarem indo embora.

— Pode ser. Bem, obrigado pelo seu tempo.

Nenhuma menção à arma nem aos móveis quebrados, pensou Miranda enquanto fechava a porta. Ela pegou o celular. Conseguiria um relato mais completo com Tracey.

Enquanto fazia a mala, Miranda colocou o celular no viva-voz.

— E aí, quando eles não me atenderam, eu fui até lá. Nenhum carro, as cortinas fechadas. Dei a volta até os fundos, e a porta estava destrancada! Quando eu entrei, vi que tinha alguma coisa muito errada, Miranda. Parecia que eles tinham brigado. Brigado feio.

— Ai, meu Deus.

O vestido preto, decidiu ela, caso saíssem para jantar.

— Uma das cadeiras da cozinha sumiu, e eu vi uns pedaços dela debaixo da mesa. Tinha cacos de vidro também. E uma marca grande na porta do armário de vassouras, como se alguém tivesse socado a porta!

— Que horror! Acha que ele batia nela?

— Não sei, não sei mesmo. Mas acho que eles não dormiam juntos. Acho que dormiam em quartos separados. Levaram o lixo com eles. Quem faz isso? Mas deixaram umas coisas para trás. Garrafas de cerveja, uma de tequila, todas vazias. Acho que um deles devia beber escondido.

Ela deixou Tracey falar enquanto terminava de arrumar a mala.

— Espero que você descubra o que aconteceu, e *precisa* me contar quando descobrir.

— Pode deixar.

— Tenho que ir. Vou passar o fim de semana fora com Booth.

— Que romântico!

— Espero que sim. Eu te conto se correspondeu às minhas expectativas quando eu voltar. Boa sorte com o caso dos inquilinos desaparecidos.

— Divirta-se!

Miranda colocou a mala, o laptop e a bolsa no carro. Ia esperar por Booth na casa dele. Seria mais difícil para ele arrumar mais razões para que ela ficasse em casa se ela fosse até lá.

Ele tentou.

— Estou começando a achar que você não quer que eu conheça sua tia e Sebastien.

— Vamos para Nova Orleans quando tudo isso acabar, e aí você os conhece.

— Eles estão a poucas horas daqui agora, e eu estou animada para conhecer os dois. E para desempenhar meu papel amanhã.

— Você não precisa...

— Um homem como... Qual é seu nome mesmo? — perguntou ela, e riu quando ele fechou os olhos. — Você é Monsieur Henri Dubeck, o grande designer de interiores, excêntrico, seletivo e cabeça-dura. Também é discreto, nunca revela, que dirá fala, seus clientes. Eu sou Mademoiselle Marguerite Gavier, sua leal e paciente assistente.

Ela apontou para sua mala pronta ao lado da porta.

— A gente já tinha marcado, Booth.

— Eu estava fraco, depois de vinho e sexo.

— Trato é trato, e assim você vai ter mais um par de olhos.

Ela saiu com o laptop e a bolsa na mão e o aguardou colocar sua mala no carro.

Ele a deixara por último, com uma vaga esperança.

— Pode ver que estou levando pouca coisa, ao contrário de você.

— Dubeck e Gavier estão nessas malas.

Ela entrou no carro e sorriu ao colocar o cinto.

— Viu? Você já sabia que eu ia.

— Pelo visto, sim.

— Podemos falar da minha personagem primeiro, mas antes: você não me contou como conseguiu fazer essa Regal... Que nome idiota... Regal Mountjoy, a nova esposa-troféu de Alan C., cair nas graças de Dubeck.

— É lógico que qualquer nova esposa-troféu quer marcar presença nos espaços anteriormente decorados e ocupados pela ex. E eu tenho um contato na França, uma mulher importante, que tem contato com um contato de Regal. Ela plantou a semente para mim.

— Uma ex-namorada?

— Não, uma ex-cliente.

Miranda se recostou, pronta para o trajeto. Não se importava mais com o que aquilo queria dizer sobre ela: amava as histórias dele.

— Você roubou algo para essa francesa.

— Eu readquiri um pertence dela. A avó dela era uma artista importante. Os nazistas roubaram um retrato da avó da minha cliente, um retrato da avó menina. Ela sobreviveu ao Holocausto. Ninguém mais da família sobreviveu.

— Que horror... Que coisa horrível...

— Minha cliente queria o retrato de volta, já tinha explorado todas as alternativas, então me contratou. Aceitei o trabalho *pro bono* porque... Porque sim.

Miranda cobriu a mão dele com a sua.

— Porque sim — repetiu ela.

— Ela disse que, se um dia eu precisasse de um favor, de qualquer coisa, podia contar com ela. Então ela falou para uma amiga de uma amiga de Regal que Dubeck estava indo para Washington se encontrar com uma cliente. Uma cliente famosa. E que pretendia ficar lá por alguns dias. Dubeck foi persuadido a se encontrar com Regal para ver se aceita regalá-la com seu enorme talento.

— Agora a pergunta é: como vai conseguir se passar por um designer de interiores francês e esnobe de forma convincente?

— Já fiz isso algumas vezes. Mas Dubeck vai se aposentar depois dessa.

— Você já fez design de interiores?

— Já estive em muitas casas chiques, requintadas, minimalistas, retrô, ultramodernas. É só uma questão de saber avaliar o cliente, o que ele quer, ou espera de verdade. Usar o jargão e fazer a matemática.

— Matemática.

— Você tem que medir, Miranda. Decorei uma casa na Provença há uns oito anos. Escolhi uma estética fazenda moderna com toques do interior. Funcionou. Recebi um belo pagamento e ainda saí de lá com um colar de esmeraldas de 33 quilates e 20 quilates de diamantes brancos com engaste de platina.

Sim, ela amava as histórias dele.

— Você decorou a casa e depois roubou as joias das pessoas?

— Nunca roubo de um cliente. Essa vai ser uma exceção e o motivo pelo qual Dubeck vai se aposentar. Eu roubei as joias de uma cidadezinha vizinha, depois fui observar a instalação das cortinas de linho azul-celeste na suíte principal do meu cliente. Ficamos todos chocados e horrorizados.

— Aposto que sim.

Ela ficou pensando, como fazia com frequência, como era fascinante e complexo o homem por quem se apaixonara.

Miranda nunca fora a Georgetown e gostou da mudança de ares. As casas de tijolo grandes, as ruas movimentas e o tráfego intenso, lojas e restaurantes bem iluminados.

— Parece até uma cidade pequena dentro de uma cidade grande, né? Tem dignidade, história e movimento, tudo junto. Acho que vou gostar de passar uma temporada aqui quando a gente não estiver no meio de um esquema.

Ele olhou para Miranda.

— Esquema?

— É uma palavra boa, serve para muita coisa. Você chama de quê?

— Trabalho — respondeu ele simplesmente, estacionando em uma garagem pequena ao lado de uma linda casa de tijolo com três andares.

O minúsculo jardim da frente estava coberto de flores em ambos os lados de um muro de tijolo baixo. O caminho levava a três degraus e a uma porta coberta.

A porta se abriu de uma vez, e uma mulher saiu correndo, com o cabelo — cor de ameixa, definiu Miranda — esvoaçando. Um cachorrinho correu atrás dela e parou no degrau mais alto, onde ficou fazendo festa com suas perninhas curtas.

A mulher deu um abraço apertado em Booth, e, quando ele retribuiu, os olhos de Miranda se encheram de lágrimas. Amor, ela pensou. Total e inquestionável.

— Que saudade, cara! Estava morrendo de saudade.

— Eu também — disse ele, e afastou o rosto para passar a mão pelo seu cabelo. — Quer cor é essa?

— Jack Horner.

— Porque...

— Porque ele colheu uma ameixa na música — completou Miranda, provocando um sorrisão em Mags.

Com uma risada generosa, Mags abraçou Miranda, que pensou que ela tinha cheiro de Chanel, rosas e pão fresco.

— Você é a pessoa certa — cantarolou Mags baixinho, depois se afastou. — Eu sou a Mags.

— Eu sou a Miranda.

— Entra, entra. Vamos deixar os homens se virarem com as malas enquanto a gente toma um pouco do vinho que está descansando na bancada. Esse é o Coiote — apresentou ela enquanto subiam os degraus.

O cachorro pulou nos braços de Miranda e olhou para ela com seus olhos amorosos e arregalados.

— Que coisa mais fofa!

— Não é?

Mags a levou para dentro enquanto Booth as olhava, perplexo.

Sebastien se aproximou das duas com um pano de prato no ombro, o cabelo grisalho preso em um rabo de cavalo tão curto quanto as patas de Coiote.

— Ah, *ma belle amie, bienvenue*!

Miranda ganhou não apenas um abraço, mas um beijo em cada bochecha.

— Booth precisa de ajuda com as malas. Sebastien preparou um banquete — continuou Mags, levando Miranda pelo hall de entrada e atravessando um corredor em direção a uma sala imensa com portas de vidro que iam do teto ao chão e davam para uma área externa pavimentada, onde havia até um chafariz.

Parecia o paraíso.

— Eu fico só olhando quando ele faz um banquete. Às vezes, mexo uma panela. Em ocasiões especiais, eu corto e pico alguma coisa.

— É o que eu faço também.

Mags a olhou com um sorriso radiante.

— Que espertinha a gente é. Vamos tomar um vinho.

Capítulo vinte e oito

⌘ ⌘ ⌘

O VINHO DESCIA redondo, e a comida não parava de chegar. A conversa fluía, sem pausa, e Miranda provava bolinhos *boudin*. Ela não sabia o que eram, mas eram uma delícia.

O papo não chegou nem perto de LaPorte, da Deusa Vermelha nem de qualquer aspecto do que estava por vir. Foi de comida a Nova Orleans, a Westbend, passando pelos livros de Miranda e voltando à comida enquanto iam da cozinha espaçosa à sala de jantar formal com a mesa cuidadosamente posta, com flores e velas.

Sebastien, que estava visivelmente se divertindo, serviu uma travessa com bolinhos de siri lindamente arrumados sobre uma salada de folhas verdes, tudo servido com uma *rémoulade* que ele fez.

Uma única garfada fez Miranda erguer sua taça.

— Incrível! Agora entendi com quem Booth aprendeu a cozinhar.

— Eu lapidei um diamante bruto. Hoje, vamos trazer Nova Orleans até você.

— Acho que eu não ia comer nada melhor na rua Bourbon.

— Se meu coração não fosse da sua tia — disse Sebastien a Booth —, eu a roubaria de você, *mon ami*. Venha me visitar na baía, *cher*, e vamos fazer um *fais-dodo*.

— Eu ia amar conhecer sua baía — aceitou Miranda, pensando que estava determinada a ir. — Booth me contou que você tem três filhas.

— Minhas três joias. E agora sou avô. Tenho três netinhos e um quarto a caminho.

— O que faz de mim uma avó postiça — disse Mags. — Eles me chamam de Magma. Ah, como o tempo passa... — acrescentou ela, piscando para Sebastien. — Esperto é aquele que deixa a vida o levar e aproveita o percurso.

O propósito da visita só foi mencionado quando já estavam sentados com seus pudins com calda de caramelo.

— *Mais* — começou Sebastien —, amanhã.

— Amanhã — repetiu Booth. — O encontro é às duas, então é bom sairmos daqui às duas. Dubeck faz as pessoas esperarem. Tudo certo com o transporte?

Sebastien fez que sim.

— *Bien sûr.*

— Acho que noventa minutos dá, e vou dar um cartão para a cliente... Melhor, Miranda vai dar... com o número do celular descartável. Dauphine está com ele?

— Está — confirmou Mags. — Assistente administrativa do Sr. Dubeck.

— Vou avaliar a segurança, eletrônica e humana, avaliar os pontos fracos, situar o alvo e conseguir o cronograma da cliente pelos próximos três meses.

— Vai fazer isso tudo em noventa minutos?

Booth olhou para Miranda.

— Menos que isso, mas joguei lá para cima com noventa. Dubeck é um homem ocupado. Se demorar mais, é porque ela está me dando mais do que eu esperava.

— Ela é bem falante — comentou Mags com uma expressão de arrogância, dando um gole no café. — Fiz as unhas no salão dela quando ela estava lá. Vocês não imaginam quanto eles cobram por uma manicure naquele lugar.

— Coloca na minha conta.

— Ah, para — disse ela, abanando a mão para Booth. — Tomei uma taça de champanhe e fiquei observando seu alvo. Além do mais, consegui uma ótima pedicure também. Regal se gaba, gosta de mencionar pessoas famosas e passou boa parte do tempo fofocando com as amigas no telefone. Ou então fica folheando revistas de moda. Ela me pareceu tão profunda quanto uma poça de chuva, inofensiva e bem frívola. A aura dela tem um pouco de marrom misturado com rosa-claro. Ela ama de verdade o marido, mas é claro que o dinheiro dele ajuda.

— Peraí — disse Miranda, erguendo a mão. — Você lê auras?

— Madame Magdelaine vê tudo — respondeu Mags, dramaticamente. — A sua é vermelha com toques de laranja e amarelo. Confiante, direta, criativa. Precisa e quer aprender com a experiência.

— Eu poderia ter te falado isso sem ler auras — interveio Booth, e Mags forçou várias piscadas para ele.

— Vou acrescentar que você é um sujeito de sorte, cara. Essas luzes alaranjadas querem dizer energia sexual, além de criativa.

— Mudando de assunto — disse Booth enquanto Miranda dava um sorrisinho. — O alvo?

Mags deu uma piscada para Miranda.

— Depois a gente conversa.

— Ah, sim, por favor.

— Então, para começar a conversa em um tom descontraído, eu elogiei os brincos dela... Diamantes amarelos da Graff, uns dois quilates cada... E ela me disse que ganhou os brincos de presente do marido num fim de semana romântico que passaram em Paris, no Dia dos Namorados. Ele é um amorzinho. Palavras dela.

— E você, quem era?

— Ela não perguntou meu nome nem nada sobre mim. Só conversamos por uns minutos e, mesmo assim, ela deu um jeito de mencionar que ia se encontrar com o famoso designer Dubeck para ver se ele aceitava repaginar sua suíte principal. Eu fingi ficar muito impressionada.

Os olhos dela riram por cima da colher.

— E acho que vai gostar de saber que isso tudo que ela está fazendo é uma surpresa para o marido, para o terceiro aniversário de casamento dos dois. Nesse momento, ele está viajando, jogando golfe em Hilton Head.

— Melhor assim — disse Booth, voltando-se para Sebastien. — E o esquema no Lago Charles?

— Conseguimos uma das casas que você escolheu. Uma boa opção, eu acho. Vamos dar um jeito de bater com a agenda de LaPorte, e aí tiramos a família e os funcionários lá de dentro.

— E como vão fazer isso? — indagou Miranda.

— Talvez a gente dê sorte e consiga fazer isso durante as férias da família. Aí só temos que lidar com os funcionários — explicou Booth. — Ou então pensar em um motivo para todos saírem da casa por uma noite.

— Pragas podem funcionar — disse Sebastien. — Ou um vazamento de gás.

Booth assentiu.

— Rápido e fácil. Acho que o vazamento de gás, se eu conseguir encaixar as coisas. Senão, alguns ratos, camundongos. Hora de ligar para o dedetizador, que vai ser um de nós — disse ele a Miranda. — Sugerimos que eles saiam de casa, tanto os humanos quanto os bichos de estimação, e resolvemos o problema de um dia para o outro.

Ele olhou de novo para Sebastien.

— O melhor cenário é que seja em meados de junho.

— Vamos tentar.

— É tudo uma questão de ilusão e sincronização.

— Não tem também a questão do roubo de um diamante enorme?

Dessa vez, Booth deu tapinhas na mão de Miranda.

— Ainda não, mas vamos chegar lá.

Ela imaginou que os preparativos da manhã seguinte para investigar a casa fossem o começo desse "chegar lá".

Após um brunch requintado, ela ficou sentada no quintal com Mags, enquanto Coiote dormia debaixo da mesa depois de um passeio.

— Não quero me meter — começou Mags. — Mas queria dizer que você faz meu menino feliz.

— Espero que sim.

— Ele passou por muita coisa triste, revoltante e ruim na vida. Passou por coisas felizes também, mas nunca esteve mais feliz do que está agora com você.

Aquelas palavras tocaram seu coração.

— É... maravilhoso ouvir isso.

— Assim que ele me contou sobre você, na época da faculdade, deu para ouvir na voz dele essa felicidade, ele estava todo feliz, e pensei: "Meu menino está apaixonado." Se afastar de você partiu o coração dele. E se afastou por minha causa.

— Não, Mags.

Miranda, direta, determinada e decidida, estendeu o braço para segurar com força a mão de Mags.

— Não. Ele foi embora por causa de LaPorte. Eu queria colocar a culpa em Booth... E coloquei mesmo — admitiu ela.

— Claro — disse Mags, baixinho. — Ele queria que você colocasse.

— Mas agora eu sei a verdade. Sei que só tem um vilão nessa história. Eu fiquei arrasada, não vou mentir. E aquilo mudou meu jeito de agir, de ver a vida. Mas... Você acredita em destino?

— Ah, querida — disse Mags com uma risada. — Se acredito...

— Bem, a gente era jovem, e sabe-se lá como seria lidar com esses sentimentos a longo prazo. Mas estamos mais velhos agora. Mais sábios, mais vividos. E, nos últimos meses, pude conhecer Booth muito melhor que na época em que a gente se apaixonou.

Ela olhou para a casa e para as janelas do quarto onde os dois haviam passado a noite.

— Ele contou para você sobre Selene Warwick?

— Disse que LaPorte deu uma chamada nela e em Cannery.

— Sim, mas só depois que Booth ameaçou LaPorte e colocou Selene no lugar dela.

Enquanto Miranda contava a história, Mags servia o chá de Sebastien em duas xícaras.

— Ele nunca me conta essas coisas — comentou Mags, suspirando. — Acho que também não costuma contar para Sebastien.

— Duvido que ele me contaria também. Eu vi com os meus próprios olhos. E uma das coisas que vi foi um homem que sabe cuidar de si mesmo. Ele pegou a arma dela e a botou para correr, ameaçou LaPorte... Obrigou LaPorte, na verdade — explicou ela, corrigindo-se — a dar mais um milhão de dólares para ele. Aí armou uma cena na casa que os dois tinham alugado para que desconfiassem e a polícia fosse atrás deles. Encontrar os dois é outra história, mas ele fez tudo isso tão... facilmente. Fez tudo isso e o que está fazendo agora ao mesmo tempo em que dava aula em tempo integral e organizava um musical superimpressionante na escola. Acho que ele é capaz de fazer tudo que quiser.

— Está chovendo no molhado. Você o ama. Isso não é uma pergunta, porque está na sua cara. Você mesma vai decidir o que fazer com isso.

— Ah, eu já decidi — disse Miranda, olhando para a janela novamente. — Só tenho que esperar isso tudo acabar.

Sebastien saiu da casa antes que Mags pudesse perguntar o que ela faria. Ele deu um tapa no próprio peito.

— Ah! *Les belles femmes*!

Ao ouvir sua voz, Coiote se aproximou correndo e pulando nas patinhas traseiras. Sebastien o pegou no colo.

— Booth está pronto parra você, *cher*.

Miranda entrou na casa e subiu a escadaria reta até o andar de cima, então virou à esquerda.

A porta do quarto estava aberta. Miranda entrou e levou um susto.

O homem que se olhava no espelho de corpo inteiro tinha um topete de duas cores, cinza e branco. Seu cavanhaque grisalho terminava em uma ponta branca afiada.

Por baixo de um terno cinza claríssimo com colete azul royal, ele tinha ombros e peitoral largos.

Anéis brilhavam nos dois dedos mínimos. Um elegante broche de fênix brilhava em sua lapela.

Ela só enxergou Booth quando o homem falou:

— Bom. Precisamos arrumar você agora.

— Você... Eu teria passado direto por você na rua. Parece mais velho e... E mais cheio. Seus olhos estão castanhos.

— Lentes de contato coloridas — disse ele rapidamente. Ela reparou que ele estava sério, focado no trabalho. — Tira a roupa e veste o roupão. Preciso fazer seu cabelo e sua maquiagem.

— Obrigada, mas eu mesma faço meu cabelo e minha maquiagem desde que eu tinha doze anos.

— Não assim. Esse é o seu cabelo.

Ele apontou para uma peruca loira e curta com franja.

— Ok. Parece um pouco o da Julia Roberts no começo de *Uma linda mulher*.

— Parece mesmo.

Ela fechou a porta do quarto antes de se despir.

— Suponho que eu não vou ganhar uma barba.

— Dessa vez, não.

Ele tirou o paletó e o estendeu sobre a cama enquanto ela vestia o roupão e se sentava. Então, ele virou a cadeira para que Miranda ficasse de costas para o espelho.

Ela tentou se virar de volta na mesma hora.

— Eu quero ver!

— Não. Quando eu acabar, você vê. Assim, vai ter o impacto total — disse ele, cobrindo o cabelo dela com uma touca. — Para seu cabelo não atrapalhar enquanto eu faço a maquiagem. Vou trabalhar com o que você já está usando.

— Pode fazer uma pinta? Eu sempre quis saber como ficaria se tivesse uma.

Ela deu um pulo na cadeira quando ele abriu o estojo de maquiagem.

— Meu Deus! Olha todos esses pincéis! As paletas! Deixa eu...

Ele deu um tapinha na mão dela.

— É meu. Depois eu deixo você mexer. Tenho um horário a cumprir aqui.

— Seu rosto também está mais cheio, no maxilar.

— Aham.

— Vai deixar o meu mais redondo também?

— Não — respondeu ele enquanto trabalhava. — Só vou fazer uma maquiagem mais forte, sobretudo nos olhos. Vermelho nos lábios.

— Não fico bem com batom vermelho.

— Hoje vai ficar.

Ele trabalhou com pincéis, dedos, lápis e pós. Impressionou-a ao aplicar cílios postiços, ignorando sua opinião de que ficaria vulgar e cafona.

Trocou os brincos dela e colocou a peruca, examinando-a com olhos semicerrados antes de lhe dar um par de óculos de armação preta.

Quando Miranda tentou se virar para olhar, ele a puxou de volta.

— Ainda não. Você tem que vestir isso.

Ele ergueu a roupa modeladora e viu sua boca se abrir.

— Essa vai ser minha *bunda*? Você vai botar uma bunda enorme em mim, e esses são meus... — Miranda levou a mão aos seios. — Vou ter uma bunda enorme, um quadril largo e peitos enormes.

— Eles não são enormes. São proporcionais ao restante. Se ela for te descrever um dia, não vai dizer "magra e esbelta", não vai dizer "esguia", vai dizer "cheia de curvas".

— Que tal "rechonchuda"?

— Também funciona. Você queria o papel, Miranda. — Ele lembrou a ela. — Esse é seu figurino.

Ela resmungou, mas tirou o roupão e deixou que ele a ajudasse com a roupa modeladora.

— Está um pouco apertado e está esmagando meus peitos.

— É para ser apertado e esmagar seus peitos. Aqui o restante.

Ela examinou a saia, a jaqueta e a blusinha de seda sem alças.

— Essa saia é muito curta.

— Miranda.

— Está bem, está bem. Não sei se minha bunda nova vai caber aí dentro.

É claro que coube, tudo coube muito bem, incluindo os saltos pretos. Depois de amarrar um lenço vermelho, preto e dourado no pescoço com um nó lateral, ele se afastou e fez um círculo com o dedo para que ela desse uma voltinha.

— Bom, ótimo. Agora pode olhar.

Ela se aproximou do espelho e olhou-o fixamente.

Teria passado batido por si mesma na rua. Seus olhos estavam enormes, loucamente sombreados. Em vez de parecerem vulgares e cafonas, os cílios davam um exotismo ao seu rosto, em contraste com os óculos intelectuais. Os lábios vermelhos pareciam, de alguma forma, bem franceses, e faziam uma curva na parte superior que ela não tinha.

— Não parece eu. Não parece uma peruca. E, com esse corpo, acho que eu seria uma ótima dançarina. Eu vou para a cama com Dubeck?

— *Mais non*! — exclamou ele, exagerando no sotaque. — Você não passa de uma ferramenta para ele, não passa de uma fita métrica.

— Está bem. Estou ouvindo um toque de Hercule Poirot na voz de Dubeck?

— Um *soupçon*.

Ainda fascinada, ela virou o corpo para lá e para cá.

— Ele era belga.

Ela não viu o sorriso satisfeito no rosto de Booth.

— Era, mas ainda funciona. Deixa eu ouvir o seu.

Ela havia treinado sozinha.

— Estou à disposição de *monsieur* e não sou digna de sua atenção. Mas tenho sonhos.

Sua voz era suave, grave, um pouco rouca, com um sotaque sutil.

Era melhor assim do que exagerado, pensou ele.

— Serve. Consegue manter?

Ela olhou fixa e um pouco desafiadoramente para seu reflexo no espelho.

— Consigo — disse.

— Quando eu falar com você em francês, responde em francês. Quando eu falar em inglês, responde em inglês. Não vai precisar dizer muita coisa, só segue minhas deixas.

— Eu sei. Já falamos sobre isso.

— A repetição ajuda a fixar. Tira seu relógio, ela não teria dinheiro para isso. Experimenta essas três pulseiras. Vai levar essa bolsa. Seu tablet está aí dentro para tomar notas, uma trena, alguns lápis e canetas, um caderno, a caixinha com os cartões de visita dele e outras coisas. Olha para mim, sem sorrir.

Ele tirou uma foto.

— É bom se familiarizar com o conteúdo da bolsa. Pode rearrumar as coisas, se quiser, contanto que saiba onde colocou tudo. Já volto.

— Está bem. Estou um pouco nervosa. Mas acho que combina com minha nova personalidade.

Ela se sentou e abriu a bolsa para explorar seu conteúdo. Viu que ele a havia organizado como ela faria. Experimentou usar o tablet e fazer algumas anotações em francês.

Enquanto aguardava, ela se levantou para olhar o estojo de maquiagem e ficou maravilhada.

— Toma sua carteira — disse ele ao voltar. — Tem sua identidade, um cartão de crédito, dinheiro, em euro e dólar.

Ela abriu a carteira e deu uma olhada.

— Eu tenho uma carteira de motorista francesa com a foto de como estou agora.

— É rápido de fazer. Só por precaução. O cartão de crédito é falso, também por precaução. A gente tem que ir. Não tente demais, não chame atenção.

— Com essa aparência?

— Você ouviu o que Mags falou sobre a mulher? Só pensa nela e em quem é importante. Ela não vai ligar para você, não é importante. Vai ver uma jovem francesa loira com uma bolsa bonita e sapatos baratos...

— Como Clarice Starling.

— Não é à toa que eu sou louco por você. É, como Clarice. Mas você é alta, corpulenta e só fala quando lhe dirigem a palavra.

— *Oui, monsieur* — murmurou ela, baixando os olhos com os cílios enormes. — *Je ne suis personne.*

— *Exactement.*

Ele beijou a mão dela e a guiou para fora.

Ao pé da escada, Mags levou as mãos à cintura.

— Bom trabalho, cara. Você ficou ótima loira, querida. De vermelho também. Boa sorte.

— Vou precisar, com esse salto — disse Miranda, segurando a mão de Mags. — Torce por mim, por favor. É minha estreia.

— Pode deixar. Sebastien está lá fora.

Ele estava parado, com terno cinza e chapéu de motorista, ao lado de uma limusine preta. Revirou os olhos para Miranda e disse:

— Ulalá.

Ela riu, entrando no carro.

— Uma limusine?

— *Bien sûr* — disse Booth, ou melhor, Dubeck, entrando ao seu lado. — Sou Dubeck. De que outro jeito eu me deslocaria? Usa seu sotaque, não esquece. Entra na personagem e fica nela.

Ela pegou o espelhinho na bolsa e examinou seu rosto novo, tentando gravá-lo.

Ela não podia negar que a casa era linda. Imensa e elegante, no coração de Georgetown, com três andares, o acabamento branco sobre um fundo amarelo claríssimo. O jardim da frente tão vivo na primavera.

— Não tem muro nem portão — comentou ela com seu leve sotaque. — Achei que teria mais segurança.

— Tem. Está vendo a casinha do lado esquerdo? É a estação de segurança. Deve ter gente lá 24 horas por dia.

Sebastien parou devagar no piso de tijolo diante de um pórtico branco que protegia as portas duplas da frente.

Abriu a porta para Booth, deu a volta no carro e fez o mesmo para Miranda.

A caráter, Miranda caminhava dois passos atrás de Booth, que ia em direção à campainha.

A porta se abriu na mesma hora. A mulher de meia-idade e com um uniforme preto parecia incrivelmente forte. Booth pensou que devia trabalhar como segurança além de suas tarefas de governanta.

Miranda pegou um dos cartões de visita de Dubeck, com gestos obedientes.

— Monsieur Dubeck — disse ela. — Ele tem horário marcado com Madame Mountjoy.

— Entrem, por favor.

A governanta lhes convidou para entrar no grande hall com pé-direito altíssimo. O chão brilhava sob um tapete de Aubusson claro e impecável. Espelhos antigos se misturavam à arte nas paredes e complementavam os móveis de mogno polido e as cores suaves.

O ar tinha um aroma levemente forte de rosas e gardênias.

— Por favor, fiquem à vontade aqui na sala.

O cômodo era grande e tinha uma lareira, três janelas altas, mais arte e mais cores suaves.

— A Sra. Mountjoy virá falar com vocês em um instante. Gostariam de beber alguma coisa?

— Café, preto e forte — disse Booth, franzindo o cenho, concentrado, enquanto passava o olho no cômodo, avaliando-o.

Miranda manteve os olhos baixos e assentiu.

— Para mim também, por favor. Obrigada.

Ficou parada onde estava, os dedos entrelaçados, enquanto a governanta saía e Booth continuava a observar e estudar o cômodo.

Ele pôs-se a falar em francês muito rápido e lançou um olhar impaciente para Miranda, acompanhado de um gesto igualmente impaciente. Ela pegou seu tablet na bolsa e fez o possível para tomar notas enquanto traduzia mentalmente com rapidez.

Bom gosto, cuidadoso, boa arte, elegante e respeitoso à arquitetura da casa. Belíssima carpintaria. Paredes de gesso originais.

Quando ele terminou, Miranda ouviu o barulho de saltos, provavelmente tão altos quanto os seus, andando com rapidez.

A nova esposa, uma loiraça vestida de vermelho Versace, entrou na sala praticamente desfilando. Sua alegria iluminava tanto seu rosto quanto os diamantes em suas orelhas, em seus pulsos, dedos.

— Monsieur Dubeck! — exclamou ela, pronunciando *mossiô*, e estendeu o braço. — Seja bem-vindo. Muito obrigada por ter vindo.

— Madame — disse Booth, segurando os dedos dela de leve e dando um beijo no dorso de sua mão. — Meu tempo é curto, como você já sabe.

— Eu sei, eu sei. Estou muito feliz que esteja me doando um pouco desse tempo.

Outra mulher de uniforme, mais nova, entrou com um carrinho.

— Espero que tenha um instante para se sentar e tomar um café.

— Sim.

Ele se sentou e aguardou ser servido. Miranda ocupou a beirada de uma cadeira, com os joelhos unidos. Permaneceu em silêncio, sabendo que naquele momento ela não passava de outro móvel da sala.

— Essa casa é antiga — começou Booth, continuando antes que Regal pudesse se desculpar por aquilo. — Mas envelheceu como vinho, é uma beleza.

— Ah, obrigada!

— É um mérito da casa, não seu — disse ele, com desdém, enquanto dava um gole no café. — Mas parece que foi bem cuidada e respeitada. Preciso ver o restante da casa antes de aceitar pegar e reformar sua suíte.

— Claro. Vai ser um prazer mostrar a casa. Estou tão animada que você aceitou levar em consideração a ideia de redecorar o quarto. Eu sinto que não tem a ver comigo... Ou com nós dois, eu e meu marido. Tem... Tem muito da ex-mulher dele lá, se é que me entende.

— Todo mundo que more numa casa deixa um pouco de si nela. *Mais oui*, você quer... exorcizar sua predecessora.

— Isso! — exclamou Regal, unindo as mãos como que em prece. — Obrigada por compreender.

Booth colocou o café de lado.

— Vamos começar.

Fez um gesto para Miranda. Regal mal olhou para ela.

Miranda tomava notas. Volta e meia, Booth lançava uma ordem para ela em francês, mas, fora isso, ela simplesmente seguia os dois pelos cômodos.

Um escritório, uma sala maior com piano e uma estufa de verdade com laranjeiras e diferentes tipos de limoeiros em plena produção, onde o aroma das flores preenchia o ambiente.

Ela passou pela biblioteca, pela sala de leitura — por que ter os dois? —, por uma sala de jantar formal com uma mesa onde cabiam trinta pessoas, uma sala de jantar de família com paredes de vidro e vista para o imenso jardim, a piscina, a casa da piscina e outra garagem.

A cozinha, cuidadosamente modernizada com uma decoração charmosa e clássica, os quartos de serviço e mais salas de estar.

Andaram muito antes de descerem a escada rumo a uma sala de cinema com bar, fileiras de assentos de couro e dois lavabos.

Áreas de armazenamento, lavanderias. Então, subiram a escadaria imponente até o segundo andar.

Regal não parava de falar. Booth — Dubeck — dizia pouco, a não ser quando lançava uma ordem ou um comentário para sua fiel assistente. Ele interrompeu Regal antes que ela abrisse as portas da suíte máster.

— *Mais non*. Quero ver o último andar antes de olhar o quarto. Isso é por último.

Lá em cima, viram um salão de festas com um trio de lustres Waterford, uma cozinha equipada maior que a da casa de Miranda, dois banheiros, dois lavabos, duas saletas.

E uma porta trancada. Não era uma porta original, mas Booth viu que fora fabricada para imitar uma. Ele bateu discretamente na porta e confirmou sua avaliação de que se tratava de folheado de madeira sobre aço.

— E isso? — perguntou ele.

— Ah, isso leva ao sótão. Meu marido tem uma espécie de caverna lá em cima, digamos. Ele deixa a porta trancada. Ninguém pode entrar lá.

— Talvez haja uma mulher louca no sótão — disse ele e, ao perceber que ela não havia captado, deu de ombros, num gesto bem francês. — *Maintenant*, todo homem tem seus segredos, certo? Agora pode me mostrar o que quer que eu mude.

Ela praticamente saiu correndo com seus sapatos Louboutin.

A suíte principal consistia em um quarto com janelas altas, teto em caixotões, lareira, uma imensa cama de dossel, além de dois banheiros privativos, dois closets e uma saleta.

Miranda achou o mobiliário e a decoração lindos, apesar de um pouco femininos demais, com estampas florais e tons de rosa.

Booth olhou para tudo, inclusive os closets feitos sob medida. Andou, observou, parou, examinou, tocou, tudo isso enquanto Regal, finalmente em silêncio, aguardava parada com os dedos entrelaçados.

— Esse espaço é bem aproveitado — disse ele em francês para Miranda, que tomava notas obedientemente. — Mas não combina com você. Tem elegância, sim, mas não tem romance, sexualidade. Você gosta de um bom sexo, certo? — perguntou ele à outra mulher.

Regal piscou e hesitou por um instante.

— Bem, sim. Meu marido e eu... Sim.

— Acho que, da última vez que esse quarto foi aprimorado, ninguém pensou em sexo, só em estilo. Esse estilo é... Hum, elegante. Conservador. Não é o que eu imagino para você.

— Eu quero muito uma coisa mais moderna — começou Regal. — Mais cor e...

Ela se interrompeu abruptamente ao ver a expressão severa de Booth.

— Moderna? Moderno é errado! — exclamou ele, cortando o ar com a mão feito um machado na madeira. — É uma abominação neste espaço, nesta casa. Você tem o antigo e deve respeitar. *Mais*, vai ter romance, sexualidade. Aqui as cores têm que ser suaves, como um sonho, um primeiro beijo. Um cinza claríssimo, como um abraço sob uma chuva de verão, os verdes e azuis tranquilos do mar ao anoitecer. Essa cama magnífica, ele dormia com a outra nessa cama?

— Sim.

Ele abanou a mão.

— Tem que sair daqui. Morar em outro espaço. Vai ter sua própria cama.

— Ah, só isso, Monsieur Dubeck, só isso já vai me deixar muito feliz.

— Eu vou deixar você feliz. E essa casa, vou fazer com que ela continue sendo feliz.

Ele estalou os dedos para Miranda, ordenou em francês que ela medisse as cortinas.

— Essas cortinas têm que sair. Ocupam muito espaço, e a cor é muito pesada. Suave, suave. O tapete, não! O estofado tem que mudar, aqui, na suíte toda.

Ele olhou para o lustre e franziu o cenho.

— Aqui, acho que dá para ter uma pitada de moderno. Para dar uma tensão, só um toque. Tenho algo em mente. Vamos ver.

Ele andou de lá para cá, franzindo o cenho.

— Vamos ver — repetiu. — A cornija da lareira é bonita, esse carvalho. Quem pintou de branco devia ser assassinado em praça pública. Vamos devolver isso à sua glória original.

Ele percorreu cada espaço, anunciando sua visão, fazendo com que Miranda o admirasse e medisse.

Regal chegou a chorar de gratidão e não pestanejou diante do preço astronômico do trabalho de decoração dele. O trabalho braçal e os materiais seriam cobrados à parte.

Ele deu instruções sobre como ela deveria efetuar a metade do pagamento de antemão e foi embora enquanto ela chorava de alegria na porta.

Miranda só falou quando o carro saiu da propriedade.

— Demorou mais de noventa minutos.

— É, um pouco mais. A casa é magnífica.

— A única coisa que eu invejei mesmo foi aquela estufa. Foi a primeira vez que vi uma dessa, e agora vai ser uma meta de vida. E a porta do sótão, hein?

— É. Porta de aço, Sebastien. Com um belo folheado de madeira, uma boa reprodução das portas de painel.

— Ah. Mudaram os seguranças às três da tarde. Dois homens entraram e dois saíram.

— Bom saber. Não tem câmeras lá dentro, o que é surpreendente. Do lado de fora tem, ao norte, sul, leste e oeste, mas com muitas lacunas. Vi as estações de segurança: uma na despensa da cozinha, uma no porão. Ele tem um sistema de segurança inteligente na casa. Posso desligar isso remotamente, desativar os alarmes e detectores de movimento.

Pensando e imaginando, ele coçou seu cavanhaque de duas cores.

— Vou pensar em como deixar a imagem ligada para a vigilância em tempo real. Depois que eu entrar, é só dar um jeito de passar por aquela porta. É uma boa fechadura, mas ele não quis que chamasse atenção. Não tem ferrolho nem é digital. Posso conferir se tem um alarme, mas me parece que ele não acha que ninguém chegaria tão longe. E ama aquela casa, ama a idade e a arquitetura dela. Dá para sentir isso andando lá dentro.

Ele se voltou para Miranda e sorriu para ela.

— Você foi ótima.

— Eu não fiz nada.

— Fez exatamente o que era para fazer. Obedeceu rápido às minhas ordens e ficou na sua.

— Que bom, eu acho. Ela basicamente nem percebeu que eu estava lá.

— Claro que percebeu. Lançou dois olhares da cabeça aos pés para você, se perguntou se eu já tinha te levado para a cama. Você invejou a estufa, e ela invejou suas pernas. Mas você é uma funcionária. Não vai pensar muito em você, se é que vai chegar a pensar.

— Ela vai ficar arrasada quando você... Quando Dubeck não decorar aquele espaço.

— Não vai, não, porque ele vai fazer. E ela vai amar. Você tomou notas, não foi?

Chocada, Miranda empalideceu.

— Sim, eu tentei, mas...

— Estou brincando — disse ele, inclinando-se para beijá-la. — Eu me lembro do que vi e do que falei. Vai ser divertido.

— Ela está pagando meio milhão de dólares só para você, e vai ser divertido.

— Tudo que é bom custa caro — disse ele alegremente. — Nos dá meia hora para tirar os disfarces, Sebastien, e aí a gente conversa.

— Vou demorrar mais ou menos isso parra devolver a limusine.

Booth estendeu o braço por cima do corpo de Miranda para abrir a porta quando Sebastien estacionou.

— Vamos tomar um drinque no quintal e planejar — sugeriu Sebastien.

— Combinado — concordou Booth, pegando a mão de Miranda enquanto avançavam em direção à porta.

— Tenho que confessar uma coisa — anunciou ela.

— O quê?

— Eu me diverti. Gostei de fazer isso, tudo isso, de brincar com esse papel ridículo, de visitar aquela casa maravilhosa, de ver você dando ordens, soltando insultos e elogios. Deveria ser incômodo porque é errado, mas não foi.

Dentro da casa, ele segurou os ombros dela e a puxou para beijá-la.

— Estamos corrigindo injustiças nesse caso. Não vou fingir que é sempre isso que eu faço, nem na maior parte dos casos. Mas dessa vez é isso.

— Eu queria ficar com pena dela. Pareceu tão ansiosa, Booth, e ela não entendeu sua referência a *Jane Eyre*. Você poderia ter dito que ela precisava de cortinas de veludo rosa com bolinhas coloridas e de uma cama de tijolos que ela teria aceitado.

— Eu nunca usaria veludo cor-de-rosa — disse ele, fazendo-a rir.

— Sei. É só que... Ela estava tão fascinada. E eu fiquei mesmo com um pouco de pena dela, porque não deveria ter que dormir na mesma cama em que o marido dormia com a ex-mulher, e só quer que aquele espaço seja dela. Só isso.

— Isso é um bônus — disse ele, massageando rapidamente os ombros dela. — Vamos dar isso a ela. Ela vai ganhar esse espaço, e nós vamos ganhar uma coisa que o marido dela não deveria ter. E vamos fazer LaPorte pagar. Se fizermos as coisas direito, todo mundo sai ganhando.

— Ok — disse ela, suspirando. — Vamos fazer direito.

Capítulo vinte e nove

⌘ ⌘ ⌘

À MEDIDA QUE o ano letivo avançava, Booth dividia seu tempo entre correção de trabalhos e preparação de provas, e estudo de tintas e tecidos, além das consultas com Sebastien sobre a segurança e como passar por ela.

Encontrou o lustre perfeito para o quarto, com gotas de vidro azul e acabamento metálico cor de ferrugem, além da cama que ele queria, ambos importados da França.

Fez mais duas viagens a Georgetown, uma vez como pintor, e outra, com Mags, como estofadores. Regal os fez entrar escondido nas duas ocasiões durante um intervalo em que o marido não estava em casa.

Ele trabalhou durante todo o mês de maio, enquanto sua visão em diversas áreas se tornava cada vez mais clara.

Em uma sexta-feira, véspera de feriado, ele disse a Miranda que chegaria em casa um pouco mais tarde.

Quando chegou, ela estava de pé na cozinha, arrumando um buquê de rosas em um vaso.

— Oi. Você está com cara de satisfeito — comentou ela.

— Estou contente. Está bonito isso.

— Também achei — concordou ela, dando um passo para trás para admirar seu trabalho. — Feriado esse fim de semana. Bom para tomar um vinho na varanda. A gente pode pegar os caiaques amanhã. Parece que vai fazer sol e calor.

— Talvez eu esteja um pouco ocupado — disse ele, colocando a bolsa na mesa e abrindo-a.

Tirou uma grande pedra vermelha de dentro.

Ela deu um pulo, quase derrubando as rosas do vaso.

— Meu Deus! É isso? Você já fez. Como foi... Quando foi...? Meu Deus, Booth. — Miranda deu um soco nele antes de pegar a pedra nas mãos. — É pesada. Você não me contou! Caramba.

— Não é a Deusa. É uma réplica que eu mandei fazer. Fui buscar agora, foi por isso que demorei. É do tamanho, do formato, do peso e da cor exatos. Fizeram um ótimo trabalho.

— É falsa? Por que precisa de uma pedra falsa? Não vai tentar enganar LaPorte. Ele vai testar, não vai? Meus Deus, que treco enorme e vermelho.

— É igualzinho ao de verdade. Pelo menos visualmente. Vou precisar do falso para colocar no lugar do diamante quando eu pegar. Amanhã à noite.

— Quê? — Ela engoliu em seco. — Amanhã? Mas você falou em junho, fim de junho. Quando o ano letivo terminar. Quando...

— Os Mountjoy vão passar o fim de semana fora, para a festa de um amigo em Kennebunkport — explicou ele, olhando o relógio da cozinha. — E o jatinho particular deles deve estar pousando nesse exato momento. Eu iria hoje, mas amanhã é melhor. Precisava ter certeza de que a réplica estava boa. Está. Vai funcionar. E o timing foi perfeito.

Ela não entraria em pânico, garantiu a si mesma que não era uma mulher que entrava em pânico. Ela entrou em pânico.

— Não estou entendendo o *timing*. Não estou entendendo nada. Achei que tinha mais tempo. Que você ia levar mais tempo.

— Não preciso de mais tempo, e agora você tem menos tempo para se preocupar.

Ele acariciou os braços dela de cima a baixo.

— Eu sei o que estou fazendo. Respira. Confia em mim.

Booth deu meia-volta e entrou na despensa, onde pegou uma garrafa de Pinot Grigio. Achou que cairia bem com o peixe que ele ia grelhar.

— Vamos tomar aquele vinho na varanda, e eu te explico.

— Acho que eu não consigo sentar. Não consigo mesmo. E se...

— O rio tem tendência a acalmar os ânimos. LaPorte está esperando que a gente roube a Deusa só no mês de agosto. Eu deixei claro que não ia conseguir planejar nada seriamente até o fim do ano letivo. Para não estragar meu disfarce. Regal ficou de boca fechada sobre Dubeck porque sabe que, se o marido dela descobrir, ele pode colocar um freio na redecoração. Vem.

Ele pegou o vinho e as taças e saiu pela porta.

— Eu precisava da réplica — continuou — porque Mountjoy com certeza vai passar um tempo no quarto do tesouro antes de ir para a Europa. Contanto que a pedra falsa esteja lá, tudo certo.

Ele serviu o vinho, sentou e esticou suas longas pernas.

— No mês que vem, fim do ano letivo, faço um churrasco para comemorar que...

— Um churrasco.

Ele era louco, decidiu ela. Ela se apaixonara por um louco.

— Com tudo isso acontecendo, você vai fazer um churrasco?

— É tradição, é o que se espera. Vamos continuar fazendo o que se espera. Enquanto isso, os Mountjoy vão para a Europa e todas as pessoas contratadas por Dubeck vão estar trabalhando. Ele vai fazer várias aparições. E, enquanto isso acontece, eu, fingindo ser LaPorte, vou ligar para Russell, o bode expiatório. Nos encontramos na casa do Lago Charles, à noite. Eu o contrato para roubar a Deusa e dou detalhes mais do que suficientes para deixar o trabalho razoavelmente fácil.

— Mas ele vai roubar a pedra falsa.

— É, ou tentar.

— Não entendi — disse ela, finalmente se sentando e pegando seu vinho. — Estou perdida.

— Russell é bom o bastante para conseguir entrar com as informações que eu vou dar para ele. E vou garantir que ele consiga... Ou melhor, Sebastien vai. Não só ele vai encontrar a Deusa, como certamente não vai sair daquela casa ou daquele quarto sem roubar outra coisa. E não vai conseguir escapar porque a gente vai acionar os alarmes remotamente, o que vai fazer com que a polícia e os seguranças do Mountjoy apareçam aos montes.

— Você quer que ele... Que o bode expiatório seja pego.

— É um detalhe importante.

Contente, Booth esticou as pernas de novo e admirou o rio.

— Quando ele for pego com o que quer que tenha roubado, vai dedurar LaPorte.

— E se ele não dedurar?

— Se não dedurar, a polícia vai rastrear o dinheiro fresquinho na conta de Russell até LaPorte com facilidade.

Frustrada, Miranda levou as duas mãos à cabeça.

— Mas não vai ser LaPorte que vai pagar Russell, vai ser você.

— Será?

Booth sorriu e deu um gole no vinho, apreciando a brisa primaveril, as flores, o zumbir das abelhas.

— LaPorte mandou três milhões de dólares para uma conta que eu criei no nome dele, com os dados dele. O meio milhão que ele vai pagar para Russell vai sair dessa conta, além de algumas outras transações suspeitas.

Ela começou a entender e pegou sua taça de vinho outra vez.

— Você está criando uma armadilha com o dinheiro dele. Brilhante.

— Obrigado. Eu gostei. E mais do que só o dinheiro. Mas esse é o clímax. Preciso deixar o atum de molho e preparar os pimentões que vou grelhar.

— Não vai me deixar curiosa.

— Vou te contar o resto.

Ela se levantou com ele.

— Eu vou com você amanhã — disse Miranda.

— Você vai, e vai ficar com Mags. Não vai fazer o trabalho comigo. Isso não é uma opção.

— Porque eu atrapalharia.

— Eu te amo, Miranda. Essa é a mais pura verdade. E, sim, você atrapalharia. Mas eu te conto o resto.

Tudo parecia incrivelmente complicado e ridiculamente simples ao mesmo tempo. Ela avaliou a própria consciência inúmeras vezes durante as 24 horas que se seguiram.

Ainda assim, já em Georgetown com Booth, Mags, Sebastien e o cachorrinho, ela não sabia exatamente o que estava achando daquilo tudo.

Perguntou-se o que seu pai diria se soubesse no que ela tinha se envolvido. E não soube responder.

Miranda só sabia que sua situação não tinha mais volta.

— Eu amo pedras — comentou Mags enquanto eles examinavam a deusa falsa na mesa. — Cruas, machucadas, lapidadas, elas têm vida dentro delas que me fascina. Mas essa não tem.

— Porque não é uma pedra. É um composto.

— É um ótimo composto — opinou Sebastien, segurando-a na mão e olhando-a de todos os ângulos. — É igual às fotos, que são poucas, mas as que a gente consegue achar. *Mais, mon ami*, você não pode ter certeza que isso vai enganar alguém que já segurou a Deusa verdadeira nas mãos, já acariciou e se gabou do diamante.

— Se não enganar, o plano muda. Vamos ficar atentos para saber se está tudo certo antes de ele ir para a Europa. Se chegarmos até aí, continuamos seguindo nossos passos até o fim. — Ele deu de ombros. — Vou dar uma olhada no meu equipamento antes de me trocar.

— Vamos fazer uma refeição primeirro — insistiu Sebastien. — Parra te dar energia.

— Uma refeição leve, sem álcool.

Miranda comeu um pouco, mas, sobretudo, fingiu comer. Ela achou que ficaria preocupada. Não achou que ficaria quase doente de preocupação enquanto Booth parecia totalmente calmo.

Quando ele subiu com Sebastien, ela ajudou Mags com a louça.

— Tudo bem ficar preocupada. É natural.

— Você está preocupada?

— Eu sempre fico um pouco — admitiu Mags. — Eu já ficava preocupada quando ele saía de casa escondido quando era criança. Dana tão doente, as contas que não paravam de chegar. De repente, tinha dinheiro para pagar a prestação da casa, para as despesas médicas. Eu fiquei com medo de que ele estivesse vendendo drogas, ou o próprio corpo, o menino tão doce da minha irmã. Mas não estava.

— Ah, Mags. Você segurou tanto a barra... Deve ter sido um peso.

Mags fez que não com a cabeça.

— Dana e Booth não eram um peso para mim. Eles eram, e são, luzes na minha vida.

Ela tocou o cristal celestita que usava em uma corrente em memória da irmã.

— Depois que eu fiz Booth confessar o que ele andava fazendo, fiquei preocupada. Mas ele manteve a mãe dele sob um teto e comida na mesa. A gente não teria conseguido só com as faxinas. Era muita coisa.

Ela fechou a máquina de lavar louça.

— Eu me preocupava com Sebastien, mas ele está praticamente aposentado agora. As meninas dele são adultas e têm a família delas. Ele tem o bastante. Meu negócio com Dauphine vai bem, e ele me ajuda nisso. Assim, ele ocupa a mente.

— Mas você está preocupada com os dois hoje.

Mags apertou a mão de Miranda.

— Ficar esperando é uma droga, né? Vamos acender velas. Uma magia do bem.

— Não sei se acredito nesse tipo de magia.

— Ah, eu acredito por nós duas.

Com o pensamento seguinte, o sorriso de Mags se transformou em fúria gélida.

— Se eu não acreditasse, faria a porcaria de um vudu de LaPorte e o queimaria até virar cinzas. Ele não ia nem entender o que aconteceu.

— Realmente poderia fazer isso?

— Se não pudesse, conheço algumas pessoas que poderiam. Mas não é o caminho certo. Esse é o caminho.

— Igual à fala do Mandalorian.

Com uma risada, Mags agarrou Miranda e lhe deu um beijo estalado.

— Booth deve estar loucamente apaixonado por você. Louco igual àqueles palhaços de circo.

— Você conhece algum palhaço?

— Já namorei um. Muito mal-humorado — respondeu Mags, lançando um último olhar para a cozinha. — Muito bem. Vamos acender umas velas e esperar eles voltarem.

Quando os dois desceram, Miranda viu que Booth correspondia exatamente à imagem mental que fez de um ladrão. Alto, magro e esguio, com uma calça jeans preta, uma blusa preta de mangas compridas e tênis preto.

Ela decidiu não perguntar a si mesma o que o fato de achar aquilo incrivelmente sexy dizia sobre ela.

— Você não está indo agora. Não são nem dez.

— Está escuro, a casa está vazia. Só tem os seguranças lá. Isso não vai mudar se eu esperar mais — disse ele, levando as mãos aos ombros dela. — Vai ficar tudo bem. Eu já volto.

Não entre em pânico, não entre em pânico.

Tarde demais.

— Eu não sei o que fazer. Nem o que sentir.

— Pensa que eu estou sendo chamado no trabalho por umas duas horas — instruiu ele, dando um beijo rápido e descontraído em Miranda antes de olhar para Mags. — Eu trago seu namorado de volta.

— Por favor.

— Eu é que vou dirrigir, então eu é que vou trazer. *À bientôt, ma belle* — despediu-se Sebastien, com um beijo nada rápido nem descontraído.

Então os dois saíram pela porta, dois ladrões vestidos de preto, e se afastaram em um carro preto.

— Meu Deus, isso está realmente acontecendo.

Em pânico, Miranda deu dois passos lá fora como se fosse correr atrás do carro.

Mags segurou o braço de Miranda.

— Você gosta de jogar Scrabble?

— Quê? — indagou Miranda, confusa, de olhos arregalados. — *Quê?*

— Vamos acender as velas, depois eu vou te mostrar como se joga Scrabble na minha família. Precisa de vinho.

Sebastien passou de carro na frente da mansão. As luzes de segurança estavam acesas. Mais luzes brilhavam nas janelas dos anexos. As lâmpadas que ladeavam a porta de entrada cintilavam, criando uma luminosidade dourada e suave.

— Ali — disse Sebastien, movendo o queixo para a frente. — O homem com o cachorrão peludo.

— É uma mistura de labrador com poodle.

— Eles estão indo parra casa agorra. Ele passeia com o cachorro todo dia a essa horra. Não tem muita gente caminhando na rua a não ser eles, está vendo? Ah, mas ali?

Booth olhou para o outro lado da rua, mais à frente.

— Alguém está dando uma festa. É possível que tenha gente na rua quando acabar. Vira à esquerda aqui. Vou voltar andando. Te faço um sinal quando puder me buscar.

— A Deusa esperra por você, *cher.* Ela quer que você a pegue.

— Então espero que ela esteja de malas feitas.

— Não, não, estou falando sério. Sinto isso dentro de mim. Ela já foi usada por ganância, inveja, sangue e morte. Agorra é por justiça, por uma dívida. Ela é a resposta, e acho que sempre foi a sua resposta. Está te esperrando.

Fazendo uma pausa, Booth se permitiu sentir.

— Eu quero uma vida, Sebastien. Tudo que eu sempre quis foi ter uma vida escolhida por mim.

— Então vai atrás dela.

Booth saiu do carro. Um casal saiu de um restaurante a meio quarteirão de distância e pegou um táxi. Ele continuou andando quando o táxi passou por ele, apenas um homem passeando em uma agradável noite de primavera.

Sentiu o aroma de rosas no jardim de alguém, depois de heliotrópio; ouviu os acordes do baixo pelas janelas abertas de um carro que passou.

Não pensou em nada, esvaziou a mente e pensou apenas no próximo passo.

E na sombra, entre os postes da rua, no espaço estreito entre as câmeras de segurança, ele deu o próximo passo.

Visualizava mentalmente, com a clareza do mapa que fizera, as luzes e as câmeras. Fez uma curva generosa, usando as árvores, os arbustos, sentindo o cheiro de dama-da-noite enquanto andava agachado por mais um trecho.

Correu por um intervalo curto, se abaixou e parou quando viu a porta da guarita de segurança se abrir.

Um homem saiu, e Booth avistou o revólver em sua cintura enquanto ele acendia um cigarro. Além das rosas e do jasmim, Booth sentiu o cheiro da fumaça quando o homem expirou.

O sujeito andava e fumava, um homem forte e loiro, o cabelo cortado com precisão. Militar, mas não em patrulha, decidiu Booth. As câmeras cuidavam disso. Era uma pausa para o cigarro e para esticar as pernas.

E um leve atraso em seu cronograma.

Ele esperou. Uma ou duas vezes, o guarda passou tão perto que Booth poderia ter esticado o braço e segurado sua perna.

Então, ele apagou o cigarro apertando a ponta com os dedos — *semper fi* —, guardou a guimba dentro de uma latinha de bala e voltou para a guarita.

Booth esperou mais um minuto antes de dar a próxima corrida.

Agora, estava agachado nos fundos da casa sob um bordo japonês. Era um trecho difícil, pensou. Ali os guardas não poderiam vê-lo, apenas pelas câmeras, mas ele também não conseguia enxergá-los.

Podia ver a entrada que havia selecionado, uma porta lateral que dava para a estufa, e pegou seu apetrecho.

Sete segundos, pensou. Interromper a transmissão das câmeras por sete segundos, era o que ele esperava. Um pouco de estática, uma falha rápida, era tudo o que precisava. Uma vez lá dentro, dez segundos para desativar o alarme. Provavelmente estava programado para aguardar pelo menos trinta, ou mais. Era o que a maioria das pessoas fazia. Mas, pelos seus cálculos, qualquer coisa além de dez segundos poderia — e deveria — alertar os seguranças de que havia uma invasão.

Se ele passasse do tempo, teria no máximo trinta segundos para correr.

E dane-se isso, pensou. A Deusa esperava por ele. Miranda esperava por ele. Sua vida, a que ele escolhera, esperava por ele.

Desistir não era uma opção desta vez.

Ele usou o apetrecho e correu até a porta, contando os segundos. A fechadura não era o problema. Não deixar rastros de uma entrada forçada: esse era o problema.

Ele abriu a fechadura, entrou e reiniciou seu relógio interno. Tirou a tampa do alarme e conectou seu leitor digital.

Contou os segundos enquanto os números piscavam na tela.

O código de seis dígitos apareceu em exatos dez segundos.

Então, Booth ficou parado, cercado pelo aroma de laranjas, limões e flores, de olhos fechados, se orientando.

Ele sentiu mais uma vez se erguer dentro dele aquela emoção visceral. Já fazia quase um ano. Fizera um trabalho no verão anterior, só para não perder o hábito. Depois, voltara à escola.

Depois, Miranda.

Ele acolheu aquela sensação enquanto se movia pela casa. Não usou nenhuma luz e manteve distância das janelas, não só porque alguém poderia vê-lo andando lá dentro, mas para evitar qualquer chance de ativar um detector de movimento.

A governanta/segurança interna dormia perto da cozinha, portanto ele evitou aquela área. Sabia que ela estava acordada, porque vira a luz acesa. Ele se aproximou apenas o suficiente para ouvir o murmúrio por trás da porta. Algumas risadas.

Era uma televisão, concluiu. Um dos programas noturnos.

Ótimo. Ele faria o que tinha ido fazer ali, e ela não relataria nenhuma perturbação.

Outros funcionários que também moravam ali ocupavam uma área separada da propriedade. Ele vira as luzes na casa dos funcionários e uma movimentação pelas janelas.

Booth ficaria atento na saída.

Usou a escadaria principal para chegar ao segundo andar e depois ao terceiro.

Andava como fizera com Miranda e a dona da casa, evitando cuidadosamente os dois lugares onde percebera que o piso rangia de leve.

Andou reto em direção à porta trancada. Não se preocupou em não deixar sinais sutis de que alguém mexera ali. Na verdade, ele queria deixar mais sinais do que jamais faria normalmente, mesmo que sutis, mas o suficiente para que qualquer detetive competente os encontrasse.

Ele sabia que Russell deixaria outros.

Booth passou pela porta e a fechou. Aguardou qualquer som, esperou que seus olhos se adaptassem mais uma vez.

Estava mais escuro ali dentro, pensou, e a escada rangia mais. Mesmo assim, a chance de um segurança ouvir aqueles ruídos no térreo, por uma porta de aço, era zero.

No último degrau, avistou duas janelas, ambas com as cortinas de blecaute fechadas. Pegou sua lanterna de bolso e olhou ao redor. O espaço era grande, com muitos objetos e um teto inclinado.

E uma câmera.

— Merda.

Ele olhou a câmera, parado fora do alcance dela, e calculou as probabilidades mais uma vez. Mountjoy nunca confiaria o suficiente em seus funcionários a ponto de deixar que vissem sua coleção privada. Aquilo era para ele próprio.

Podia olhar seu espaço enquanto estivesse viajando, ou gravar a si mesmo em meio a seus tesouros.

De qualquer forma, Booth teria de desativar a câmera durante o tempo que levaria para fazer o que fora fazer ali.

Usou o apetrecho outra vez, deixando escapar um suspiro longo quando a luz da câmera foi do verde para o vermelho.

Sem tempo a perder, ele arriscou e acendeu o interruptor, iluminando o cômodo.

Já tinha visto aquele tipo de coisa, mas admitiu que Alan C. Mountjoy havia criado um espaço particularmente suntuoso para si mesmo. Móveis antigos artisticamente dispostos. Um bar pequeno, porém bem abastecido. Obras de arte, claro. Booth contou oito pinturas primorosas e o dobro de esculturas. O brilho das joias nos mostradores de vidro.

Uma coleção muito impressionante de pedras preciosas, brutas e lapidadas.

A peça central descansava sobre uma coluna de ouro cujo topo tinha o formato de uma mão aberta para segurá-la.

Era um deslumbre. Crua, elementar, pura. Única.

Ele ficou sem ar.

Tudo que havia no cômodo se apagou diante dela. O Degas, o Rodin, os diamantes brancos, os rubis vermelhos eram nada em comparação.

Quando ele a tocou, quando a ergueu nas mãos, pôde jurar que a ouviu respirar.

Colocou a réplica no lugar. Encaixou-se perfeitamente naquela mão dourada.

Booth ouviu o próprio coração batendo disparado enquanto colocava a Deusa com reverência em uma sacola de veludo, e a sacola em sua bolsa de couro.

Ele se afastou e apagou as luzes, reativou a câmera.

— Acho que você estava me esperando — murmurou ele ao descer a escada. — E espero estar te levando para onde você quer ir.

Ocorreu-lhe então que, caso não estivesse, rezava a lenda que a Deusa faria com que ele descobrisse de uma maneira um tanto fatal.

Quando ele chegou ao segundo andar, viu as luzes acesas no térreo. Torceu para que ainda não fosse aquela maneira fatal.

Ele se abaixou no escuro.

Deu-se conta de que era a governanta fazendo uma ronda. Será que ela ia subir? Se o fizesse, ele poderia se esconder, esperar que ela terminasse.

Ouviu-a cantarolar, reconheceu a música. Ok, uma fã de Lady Gaga. Não podia ser tão má assim. Se ela o pegasse, o espancaria ou atiraria nele. Ele preferia evitar ambas as coisas.

Booth viu-a cruzar o hall de entrada até a porta da frente. Um roupão curto, os bolsos um pouco pesados. Belas pernas, pés descalços.

Ela conferiu a porta da frente, o alarme.

Então, pegou o celular no bolso.

— Rena aqui. Tudo certo. Estou indo dormir.

— Entendido. Tudo certo. Estamos na vigia.

Ela guardou o celular no bolso. Booth suspeitou que o peso no outro bolso fosse uma arma.

Ela saiu de seu campo de visão, e as luzes se apagaram.

Ele esperou, deu bastante tempo para que ela voltasse aos seus aposentos. Então, aguardou mais um pouco, só para garantir, antes de descer a escada no escuro e voltar à estufa.

Colheu uma laranja, porque quis, e colocou-a na bolsa.

Mexeu no alarme, na porta, e saiu, refazendo seus passos.

Nada de euforia, não ainda. Ele não se permitiria. Mandou uma mensagem para Sebastien ao se afastar da mansão e seguiu em direção aos bares, restaurante, às pessoas e à vida noturna.

A quatro quarteirões dali, Sebastien se aproximou do meio-fio.

— *C'est fini?* — perguntou ele, quando Booth se sentou ao seu lado.

— Acabou pra caralho.

— Você demorrou um pouco mais que o planejado.

— Mas não passei do horário.

Booth apoiou a cabeça no assento. Nada de euforia, não ainda, só quando tudo terminasse, não apenas aquela fase.

Bem, talvez um pouquinho de euforia.

— Eu acabei de roubar a Deusa Vermelha. Ninguém vai saber, a não ser você, Mags e Miranda. E, em algum momento, LaPorte.

— *Mon ami*, você sempre vai saber.

— É. Cacete. É mesmo — disse ele, esfregando o rosto. — Não consegui respirar e fiquei ouvindo um zumbido quando peguei ela nas mãos. É melhor você ser o único a saber dessa parte.

Sebastien estacionou quando chegaram em casa.

— Você me enche de orgulho. Fez o que ninguém mais fez.

— Ela já foi roubada antes.

— Com sangue, dor e morte. E, parra mim, *cher*, você a libertou. É diferrente.

— Foi isso que eu senti — confirmou Booth, ainda abalado, saindo do carro. — Juro por Deus.

A porta da casa se abriu. Miranda estava parada na contraluz, Mags atrás. Ela esfregou o peito e deu um sorriso.

— Bem-vindo de volta. Você está bem. Vocês dois estão bem.

— Tudo certo — disse ele, se aproximando para beijá-la e sentindo-a tremer. — Sinto muito por ter te deixado preocupada — disse, enfiando a mão na bolsa e pegando a laranja. — Trouxe uma lembrancinha.

Miranda olhou para a fruta e começou a rir. Pegou-a e aproximou-a do rosto para sentir seu cheiro.

— Obrigada.

— Nenhum problema? — perguntou Mags, estendendo os braços para tocar os dois. — Foi tudo conforme o planejado?

— Um dos guardas saiu para fumar, a governanta faz uma ronda final do térreo e Mountjoy tem uma câmera no quarto da coleção. Demorei um pouco mais por causa disso tudo.

— Pelo amor de Deus... Ou da Deusa — corrigiu Mags. — Mostra para a gente.

Booth levou o saco até a cozinha e, tirando a pedra lá de dentro, pousou--a na bancada. De um vermelho puro e cru, ela era mais larga que longa e lembrava um grande punho fechado sobre o granito.

— É igual à falsa — comentou Miranda, após um instante. — Mas não dá a mesma sensação.

Fascinado, Booth correu o dedo pelo diamante.

— Por quê?

— Não sei. Talvez porque eu sei que não é a falsa. Mas parece mais potente. Essa é a palavra que me ocorre.

Sebastien segurou a pedra, depois a ergueu. Deixou escapar um longo e suave "ahhhh" e sorriu para Mags.

— Se eu pudesse, darria parra você.

Ela cobriu as mãos dele com as suas, por cima da Deusa.

— Prefiro você. Potente — disse Mags, olhando para Miranda. — É uma boa palavra.

— Você poderia ficar com ela — disse Miranda, cobrindo as mãos de Mags com a sua. — Deve estar com vontade.

— Não — disse ele.

Não tinha a mínima vontade de ficar com ela, pensou. A mínima.

— Ela tem um propósito — concluiu, juntando sua mão às dos outros. — Quando esse propósito for cumprido, ela vai pertencer ao mundo. Chega de se esconder.

Assentindo, Miranda se afastou e esperou que ele guardasse a pedra de volta no saco de veludo.

— E agora?

— Semana de provas.

Rindo, ela lhe deu um abraço muito apertado.

Capítulo trinta

⌘ ⌘ ⌘

As semanas de provas logo deram lugar à formatura. Como sempre, Booth ficou emocionado ao ver seus alunos do terceiro ano cruzarem o palco de beca e capelo.

E, como sempre, ele se perguntou o que fariam, aonde iriam, que marca deixariam no mundo.

O ano letivo terminou para o restante de seus alunos e para ele também.

Como sempre fazia antes de ir embora, no último dia, Booth percorreu os corredores, passou pela sala de teatro e pela coxia. Porque ele nunca tinha certeza se voltaria.

Este ano, mais do que todos os outros, tudo estava em jogo.

Tinha dez dias até seu churrasco anual e muita coisa com que preencher esse tempo.

Quando Booth chegou em casa, Miranda foi encontrá-lo na porta com a mala dela... e a dele.

— Você disse que queria ir quanto antes.

— É — confirmou ele, acariciando os braços delas. — Eu queria que...

— Não adianta falar sobre isso de novo. Concordamos que eu ia. E tenho um papel a desempenhar.

— Você concordou — corrigiu Booth, apertando os braços dela de leve. — Não, acho que a palavra certa é "insistiu".

— Estou animada para conhecer Nova Orleans, a baía do Sebastien, o Lago Charles. Sou só um objeto de cena de novo, como da última vez, isso já está estabelecido. Mas tenho aquele papel a desempenhar e estou animada para isso também. Além disso — acrescentou ela —, foi você que antecipou o cronograma.

— Porque LaPorte vai ficar isolado pelos próximos dias depois de fazer uns procedimentos.

Fazendo o possível para deixar sua preocupação de lado, Booth abanou a mão diante do rosto.

— E, graças a Sebastien, a família Moren e os funcionários vão deixar a propriedade até amanhã de manhã. Um vazamento de gás perigoso.

— Então estamos prontos.

Encurralado outra vez. Ela tinha o dom de encurralá-lo. Booth lançou um último olhar para a casa, antes de dirigir até o aeroporto e pegar o jatinho particular que os levaria até Nova Orleans.

— Eu poderia me acostumar com isso, sabia? — comentou Miranda, recostando-se no assento macio de couro do avião e tomando champanhe. — Posso até ter crescido com uma vida privilegiada, mas não incluía jatinhos particulares.

— É trabalho.

— Está nervoso com essa parte?

— Não.

Ele não podia se permitir ficar nervoso.

— A vaidade de LaPorte facilitou nossa tarefa — continuou Booth. — Contanto que Russell respeite o cronograma, coisa que ele vai fazer porque morre de medo de LaPorte e vai estar muito envolvido com a oportunidade, vai correr tudo bem.

Concentrado nas etapas, nos passos a seguir, ele deu um tapinha na mão dela.

— Não vou poder te apresentar Nova Orleans dessa vez. Vamos trocar de roupa e ir até o Lago Charles. O tempo está apertado, e a gente tem que voltar para casa daqui a quatro horas.

Ele olhou o relógio.

— Jaques vai nos encontrar no aeroporto e nos levar até a casa do Sebastien. Vestimos nossos figurinos lá enquanto Sebastien e Mags montam o escritório falso de LaPorte.

— Por que a gente não se troca no Lago Charles?

— Por causa do tempo, e isso abriria mais espaço para a gente cometer algum erro, deixar algum rastro.

— Ok, então a gente vai até o Lago Charles.

— Jacques dirige. Ele também tem um papel a desempenhar. Russell chega às 11h, eu faço o acordo. Desmontamos tudo, voltamos para Nova Orleans, saímos dos personagens. Vamos estar em casa amanhã de manhã.

— E, enquanto Regal e o marido estiverem na Europa e a equipe de Dubeck estiver ocupada redecorando, Russell invade a casa para roubar a Deusa, pega o diamante falso e é pego.

Tudo uma questão de *timing*, pensou ele, e uma coisa desencadeando a outra. Uma por uma.

— Esse é o plano.

— Porque você vai acionar os alarmes e fazer a casa ser rodeada. Então você coloca a Deusa na casa de LaPorte e chama a polícia, e essa parte pode ser bem simples se Russell der com a língua nos dentes.

— Mesmo que ele não dê...

— Mesmo que ele não dê — continuou Miranda —, você deixou rastros na hora de fazer o pagamento. Mas eu fico me perguntando uma coisa. O que acontece se LaPorte tentar te levar com ele?

— Ele pode tentar, mas teria que confessar vários crimes e eu sou só um professor do ensino médio. — Booth deu de ombros, depois repetiu o gesto. — O disfarce que criei para mim vai funcionar, a menos que eles investiguem a fundo. E, como o Camaleão agiu duas vezes esse ano, uma na França e outra na Itália, e eu não saí do país, eles não vão ter motivos para investigar.

— Como fez isso se você não esteve na França nem na Itália esse ano?

Relaxe, ele disse a si mesmo, forçando um sorriso.

— Liguei para uns... colegas. Só pedi para usarem meus métodos característicos no próximo trabalho deles. Uma vez enquanto eu estava tendo uma reunião com a turma do teatro no fim de março, e a outra na noite de encerramento do musical. LaPorte pode tentar me incriminar, mas só vai complicar mais a situação dele.

— Eu penso o seguinte: LaPorte só vai tentar te incriminar, se é que vai fazer isso, por minha causa.

Ele se virou e lançou um olhar duro para Miranda.

— O que você tem a ver com isso?

— Conheci ele quando estivemos em Nova York na mesma época.

— Não. Miranda...

— Me ouve. Eu dei algumas cidades e datas para Sebastien pesquisar e ele descobriu que eu e LaPorte estivemos em Nova York na mesma época, durante três dias... Na verdade quatro; no meu caso, alguns anos atrás.

Visivelmente satisfeita com a própria ideia, e determinada, ela continuou:

— Eu e Carter tivemos um rolo, coisa de que me arrependo muito, porque ele fez exigências agressivas e foi desagradável quando eu recusei. Ele entrou em contato comigo algumas vezes desde então, mas eu continuei recusando, porque senti que ele fazia ameaças veladas. Nada muito específico, mas ele me deixou incomodada. Parecia obcecado por mim, como se quisesse me possuir.

— Não.

Ela bebeu mais champanhe.

— Você não acha que um homem poderia ficar obcecado por mim?

— Não, nessa parte eu acredito, mas...

— Se as coisas chegarem a esse ponto, eu posso fazer essa história funcionar. Dizer que não tive nenhum relacionamento de verdade até você aparecer, e o momento com Carter é um dos motivos.

Ela piscou, emocionada. Lágrimas brilhavam e tremiam em seus olhos.

— Ele deve ter descoberto e mandou aquelas duas pessoas horrorosas para me vigiar e te vigiar por minha causa. Tudo por minha causa. Eu não contei nada disso para você antes porque...

Uma lágrima escorreu lentamente pelo rosto dela enquanto Miranda se virava para ele, segurando seu braço. Ela engoliu o choro.

— Eu estava com medo. Dele, e de contar para você que uma vez... Eu estava com medo de que ele te machucasse ou que você me largasse. Ah, Booth. Me perdoa!

Ele não podia negar os fatos e teve de admitir:

— Você é uma ótima atriz.

Ela jogou o cabelo para trás.

— Bolei essa história com Mags. Se chegar a isso, posso convencer quem quer que seja.

Ela simplesmente o... deslumbrava.

— Acho que sim.

— Ah, se posso... E é bom você deixar, porque eu vou fazer isso de qualquer jeito. Assim, tira o foco de você e coloca em mim. E eu não tenho nada a esconder.

— Mentir para a polícia...

— Tarde demais — disse ela, abanando a mão no ar. — Sei o que você é, o que faz. Faço parte de tudo... Eu me assegurei disso.

Confiante, ela enxugou a única lágrima em seu rosto.

— Eu não te entreguei para a polícia. Ele também me prejudicou, e você sabe como eu me sinto a respeito disso. Se a polícia se meter com você, vai ser tudo por causa de mim e da minha péssima decisão de quatro anos atrás, quase cinco, quando um homem charmoso e mais velho me seduziu.

Ela terminou sua taça e a colocou de lado. O sorriso em seu olhar se esvaiu quando seus olhos de feiticeira do mar encontraram os dele.

— Eu não quero diamantes, Booth, nem pinturas de mestres. Isso é o que eu quero e preciso que você me dê. Vou fazer e dizer isso de qualquer jeito, mas seria importante para mim ter sua aprovação.

— Vamos pensar no próximo passo, ok? Um de cada vez — disse ele, pegando sua mão e levando-a aos lábios. — É um bom plano.

Conforme prometido, Jacques os buscou no aeroporto. Miranda viu um homem com ar de espantalho, mais ou menos da mesma idade que ela, com uma calça jeans rasgada e uma blusa do time de futebol americano de Nova Orleans, o Saints. Seu cabelo estava com twists curtos, e ele usava uma pequena argola prateada na orelha.

O homem abriu o maior sorrisão ao avistar Booth.

— Meu chapa.

A mão dos dois se chocaram com um tapa, depois um soco, então deram um abraço apertado.

— Está com uma aparência ótima. Essa daí tem uma aparência ainda melhor.

— Miranda Emerson, esse é Jacques Xavier.

— *Bienvenue* — disse Jacques, pegando a mão dela e dando um beijo delicado na base dos dedos. — Está tudo pronto, podem entrar — disse ele, abrindo a porta do carona. — Você vai na frente para me contar sua história de vida.

— Ainda não acabou — disse Miranda, entrando. — Mas eu conto a minha se você contar a sua.

Booth se sentou no banco traseiro enquanto os dois conversavam feito velhos amigos e pegou seu celular descartável para conferir o andamento das coisas no Lago Charles.

Timing, ele pensou outra vez. Era tudo uma questão de timing.

Teve um vislumbre, não mais que isso, de Nova Orleans. Não viu nada do bairro francês enquanto Jacques dirigia do aeroporto até a baía e a casa de Sebastien.

— Ah, que maravilha! — exclamou ela, dando uma voltinha ao lado do carro.

Estava muito quente, a água se movia preguiçosamente e o musgo se derramava das árvores feito renda.

— Que lindo! É exótico e primitivo ao mesmo tempo. E olha só essa casa. Que gracinha!

— Ele vai ficar feliz que você gostou. Temos que...

Booth se interrompeu quando a porta da casa se abriu e Dauphine, grávida, saiu lá de dentro.

Com um vestido vermelho e justo que realçava sua terceira gravidez, ela parou na varanda e colocou a mão na cintura.

— Então essa é ela — disse, examinando Miranda. — A garota que você deixou para trás.

— Tentou deixar — corrigiu Miranda.

— Sou a Dauphine. Uma amiga de muito tempo.

— Você tem muitos amigos deslumbrantes, Booth.

— Não tanto quanto essa aí — respondeu ele, indo até Dauphine para abraçá-la. — Cadê as crianças?

— Estão com os avós.

— E Luc?

— Está no Lago Charles, ajudando.

— Dauphine, ele não precisava...

— Não é questão de precisar, é um fato. Eu mesma estaria lá, se não fosse por isso — disse ela, levando a mão à barriga. — Mas vou ajudar aqui. Oi, Jacques.

— Somos uma família. — Jaques lembrou a ele, colocando uma capa de terno por cima do ombro. — Estou com meu terno aqui dentro.

— Eu tenho limonada, vinho e comida, não tão boa quanto a sua e a de Sebastien. Estava com saudades dessa carinha — disse ela, beijando Booth. — E queria ver a sua — disse a Miranda, oferecendo a mão.

Miranda aceitou.

— Não vou dizer que qualquer amigo de Booth é meu amigo, porque sei lá, né... Mas qualquer amiga de Mags é minha amiga. É muito bom te conhecer.

— Vem, sentem um pouco. Sim, sim, a hora — falou Dauphine para Booth. — Mas sentem um pouco. Vou ajudar com as transformações.

Aquilo não se encaixava perfeitamente nos passos e em seu horário — um dos motivos pelos quais ele trabalhara sozinho durante a maior parte de sua carreira —, mas Booth achou fascinante ver a rapidez com que Miranda se entrosou com seus dois amigos.

Tomaram limonada, pois ele não permitia vinho durante o trabalho, e comeram um ótimo camarão à moda crioula.

Então, Booth pegou a roupa de Miranda.

— Não vou ter uma bunda enorme dessa vez. Que sorte... — observou ela, encostando nos seios falsos e no sutiã. — Só peitos gigantescos.

— Não são gigantescos, são só avantajados. Visivelmente avantajados.

— Você é perfeita do jeito que é — disse Jacques. — Mas isso é para o personagem. O meu personagem tem um terno chique e uma expressão séria.

Ele fez uma expressão que Miranda achou perfeitamente séria.

Ela examinou o terninho preto, sério e com um corte perfeito. Fino. E um coldre no ombro, e uma arma.

— Eu vou ter uma arma.

— É falsa. Você vai ser segurança e vai estar encarregada da casa. Trabalhava para o MI6.

— Tipo uma espiã? Que maneiro! Eu boto pra quebrar.

— Vai trazer Russell até o escritório e sair. Depois vai acompanhar ele até a saída e não vai dizer nada.

— Eu sou uma figurante — disse ela a Dauphine.

— Vamos fazer a maquiagem.

— Miranda e eu damos conta disso sozinhas — disse Dauphine a Booth. — Tenho a foto de quem ela precisa ser.

— Ok. Não precisa ficar idêntico — orientou ele, pensando que, qualquer coisa, poderia consertar depois. — Toma a peruca.

Booth pegou os cabelos longos e com luzes douradas perfeitas na mala e colocou diante do rosto de Miranda.

— Não usa bronzer na pele. Ela é inglesa. Lily Cross. E a Lily Cross verdadeira tem uma pequena tatuagem de borboleta. Tenho a tatuagem falsa para aplicar aqui.

— Eu ganho uma tatuagem!

— Temporária. Sabe aplicar?

— Deixa com a gente, *cher* — falou Dauphine, dando tapinhas na bochecha dele. — Onde quer a tatuagem?

— No centro do pulso esquerdo. As joias...

— Deixa com a gente — repetiu Dauphine, pegando o estojo de maquiagem e a roupa. — Vamos Miranda, senão ele não vai parar de falar.

Foram até o quarto de Sebastien e fecharam a porta. Segundos depois, Booth ouviu uma gargalhada.

— Acho que você encontrou uma joia — falou Jacques.

Ainda olhando para a porta fechada, Booth assentiu.

— Ela é uma joia e uma surpresa constante. Agradeço pela ajuda, Jacques.

— Eu vou poder usar um terno bacana, dirigir um carro chique e fazer cara de bravo e malvado — disse ele, com um sorriso. — Gosto desse trabalho.

— Vamos engomar seu cabelo para trás — decidiu Booth. — E vou colocar uma barba em você. Vai ter que tirar o brinco.

Atrasados, pensou Booth depois de finalizar o visual de Jacques. Enquanto ele vestia o terno, Booth cuidou da própria transformação em Carter LaPorte.

Durante a hora seguinte, ouviu mais risadas, várias exclamações e muitos murmúrios e sussurros. Fez o possível para ignorar aquilo tudo enquanto aplicava massinha no rosto para deixá-lo mais redondo e colocava mais cor em todos os pedaços visíveis de sua pele, um toque sutil, um bronzeado de homem rico. Acrescentou hematomas em torno do maxilar e em torno dos olhos para ilustrar alguém que passara recentemente por um procedimento estético.

— Você não está mais tão bonito agora — comentou Jacques, tomando mais limonada enquanto o observava. — Esses procedimentos que ele faz não podem mudar isso. Está parecendo mais velho também. Você tem uma habilidade incrível com essas coisas.

— É bem útil.

Com a peruca, as lentes coloridas e o enchimento por dentro do terno, ele passaria por LaPorte. Com uma luz boa e bem de perto, não, mas ele se preparara para isso.

Então, Dauphine saiu do quarto. Teve que olhar para ele duas vezes, depois riu.

— Quando olhei de primeira, achei parecido demais com ele para o meu gosto. Mas você é muito alto.

— Vou estar sentado atrás da mesa. Vou enganar.

— É, acho que vai. E agora, eis Lily Cross.

Miranda saiu do quarto com uma expressão tão severa quanto seu terno.

Seu nariz estava ligeiramente mais comprido e estreito. Haviam feito um bom trabalho nele, admitiu. Tinham prendido a peruca em um rabo de cavalo elegante e sério. Ela usava o paletó aberto, mostrando um pouco da arma.

— Bom trabalho. Muito bom.

Os olhos dela brilharam, um azul luminoso.

— Conseguiu colocar as lentes. Está confortável?

— Estou me acostumando.

O fato de ela ter dito aquilo com um discreto sotaque britânico o fez sorrir. De fato, era uma surpresa constante para ele.

— Nada mal, nada mal.

— Eu vi minha identidade, li a história dela. Lily é de Londres. É estudada, gosta de se arriscar e bota pra quebrar.

— Ok, mas lembra que você é só uma figurante.

— Entendido. Não gostei do seu visual.

— Não vai durar muito. Você me fez ganhar tempo, Dauphine.

— Eu faria mais se pudesse. Você — disse ela, voltando-se para Miranda e segurando suas mãos. — Quero que volte aqui para conhecer o restante da minha família e para eu te mostrar Nova Orleans.

— Pode deixar. Obrigada, Dauphine, por tudo.

— Ah, *c'est rien.*

— Estamos um pouco atrasados. Miranda, pega essa bolsa preta. Coloquei lentes de contato extras e maquiagem aí dentro, se precisar retocar.

— Ok.

— Podemos te deixar em casa — ofereceu Booth, mas Dauphine descartou a ideia com um gesto.

— Meus pais estão vindo me buscar. Tenho uma meia hora maravilhosa para ficar sentada e tomar limonada na varanda. No silêncio. Me avisa quando acabar?

— Aviso — respondeu ele, fazendo uma pausa e a abraçando. — Você é um grande amor na minha vida.

— E você na minha.

Dauphine saiu com os dois e se voltou para Miranda.

— Você é *o* amor. Sabe disso.

— Sei. Fico feliz que ele tenha você. E agora eu também tenho.

Dessa vez, Miranda e Booth se sentaram no banco traseiro e Booth lhe entregou uma pasta.

— É o codicilo da Lady Jane Dubois sobre a Deusa Vermelha.

— Jura? Não sabia que você tinha tido tempo de cuidar dessa parte. Nunca mais tocou no assunto.

— Não fui eu que cuidei, foi Jacques. Ele é um ótimo falsificador.

Jacques lançou um sorriso amplo pelo retrovisor.

Miranda abriu a pasta e examinou os documentos protegidos por saquinhos de plástico.

— Nossa, uau. O papel parece velho e autêntico. Imagino que nem preciso perguntar se está igual à assinatura dela, ou às do advogado e das testemunhas.

— Vão funcionar — assegurou Jacques. — Booth me deu tempo de sobra para trabalhar. E para envelhecer o papel, a tinta. Foi um trabalho divertido, mas ele pagou mais do que deveria.

— Quem está pagando é o LaPorte — lembrou Booth.

— Por isso que eu aceitei o dinheiro.

Miranda devolveu a pasta para Booth e se inclinou para a frente.

— Então é isso que você faz?

— Isso é uma das coisas que eu faço.

Como ele falava com alegria, Miranda descobriu que Jacques trabalhava como programador agora, um emprego 100% legítimo. Fazia uns trabalhinhos por fora aqui e ali, sobretudo para bons amigos, e se fossem bem pagos. Tinha uma namorada que tocava em uma banda de zydeco. Achava que talvez os dois fossem se casar. Talvez.

Chegaram ao Lago Charles sob uma lua crescente que brilhava sobre a água.

Booth apontou para fora da janela.

— Essa é a casa do LaPorte.

— Que casarão... — comentou ela, vislumbrando o jardim, o muro e o portão ao luar, além da casa imensa e dos anexos.

— Tem certeza de que ele está aí?

— Ah, tenho. E está sozinho, fora os seguranças e os funcionários da casa — respondeu ele, dando tapinhas nos hematomas e no leve inchaço do próprio rosto. — Vaidade. Ele faz essas plásticas de anos em anos e se isola por uns dois dias, pelo menos. Não tem hóspedes, não recebe visitas e não quer interrupções.

Booth sorriu, imaginando LaPorte sozinho em seu quarto imenso.

— Ele gosta de acreditar que só a equipe médica sabe das plásticas.

— Como descobriu tudo isso?

— Foi minha missão nos últimos doze anos saber absolutamente tudo sobre ele.

Os olhos de Booth, marrons como os de LaPorte, miravam à frente.

— Conheço ele como a palma da minha mão. Estou me preparando para esse trabalho há muito tempo. Sabia que um dia eu chegaria aqui.

Jacques continuou dirigindo, mais um quilômetro, até outra propriedade. Aqui, o portão abriu silenciosamente.

O coração de Miranda quase saiu pela boca quando um homem de ombros largos e terno escuro se aproximou do carro.

Jacques abriu a janela e falou:

— Oi, primo. Como estão as coisas?

— Tudo certo — respondeu Luc, erguendo o dedo para Booth. — Achei que você era o próprio.

— Se a gente deixar as luzes baixas vai dar certo. Miranda, esse é o Luc, da Dauphine. Vocês podem se conhecer depois, a gente precisa entrar.

— Estão prontos lá dentro.

Luc deu um passo para trás, e Jacques seguiu pelo caminho pavimentado. O portão se fechou novamente.

Por baixo dos seios falsos, o batimento cardíaco de Miranda acelerou.

— Isso não parece real.

Booth cobriu a mão dela com a sua.

— Já, já vai acabar.

Eles haviam reduzido as luzes de segurança conforme planejado. Por mais que as casas e o terreno fossem grandes e elegantes, vastos e suntuosos, não eram como os de LaPorte. Ele tinha de contar com o fato de que Russell não prestaria muita atenção na parte externa, com a falta de luz.

Sua pesquisa indicava que LaPorte só se encontrara com Russell em sua propriedade no Lago Charles uma vez, oito anos antes.

Além disso, na sua experiência, as pessoas costumavam ver o que esperavam ver, portanto aquilo deveria funcionar.

A porta se abriu quando o carro parou.

Outro homem de terno, pensou Miranda. Um sujeito magro, de cabelo cor de aço com um corte militar, um nariz proeminente.

Ela só reconheceu Sebastien quando ele falou.

— Estão um pouco atrasados.

— Eu sei. Vamos recuperar o tempo perdido.

Fazendo que sim com a cabeça, Sebastien sorriu para Miranda.

— Você está assustadora. Eu não mexeria com alguém assim.

— Digo o mesmo. Juro que não te reconheci.

— Russell também não vai reconhecer. O que achou da minha baía?

— É maravilhosa, mágica. Não tive a oportunidade de ver um *cocodril.*

— Da próxima vez.

— Eu aviso se você precisar enrolar — disse Booth a Jacques. — Pode ir.

— Bora — confirmou Jacques, acenando rapidamente e se afastando de carro.

— Vamos entrar.

O hall generoso tinha o pé-direito alto e um trio de lustres que iluminava um requintado estampado de azulejos e uma mesa imensa.

A escadaria grandiosa lembrava *...E o vento levou.*

— É... impressionante — concluiu Miranda. — Russell não vai se dar conta de que não é a entrada de LaPorte?

— Ele só foi lá uma vez, mas é por isso que você vai fazer com que ele entre pela lateral, até o escritório de LaPorte. Mags vai te mostrar o caminho. Cadê a Mags?

— Ela tinha que ajeitar a... — começou Sebastien, agitando a mão diante do rosto e do cabelo.

— A família e os funcionários estão longe daqui?

— Sim, e saíram rápido. Vazamento de gás interno: muito perrigoso. Mas a empresa de gás trabalha durante a noite, parra deixar tudo segurro. De qualquer forma, eles não tinham tantos funcionárrios morrando aqui quanto LaPorte. A família foi parra Nova Orleans, parra um hotel. Eu disse ao homem que darria notícias. Fiz isso meia horra atrás, disse que a gente tinha encontrado o problema e que devia terminar antes das duas da manhã. Perguntei se ele queria que eu ligasse assim que acabasse, mas ele disse que não, parra ligar de manhã, a menos que tivesse mais problemas.

— Ótimo. Quero a gente fora daqui antes de uma da manhã. Vamos ver o escritório.

— Vai ficar satisfeito.

Sebastien os guiou, saindo do hall, passando por um amplo vão de porta, seguindo por uma espécie de sala de estar elegante e o que Miranda viu ser um salão de música com um piano de cauda branco, até que finalmente chegaram a uma porta fechada.

Sebastien abriu e disse:

— *Et voilà*!

Booth sorriu.

— Perfeito. Menor, um pouco menor que o escritório de LaPorte, a parede tem uma cor diferente, mas ainda neutra. A mesa, as cadeiras, a parede atrás da mesa. Perfeito. Ótimo trabalho.

— Temos que agradecer ao Luc por quase tudo.

— Vou fazer isso.

Booth deu uma volta no cômodo dominado pela mesa requintada. Como sabia, como seus olhos eram atentos, conseguia enxergar a fachada que era aquilo, os acessórios, a reprodução bem-feita da vitrine vitoriana de LaPorte.

— Você vai trazer ele por essa porta. Vamos manter as luzes baixas e deixá-lo focado em mim. Vai dar certo. Ele não tem motivo para duvidar que está aqui pelo motivo que acha que está.

Booth se virou quando Mags apareceu.

Ela usava um uniforme preto e sapatos práticos e feios. Seu cabelo grisalho formava uma espécie de coroa de cachos curtos.

— Só por você mesmo que eu me permitiria ficar com essa cara.

— Vejo você aí dentro, e está linda — disse Booth, avançando para segurar suas mãos.

— Cala a boca. Estou parecendo a tia Lydia. E você está parecido demais com aquele cretino. Você? — disse, apontando para Miranda. — Parece durona.

— Tenho uma arma e uma tatuagem. São falsas, que nem isso aqui — disse ela, tocando os seios. — Mas tenho.

— Por que você não mostra para a Miranda por onde ela vai trazer Russell até aqui, e depois levá-lo até o lado de fora?

— Vem comigo, poderosa — disse Mags, guiando Miranda até a porta lateral, onde o ar cheirava a gardênias. — Como está meu garoto?

— Está concentrado. Muito concentrado, mas você deve ter visto isso. Acho que ele não tem dormido muito, mas parece firme. Firme como uma pedra.

— E você?

— Às vezes, acho que isso é uma grande aventura, depois acho que é tudo maluquice. Quero muito que acabe e, ao mesmo tempo, nunca vou esquecer nenhum minuto.

— Parece saudável. Ok, vou te mostrar o caminho. Odeio o fato de esse sapato ser tão confortável.

— É horrível.

— É, por isso eu odeio estar com a sensação de que estou andando numa nuvem. Então, Jacques vai levar Russell de carro até o lado da casa que dá para o lago. Você vai esperar no fim do caminho.

— Booth me explicou umas dez vezes, mas é bom ver como as coisas são.

— Quando você entrar com ele, Booth vai estar sentado atrás da mesa. Eu vou estar saindo pelas portas internas. Eu fecho a minha porta, e você, quando Booth acenar com a cabeça, sai e fecha a sua.

Elas foram até o fim do caminho externo com o lago ao luar. Mais gardênias e rosas perfumavam o ar. Ela imaginou a pérgola com as trepadeiras que a cobriam repletas de rosas vermelhas, oferecendo uma sombra para aquela vista do lago em um dia ensolarado.

— Menos de dois minutos para ir e voltar. Tudo bem por você?

— Sim, tudo bem.

Mags apertou seu braço de leve.

— Não é todo mundo que aceitaria isso. Quero dizer que significa muito para mim você estar com ele nessa.

— Estou com ele — disse Miranda simplesmente. — E Booth não é o único que está atrás dessa vingança. LaPorte merece tudo que está para acontecer com ele e, quando acontecer, ele vai saber que eu também tive minha parte nisso.

Ela respirou fundo.

— É importante para mim, Mags, fazer parte disso.

No escritório, Booth espalhou papéis pela mesa. Tudo estava se encaixando, pensou ele, repassando cada passo, cada possibilidade de dar errado. Cada ação e sua possível consequência.

Ele tinha uma rota de fuga para Miranda, caso tudo desse errado, e contava com Mags e Sebastien para convencê-la a usá-la.

Porque, se falhasse, ele se daria mal, muito mal. Mas não a levaria consigo.

Sebastien colocou o copo baixo de cristal com chá da cor de uísque em um porta-copos na mesa.

Booth o moveu levemente para o lado e ajustou o ângulo do tinteiro antigo.

— Está preocupado, *mon ami*?

— Cuidei de tudo que pude imaginar da forma como podia e posso ver as peças se encaixando. Mas tem Miranda. Se uma das pecas não encaixar, preciso saber que você vai dar um jeito de ela se safar.

— O amor nos deixa preocupados. Um passo de cada vez, só um passo de cada vez.

— E pensando nas possibilidades — acrescentou Booth. — Se der errado, você faz o que for necessário. Convence Miranda a dizer que não sabia de nada. Ela foi um fantoche, uma estratégia, um disfarce, exatamente como eu falei para LaPorte na gravação. Você tem que garantir isso. Eu tinha outra mulher o tempo todo, a que fingiu ser minha assistente e a que eu trouxe até aqui. Eles vão acreditar nela. Por que não acreditariam?

— É isso que você pensa de mim? — perguntou Miranda da porta lateral. — Acha que eu te deixaria para trás para me salvar?

— Miranda...

— Usa esse seu cérebro. Fica quieto. Não diz mais nada — pediu ela, caminhando até ele e cutucando seu braço. — Eu tomo minhas próprias decisões. Decido meu próprio destino. E eu escolho você. Você vai ser um burro se me deixar com raiva, mas, mesmo se fizer isso, ainda vou escolher você.

— Eu também tomo minhas próprias decisões e decidi meu próprio destino há muito tempo. Se tudo der errado, eu vou te deixar para trás. Vou dizer que manipulei você e menti o tempo inteiro.

— Vai dizer isso para quem? — perguntou ela, cutucando seu braço outra vez. — Para a polícia, para o FBI, a Interpol? Você faz esse tipo de coisa desde o primário, seu idiota, e de repente vai estragar tudo por causa de mim? Que merda é essa? Para com isso. E se concentra — ordenou ela. — Dá o próximo passo, depois o seguinte. Faz o trabalho e para de ficar comprando briga comigo. Eu jogo mais sujo que você.

— Você não tem ideia.

Ela segurou o rosto dele e, ignorando a máscara de LaPorte, beijou-o com força.

— Está enganado. Agora, a gente está aqui para fazer o que vem a seguir.

— Ok. Ok. Preciso conferir umas coisas.

— Estou apaixonado — disse Sebastien, levando a mão ao peito quando Booth saiu. — Acho que tenho quatro filhas lindas agorra.

— Que coisa linda de se dizer... — disse ela, indo até ele, com um suspiro e apoiando a cabeça em seu ombro. — Não quero deixar as coisas ainda mais difíceis para ele.

— Você não deixa. Mas aumenta o risco, entende? Antes, se ele falhasse, podia fugir. Agorra ele não vai fugir.

— Ele não vai falhar.

— Não, *ma chère amie*, não vai. Está cansado e preocupado... com você. Está perturbado com isso.

— Bem, isso é bom. LaPorte também estaria depois de uma plástica.

— *Mais oui*, tenho quatro filhas lindas agorra.

Ela saiu para rever a rota que faria, ensaiando passadas largas e determinadas. Encontrou Booth no fim do caminho, de frente para o lago.

Ele guardou o celular que tinha na mão.

— Jacques está vindo com Russell.

— Bom.

— Eu não estou tentando mudar suas escolhas.

— Não?

— Não. Só não quero que você pague caro por ter pegado uma estrada que eu venho percorrendo minha vida toda.

— Então não estraga isso.

— Não vou estragar, mas...

— Então para de tocar nesse assunto — interrompeu ela, frustrada. — Não se diz "Macbeth" dentro de um teatro e não se deseja boa sorte a um ator antes de ele subir no palco. E você não devia ficar falando nas coisas horríveis que podem acontecer enquanto está trabalhando.

Por dentro, ela teve vontade de arrancar as lentes de contato, mas continuou com o mesmo tom determinado:

— Se diz "a peça escocesa". Se diz "muita merda" ou "*merde*". E você tem que calar a boca e parar de falar em todas as hipóteses. Parar de fazer com que eu me sinta um peso nas suas costas em vez de uma parceira com mais um remo.

— Você não é um peso — afirmou ele, virando o corpo de Miranda em sua direção. — Não é. Eu nunca tive que me preocupar com ninguém antes, então...

— Ah, que mentira! Presta atenção no que você está falando — disse ela, empurrando-o. — Está aqui nesse momento porque se preocupou com sua mãe quando era menino. Se preocupou com Mags. Se preocupou comigo. Você se preocupou com Dauphine e a família dela, com seus alunos, seus amigos.

Ela jogou as mãos no ar, esbarrando uma delas, sem querer, na arma falsa.

Parecia capaz de botar para quebrar mesmo.

— É quem você é, e foi assim que LaPorte usou você. Ele sabe que você faz o que for necessário para proteger as pessoas que ama. O que ele não sabe, não tem como saber, é que você teve anos e anos para bolar um jeito de se vingar, ou que eu estaria não apenas disposta, mas ansiosa por te ajudar a fazer justamente isso. Então pode parar, e vamos nos vingar daquele cretino.

Quando ele começou a falar, ela levantou o dedo na direção dele.

— A peça escocesa, Booth. Não chama o azar.

Como ele não pôde pensar em um único argumento lógico, disse a coisa que estava mais clara em sua mente:

— Eu te amo.

— Então vamos começar o espetáculo.

Pouco antes da meia-noite, Booth, Miranda, Mags e Sebastien estavam juntos no que seria o escritório de LaPorte. Booth olhou o celular.

— Luc está abrindo o portão para eles. Vamos acabar logo com isso.

Sebastien saiu pelas portas internas para ocupar seu posto: um mero segurança em serviço.

Miranda saiu pela porta lateral e olhou para trás.

— *Merde* — disse ela, fechando a porta.

— Ela é uma joia rara — disse Mags, andando até a porta e ocupando seu lugar.

— É única. Acho que isso faz dela a minha Deusa Vermelha.

Então, Booth se sentou e encarnou LaPorte.

Enquanto aguardava, ligou o computador e acionou a gravação.

Instantes depois, Miranda bateu na porta lateral.

— Pois não.

Ela abriu.

— O Sr. Russell, senhor.

Booth fez um gesto para que ele entrasse.

Miranda deu um passo para o lado para deixar Russell passar, lançou um último olhar para Booth e fechou as portas.

Ela se afastou com passadas largas e determinadas. Então, ficou lá no ar perfumado, olhando fixamente para o lago, esperando.

Booth pegou o copo baixo de chá.

Russell estava ficando com a barriga flácida e, tentando aparentar menos do que seus cinquenta anos, usava um rabo de cavalo curto e castanho. Tinha olhos azuis desconfiados, a mandíbula quadrada e os dentes com coroa de porcelana tão retos quanto teclas de piano.

Ele conhecia LaPorte bem o bastante para ter vestido um terno, embora a estampa listrada talvez não tivesse sido a melhor escolha.

No cômodo pouco iluminado com as cortinas fechadas, Booth fez um gesto em direção à cadeira do outro lado da mesa.

— É bom ver o senhor, Sr. LaPorte. Como está?

— Estou tirando uns dias de folga, para descansar. Mas tenho um trabalho para você que não pode esperar.

— É sempre um prazer fazer negócios com o senhor.

— Vou dar o nome e o endereço de um homem e uma localização. Tem algo que o homem possui nesse local que eu quero. Vai pegar o objeto para mim.

— Tudo bem.

— Eu tinha a intenção de contratar outra pessoa para essa tarefa, mas depois que paguei a... pesquisa inicial, o indivíduo se mostrou insatisfatório. Você vai usar a pesquisa e o fato de que, daqui a alguns dias, o homem cujas informações vou te passar estará na Europa.

Booth examinou Russell friamente pelos olhos levemente arroxeados de LaPorte.

— Vai ter três semanas para pegar o que eu quero. O local fica em Washington, DC, em Georgetown. Vou pagar dez mil dólares para cobrir suas despesas nessas três semanas. Vou te dar um milhão de dólares adiantado e, quando entregar o que eu quero, outro milhão. Esses termos não são negociáveis. Pode aceitar ou recusar. Se recusar, não vai trabalhar para mim outra vez.

— Já fizemos bons negócios no passado — disse Russell rapidamente.

— E você não foi minha primeira escolha, já que não completou seu trabalho de forma satisfatória no passado.

Booth percebeu, pela forma como Russell se remexeu na cadeira, que acertara o tom.

— Sei que o senhor não ficou totalmente satisfeito com nosso último acordo, o pavão de porcelana.

— E por que motivo não fiquei satisfeito? — perguntou Booth friamente.

— Um arranhão, mas como eu expliquei, já estava arranhado quando eu peguei. Mesmo que o senhor tenha cortado o pagamento pela metade, eu...

Russell se interrompeu quando Booth ergueu a mão.

— Não faça com que eu me arrependa de te dar uma segunda chance, Sr. Russell. Tem três semanas, a partir de hoje, para me entregar o objeto aqui.

— E qual é o objeto?

— Você vai passar por segurança eletrônica e humana no local que eu informar. Como falei, boa parte do trabalho já foi feita por outro. Vai entrar na sala privada no sótão dessa casa e pegar a Deusa Vermelha para mim.

Os olhos desconfiados se arregalaram de repente.

— A Deusa... Está de sacanagem, né?

Os lábios de Booth se estreitaram, assim como seus olhos.

— Seu linguajar não o favorece.

— Perdão. Ouvi alguns boatos sobre esse diamante, mas a maioria das pessoas nem acredita neles.

— Um milhão antes, dez mil para os gastos, um milhão na entrega. É pegar ou largar. Os boatos são verdadeiros. Eu vi o diamante com meus próprios olhos. Segurei nas minhas próprias mãos. Quero ele para mim. Se quer trabalhar comigo de novo, vai aceitar.

— Três semanas não é muito tempo.

— Eu tenho as plantas da casa e todos os dados da segurança. Tenho a localização exata do diamante dentro da casa. Tirando uma segurança mulher, a casa em si estará desocupada. É pegar ou largar. Não tenho tempo para desperdiçar nem vontade de desperdiçá-lo.

— Aceito.

Booth usou o sorriso arrogante de LaPorte.

— Uma escolha sábia. Pode me passar seus dados bancários e o dinheiro estará na sua conta de manhã. Não entre em contato comigo. Se precisar passar alguma informação, darei um número por onde vai poder deixar um recado. Nem pense em fugir com o diamante. Eu vou atrás de você, como fui atrás de outros. Você sabe como a história deles terminou.

— O que eu faria com aquele diamante? Prefiro os dois milhões. Sei o que fazer com isso. E se eu tiver que lidar com segurança humana?

— Faça o que achar necessário. Pegue o diamante. Me passe suas informações e leve isto — disse Booth, empurrando uma pilha de papéis por cima da mesa e fazendo um sinal para Miranda.

Depois de anotar as informações da conta, ele pegou seu copo outra vez.

— Isso é tudo por hoje.

— Não vai se arrepender — garantiu Russell, se levantando. — Vejo o senhor em três semanas ou menos.

Quando Russell saiu, Miranda estava a postos na porta para levá-lo de volta até Jacques e o carro. Booth desligou a gravação.

Recostou-se na cadeira outra vez e se permitiu inspirar e expirar.

Três semanas, no máximo, pensou ele. As coisas tinham de avançar rapidamente agora.

Miranda entrou outra vez.

— Ele está indo embora. Como foi?

— Caiu direitinho. Quando mencionei a Deusa, ele não conseguiu mais ver nada nem pensar direito.

— Então essa parte já foi. Conseguimos.

— Precisamos desmontar isso tudo e sair daqui, mas sim. Olha, desculpa pelo que aconteceu mais cedo.

— Tudo bem — disse ela, se aproximando dele e sentando-se na beirada da mesa. — Somos quem somos, nós dois. Vamos discordar veementemente outras vezes. Talvez a gente possa só esperar até isso tudo terminar.

— Três semanas no máximo. Provavelmente menos, porque, depois que Russell vir que todo o trabalho de preparação já está feito, ele vai querer avançar. Acho que vamos conseguir. Vamos desmontar o cenário.

— Depois vamos para casa?

— Sim — disse ele, se levantando e abraçando-a. — Vamos para casa.

Capítulo trinta e um

⌘ ⌘ ⌘

Booth passou a véspera de seu churrasco como sempre fazia: na cozinha, preparando acompanhamentos, molhos, marinadas. Este ano, ele contava com Miranda para ajudá-lo a cortar, mexer e misturar.

Ela estava sentada na bancada, o cabelo trançado para trás, o cenho franzido enquanto descascava uma montanha de batatas para sua salada de batata à moda cajun.

— Não sei como consegue fazer isso tudo.

— Você está fazendo boa parte do trabalho braçal, o que ajuda muito. Fazer a maior parte hoje, como a salada de batata, ajuda a realçar o sabor das coisas. Além do mais, amanhã é para a gente se divertir.

— Eu quis dizer que não sei como consegue cozinhar e ser anfitrião de uma festa para cem pessoas ou mais com tudo que está acontecendo.

— Se eu não fizer a festa, as pessoas vão se perguntar por quê. E, quando tudo isso acabar, o fato de eu não ter feito vai chamar atenção.

Ele tirou o macarrão de concha al dente do fogão e jogou-o no escorredor que estava dentro da pia para sua salada de camarão.

— Tenho um favor para te pedir.

— Além de descascar um milhão de batatas?

— Está fazendo um ótimo trabalho.

A sobrancelha dela se ergueu um segundo antes de Miranda fuzilá-lo com o olhar.

— Sei que está pegando leve comigo. Qual é o favor?

— Antes de responder, quero falar que isso não tem a ver com mudar suas escolhas ou proteger você. Tem mais a ver com me proteger se...

— Peça escocesa, Booth.

— Não é isso. Se LaPorte tentar me incriminar. O que você disse antes, sobre a coisa toda ter a ver com você, o momento lamentável em Nova York.

Quero usar isso. Tenho um arquivo que eu reuni, com informações sobre mim, a minha versão professor, e sobre alguns outros que têm conexões com algumas mulheres com quem ele já esteve.

Ela se recostou e esfregou o nariz com o dorso da mão.

— Ah, estou vendo aonde quer chegar. Ele manteve arquivos com informações sobre homens... Você devia acrescentar uma ou outra mulher, caso algumas das ex-namoradas dele preferissem mulheres ou tenham se apaixonado por uma.

— Boa ideia — disse ele, pensando que deveria ter pensado naquilo. — Ok.

— Ele criou esses arquivos, acompanhou os homens porque tem uma personalidade obsessiva e vingativa. E, se tentar te incriminar, só vai aumentar o peso da minha história.

— Exatamente. Tem mais coisa nesse favor. Preciso que você seja meu álibi.

— Para quê?

— Tenho que ir até o Lago Charles e preciso que você fique aqui.

— Peraí.

— Meu álibi, Miranda. Eu tenho que ir até lá, invadir a casa, colocar a Deusa lá dentro, além dos arquivos e de mais algumas coisas. Ao mesmo tempo, tenho que estar aqui. Bem aqui. Você pode jurar que eu estava.

— Então sua cúmplice não pode estar lá no momento final?

— Eu também não vou estar. Já vou ter voltado para cá. Mas vou demorar para chegar a Washington, pegar um avião até Nova Orleans, dirigir até o Lago Charles, fazer o que preciso fazer e voltar para cá. Preciso de 24 horas, e estou pedindo que você me dê essas 24 horas.

— Isso vai ajudar você.

— Mais do que descascar essas batatas.

— Quando você vai?

— Sebastien e Mags estão de olho em Russell. Ele reservou um quarto chique em Georgetown, e Sebastien esteve lá dentro umas duas vezes. Entrou hoje de manhã, quando Russell estava usando a academia do hotel. Conferiu a agenda de Russell no laptop. Está planejando roubar a Deusa amanhã.

Ele jogou o macarrão na tigela e acrescentou cebola, aipo, azeitonas pretas e verdes que já havia preparado, depois o camarão que descascara e fervera.

— Na noite do churrasco? Mas...

— Eu preciso sair daqui assim que todo mundo tiver ido embora. Preciso deixar a arrumação com você, desculpa por isso. Vai dar tempo. Vai dar tudo certo. Se alguém vier aqui ou telefonar, você diz que eu estou dormindo, ou de ressaca, ou dando uma volta, qualquer coisa. Mas não acho que ninguém vai aparecer. Vou estar de volta em 24 horas.

— Você nunca me contou como vai entrar nessa casa.

— É a parte mais fácil. É o trabalho que estou preparando há uns doze anos já.

— Pode me contar o passo a passo, para eu poder imaginar as coisas enquanto elas acontecem? Para eu poder te visualizar?

— Posso.

— Então temos mais um combinado. Começa do começo, está bem? Começa com como vai fazer Russell ser pego com o diamante falso e o que mais ele roubar.

Assentindo, Booth começou a picar os temperos de seu jardim.

— Ok. Vai ser assim.

ELA ACHOU que estava se saindo bem na festa, brincando de anfitriã quando tudo começou a ficar turvo ao seu redor. Miranda conversou, comeu, serviu e reabasteceu. Observou Booth grelhar costelas, frango e hambúrgueres, como se aquilo não passasse de mais um churrasco de verão em uma tarde de domingo.

Ela participou dos jogos e colocou mais cerveja e vinho dentro das tinas prateadas repletas de gelo. Evitou como pôde as insinuações e perguntas diretas sobre ela e Booth.

Finalmente, fez uma pausa na sombra, com Tracey e uma margarita.

— Não tem festa igual ao churrasco de verão do Booth.

— Eu acredito. As pessoas trouxeram comida para alimentar um exército, além do que ele já tinha preparado, que já era o suficiente para alimentar um exército. Nunca na minha vida passei tantas horas na cozinha.

— Vocês são tão lindos juntos. Não, não estou perguntando — disse ela quando Miranda a olhou de esguelha. — Só estou dizendo. Sei que as pessoas perguntaram ou fingiram não perguntar. Todo mundo ama Booth. Você é a primeira mulher que participa da organização desse churrasco, a primeira com quem ele ficou tanto tempo. Você prolongou seu contrato, mas...

Miranda olhou para Booth, arremessando as ferraduras de cavalo. Tão relaxado, calmo, batendo na mão de sua dupla ao acertar o lance.

— Estamos resolvendo algumas coisas. Tenho a sensação de que vamos ficar por aqui amanhã como duas lesmas, depois resolver essas coisas.

— Gosto muito de vocês dois, então só vou dizer que sei como espero que as coisas se resolvam.

Ela lidou bem, pensou Miranda, lidou bem com tudo, mesmo que os últimos a saírem só tivessem ido embora depois das dez. Lidou bem com as coisas até o momento em que Booth desceu a escada de peruca loira, com cavanhaque e uma mala na mão.

— Mags está chegando para me buscar. Vinte e quatro horas, Miranda.

— Não se atrase — pediu ela, abraçando-o. — Por favor, não se atrase.

— Seria melhor se você ficasse dentro de casa. Deve chover, de qualquer forma. Passamos o dia todo aqui, dormimos até tarde, arrumamos tudo... Desculpa deixar isso nas suas mãos.

— Imagina. As pessoas insistiram em ajudar mesmo eu querendo que elas fossem embora.

— Ficamos por aqui, dormimos até tarde, transamos... Eu gostaria de ter transado. Vimos filmes, tiramos umas sonecas. O que a gente comeu?

— Sobras da festa — respondeu ela, com dificuldade para respirar. — Você não saiu de casa, nem eu. Não se preocupa com isso. É só uma hipótese, de qualquer forma.

— Mags chegou — anunciou ele, depois de olhar o celular. — Ela vai me buscar no fim da rua. Tenho que ir.

Booth a beijou e passou a mão em sua trança.

— Dorme. Vejo você amanhã à noite.

— Meu Deus. Está bem. Vai com tudo. *Merde*. Não se atrase.

— Pode deixar — disse ele, e saiu.

Ela olhou seu relógio de pulso e começou a contagem regressiva.

BOOTH VESTIU sua roupa de trabalho no apartamento de Mags e já estava a caminho do Lago Charles quando Sebastien ligou para o celular descartável.

— Russell já passou pela primeirra etapa.

— Mantém o cronograma e me avisa quando você acionar os alarmes.

— Falta muito parra você chegar?

— Uns vinte minutos — respondeu ele, olhando para Jacques em busca de confirmação. — Por aí. Estou respeitando o limite de velocidade. Dirigindo que nem uma senhorinha de óculos. Eu aviso quando ficar incomunicável.

Quando Booth desligou o telefone, Jacques olhou para ele.

— Tem certeza que esse cara consegue entrar na casa?

— Deixei tudo explicadinho. Ele quer o dinheiro. Vai conseguir.

Mas ele começou a suar quando Jacques parou o carro no lugar onde Booth deveria saltar.

— Tenho que desligar tudo agora. Fica dando voltas, se precisar. Dou o sinal quando estiver pronto.

— Não se preocupa comigo. Está tudo certo.

Ele começara a discar o número de Sebastien quando o celular tocou.

— Graças a Deus.

— Graças a mim, *mon ami*. Está ouvindo isso?

Booth ouviu os alarmes e as sirenes pelo telefone e fechou os olhos.

— Sim, estou.

— Queria que desse parra ver. Luzes, muitas luzes. A casa está parrecendo uma árvore de Natal.

— Cadê ele?

— Quase conseguiu sair da casa. Quase. A mulher o atacou quando estava correndo até a porta, e agorra ele está no chão com a arma dela apontada parra a cabeça. A polícia está chegando. E você?

— Cheguei. Vou ficar incomunicável. Dou notícias.

— Acaba com aquele babaca — disse Jacques quando Booth saiu do carro.

— Esse é o plano.

Ele tinha um percurso de dez minutos, que fez correndo de leve. Podia ver a coisa toda em sua mente, as diferentes maneiras como planejara aquilo ao longo dos anos. Como refinara o plano depois de fazer esse mesmo percurso sempre que visitava Nova Orleans.

Não era por dinheiro, não dessa vez, pensou. Também não era exatamente por sobrevivência. Aquilo era um combo perfeito de vingança e justiça.

O que quer que acontecesse depois, se a parte final desse errado, ele pagaria o preço que fosse por ter realizado esse combo.

Quando chegou à propriedade, Booth desativou os sensores e subiu no muro pelo ponto onde as câmeras não alcançavam. Sempre havia um meio para quem sabia onde procurar.

Ele reativou os sensores e seguiu em frente, rápido e firme.

Parou e se agachou diante do primeiro anexo: um depósito para os paisagistas que iam até ali duas vezes por semana. As luzes de segurança brilhavam, cobrindo os jardins e a grama. Um chafariz soava ritmicamente, e, no bosque ao lado, uma coruja piava.

Ele olhou na direção da guarita. As luzes também estavam acesas ali, onde guardas monitoravam as câmeras em turnos de seis horas.

As câmeras eram externas e internas, só não mostravam algumas áreas mais privadas.

O quarto de LaPorte, sua sala de tesouros.

Booth deu a próxima corridinha com o mapa das câmeras em mente e, no abrigo das árvores, examinou a treliça estável de buganvílias roxas. Uma corrida rápida.

Parou por um instante, então usou o apetrecho que fazia a eletricidade vacilar por dois segundos.

Quando a luz se estabilizou, ele já estava escalando.

Um ponto tenso. A varanda do segundo andar. Portas de vidro, trancadas, com um código de seis dígitos. Ele destravou o primeiro com o ferrolho, depois com a fechadura. Suspeitava que LaPorte programava no máximo trinta segundos para o alarme, que ele sabia mudar a cada seis dias e ter uma senha de backup de quatro dígitos. Talvez dez segundos para isso.

Pôs-se ao trabalho, concentrado nos números que passavam diante dos seus olhos, e reiniciou o aparelho para a senha alternativa.

Então, aproveitou o momento.

A casa escura e silenciosa. LaPorte dormindo em sua cama suntuosa, em sua suíte suntuosa, talvez com uma companheira suntuosa.

Amanhã não vai ser um bom dia para você, pensou ele. Não vai ser nada bom.

Booth começou, varrendo o corredor com os olhos, passando por cima dos feixes vermelhos dos detectores de movimento e indo em direção ao andar inferior.

O escritório estaria trancado, claro, e haveria uma câmera para desativar. Mas a imagem não apareceria nos monitores dos guardas. Aquelas câmeras eram para LaPorte.

Passou pela fechadura e abriu a porta. Desligou as câmeras. Se LaPorte tivesse insônia e conferisse as imagens do escritório, tudo estaria perdido.

Ele deu uma olhada na estante atrás da mesa em busca de algum mecanismo, ignorando a gota de suor que escorria por suas costas. Estaria ali. Tinha de estar. Porque tinha uma sala atrás do escritório, e aquela era a única entrada e saída.

Estava demorando demais, demais, pensou enquanto procurava. Precisava religar as câmeras.

Olhou para a mesa de novo e se agachou.

— Idiota — resmungou, apertando o botão.

A estante se abriu, dando lugar à porta de um cofre.

— Ok, um pouquinho mais de tempo aqui.

Mais uma vez, ele pôs mãos à obra. Cuidou dos discos e do sistema. Difícil, difícil. Fez uma pausa, girou o pescoço e voltou ao trabalho.

Demorou mais, muito mais do que previra. Já estava há mais de uma hora ali dentro, pensou. Precisava sair dali. Ainda podia fugir. Voltar para Miranda, pedir a ela que fugisse com ele. Para qualquer lugar.

E, mais uma vez, LaPorte roubaria sua vida, suas escolhas, seu destino.

Não dessa vez.

Faltavam duas horas para que o sol nascesse, e ele estava perto, perto demais para desistir.

Quando o último disco se encaixou, ele empurrou a porta.

De todas as salas daquele tipo que ele já vira, aquela era a mais luxuosa. Um palácio feito para um único homem, um governante, um tirano.

Os feixes de luz vermelha atravessavam a sala.

Booth pegou o celular e filmou cada centímetro. O ouro, o marfim, a porcelana e o mármore. As joias, a arte. Antiguidades valiosíssimas, luminárias primorosas. Vasos da dinastia Ming, figuras esculpidas em alabastro.

Olhou o quadro que havia roubado, aquele glorioso nascer do sol de Turner. Tirou uma foto, assim como da escultura que lhe custara todos aqueles anos com Miranda.

Reconheceu outras peças tiradas de museus, residências e salas como aquela. Alguns daqueles roubos haviam custado vidas; ele sabia disso também.

Booth dançou por cima, por baixo e em torno dos feixes de luz até um pedestal vazio.

Viu o holofote que o iluminaria. Ficou se perguntando se LaPorte fizera aquilo sob medida, em antecipação.

Booth pegou a Deusa e a colocou sobre o mármore.

— É só por um tempinho — murmurou. — Ele não vai ficar com você. Eu juro. Não vai ficar com nenhum de vocês.

Fez a gravação seguinte e tirou mais uma foto.

Então, ao sair, trancou o cofre, filmou, fechou a estante, filmou.

Refez os passos, apenas uma sombra percorrendo uma casa escura. Quando saiu, apertou o botão do apetrecho para dar sua corridinha.

Ao alcançar o outro lado do muro, Booth conferiu o tempo.

Duas horas e quarenta e três minutos. Quarenta e três a mais do que havia planejado. Talvez fosse se atrasar, sim, no fim das contas.

Depois de enviar o sinal para Jacques, começou a correr de volta pelo caminho enquanto o sol surgia, cor-de-rosa, ao leste. Os pássaros cantavam para recebê-lo.

Quando falou com Sebastien, soube que Russell havia contado tudo.

— Você demorou, *cher* — comentou Jacques, quando Booth entrou no carro.

— Só uma pequena complicação a mais, mas está tudo certo — disse ele, colocando o telefone entre eles. — Está tudo aqui. Pode fazer sua mágica.

— Posso e vou. Por que você não dirige e eu já começo logo?

— Consegue fazer aqui do carro?

— Acho que, quando chegarmos em casa, a polícia e o FBI já vão ter recebido um ótimo presente, embrulhadinho e com um belo laço de fita.

— Para o carro.

À MEIA-NOITE, MIRANDA andava para lá e para cá. Ele estava atrasado, caramba. Já estava uma hora atrasado. Mags a assegurara de que ele estava bem e que havia embarcado no voo de Nova Orleans para Washington, de que não estava sob custódia.

Mas ela só conseguia imaginar Booth sendo arrastado para fora do avião no aeroporto, algemado e acusado de um crime.

Senão, ele já estaria de volta. Disseram que tudo tinha acontecido con forme o planejado, mas aquele não era o plano.

Então, ela ouviu a porta se abrir. Correu escada abaixo, e lá estava ele, com um buquê de flores murchinho envolto em papel-celofane.

— Você está atrasado — disse ela, então se sentou no degrau e caiu no choro.

— Não, não faz isso. Por favor. Desculpa. E as flores são patéticas. Mags não te avisou que estava tudo bem?

— Mas você não estava aqui. Me dá a merda dessas flores — disse ela, pegando-as e enfiando seu rosto lá dentro para derramar mais algumas lágrimas. — A polícia está a caminho?

— Não daqui — respondeu ele, sorrindo e secando as lágrimas delas. — Está tudo bem. Deu tudo certo. Não só Russell confessou, como tem o rastro do dinheiro e a dica anônima, uma gravação da sala de tesouros de LaPorte, a Deusa. Tem também outro pagamento que ele fez, para outra conta que eles não vão conseguir rastrear. Parece que é do Camaleão para mim. Ele contratou o Camaleão, certo? Mas o acordo foi por água abaixo, então ele contratou Russell.

— Mas o Camaleão colocou o diamante falso no lugar e depois armou uma cilada para LaPorte. Foi ele que mandou a gravação.

— Quem volta atrás em um acordo — disse Booth alegremente — tem que pagar o preço. Quero muito uma Coca. Deixa eu pegar uma, e aí eu te conto direitinho como foi tudo.

— Você não está nem cansado.

— Estou animado, muito animado — disse ele, pensando que seria capaz de dançar até a lua. — Talvez eu durma por uma semana inteira quando isso passar, mas por enquanto estou energizado. Vamos tomar um Coca.

— Estou bebendo vinho. Eu não queria beber, caso tivesse que ir pagar sua fiança ou fazer um bolo com um arquivo dentro, meu primeiro bolo.

Na cozinha, ele abriu as portas para deixar a noite entrar.

— Eu precisava ter certeza de que tudo ia dar certo. Na casa do LaPorte, em Washington. Muitos fios, Miranda.

— Não sei do que está falando. Passamos o dia todo em casa. Choveu a manhã toda e no começo da tarde.

Ele serviu vinho para ela e abriu uma Coca para si.

— Alguém ligou ou apareceu aqui?

— Cesca ligou à tarde, só para dizer que a festa foi ótima. Eu disse que você tinha dormido vendo *Casablanca* e que eu talvez também fosse tirar uma soneca.

— Não me imagino dormindo vendo *Casablanca*.

— Você estava muito cansado depois de todo aquele sexo.

Ele sorriu.

— Então está bem. É possível que a polícia passe aqui. Só para arrematar as coisas, já que eles têm tudo, cada passo que ele deu e os arquivos que fez sobre mim, você, outros. Somos os mais recentes, e é por isso, se ele tentar colocar a culpa em mim, que escolheu a gente.

— Não estou preocupada com isso. Não mesmo. Vou colocar essas flores tristes e meigas na água.

— Ele tinha um anel de esmeralda que ficaria lindo em você... meio chamativo, uns dez quilates, mas em você ia ficar ótimo. Eu resisti.

— Foi uma boa escolha.

— Já entrei na casa duas vezes antes.

— Eu sei.

— Não, não sabe. Eu já estive na casa duas vezes quando ele não estava. Para ver se eu conseguiria entrar, checar a estrutura. Ele não tinha o cofre da última vez nem o botão embaixo da mesa, mas já faz alguns anos. Por isso demorei mais.

— Você já tinha invadido a casa dele antes?

— É, para treinar — respondeu ele, dando um gole na Coca. — Ele investiu muito no museu particular. Tem um diamante branco, russo, um lindo pingente em forma de gota. Não sei quem roubou aquilo, não tenho certeza, mas sei que a dona do diamante foi espancada até a morte.

— E você acha que foi Russell — completou ela, porque entendia claramente agora, e assentiu. — Foi por isso que escolheu Russell.

— Isso pesou na minha decisão. Ele entregou LaPorte, e acho que LaPorte vai retribuir o favor. Só sei que está feito. E os dois vão passar praticamente a eternidade atrás das grades.

Ela o examinou, com atenção. Energizado, ele dissera, e aquilo era visível. Mas a adrenalina se esvaía.

— Isso é o suficiente para você, Harry?

Ele abriu a boca, depois a fechou de novo.

— Mags me contou — esclareceu ela.

— Faz muito tempo que eu não sou Harry.

— Seu nome é Booth para mim, sempre vai ser. Mas estou perguntando ao Harry: é o suficiente?

— É — respondeu ele, suspirando e olhando-a nos olhos. — É o suficiente. Mais que o suficiente. É o certo.

— Que bom. Para mim também. Agora, quero que você me conte tudo, do início ao fim, mas antes tenho algumas coisas para dizer.

— Vou trazer flores melhores da próxima vez que me atrasar.

Ela tocou uma rosa murcha.

— Espero que sim, mas não é isso.

Miranda se sentou e voltou-se para ele na banqueta da cozinha.

— Eu nunca entendi por que certas pessoas dizem que amam alguém e que querem construir uma vida com essa pessoa, e acho que dizem isso com sinceridade, mas aí começam a tentar mudar aquela pessoa, a pessoa que elas amam. Se você ama alguém, ama aquela pessoa e pronto. Você não concorda?

— Sim.

— Que bom. Então não vou te perguntar se vai continuar com seu trabalho noturno. Espero que seja honesto comigo em relação a isso.

— Espera.

— Eu não acabei.

— Mas...

— Não acabei. Meu pai vai voltar daqui a umas duas semanas e fez planos de passar em Washington com Deborah, de pegar um carro e vir me ver. Tenho que contar para ele.

— Contar o quê?

— Tudo. Não acabei — disse ela, antes que ele pudesse se opor. — Eu não minto para o meu pai, essa é uma das minhas regras. Ele não vai entregar a única filha dele para a polícia. Mas, para que ele entenda melhor, você vai ter que casar comigo.

— Pera. Quê?

— Faço questão que você compre, não roube, minha aliança, mas é a minha única exigência. E essa é outra regra.

Satisfeita, ela pegou seu vinho.

— Vamos andar lá fora. Fiquei presa aqui dentro o dia todo.

— Miranda — disse ele, seguindo-a.

— Que noite linda! Então, continuando. Não quero um casamento grande e espalhafatoso. Quero o vestido mais magnífico, mas isso é comigo. Acho que a gente deve se casar aqui, porque as pessoas amam você aqui e eu criei um carinho por esse lugar. Podemos fazer nas férias do meio do ano. Ou nas do fim de ano, se você tiver pressa. Sou flexível. Você vai continuar dando aulas, não vai?

— Miranda...

— É claro que vai.

Ela o atropelava com a mesma facilidade com que o convencera a tomar um café entre as aulas da faculdade.

— Você ama dar aula. E, sobre filhos...

O frio como gelo que ele sentia na barriga subiu até o peito.

— Filhos.

— Nós dois somos filhos únicos, e eu quero romper esse ciclo. Faço questão de dois. Vamos ver como nos saímos, depois estou aberta a um terceiro se estivermos de acordo. Mas dois é fato.

Ela virou o corpo de leve e olhou para a casa com uma expressão de avaliação, então fez que sim com a cabeça.

— Provavelmente vamos ter que ampliar a casa em algum momento, mas isso é mais para a frente. Agora, preciso de muito mais espaço para as minhas roupas. Acho que isso é tudo por enquanto. Eu devia ter feito uma lista.

— Podemos voltar atrás? Bem atrás? — disse ele, fazendo um gesto de onda. — Voltar para a parte em que você falou que, quando se ama alguém, não se tenta mudar a pessoa.

— Você quer que eu fale tudo de novo?

— Não, não. Vamos falar só dessa parte. Você me ama?

— É claro que amo — afirmou ela, erguendo as sobrancelhas. — Ficou burro, de repente?

Não era só um frio na barriga agora, e sim uma sensação que tomou seu corpo inteiro.

— Você nunca disse isso... Depois que... Quando eu falei para você, você nunca falou de volta.

— *Timing*, Booth, é tudo uma questão de *timing*. Eu queria dizer agora. As coisas feias ficaram para trás. Vamos começar daqui.

Ela o amava. Para ele, aquilo era o alfa e o ômega.

— Você não liga para o fato de eu ser um ladrão?

— Eu te amo — disse ela, levando a mão ao rosto dele e acariciando sua barba por fazer. — Até o fim.

Ele segurou sua mão.

— Não preciso mais fazer isso. Eu ia te dizer, pedir para me dar uma chance. Não preciso mais disso tendo você. Os espaços vazios, perdidos... Você os preenche. Esse foi meu último trabalho. Não se diz que é o último trabalho antes, ou então dá errado. Mas agora que acabou, eu posso. Acabou. Eu acabei.

— Tudo bem por mim.

— A casa da sua família.

— Acho que meu pai e Deborah ainda têm muitos anos felizes para viver lá. Liguei hoje à tarde para um corretor para conversar sobre a venda da minha casinha. Isso foi, claro, depois que a gente conversou, depois de todo aquele sexo.

— Certo, faz sentido.

— Um dia, é possível que a gente queira se mudar praquela casa que está na minha família há gerações, ou talvez não. Eu não ligo. Mas estou decidida a respeito do casamento e dos filhos, dois ou talvez três, e do espaço para as minhas coisas. Ah, e vou continuar cortando e misturando coisas na cozinha, pedindo comida, mas não espere mais que isso. Então, vai se casar comigo ou não?

Miranda, pensou ele. Sua Miranda. E não pôde se conter.

— Sim, meu coração deseja você tanto quanto a escravidão a liberdade: eis a minha mão — respondeu ele, citando Shakespeare.

Os olhos de Miranda se encheram de lágrimas quando ela segurou a mão dele.

— E a minha, e nela o meu coração — completou ela.

— Podemos nos casar nas férias de fim de ano? Seria um ano depois de você voltar para mim.

— Voltamos um para o outro. Eu ia adorar um casamento no inverno. Você deveria me encher de beijos agora.

— Vou chegar lá. Vai querer uma estufa?

Ela riu.

— Sim!

— E podemos acrescentar um terceiro andar. Você vai ter uma vista incrível no seu escritório, e, já que agora eu posso abrir o closet do quarto e tirar aquela área, vai ter muito mais espaço para as suas coisas.

— Eu é que vou ter que te encher de beijos.

Ela largou o vinho e levou as duas mãos ao rosto dele.

— Você me disse uma vez que sempre fui eu. Só eu. E disse agora que eu preencho todos os espaços vazios e perdidos. Sempre foi você, Booth. Só você. Nada de espaços vazios e perdidos para nós dois.

Eles se beijaram à margem do rio, sob o luar. Se abraçaram, se beijaram novamente.

— Sobre você contar para o seu pai...

— É uma regra, Booth.

— Está bem. Está bem.

Ele a puxou para perto e apoiou a testa na sua. Soube que, da mesma forma que a Deusa Vermelha encontraria seu lar agora, a sua deusa havia voltado para casa.

Epílogo

⌘ ⌘ ⌘

Um ano depois

De mãos dadas com Miranda, Booth andava pelo grande museu de Londres. Era apenas mais um na multidão, pensou, uma das muitas pessoas que iam até ali para ver o extraordinário diamante conhecido como a Deusa Vermelha.

Ela descansava, graças à generosidade de Lady Jane Dubois, sobre um pedestal de mármore, atrás de um vidro espesso.

Ele sabia, é claro, que o pedestal era monitorado e que o vidro era à prova de balas.

Sabia também que era capaz de contornar aquilo tudo se ainda estivesse no ramo.

Mas a Deusa encontrara seu lar, seu lugar e seu propósito, assim como ele encontrara o seu.

— Ela está no lugar certo. E devo dizer que parece feliz.

Quando Miranda inclinou a cabeça para apoiá-la no ombro dele, ele fez que sim.

— É, parece — concordou Booth.

— Que bom que a gente veio vê-la. Que bom que tantas outras pessoas já vieram e virão. Sem arrependimentos?

Ele levou a mão dela, com as alianças que ele comprara e pagara, até os lábios.

— Nenhum.

Booth se despediu do diamante e ouviu alguém comentar em tom de grande decepção:

— Nem brilha. É um treco enorme e vermelho.

Quando Miranda riu, Booth balançou a cabeça e saiu, com a própria deusa vermelha.

— Por que não procuramos um belo café e sentamos para comer alguma coisa?

— Booth, o bebê é do tamanho de uma ervilha. Eu não preciso sentar a cada dez minutos nem comer a cada hora.

— Mas ele está aí dentro.

E aquilo o deslumbrava.

— Nós dois estamos prontos para nossa viagem a Florença. Fazer esse desvio por aqui já fechou uma porta. Vamos abrir outra.

Ele podia fazer isso, mas tinha mais uma porta, primeiro.

— LaPorte demitiu outra equipe de advogados.

Sorrindo, Miranda balançou o cabelo que deixara solto.

— Deve ser frustrante para ele. Ninguém está dando o que ele quer.

— Mesmo com o acordo que fez, Russell nunca vai sair da prisão. A maioria dos bens de LaPorte estão bloqueados, sua sala de tesouros está vazia e ele tem uma tornozeleira eletrônica até o julgamento.

Booth sorriu sozinho.

— Ouvi um boato de que estão pensando em revogar a fiança dele.

— Ahhh.

Ele apoiou o braço nos ombros de Miranda enquanto saíam do museu rumo a um dia nublado em Londres.

— Já dá uma sensação de justiça — comentou Miranda. — Mas eu mal pude me manifestar sobre meu erro terrível em Nova York.

— Eles foram certeiros.

Booth se assegurara disso.

— Fomos só um arremate.

Ele não contara para Miranda, e esperava que ela nunca descobrisse, que o corpo de Selene Warwick, ou o que sobrara dele, fora encontrado em uma praia de Cannes dias após ele ter colocado o diamante na casa de LaPorte.

Ela não fugira nem tão rápido nem para tão longe.

Portas que se fechavam, ele pensou. Estava na hora de deixá-las fechadas.

— Tem certeza de que não quer sentar, comer alguma coisa?

— Absoluta. Vai ficar na minha cola pelos próximos oito meses?

— Provavelmente. Você é minha primeira esposa, e é meu primeiro filho aí dentro.

As montanhas Smokies, o mar, Nova Orleans. A ruiva na aula de Shakespeare.

— Eu gosto de primeiras vezes.

— Eu sou sua última esposa, e não se esqueça disso. Vamos voltar para o aeroporto. Talvez o Sr. Jatinho consiga fazer com que eles decolem um pouco mais cedo.

— Posso dar um jeito.

Antes que ele conseguisse chamar um táxi, ela o empurrou para longe da rua e o olhou com seus olhos de feiticeira do mar.

— Ainda bem que a gente parou aqui primeiro. Ainda bem que vamos ter duas semanas maravilhosas na Itália, onde meu marido bem viajado vai me mostrar tudo, antes de a gente voltar para casa e arrumar um cachorrinho.

— Com o bebê chegando...

— Eles vão crescer juntos, e o cachorro vai poder me fazer companhia enquanto eu trabalho e você está na escola. Faço questão, Booth. Eu estava certa a respeito do meu pai e estou certa sobre o cachorro.

Isso ele não podia negar, já que Ben não o matara nem o torturara.

— Antes que a gente decida isso — continuou ela —, vou dizer que te amo e que você me faz absurdamente feliz. Agora me enche de beijos.

— Posso fazer isso.

E assim o fez.

Quando entraram no táxi, rumo à próxima etapa da jornada, Booth pensou em sua mãe e nas vidas que ele vivera. Pensou na emoção e na satisfação simples de saber que seu trabalho noturno agora significava Miranda, um bebê e um cachorro bobalhão.

Uma vida que ele escolheu, pensou, entrelaçando os dedos nos dela.

Mais preciosa que diamantes.

Este livro foi composto na tipografia Minion Pro,
em corpo 11/15,2, e impresso em
papel off-white no Sistema Cameron da
Divisão Gráfica da Distribuidora Record.